阅读·鉴赏·评论

（第二版）

北京师范大学　侯玉珍　著

中国铁道出版社

２０１８年·北京

内 容 简 介

本书凝聚了作者多年积累的丰富的写作和教学经验。全书一方面论及了文学阅读、鉴赏、评论的科学知识，另一方面总结了诗歌、散文、小说、影视作品阅读、鉴赏、评论的规律或方法，传授了专家们撰写论文的经验，以供读者示范。

本书适合作为高等学校写作类课程的教材，也可供中小学语文教师作为教学参考用书，还能帮助读者提高阅读和写作技能，从而增强职场竞争力。

图书在版编目（CIP）数据

阅读·鉴赏·评论/侯玉珍著. —2 版. —北京：
中国铁道出版社，2018.6
ISBN 978-7-113-24524-5

Ⅰ. 阅… Ⅱ. 侯… Ⅲ. 中国文学-高等学校-
教材 Ⅳ. ①I206

中国版本图书馆 CIP 数据核字（2018）第 102694 号

书　　名：	阅读·鉴赏·评论(第二版)
	Yuedu　Jianshang　Pinglun
作　　者：	侯玉珍　著

策　　划：	荆志文
责任编辑：	荆志文　贾淑媛
封面设计：	刘　颖
责任校对：	张玉华
责任印制：	郭向伟

出版发行：	中国铁道出版社（100054，北京市西城区右安门西街 8 号）
网　　址：	http://www.tdpress.com/51eds/
印　　刷：	三河市燕山印刷厂
版　　次：	2011 年 4 月第 1 版　　2018 年 6 月第 2 版　　2018 年 6 月第 1 次印刷
开　　本：	787 mm×1 092 mm　1/16　印张：21.25　字数：514 千
书　　号：	ISBN 978-7-113-24524-5
定　　价：	56.00 元

序（一）

　　侯玉珍老师的《阅读·鉴赏·评论》一书即将出版，作者希望我在这本书前说几句话。近二十年来，高等学校文科的专业越分越细，专业之间人为的隔膜也越来越大。对写作这门课程，我是外行，本来不胜任这个作序的工作，但我又想，在写作这个既专门又普及的领域，也许正需要一些外行来说一点感想。这里我要说的，也只是外行人的感想吧！

　　高等学校中文系的写作课，有的学校已经取消，但学生的写作能力并没有真正提高。很多人认为，写作的训练不能只靠一门课来进行，写文章更不是听老师讲一些道理就可以写好的。这说法固然有一定的道理，但是未必全面。写文章是人综合素质的体现，运用书面语来进行表达，要清理思路、提炼语言、择定文体，也还有一些技巧需要学习，在这些方面，理性的内容是相当多的。中国是个文章大国，自古讲究文采、文理和文心，提倡章法，并不是只讲语感、经验，不讲理论规律的。有理论规律的指导来加强训练，比单纯的熟能生巧更适合现代人，在培训的速度和质量上，也应当更为有效。在基础教育的质量还没有大面积提高、全国总体文化水平还没有达到一定高度的今天，在写作的理论方法指导上，恐怕还要有一点力度才行。当然，这种指导不能变成空谈，更不能没有深度，老生常谈。所以，写作不但要实践，还要研究。那么，到了各方面水平都提高以后，写作还需要研究吗？我想，答案应当是肯定的！写作是个应用领域，它既需要自身经验的总结和提升，又需要借鉴文艺学、语言学等基础理论研究的成果，把基础理论转化为应用的方法和程序。靠着这两个方面，才能建立自身的应用体系。经验的总结和提升殊为不易，使基础理论进入应用

1

领域更不是一件简单的事，有用比有理更难。轻视写作训练固然不对，轻视写作研究同样没有道理。

　　借着侯玉珍老师这本书的出版，我说了一个外行人对写作课的理解和希望。语言学也是写作学的相邻学科，站在语言学的角度上，我们更希望写作学有长足的发展。

王　宁

北京师范大学

序（二）

翻开一篇（部）文学作品，认真阅读是非常重要的。伴随着阅读，同时也就开始了鉴赏的过程。鉴赏，当然包括了思想与艺术上美丑、优劣的分判。这中间，你如果有所触动、有所感悟，即有所"发现"的话，那么，你把它说出来或写出来就是所谓的"评论"了。

对文学作品"评论"的能力是极其重要的。它是文学系学生一项最要紧、最切用的"基本功"，或者说是"看家本事"。鉴赏力差，评论力不强，写不出一篇有见解、有条理、有文采的漂亮评论，那真是一名文学学子极大的不幸！

这就是一本教你怎样写作"文学评论"的书。

它讲了怎样阅读，怎样鉴赏，又如何评论的一些原则、精神、具体要求、方法及应注意的问题等；并以"文体"为界划，先后讲授了诗歌、散文、小说、影视等最常见、常用文体的鉴赏与评论，可以说除了戏剧（作者谦逊地说她对此研究得不够，这种实事求是的态度十分可取）之外，其他重要的文学文体多已包罗进来，另外还特别增加了"学术论文写作"一章，这是为了满足学生不久即须撰写"毕业论文"的需要；它还为着习作者研习的方便，精选了语言、文学多种学科的优秀论文十数篇供大家揣摩——这部分"范文选读"很是适时、解渴，使得这本书内容相当全备，使用非常方便，表现了作者一切为着教学、处处方便学生的良苦用心。

此书是为北京师范大学中文系与新加坡管理学院开放大学合办的中文大本段的学员所写。它是教学计划中"文章写作"这门课程所用教材的一种（另一本先学，为《写作》）。我认为，它不仅适用于新加坡的学员，也同样适用于国内众多的中文专业学子。还不仅如此。我认为——一切有意于"文学评论"写作的人，读了此书后当都会受益。

作者侯玉珍是我的同事和朋友。她研究、讲授"写作学"已近三十年，在基础写作、应用写作、新闻写作、文学写作等诸多领域都有不少收获，特别是在秘书学、公文学的研究上已是国内知名的专家；现在又推出此书，对文学评论的写作做了有益的探索，这是可喜可贺的！当然，此书内容、结构还欠完善（如缺戏曲或话剧的鉴赏、评论），讲述的深广度、现代性也还有提高的余地，但据我所知：这次由于时间太紧，没有补写、修改或打磨的功夫了！将来有暇，她一定会把它改得更为完美的。

因此，我衷心祝贺它的问世！

也祝新加坡管理学院开放大学的学员们学业有成！

刘锡庆
于北师大塔楼寓所

再版前言

　　《阅读·鉴赏·评论》一书原本是为新加坡管理学院"汉语言文学学士学位课程"的需求而撰写的（我是主讲老师），出版后获新加坡管理学院主管教学的领导及每届学生的一致好评和赞赏，也获得我所从教的北京师范大学文学院每届学生的喜欢和好评，也是在职研究生们毕业前苦苦寻觅的必备书籍。

　　这本教材先后印刷了4次，印数达数万册。近几年，随着教育改革的深入发展，需求这本书的人员有了新的变化：经常给我打电话的不再仅仅是大专院校的学生、公务员，更多的是中小学的语文老师及学生家长。我感到万分欣喜。他们在不断深入的教育改革中，给自己提出了"再学习、再提高，不能误人子弟"的新要求，并推心置腹地对我说："以前老师满堂灌，学生'被动学'，我们没有压力，如今'老师设计、引导'，学生'主动学'，压力增大了，老师的知识积累达不到'几桶、几十桶'，那么真的无法给予学生'一杯'了。"我作为一名从教数十年的教师，对此不仅感同身受，而且深深被他们的敬业精神打动了。还有越来越被重视的"家校共育"的举措，使家长们认识到自己也有责任帮助孩子提高写作能力。有时候他们也会问："您的《阅读·鉴赏·评论》还有吗？某某向我们推荐的。"虽然我退休了，却也一直无暇修订，也没有胆量让出版社再版。老师和家长们齐声告诉我："我们很需要，市场大得很！"

　　我的研究生帮我联系上了我原先的责任编辑，我们详细沟通了图书内容和当下需求，也共同探讨了教学改革对老师、学生语言文字、写作鉴赏提出的新要求，以及如何在新版图书中呈现这些要求。她给了我极大的鼓励和支持！

　　再版的《阅读·鉴赏·评论》为了满足中小学语文老师的教学参考需求，

也为了能够全方位提升他们对各类文体的鉴赏能力和评论能力，笔者对"诗歌鉴赏与评论""散文鉴赏与评论""小说鉴赏与评论""影视艺术鉴赏与评论"等章节，基本上保持原貌，只是对个别文字或句子作了修改。在"范文选读"中，修改的幅度大些，根据读者的反馈意见删除了原来的六篇文章，增加了中小学、幼儿园的一些优秀论文。体例没有变化，每篇优秀论文，笔者仍然写了自己的"短评"，以说明笔者选择范文的依据。

笔者守着北京师范大学藏书丰富的图书馆，原本应该多多地将优秀的论文吸纳到这本书中，让读者们大饱眼福，但由于书籍中的论文往往年头远了些，怕跟不上时代的步伐，所以常常只好割爱。在"期刊阅览室"寻找2017年的好文章，又出现了不尽如人意的遗憾，对口的期刊很少，优秀的论文更是凤毛麟角。现在只能忐忑不安地交稿，因为有些读者已经在不断催促了。

感谢收入本书的优秀论文的作者们，当中国铁道出版社的编辑联系你们，说明要收录你们的论文时，你们欣然表示同意，丰满了这本教材的内容。

感谢中国铁道出版社对我的信任和支持，感谢认识及尚不相识的老师们对我的信任和期待。我诚挚地希望读者们读完这本教材后，多提意见，有机会再好好修改。

侯玉珍

2018 年 2 月

目　录

第一章
文学评论写作总论

第一节　文学评论基础知识

文学评论写作过程包括：阅读、鉴赏、评论三大环节。阅读、鉴赏的审美心理活动是文学评论的基础，评论则是将阅读、鉴赏的结果予以条理化、深化、外化。离开阅读、鉴赏，谈不上文学评论；离开评论，阅读、鉴赏只能处在"自我陶醉"的状态中，无法与外界交流、沟通，更无法传播。本节先谈文学评论的一些基础知识（"阅读鉴赏"将在本章第四节阐述）。

一、文学评论的涵义、对象

在文学评论实践中，"文学评论"与"文学批评"这两个概念是经常通用的，有的习惯称"文学评论"，有的习惯称"文学批评"。如果单从语义角度看，评论与批评这两个词确实有意义上的区别。评论在使用时，既可以表示赞同，也可以表示贬斥，而批评的语义只表示否定和贬斥。但是，在文学评论的实践中，"文学批评"却也表示赞同和贬斥，而且和"文学评论"一样，既可以研究文学理论，也可以研究作家作品，对文学与其他活动的关系作理性思考。弗·克鲁斯为《不列颠百科全书》所撰写的"文学批评"条目就这样表述："文学批评是对文学作品以及文艺问题的理性思考"。[①] 诗人普希金说："批评是揭示文学艺术作品的美和缺点的科学"。[②] 可见，在文学领域中，"评论"和"批评"的涵义是一样的。本书常采用"文学评论"一词，但有时也使用"文学批评"一词，涵义相同。

"文学评论"的涵义有广义与狭义之分。广义的涵义是指：**对各种文学现象——文学思潮及理论、文学运动及论争、作家及各类文学作品等进行分析、探讨、研究、评价的文章，都统称为"文学评论"。**它是"文学批评"和"文学理论"的一个总称。狭义的涵义是指：**对具体作家、具体作品进行分析、研究和评价的文章。**本书中的"文学评论"概念是狭义的涵义。换言之，本书中指的评论对象是具体的作家作品。当然，在评价具体作家作品时，

---

① 《外国现代文艺批评方法论》，第555页，江西人民出版社1985年版。
② 古典文艺理论译丛编辑委员会：《论批评》，《古典文艺理论译丛》第2册，第153页，人民文学出版社1961年版。

不可能完全脱离对文学理论问题的探讨，而对文学理论的探讨也是以作家作品以及与之相关的其他文学现象的分析为基础的。所以，广义、狭义的划分也是相对的。

二、文学评论的特性

1. 科学性

文学评论是一种科学研究活动，因此需要遵循科学研究工作的一般原则和规律，应该遵循形式逻辑和辩证逻辑的基本要求，要在理论观念指导下对文学作品的思想性和艺术性作理性的思考和审美评判，而不能单凭个人的感受以感性认识为准。美国新批评派创始人之一的约·克·兰塞姆说过："批评一定要更加科学，或者说要更加精密，更加系统化。"[①] 普希金也强调了文学评论的科学性，他认为文学评论"是以充分彻底理解艺术家或作家在自己的作品中所遵循的规则，深刻研究典范作品和积极观察当代突出的现象为基础的"。[②] 任何主观臆断都与文学评论无缘。

2. 审美性

文学评论是一种科学研究活动，但它毕竟和自然科学研究活动、社会科学研究活动不同，它是一种用审美眼光来进行的科学研究活动。文学是一种特殊的意识形态，它是用审美的眼光来观照世界的，文学作品是外在客观世界通过创作主体的审美反映而加以表现的一种具体的感性形式。区分文学创作优劣高下的文学评论也就必须用审美的眼光来观照文学作品。人与动物的本质区别就在于人自身所具有的审美能力。正如马克思在《1844 年经济学—哲学手稿》一文中指出的那样："动物只是按照它所属的那个物种的尺度和需要来进行塑造，而人则懂得按照……美的规律来塑造物体。"苏联美学家莫·伊·卡冈也要求：批评家具有发达的审美感，即辨认艺术作品中的美，区别真正的美同仅属貌似的美的审美能力。真正的评论家善于用审美的眼光来剖析文学作品中所反映的生活内容、所表现的情感内容和作品的艺术特色。

3. 时代性

任何文学作品都是现实生活和作者心灵相撞击的产物，是客观事物和作者思想感应的结果，是物质世界和人类精神结合的产儿。而任何一个作家的思想或观念都是他所处的那个特定时代的产物，是一个具体的、历史的范畴，"超时代"是绝不可能的。马克思、恩格斯在《共产党宣言》里指出："人们的观点、观念和概念，一句话，人们的意识，随着人们的社会条件，人们的社会关系，人们的社会存在的改变而改变。"作家的思想意识也是这样，作为观念形态的文学作品也必然随着时代的改变而改变。古今中外，有生命力的优秀作品，无一例外地表现了作者所处时代的时代精神。文学评论家面对作家作品也就必须用历史唯物主义和辩证唯物主义的态度对文学作品进行观照、审视，揭示作品的时代性。

任何时代的文学评论都应反映当时的文学创作水平及文学理论发展水平，解决文学创作和文学理论中存在的问题，为当代文学理论的发展和文学创作的繁荣服务，因此文学评论的时代特性在这方面表现得也非常鲜明。

---

① ［英］洛奇编，葛林等译：《20 世纪文学评论》（上册），第 387 页，上海译文出版社 1987 年版。

② 古典文艺理论译丛编辑委员会：《论批评》，《古典文学理论译丛》第 2 册，第 153 页，人民文学出版社 1961 年版。

第二节　文学评论的任务、特征和标准

一、文学评论的任务

文学评论的任务，中外前人有种种提法。古希腊著名哲学家，文艺批评的创始人亚里士多德认为批评（即评论）是：公允地判断之标准。具体说，文学批评的任务就是对文学创作予以"公允"的"判断"，它应该成为人们认识作家、作品的一个共同的"标准"。俄罗斯文学的伟大奠基者、诗人普希金认为批评是：揭示文学艺术作品的美和缺点的科学。

在中国传统文学批评史上，从先秦两汉时期的孔子、王充、王逸；到魏晋时期的曹丕、陆机；到南北朝时期的刘勰、钟嵘、范晔、沈约、颜之推、萧统等；到隋唐时期的王通、陈子昂、杜甫、白居易、韩愈、柳宗元、司空图；到宋元时期的严羽、元好问；到明清时期的李贽（又称李卓吾）、金圣叹、李渔、刘熙载、王国维等，都根据时代的特点、文学创作的实际情况，从不同的角度，对不同的文学体裁的文学创作提出了不同的主张，对名家名作作了深入的分析、评价，也对各历史阶段的名家、名作进行了更全面的审美评判，从而使得中国古代文学评论理论的内容更为成熟丰富，更好地引导了各类作家、诗人的创作。我国新文化运动的伟大旗手鲁迅认为："批评家的职务不但是剪除恶草，还得灌溉佳花——佳花的苗。"① 结合我国国情以及文学创作的状况，文学评论的任务可以概括为以下几项。

第一，评判作品价值。这包涵社会价值和审美价值。文学评论的一个重要任务是分析文学作品与它所反映的社会生活关系，指出作品是真实、深刻地反映了生活，还是歪曲了生活的本来面貌。从这个角度，还可以进一步分析作品的道德观、价值观是否正确等，从而评论者会表示出他自己对作品反映社会生活正确与否、真实与否、深刻与否的见解和评判。从这个角度讲，文学评论是对社会生活的评论。评论者依照作品内容的不同、评论角度的不同，而分别带上政治评论、道德评论、历史意识评论、人生价值评论的性质。评判作品的社会价值长期以来一直是评论重要的任务之一，今后亦是。但值得注意的是，一定要从作品的实际出发，注意到文学反映社会生活的特殊方式，而且评论者的政治、道德、历史、价值观点应该在对作品的艺术形象的剖析中自然表露出来，不要将文学评论等同于政治论文或道德说教，不要离开文学这一反映社会生活的特殊形式，离开作品的实际，只从某种政治观念或道德伦理、价值观念出发，用抽象的原则来套各不相同的作品，这种评论不但没有完成应完成的任务，而且会伤害文学事业，伤害作家，也有损于文学评论。

文学创作是艺术思维的产品，因此评论者在思考评判作品社会价值的同时，也在分析研究作家所创造的艺术形象中的意境、意蕴、节律、文序、文法等艺术特色，诸如艺术形象的神韵、意境如何；作品中所反映的生活内容、所表现的情感内容和作品的艺术形式是否融合、统一；人的本质力量在作品中是否尽情地展现出来，展现到何种程度，有何独到之处；文体营构的艺术技巧有何特色，艺术构思的内在节律有什么特征，文法技巧产生何种震撼人心的魅力，等等——这是审美价值的评判。

---

① 鲁迅：《并非闲话》（三），《鲁迅全集》第 3 卷第 152 页，人民文学出版社 1981 年版。

　　文学是一种特殊的意识形态，是一种"更高地悬浮于空中的思想领域"，[①] 其特殊性就在于它是用审美的眼光来观照世界。高明的作家总是将他用心灵感受到的旨趣、意蕴、韵味及其他创作技巧融注在艺术形象中，让读者在捕捉到作家的创作意图的同时享受到文学美感，从美感中进行艺术的审视和理性的评判，进而产生审美论断。当然，文学家的作品并不都是描写大自然的美景和生活中的美好事物，他们往往是借助艺术的表现而给读者以文学美感。比如闻一多的著名诗歌《死水》，诗中描绘"死水"中的铜绿、铁锈、油腻、霉菌、泡沫以及蚊子的飞舞、青蛙的叫声……都不能给人生理上的或者说感性上的美感，但诗人对旧中国军阀统治所造成的"死水"般局面的愤懑之情，对追求光明、企盼新中国诞生的强烈渴望，通过艺术形象及艺术形式（如抑扬的"音乐美"、形象的"绘画美"、章句排列的"建筑美"、平仄差落的"语言美"）含蓄、完美地表现出来了。文学评论就是将文学作品的这些审美特性揭示出来，从而评判它的审美价值。

　　第二，引导读者鉴赏。文学评论对于读者的欣赏活动具有引导作用，或者说，文学评论有向读者推荐、介绍优秀作品，帮助读者领会作品思想意义，欣赏文学作品艺术特色，提高他们文学鉴赏水平的任务。

　　从文学创作角度讲，文学创作有其固有的客观规律，即作者必须将自己对人生的体验隐藏在艺术形象中含蓄地表现出来，这就增加了普通读者欣赏理解作品的难度。从读者角度讲，一般性读者，由于受素养、知识和欣赏水平，或欣赏经验的限制，文学欣赏往往只停留在直感印象方面，对作品的体验在许多地方不会那么细致全面，那么准确，有时对作品的理解是片面的，甚至是错误的、荒唐可笑的（常常对号入座）。他们看文学作品只关心故事情节，而不去领会文笔情趣、结构技巧，大多为了娱乐消遣。所以明末清初著名小说评点家金圣叹说："吾特悲读者之精神不生，将作者之意思尽没，不知辛苦，实负良工。"[②] 确实，对普通读者来说，文学评论者对作品作出评论，来引导他们鉴赏是极为必要的。将作品精妙的构思、娴熟的艺术技巧、深刻的涵义一一指点给读者，可以提示、帮助和提高读者的鉴赏水平，并帮助读者提高鉴别作品高下、优劣的能力。这是评论者们很光荣的一项任务。尤其对那些在思想上有严重错误，而在艺术上有一定欣赏价值的作品，让普通读者自己冷静、客观地去鉴别是颇为不易的，评论家则应肩负鉴别、指导读者去辨析的任务，提高他们的鉴赏评判能力。鲁迅主张青年人读点坏的、反动的文学作品，以便提高鉴别能力。明代后期的评点家李卓吾在《忠义水浒全传》这部评点书的"发凡"中讲到评点目的时说："书尚评点，以能通作者之意，开览者之心也。得则如着毛点睛，毕露神采，失则如批颊涂面，污辱本来，非可苟而已也。"就有一定鉴赏水平的人而言，由于鉴赏角度、审美兴趣的不同，也可以借助别人的评论来弥补自己鉴赏中的不足。总之，文学评论家是读者的良师益友，通过评论家的一一指点，分析评议或阐释，可以引导读者深入鉴赏作品；也可以成为作家与读者之间的一座桥梁，将读者的意见传递给作家，使作家及时了解读者对作品的态度、看法及社会效果。所以文学评论还有下面一个重要任务。

　　第三，启迪作家创作。文学评论不但可以引导读者，还可以启迪作家，向作家指点出作

---

　　① 恩格斯：《致康·施米特》，《马克思恩格斯选集》第 4 卷，第 484 页，人民文学出版社 1972 年版。

　　② 金圣叹：《读第五才子书法》，《中国历代文论选》第 3 册，上海古籍出版社 1980 年版。

品的优劣，帮助作家认识和发挥其所长而避其所短，逐步形成创作个性，逐步成熟起来。或帮助作家把他不自觉的、半自觉的东西发展为自觉的。在创作与评论实践中，可以看到，新生的作家、谦虚的作家总是盼望评论家对他的作品有所评论，对成绩与不足作出坦诚的评判，使自己在创作上有新的突破。文学创作的新人，尤其需要评论家的扶持和鼓励。我国著名作家茅盾先生和俄国著名文学理论家别林斯基都是备受创作新人尊敬的评论家。女作家茹志鹃的《百合花》曾两次被退稿，后虽勉强发表，也被认为调子低沉，不是好小说，正当她几乎丧失创作信心的时候，茅盾发表了《谈最近的短篇小说》一文，文中用了两千多字对只有六千来字的《百合花》作了充分的肯定，并给予高度的评价，这次评论给了作者极大的鼓舞，并使茹志鹃以《百合花》闻名文坛。茹志鹃后来回忆道："已蔫到头的百合，重新滋润生长，一个失去信心的、疲惫的灵魂，又重新获得了勇气、希望，重新站立起来，而且立定了一个主意，不管今后道路会有千难万险，我要走下去，我要挟着那小小的卷幅，走进那长长的文学行列中去。"①

别林斯基常常敏锐地抓住作家刚刚露出端倪的创作特点，明确、清晰地将特点指点出来，通过他的评论，帮助作家认识和发挥其所长，避其所短，帮助作家逐步成熟起来，并逐步形成创作个性。他的评论使许多同时代的作家增强了创作信心，并坚持了正确的创作方向，他扶植了许多优秀作家。像冈察洛夫（著有《奥勃洛莫夫》）、陀思妥耶夫斯基（著有《穷人》《白夜》《被侮辱与被损害的》《罪与罚》《白痴》等）、果戈理（著有《狄康卡近乡夜话》《钦差大臣》等）……许多作家都得到过别林斯基的点拨引导。

著名作家王蒙对评论家曾镇南批评他的《风筝飘带》写得"太闷气"表示赞同，他说："曾镇南对于《风筝飘带》的这一批评完全正确，写作的时候我太耽于素素的那'被秋风削尖了'的刻薄话，不仅造成思想分寸上的某些失当，而且也造成艺术上的某种'过'与'露'。""曾镇南的一些批评论文之所以能引起我的兴趣，首先不在于他对于一些作品的赞美之词，而在于他敢于也还善于对一些作品提出批评，这些批评相当有见解，有时相当尖锐，富有论战色彩，大多言之有理，甚至可以说是打中要害的。"② 可见，评论家的真知灼见会给作家以触动，或从思想上，或从艺术上给作家以启迪。当作家创作陷入误区，或当作家创作处于困惑，或当文学新人被误识，评论家应责无旁贷地通过他的评论来指点迷津，这有益于促进文学创作的繁荣与发展。

有时评论家也可以吸收某些读者群的取舍与评议，作为社会的代表和喉舌，对作品作出反应，向作家反馈社会对其作品的接受状况，使作家及时了解读者对作品的态度、评价，了解其作品在社会上产生的效果、发挥的作用。此时，文学评论可以启迪作家与时代，与群众更紧密地联系起来，进而创作出更完美的作品。

评论家的评论，不论是赞美作品的长处，还是指出它的不足，只要从作品实际出发，有自己的真知灼见，能对作品作出公允的评判，就能发挥引导读者又启迪作家的作用。

若从广义的文学评论角度讲，文学评论的任务还有：推动文学理论的深入研究、参与文学战线思想斗争、批判继承古代文学遗产等等。

---

① 茹志鹃：《说迟了的话》，载《文汇报》1981 年 4 月 1 日。

② 王蒙：《对当代新作品爱与知》，载《光明日报》1982 年 11 月 18 日。

二、文学评论活动的特征

文学评论活动有其自己的特征，主要表现在两个"统一"上。**其一，文学评论是主体（即评论家）对客体（即审美对象，人们习惯上称"作品"）的审美反映，是主体对客体的建构的统一活动。其二，作品价值的评判表现为确定性和不确定性的统一。**

在文学评论活动中一直存在着两种评论观念：一种是客观论，另一种是主观论。持客观论观念的评论家主要偏重于对作品的本性价值的判断，否定评论者的主体作用，他们要求评论家在评论活动中，一定要自觉地排除任何主观因素，应根据文学本身的规律和法则，以最客观的态度来进行评论活动。这方面的代表性观点有：

"真正的批评家并不是从自己的艺术见解来推演出法则，而是根据事物本身所要求的法则来构成自己的艺术见解。"①

"文学研究的合情合理的出发点是解释和分析作品本身。"②

这是一种"主体"失落的评论观。

持主观论的评论家强调的是高扬自我，作品好坏以主体"我"为尺度，强调"拉辛存在于对拉辛的阅读中，除了阅读，没有拉辛"的主体至上观。这一派的代表性观点有：

"为了真诚坦白，批评家应该说：'先生们，关于莎士比亚，关于拉辛，我们讲的就是我自己，'……优秀的批评家就是这样一个人，他把自己的灵魂在许多杰出的作品中的探险活动，加以叙述。"③

"（批评）是一种发明和永恒创造。"④

这是一种"客体"失落的评论观，这两种评论观都有其合理的一面，但都不全面。

确切地说，文学评论活动是主体对客体的审美反映，是主体对客体的建构的统一；文学评论对作品价值的评判表现为确定性和不确定性的统一，这是文学评论活动的两个基本特征。下面作具体阐述。

先谈特征一。文学作品产生后，尚未进入评论家的审美视野中，此时它只是一种外在于评论家而存在的永久性结构形态，具有可以被感知的本体论性质。当它进入评论家评判视野中时，则成为与评论家发生同构关系的审美对象，此时，它不再是一种本体的存在，而是一种关系性的存在。从这个角度讲，文学评论是一种主客体双向逆反的同构活动，它既具有反映性，又具有建构性。这种反映不是客观论者所说的评论只能作理性反映，对作品内容作理性判断。这是一种审美的反映，它包含着理性的判断，但它却是在审美的感性形式中进行的，而且这种反映与主体对客体的建构密切地联系在一起，它是审美反映与主客体建构的统一。具体地说，文学评论的特征是：它既不单纯地表现在审美对象的理性反映上，也不单纯地表现在评论家的主观臆断上，而是存在于评论家与审美对象的建构关系中。建构是一个持续不断的过程，随着评论家与审美对象建构关系的不断深化，审美对象（即文学作品）的价值也就不断地被发现和确定。这种评论特征既重视审美对象，也重视评论家，改变了以往

---

① 莱辛：《汉堡剧评》，第100页，上海译文出版社1981年版。
② 韦勒克、沃伦：《文学理论》，第145页，三联书店1984年版。
③ 法朗士：《生活文学·序言》，《西方文论选》（下卷），第267页，上海译文出版社1979年版。
④ 圣·佩韦：《名妇女评传》，《西方文论选》（下卷），第195页，上海译文出版社1979年版。

"客体论"与"主体论"的片面性。

再谈特征二。文学作品的内容不是用概念的形式来表现的，而是通过情感、想象的感性形式来表现的。它的思想内容蕴含于字里行间及艺术技巧中，这就使文学作品的思想内容具有极大的含蓄性，这种"含蓄性"给评论家带来了"不确定性"。在文学评论活动中，评论家总是以自己的审美经验形成审美心理结构，这种审美心理结构与文学作品之间形成一种建构关系，并以这种建构关系为中介去判断文学作品的价值，这样，面对同一个审美对象（文学作品），在不同的评论家和审美对象之间就会形成不同的建构关系，文学评论就有了"多样性"的特点，即"不确定性"。这就是人们常说的"一千个观众就有一千个哈姆雷特"。但对评论家来说，他对文学作品的感觉分析、评判是确定的，正是评论家这种确定性才使各自的评判显出不同。再者，文学评论活动不是一次性完成的，随着审美活动的不断深入，审美对象不断地改变或纠正评论者的评判，从这个角度讲，也是确定性与不确定性的统一。概括地说，文学评论活动中，对评论家而言，其评判是确定的；对文学作品这个审美对象而言，评判是不确定的。而归根结蒂，文学评论活动的特征之一是确定性和不确定性的统一。

文学评论的这两方面特征，为评论家的再创作活动提供了科学的基础。真正有创见、有力度的评论，往往表现为评论在多大程度上介入和揭示审美对象，突破前人的评论，创立一种科学的有独创性的批评，哪怕是局部性的超越也是很有意义和价值的。若能从文学作品中将作家自己都没有意识到的意义通过评论揭示出来，令作家感叹信服，则这位评论家的评论活动就更有意义了（像茅盾评茹志鹃，别林斯基评果戈理、冈察洛夫的评论那样）。而这种意义是建立在文学评论的这两个特征的基础上的。

三、文学评论的批评标准

文学评论的批评标准乃是根源于人们对文学的性质、任务的理解，评论家们确认理想的文学作品应该具备什么样的品质，它在社会生活中该起怎样的作用，这种认识在批评实践中就形成了标准。所以概括地说，文学评论的批评标准是指一定时代、一定阶级的人们据以分析、评论和判断文学作品有无价值和价值大小的尺度和准绳。它包括思想标准和艺术标准，并呈现出多元化的特色。

在中西文学批评史上，我们经常可以看到，由于不同阶级在文学上具有不同的利益需要，因而其在文学上的代表人物各自提出不同的批评标准，有的提出现实主义的标准，有的提出表现主义的标准，有的提出先验主义的标准，有的提出结构主义的标准，有的提出感情的标准，等等。也有的评论家认为批评不需要标准，如法国印象派批评家法朗士认为："批评家应该彻底地明白：无论哪一本书，都是有多少读者便有多少不同的样子的"，"在艺术和文学的境界里，决不会有众口同声的一致，也决不会有确立不移的意见。"① 尽管评论家可以对批评的标准做出各种规定和具体的解释，但文学在其自身的发展过程中，逐步形成并丰富了自身的特性、功能和创作规律，这种特性、规律具有客观的规定性，于是由此派生出来的标准，就具有广泛的适应性。简言之，文学评论标准的存在是否定不了的，正如鲁迅先生指出的那样："我们曾经在文艺批评史上见过没有一定圈子的批评家吗？都有的，或者是

---

① 琉威松编：《近世文学批评》，第24、10页，商务印书馆1928年版。

美的圈子，或者是真实的圈子，或者是前进的圈子，没有一定圈子的批评家，那才是怪汉子呢。"①

文学评论需要批评标准这是确定无疑的。宽泛地讲，文学评论的批评标准包括思想标准和艺术标准，思想标准是衡量文学作品思想性正误高低的尺度；艺术标准是衡量文学作品艺术性优劣高低的尺度。

1. 文学评论的思想标准

文学作品的思想性是通过主题、内容（包括意象、意蕴）所显示出来的社会、政治、道德、哲学、宗教等意识形态的观点及其产生的思想力量。作为观念形态的文学作品，都是人类思想感情的反映，在评论文学作品思想性时，主要从三方面切入评判。

第一，分析作品与社会生活的关系是否具有高度的真实性（即生活现象的真实与历史本质的真实的统一），为读者提供某种哲理性认识。

文学作品是人类思想感情的反映。这种反映无论深或浅，显或隐，直接或间接，都会在文学作品中表现出来，无思想内容的"纯艺术"是不存在的。别林斯基说过："哪里有生活，哪里就有诗，从而也有诗的内容。只有内容才作为衡量一切诗人（天才也好，普通才能也好）的真正尺度。"② 思想内容的真实性如何，这是衡量文学家及其作品优劣的重要标准。

生活的真实与作家所创作的文学作品的真实是既有联系，又有区别的。文学作品的真实建立在生活真实的基础之上，但它是通过作家的感受、体验后以特有的艺术假定性来表现的艺术真实。因此在评论作品思想性时，要考察文学作品与生活的关系，检验和判断作品在准确反映生活和文学形象的内在联系时达到了何种程度，是否做到了生活现象的真实与历史本质的真实、艺术的真实的真正统一；是否把握和反映出生活发展的必然趋势；是否形成了对社会发展规律的自觉认识，为读者提供了某种哲理性的认识。

第二，分析作品的思想内容融注了作家何种倾向性，有何意义与影响，是否正确地表达了人民群众进步的思想和愿望，是否正确地反映了历史发展的趋向。

文学作品的倾向性是作家的世界观、思想情感在文学作品中的集中体现。倾向性应该建立在真实性的基础之上，能反映客观事物内在本质和社会历史发展规律，体现时代的精神。作家的思想倾向性是通过艺术形象表现出来的（尤其是主要的人物形象），而不是生硬地指点出来，硬塞给读者，评论家要通过艺术形象的分析，来看作品的倾向性。例如杜甫的《北征》是一篇以纪行叙事为主的鸿篇巨作，表面看，写他离开凤翔，回鄜州羌村去探望家小的经过，但在叙述描写中，尤其是通过"平生所娇儿，颜色白胜雪，见耶背面啼，垢腻脚不袜，床前两小女，补绽才过膝……"等句的描写，深刻地揭露了安史之乱时期的社会悲惨景象及社会矛盾，表达了他希望唐肃宗作一个像唐太宗李世民那样"树立甚宏达"的好皇帝，使唐王朝得到"中兴"的思想倾向及忧国忧民的思想感情。

第三，分析作品的情感会对读者产生何种影响。文学作品的魅力不仅在于思想深度，而且也要有动人的情感。诗人艾青论诗时曾说：给思想以翅膀，给感情以衣裳。没有感情的华

---

① 鲁迅：《批评家的批评》，《鲁迅全集》第 5 卷，第 428 页，人民文学出版社 1981 年版。

② 别林斯基：《别林斯基论文学》，第 24 页，新文艺出版社 1958 年版。

采，思想也飞翔不起来。罗丹说得更干脆："艺术就是感情。"① 文学作品是用形象思维反映生活的，形象思维的最鲜明的特点是有强烈的思想感情。文学作品中的人物形象必须写出真情，就是作品中的山川日月、花鸟虫鱼也应写出情感，使一切景语皆成情语。当然，人物的感情是复杂的，因此，作家必须刻画出丰富的、有个性色彩的真情实感来，只有这样，才能展现人物真实的个性。读者从活生生的人物的喜怒哀乐中与其产生共鸣，并根据形象的丰富复杂性来捕捉作者融注其中的思想及感情倾向性，从而来认识生活的丰富复杂性，从中接受教育。而文学作品的教育作用正是依据艺术形象的感染力来实现的。比如读者可以从沈从文的小说《阿金》中的阿金这个人物形象中感悟到：待人处事确实要真诚，但也应该有主见，否则处事会坐失良机，一无所获，读者会对阿金最终未能娶成媳妇产生遗憾的审美感受；读者也可以从这篇小说的另一个人物形象——地堡的塑造中感悟到：日常生活中常常有像地堡这样的人，好心办坏事、蠢事，令人气恼而无奈。

2. 文学评论的艺术标准

文学评论的艺术标准主要用来评判文学作品的艺术性。文学作品的艺术性是指作家的艺术才情、修养、创造力等各种因素在其创造的作品中所显示出来的艺术魅力及其所达到的艺术水平。艺术性由作品的文体构成、形象创造、意蕴表现这几方面来体现。用艺术标准来分析评判作品的艺术性时，主要是从这三方面进行。对文体构成的评价就是对文体的外在形态、内部结构所达到的完美程度作出评判，即语言、结构、表达方式技巧等要素构成的文体是否符合艺术的形式美法则，是否富有充分的表现力；对艺术形象的评价主要看艺术形象是否鲜明、生动、独到、典型；对意蕴的评价主要是对文学作品深层象征意蕴的分析评判，即情感内涵、哲理内涵等评论。

艺术性还可以分为技术和技巧两个层次，技术、技巧类似于清代评论家叶燮所讲的"死法"与"活法"。所谓"死法"就是"定法"，指大体的规则、既定的方式；所谓"活法"就是"无定法"，即指出于规矩之外，变化不测而又不违背规矩的灵活之方法。茅盾先生曾对技术、技巧做过形象的阐述："技巧不同于技术。技巧中包含技术，但掌握了技术不一定就有技巧，比方说，甲乙二人演同一个戏。观众认为甲的表演'够味'，而乙演的'不是那么一回事'。乙在演出中，并没有唱错一句，也没有走错一步，也就是说，乙的唱白和做工，都合规格，但尽管都合规格，可惜，整个表演却缺乏神韵。合于规格的唱白和做工是技术；没有这技术，根本就不能上台；然而还须演得神韵盎然（也就是说，能把戏中人物的随时在变化的思想情绪恰到好处地表现出来），这才算有技巧。"② 技巧是艺术性的核心。评论文学作品的艺术性如何，要看作家有多高的技巧，是否把艺术形象写得活灵活现，神韵盎然，能否使文体外在形态和内部结构达到生动完美的程度，是否有作家独到的艺术表现技巧。人们称金庸为20世纪中国文学史上最杰出的小说家之一，是因为金庸小说最突出的艺术特性是：雅俗共赏。他的读者群既有工农兵学商，也有专家、学者、教授，还有政治家们。"雅俗共赏"是一种难能可贵的艺术境界，蕴含着极高的艺术技巧，金庸能巧妙地把通俗文化的娱乐性、模式化、通俗性与纯文学的探索性、独创性、自我表现性交融在艺术形象群之中，让读者在艺术共鸣中，受到思想上的感悟、启迪。

---

① 罗丹：《罗丹艺术论》，第3页，人民美术出版社1978年版。

② 茅盾：《茅盾论创作》，第573～574页，上海文艺出版社1980年版。

文学评论的批评标准在理论研究中独立分割开来条分缕析，但在评论具体作品时却是有机统一、浑然一体的。尤其是那些内容与形式达到高度统一的作品，艺术标准、思想标准已难以做出区分了。

第三节　文学评论的方法

文学评论活动中，文学评论方法的选用也很重要，它既牵制着评论者以怎样的方法评判文学作品、文学现象等各种关系，又规范着评论者鉴赏文学作品、文学现象的角度。所谓文学评论的方法，其涵义是指：评论家以怎样的方法观察分析文学作品和文学现象内外的各种关系。例如：作品主体与创作主体的关系，作品主体与接受主体的关系，文学作品内容与形式的关系，内在形式与外在形式之间的关系，等等。观察分析不同的关系可以有不同的方法，概括起来讲，文学评论常用的传统方法有：逻辑法、演绎法、分析法、综合法、社会批评法、比较文学批评法等。

20 世纪 50 年代以来，文学评论领域里批评方法花样翻新，流派众多，韦勒克和沃伦最早在《文学理论》一书中将文学评论分为两大体系，一种是"外在的方法"，另一种是"内在的方法"。尽管他们对"外在""内在"的界定有其局限性和偏颇性，但也还有可借鉴之处。严格地说，"外在的方法"主要是从文学的外部关系，把文学创作视为一种开放的具有多种外部联系的社会精神活动，将其放在社会、历史发展的背景下来考察它和社会生活各种因素（诸如政治、法律、哲学等）的相互影响、相互作用的复杂关系，进而深入探讨与解释文学创作的规律、文学作品的特色与价值等。其中最重要的方法是：社会—历史评论方法、心理批评方法（亦称精神分析法）、比较文学批评法等。

"内在的方法"则是从文学的内部结构和形式入手，把文学创作视为独立的封闭的精神活动，通过对其内部各种因素运动、组合、变化等问题的考察，来衡量、评价文学作品的优劣高下，其中最主要的方法是：结构主义批评方法、原型批评方法、符号学批评方法、文体学批评方法等。

下面对一些常用的批评方法进行介绍。

一、社会批评法

有的教科书称其为社会—历史批评法，在西方称为历史—传统类文学批评方法。这个方法无论在中国还是在西方，几乎伴随着文学评论的整个历史发展过程。它是一个具有较高科学性的系统化的方法体系。简单回顾一下社会批评法产生发展的历史，有助于理解这个方法的特征。

西方学者埃德蒙·威尔逊认为"社会批评源出于 18 世纪维柯对荷马史诗的研究，他的研究揭示了希腊诗人所生活的环境……但使之完全确立的是一位叫丹纳的法国人，他的名言是：'文学是时代、种族和社会环境的产物。'"[1] 意大利的文艺理论家维柯被认为是社会—历史批评的先驱，但由于条件限制，未能自觉地形成一个体系。后经过长期探索积累，到

---

① 魏伯·司各特：《当代英美文艺批评的五种模式》，第 62 ~ 63 页，重庆出版社 1983 年版。

19 世纪，法国文艺理论家丹纳成功地运用社会学批评法评论文学现象，并建立了比较完整的社会学批评方法论。丹纳认为：“要了解一件艺术品，一个艺术家，一群艺术家，必须正确地设想他们所属的时代的精神和风俗概况，这是艺术品的最后解释，也是决定一切的基本原因。”① 他将种族、环境、时代作为社会三大要素，并根据这三个要素在不同时代的不同作用和影响，来分析研究不同风格和流派的文学作品，并注意从历史发展中评价文学作品的价值。其基本特征是：着重从社会学和文学的角度观察、分析、评判文学作品或文学现象。文学的本质属性是社会性，这种评论方法从社会学的角度出发，观察、分析、评判文学作品，无疑是把握了文学最根本的内容。因为文学是人类社会的精神产儿，文学全部的创造活动和文学评论活动也是一定历史时期内具体社会形态中人的精神活动。社会的运动是影响、制约甚至控制文学发生发展的决定性因素，文学的一系列纷繁复杂的现象和规律，都能在文学和社会的相互作用中找到根源，获得比较可靠的解释，因此，社会批评方法是一个最贴近文学本质的方法。这种批评方法的原则是：考察文学作品的真实性程度，分析作品的社会价值和进步意义以及评价作家的社会理想、人格等。其中考察真实性是第一位的工作。真实性是评判作品价值的必要条件，只有符合社会现实（包括历史）的真实内容和面貌，文学作品才谈得上是“社会生活的反映”，才对读者具有认识和教育作用。真实性又可以从人物形象复杂微妙的情感心理活动的可信性和合理性的角度去分析把握，这样可以更好地分析作品的社会价值、进步意义（这便是社会学批评的社会效果的评论）及作家的社会理想、人格等。

在 19 世纪 30 年代至 60 年代，俄国的别林斯基、车尔尼雪夫斯基、杜勃罗留波夫等评论家使社会批评法得到了进一步发展、丰富和完善，他们把文学批评的基点确定在文学内容的社会进步性上。“活得最长久的艺术品都是能把那个时代中最真实、最实在、最足以显出特征的东西，用最完美、最有力的方式表达出来的。”② 他们在对文学作品的价值判断中，将能否反映和体现时代进步倾向和潮流，作为衡量文学作品的重要尺度。同时，他们也十分重视文学自身特殊的内在规律。别林斯基强调，作为文学的批评，“每一部艺术作品一定要在对时代、对历史的现代性的关系中，在艺术家对社会的关系中，得到考察，对他的生活、性格以及其他等等的考察也常常可以用来解释他的作品。另一方面，也不可能忽略掉艺术的美学需要本身，……当一部作品经受不住美学的评论时，它就已经不值得加以历史的批评了。”③

文学不等于生活本身，它是通过作家的主观创造，按照艺术创造独特规律创作出来的语言艺术形象，是从生活中提炼加工概括而成的生活画面，因此，文学的真实是艺术的真实，它只能通过特殊规律和形态来把握，因此，在评论真实性的时候，还必须考察分析文学手段和形式是否合情合理地反映了社会，是否精妙地刻画了一个民族、一个时代的共同感情，是否展现了作家的心灵，是否提供了哲理性的美学思考。总之，文学的审美特性要与真实性紧密地联系在一起。韦勒克和沃伦也指出：“倘若研究者只是想当然地把文学单纯当作生活的一面镜子，生活的一种翻版，或把文学当作一种社会文献，这类研究似乎就没有什么价值。只有当我们了解所研究的小说家的艺术手法，并且能够具体地而不是空泛地说明作品中的生

---

① 丹纳：《艺术哲学》，第 7 页，人民文学出版社 1983 年版。
② 朱光潜：《西方美学史》（下卷），第 183 页，人民文学出版社 1964 年版。
③ 《别林斯基选集》第 3 卷，第 595 页，上海译文出版社 1980 年版。

活画面与其所反映的社会现实是什么关系，这样的研究才有意义。"①

社会批评法在漫长的发展过程中，逐步形成了一种独特的方法体系，是一种历史悠久的方法，也是一种有深度的批评方法，初学评论写作者应该很好地把握好这种批评方法。

二、结构主义批评法

结构主义批评方法属于广义的形式主义批评方法的范畴，法国批评界称其为"新批评"。"结构主义"是当代人文科学领域内涉及范围很广的一个概念。它从语言学发端，影响了人类学、文学、哲学、心理学等。

用结构分析的眼光看问题始于瑞士的语言学家费尔迪南·德·索绪尔。他的著名公式是：言语活动＝语言＋言语。他认为语言学要研究人类的言语活动，必须既有语言研究，又有言语研究，两者既有区别，又有联系。他说：语言是言语活动中社会性的和系统的部分，而言语是个人的和或然的。同时索绪尔也认为语言分析的真正对象是语言系统内部各项要素之间在一定时间内的相互作用及价值。因此索绪尔的"系统"观念——"整体的价值决定于它的部分，部分的价值决定于它们在整体中的地位"②及辩证的方法论，对其他学科产生了强烈的影响。文学评论中的结构主义批评法就源于索绪尔的结构主义语言批评法。

最早把结构主义引入文学评论中的是俄国形式主义批评家、现代符号学权威罗曼·雅各布森，从音素、语素、词、句子等组合关系入手，对诗歌进行分析，做了结构主义批评的最初实践。对结构主义批评的形成起最大作用的是法国的罗兰·巴特。巴特在 1966 年发表的论文《叙事作品结构分析导论》中主张建立一种以语言学与文学相结合的批评模式。他认为语言中某一孤立元素本身无意义，只有与其他元素及整个体系联系起来才有意义（与索绪尔观点相同），而作品中某一层次也只有与其他层次及整部作品联系起来才有意义。他创立了一个由三个"描述层"组成的文学作品结构模式：①"功能"层（作品中的细节）；②"行动"层（作品中人物行动）；③"叙述"层（人称和非人称的语言记号）。通过这个结构模式，明确提出了文学作品是个完整的体系，它有清晰可辨的内在结构，他将社会的、历史的因素作为外部因素排斥在评论视线之外，因此人们把这种方法称之为"内在的文学评论方法"。

结构主义批评方法的基本特征是：不大重视事物的因果关系，而更重视事物的结构。它研究的重点是现象之间的关系，而不是现象本身的性质。它认为文学作品的独特审美价值是由作品的文字结构实现的，作品的文学价值就正体现在，并且只体现在文字结构中。

结构主义批评方法遵循以下几条原则。第一，冷静、客观地分析。批评家的目光只专注于作品本身的分析，不必关照作者的创作意图、读者的主观感受，更不允许批评者主观印象式的发挥。第二，寻找作品内部模式，表明结构特性。结构主义的批评方法要求客观分析，但这种客观分析与社会学批评方法要求的客观性不一样，它是一种立足于作品自身的"内在的"客观性，不是作品之外的客观性。即结构主义批评方法重在作品内部寻找潜在的模式，借以挑明隐蔽的秩序，揭示组织的规律，表明结构的特性。第三，透过感性表象，将隐

---

① 韦勒克、沃伦：《文学理论》，第 104 页，三联书店 1984 年版。

② 索绪尔：《普通语言学教程》，第 178 页，转引自胡明扬主编：《西方语言学名著选读》第 101 页，中国人民大学出版社 1988 年版。

蔽在字里行间的内在结构规律化繁为简地透视出来，深化文学评论。

结构主义批评方法的局限性也很明显。它从语言学出发而未能摆脱语言学，划不清文学与语言之间的界限，比起语言来，文学要复杂得多，文学的三个表现要素：表现者、表现对象、表现方式（语言只有表现方式），它们都是变量的，每个都有丰富的内涵，因此排斥文学作品的思想、情感，把"文学性"当作一种符号学的目标去研究，缺少文学审美、社会、历史等人文色彩的内容，就走进了形式主义的歧途，应加以改造，使其成为一种科学的批评方法。

当然，我们也要看到结构主义批评方法蕴涵着可借鉴的精华，孤立的文学因素本身无意义，只有与其他因素及整体联系起来才有意义。这是很有启发性的，它采用的逻辑方法对我们也有借鉴意义。如果我们能将结构主义批评方法恰当地运用到作家的系列作品中，可以发现作家一贯性的意识结构特点、规律性的思维特征和艺术特征，及作家的创作风格。这是从形式批评走向了内容批评，是结构主义批评方法成熟运用的表现。

在我国古代文学批评中，从语言的角度进行评论积累了丰富的经验。"言外之意""言有尽而意无穷""篇无余句，句无余字"等都是从语言的角度评论作品，尤其在诗歌方面，已形成我国古代自己的特色。这虽然与结构主义批评方法不能相提并论，但在从语言文字入手进行评论这点上还是有些共同之处。至今在评论实践中，我国的许多评论家，仍直接提"语言批评"，而不提"结构主义批评"。

三、心理批评法

心理批评法又称心理分析法或精神分析法，是文学评论中一个重要的方法体系。它根植于奥地利精神病学家、心理学家弗洛伊德和他的学生——瑞士的荣格。

西蒙德·弗洛伊德很注重对潜意识的研究，他把潜意识分为前意识和无意识两个部分，他认为有三个精神因素：即"本我""自我""超我"，决定着人的精神过程。"本我"，是本能永恒的冲动，它遵循快乐原则，下意识地寻求发泄和满足；"自我"，是一种较高的精神功能，它遵循现实原则，发挥节制"本我"和"超我"的作用；"超我"，是道德原则下形成的下意识的是非观和良心观，是道德化了的"自我"。这三者之间的关系形成了一个人的全部性格特征和心理状态。弗洛伊德还认为，一切文学创作的根本原因在于无意识性冲动，就是把压抑的痛苦观念或记忆从清醒的意识中转移到作品中去。心理批评就是把捕捉文学创作的无意识性冲动作为首要任务，无论什么样的文学作品，都可以间接或直接地寻找到无意识的动力。他们这种观点有着明显的局限性和荒诞性。

荣格扩大了无意识的内涵，把创作动力视为一种原始的生理性冲动，认为种族的原始意象和精神是影响支配作家创作的发动机，他们都忽略了社会的历史的内容，否定了作家的主观能动性。荣格的观点仍然存在着局限性。

西方一些评论家，使用这种批评方法时完全依附于弗洛伊德的精神分析法，接受其"泛性论"的观点，因此在评论作品时，总是把性欲冲动以及受压抑的"伊德"当作是作家写作的根本原因，实质上将作家放在了精神病人的位置上研究（大多数作家不同意自己是精神病患者的说法），这就使心理批评方法显得牵强附会、简单化、庸俗化，从而使评论缺乏说服力，也使心理批评与弗洛伊德学说一样名声不佳。由于心理批评的目光是作家，所以评论家不关注文学作品传达的社会内容，不关注文学作品的艺术价值，这样，运用这种方法评论作品就很难全面、公允地去分析、评价作品，也就很难发挥引导读者鉴赏、启迪作家创作的作用。

近代以来，随着心理学的发展完善，随着文学对人的心理世界的日益关注，各种深入细腻地表现内心世界的文学创作也日益丰富，评论家从心理角度剖析文学作品也日益增多，并形成各种流派和方法体系。许多中外评论家对心理批评方法作了改造，批评对象由评论作家的心理，扩展到评论作品人物的心理，评论读者的欣赏心理及各种复杂文学现象的心理活动规律，并将心理深层分析由"性本能"单一因素扩展到社会因素，这样评论就既全面又切合实际，易被读者接受。有些评论家也注意到评论人物形象心理的特殊魅力，这样，心理批评方法也能较好地评论作品的艺术价值。

中国当代的一些评论家，像鲁枢元、宋之毅、吕俊华等都对心理批评的方法作了认真的探索和研究。吕俊华的《论阿Q精神胜利法的哲理和心理内涵》运用心理批评法对阿Q形象作了崭新的解释，有一定深度。吴俊在《当代西绪福斯神话》一文中对史铁生的生命体验和精神痛苦所形成的心理状态作了剖析，从中发现史铁生小说中潜藏着的性自卑情结。吴文的心理批评，连史铁生本人都称赞评论写得"很像我，我看干脆就认为那就是我吧。"①

心理批评方法的基本特征是：注重研究作家的潜意识在作品中的流露，或者说是研究作家个人心理与作品之间的关系。更确切地说，是研究作家创作心理活动（心理机制、心理过程、心理内涵）；研究作品中人物形象的心理特点；研究读者的欣赏心理及各种复杂文学现象的心理活动规律。

心理批评方法的优点是：它是一种心理深层的批评，有助于评论家更好地、更深入地了解作家和作品的关系、作品中蕴含的作家个人的心理情绪，寻求作家个人经历在作品中的印记，挖掘作家塑造人物形象的深层微妙意图。这种批评方法可以弥补社会批评方法只注重作家思想、世界观对作品的影响，忽视作家心理对作品影响的不足。可以说，不了解作家的创作心理，同样不足以对作品作出公允的评价。

当然，心理批评方法远不是一个完善的科学的体系，需要在评论的实践中不断改造、完善。

四、原型批评方法

原型批评方法又称神话批评方法，或称"用神话的眼光看文学"的方法，它和心理学也有着密切的关系。原型批评的一个理论基础是格斯塔夫·荣格的"集体无意识"理论。荣格用"种族心理积淀说"来解释"集体无意识"，他认为每个人都是种族的人，在每个人的记忆深处都积淀着种族的心理经验、神话、图腾崇拜、怪诞的梦境等，往往包含人类心理经验中一些反复出现的"原始意象"，它们就是集体无意识显现的形式，因此又被称为"原型"。他说：原始意象即原型——无论是神怪，是人，还是一个过程——都总是在历史过程中反复出现的一个形象，在创造性幻想得到自由表现的地方，也会见到这种形象。因此，它基本上是神话的形象。伟大的作家之所以写出伟大的作品，是因为他在集体无意识的影响下，不自觉地在作品中体现了某些原型，触及了种族之魂。而读者在读到这类作品时，原型触动了他们潜藏至深的集体无意识，于是心灵最深处受到震撼。由此可见，原型批评着眼于作家个人心理中的集体无意识，而不像心理批评那样只着眼于作家个人心理。

---

① 史铁生：《1988年9月22日致〈文学评论〉编辑部的信》，载《文学评论》1989年第1期。

原型批评的另一个理论基础是英国人类学家詹姆士·弗雷泽的观点，他认为古代各民族的死而复活的传说和祭祷仪式与草木荣枯有序、盛衰有时的春夏秋冬四季循环有关，人与万物的生死一样，有死亡、有复活，于是造出神话和仪式以模仿这种变化节律。

加拿大的批评家诺思罗普德·弗莱吸收了心理学与人类学的研究成果，他的理论融汇了荣格与弗雷泽的主要观点，把它们化为具体可行的批评途径，他认为原型就是：典型的即反复出现的意象。原型在文学中不断出现、重复，形成一种文学传统，因此，各种文学都具有普遍的原型或循环演变的程式。为此，弗莱给批评家提出的任务是：从作品中辨认出它的基本文化状态，寻找反复出现的原型因素，即神话和仪式的因素，发现那些具有原型意义的象征、主题和情节。要做到这点，就不能把每部作品孤立起来看待，他希望把每部作品置于整个文学关系中，从宏观上把文学视为一体。弗莱的原型批评理论的特征便是：原型批评是一种宏观的文学批评，它要突破文学作品本身的界限，达到一种对文学总体轮廓的清晰把握，这是一种要求很严的评论方法，它对批评家要求很高，批评家不但要了解某一部作品，而且要了解其他有关作品，批评家的文学及其他知识越丰富，评论水平就越高，批评也就越有分量。

原型批评方法有其突出的优点：其一，开拓思维空间，加强文学评论对人类自身的认识。其二，开拓思维方式，原型批评的思维方式是发散性的，一般的批评方法在思维方式上是：由作品想到作家、时代，而它要由一部作品想到许多作品，由作家个人想到整个种族，由种族的现在想到它的过去——这样从文学史追溯到种族心理，再宏观地把握作品，这样能提高评论的质量。

在我国，有一些学者运用原型批评法来分析文学作品，取得了一定效果。像郭沫若写出了《中国社会研究》，顾颉刚写出了《古史辨》，闻一多写了《神话与诗》，还研究了《诗经》《楚辞》及宋玉的《高唐赋》，考证出高唐神女与涂山氏、简狄的传说有共同的来源，追溯源头，是以生殖机能为宗教的原始时代的一种礼俗。另外像钱理群、黄子平、陈平原等学者也在这方面做了认真的探索、研究。

原型批评方法的局限性也是显而易见的，它忽略对文学作品中作家主观精神的评价，无视文学作品反映现实生活的积极意义，缺乏对文学作品精细的审美分析，把文学创作看作是对神话的复述，把文学评论变成了考古研究，视文学作品的形式为永恒不变、无限循环的模式，所有这些都有碍于文学的创新和发展。因此，原型批评方法中的神秘主义的东西应该摒弃，原型批评方法不注意评价，只作识别、解释的不足也应该得到改进。

五、比较文学批评方法

比较文学批评方法是文学评论中很有特色的一种外在方法体系，它有广义与狭义之分。狭义是指跨越国界的文学比较。广义是指跨越国界、学科界限（即文学与其他学科间比较）的文学比较。我们这里指的是狭义的比较文学批评方法。

文学比较的实践活动有着悠久的历史，古罗马时代的著名文艺理论家贺拉斯，以及以大诗人但丁等为代表的文艺复兴时期的文艺巨匠们都进行过文学比较的实践活动。启蒙运动的著名作家伏尔泰、歌德在推动东西方文化交流、运用比较文学的方法方面也做出了杰出的贡献。

比较文学批评引人注目的是，它的研究对象是跨国的各民族文学之间的关系。这独特的研究对象构成了它本身的质的规定性。从诞生至今有不少学派，最具代表性的有：法国学派、美国学派、苏联学派。目前最有影响的是以梵·第根、伽列和基亚为代表的法国学派和以韦勒克等人为代表的美国学派。

1. 法国学派——影响比较研究

法国学派强调影响研究，因此也称"影响比较"派。其代表人物是法国学者梵·第根、伽列和基亚。他们认为比较文学方法的主要任务是研究两个民族或国家的文学相互之间的直接影响、事实联系（事实联系包括主题、题材、体裁、人物形象、艺术技巧、思想感情等方面的借鉴、交流、应用）。例如，果戈理的《狂人日记》中哪些方面对鲁迅发生影响，是怎样影响的；或换个角度研究：鲁迅怎样创造性地吸收、消化、发展果戈理的影响，鲁迅的《狂人日记》有哪些独特的面貌。

基亚在他的《比较文学》一文中系统地总结了影响比较方法。他从三个基本要素出发并展开研究。

第一，研究放送者（亦称"流传学"研究）。这是从影响的起点出发，主要是研究一国文学的作家、作品、文学思潮、流派对其他国家发生影响的情况，这是一种影响力的探索：一个作家及其作品自身具有怎样的价值，在别国受到什么样的对待和理解，并对别国的作家、作品、流派产生了什么样的作用和影响等。比如鲁迅的《摩罗诗力说》、范存忠的《〈赵氏孤儿〉在启蒙时期的英国》及《尼采和中国文学》《莎士比亚与中国文学》等论文或课题都是采用这种研究方法。

对放送者的研究会涉及许多复杂情况，因此在影响比较方法中，要将放送者的作用视为一个过程，只有这样，才能总结出比较全面、科学的评价。

对放送者的研究既可以探求宏观文学整体上的规律，也可以在作品价值、风格、技巧等微观问题上作比较。无论宏观还是微观影响研究都必须注意：要根据评论的目的和对象确定或选择比较的基点。一般说，有三个：一是立足于作家作品本身价值的探讨，从他们在别国的影响，在更广阔的背景下认识他们的价值；二是立足于本国文学的特点和发展规律，从外国作家作品在本国受到的理解、评价，发现本国文学的特点；三是立足于各民族文学相互关系或某些艺术规律的研究，从放送者与外国文学的接触、影响方式、艺术上的作用与刺激反应、发现某些世界文学交往和艺术融合的规律。

第二，研究接受者（亦称"渊源学"研究）。这是从终点开始，对作家、创作流派接受外国文化影响情况的研究，从接受者的创作中发现和分析外来影响的作用，从而更全面、深刻地评价作家作品的价值，并从中总结概括出借鉴、吸收别国文学的经验和规律。

接受外国文化影响的内涵比较丰富，有的源于外国的自然景物、音乐、绘画、民俗的影响；有的源于某作家作品的主题、题材、体裁或细节的影响；有的源于外国社会、文学、科学等多种因素的影响。有的影响因素容易捕捉，有的却是隐蔽的、潜在的、渗透性的，后一种就难以捕捉把握，因此研究时要十分细心。

对接受者的研究，法国比较文学学派主要是研究作家与外国文学的一般关系，如作家阅读的书目，与外国作家和文学的关系，在人格、技巧、主题原型上与外国文学的联系等，带有明显的考证色彩。这样研究难以真正全面地解释和说明文学接受者的创造性。现在更多的评论家在研究接受者时将重点移到文学艺术的范围上，通过作品的相似性而体现出来的创作追求、艺术风格和审美趣味的某种渗透和吸收，来捕捉接受者改造发展别国文学特点和经验的独创性。但由于接受者的修养不同，接受的水平就会不同，这是评论实践中要注意的问题。

第三，研究媒介者。这是对翻译、介绍一国文学给另一国的翻译家以及促成交流和传播的环境的研究。任何翻译和介绍都有一定的选择性，而且翻译家个人的思想境界、审美观念、艺术修养、文字表达能力等都会影响放送者的价值的准确实现，甚至对别国文学思潮的形成有极大的影响。对翻译家这种个人媒介体的批评极为重要。个人媒介研究重点是：一要把握好他们的艺术趣味风格的修养；二要把握好在翻译过程中选择性等各种因素对他们的影响。

媒介环境实际上是集体的媒介，某文学社团、某文学杂志都有可能形成一种持久强大的影响。像创造社、太阳社、文学研究会都曾翻译介绍过大量的外国文学，对中国新文学的建立以及其战斗性、群众性的形成产生了不可估量的促进作用。

媒介环境研究包括对社会、组织的趋向、传播方式、功效、作用等内容的分析考察。环境媒介的研究要把握好媒介环境集体选择的内在心理和时代原因。

2. 美国学派——平行研究

平行比较方法是部分美国学者常用的文学评论方法，代表人物是韦勒克。他提倡以文学作品研究为中心，强调对韵律、措辞、风格、技巧等文学作品内在因素进行分析。这样平行比较的研究对象便是：探讨作品的类同，探讨作品的对比。所谓"类同"即两部没有必然关联的作品之间在风格、结构、语气、观念、韵律等方面所表现的类同现象（类同的创作规律）。"对比"是寻找两部作品的共同点及殊异处，通过平行对比发现审美习惯、艺术特色。类同与对比不是任意的、无所依据的比较，而是以共同点为基础。一般有主题学研究、题材史研究、类型学对比研究、文体学研究等。

平行比较方法的特征是：用文学理论和创作的一些基本概念、主要问题，将各民族的文学联系起来比较分析（比如主题、题材、类型、文体等）。它排斥社会因素、历史因素的研究。平行比较文学方法的优势是十分明显的，从评论者角度说，它提供了一片任人驰骋的广阔天地，因为它研究的是横向关系，范围广阔，加上比较文学方法的边缘性及开放性的特点使评论家的思维方式、知识结构摆脱了"学究"气息而更趋合理（不仅要研究文学作品，而且要研究民族文化）。从方法论的角度讲，它开拓了研究方法与对象。和其他批评方法比，别的批评方法都有其实质性对象，而平行比较文学方法则是通过比较实质性的对象，从关系上作评论，达到确定被比较事物性质的目的。方法上，平行比较文学是绕道迂回，而其他批评方法是正面攻坚。当然，平行比较文学方法也有它的不足和局限。韦勒克在强调以文学作品为中心的同时，却将文学的社会因素、历史因素排斥在文学评论之外，因此，虽然平行比较法不像影响研究过于讲究实证，不为史料的烦琐程序所拖累，扣住了文学的特点，较少学究气息，很灵活洒脱，然而它却明显地带有封闭性和偏见。另外，平行比较研究往往把握不好"可比性"标准，逻辑观念不强的评论者会在论文中天马行空，使"比较"牵强附会。由于这种方法要求评论者的知识面很广、洞察力很高，所以要很好掌握这个方法，就要努力提高自己的文化修养。

3. 苏联学派——历史—比较文艺学

苏联学派的代表人物是维·日尔蒙斯基、米·阿列克谢耶夫、萨马林等人。他们为了与西方学者的提法有区别，使用了"历史—比较文艺学"名称。他们将"历史—比较文艺学"分为"类型学"和"文学联系与影响"两部分，前者与"平行研究"相近，后者与"影响研究"相近。他们反对西方学者在比较文学研究中以西欧为中心的"欧洲中心论"，但，试图以"苏联中心论"取而代之，在具体研究中，着意强调俄罗斯文学和苏联文学对其他国家文学的巨大影响，这种矫枉过正的做法也是不科学的。

比较文学批评需要横向思维方式，要求研究者具有跨国界的广博知识面，要对研究范围内各民族的文化、传统、历史等有扎实的了解，比起其他评论方法来，它对知识的要求更高，一个优秀的比较文学学者，几乎是百科全书式的知识巨人，像钱锺书先生就是这样的优秀者，他的巨著《管锥编》是比较文学研究的杰作，他的《通感》《诗可以怨》等论文也属于我国比较文学方面的力作。如果每个比较文学批评工作者，都努力地去完善这种批评方法，比较文学批评就会促进各民族之间的文化交流。

文学评论的方法很多，限于篇幅只介绍上面几种。

第四节　文学评论的写作

一、文学评论的写作基础——阅读鉴赏

阅读鉴赏的审美活动是文学评论活动的基础，唯有打好基础，才能写出像样的文学评论文章。阅读鉴赏活动有其自身的特征和规律，掌握这些特征与规律，有利于提高阅读、鉴赏、评论的水平。

1. 阅读鉴赏的几种状态

阅读文学作品有三种状态：泛读、赏读、研读。泛读是一种没有明确目标，"随便翻翻"的阅读方式，通常对作品停留在直觉的感知水平上，若遇到吸引读者的作品，读者会进入赏读阶段。赏读就是鉴赏阅读，读者由"感知"阶段再进入"认知"阶段。赏读重在"品味"作品的特征，逐层理解作品的内涵。赏读的关键是"悟"。凡优秀作品，都不是一眼见底的浅薄之作，往往有很多意蕴可探觅，其中奥妙之处又常处在可解与不可解、可喻与不可喻、似与不似之间，所以读者必须有"悟"性，能品味出其中的奥妙来。研读是在赏读的基础上进一步"深悟"作品深藏着的人生精义和文体的营构真谛，这是一种理智地审视作品的阅读方式。

鉴赏是指对文物及文艺作品的鉴别与欣赏，具体到文学作品领域，是指对文学作品的鉴别与欣赏。文学评论离不开鉴赏。

鉴赏有三种形态。

第一种是"浅尝辄止型"。欣赏作品只停留在表层，了解语言符号传递出的表层语义，不深入研读作品的深层寓意。严格地讲，这种形态不能算是鉴赏，只能讲是泛读。[①]

第二种是"共鸣沉浸型"。读者带着情感和心灵去欣赏作品，当读者的思想情感与作品的思想情感撞击产生共振时引起强烈共鸣，从而获得感情的"净化""审美"的快适，并沉浸于其中不能自拔。这种欣赏状态，从好的方面讲，读者能懂得带着感情与心灵去欣赏，将自己的知识和生活经验调动起来，否则很难产生共鸣。不足的是，沉浸于其中不能自拔，即"钻进去"却不能"跳出来"，这样就容易停留在对作品某些具体细节的品味上，而忽略了对作品整体的冷静鉴别。欣赏处在这种状态的读者对作品往往只有简单的评判："真好，真感人！"或"真好，真解气！"或"太令人感动了，作者真有两下子！"倘若读者不搞文学评论，他能这样欣赏（只能说欣赏，谈不上鉴赏）作品也就可以了。[②] 小学高年级的绝大部分

---

① 小学生指一、二年级学生，语文老师引领到这个层次就可以了。

② 小学三年级的学生，语文老师应该引领到这个层次了。学生可以模仿范文习作。

读者必须达到这样的状态。①

第三种是"体验深悟型"。这是搞文学评论的读者应该具有的鉴赏状态。读者先要带着情感心灵去欣赏作品，参与到作品中去，体验作者的感情，即"钻进去"，达到"物我同化"的共鸣状态，然后要从陶醉中清醒，冷静地深悟鉴别作品，即把感知、认知的欣赏结果重新梳理一下，对思想内容与语言形式、具体局部与整体框架、浅表形象与深层意蕴、作者意图与作品全部意义等方面进行宏观的、理智的审视和鉴别。文学评论是在这样的鉴赏基础上开展的。②

阅读中的赏读和研读（亦称深读、精读）是鉴赏中不可缺忽的活动方式，离开赏读和研读就没有鉴赏。

美国作家利昂·塞米利安说："在一个真正作家的气质中，总有一种近于痴狂的激情……在文学创作过程中，不受节制的激情只是激情而已，而有所节制的激情则是天才。"③这里虽说的是小说创作，但对阅读鉴赏也是一个很好的提示。我国著名美学家朱光潜在谈"分寸"时曾说过："'距离'太远了，结果是不可了解；'距离'太近了，结果又不免让实用的动机压倒美感，'不即不离'是艺术的一个最好的理想。"④"分寸"感是阅读鉴赏中要注意的问题，这是涉及文学评论评判价值时做到客观、公允、科学的大前提。换言之，阅读鉴赏时把握好"分寸"感，评论时，价值评判才能做到客观、公允、科学。

2. 阅读鉴赏审美活动特征

阅读鉴赏尽管有各自的状态，但从心理角度讲，阅读鉴赏两者往往难以区分，尤其对经验丰富的读者，所以在谈阅读鉴赏的特征与规律时，将这两者合而提及不细加区别。

第一，阅读鉴赏审美活动是创作活动的自然延续。按照阐释学和接受美学的理论观点来谈阅读鉴赏，阅读鉴赏是创作活动的自然延续。作家创作出来的作品，没有读者阅读之前只是"半成品"，只有经过读者阅读鉴赏才能成为艺术品，广大读者（包括评论者）是文学创作活动的最后完成者。德国的康斯坦茨大学的学者们认为：作家创作的作品仅仅是一种人工的艺术制品（称第一文本），只有被读者阅读，经过领悟、解释、融化后再生的艺术形象（称第二文本或作品），才是真正的审美对象，他们打破了过去那种认为文学作品完成于文学家之手的传统习见。读者在评论活动中不再是消极的、被动的，一个作品的最终完成是由作家和读者参与共同完成的。换言之，阅读鉴赏就是读者对作家的创作"重新体验"的一种创造性活动，那些优秀的文学作品，因其包含了作家复杂的精神劳作和奇妙的生气灵性，使作品包含了深邃的艺术内涵，而给读者无穷的体验、回味、感悟、启示，又促进了读者的再创作。"一千个观众就有一千个哈姆雷特"便是鉴赏创作活动的结果。《哈姆雷特》《红楼梦》……之所以说不完、道不尽，因为有读者、评论者们的再创造的原因。

第二，阅读鉴赏审美活动包涵了由浅入深的审美层次。阅读鉴赏活动由观赏→欣赏→鉴

---

① 指小学四年级的学生。语文老师应逐步引导孩子们自觉地做到"赏读"。五、六年级应对中、短篇文学作品达到这个层次，老师只作启发式引导。

② 优秀学校高中阶段的学生逐步做到，大部分学生需要在大学本科生阶段才能做到这个层次。每个层级的超常生不包括在这3种规律中。

③ 塞米利安：《现代小说美学》，第4页，陕西人民出版社1987年版。

④ 《朱光潜美学文集》第1卷，第25页，上海文艺出版社1982年版。

赏（或曰研究）三个审美层次构成。

阅读鉴赏的第一个审美层次是观赏。观赏是读者通过对语言符号、文气、韵律等因素的阅读思考，对作品的文本传达出的文义有感性认识，知道该作品有什么样的情节，有哪些人物，作者流露出什么样的情感，从而对作品的整体表象有轮廓的感性认识，这是感知认同阶段，有一定文化知识积累，心理感受正常的人都可以在看文学作品时对作品整体表象有感受和认同。比如阅读朱自清的《荷塘月色》，读者通过第一文本中语言符号、文气、韵律等因素的传递，感受到了作品的视觉美、听觉美及作者的情感美。这是阅读鉴赏的第一步。要想进一步从了解到理解，透过语言符号准确地捕捉作家创作的主观态度、创作心境及艺术形象的"美的本质"，就要进入第二层次的欣赏阶段。

欣赏是一种在思考过程中接受美感的理解式审美活动，这种审美活动是读者各种复杂的精神活动的交织：从生理到心理；从感性到理性；从情感到思想；从社会到历史。在欣赏阶段，读者先要对"美的本质"有个理解。当然，这个问题至今在美学界仍争论不休，从公元前6世纪的古希腊毕达哥拉斯学派开始，至今，有各种流派的各种观点：希腊古典主义强调"美在物体形式"；之后新柏拉图主义强调"美即完美"；17世纪的英国经验主义则强调"美即愉快"；18世纪的德国古典美学强调"美在理性内容表现于感性形式"……这些观点都从某个侧面谈及美的本质，都是正确的。从阅读欣赏的角度看。"美的本质"贯穿于欣赏审美活动的全过程，读者可以从生理到心理，从感性到理性，从情感到思想，从社会到历史，运用这些"美的本质"的观点全方位地去体验、理解作品的"美的本质"。例如"月光"这是难以描述的对象，朱自清运用人们熟悉的"流水"和"泻"的生活知识和感受的经验积累来描绘"月光"："月光如流水一般，静静地泻在这一片叶子和花上"，这种语言表述自然会使读者阅读后产生欢愉、生动的心理感受，及对月光似水柔和的美的感受。

有时文学作品并不都是描写大自然的美景和生活中的美好事物，这给我们欣赏作品带来一定难度，不过我们仍可以借助语言符号捕捉到作家的创作目的、创作心境。像闻一多的著名诗歌《死水》中描绘的形象：铜绿、铁锈、油腻、霉菌、泡沫、蚊子……不能给读者生理上、感性上形成美感，但我们从社会—历史的角度作理性的思考，通过字里行间，能捕捉到诗人对旧中国军阀统治所造成的"死水"般局面的满腔愤懑之情，及渴望追求光明的激情，这些仍然能给读者以启迪和审美激励。

可见欣赏这个阶段侧重于情感功能和品味功能的进一步发挥，欣赏者从作品的有机整体出发，披文入情，沿波讨源，因形体味，深入到作品的内部，捕捉作家的创作用义，领会作家的审美特色。这个阶段也要注意体会作家创作用义与客观效果是否一致，不要受作家"创作谈"的干扰，因为读者的情感被作家调动起来后，往往会落入作家设计的"圈套"中，这时一定要作理性的思考，才能正确捕捉到作品的特点。例如罗贯中在《三国志演义》中，原意想突出刘备之长厚与诸葛亮之多智，以及曹操之奸雄本色，并作了精心的刻画，可鲁迅先生读后却认为："欲显刘备之长厚而似伪，状诸葛之多智而近妖"[1]，"要写曹操的奸，而结果倒好像是豪爽多智；要写孔明之智，而结果倒像狡猾。"[2] 这反映出作家创作的主观意图和表达的客观效果有矛盾，也反映了鲁迅先生欣赏经验的丰富。这就启示读者：读

---

① 鲁迅：《中国小说史略》，《鲁迅全集》第9卷，第129页，人民文学出版社1981年版。

② 鲁迅：《中国小说的历史的变迁》，《鲁迅全集》第9卷，第323页，人民文学出版社1981年版。

者欣赏作品时，欣赏经验、理性思考都很重要。

要探求作品的意蕴，要对作品作出公允的评价，必须将欣赏活动再深入一步，进入鉴赏（或曰研究）阶段。这个阶段要能深悟，从欣赏的"知其然"，跨入鉴赏的"知其所以然"的层次。这个阶段鉴赏者要发掘出文学作品中形象体系或意境的象征意蕴，即寓意的内涵，既要研究自然、社会、人生，也要研究作家的世界观、审美心理特点，更要善于研究世界、作品、作家、读者之间的关系，这样才能准确地对作品作出客观、公允、科学的价值评判。

罗丹曾说："美丽的风景所以使人感动，不是由于它给人或多或少的舒适的感觉，而是由于它引起人的思想……"① 凡优秀作家都将自己的创作旨意和情感隐藏在他所塑造的艺术形象之中，因此在鉴赏时要善于从美的感觉中去发掘作家蕴涵在形象体系中的意蕴。所谓意蕴，黑格尔曾指出："艺术作品应该具有意蕴，……，它不只是用了某种线条，曲线，面，齿纹，石头浮雕，颜色，音调，文字乃至于其他媒介，就算尽了它的能事，而是要显现出一种内在的生气，情感，灵魂，风骨和精神，这就是我们所说的艺术作品的意蕴。"② 意蕴是一种多元素交织融注的艺术复合体，具有多层性的审美涵义。在不同的文体作品中，意蕴的具体涵义又是千差万别的：它或是一种特定的生活情趣的流露；或是对某种人生价值、生活哲理的启悟；或是对某种生活态度、生命现象的诠释；或是对时代精神的昭示；也可以是人们的深层意识和心态、生命力的律动。因此，在鉴赏阶段先辨别文体，再对作品作多方位的、多层次的主体的分析。

要正确地捕捉到作品的意蕴应注意几点。

第一，要有意识地把握好意蕴构成的三要素，即个性化的个体意识、群体化的时代意识、共同化的审美意识。凡具有社会价值、审美价值的优秀作品都是个体意识、时代意识和审美意识的艺术复合的精品，这样的精品既让读者感受到作家鲜明的个性特征，又让读者体验到某时代的精神，还能引发广大读者的情感共鸣和心灵共振，砥砺人心，激励斗志。像鲁迅、茅盾、巴金等著名中外作家的作品都能于自然与人生、历史与社会、生命价值与人生真谛的艺术同构中生成深层的意蕴。

第二，要了解意蕴多层性特点，把握其艺术张力。文学作品意蕴的三要素复合融注，造成了意蕴的多层性和艺术张力丰厚的特点。优秀的文学作品的文字往往是简洁的，而内涵却极为丰富，"每个字都是无底的深渊"（果戈理评赏普希金语）。例如陶渊明的名句"采菊东篱下，悠然见南山"文字背后的艺术张力很强，功底深厚的读者可以读出诗人抗争追名逐利的时代，表现其高风亮节的气度。

第三，要把握好情理交融的独到的艺术特色。凡成熟的作家，在创作中表达某种理念和思想时，绝不会像写议论文那样坦率直露，而是把深刻的理思饱含在浓烈的情感中，寄"理"于"情"中，只有做到情理交融，文学作品的意蕴才具有撼动人心和启迪心灵的审美力量。因此，对意蕴的鉴赏应从"情"入手，透过"情"的体味来感悟、捕捉、把握作品的意蕴。例如，巴金常常把他对生活的哲理思考、炽热的情感和生活片断的描写融汇在一起，通过优美抒情的文笔创造出富有诗意的散文。"文革"后写的随笔渗透了他的血泪、情思。1983 年他写的《愿化泥土》一文中在怀念六七十年前，成都老公馆的马房和门房里善

---

① 罗丹：《罗丹艺术论》，第 90 页，人民美学出版社 1978 年版。

② 黑格尔：《美学》第 1 卷，第 25 页，商务印书馆 1979 年版。

良人的往事时，流露了作家对听差、轿夫的敬佩之情，因为他们使"我这个地主的少爷"懂得了生命的意义："人要忠心，火要空心。"懂得了生活中耐人回味的道理："越是不宽裕的人越慷慨，越是富足的人越吝啬。然而人类正是靠这种连续不断的慷慨的贡献而存在，而发展。"这是作家对生活、对善良人们身上的美德的独到发现，他在回忆中赞佩这些被生活薄待的人的无私、崇高的精神境界，并抒发了自己愿化泥土、净化心灵的赤诚之心和对人生的理性思考，很能打动广大读者的审美情感，激发读者对历史、现实、未来的思考。

阅读鉴赏有其自身的审美活动规律，主要有以下几点。

第一，运用"沿波讨源"的思维方式，捕捉作家创作意图（或曰宗旨）、创作心境。作家的创作步骤一般是：生活积累——选材立意——艺术构思——语言表达。读者阅读鉴赏时却是从作品的语言表达开始的。从语言符号入手，了解作家艺术构思的特点，再从艺术构思的特点，仔细分析作家为何如此选材立意，又从作家选材立意追溯作家生活积累对其创作的影响，这样不仅能概括出作家作品的艺术特色（"知其然"），而且可以透剔地分析出为什么会有这样的艺术特色（"知其所以然"），在这样鉴赏的基础上写出的评论具有很强的说服力。

第二，唯有调动创造性思维，才能品味到作品艺术空白的魅力，并进行再创造。作家运用创造性思维将在生活中发现的真善美、假恶丑创造性地运用到作品中去，对生活用艺术作出评判。高明的作家在字里行间、在艺术形象中留下了艺术空白，给读者以再创造的机会。如何巧妙布置艺术空白，是衡量作家创作水平高低的一杆标尺。阅读鉴赏时，必须运用创造性思维去品味作品，否则难以区别作品的良莠高下。

第三，在"取法乎上"的实践中培养和提高鉴赏能力。歌德说过，鉴赏力不是靠欣赏中等作品，而是要靠欣赏最好的作品才能培育成。因此，要提高阅读鉴赏能力应先看名家名篇，打下牢固基础，有了用来衡量其他作品的经验后，再看各类作品，鉴赏其优劣，就可以作恰如其分的判断了。当然也需要理论知识的积累。丰富的知识与审美经验两者结合，阅读鉴赏方能顺利开展。阅读鉴赏能力的提高有利于提高读者的艺术修养，提高艺术修养又有利于提高阅读鉴赏能力，两者会形成良性循环。

3. 阅读鉴赏的方法

掌握阅读鉴赏的方法也很重要。一般说，文学评论的鉴赏阅读方法是："总——分——总"的模式。

第一个"总体"指的是阅读者从头至尾地将需要评论的作品阅读一遍，以获得一个完整的总印象。这最初的印象虽然是艺术"直感"，只是一些诸如"喜爱""感动""共鸣""反感"等情绪感应、心理态势，谈不上缜密、系统、透彻，但由于它是第一个印象，是最先接受的信息，所以往往新鲜、活脱，又绝少偏见，因此很重要、很宝贵。读者要注意、要善于捕捉"第一印象"，哪怕是隐隐约约的感受，也不要轻易放过。

有了初感后，要进行"部分"阅读。"部分"阅读时就应该对作品进行冷静、客观的思考，要揣摩探求作家创作宗旨，思考艺术特色（如意象、意境、文序、文色、文法、节奏等）。作品中的典型细节要格外关注，细节中往往融注了作家对人物、对生活的评判态度。分读要一遍一遍地读，必要时做"眉批"，做摘录，并要及时记下偶尔闪现的"新念头"。此时还要注意捕捉重点、思索难点、把握特点。

分解工作做完后，再回到"总体"的阅读鉴赏上来。此时的这个"总体"与第一个总体不同，读者要将自己的心得、体验梳理清楚，作整体的综合判断，把正确的、符合作品实际的理解、认识、评判确定下来，将"感性"认识上升到"理性"思考上来，由"直觉"上升到"科学"，由主体认识，达到主客体建构的统一。

二、文学评论的体裁样式、论题类型、评论"色彩"

1. 文学评论的体裁样式

在长期的文学评论实践过程中，前人逐步形成了一些评论的体裁样式。我国汉代的《毛诗序》，魏晋时期刘勰的《文心雕龙》，曹丕的《典论·论文》，陆机的《文赋》等都实践并归纳了若干评论样式。像"品第"样式、"感悟"样式、"评点"样式、"考据"样式等等。

（1）"品第"式始于汉代，无论评书画还是论棋艺，都分品级，或九品，或六品，或上、中、下三品。唐代主要用于品诗作，明清后，不仅将"品第"样式用于诗歌，也用于戏曲和小说的评论。像唐代张为作的《诗人主客图》；元代杨士弘的《唐音》；明代方天成的《曲品》；清代的《乾嘉诗坛点将录》《光宣诗坛点将录》等评论集。

（2）"感悟"式是我国古代评论家常用的样式，这种样式侧重于直觉的领会和体验，不作条分缕析的严密论证，常借助于形象的比喻将自己的主观评判含蓄地表达出来。这种样式耐人寻味，能给读者以想象的余地，但缺乏理性分析，有时牵强附会，不得要领。西晋陆机的《文赋》、东晋葛洪的《抱朴子》、南朝钟嵘的《诗品》中都对"感悟"式评论样式作过精辟的论述，并付诸实践，亲自写感悟式评论。

（3）"评点"式大约产生于唐代，始用于诗文作品，到明代文学评论家李贽将这种样式用于评论小说，使小说的评点具有鲜明的理论色彩。明代末年的金圣叹将这种评论样式发展得更加成熟完善。这种评论样式的特点是：既有即兴的体悟警句，也有系统的理论体系。它立足于对具体文学作品的评判，篇幅可长可短，长则长篇大论，短则只言片语。评点的文字浅显明快、生动活泼。例如像金圣叹的《读"第五才子书"法》是一篇极优秀的评论文章。评论家从"艺术构思""人物塑造""章法笔法"三个方面对《水浒传》作总评，然后在每一章回之前，又写了详略不等的提示，故事进行的字里行间作评点，精妙中肯。采用这种样式，评论者要具有丰富的艺术鉴赏能力和艺术感受能力，并对文学创作规律和艺术特性有自己的真知灼见。

（4）"考据"式立足于对与作家和作品有关的逸闻趣事、素材背景的考证。考据翔实的评论会给后人研究前人的作品提供可靠的资料。《红楼梦》的评论研究中有不少这种评论样式的优秀文章。像胡适的《〈红楼梦〉考证·跋》是此类评论的代表作。胡适通过严密的考证，广征博引，驳斥了"旧红学"中的一些附会方法论，建树了自己独到的见识。

近代以后，随着西方文学理论的东渐，人们在评论中强化了理论的运用，也强调论文形式的严整完备，因此又有了"论文""专著"等样式。如果单从字数上看，专著要达十万字以上；论文短则四五千字，长则十万字左右。下面将我国文学评论界常用的其他一些评论样式作简略的介绍。

（1）专著。这是指以书本形式对文学作品或作家、文学思潮进行系统研究的评论样式。专著样式能系统全面地研究评论对象，篇幅大，容量也大，评论家可以从宏观到微观，从历史的纵向分析到现实的横向联系，全面评论审美对象。例如像易竹贤的《鲁迅思想研究》、曾镇南的《王蒙论》、吕俊华的《论阿 Q 精神胜利法的哲理和心理内涵》等都是文学评论专著。值得一提的还有陈墨的《金庸小说艺术论》（百花洲文艺出版社 1995 年版）。该专著从叙事艺术论、形象塑造论、审美境界论等三大方面、几十个侧面，全面论述了金庸小说的艺术特色、艺术成就。评论家陈墨纵观中国文学史、汉语言文学长篇小说的创作状况后断言："金庸不仅是武侠小说史上的成就卓著、独一无二的作家，而且也是广义的中国文学史上的成就卓著的长篇小说大作家"，因为"金庸有一种自觉的意识和追求，即既不重复别人，又不重复自己"，"在雅文学与俗文学之间架起了一座桥梁"，"以俗文学家的自由心态去看待艺术，而又以严肃艺术家的态度去从事武侠小说创作"，金庸运用他创作的三大法宝——自由心态、百无禁忌的创作原则以及想象力的充分发挥，使他的小说"奇幻荒诞的情节构成了一种艺术与哲学的本质的世界，成为现实世界的艺术寓言。"金庸的艺术成就是："沟通了雅俗两界，又超越了雅俗两界。"

采用"专著"的样式写文学评论，必须注意两点。第一，从评论对象角度讲，评论的对象必须具有较大的学术价值；确实是杰出的文学作品；确实具有独特的艺术成就；确实是重要的文学现象，它们对文学发展或文学创作规律有突出的贡献。第二，从评论者的角度讲，评论家要具有足够的主体条件：对社会生活应该有比较丰富的阅历和深入的体验（包括自然环境的直接观察和感受），善于利用和扩大自己对社会生活的直接经验和间接经验；要具备多元化的知识结构、扎实的系统的文学史知识和文学理论知识；要有开放性的美学观念。

（2）论文式——综论评价式。这是对评论对象进行全面综合评价的一种专题评论文章，是文学评论的常见样式。这种评论样式一般能比较系统地集中地阐述某种文学观点或分析评价某位（某些）作家作品，注重考察作家、作品内部各因素的有机联系，考察作家、作品与时代历史的宏观联系，在此基础上，对作家、作品的成就、意义、地位、不足之处等做全面的综合性的评价，并在论述作家、作品的影响、作用的同时，探讨作家创作的得失、成败的缘由，帮助读者深刻理解作家、作品。这种评论样式往往被视为"正宗"的评论，因为它讲究客观、公允、科学，它最具学术价值。这种评论样式既可以评一篇作品，也可以评一本作品集，或某阶段的文学作品。评论文章可长可短。它与"专著"样式的评论在评论态度、方法上没有本质区别，只是在评论字数上有不同要求。例如陈忠信的《历史·政治·伦理——试析陈映真的政治小说》①，朱寿桐的《"脱了轨道的星球"——论创造社作家张资平》②，缪俊杰、何启治的《努力发掘生活的美和人的心灵的美——评邓友梅的小说创作》③，沙均的《血与泪的悲歌和颂歌——评丛维熙近两年小说创作的思想艺术特色》④，范伯群的《陆文夫论》⑤，董健的《论高晓声小说的思想和艺术》⑥。这些评论文章都是论文式评论，分析、评判都讲究客观、公允、科学。

（3）审美赏析式。这是一种既尊重评论者的鉴赏，又尊重作品意趣的发掘的评论样式。它要求评论者充分地体验、细致地赏析作品的思想内容及艺术特点，将作品中深含的意蕴分析发掘出来，帮助读者欣赏理解，并在评论者赏析的基础上对作品的审美意趣、审美价

---

①② 载《文学评论》1989 年第 1 期。

③④⑤⑥ 载《文学评论丛刊》第十辑，中国社会科学出版社 1981 年版。

值作合乎情理的评判。例如章小彧的《爱得虚伪·活得自私——〈倾城之恋〉赏析》①，韩春梅的《三线交错·浑然一体——〈中元的构图〉艺术特色析》②，夏逸陶的《恒久的太息与惆怅——沈从文〈湘行散记·老伴〉内蕴浅析》③，朱邦国的《一个纽约电脑测不出的密码——读余光中散文〈登楼赋〉》④。赏析式评论方式常用在对诗歌、散文、绘画、雕塑、建筑、歌曲及现代派小说的评论上，这类作品的意境、意蕴含蓄、丰富，不同读者，根据自己的审美兴趣和审美经验，对同一意境或意蕴会有不同的感受、体验，因此常用"赏析式"评论样式进行评论。

（4）随笔札记式。这是一种极灵活洒脱，侧重于评论主体的主观体验的评论样式，评论者对评论对象所给予自己的深刻感受，通过谈天说地的随笔、札记方式表达自己的体验感受、对评论对象的见解，寓理论见解于知识和故事之中，并以洒脱幽默的笔触评议作品的社会作用、现实意义、艺术特色，不太讲究论证的严密性，而富有娱乐性和趣味性。例如朱自清的《〈子恺漫画〉代序》⑤，就是一篇很好的随笔式评论。他的《给〈一个兵和他的老婆〉的作者——李健吾先生》⑥则是一篇幽默生动的读后感式的评论。另外像王蒙的《大地和青春的赞歌——〈北方的河〉读后》⑦，雷达的《〈绿化树〉主题随想曲》⑧等都是随笔札记式评论文章。

这种样式的评论文章一般评论者难以写好，它要求评论者有广宽的知识结构、有深厚的散文创作功底、有幽默活泼的性格，否则写不出像样的随笔札记式评论。

（5）序言跋语式。这也是常见的一种评论样式，序和跋都是为一部作品或专著所作的专论性评论（放在书前的称"序"或"引"，放在书后的称"跋"或"后记"）。"序"和"跋"既可以作者自己撰写，也可以请朋友或名人撰写。序言跋语的功能是多方面的，既可以指示读书门径，分析作品，也可以谈论某一文学问题，还可以评价作家、流派及文学思潮。例如臧克家的《〈中国古代短诗粹〉小序》⑨，冰心的《〈自然·生活·哲理〉序》⑩，钱锺书为钟叔河作的《〈走向世界〉序》⑪，这些序言通过评论书籍的特色，指点读者阅读门径。又如朱自清为罗香林先生作的《〈粤东之风〉序》⑫，朱先生先对歌谣的艺术特点作了率真的评论，又对罗香林在《粤东之风》中所作的研究工作的意义、价值作了坦诚的评价，不仅给作者以鼓舞，也为读者阅读思考指出了鉴赏方向。

写序跋式评论要注意几点。

第一，写评论时必须对评论对象作必要的介绍、说明。如果对自己作品作序或跋还要交代写作的缘起、构思、设想等问题。

第二，评论者应是评论对象的知音，一篇好的"序"或"跋"，往往能慧眼独识，将评论对象的特色、价值指点给读者，将作者的心灵揭示给读者。而要做到这点，评论者应是著作者的知音，否则难以写出符合著作实际的序或跋。例如郭沫若为《鲁迅诗稿》所作的序：

---

① ② 章小彧、韩春梅：《我爱黑眼珠——台湾优秀小说赏析》，工商出版社 1994 年版。章小彧是侯玉珍的笔名。

③ ④ 载《名作欣赏》1992 年第 2 期。

⑤ ⑥ 《朱自清序跋书评集》，第 54 页、181 页，生活·读书·新知三联书店 1983 年版。

⑦ ⑧ 《书评掠影》第 129 页、115 页，北京出版社 1986 年版。

⑨⑩⑪⑫ 何宝民：《千字序跋选读》第 12 页、19 页、67 页、105 页，海燕出版社 1986 年版。

鲁迅先生无心作诗人，偶有所作，每臻绝唱。或则犀角烛怪，或则肝胆照人。如"横眉冷对千夫指，俯首甘为孺子牛"，虽寥寥十四字，对方生与垂死之力量，爱憎分明，将团结与斗争之精神，表现具足。此真可谓前无古人，后启来者。

鲁迅先生亦无心作书家，所遗手迹，自成风格。融冶篆隶于一炉，听任心腕之交应，朴质而不拘挛，洒脱而有法度。远逾宋唐，直攀魏晋。世人宝之，非因人而奖也。

然诗如其人，书如其人，荟而萃之，其人宛在。荀子劝学篇有云"学莫便乎近其人，学之径莫速乎好其人"。鲁迅先生，人之所好也，请更好其诗，好其书，而日益近之。苟常于抚简篇，有如面聆謦欬，春温秋肃，默化潜移，身心获益靡涯，文笔增华有望。①

诗人兼书法家的郭沫若，是鲁迅先生的知音。他将鲁迅先生诗稿的艺术特点、成就、价值及鲁迅先生的高尚人品准确、简明地揭示给读者。倘若就文论文，孤立、静止地考察作品，就肯定写不出著作者的心灵、性格、品质。正因为郭老对鲁迅的人品、学识了解甚深，所以"序言"中对鲁迅先生人品及"诗稿"的评价才如此透辟，可以说，这篇序文非郭老而莫能为。

这篇序文先论述鲁迅"诗作"的特点及"书稿"的特点，又由"诗稿"特点论及鲁迅的人品，最后归结到学习鲁迅"诗稿"的方法和意义。它像一把钥匙开启了《鲁迅诗稿》的大门，引导读者进入鲁迅"诗稿"的艺术殿堂。就此而言，这篇序文又是读者的导师。序文除了帮助读者欣赏了解鲁迅"诗稿"的艺术特点与成就外，还指导读者理解蕴含在"诗稿"中的鲁迅的那种深刻犀利的洞察力，那种爱憎分明、朴质正大的人品。这篇序文还为读者指点了科学地学习鲁迅"诗稿"的方法。

另外，像廖承志为司徒乔《未完成的画》所作的序，严文井为金江《寓言百篇》所作的序，孙犁为吴泰昌《文苑随笔》所作的序，都是知音之评论。

第三，序跋式评论不能借题发挥，喧宾夺主，要注意控制，最好简洁明快，概括集中，忌枝节横生，冗长乏味，也不能像论文那样任选角度，它必须短小精悍，将评论对象的情况介绍出来，价值评判出来，让读者更好地理解作品。

（6）书信式。这也是一种常见的评论样式，篇章可长可短，自由、灵活。作家之间，评论家之间，或作家与评论家之间，就一些作品（或作品中的一些分歧）、文学现象、文艺思潮通过书信的方式谈自己的意见，这往往成为评论文章。像马克思、恩格斯及别林斯基、车尔尼雪夫斯基、杜勃罗留波夫、鲁迅、茅盾等的书信中，有许多是评论文章。这种样式的评论要有针对性，根据特定对象、特定问题而发，谈一个或几个方面均可，不必交代什么，针对某问题言止意尽即可。评论风格如书信交流那样自由。若要公开发表，则结构安排、语言表达要讲究些，必要时，加上注解或说明，这样有利于读者理解。

（7）对话式。对话式评论样式常见于报刊杂志。这种样式不拘一格，有二人对话，也有三人、四人对话，对话的各方代表一种观点和看法，通过相互之间的讨论或争辩，贯彻或传达作者的观点。例如像柏拉图的《文艺对话集》，爱克曼辑录的《歌德谈话录》。我国古代的《论语》《孟子》《庄子》《韩非子》中也有相当篇幅是对话形式的。采用这种方式要

---

① 郭沫若：《〈鲁迅诗稿〉序》，载《上海文艺》1961年9月号。

注意：其一，对话设计要根据作品的内容来确定对话人数，并具有代表性（即对话各方的发言要有普遍意义，不是随心所欲，踩"西瓜皮"式的发言）；其二，必须注意话题的选择（最能体现各自观点）；其三，必须注意论辩性，各自解释的设计要好，有利于提问、启发、诱导、反诘，论辩脉络要清晰，富有逻辑性。

（8）辩驳批判式。这是一种针对问题，深入阐发，或抓住要害，予以批判的评论样式。所谓"问题"有两种含义：第一种是针对作品中明显存在的不足，以爱护的态度加以揭示、分析、引导，从而启迪作者改进创作；第二种是针对评论对象的问题或不足进行辩驳、反批评。

例如茅盾的《〈地泉〉读后感》①，尖锐地、实事求是地指出了作品存在的严重问题：作品"只是'脸谱主义'地去描写人物"，"只是'方程式'地去布置故事"。茅盾将作品的失误放到了文化大背景中去进行剖析："本书的缺点不是单独的、个人的，而实是一九二八年到一九三〇年大多数（或竟不妨说是全体）此类作品的一般的倾向"，"其所以失败的根因，不外乎（一）缺乏社会现象全部的非片面的认识，（二）缺乏感情的影响读者的艺术手腕。……"茅盾针对文学领域普遍存在的这一严重问题，提出了疗救的药方："一部作品在产生时必须具备两个必要条件：（一）社会现象全部的（非片面的）认识，（二）感情的影响读者的艺术手腕。两者缺一，便不能成功一部有价值的作品。""作家们还应当刻苦地去储备社会科学的基本智识，更刻苦地去经验复杂的多方面的人生，更刻苦地去磨炼艺术手腕的精进和圆熟。"

茅盾先生写的《怎样评价〈青春之歌〉》，是一篇针对郭开等同志错误评价《青春之歌》——《略谈对林道静的描写中的缺点》而写的反批评。评论在肯定了《青春之歌》是一部有一定教育意义的优秀作品的同时，批评了郭开等同志的错误评论，进而提出了正确评价作品应有的正确态度：评论一部反映特定历史事件的文学作品的时候，不能光靠工人阶级的立场和马列主义的观点，还必须熟悉作为作品基础的历史情况，如果不这样，思想方法上就会犯主观性和片面性的错误，在评价作品时就不可避免地会犯反历史主义的错误。

要写好这类评论，一定要认清问题的症结，抓住争论的关键；一定要持之有据，以理服人；一定要采取平等讨论问题的正确态度，不能粗暴简单，更不能出言伤人、无限上纲。评论的观点要鲜明、分析要深刻，给广大读者以明鉴。

（9）评点式。这是我国传统的一种评论样式。评论者从作品出发，由欣赏的感受引起，偶有心得便随手评点，反映出评论者在阅读鉴赏中零零星星的真切体会，评论者鉴赏经验越丰富，评点越出色。

（10）讲解式。这是中学语文课上老师分析讲解时常用的评论样式。这种评论样式注重字、词、句的含义解释，通过细细分析讲解来达到对全篇文章的了解和掌握。

2. 文学评论论题类型、评论"色彩"

文学评论中常见的论题类型有四种。

第一种，把握精神，全面剖析。这种类型的文学评论以研究性专著、论文为最多，既可以论某时期的文学思潮，也可以论某作家，或作家的某类体裁的作品、某时期的作品，还可以就某一篇作品作全面剖析。这种类型的评论，写作时评论者要注意突出重点，照顾全面，

---

① 选自《茅盾论中国现代作家作品》第 169～172 页，北京大学出版社 1981 年版。

把握作品基本精神，"一意贯全文"。例如顾炯写的《散论巴金的散文创作》①，佟家桓写的《试论〈老张的哲学〉》②，吴福辉写的《"五四"时期小说批评概述》③，朱德发写的《评"五四"时期胡适的文学主张》④，均属于这种类型的评论文章。这种论题类型的评论文章基本采用"专著""论文"（即综论评价式）样式撰写。

第二种，找出特色，重点评论。这种类型的评论文章数量最多。写作时，评论者要使论题集中，抓评论对象的特点要准，分析要透彻，篇幅不宜过长。例如茅盾写的《谈〈水浒〉的人物和结构》⑤，郭志刚写的《人物·描写·语言——〈白洋淀纪事〉阅读札记》⑥，王富仁写的《〈呐喊〉和〈彷徨〉的环境描写》⑦等均属于这种类型的评论文章。这种论题类型的评论文章可以采用"论文"式（综论评价式）、审美赏析式、随笔札记式等样式撰写。

第三种，针对问题，深入阐发。所谓问题是指解疑释难，论争诘辩。上文提到的茅盾先生写的《〈地泉〉读后感》《怎样评价〈青春之歌〉》，还有阎纲写的《为电影〈人到中年〉辩——对〈一部有严重缺陷的影片〉的反批评》⑧，就是这种类型的评论文章。这种类型的评论文章写作时，评论者要理清问题的症结，抓住争论的焦点，要持之有据，言之有理，以理服人。这种论题类型的评论文章常采用辩驳式、对话式、书信式等样式撰写。

第四种，抓住要害，予以批判。写这类批判性论题类型的评论文章一定要搞清"背景"，这样才能击中要害，观点鲜明；同时事实根据要充分，逻辑推断要严密。如鲁迅先生对"民族主义文学""第三种人"的一些批判文章属这类评论。

文学评论的写法，从评论的"色彩"特征上讲，有三种：一种是重在"评价"的评论文章，即偏重于评判作品的成就、意义、不足及其在文学史（或某个时期、某种文学体裁）中的地位，论述其产生的影响、作用，给作家或作品以全面的评价。例如顾炯在《散论巴金的散文创作》一文中，从"燃烧的心·轻松的笔""人格出风格""情真意自深""美在朴素中"四个方面全面评论了巴金散文的个性特色，并对巴金散文的地位作了中肯的评价："巴金独特的艺术个性，造就了他蜚声中外文坛的卓越实绩。""在中国现代文学史上，巴金被公认为是具有领先地位的小说家之一，尤以暴露抨击封建专制制度的腐朽黑暗、反映青年知识分子奋斗和觉醒的中长篇小说著称。与此同时，巴金还是一位勤奋多产、文质并美的散文家，无论就创作的数量和艺术成就而言，他的散文都是仅次于中长篇小说的。""巴金是和我们祖国一起，从长期的苦难、屈辱和艰苦的奋斗中成长起来的作家。他的散文充满着'叛徒'的沉雄气息，洋溢着'言志'的明丽色彩。毫无疑问，这些作品是属于我国现代散文的健康主流的，以一种强大的感情冲击力量鞭挞旧制度的黑暗、激励人们追求光明的未来。在那内忧外患、动乱抗争的年代里，作家无论是对青少年时代生活的回忆，还是对社会人生的抒怀，无论是刻画人物，还是描写风光，都使我们看到一个新文化战士辛勤劳作、深沉思索、执着追求的清晰形象，听到一个封建制度的叛逆者和反抗者激愤的、有时甚至是痛苦的呐喊。……他的散文也给广大读者以'生活的勇气'和'战斗的力量'。符合时代节奏的'灵魂的呼号'，也是可以成为战斗的号角的。""鲁迅在一九三六年就称道'巴金是一个有热情的有进步思想的作家，在屈指可数的好作家之列的作家'。这是一个已经被历史所证

---

① ② ③ ④ 选自《文学评论丛刊》第十一辑，中国社会科学出版社 1982 年版。
⑤ ⑥ ⑦ ⑧ 转引自《写作文鉴》（下册），中央广播电视大学出版社 1985 年版。

实、并被现实所进一步证实了的具有远见卓识的评价。"①

重在"评价"色彩的评论文章不是不重视分析,"评价"完全建立在"分析"的基础上,请看顾炯的一些分析片段:

> 巴金的散文内容丰富,题材广泛,形式多样,其中主要的和写得最为出色的是抒情述怀（包括一生自传体的回忆散文）、记游写景（包括一些描写人物的篇章）和序跋这三类（巴金的每一本作品几乎都有自己写的序言或后记,内中不少是优美的散文）。它们共同的特色是:直吐胸臆,热情如火,明健透彻,真切自然。巴金喜欢以"我"作为抒情主人公,这个"我"正是作者自己。……正像他自己所说的那样,他总是"在文章里面诚恳地、负责地对读者讲话,讲作者自己要说的话","我的任何一篇散文里面都有我自己"。人们读巴金的散文,是通过直接认识作者来认识社会和了解人生的,不需要转弯抹角地去猜测和揣摩。应该说,无论是内容还是形式,巴金虽然接受了一些外国文学的影响,但主要是师承了我国古代散文和"五四"散文的优秀传统而形成自己的独特风格的。他小时候就背熟了一部《古文观止》,又深受鲁迅和朱自清、叶圣陶、夏丏尊等散文的影响。所以他说:"教我写'散文'的'启蒙圣师'是中国的作品"。我国的散文传统主要表现在"修辞"和"达意"两个方面,就是孔子所谓的"辞达而已矣","修辞立其诚"。用现代的话来说,就是语言的质朴和感情的真挚。巴金说:"我必须有话要说,有感情要吐露,才能够顺利地下笔。""我并无才能,但是我有感情,有爱憎。我的文章里毛病多,但是我写得认真,也写得痛快。"这是严肃的苛求,真诚的自白。巴金的散文确实写得热情洋溢,酣畅淋漓,虽然有时候也带来结构比较松散、不够精练的缺点。但总的来看,"精"虽不够,却贵在"真";"巧思"尚嫌不足,"情深"足以动人。
>
> 正因为巴金胸中有一颗燃烧的心,才练就了他手中一支轻松的笔。

可见,评论者对巴金的评价是建立在详尽贴切的分析基础上的。

另一种评论文章重在"分析",即侧重于作品本身内容的解析与发掘,目的是向读者讲解作品,使其正确地把握作品的基本面貌。如章小彧的《鲤鱼焉能越龙门 小妾难为人上人 蜡炬为谁泪流尽 大妇幽愤亦难平——〈金鲤鱼的百裥裙〉〈烛〉赏析》②,韩春梅的《焦虑困惑中的哲理思索——〈盲猎〉解读》③,张明亮的《梦中说梦梦几层——试释〈上帝的梦〉》④,朱邦国的《醉意正在唠叨中——读余光中〈何以解忧?〉》⑤等都是重在分析色彩的评论文章。下面请看王富仁的《主题的重建——〈孔雀东南飞〉赏析》⑥评论文章中的一段分析:

---

① 所有的引文均引自顾炯:《散论巴金的散文创作》一文,载《文学评论丛刊》第 11 辑,中国社会科学出版社 1982 年版。

②③ 章小彧、韩春梅:《我爱黑眼珠——台湾优秀小说赏析》,工商出版社 1994 年版。

④⑥ 载《名作欣赏》1992 年第 4 期。

⑤ 载《名作欣赏》1992 年第 5 期。

现在，大概不会有人怀疑《孔雀东南飞》是一首描写焦仲卿夫妻的忠贞爱情故事的叙事长诗了，但我认为，这个问题仍然是值得细致分析的。……长诗一开始，便是焦仲卿妻对丈夫的一段苦诉文字，我们现在需要注意的不是她实际说了什么，而是她说这些时的感情的情绪。

> 十三能织素，十四学裁衣。
> 十五弹箜篌，十六诵诗书。
> 十七为君妇，心中常苦悲。
> 君既为府吏，守节情不移。
> 贱妾留空房，相见常日稀。
> 鸡鸣入机织，夜夜不得息。
> 三日断五匹，大人故嫌迟。
> 非为织作迟，君家妇难为。
> 妾不堪驱使，徒留无所施。
> 便可白公姥，及时相遣归。

我们从焦仲卿妻的这段话中听到的是什么呢，听到的是爱情吗？不是！我们听到的是一种无可奈何的怨诉，在这怨诉里压抑着的是内心深处的愤懑。这种怨诉，这种愤懑是一个对自我的价值有明确意识的女子在受到不公正的待遇时的必然心理反应。我们还能够感到，这种怨诉、这种愤懑，绝不仅仅是对其婆母的，同时也是对其丈夫的，至少，她感到丈夫并没有对她有应有的感情，并没有因这感情而维护她应得的公正的待遇。只有在这种心情下，只有在这种委屈的感受中，她才不得不向自己的丈夫表白自己的价值。与此同时，在她不得不表白自己的价值时，她表白的不是自己对丈夫的爱，对丈夫的爱情，因为在社会上和她自己的观念中，爱情并不是婚姻的必要基础，她不能仅仅以爱情为自己的不公正待遇申辩。在这里，她为自己申辩的理由有下列三点，这三点都是在中国封建社会做为一个好妻子所首先必备的条件：一、"十三能织素，……十六诵诗书。"说的是自己的妇才；二、"十七为君妇……相见常日稀。"说的是自己甘守空房的妇德；"鸡鸣入机织……君家妇难为。"说的是自己的勤劳辛苦和婆母对自己的苛刻要求。也就在这种申诉中，我们分明感到在焦仲卿妻与其丈夫之间，是没有强烈的爱情关系的，……读者只要再读一读焦仲卿妻的这一段苦诉的文字，便会感到，不但她没有从丈夫身上感到对自己的爱，她自己的这段话也是冷冷的，没有流露出对丈夫的爱的感情。这绝不说明她的无情无义，而是因为一个在夫家遭受虐待和歧视而又具有自尊心的女子，是不可能产生对丈夫的真正感情上的爱的，她充其量只能遵守传统妇德，尽到一个妻子对丈夫应尽的义务。她对自己的表白也正是从这个角度进行的。

从这段分析文字中可以发现两个特点。其一，评论者突破了《孔雀东南飞》传统的评论观点（歌颂焦仲卿与妻刘兰芝的忠贞爱情），通过对原文（开头一段）的仔细分析，告诉读者，焦仲卿与刘兰芝两人没有忠贞的爱情，只是封建的婚姻关系，所以评论题目为"主题的重建"，倘若读罢王富仁先生这篇评论的全文，他的这种重建的主题更令人信服。其二，评论者为确立自己的"重建的主题"，对原文（本处只节录了一小部分）作了深入仔细的分析，尤其是一些被传统评论观点误导的段落，评论者将自己的体验对其重新作了详尽的分析，读者阅读后，会感到"分析言之有理"。本处节录的这段分析已能体现出评论者这两个特点。

还有一种评论的色彩重在"发挥"，即通过对作品作由此及彼的联想，针对自己的某些感受加以生发，将作品的内容与评论者的想法相互交织，融汇成一体。这是一种高扬自我的评论，"评论"本身已带有"创作"的味道。请看下面一个片断。

语浅旨深　意赅情永
——王之涣《登鹳雀楼》诗赏析
张永鑫　（节录）

白日依山尽，黄河入海流。

欲穷千里目，更上一层楼。

……粗粗看来，全诗似乎写得平淡无奇，流于一般。一、二句仅仅写出登旧楼所见，点明时间，紧扣题面而已。但仔细玩味，就会深叹诗人的匠心独运。第一句写极目远眺，望中夕阳衔山，高岭横天，中条若屏障，逶迤相连。第二句写俯视鸟瞰，只见大河入海，径流湍急，黄河似奔龙，直注天际。显然，诗人只选取落日、山岭、长河、大海，取大景而舍小景，写实景而摹意境，以收到景色集中、引人入胜、发人想象的效果。试看，在"白日依山尽，黄河入海流"里，有圆日依依、高山巍巍、长河滔滔、大海澜澜的奇景，也有白日光华、丹霞舒卷、青山凝碧、黄水澎湃的美色。就景象言，日之"圆"，山之"高"，河之"长"，海之"阔"，形体各具，错落相间，妙趣横生。就色彩言，日之"白"，霞之"丹"，山之"青"，水之"黄"，逞妍斗色，斑驳陆离，交相辉映。诗人略挥大笔，绘形便万象迭现。设色则众彩纷呈，创造出一幅何等壮丽何等浓郁的画面！……王之涣紧扣"登楼"来写，所以能从诗人目接依依而落的夕阳里，透出天籁是那样安谧的韵味，令人有心旷神怡之感，而当耳聆滚滚东去的涛声时，又传出大地却如此喧嚣的境界，使人起激荡超忽之想。诗人使画面静中有动，动中寓静，从奇景秀色中溢出一股勃然生气。不仅如此，诗人远眺那依山而尽的夕阳，似乎纵可直贯天地；俯瞰那奔腾不息的河水，横能沟通大地。一上鹳雀之楼，转瞬之间，天地河海，集于一身，简直有思极天涯、视通万里之概。一个立足之高、视野之阔、胸际之广、神思之壮的伟岸形象已矗立突现在人们面前。……诗人王之涣在写夕阳西下时，同样赋予落日以人的丰富感情，写夕阳的迟迟难下之态、眷念留恋之情写得淋漓尽致。……诗人王之涣运用同一构思，仅用一"入"字，写登楼俯视，惟见大河浩浩东去，一泻千里，奔流入海，由眼前的实景衍化出大海汪洋浩瀚的虚境，给人有一种化有限为无限、天地顿宽的感觉。因之，"白日依山尽，黄河入海流"，诗虽两句，字才十个，看来寻常，实则非凡，非常出色地达到了语浅旨深、意赅情永的高妙境地。

……

这段评论是很典型的"发挥"式评论。评论者立足于对"白日依山尽，黄河入海流"的主观体验，充分发挥自己的想象，从"景象"的角度，将自己的想象发挥得淋漓尽致：日——圆日依依，山——高山巍巍，河——长河滔滔，海——大海澜澜。经评论者这般想象发挥，读者对王之涣千古传诵的这首五言绝句便有了具体的形体印象。从色彩上，评论者这么发挥想象：日——白日光华，山——青山凝碧，河——黄水澎湃，并依据"依"字，判断是："夕阳"的迟迟难下之态，眷念留恋之情，进而想象夕阳之色——丹霞舒卷。经评论者的这番发挥，读者脑中既有万象迭现的绘形，又有了众彩纷呈的美色，一幅壮丽浓郁的画面！就评论者而言，这样的发挥充分表现了他的鉴赏经验与水平，就读者而言，看到这样的评论会找出自己鉴赏中想象力的差距，同时会更深切地去体验王之涣这首五言绝句成为千古传诵的名诗的魅力所在。

重"评价"，或重"分析"，或重"发挥"，既要看评论对象的特点，也要看自己的鉴赏经验，两者结合起来考虑，最后确定采用何种评论色彩是上策。

三、文学评论的写作步骤及要求

上面将文学评论写作过程中所需掌握的一些基本知识及标准、方法作了具体阐述，现在谈谈文学评论的写作步骤及要求。

文学评论从确定评论对象开始，到文章最后定稿，要经历一个完整的思辨过程。这个过程可以分若干步骤。

1. 认真阅读，占有材料

确定评论对象后（自己选题也罢，导师指定也罢），要认真阅读被评论的作品（自己选题，往往是先从阅读作品开始，有"话"要说，才选择这个作品），使自己尽快进入并保持静心观照的审美状态，取得评论的发言权。同时要扩大阅读范围，即除阅读被评论的作品外，还要读与作家、作品有关的环境材料、经历材料，尽可能多地占有材料。具体说，评论的作品要深读、精读（即研读），通过阅读获得独到的体验、发现。除外，要广泛阅读作家所处的时代和环境材料，即政治状况、历史概貌、文化艺术及学术的一般情况，社会习俗及时代风尚等情况。要阅读作家生活经历和创作道路的有关材料，比如作家自传或自叙性、回忆性文章，别人写的评论、传记等；要阅读作家其他一些著作及文章（包括写作经验、体会的文章，当然要思辨，仍以作品为主）；要阅读与评论对象相类似或相对立的其他作家的作品（可供横向比较）；要阅读其他评论该作品的文章（了解他人对该作品的评论，目的是检查自己的立论是否与他人撞车，是否独到、新颖、深刻，也为了扩大自己立论的视野）。广泛阅读，占有尽可能详尽的材料，做到"知人论世"，这是一项"奠基"工作，这步工作的好坏，对全盘影响极大。我国台湾文坛上的杂文家、评论家龙应台的经验是："我必须在灯下正襟危坐：第一遍，凭感觉采撷印象；第二遍，用批评的眼光去分析判断，作笔记；然后读第三遍，重新印证，检查已作的价值判断。然后，我才能动笔去写一个字三毛钱的文章。"① 我国已故著名评论家何其芳对研究问题必须占有充分材料曾作过重要讲话，他说："……我们的研究工作总是从详细占有材料开始。我……有这样的体会：材料占有得越充分，问题的面貌也越清楚。而且我们做研究工作，不应当只是重复前人的结论，总要努力去发现新的问题，解决新的问题。问题的发现和解决的线索也总是存在于材料之中。我们占有了相当数量的材料，然后才可能知道在我们研究题目的范围内有哪些问题前人还没有解决，才可能发现甚至前人不曾提出过的问题。我们又围绕这些问题占有了更大数量的材料，然后才可能看清楚问题的关键在哪里，才可能找到问题的正确答案。"② 何其芳先生虽然谈的是

---

① 《龙应台评小说》，第 213 页，作家出版社 1990 年版。

② 何其芳：《少数民族文字史编写中的问题》，载《文学艺术的春天》，作家出版社 1964 年版。

第一章
＊＊＊ 文学评论写作总论

"研究问题与材料的关系"之普遍性规律，但对文学评论也有深刻的提示，尤其对重在"评价色彩"的文学评论。这段讲话值得好好体味，并付诸实践。

概括地讲，认真阅读，占有材料才能在评论写作中游刃有余，判断准确，才可以为客观、公允、科学地评论作品作充分准备。

在阅读评论作品的过程中要注意三点：

第一，要努力保持静心观照的审美心境。具体说，就是要把与审美无关的狭隘的功利性因素尽量排除在外，比如作家的社会地位、知名度及对作家的好恶情感、先入为主的倾向性意见等都会影响阅读者的心理，这种影响就会阻碍读者准确的审美判断，因此，评论者要努力保持静心观照的心境。

第二，保持透视距离。阅读鉴赏活动中的"研读"是一种保持透视距离的阅读。上文提到英国作家利昂·塞米利安、我国美学家朱光潜对鉴赏状态都有正确要求。关于鉴赏评论，我国著名学者俞平伯也有精辟的告诫："作文艺批评，一在能体会，二在能超脱，必须身居局中，局中人知甘苦；又须身处局外，局外人有公论。"① 这也是经验之谈。在文学评论的阅读鉴赏阶段，评论者要沉浸、渗透、陶醉于作品中去体会，这是"进入"作品，与作品中的人物、情境进行情感交流，如果没有情感接触，也就没有真正从艺术感受出发去体验，这样的话，写出的评论往往浮在概念上，难以把握艺术所特有的审美个性。反之，如果评论者过于沉溺、过于痴迷在他所评论的对象中，就不会在共鸣中抉剔作品的瑕瑜，那样的评论也就缺乏力度、深度，很容易写出一般停留在思想教育层面上的"读后感"，因此评论者入进作品中去体验后，要保持透视距离，要把自己当局外人，跳出作品的情境，设法使自己的心境宁静下来，站到客观的立场上审视作品的得失。

第三，知人论世，顾及全篇。鲁迅说："倘要论文，最好是顾及全篇，并且顾及作者的全人，以及他所处的社会状态，这才较为确凿。要不然，是很容易近乎说梦的。"② 这是鲁迅先生的经验之谈。文学作品是现实生活（也包括历史经验）在作家头脑中的能动反映，所以它和作家的生平、思想及作家所处的时代、环境有紧密联系，这样"知人论世"就极为重要，若不"知人"，不"论世"，只是孤立静止地考察作品，就文论文，就容易近乎说梦。要公允地评判文学作品，就要注意"知人论世"（亦即上文提到的除读评论作品外，还要扩大阅读范围）。所谓"顾及全篇"，是指对一篇作品的批评要把握它的基本精神、总的倾向，要全面地看问题，下结论，实事求是地作评判，要避免"寻章摘句""以偏概全"的倾向发生。即使准备从某一个角度（比如结构、语言、技巧等）去分析评论作品，也仍然要在"顾及全篇"的基础上去进行，评论作品必须既看到"局部"又看到"全部"。

2. 选择论题类型，决定评论写法

论题即评论的题目。题目可大可小，可全面，可侧面。拟定一个题目，就是通常所说的"选择论题"。论题包含评论对象、评论方向、评论中心论题、评论成果等内容，是反映评论者"眼力"的"窗口"。选择论题的依据有三条。

第一，被评论作品确实有"价值"。即作品是部（篇）优秀之作，或作品反映了某种倾向，或作品有某种探索性创新，或作品有突出的问题等等，值得评论家去评论一番。

---

① 俞平伯：《重印〈人间词话〉序》，《俞平伯全集》第2卷，第101页，花山文艺出版社1997年版。
② 鲁迅：《"题未定"草（七）》，《鲁迅全集》第6卷，第430页，人民文学出版社1987年版。

第二，评论者确实有独到体验。评论者确实有自己的真知灼见，且"非说不可"，这是选择论题的坚实基础和关键所在。倘若评论者自己没有独到体验，而是看"行情"，什么"吃香"，就选什么，或者是有一点"想法"就匆忙定下一个论题，这都是不可取的，难以写出高质量的评论，往往是"人云亦云"，凑数文章。书评家刘锡庆曾讲过：论题的产生应该是潜心研究之后的一个自然的结果。"先研究，后定题"能保证论题有评论者的独到体验，反之"先定题，后研究"，往往论题质量低下，是选论题的大忌。

第三，现实的需要。这包括社会需要或学术界需要。如文学事业发展的需要，思想、政治教育的需要，学术研究开展的需要等。

这三者不可缺一，只有综合起来作为选择论题的依据，才能真正地选择好论题，否则评论者会在论题类型的选用中，犹豫不决，徘徊不前，倘若能确实将这三者一起考虑的话，论题的选择绝非难事。

评论的写法包涵两方面内容：一是指评论的"样式"；二是指评论的"色彩"。评论者在动笔写评论正文之前，应该决定好评论的样式和色彩。应该写成专著式、论文式、随笔札记式、审美赏析式，还是书信式、对话式……是重在"评价""分析"，还是重在"发挥"，这些都要考虑好，作出决定，唯有这样，全篇评论的格调才能统一，否则就会"四不像"。

决定评论写法的依据有两条。

第一，考虑评论对象的体裁特点、风格特点及角度。一般说，诗歌、散文、现代派小说这类体裁的作品采用审美赏析式、随笔札记式，重在分析或发挥，而对传统的小说和影视剧本常采用论文式、审美赏析式。其他一些样式对任何体裁都适用，当然也要考虑评论文章字数的因素，比如专著式不能少于十万字、序跋式不要多于一万字，一般都是"千字文"。

有些作品的风格显得端庄、严肃，或沉重、悲凉，则适宜采用审美赏析式、论文式，不宜采用随笔札记式，重在"评价"或"分析"，不宜"发挥"过度；而有些作品的风格显得机智、潇洒、幽默，则适宜采用随笔札记式，采用论文式则太严肃，不太协调。评论对象的风格特点对评论者采用何种样式、何种色彩起很大的作用，初学评论者要考虑到这点。

评论的角度对采用何种样式、何种色彩也有影响。一般说，若从艺术技巧的角度写评论文章，除专著式、论文式以外，其他样式都可以采用，而评论思想内容时，评论者要细心分辨其风格特点，再决定采用何种样式和色彩。

第二，考虑评论者自身的气质特点。不同气质的评论者，写出文章的风格不一样。一般说气质沉静、稳重的评论者喜欢采用论文式、审美赏析式，重评价、分析；而气质活泼、直爽的评论者喜欢采用赏析式、随笔札记式、对话式，重分析、发挥。

究竟如何决定评论的写法，应该将上述两条依据综合起来考虑。总的指导思想是：评论者要善于扬长避短（平时练习，则应扬长补短）。

3. 拟写提纲，构思成篇

文学评论属议论文范围，不管评论者选用何种评论样式，都要讲究思路清晰。因此要养成良好习惯，先拟写提纲。先写什么，后写什么，整体序列要完整、自然、严谨，遵循逻辑结构进行布局谋篇。一般说，就是提出论点→分析论点→综合表述自己对作品的评价。也可以采用别的样式的提纲来布局全篇。

构思成篇中要注意几点。

第一，要善于"复述"。"复述"不能简单地视为"故事梗概"，而是要求评论者在熟悉作品宗旨、领悟作品意蕴的前提下，抓住主要线索，交待故事梗概，在梗概中既传达原作的神韵、风格，又蕴含自己的评论倾向。这样的梗概既给读者留下深刻的印象，又为评论者自己的评论定下基调，便于展开思路。请看何立伟为沈从文先生的《柏子》写的评论中的"复述"："《柏子》是沈从文小说中较为精短的一篇，所写也是极简单的一桩事，人物就是叫作柏子的一个水手同另外辰河岸边一个不知名字与柏子相好又做娼妇的女人。柏子在这小说中所作所为唯一一种事情，那便是他命运所系的一只船在泊岸与离岸，亦即是漂泊同漂泊之间的一个微雨夜，摇摇晃晃到岸边吊脚楼找那相好妇人发泄他积压多时的愁闷困苦，作'一种丑的努力，一种神圣的愤怒'。一切言行极简单，因为这桩事本身绝无甚复杂纠葛节外生枝处，仿佛只是水手柏子所有风浪生涯劳作中的一种劳作，与摇桨或是整理缆索并无二致。"①这段"复述"让读者明了《柏子》小说中的主人公柏子的一种卑贱生命中的特定的生存状态，同时也为评论者定下了"洞箫的悲悯与美"的评论基调。评论者在"复述"段落的后面紧接着的评析观点便是："沈先生在《柏子》里要完成的乃是他毕生都很倾心的一类悲苦人物的生存状态，他是借一个人的丑的努力与神圣的愤怒来表达他对水手这类特别职业劳动人民所压抑人性的呼叹与同情，这其中又包括得有一个作家伟大心灵中对平常小人物在特定生存条件下所做一切事情的深切理解、宽容同祈愿以及对一切人性美丑模糊处的近乎诗意的观照或表现。"②与上文的复述衔接自然。评论者接下来就沈先生对柏子生存状态——"一种丑的努力，一种神圣的愤怒"的描写作美学上的、风格上的细腻分析。"复述"与评论的正文格调一致，前后呼应。这是很典范的一段"复述"。

对"复述"别林斯基有过很好的论述："再没有比叙述一部艺术作品的内容更困难，更麻烦的事了。叙述的目的不在于显示优美的章节，不管一部作品的章节好到如何程度，它总是在对整体的关系上看来才是好，因此，叙述内容时，必须抱有这样一个目的——仔细探究整体作品的概念，以便于显示这个概念是被诗人多么忠实地实现出来。"③这里不但提到"叙述"（即我们习惯上提"复述"）的重要、困难，也提到写"叙述"的正确态度。

第二，要加强分析。评论家将作品的特点价值提炼成论点后，就要进行分析，让读者信服你的评判。分析建立在对作品理性把握的基础上，应从一定的社会观念、美学理论出发，对作品进行思想和艺术的解剖，指出作品的组成要素、构成方式，揭示其优点，缺点，并深入分析"为什么"有这样的特点，取得这样的成绩（或失败）。分析针对性要强，而且要全面、清晰。有时评论只选择一个角度，只围绕其中的一个特点写评论，但评论者的分析工作仍要全面进行，唯有如此，才能更好地将某一角度的评论写得充分、客观。

分析的层次性要明晰。有了层次明晰的思维和层次明晰的结构，才能引导读者一步步深入地理解作品的内涵和艺术特色。评论也要有自己的真知灼见，人云亦云的评论会使人们读而生厌，只有"见人所未见、发人所未发"的评论文章才能加强评论的论述力度，才是大家所欢迎的评论。

第三，要巧于布局。文学评论的结构不同于科学论文，一定要强调规格化，它讲究形式灵巧、新颖（像随笔式、对话式、书信式就很讲究这点），文脉连贯起伏，使文学评论仍然

---

① ② 何立伟：《洞箫的悲悯与美》，载《沈从文名作欣赏》，第 34～35 页，中国和平出版社 1993年版。

③ 《别林斯基选集》第 2 卷，第 271 页，上海译文出版社 1979 年版。

带有文学的特点，即，将"科学性"和"文学性"很好结合起来。生动活泼，无八股气。为此，评论者动笔写作前要把握好评论宗旨，围绕宗旨、巧于谋篇是上策。

4. 修改定稿

文学评论完整的写作过程包括"修改定稿"这个"完善"阶段。没有"修改"，任何体裁的文章只是"毛坯"，而不是"成品"。凡优秀文章都经过修改再定稿，创作，评论一概如此。我国古代文学家极为重视文章修改，并形成一种优良传统。唐代大诗人杜甫就"陶冶性灵存底物，新诗改罢自长吟。"白居易也"旧句时时改，无妨悦性情。"曹雪芹的《红楼梦》之所以成为不朽之作，其中一个原因是因为作者曾对《红楼梦》"披阅十载，增删五次"，不断地精益求精。周恩来也曾说过：任何人的文章都要修改。"文不厌改"，佳作是修改出来的，难怪福楼拜会说：修改是天才的标志。

任何人写文章都不能做到"笔到功成"，是因为文章是精神产品，作者在写作过程中，必然要受到两个方面的制约。一是受制于认识过程的反复性（正确认识一个事物，需要不断观察、研究、评论文章，需要不断研究评论对象），二是受制于表现形式的多样性（同一个内容，有多种不同的表现形式，要从中挑选出最佳的表达方法和语言材料，就要反复比较）。这两种制约会使文章的初稿往往"意不称物，言不逮意"，所以，凡写文章，绝不以一时笔快为定，而应勤于屡改为好。

一般写文章修改时，范围很广，要从主题（观点）、材料、结构、方法、语言等方面去审视，然后决定修改方案，或增、或删、或调、或改。具体到文学评论的写作，应该养成另一种写作习惯：先认真修改写作提纲，再修改写作初稿。即动笔写评论前，先深思熟虑拟出写作提纲，然后将提纲"冷却"几天，评论者对评论对象再作深入研究，有新的考虑，就对提纲进行修改，直至自己觉得满意为止（必要时，请导师看写作提纲，提出修改意见——写毕业论文必须这么做）。列宁写文章常常这样，以修改提纲为主，提纲修改满意后才动笔撰写文章，对写成的初稿只需作小改小补。这样做的好处是：可以避免将写好的初稿作大改——改观点，调整结构，大幅度增删材料，这样的大改已接近重写，得不偿失。提纲修改得当，写出的初稿，只需作中改——适当增删材料或段落；或小改——锤炼字、词、句，润色语言，使评论表情达意更准确，语体风格更鲜明。审度标题，使之名副其文，确切醒目；复查材料，核对引文，避免讹误；纠正叙述中的常识性错误。中改、小改既无须"伤筋动骨"，又能收到"锦上添花""满纸生辉"的艺术效果，这种写作习惯对于文学评论写作来说，无疑是一种良好的习惯，能保证"修改定稿"的质量。

修改原则与方法，大家熟知，不再赘述。

最后简单讲一下文学评论者的写作修养。评论者，尤其是初学评论者，要写出像样的、高水平的文学评论文章，必须加强各方面的修养，概括地说：积累丰富的知识，培养鉴赏能力。

文学评论写作既是一项丰富的情感心理活动，又是一项冷静缜密的评判活动。它既要有对作品对生活的具体的形象感受，又要有理性的思考和科学的分析，并能将两者和谐完美地结合起来，最终完成文学评论的写作。要达到这样和谐完美的结合，必须有丰富的知识储备，加强各方面的修养。没有丰富的知识作基础，写起评论来就会捉襟见肘，或只能用一些不着边际的空话去应付。为此，文学评论者至少应具备以下几方面的知识。

第一，广博的社会文化知识。如政治学、哲学、伦理学、社会学、民族民俗学、心理学、历史学等，以便透彻洞悉文学作品所反映的广阔的生活面。

第二，文艺理论知识，只有具备了这方面知识，才便于了解文学作品的文学特征、文学的本质，以及它反映生活、表现思想情感的美学观点等。爱因斯坦说过：你在某个事物上能看到什么，取决于你的理论眼光。一篇好的具有独到见解的文学评论写出来，在很大程度上取决于作者的文艺理论眼光。

第三，中外文学史知识。评论者尽可能了解中外文学发展史上有哪些著名作家和重要作品，有过什么样的文学思潮和流派，各种体裁的文学作品的兴衰、沿革等知识。评论者有一个宏观的视野，才便于更科学、更公允地判断所评判的作品的特点、地位。知识在不断地更新发展，评论者必须不断吸收各种新知识，以适应对新体式、新内涵的作品的评论。

总之，有了广博的知识积累、储备，评论者才能跨越低层次的阅读，进入深层次的鉴赏，从而分辨优劣，提出自己的真知灼见，写出有分量的评论文章。

评论者除具有丰富的知识储备外，还要有很强的感受生活、感受作品的能力。作者和评论者都在创造，所不同的是，作者以现实生活为材料进行创造，而评论者不仅要以作者的作品为材料，还要以作者体验过的生活为依据来进行创造。所以评论者不仅要有很强的感受作品的能力，还要有很强的感受生活的能力。敏锐而强大的感受力是从事文学评论的首要条件，倘若缺乏这种感受力，评论者的才智和学问都失去了意义。海明威曾表示过这样的看法：一个作家在生活中所接触的种种事物都可能自觉或不自觉地进入他艺术创造的储藏室，一旦需要它们就可能及时出现。这种看法对于评论者来说也同样适用。无论是对天文地理的观察，还是对社会人生的观察，都将对评论者从形象感受到理性思考两方面把握作品产生关键性的深刻的影响。评论者感受生活的能力越强，感受作品的能力也越强，评论者与作者也就越容易产生共鸣，同时也越能很好地透过艺术形象去感受作者首先感受过的生活的脉搏，理解作家心灵的倾注，这样才能为恰如其分地去分析作品、评价作品打好基础。

文学评论实践性很强，有志于提高鉴赏、评论能力的人，唯有多实践——多写评论文章，才能不断提高评论能力，将教材上提供的知识、方法，转化为自己的技能技巧。

第二章

诗歌鉴赏与评论

第一节　诗歌的审美特点

　　我国是一个有着悠久历史的诗歌之国，浩瀚的诗歌作品、丰富的诗歌理论，都为人们研究诗歌创造了良好的条件。先秦的《尚书》已提出"诗言志"的见解；汉代的《毛诗序》论及了诗歌创作"言志"与"表情"的关系；唐代学者提出了"意境"说；宋代学者提出了"韵味"说、"兴趣"说；明代袁宏道提出"独抒性灵"说；清代的王夫之在他的《姜斋诗话》中以审美意象为核心，对诗的本质、诗歌创作中审美意象的形成、诗歌的特点、价值等问题都作了重要的阐述。同时代的叶燮在他的《原诗》中对诗歌的本源（理、事、情）、诗歌艺术创作（才、胆、识、力）作了赋有理论新义的总结；近代的王国维在他的《人间词话》中提出了许多重要的诗学美学见解；现代的朱光潜先生在他的《诗论》中对诗歌的声律作了潜心的研究。这些丰富的诗学理论从不同的角度谈及诗的本质和它的特点。那么何谓诗呢？对诗歌下的定义已很多了，至今仍在继续探讨中。我国最早的诗歌定义，有文字记载的是《虞书》："诗言志，歌永言，声依永，律和声。"① "诗言志"是诗的最早定义，诗歌就是抒发人的思想意愿、志趣的文学体裁。后来的陆机言："诗缘情而绮靡"。② 朱熹言："诗者，人心之感物而形于言之余也。"③ 严羽言："诗者，吟咏情性也。"④ 这是从诗的情感表达角度来定义的；诗歌就是表达诗人感情的艺术。也有的学者认为："所谓诗，就是对美的节律的创造。"⑤ 朱光潜也有类似的观点："我们可以下诗的定义说：诗是具有音律的纯文学。"⑥ 这是从诗的表现形式上给诗下定义。别林斯基则说："诗歌不是别的什么东西，而是寓于形象的思维。"⑦ 这又是从创作思维活动的角度来给诗下定义。众多的定义都有其合理性，但都不够全面。本章从教学的角度（不是从学术研讨的角度）选用一个较为合理

---

① 《十三经注疏》上册，第 131 页，中华书局 1979 年影印本。
② 陆机：《文赋》，载郭绍虞主编《中国历代文论选》（上册），第 138 页，中华书局 1962 年版。
③ 朱熹：《诗集传序》，载郭绍虞主编《中国历代文论选》（上册），第 54 页，中华书局 1962 年版。
④ 严羽：《沧浪诗话》，《沧浪诗话校释》第 26 页，人民文学出版社 1983 年版。
⑤ 苏珊·朗格：《艺术问题》，第 113 页，中国社会科学出版社 1983 年版。
⑥ 《诗论》，《朱光潜美学文集》第 2 卷，第 98 页，上海文艺出版社 1982 年版。
⑦ 《外国理论家、作家论形象思维》第 55 页，中国社会科学出版社 1979 年版。

全面的论述。**所谓诗歌是指"表现诗人审美理想与激情的文体，是诗人触物起兴，以感情形象为载体，表现诗人的（也是社会群体的）本质力量的语言艺术。"**① 这个定义包含了三个基本要点。第一，诗歌是以感情形象为载体的。"感情形象"，即意境（或称诗境）。具体说，就是诗人将自己的思想感情寄寓于客观的自然景观或社会生活环境中加以表现成为艺术作品，或者说艺术形象中蕴含着诗人的情感。黑格尔曾这样描述过："……一纵即逝的情调，内心的欢呼，闪电似的无忧无虑的谑浪笑傲，怅惘，愁怨和哀叹，总之，情感生活的全部浓淡色调，瞬息万变的动态或是由极不同的对象所引起的零星的飘忽的感想，都可以被抒情诗凝定下来，通过表现而变成耐久的艺术作品。"② 艾青也说过："诗是由诗人对外界所引起的感觉，注入了思想感情，而凝结为形象，终于被表现出来的一种'完成'的艺术。"③第二，诗歌是表现诗人和社会群体的审美理想和本质力量的。诗人作为社会的一员，会受社会政治、经济、心理、风气诸多因素的影响，因此诗人要表现的情感并不是诗人自我陶醉的私情，而是诗人与人民息息相通的思想感情，是诗人对人民生活的感受、体验和态度，这种情感往往凝集着一种时代的精神和力量：或在讴歌山河壮美中鞭挞社会流弊，激发人们的爱国热情；或在回顾一段历史命运后，让人增添向上的力量和开拓精神；或在乡情、人情中寄托诗人对故土深挚的眷恋与思念之情。这些都是诗人的一种人格力量的表现，它往往闪耀着时代的精神，透露出审美的本质力量，这种精神、力量会影响一批读者，甚至会影响一代人。例如像中国 20 世纪 30 年代的青年革命诗人殷夫（白莽），他所抒写的诗歌将那个时代的精神都凝练进去了，所以鲁迅在为殷夫的诗集《孩儿塔》作序时写道："这是东方的微光，是林中的响箭，是冬末的萌芽，是进军的第一步，是对于前驱者的爱的大纛，也是对于摧残者的憎的丰碑……"④ 鲁迅先生对殷夫诗集的评价是对"诗的本质力量"最好的注解。别林斯基认为，优秀的诗人只具有艺术才能是远远不够的，需要在时代精神中发展起来，他盛赞普希金和莱蒙托夫是"时代的诗人"。第三，诗歌是美的语言艺术。诗歌是以文学语言为载体的。如果将文学语言再细分的话，可分为客观陈述性语言和主观抒情性语言。诗歌大量运用的是主观抒情性语言。主观抒情性语言的美学特点是：优美、凝练、多义、音乐感以及不确定性。这种美的语言能使诗歌产生巨大的艺术魅力。

了解诗歌的定义再来认识诗歌的审美特点，就比较顺畅了。诗歌具有以下几个审美特点。

第一，诗歌具有抒情性的特点。以感情形象为载体的诗歌在各种文学形式中是最擅长抒情的。古今中外，凡优秀的诗歌都饱含真挚浓郁的感情。白居易曾说："诗者，根情"；现代诗人郭沫若说："诗的本质在抒情"；别林斯基说："感情是诗歌天性的最主要动力之一，没有感情，就没有诗人，也没有诗。"可见"抒情"是诗的天性。从创作的角度讲，一首诗的诞生过程，是诗人提炼情感的过程：诗人在生活中被激荡起情感后，把这原型情感加以提炼加工，飞跃为典型化的感情，表达出来的诗歌便充满情感，只不过每位诗人的生活阅历不同、素质不同、处境不同，表达感情的方式不同，于是展示出不同的情感特点。有的直抒胸

---

① 曹明海：《文体鉴赏艺术论》第 323 页，山东文艺出版社 1992 年版。
② 黑格尔：《美学》第三卷（下册），第 192 页，商务印书馆 1981 年版。
③ 朱光潜：《诗论》第 172 页，人民文学出版社 1980 年版。
④ 鲁迅：《白莽作〈孩儿塔〉序》，《鲁迅全集》第 6 卷，第 493 页，人民文学出版社 1981 年版。

臆，似疾风骤雨，倾泻而出，像贺敬之的《回延安》、叶文福的《祖国啊，我要燃烧》；有的委婉含蓄，似清泉溪流，曲曲弯弯，隐隐显显，像戴望舒的《雨巷》、徐志摩的《沙扬娜拉》、北岛的《你在雨中等待着我》；有的朦朦胧胧，意蕴幽深而神秘，似梦非梦，似有非有，像唐代李商隐的《锦瑟》、台湾诗人洛夫的《金龙禅寺》。这些诗不管抒情方式有多大差异，但它们共同的特点是"抒情性"。

第二，诗歌具有讲究"意境"的特点。诗歌的最高美学层次是有境界。境界又称意境。诗的意境是诗人审美理想的升华。如果说诗人对现实生活本质的提炼、概括，是诗人本质力量的表现，那么将诗的感受创造为意境，便是诗人本质力量的感性显现，"意境"是诗歌创作所追求的最高艺术目标。那么何谓"意境"？先从"意境"的形成与发展来了解其涵义的变化。唐代的王昌龄最先把"意境"作为诗歌美学范畴提了出来。他在《诗格》中说："诗有三境：一曰物境，二曰情境，三曰意境。物境一：欲为山水诗则张泉石云峰之境极丽绝秀者，神之于心，处身于境，视境于心，莹然掌中，然后用思，了然境像，故得形似。情境二：娱乐愁怨皆张于意而处于身，然后驰思，深得其情。意境三：亦张之于意而思之于心，则得其真矣。"① 这里物境偏重于写山水实景，情境偏重于抒情，意境偏重于写意。唐代的司空图认为"意境"就是一种韵味："古今之喻多矣，而愚以为辨于味，而后可以言诗也。……噫！近而不浮，远而不尽，然后可以言韵外之致耳。"② "韵味"使"意境"真正成为一个美学范畴。宋代严羽的"兴趣"说和清代王士禛的"神韵"说又逐一比"韵味"说又前进了，意境创造要从诗人的艺术感受出发，创造出神韵来才"超妙"。而近代王国维的"境界"说则前进一大步，他说"喜怒哀乐，亦人心中之一境界。故能写真景物、真感情者，谓之有境界。否则谓之无境界。"③ 这就对"意境"的内涵作了质的规定：诗同时具有诗人的真情和描绘对象的真景才能产生境界。至此可以对"意境"作一概述：情景交融而产生了深层意蕴和韵味的境界可称谓意境。例如杜甫的《曲江二首》：

一片花飞减却春，风飘万点正愁人。

且看欲尽花经眼，莫厌伤多酒入唇。

江上小堂巢翡翠，花边高冢卧麒麟。

细推物理须行乐，何用浮荣绊此身？

朝回日日典春衣，每日江头尽醉归。

酒债寻常行处有，人生七十古来稀。

穿花蛱蝶深深见，点水蜻蜓款款飞。

传语风光共流转，暂时相赏莫相违。

从表面上看，这《曲江二首》是"歌咏自然的诗句"，然而仔细吟味，再联想诗人"仕不得志"的处境，便发现言外有意，弦外有音，景外有景，情外有情了。诗人一腔爱国热

---

① 《中国历代诗话选》（一），第38～39页，岳麓书社1985年版。
② 《与李生论诗书》，载郭绍虞主编《中国历代文论选》（上册），第490页，中华书局1962年版。
③ 王国维：《人间词话》，载郭绍虞主编《中国历代文论选》（下册），第437页，中华书局1962年版。

情，难以"致君尧舜上"，难以"再使风俗淳"，"左拾遗"这个"谏官"也是有名无实，所以只能"朝回日日典春衣，每日江头尽醉归"，沉郁忧愤之情融注在恬静、自由的自然之景中了。诗人让读者自己通过已抒之情和已写之景，去玩味未抒之情，想象未写之景。两首诗句中有余味，篇中有余意，这就是这两首诗的意境。能创造出意境来的诗作都能给读者以自由创造的天地，都能启迪读者去回味弦外之音，言外之味。王国维说："词以境界为上，有境界自成高格。"① 而没意境创造的话，这种诗就会使读者感到索然无味，优秀的诗人总是会把"意境"创造作为自己最高的艺术目标。

第三，诗歌具有语言反常规的特点。诗歌的语言是最凝练，最富有表现力的，是文学语言中最能激活词语全部潜能的语言。它不同于散文、小说、戏剧剧本的语言，散文、小说、戏剧剧本的语言是规范的语言，它们遵循字、词、句的语法规范来表情达意，符合读者通常的思维习惯，而诗歌为了更好地表达诗人难以传达的幽渺之思、惝恍之情，也为了使诗歌的音乐美得到充分的表现，它往往要偏离语言的规范（如语序变换、词性活用、词语省略等，但为了保证读者的领会、接受，也要注意语言的规范）。诗歌的前两个特点，使得诗歌在造语上形成了它自己独特的特点——语言的反常规性。词是由词素构成的，一经约定俗成，不能随意颠倒或拆散，而诗人不予理会。例如曹操《短歌行》中的一句"对酒当歌，人生几何？譬如朝露，去日苦多。慨当以慷，忧思难忘。……""慷慨"二字在诗中不但倒置，而且拆散了，这样一偏离，诗意却似乎更慷慨了。再看杜甫《月夜忆舍弟》中的一句："露从今夜白，月是故乡明。""白露"这个节气名被拆散颠倒了，然而景色却宛如画出，句式因对仗更工整了。再从词语搭配看，诗歌重词语结构因素，当与语言常规发生冲突时更看重平仄押韵、对仗规则而牺牲词义配合的常规。如，李商隐的《无题》中的一句："春心莫共花争发，一寸相思一寸灰。""相思"不能以尺寸计量，"灰"也不能与"一寸"这个数量词搭配，但诗人用了，读者不但认可，而且觉得用得很奇妙，能出奇制胜地将幽居女子爱情上痛定思痛而怕伤痛重演的情思表现出来了，规范的用语恐不及这种偏离的效果。再如温庭筠《商山早行》中的一句："鸡声茅店月，人迹板桥霜。"这里没有一个动词形容词，全是名词的拼接，然而这种造语却比规范的表达能传达出更多的含义，语言表达显得更凝练、隽永，更整饬、铿锵。诗歌在句法上也常打破造语规范，或倒装，或错置，以驰骋诗人才思。例如王维《陇西行》中的一句："十里一走马，五里一扬鞭。"按散文语法，会解释为走五里才扬一次鞭，这就大错特错了，应该理解为"盖云走马时一瞥头走十里，才一扬鞭，不觉已走到半路了"。（金圣叹点评）又如王勃《送杜少府之任蜀川》中一句："城阙辅三秦，风烟望五津。"这是倒置语序，应该这样理解："长安以三秦为辅，而望五津只一片风烟。"

从上述例证中，可以感到诗歌语言对常规造语的偏离，使得诗歌的语言成为最凝练而富有表现力的语言，成为一切文学语言表述中最具特色、最具艺术魅力的语言。看似极平常普通的字、词，在诗人笔下，就新意层出，妙趣无穷，创造出优美或深邃的意境来。语言规范事实上是有弹性的，人们习惯上常运用词义的概念因素，而诗人不但运用其概念因素，而且为了抒情审美需要，为了意境创造需要，还运用词义的意象因素、意味因素，从而在特定的

---

① 王国维：《人间词话》，载郭绍虞主编《中国历代文论选》（下册），第 436 页，中华书局 1962 年版。

语境中使不规范的变形词句组合反而创造出更具艺术特色的艺术形象，使诗歌更具音乐美和绘画美。这种语言规范与偏离语言规范的有机统一，唯有在诗歌创作中频频出现，可以说是诗歌体裁在语言上有别于其他文体的最显著的特征。

第四，诗歌具有"分行排列"的建筑美特点。闻一多先生是现代格律诗的提倡者，他认为"诗的实力不独包括音乐的美（音节），绘画的美（辞藻），并且还有建筑的美（节的匀称和句的均齐）。"①诗歌是唯一用"分行排列"来谋篇布局的文学体裁，这种特殊的结构形式使其有别于其他文学体裁。

马克思曾指出："如果形式不是内容的形式，那么它就没有任何价值了。"②诗歌讲究"分行排列"的结构形式是诗歌的内容所决定的。观古典诗歌，庆典的内容，凝练典重，故用四言体诗；言情的内容，抒情自由，表意丰蕴，故用五言体诗；欲纵横捭阖，自由联想抒写，则用七绝或七言体诗……诗歌"分行排列"的结构形式是由诗歌抒情性、意境创造等内容需要而产生的。同时也是汉语言文字提供的优越的条件所产生的结果。汉文字是由一个个方块字组成，汉文字的造形特点为诗歌"分行排列"的形式美提供了方便条件。使诗歌在布局上获得一种建筑美。建筑美大体表现为：整齐美、均衡美（或称错落美）两个方面。黑格尔说："整齐一律一般是外表的一致性，说得更明确一点，是同一形状的一致的重复。"③我国的古典诗歌，大多是整齐的四言、五言、七言（民歌也是整齐的五言、七言居多）。例如四言诗《诗·王风·采葛》："彼采葛兮，／一日不见，／如三月兮！／／彼采萧兮，／一日不见，／如三秋兮！／／彼采艾兮，／一日不见，／如三岁兮！"王之涣的五言诗《登鹳雀楼》："白日依山尽，／黄河入海流。／欲穷千里目，／更上一层楼。"叶绍翁的七言诗《游园不值》："应怜屐齿印苍苔，／小扣柴扉久不开。／春色满园关不住，／一枝红杏出墙来。"无论是四言诗、五言诗、七言诗，每行相等的字数排列，给读者的视觉一种斯文、庄重的美感，当然，整齐的排列是诗视觉美的直接形式，是诗的外形状态，但无论是四言排列、五言排列，还是七言排列，都是根据诗人感情起伏跌宕情况来选择的。

有的诗行排列讲究均衡美。这种排列是一种"把彼此不一致的定性结合为一致的形式"④，从而显出均衡对称的视觉美感。例如贺敬之的《放声歌唱》：

在每一平方公尺的	在每一平方公分的
土壤里，	空气里，
都写着：	都装满：
我们的	我们的
劳动	欢乐
和创造；	和爱情。

---

① 闻一多：《诗的格律》，载杨匡汉等编《中国现代诗论》（上），第125页，花城出版社1985年版。

② 北师大文艺理论教研室：《文学理论学习参考资料》（上），第63页，春风文艺出版社1981年版。

③④ 黑格尔：《美学》第一卷，第173、174页，商务印书馆1979年版。

这是长短格阶梯式对称，从每一节看，长短不一，从全诗整体看，有规律，是一种不齐之齐，多样统一，是另一种错落有致的形式美的格式。

诗人采用什么样的排列方式都是为了准确有效地抒发自己的感情，创造优美的意境，同时，也是为了达到声情并茂的效果，从视觉、听觉上都创造最佳的艺术品味。

诗歌的这种"分行排列"的建筑美特点也是其独有的。

第二节　诗歌的鉴赏与评论

诗歌的鉴赏与评论可以从不同的角度进行：鉴赏诗歌的抒情性，鉴赏诗歌的意境创造，鉴赏诗歌的语言，鉴赏诗歌的表现技巧，鉴赏诗歌的体式结构，鉴赏诗人的创作风格……

一、诗歌抒情性的鉴赏与评论

"抒情性"是诗歌的一大特点，因此鉴赏评论诗歌的抒情性是评论家们关注的目标。对诗歌抒情性的鉴赏评论可以从两个方面来把握。

第一，诗歌的抒情是否真实。

凡感人的诗作都是诗人内心情感的坦诚宣泄。真实的感情具有一种感染力、震撼力、冲击力、穿透力，能深深地打动读者，征服读者。所以，鉴赏诗歌时，看有没有真情，是不是真情。真实性是进行诗情分析的一个标准。如何判断诗情的真实性呢？

首先要看诗人所抒之情是否是生活中诗人自己亲自体验过并为之激动过的感情，即是否是生活情感体验的艺术化表现，是否具有诗人自己的个性。感情的个性是感情真实性的体现与延伸，是感情真实性的外装和标志。例如上文引用的《诗·王风·采葛》，诗中写足了一位小伙子对他心爱的采葛（采萧、采艾用采葛）姑娘的思恋之情，他那种度日如年的情思确是以生活体验为基础的，这种真情不但反映了诗人的个性，而且概括了恋人们思念情感的共性，所以"一日不见，如隔三秋"被古今恋人们运用。

同是恋歌，《诗·郑风·将仲子》里的抒情特点就不同于《采葛》。看《将仲子》的第三段："将仲子兮，无逾我园，无折我树檀。岂敢爱之？畏人之多言。仲可怀也，人之多言，亦可畏也。"这是写一位少女热恋着仲子这个小伙子，但她怕小伙子翻越她家的墙头来会见她，会被她父母指斥，会被她兄弟讥笑，会被左邻右舍背后议论，于是内心矛盾重重，忧心忡忡，拿不定主意。这种想见又迫于"人言可畏"不敢相见的心态、情绪被描绘得真实动人，很有诗人抒情的个性。可见，凡有真情的好诗，都是以生活情感体验为基础而进行的创造，这种创造能显示出诗人独到的抒情性。

其次，要结合诗中所展现的生活情境来分析，即通过生活情境的真实性分析来把握诗的感情真实。上述二例，读者都能体验到"一日不见，如隔三秋"，"相见不敢见"（方式不妥，畏人言）的情感，从而产生共鸣。上述二例都是直抒胸臆，"有我之境"，读者比较容易捕捉诗人的感情。有大量的诗歌由于诗人采用"移情"手法，寄情于景物，往往呈现"无我之境"的特点，于是给读者的鉴赏带来一定难度。

何谓移情？朱光潜先生这样解释道："移情作用是外射作用的一种，外射作用就是把在我的知觉情感外射到物的身上去，使它们变为在物的，……事物有许多属性都不是它们所固有的，它们大半起于人的知觉。本来是人的知觉，因外射作用便成为物的属性。""诗人和艺术家看世界，常把在我的外射为在物的，结果是死物的生命化，无情事物的有情化。"① 例如李白的《望庐山瀑布》："日照香炉生紫烟，遥看瀑布挂前川。飞流直下三千尺，疑是银河落九天。"从字面看，诗人大胆的夸张，奇妙的比喻，恢宏的联想，把瀑布之高、水珠之密、水光之闪烁以及庐山瀑布的飞动感描绘得极为形象、精彩。而字里行间透露了诗人浩气满怀的情感，也透露了诗人豪放不羁的艺术个性。

"移情"鉴赏涉及"识字、知人、论世、诗法意逆、吟诵"等鉴赏方法与技巧，将放在例文鉴赏中剖析，此处从略。

第二，诗歌的抒情是否典型。

诗是真情实感的艺术外化，但不是任何真情实感都能外化为诗。那些没有美学价值，没有思想意义的情感虽然真实，却外化不成读者认可的诗，因此，诗的感情应当是一种典型化的情感，它不仅是真实的，而且是具有美学价值的典型的情感。所谓典型情感就是指既具有诗人独特的个性情感又具有鲜明的社会生活的群体的情感，个性与共性统一、独特性与普遍性统一的情感。上述二例恋爱诗歌便具有这样的审美要求。古人云："唯其字字从肺腑流出，方可字字从肺腑流入。"肺腑者，即人的深层心理情感。诗的典型情感是一种能沟通人们深层心理，触动人们内心情感，能超越时代的、阶级的、空间的限制，引发人们情感共鸣的肺腑情感。它是具体的又是抽象的，对于诗人来说，所表现的情感内容是一种观念形态，对于读者来说，这种情感又是超意识形态的抽象形式，是一种象征符号。例如北宋时期的太平宰相晏殊所作的《浣溪沙》："一曲新词酒一杯，去年天气旧亭台，夕阳西下几时回？无可奈何花落去，似曾相识燕归来，小园香径独徘徊。"其中"无可奈何花落去，似曾相识燕归来"这两句，既表现了词人独特的伤感惆怅之情：时光如流，人生短暂；又包容了时间就是生命，或珍惜时间就是珍惜生命的人们普遍的情感体验，这是一种超意识形态的抽象的哲理思索。又如唐代王湾的诗作《次北固山下》："客路青山外，行舟绿水前。潮平两岸阔，风正一帆悬。海日生残夜，江春入旧年。乡书何处达，归雁洛阳边。"其中"海日生残夜，江春入旧年"两句一个"生"字一个"入"字将诗人的情移进其中，使之拟人化，赋予它们以人的意志和情思，于是锤炼出两个警句：海日生于残夜，必将驱尽黑暗；江春闯入旧年，必将赶走严冬。诗句不仅写景逼真，而且抒发了乐观、积极、向上的情怀，揭示了具有普遍意义的生活真理。②

二、诗歌意境的鉴赏与评论

"意境"创造得如何，也是诗歌鉴赏评论的一个角度。鉴赏评论一首诗的艺术魅力和审美价值，最基本的审美准则就是看诗人是否创造了独特、新颖、深邃的意境。意境是诗的艺

---

① 《文艺心理学》，《朱光潜美学文集》第 1 卷，第 39 页，上海文艺出版社 1982 年版。
② 抒情性，从小学五、六年级开始至初中加以由浅入深地引导，初中应学会"抒情诗"写作。

术精灵。"诗以境界为上，有境界则自成高格。"鉴赏评论"意境"可以从以下几个方面入手。

第一，从诗境构成的基本因素及其相互关系入手来鉴赏评析。

诗的意境构成要素很复杂，既有客观的景、象、物等因素，又有诗人主观的情、意、神、韵等要素，孤立地分析各因素就不成为鉴赏，必须从这些要素的相互关系入手才能鉴赏诗歌的意境。根据诗歌意境鉴赏的实践，一般鉴赏者是从情与景、意与象、神与物的关系入手。即意境是由情景交织、意象融注、神物浑然而形成，因此，可以从这些关系中来鉴赏。明人谢榛《四溟诗话》（卷三）中云："景乃诗之媒，情乃诗之胚，合而为诗。以数言而统万形，元气浑成，其浩无涯矣。"作诗本乎情景，孤不自成，两不相背。别林斯基有过这样的说法："诗歌通过外部事物来表现概念的意义，把内心世界组织在完全明确的、柔韧优美的形象中。"[①] 鉴赏诗歌就从这两者关系中去把握。不过要注意，意境的创造有多种形式，由于诗歌的题材不同，诗人的创作个性有异，情景、意象、神物的构成形式就迥然有别。应把握好不同的形式所创造的意境。常见的构成形式有以下几种。

（1）由景及情，情因景生——先描绘情感化的景物具象亦称意象，使读者对意象的自然画面有直观性美感，进而由景及情，点染景中之情。例如马致远的散曲《天净沙·秋思》："枯藤老树昏鸦，小桥流水人家。古道西风瘦马，夕阳西下，断肠人在天涯。"十组自然景物给读者展现了一幅荒凉寂寞的画面，结句"断肠人在天涯"点染了景中之情，整首散曲的意境尽出，十组自然景物注入了浓郁的情感色彩而激活了艺术生命。又如李白的《送友人入蜀》："见说蚕丛路，崎岖不易行。/山从人面起，云傍马头生。/芳树笼秦栈，春流绕蜀城。/升沉应已定，不必问君平。""景"有自然之景，社会之景，物质世界之景，精神世界之景。这首诗写足了自然之景：蜀道之难行，山陡之难登，但友人却要离秦入蜀，是何原因？结句"升沉应已定，不必问君平"作了暗示，并使全诗意境点化出来，政治途径的崎岖远远超过了蜀道之崎岖，政途的"不易行"远远超出了"蚕丛路"！

（2）以情写景，景在情中——注重主观情感的抒发，把景物融化在情感的流淌之中，以"情之景"取胜。例如苏轼的《饮湖上初晴后雨》："水光潋滟晴方好，山色空蒙雨亦奇。/欲把西湖比西子，淡妆浓抹总相宜。"这首诗将大自然拟人化了，因为爱西湖，在诗人眼里西湖的水光山色无论晴天下雨都是极美丽的，怎么看都宜人，如同春秋越国美女西施。又如苏轼的一首题画诗《李思训画〈长江绝岛图〉》中的几句："峨峨两烟鬟，晓镜开新妆。/舟中贾客莫漫狂，/小姑前年嫁彭郎。"诗人也是采用了拟人笔法，将小孤山写成少女，彭浪写成彭郎，又是对镜梳妆，又是喜结良缘，将自然景物描绘得活灵活现，诗人挚爱大自然的情感全由他的景物传递出来了，是一首景为情生的佳作。

（3）以景为主，把情感融化在景物具象的描绘中，含而不露，不作情语，寄情于言外，以"景之情"取胜。比如杜甫的《春望》："国破山河在，城春草木深。感时花溅泪，恨别鸟惊心。烽火连三月，家书抵万金。白头搔更短，浑欲不胜簪。"诗写了社会之景——国破、烽火；自然之景——草木深、鸟鸣，勾勒出安史之乱后长安荒凉的惨象，全诗没有情语。然而其中字字句句都渗透了诗人忧国忧民、思乡思家的辛酸之情。又如杜牧的《过华清宫》绝句之二："新丰绿树起黄埃，数骑渔阳探使回。霓裳一曲千峰上，舞破中原始下

[①] 《别林斯基选集》第 3 卷，第 2～3 页，上海译文出版社 1980 年版。

来。"这里书写了唐明皇不问国事，天天和贵妃欣赏歌舞，直到把中原"舞"丢了，才慌慌张张从山上下来的社会实景，然而言外之意是，诗人不露痕迹地鞭笞了亡国之君的昏庸腐朽。

以上三种是诗境中情景交织的常见形式。初学诗歌鉴赏评论者可以先尝试着从把握好情、景、意、象、神、物等要素及其关系和表现形式入手，去赏析诗歌。事实上诗境构成是一个很复杂的美学问题，它不是简单的情景交融、意象融注、神物交织就能构成意境。诗境的构成除上述因素外，还涉及诗人的思想意趣、审美意识、气韵情致、创作时代的艺术氛围等众多美学问题，初学者需多积累赏析知识，慢慢提高赏析水平，更好地鉴赏评论诗境。

第二，从构成诗境的意象特征入手来鉴赏分析。

意境的构成离不开意象。意境是情景交融的完整而有机的图画。意象就是画中的花卉、树木、天光、云霞，意境则集合意象各元素。可以说诗人是画家，因此，诗的意境是以鲜明生动的意象来表现的，化无形为有形，化抽象为具象，无论是喜情愁绪，还是梦境幻想，都是以活生生的意象来表现的，从而创造出诗的意境来。诗作拒绝无形体的、光秃秃的抽象概念，因此捕捉诗作的意象特征来赏析诗境很重要。一般从三个方面来把握。

（1）看构成诗境的意象创造是否做到"得人心之所同，发他人所不能发"，即是否把人们能共同感受到的，却难以描写出来的景象自然贴切地再现出来。从诗歌创作的角度讲，有意境的诗作，应该形神兼备（所谓"神"即真境。如清代画家笪重光所言："神无可绘，真境逼而神境生"[①]）。像李白的"飞流直下三千尺"，杜甫的"两个黄鹂鸣翠柳"，马致远的"枯藤老树昏鸦"……之所以成为脍炙人口的佳作，因为这些诗作将人们司空见惯的自然景象展现为富有生气、意蕴的意象，既自然、生动又富有画意，而且诗人的情怀寓于意象中，读者在欣赏中能被拨动心弦，与诗人共享艺术之美。

（2）看构成诗境的意象的描绘是否抓住了特定景物意象的主要特征及其典型意义。在诗歌创作中，描写景物形象的主要特征要"切至"（即恰如其分）、传神（即真境），这是诗境意象创造的重要原则之一，也是诗境意象赏析的基本审美标准。例如晚唐诗人杜荀鹤的《再经胡城县》："去岁曾经此县城，县民无口不冤声。／今来县宰加朱绂，便是生灵血染成。"酷吏因虐民而升官在这首诗里得到了高度的概括："冤声"遍及县民，然"县宰"仍"加朱绂"，那"便是生灵血染成"！这些触目惊心的意象，深刻地揭露了封建统治者的残暴本性，也流露了作者对统治者的憎恨和对人民的同情。有时诗人为了使意象特征更鲜明，本质更突出，采用了夸张的手法。夸张若得法，能抓住景物特征，表现典型意义，那么仍能创造出好的意境。例如李白的"白发三千丈，缘愁似个长"（《秋浦歌》十七之十五）将李白一生怀才不遇的愁郁诗境表现得极鲜明。"两岸猿声啼不住，轻舟已过万重山"（《早发白帝城》）写李白流放夜郎，行止白帝城，闻赦，喜情胜于悲情，故感觉到轻舟在猿"啼不住"的声声中，行若飞箭，一晃便过万重山。全诗未写喜悦之情，但诗的这两行结句将诗境已形象生动地展示出来了。人逢喜事精神爽，这诗境还是很有典型意义的。

（3）看诗境意象之间的相互关系是否组合得当，能否产生最佳审美效果。诗人直接或间接来自其感性生活的意象可以分为两大类：一类是直接意象，另一类是间接意象。直接意象的基本组成单位是"点象"，又称单纯意象，它是诗人头脑中对一种单一的事物的映像，具有相对的独立性和完整性。这种单纯意象在诗作中最常见，占有极大的比重。有时以一个

---

① 笪重光：《画筌》，《画论丛刊》上卷，第 171 页，人民美术出版社 1962 年版。

单纯意象为基础可以构成一首诗。例如曹植的《七步诗》："煮豆燃豆萁，漉豉以为汁。/萁在釜下燃，豆在釜中泣。/本是同根生，相煎何太急。""豆"的意象单纯，但创造的意境却很深邃。又如泰戈尔的："绿草是无愧于它所生长的伟大世界的。""绿草"的意象单纯、鲜明、可爱，但意境丰富、深刻。诗人们在构思时，为了表达更丰富深邃的诗境，或为了强化某种情绪，常常把一个个单纯的意象组织起来，构成集合意象。这种集合式的直接意象在古代文论中被称为"赋象"，现代则称其为"描述性意象"。例如艾青的《解冻》有关"平野"的意象描述："平野摊开着，被由山峰所投下的黑影遮蔽着；乌暗的土地，铺盖着灰白的寒霜，地面上浮起了一层白气，它在向上升化着，升化着，直到和那从群山的杂乱的岩石间浮移着的云团混合在一起……"诗人从视觉、温觉、动觉等多种角度描述解冻时的平野风光，直接诉诸读者感官，真实切近，而那光、影、水气的交错与变幻又富有层次感，其中融注了诗人对这片土地迎来解冻的欣喜之情。组合的意象群恰到好处地表达了诗人的情感，创造了丰富的诗境。

有时诗人遇到的事物比较复杂，思考的问题又比较抽象，或酝酿的感情比较朦胧时，往往通过创造间接意象（或意象群）来间接表达。间接意象（或意象群）比直接意象（或意象群）所创造的诗的意境更耐人寻味，给鉴赏者带来更大的挑战。间接意象可分为比喻意象和象征意象。例如王蒙的《双弦操》：

这世界是拥挤的车厢/这世界是疏落的船舱//这大海是角逐的汪洋/这大海是无边的茫茫//每一个都挑选着航路/每一次选择都显得那样仓促//波浪因忙碌而充盈起伏/大海因宽广而沉着淡漠//白云使你扬起了少年的风帆/涛声令你极目凝视起小船//酸涩的酒浆映射着葡萄的晶莹/甘甜的葡萄未必想念酒汁的酸苦//……

飞鱼希望自己不仅仅是鱼/飞鱼喜欢的总还是生活在海水里//谁能肯定游泳就是鱼的真情/谁能否定浪花就是大海的童心//最好的庆祝是忘却你的航程/最辉煌的忘却是纪念你的航行//

这首诗是王蒙从心灵深处喷出来的，时而像晶莹的流泉，时而像灼热的火花。思绪沿着自己独特的构思不断拓展，从微观到宏观，从个别到一般，从历史到现实，从主观到客观，从人生到人性，从物质到精神，点点意象巧妙地组合成意象群，从而闪烁出深刻的哲理思索：一切事物都包涵了两重性乃至多重性。这首诗意象群的组合是完美的，从而表达出丰满、深邃的意境。

纵观优秀的诗作，可以发现诗的意境往往是由几个或更多的意象在总体艺术构思下巧妙地组合成"形象体系"（或称意象群），彼此互相作用，相辅相成，从而和谐地创造出诗境。赏析时可以先一个一个地去分析意象特征，然后从艺术构思的总体上进行分析，把握形象体系（即意象群）展示的独特的艺术魅力和丰富的内涵。不同的诗作，意象群的组合呈现不同的关系，从而产生不同的艺术效果。有的诗境意象之间具有衬托关系，有的以景衬情，有的以动衬静，有的以宾衬主，不拘一格。如李煜的《相见欢》："林花谢了春红，太匆匆。无奈朝来寒雨晚来风。/胭脂泪，相留醉，几时重？自是人生长恨水长东。"李煜以残春花谢、风雨交加的景物来烘托有情人离别时的愁怨情绪。马致远的《天净沙·秋思》也是用形象体系来烘托断肠人浓郁的悲凉愁绪（这二首都是正面烘托）。杜甫的《江南逢李龟年》：

"岐王宅里寻常见，崔九堂前几度闻。/正是江南好风景，落花时节又逢君。"则是以乐衬哀，"安史之乱"前后两组意象互衬使得诗境饱满，内蕴丰厚。有的诗境意象之间呈现派生式关系，即"象外有象"。例如：《陌上桑》中的这几句："行者见罗敷，下担捋髭须。/少年见罗敷，脱帽著帩头。/耕者忘其犁，锄者忘其锄。/来归相怨怒，但坐观罗敷。"这组意象群是一幅田间观美图，但诗中没有一句正面描写罗敷的美，罗敷美要靠意象群的提示，读者自己去想象，由此再构成诗的意境。这类诗境欣赏难度稍大些，但掌握了鉴赏规律，还是能捕捉到"象外之象"，体验到诗的意境的。

概括地讲，出色的诗境创造，意象之间的组合不拘一格，诗人只要遵循自然和真实奇妙的审美要求去创作，便能产生独到艺术魅力的好的意境。鉴赏者了解这个规律便能顺当地去鉴赏诗的意境。

第三，从诗境虚化特征入手来鉴赏评论。成熟的诗人在创作诗歌时常借比喻、象征、暗示、借代、夸张、用典等表现手法来塑造形象，刻画意象，表现艺术境界，此时的艺术境界（即诗境）常给读者一种"只可意会，难以言传"的艺术感受，这是一种以实写虚，寄虚于实，意趣灵活，并饱含"言外之意""韵外之致""味外之味""弦外之音"的诗境，是一种高层次的审美境界，行家们称其为"虚化特征"。虚化有两种表现，一是表现出"空灵性"，二是表现出"模糊性"。"空灵性"追求以实写虚，诗境有灵气有神韵。

虚与实在我国古代诗论中是经常运用的一对范畴。虚是超越具象，扩大具象，重新组合与分离现实的时间、空间、色彩、音响而构成的意象，具有虚拟性（或空灵性、朦胧性）。诗人在虚写时，常常对生活作分解、综合、变形处理，从而在朦胧中表现诗人的情思，并饱含"味外之旨""弦外之音"的韵味，有时诗人还尽其才华向"无我"的境界靠拢，以求"不着一字，尽得风流"的最高审美境界。例如王维的《终南山》："太乙近天都，连山接海隅。/白云回望合，青霭入看无。/分野中峰变，阴晴众壑殊。/欲投人处宿，隔水问樵夫。"

王维不仅是杰出的诗人，而且兼擅音乐、书法和绘画。在绘画方面被推为"南宗"山水画之祖，加之他是虔诚的佛教徒，受佛理的启悟，所以在诗画方面追求清空、灵动、朦胧的艺术空间，做到"言有尽而意无穷"，常以实写虚，寄虚于实，描绘飘渺的、灵动的虚化景象，意境铸造上讲究"无我"，艺术表现上追求"象外之象""景外之景""内隐外露"的虚化效果。这首《终南山》的首联，就用夸张手法勾画了终南山的总轮廓，夸张终南山的高（近天都），远（接海隅）。而它的气势之雄伟，景物之秀美，已意在言外。次联写近景：白云茫茫，青霭（即雾气）蒙蒙，欲看千岩万壑，苍松古柏，怪石清泉，却因白云青霭的速"合"而看不真切，甚至看不见。唯其看不真切、看不见，就更令人急于"入看"。诗人勾画出的意象为读者留下了驰骋想象的空间：豁然呈现于眉睫之前的美景一定能尽情看清欣赏吧，然而不，白云青霭迅速聚合，连眉睫之景，也仍笼以青纱，速由清晰而朦胧而隐没。这一联的"象外之象""味外之味"任凭读者补充创造。第三联勾勒了终南山的辽阔及其千形百态的雄姿，也为读者留下了想象的艺术空间。尾联实象是隔水问樵夫，寻找留宿处。而虚象则是：游兴浓郁，对赏心悦目的终南山不胜眷恋，明日还想游览。这首山水诗平淡、质朴、自然，似"无我"实有我，意象虚幻，给读者留出了广阔的驰骋想象空间，诗境呈现出虚化的艺术美感。另外像张继的《枫桥夜泊》："月落乌啼霜满天，/江枫渔火对愁眠。/姑苏城外寒山寺，/夜半钟声到客船。"杜牧的《寄扬州韩绰判官》："青山隐隐水迢迢，/秋尽江南草未凋。/二十四桥明月夜，/玉人何处教吹箫。"意象朦胧，诗境优美丰满，读者可以捕捉"象外之象""言外之意"。

有虚化特征的诗歌尽管意境"空灵",意象朦胧,但诗歌的内涵是确定的,读者在鉴赏时借助知识、生活及鉴赏经验等方面的积累,可以捕捉到诗作的创作宗旨,不会产生歧义,读者在鉴赏时,只有理解深浅的差异。因此"空灵"的诗境同样使读者有确定的审美判断。

虚化的诗境有时表现出一种"模糊性"特征。所谓"模糊"是指诗作中虚虚实实,似有若无,不可确定的一种艺术境界,它留给读者一种领悟不尽的艺术感受。由于诗作的意象、内涵都不可确定,会使读者有多种不同的理解,甚至不同读者会产生对立的审美结论,不可能产生唯一的审美判断。例如一向作诗平易,连老妪都能读懂其诗作的白居易,有一首诗《花非花》:"花非花,雾非雾,夜半来,天明去;来如春梦不多时,去似朝云无觅处",意境朦胧,主旨模糊,令人不可捉摸,至今鉴赏者都各有各的领会。又如李商隐的《锦瑟》也是一首意象鲜明、旨意模糊、诗境绚丽而虚化的诗歌。自古以来有众多说法:有的认为是悼亡诗,有的认为是咏瑟,有的认为是哀唐室的残破,也有的认为是诗人回顾毕生政治遭遇。虚化的模糊性带来了鉴赏的不确定性。诗歌连用了四个典故:庄生晓梦(见《庄子·齐物论》),杜鹃啼血(见《蜀本纪》),鲛人泣珠(见《博物志》),良玉生烟(见《长安志》),激发了读者的联想与想象,能朦胧地体验到诗人美丽而哀凄的抒情性,但难以捕捉诗作的旨意,无法产生唯一确定的审美判断。因而这首诗虚化的模糊性极典型。[①] 另外,像20世纪80年代诗人顾城的《近与远》:

> 你
>   一会看我,
>   一会看云。
> 我觉得
>   你看我时很远,
>   你看云时很近。

也很模糊不确定,读者尽可自由联想。有心的诗人常故意造成模糊性,为诗歌增添多义的涵义和新鲜的意趣。

概括地说,诗歌意境的鉴赏评论一般从三个方面入手:第一,诗境的构成因素及其相互关系;第二,诗境的意象特征;第三,诗境的虚化特征。[②]

三、诗歌语言的鉴赏与评论

诗歌的语言是鉴赏评论最注目的目标。在文学文体中,诗的语言最为凝练,是最富有表现力的语言,是一切文学语言中最具艺术魅力的语言。诗人们也总是在语言上精细琢磨挑选,以期生动形象地抒情状物,巧妙地表达旨意,和谐地传达节奏旋律,是语言使诗人的诗情、诗境等创作艺术功力外化给读者,因此鉴赏评论诗歌的语言是评论家们关注的目标。如果从鉴赏评论的角度讲,无论是鉴赏评论诗歌的抒情性,还是鉴赏评论诗的意境,都必须先

---

① 这类诗可提高学生的鉴赏能力,不宜作考题,无统一标准可供阅卷。

② 这部分内容对中学生、高中生逐步训练,提高他们鉴赏能力。

弄懂诗歌的语言，然后才能鉴赏其他目标。这正如叶圣陶老先生说的：文艺鉴赏还得从透彻地了解语言文字入手。这件事看来似乎浅近，但是最基本的。基础没有弄好，任何高妙的话都谈不到。①

诗歌语言的赏析应从以下几个方面入手。

第一，分析诗作语言的表层语义和深层语义。

语言从结构上讲，有表层结构和深层结构；从语义上讲，有表层语义、深层语义。诗歌创作中为了更好地表达诗人丰富而多层次的内心世界，诗人将语言放在特定的情境中，从而使一般的语言转化为诗歌的语言，使具有实用意义的表层语义转化为多义性的深层语义，从而拓展了语义的丰富性。诗歌语言的多义性是由诗的基本特征决定的，它来自于诗人的内心世界，服从于诗歌的内在结构（也可以借助某些表现手段予以强化）。像王安石的"春风又绿江南岸"，"绿"的表层语义是：绿的色彩，而深层语义则是：在诗人眼里绿的色彩是充满生机与活力的象征，是能灵动地表现诗人情绪的"字眼"。"绿"在意象群中深化了诗人要创造的境界，也激活了读者的想象力，而"到""过"都无法达到"绿"的深层语义所传达的艺术效果。同句中的"又"，表层语义是"再一次"，但在诗行语境中，"又"的深层语义则是：冬去春来，时光流逝了！表现诗人对时光流逝的深沉感喟，也激发读者联想：作为政治家的王安石要完成兼济天下的大功，作为诗人的王安石渴望归隐他梦寐中的钟山，所以，这"又"贴切地表达了诗人感喟的情绪。可以说诗歌的意境是透过深层语义来传达的，因此，对诗歌鉴赏时，要悉心体验语言的深层语义。一首诗的优劣，在很大程度上取决于诗人能否使有限的语言符号负载多义的审美信息，而鉴赏者水平的高低，在很大程度上取决于对深层语义的把握，只有很好体验深层语义的含义，才能很好地评析诗作。

强化诗歌语言深层语义的手法很多，如象征、双关、用典等。这些手法的鉴赏将在技巧赏析中阐述。

第二，分析诗歌语言的可感性。

诗歌创作要给读者以形象、生动的可感的立体感觉，能调动读者的视觉、听觉、触觉等等感觉器官，使读者有如闻其声、如见其人、如触其物、如临其境的可感性。这种可感性不是用绘画、雕塑手段，而是借助于语言这一媒介。

诗歌语言的可感性具体表现为有色彩、有立体感、有音乐性等方面。赏析可以从这些方面进行。

色彩作为绘画的材料，在画家笔下能产生神奇的效果。狄德罗说："素描赋予人与物以形式；色彩则给它们以生命。它好像是一口仙气，把它们吹活了。"② 诗歌创作如果把色彩语言运用得好，会加强诗境的创造，同样能使诗歌的"生命"活跃起来。所以诗人们根据创作旨意和情感需要调动语言的色彩感来创造意象。像白居易的"一道残阳铺水中，半江瑟瑟半江红"（《暮江吟》），杨万里的"接天莲叶无穷碧，映日荷花别样红"（《晓出净慈送林子方》），当代马金星的"蔚蓝的海水，金黄的沙滩，一株株的椰树撑起了绿伞……"（《椰树啊，绿色的伞》）都色彩鲜明、意象隽美。不过语言的色彩也有"虚"、"实"之分。实色，如红、绿、黄、蓝、紫、黑、白等等；虚色，即语言符号本身不着色，而是事物本身

---

① 小学生刚刚学习诗歌，老师必须引导他们从语言、文字切入，这是赏诗的基本训练。

② 《狄德罗美学论文选》，第 370 页，人民文学出版社 1984 年版。

有色彩。如张继的《枫桥夜泊》没有用红、绿、蓝、白等实色的语言符号，但因为"月""霜""枫""火"等非颜色的字能使读者产生颜色的感觉，也就有了色彩，大量诗作运用无色之色来写意象，使读者的视觉有色彩感，鉴赏时要留心。

语言选用能产生立体感也是诗人创作时苦心经营的，立体感能激活诗境。袁枚在《随园诗话》中曾说："一切诗文，总须字立纸上，不可字卧纸上。人活则立，人死则卧，用笔亦然。"成熟的诗人很注意用语言描绘出的意象（意象群）有立体感，让读者从不同角度来鉴赏。像王之涣的"白日依山尽，黄河入海流"（《登鹳雀楼》），王维的《终南山》，孟郊的《游终南》等都将读者的视觉、听觉、触觉调动起来了，把原本无生命的实象都写活了，使读者有身临其境之感。这种立体感鉴赏者都会敏感地体验到，没有太大的难度。

诗歌诗歌，诗是可以歌唱的。我国先秦时代的《诗经》《楚辞》，汉代的《乐府》大多是可以和乐的。六朝以后的诗不讲究唱了，但诗的语言富于音乐性的传统没有变。因为诗是传达诗人感情的，有了音乐性的语言辅佐，这种感情传达就更有力，更完美，而且使诗歌有别于散文以及其他文学体裁。诗歌语言的声音有其独立的审美价值，当然这种独立性从属于诗人的感情因素，离开诗人的情绪状态，也就无法理解声音的独立的审美价值。诗人创作诗歌时，为了恰到好处地表达感情，非常讲究语言的音乐性，努力创作出声情并茂的佳作。像李清照作词是严于音律的，其词声情并茂为历代鉴赏者所赞美。看她的《声声慢》的开头："寻寻觅觅，冷冷清清，凄凄惨惨戚戚。"十四个叠字，一个重复接着一个重复的音响，鲜明地暗示出一种单调和枯燥，而这种单调枯燥的音乐性恰如其分地传达了诗人因国破家亡而感到孤独与寂寞的心情。为了做到声情并茂，许多诗人创作时既注意外在音乐性的推敲，也注意内在音乐性的自然律动。所谓外在音乐性是指声音的回环（具体说有押韵、声调、节奏），所谓内在音乐性是指诗人内心情绪的律动（如激昂、沉静、欢乐、悲痛、紧张、松弛、热烈、冷淡等），两者完美结合，会使诗歌便于吟诵、歌唱。鉴赏诗歌与鉴赏其他文学作品不一样，鉴赏诗歌应该吟诵，在吟诵中体验音韵、节奏，在感受音乐美的同时，不知不觉进入诗境，从而判断诗歌在音韵、诗境方面的高低优劣。古代诗歌之所以能长期流传就跟能吟诵有关。印度大诗人泰戈尔认为诗歌如果不靠吟唱流传，而用整齐的字母排印叫人默默吞咽，是大煞风景的憾事。

吟诵时应注意三点：一是，把握音步的顿宕。一般说古体诗词的音步比较整齐，都是两字一顿。五言、七言诗句的句尾一般一字一顿。例如：王之涣的《登鹳雀楼》：

> 白日〰〰依山——尽，
> 黄河——入海〰〰流。
> 欲穷〰〰千里——目，
> 更上——一层〰〰楼。

另外要提醒的，当讲究平仄律的五言诗、七言诗的二、四、（六）字遇到平声时，读音适当延宕（用"〰〰"表示）。不讲究平仄律的五言诗、七言诗读时比较自由，不必延宕字音。二是，注意字音轻重的变化。根据诗境的特点将语法重音、逻辑重音、节奏重音作适当的调配，对句中的中心字、词，诗中的重要句子加以强调，从而形成高低、强弱的语调。例如：杜甫《兵车行》的"牵衣顿足拦道哭"，句中的"牵""顿""拦""哭"应重读，四个动词已将送亲人参加战争的家人的悲惨情状刻画得淋漓尽致，吟诵时，将四个动词予以强调，读者会与诗人的情感发生共鸣，从而有利于鉴赏诗歌的抒情性。三是，注意语调的变化。诗歌的语调是由诗人的情感引发出来的，或缓，或急，或曲，或直，吟诵时细加体验，以求得生动形象的立体感。

新诗冲破了模式化的、具有严格字数与顿数限制的节奏形式的限制，代之以自由的、开放的、既符合汉语规律又有诗人独特创造的节奏安排，更注重内心情绪的律动。①

第三，分析语言结构的变形特征。

散文、传统小说的遣词造句都是极规范的，而诗歌造语时常常偏离规范，打破语言的恒常模式和组合规则，实现语言结构的变形组合，从而激活词语的潜能。西方结构主义的诗论，对诗歌语言的这种变形特征有论述，这种理论认为：诗歌的语言是对常规语言的系统违反，显出一种反常规的特征。这种反常规范的变形组合有几种表现：诗行的跳跃；语言的倒置、拆散；词语搭配的反常。

（1）诗行的跳跃

诗歌与散文、小说不同，诗可以略过一般过程的交待，把过去、现在、将来，或开头与结尾，或原因与结果，或现象与本质直接联系起来。这样，节与节、行与行甚至一行之内都可以大幅度跳跃。跳跃频率之快、幅度之大，在其他文学体裁中是不可想象的（意识流小说除外），但在诗歌中是允许的。诗歌的这种跳跃是由诗人的思维与认识的特殊性决定的。黑格尔曾描述过："他一时间可以想起一些极不同的场合中的极不同的事物，凭自己的思想线索的指引东奔西窜，就各色各样的事物联系在一起，但是他并不因此就离开他所特有的基本情调或所思索的对象。诗的内心世界也有这种生动活泼的情况。"② "一种抒情的飞跃，从一个观念不经过中介就跳到相隔很远的另一个观念上去，这时诗人就像一个断了线的风筝，违反清醒的按部就班的知解力，趁着沉醉状态的灵感在高空飞转，仿佛被一种力量控制住，不由自主地被它的一股热风卷着走。这种热情的动荡和搏斗是某些抒情诗的一种特色。"③

诗的跳跃给读者鉴赏诗歌带来一定的困难，但如果把握好诗歌跳跃的规律，把握好诗人创作时的背景资料，还是能鉴赏诗歌跳跃中创造的诗境的。

诗的跳跃有几种形式。一种是时间的跳跃。例如李商隐的："此日六军同驻马，当时七夕笑牵牛"（《马嵬》）。这是一首咏史诗，不是叙事诗，诗人想通过评论马嵬之变来借古讽今。这一联的跳跃，使全诗"化板滞为跳脱"（沈德潜语）。当年唐玄宗迷恋杨贵妃，密相誓心时还讥笑牛郎、织女一年只能相见一次，而他们俩可以世世为夫妇，可六年后遇上"六军同驻马"时，杨贵妃却被赐死。如果没有"当年"的荒淫，哪有"此日"的离散？知道历史情况的读者不会被这跳跃阻碍阅读鉴赏，相反读者在这跳跃中获得了联想的机会而增强鉴赏的兴味。另一种是空间的跳跃，即把同一瞬间发生的事情或看到的景物并置到一起，展示诗人在瞬间的丰富心理活动。例如范成大的《催租行》："输租得钞官更催，踉跄里正敲门来。手持文书杂嗔喜：'我亦来营醉归耳！'床头悭囊大如拳，扑破正有三百钱。'不堪与君成一醉，聊复偿君草鞋费。'""踉跄里正敲门来""手持文书杂嗔喜"这两句之间

---

① 通过讲解，老师自己示范，提高中、小学生朗读诗歌的技能，同时提升欣赏能力。

②③ 黑格尔：《美学》第三卷（下册），第213～214页，第214～215页，商务印书馆1979年版。

跳跃幅度很大，"里正"敲门的目的是催租，进门后他是怎样向农民催租的？已经交过租的农民怎么说的？气势汹汹的里正怎么又"杂嗔喜"起来？这大幅度的跳跃读者可以凭生活经验或历史知识通过想象弥补出情节来。这首诗是叙事诗，有情节、有人物、有场面。情节和场面有跳跃，正因为有跳跃，"里正"的人物形象由读者自己去想象、创造，故事的情节发展也由读者去延续创造，读者在鉴赏的同时为能在诗人有意跳跃留下的艺术空白中进行创作而产生无穷的兴味。辛弃疾的《菩萨蛮·书江西造口壁》则是情感多次跳跃的诗作。

当然更多的还是时间与空间的跳跃同时出现在诗作中。诗人"思接千载""视通万里"。像《木兰辞》将十年漫长之戎马生涯浓缩在六句诗中，时空跳跃的幅度可想而知。跳跃给鉴赏给来一定的难度，但它具有语短意长的妙处，能给读者以驰骋想象的审美空间，得到不尽的诗境欣赏和创造的欢愉。跳跃也给读者提出了鉴赏的要求：要有特定的历史知识和生活体验，否则难以填补被诗人省略的那部分"言外之意""韵外之味"。

（2）语言的倒置、拆散

诗歌中语言倒装和错置是大量存在的，这是违反规范语序的反常现象，有的是为了强化某种诗境，有的是为了诗词的音乐美。读者要了解并掌握这种特点，否则碰到这类诗句就难以理解。上文提到的"十里一走马，五里一扬鞭"（王维《陇西行》）"城阙辅三秦，风烟望五津"（王勃《送杜少府之任蜀川》）都是倒装语序。另外像张九龄的"灭烛怜光满，披衣觉露滋"（《望月怀远》）将意象鲜明地突现出来了，其正常语序是：怜光满而灭烛，觉露滋而披衣；杜甫的"石泉流暗壁，草露滴秋根"（《日暮》），节奏顿宕有力，其正常语序是：暗泉流（于）石壁，秋露滴（在）草根。又如王维的："竹喧归浣女，莲动下渔舟。"这样诗境更优美、音韵更和谐。正常语序是：浣女归竹喧，渔舟下莲动。李清照的："莫道不消魂，帘卷西风，人比黄花瘦。"（《醉花阴》）把正常语序"西风卷帘"倒置，不但音韵铿锵，正好满足词的需要，用两个高昂的阴平声"西风"放在句末，与"销魂""人比黄花瘦"熔成一片。词境鲜明、令人回味。三种倒置的语言反常规特征，仔细研读也便不难理解意象的构成和诗境的创造。同样的道理，语言的拆散这个特征掌握了，也不难理解诗中的意象和诗境（这比倒置、省略要容易理解）。

（3）词语搭配的反常

诗词以外的文学作品，遣词造句须根据词义考虑进行词语搭配，而在诗词中，结构因素有更高的意义。诗词讲究押韵、声调、节奏等音乐性，尤其是格律诗，平仄韵律很严格，中间各联讲究对仗，再加上诗境的创造的需要，这种种因素使诗词造语时经常出现词语搭配反常的特征。上文提到的"一寸相思一寸灰"（李商隐《无题》）这种反常规的词语配搭将"痛切"的情感表达得十分夺目。

在诗词中，词性的活用也是词语搭配反常的常见现象，诗人的目的就是强化意象和意境。例如大家熟知的"春风又绿江南岸"的"绿"，形容词当动词用。又如刘坡公的"日斜江上孤帆影，草绿湖南万里情"（《学诗百法》）和岑参的"夜宿月近人，朝行云满车。"（《酬成少尹骆谷行见呈》）"斜""绿""近""满"都是形容词当动词用，从而使诗的意境更隽永，诗味更浓郁了。再如岳飞的"莫等闲白了少年头，空悲切。"（《满江红》）把形容词"白"作为动词用，它和"等闲""少年头"在词语搭配上反常规，但在意象的塑造和意境的创造上却十分妥切地起到了强化作用，又为"空悲切"作了很好的铺垫。"白"字作为一个阳平声字，用在这里又正好增强了词句沉郁悲壮的气氛。

有时将形容词当介词用。例如："野旷天低树，江清月近人。"（孟浩然《宿建德江》）形容词"低"和"近"作为介词分别把"旷"和"清"突现出来，从而描绘出更为生动的意象。有时名词当动词用。例如"开轩面场圃，把酒话桑麻。"（孟浩然《过故人居》）名词"面"作动词"面向""面对"用，名词"话"作动词"谈论"来用，这样字面上既精炼，意境又有韵味。又如"当年鏖战急，弹洞前村壁。"（毛泽东《菩萨蛮·大柏地》）"洞"是名词，现在作动词穿孔用，展示战斗激烈的情况。"洞"是仄声，从平仄安排上非常适宜，若换"穿"平仄不合适。

诗歌中语言的反常规现象大量存在，但已被读者们认可，了解这个特点后再鉴赏评论诗歌的语言才能到位，才能在理解词语表层语义的基础上去把握深层语义，进而把握诗词的意境，诗人的情感。

诗歌语言赏析中还有一大难处，即"辨析词意"。诗词与散文、小说比较，在语言词汇的选用上，诗词较多保留着前代诗人运用过的语汇，较多地运用一些传统故事的词句（称"用典"）或不通用的词，由于历史的积淀，而被赋予特定的涵义，形成特定的诗歌意象。以"用典"为例，一般说，诗人常借典故来含蓄地抒发自己的感情，所以经常运用在"咏史抒怀"题材的诗作中。例如：陈子昂的《感遇》第四篇："乐羊为魏将，食子殉军功。／骨肉且相薄，他人安得忠。／吾闻中山相，乃属放麑翁。／孤兽犹不忍，况以奉君忠。"这首诗用了两个典故，一个是魏将乐羊子（他攻打中山国，中山国国君杀了乐羊子的儿子做成羹汤给乐羊子，乐羊子为了表示忠于魏而吃了自己儿子的肉，但魏君认为他太残忍而不重用他）；一个是放麑翁（中山国君猎获一只小鹿，交给秦西巴，因母鹿尾随不舍，秦西巴就把小鹿放了。中山君认为他仁义，就让他为太子太傅），借这两个典故劝谏武后，勿使酷刑，抚慰宗室子弟。鉴赏遇到这种情况，则应借助参考资料，了解相关史实才能理解。

另外像"疑""玉门关"等词语都已有其特定的诗歌意象，后人常借这些具有现成意义或习惯用法的词汇表达某种特定的思想感情，读者对这种词汇的知识应有所积累，这样才便于鉴赏诗作。

诗歌语言的其他特点，比如华丽、新颖、奇特等等也是评论家常论述的，这虽比语言的反常规要容易鉴赏，但习作者不要疏忽这些评论角度。

四、诗歌常用技法的鉴赏与评论

诗词创作常用的技法有：赋、比、兴。朱熹对赋、比、兴的解释是："赋者，敷陈其事而直言之者也。""比者，以彼物比此物也。""兴者，先言他物以引起所咏之词也。"清代李重华则认为"赋为敷陈其事而直言之，尚是浅解，须知化工妙处，全在随物赋形。故自屈宋以来，体物作文，名之曰赋，即随物赋形之义也。"（《贞一斋诗说》），意思是，赋不仅可以把事情铺开来直接述说，而且可以直接描摹物体，还可以指词采的铺张。近代的陈望道先生在《修辞学发凡》一书中对赋、比、兴有新的理论概括。赋可以包括：铺叙、直抒胸臆、白描、夸张、对比、复叠等。比兴的新概括是：比喻、博喻、比拟、借代、暗示、用典、衬托、通感、点染等。

读者在鉴赏诗词时对有些技法的体验经验不足，像复叠、借代、暗示、通感等。下面着重对这些技法在诗词中的运用和鉴赏作简述。

（1）复叠。复叠指重复（语句相同）、重叠（结构与句式相同）。诗人采用复叠的技法是为了增强抒情或音律的艺术效果。例如《木兰辞》中的"爹娘闻女来，出郭相扶将；阿姊闻妹来，当户理红妆；小弟闻姊来，磨刀霍霍向猪羊。"就是采用了复叠技法，使木兰归家时，全家亲人的忙碌情态表现得生动形象，欣喜的气氛也渲染得非常浓郁。

复叠技法在《诗经》里运用得很多，在古诗民歌中也较为常见。例如一首古诗："青青河畔草，郁郁园中柳，盈盈楼上女，皎皎当窗牖。娥娥红粉妆，纤纤出素手。"杜甫的"无边落木萧萧下，不尽长江滚滚来。"律诗和绝句受诸多限制，一般不用此法。有的词，相沿成习，在其中某处固定要求复叠，以达声情并茂的效果。比如像《调笑令》《如梦令》《钗头凤》等词调。有的词谱不规定复叠，但诗人为了强化声情的艺术魅力，还是采用复叠技法。看辛弃疾的《丑奴儿》（词牌又名"采桑子"）：

　　少年不识愁滋味，爱上层楼，爱上层楼，为赋新词强说愁。
　　而今识尽愁滋味，欲说还休，欲说还休，却道天凉好个秋。

"爱上层楼"的复叠和"欲说还休"的复叠是诗人灵活采用的，非词谱规定，两次复叠突出了"愁"的情绪，音韵也格外别致。

复叠技法的鉴赏评论，要注意，除把握全诗（词）的旨意来判断它的独特的审美作用外，还要掌握"复叠"技法普遍性的审美效果。一般来说，妙用复叠技法可以加重诗情的浓度，加重诗意的感染力，增强诗的节奏感、音乐美，增强诗的表现力。

（2）通感。通感是指作品中诗人把听觉、视觉、嗅觉、味觉、触觉、意觉的感受互相沟通起来的一种技法，它可以大大加强诗人的想象空间，可以更完整、更生动、更新颖地捕捉意象、创造诗境，使诗的容量增大，并有立体的美感。例如宋祁的"绿杨烟外晓寒轻，红杏枝头春意闹。"（《木兰花》），红杏争香夺艳是视角景象，"闹"字的妙用把听觉沟通起来，可以调动读者的想象力：花开了，蜂蝶熙熙攘攘，纷纷飞扬在红杏枝头上，一幅绝佳的春意图。再看孟郊《秋夕贫居述怀》的开头两句："卧冷无远梦，听秋酸别情。""秋"风萧飒为听觉可感者，离"别"的思绪为意觉的表现，"酸"则为味觉可感者，诗人将听秋风而有离别心酸之感的描写由听觉、意觉、味觉互相沟通起来加以表达，这就使读者的感受也积极地调动起来，更真切地体验诗人的抒情特点。

通感技法的鉴赏评论要注意的是：除把握全诗（词）的旨意来判断它在诗（词）中独特的审美作用外，还要掌握通感技法普遍性的审美效果。一般说，"通感"技法运用得当可以使诗词的意象更生动、新奇，意境更耐人回味，更能充分显露诗人的审美情趣；使诗歌的语言更精炼、更形象，语义更丰富。

（3）用典。使用典故称用典。诗词中如何用典故没有一定的规律，但一般说来，用典的目的诗人们都是明确的：借典故来发议论或含蓄地抒发诗人的感情，或引古说今传达一个人生哲理。效果也是显然的：用极精练的语言来概括比较丰富的内容。典故在咏史抒怀的题材中用得较多，写景抒情的题材用得较少。典故若从古事古语的角度分，有事典和言典。从典故题材角度分，有神话典，文学典，历史典。像鲁迅《自题小像》中的"灵台无计逃神矢"，用的是罗马的神话典（丘比特爱神）；"寄意寒星荃不察"，用的是文学典（语出屈原《离骚》："荃不察余之中的情兮"）。李白《行路难》这首诗用了许多典故，其中"闲来垂钓碧溪上，忽复乘舟梦日边。""长风破浪会有时"用的都是历史典故（垂钓用吕尚故事——吕尚曾在磻溪垂钓，遇见西伯姬昌，受到重用。梦日用伊尹故事——伊尹受商汤王任用前，梦里乘舟经过日月之旁。长风破浪用宗悫故事——少年时宗悫谈自己的志向：愿乘长风破万里浪）。上文提到的李商隐的《锦瑟》也用了不少典故。

用典确实能使诗词以最少的言语符号负载最多的信息，收到以少胜多的艺术效果；也确实能使诗词的文学（包括历史）内涵更为丰富，但对于文学知识、历史知识积累尚少的读者而言，鉴赏时会遇到很多困难。唯有多积累知识才能解决这些困难。

第三节　鉴赏评论者的修养

鉴赏评论诗词作品要比鉴赏评论其他文学作品困难，诗人巧用典故、通感、象征、暗示等技法，使诗作更为精炼、含蓄，简短的言辞里丰富的意蕴让读者在鉴赏时会感到难以把握。因此，鉴赏者需不断加强自己的艺术修养。

一、诗歌鉴赏的必备条件

诗歌鉴赏同鉴赏其他文学作品或艺术作品一样，需要一定的条件。

1. 选择典范优秀诗篇作审美对象

典范优秀的诗篇无论是思想内容，还是艺术手法都具有诗人鲜明的个性，能给鉴赏者以审美的满足，能使鉴赏者养成良好的欣赏趣味，能有助于鉴赏者鉴赏能力的提高。歌德在指导爱克曼欣赏画册时说过："鉴赏力不是靠观赏中等作品而是要靠鉴赏最好的作品才能培育成的。所以我只让你看最好的作品，等你在最好的作品中打下牢固的基础，你就有了用来衡量其他作品的标准。"[1] 因此，对初学鉴赏诗歌的人来说，要尽可能选择典范的优秀诗篇作鉴赏对象（即名家名作）。当然，在阅读相当数量的典范优秀诗篇后，掌握了基本规律后不妨也看看"不应该那么写"的一些有失误的诗作。鲁迅说过："在学习者一方面，是必须知道了'不应该那么写'，这才会明白原来'应该这么写'的。"[2]

2. 积累鉴赏诗词的相关知识和经验

马克思曾指出："对于非音乐的耳朵，最美的音乐也没有意义。"[3] 意思是说，没有像音乐家那样的耳朵的话，再好的音乐也无法欣赏。"音乐家的耳朵"实际上是指音乐知识和鉴赏音乐的实践经验。同样的道理，鉴赏诗词，要有诗词创作与鉴赏的相关知识，这方面的知识和经验积累多了，鉴赏自然就"到位"。

鉴赏者首先要掌握诗词的基本特征，诗词反映世界的独特方式（诸如意象、意境创造、赋、比、兴手法运用等），诗词创作的要求等等，这样可以对诗词这特殊体裁略识门道，鉴赏诗词时可以知道从哪个角度去把握，而对那些只能意会，难以言传的内涵也可找到体验、思索的渠道。

其次，要博观，即要博览群书，扩大知识面。刘勰曾指出："凡操千曲而后晓声，观千

---

① 《歌德谈话录》，第 32 页，人民文学出版社 1978 年版。
② 《不应该那么写》，《鲁迅全集》第 6 卷，第 311 页，人民文学出版社 1981 年版。
③ 《马克思恩格斯论艺术》（一），第 204 页，人民文学出版社 1960 年版。

剑而后识器;故圆照之象,务先博观。"多积累各方面的知识,才能提高鉴赏力。比如诗词中的"用典",倘若没有文学知识、历史知识的积累就难以理解诗词的意境创造。同时也要扩大诗词鉴赏的知识面与经验。狭窄的知识面,又缺乏鉴赏经验,就难以形成良好的鉴赏习惯,难以激发审美注意,形成审美期待,难以透视鉴赏对象的内涵,更谈不上能正确评判鉴赏对象的审美价值。朱光潜曾说过:"文艺上的纯正的趣味必定是广博的趣味;不能同时欣赏许多派别诗的佳妙,就不能充分地真确地欣赏任何一派诗的佳妙。"①

再次,鉴赏者要投入感情,与诗人的心灵沟通,这是经验之谈。鉴赏者不能与诗人的心灵沟通,就很难去理解诗人的变形艺术特色,甚至会作出荒谬的判断。鲁迅曾指出过:"诗歌不能凭仗了哲学和智力来认识,所以感情已经冰结的思想家,即对于诗人往往有谬误的判断和隔膜的揶揄。"② 鉴赏者在鉴赏活动中投入感情与诗人沟通极为重要,不能忽视。

3. 要有相应的生活阅历作基础

诗词作品与其他文学(文艺)作品一样,是作者心灵与现实生活相撞击后的结果。因此,鉴赏者用相应的生活经验去鉴赏具有相应时代生活内容的作品时会感到容易些,能较快地捕捉到诗作的思想内涵。随着阅历的增长和生活经验的积累,鉴赏者会对同一首诗作有更新更深的理解。这正如黑格尔所言:"同一句格言,在完全正确理解了它的青年人口中,总没有阅世很深的成年人的精神中那样的意义和范围,要在成年人那里,这句格言所包含的内容的全部力量才会表达出来。"③ 理解格言是这样的规律,理解诗词或其他文学(文艺)作品也是如此。生活阅历和经验是鉴赏诗词的必不可少的基础之一。当然若诗作的内容远离鉴赏者的生活经验积累,那么需要借助间接的生活经验——相关知识的书籍所传递的经验。

二、了解掌握诗词鉴赏的常用方法

前人在鉴赏诗词方面积累了不少经验,归纳了一些行之有效的方法,下面作简要介绍。

1. 识字吟诵

诗词是用文字符号写成的,因此从起码的意义上讲,鉴赏须从识字开始,应掌握相当数量的文字符号才谈得上去吟诵。鲁迅曾说:"文艺本应该并非只有少数的优秀者才能鉴赏,而是只有少数的先天的低能者所不能鉴赏的东西。……但读者也应该有相当的程度。首先是识字,其次是有普通的大体的知识,而思想和情感,也须大抵达到相当的水平线。否则,和文艺即不能发生关系。"④ 识字对于诗词鉴赏来说,还有另一层涵义,即指诗词中选用的前代诗人运用过的语汇。这些语汇是被前代诗人们采用的有特定涵义,能形成特定诗歌意象的语汇,鉴赏者若不识这些语汇,就难以读懂诗词。例如"千门万户"("万户千门皆寂寂,月中清露点朝衣。"出自李德裕《长安秋夜》;"万户千门成野草,只缘一曲后庭花。"出自刘禹锡《台城》),古诗人笔下的这个词汇是通指"宫殿"(有时省作"千门"或"万户")。又如"孤城""杨柳""玉门关"等词汇,都已沉淀了特定的涵义。"孤城""玉门关"与征

---

① 《朱光潜美学文集》(2),第491页,上海文艺出版社1982年版。
② 《诗歌之敌》,《鲁迅全集》第7卷,第236页,人民文学出版社1981年版。
③ 黑格尔:《逻辑学》上卷,第41页,商务印书馆1982年版。
④ 《文艺的大众化》,《鲁迅全集》第7卷,第349页,人民文学出版社1981年版。

夫离绪相关（高适的"孤城落日斗兵稀"，"铁衣远戍辛勤久，玉箸应啼别离后"出自《燕歌行》；王昌龄的"孤城遥望玉门关"出自《从军行》；范仲淹的"……千嶂里，长烟落日孤城闭"出自《渔家傲》）。"杨柳"一词是借汉唐时有折杨柳送别的风俗，意为"离别"，又因笛曲中有《折杨柳》，内容为伤别，于是诗词中的"杨柳"便有惜别的涵义。王之涣的"杨柳东风树，处处夹御河。近来攀折苦，应为别离多"出自《送别》，又如"黄河远上白云间，一片孤城万仞山。羌笛何须怨杨柳，春风不度玉门关"出自《凉州词》。另外，像"关""山""月"，这几个字都沉淀着征夫思家、思妇的涵义（王昌龄："更吹羌笛关山月，无那金闺万里愁"出自《从军行》；王褒："关山夜月明，秋色照孤城"出自《关山月》）。像"浮云""落日""转逢"这些词汇有游子离思的涵义（李白："浮云游子意，落日故人情"出自《送友人》）。"碧云"则含有情亲间之相思的意蕴；"秋风"含有倦宦思归的意蕴；"归雁"含有思归之意；"处"含有时间之意等等。诗词中的"用典""借代"也属鉴赏者"识字"的范畴。

"用典"上文已略有阐述，此处略述"借代"。"借代"即用别的名称、别的事物来代替所写的名称或事物，被代替的名称或事物一般不在作品中出现。正因为如此，一般读者会过不了这"识字"关。例如"金波"之为月亮，"银海"之为雪景，"芙蓉"之为羽帐，"玉箸"之为眼泪，"粉黛"之为宫女，"龙城飞将"原指李广将军，后借代为英勇善战、体恤士卒、屡建战功的将军。像这些借代的词汇，如果不了解，不就是不识字么，又如何鉴赏诗词呢？所以要学会鉴赏诗词，先要学会"识字"，多读优秀诗作，积累这些特殊词汇的特定涵义，读多了，读熟了，鉴赏的障碍就少了。

吟诵也很重要。诗词通过语言文字符号创造形象，而这些形象又必须经过读者的视、听感官为中介，加以想象，才出现形象，诗歌是最接近音乐的，所以须吟诵才渐渐进入诗的境界。一般在吟诵中应注意音步的顿宕、字音的重轻、语调的变化、音情的配合，便会有审美效果。

2. 知人论世

如果说"识字吟诵"是鉴赏活动的第一步——感悟诗作的意象，那么"知人论世"是在"识字吟诵"的基础上通过了解作者与时代去很好地理解诗作的内容，这是探求诗作意蕴的必要的过渡阶段。当然，对于一些直抒胸臆的诗作（如李白的《静夜思》："床前明月光，疑是地上霜。举头望明月，低头思故乡。"）或象征意义明显的诗作（如王之涣的《登鹳雀楼》："白日依山尽，黄河入海流。欲穷千里目，更上一层楼。"）不了解作者和时代背景，无妨于鉴赏，但大量的诗作是抒发对某种特定环境、特定人事关系的情感，含蓄、深奥，若对诗人及其创作背景一无所知，就难以把握诗人的创作意图。孟子提倡鉴赏作品要做到"知人论世"："颂其诗，读其书，不知其人，可乎？是以论其世也……"（《孟子·万章下》）。后来章学诚也提出过"不知古人之世，不可妄论古人之辞也。知其世矣，不知古人之身处，亦不可遽论其文也。"（《文德·文史通义》）鲁迅说得更干脆："我总以为倘要论文，最好是顾及全篇，并且顾及作者的全文，以及他所处的社会状态，这才较为确凿。要不然，是很容易近乎说梦的。"[1]"知人"即全面考察诗人的世界观，考察作品和诗人世界观的关系；"论世"即诗作中所涉及的社会的政治情况、诗人创作的时代背景。鉴赏时做到

---

[1] 《"题未定"草（七）》，《鲁迅全集》第6卷，第430页，人民文学出版社1981年版。

"知人论世"能帮助鉴赏者由浅入深，"深识鉴奥"，容易捕捉"言外之意""味外之味"，获得较准确的鉴赏效果。

3. 意逆与诗外

"意逆"即"以意逆志"，这是孟子提出来的鉴赏方法："说诗者，不以文害辞，不以辞害志。以意逆志，是为得之。"（《孟子·万章上》）鉴赏诗作时，不可拘泥于文字而曲解词句的意思，也不可拘泥于词句而曲解作品的本意，而应该以作品的基本意思去推求诗人的思想感情。这里对鉴赏者的主动性给予了一席地位。常言道"观听殊好，爱憎难同"，鉴赏者在鉴赏诗作时，自觉不自觉地会运用自身的经验，对诗意作能动的阐述。对于诗词鉴赏来说，这种鉴赏方法还是很有意义的，因为鉴赏活动本身是创作活动的自然延续，作者留下的艺术空白就是为鉴赏者的创作留下了创作空间。"看作品又因读者而不同"（鲁迅语）是极正常的。同一作品，不同鉴赏能力的人，会有不同的鉴赏结果。当然"以意逆志"是以排除"以文害辞""以辞害志"、穿凿附会为前提的。鉴赏活动中如何使鉴赏者的鉴赏既做到"以意逆志"，又能充分发挥自己的鉴赏经验？这功夫全在诗外。陆游在训导其儿子时就说过："汝果欲学诗，工夫在诗外"（《示子遹》）。要透彻地理解诗作，准确地把握诗作的艺术特色与魅力与诗人"心有灵犀"，除"知人论世"外，要加强鉴赏者自己体验生活的能力，要提高自己的学问修养，在日常的生活与学习中，随时从诗作中领会生活情趣，又用生活经验去体验诗作，逐步培养正确敏锐的审美艺术感受力。

4. 纵横比较

"比较"是一切科学研究最基本的方法，鉴赏诗词也不例外，只有通过比较才能鉴别优劣高下。比较可以作"纵向"比较，也可作"横向"比较。"纵向"比较即将作品放到一定的历史时期中加以考察，看诗人前期的创作情况、中期的创作情况及近期的创作情况，然后判断其创作情况变化的特点，预示其创作发展趋向。"横向"比较，即同一个时期、同类题材、不同风格、不同流派，或相近风格之间的比较，通过比较，找出各自不同的特色、个性。这种比较能使读者品鉴入微，对诗意有深细的理解和发现。倘若要评判诗人在诗歌领域中的地位，则需要作纵横比较，先看诗人继承前人的情况、创新的情况，看诗人对后人的影响面，再将诗人与同时期诗人们作比较，看其在同时期诗人中处于何种位置，然后再评判其在诗歌领域中的地位或贡献。这样，通过纵横比较后所作的评判才会赞誉得当。例如，一些评论家认为范成大在田园诗中写官吏催租，太过直露，而《宋诗选注》中通过纵横比较，作了确切的评判："……到范成大的《四时田园杂兴》六十首才仿佛把《七月》《怀古田舍》《田家祠》这三条线索打成一个总结，使脱离现实的田园诗有了泥土和血汗的气息，根据他的亲切的观感，把一年四季的农村劳动和生活鲜明地刻画出一个比较完全的面貌。田园诗又获得了生命，扩大了境地，范成大就可以跟陶潜相提并论，甚至比他后来居上。"在纵横比较中确定了范成大在田园诗中的历史地位，发现他超越前人之处。

上述各种方法，在鉴赏诗词时基本上都需要运用，只是在鉴赏活动过程中有所侧重而已。在评论活动中，当评论者要对诗人、诗作做价值评判时，这些方法都有助于评论者的科学评判（不只是主观的欣赏）。①

---

① 这一节内容，各层级的语文老师都必须懂得，并通过自学提升。

第三章
散文鉴赏与评论

第一节 散文的涵义、审美特点

一、散文的涵义

散文的涵义有广义与狭义之分。广义的涵义是从中国古代文学沿袭下来的，**是指与韵文、骈文相对的一种文体，即"非韵非骈"散行以成体的文章就是散文**。韵文，讲究押韵，字句字数比较固定；骈文讲究字句之间对仗、排偶；散文则不必，它一般不需押韵、对仗，字句长短不拘，参差有致即可（有的散文讲究一点儿押韵、对仗，那也是局部的某些句段，不是整篇文章）。在国外也是如此，古希腊罗马时代的散文概念，亦是针对诗歌而言，指无须讲究格律、行文如话的文体。英语中的散文一词"prose"含"非韵文，平铺直叙"之意。在我国古代，用散行无韵文字记叙的一切文章，均被称为"文"。南北朝时期的刘勰，在其文学理论巨著《文心雕龙》中，提到35种体裁样式，而除骚、诗、乐府外，其他如赋、颂、铭、箴、章、表、记等等，均属"文"的范畴，所以我国几千年的文明史，几乎都是用散文记录在卷的，像源远流长的哲学、史学、文学、社会学、文化学、美学等等都是用散文体记叙下来的。连黑格尔都说：在中国的宗教和哲学里，我们遇见一种十分特别的完全散文式的智慧。"五四"以后，"现代散文"与诗歌、小说、戏剧并列，其涵义比古典散文的涵义相对狭小了些，但仍然是"大家族"。几十年来，经过众多散文作家、研究家们的不断探索，仍有近十几种界定：周作人先生认为所谓散文就是美文；胡梦华先生认为"用清逸冷隽的笔法写出来的零碎感想的文章"便是散文，确切地称"絮语散文"更好；钟敬文先生则认为："胡梦华先生把它翻作'絮语散文'，我认为把它译作小品文很确切。……它需要湛醇的情绪，它需要超越的智慧……真纯的性格的表露"等等。近年来对散文涵义的定位研究有了长足的进展。本书采用刘锡庆教授的科研成果，这是较之"现代散文"更为狭小的涵义："用第一人称的手法，以真实、自由的笔墨，主要用来表现个性、抒发感情、描绘心态的艺术短文，即谓之散文。"[1]

---

① 刘锡庆：《当代艺术散文精选》，第2页，北京十月文艺出版社1989年版。

二、散文的审美特点

1. 篇篇有我，个性鲜明

散文、诗歌、小说、戏剧都是作家"我"的心灵与现实生活相撞击的产物，但在艺术表现上，诗歌、小说，戏剧中，作家主体"我"的表现却不如散文那么自由、鲜明。诗歌中的作家"我"已融注到景物之中，不明朗地显示赤裸裸的"我"。例如王维的《新秦郡松树歌》：

> 青青山上松，数里不见今更逢。不见君，心相忆，此心向君君应识，为君颜色高且闲，亭亭迥出浮云间。

读者能从字面上感受到的是诗人对松树的崇慕之情，而诗人自我的寄托之情则表现得非常含蓄，只有了解时代背景后，才能感悟到，那亭亭直立、志节挺拔、高峻闲雅的松树，是诗人的托言人物形象，志在比德自励。又如意象派代表诗人罗威尔的《池鱼》：

> 在褐色的水中/一条鱼在打瞌睡/在阳光下闪着银白色的光/在芦苇的阴影里显得清亮/在芦梗的浓荫里/它悄悄躺着/突然它摆了一下尾/于是一条铜绿色的光带/在水下闪了过去/从水底现出/橄榄球的亮光/透过被阳光晒得混浊的水面/闪过一道桔黄色/是鱼儿在池塘穿游/绿色和铜色/暗底上一道光明/只有对岸垂柳在湖中的倒影/被搅乱了

全诗细腻地描绘池水和鱼的色彩和动态，至于诗人"我"怎么样？读者难以捕捉，或理解为：诗人喜爱"池鱼"的自然环境；或理解为：诗人喜爱"池鱼"的自由生命；或理解为……总之不易捕捉诗人的"我"。对那些追求"无我"境界的诗歌，那诗人的"我"即化为社会的大"我"了。例如李白的《劳劳亭》：

> 天下伤心处，劳劳送客亭。春风知别苦，不遣柳条青。

诗人的"我"有何特点？这里没有诗人的小"我"，只有人物形象的大"我"，即亲人离别是最伤心的事，连春风、杨柳都同情。无"我"的"空灵"诗是诗人们追求的艺术境界。小说、戏剧（包括影视）中的作家"我"已移至于人物、情节、环境中去了，读者所能捕捉的是作家"我"的创作倾向，及融注在"民族生活和社会生活"中的大"我"。唯有散文，"我"可以自由自在地表现，写我的所见所闻，所思所感，抒情言志，鲜明地表现作家自己的个性，无须遮掩，无须虚饰，是怎样的情性就写怎样的情性，是什么本色就是什么本色，充分显示作家自我的个性美，例如，当我们读孟子的《梁惠王·齐桓晋文之事》一文时，能看到孟子博学雄辩、感情充沛的个性特色；当我们读庄子的《逍遥游》时能看到庄子善于想象、翩然潇洒的个性特色；当我们读荀子的《劝学》及其书集《荀子》能看到他见识超拔、析理精微的个性特色；当我们读韩非的《王蠹》《孤愤》等文章，能看到他机智峭厉、气势磅礴的个性特色……像嵇康的《与山巨源绝交书》充分显示了他不与时俗随波逐流的狷介个性。

再请具体看看巴金的《日》：

为着追求光和热，将身子扑向灯火，终于死在灯下，或者浸在油中，飞蛾是值得赞美的。在最后的一瞬间它得到光，也得到热了。

我怀念上古的夸父，他追赶日影，渴死在旸谷。

为着追求光和热，人宁愿舍弃自己的生命。生命是可爱的。但寒冷的、寂寞的生，却不如轰轰烈烈的死。

没有了光和热，这人间不是会成为黑暗的寒冷世界么？

倘使有一双翅膀，我甘愿做人间的飞蛾。我要飞向火热的日球，让我在眼前一阵光、身内一阵热的当儿，失去知觉，而化作一阵烟，一撮灰。

我们在这篇总共只有184个字的短小散文中，真真切切地看到了巴金对自然、宇宙的热情，对自由、光明的向往及献身真理的决心。这是巴金自己的情感和追求，文中的每字每句，都只代表他自己个人。与《日》同期创作的《星》将巴金"我"的所见所思所感："我"眼中那些美丽的"星"，"我"目击的赞美"星"的音乐家，"我"心目中永不坠落的星星都坦诚地显露在读者面前：

在一本比利时短篇小说集里，我无意间见到这样的句子：

"星星，美丽的星星，你们是滚在无边的空间中，我也一样。我了解你们……是，我了解你们……我是一个人……一个能感觉的人……一个痛苦的人……星星，美丽的星星……"

我明白这个比利时某车站小雇员的哀诉的心情。好些人都这样地对蓝空的星群讲过话。他们都是人世间的不幸者。星星永远给他们以无上的安慰。

在上海一个小小舞台，我看见了屠格涅夫笔下的德国音乐家老伦蒙。他或者坐在钢琴前面，将最高贵的感情寄托在音乐中，呈献给一个人；或者立在蓝天底下，摇动他那白发飘飘的头，用赞叹的调子说着："你这美丽的星星，你这纯洁的星星。"望着蓝空里眼瞳似地闪烁着的无数星子，他的眼睛润湿了。

我了解这个老音乐家的眼泪，这应该是灌溉灵魂的春雨罢。

在我的房间外面，有一段没有被屋瓦遮掩的蓝天，我抬起头可以望见嵌在天幕上的几颗明星。我常常出神地凝视着那些美丽的星星。它们像一个人的眼睛，带着深深的关心望着我，从不厌倦。这些眼睛每一霎动，就像赐予我一次祝福。

在我的天空里星星是不会坠落的。想到这，我的眼睛也湿了。

《星》中的"我"比《日》中的"我"表现得含蓄些，但仍然是巴金作家自个儿——"我"与星星对话，向它们倾诉心里话，"我"把它们比作朋友深情的眼睛，"我"与星星（即朋友）的友谊长存。巴金先生的散文无论直笔还是曲笔写出的，都鲜活活地让读者看到他的个性。另外像梁实秋、周作人、林语堂、冰心、丰子恺、郁达夫等等著名散文家写出的散文无一不露"我"的个性。梁实秋先生的个性用他自己的话来说：一个地道的中国人，大概就是"儒道释三教合流的产物"（《岂有文章惊海内——答丘彦明女士问》）。看这位老先生的散文，确实会留下这个印象。杨匡汉先生对他的分析是："他的散文创作始于强敌入主的多事之秋，当内忧外患生死存亡之际，他游心于那个'风来则洞若凉亭'，'雨来则渗如滴漏'的陋室，从中寻觅'雅舍'的诗意，长日无俚，书写自遣，闲情偶寄，成了梁氏别一番兴致。"①梁实秋先生自己一再强调：没有个性的文章永远不是好文章。周作人自己说他的作品有两大特征：苦涩、冲淡。他将散文集题名为《苦茶随笔》《苦竹杂记》《苦口甘口》……，自号"苦雨斋""苦茶庵"。他将散文分为两大派，一派是"言志派"，另一派是"载道派"。"言志派"的最大特征是"说自己的话"。后来在评论俞平伯的散文时说：这是科学常识为本，加上明净的感情与清澈的理智，调和成功的一种人生观，以此为志，言志固佳，写自己的要讲究明净的感情与清澈的理智。在他苦涩、冲淡的散文里篇篇如此。请看他在1924年春节写的《一年的长进》中的一段：

　　这一年里我的唯一的长进，是知道自己之无所知。以前我也自以为是有所知的，在古今的贤哲里找到一位师傅，便可以据为典要，造成一种主见，评量一切，这倒是很简易的办法。但是这样的一位师傅后来觉得逐渐有点难找，于是不禁狼狈起来，如瞎子之失了棒了……真的，我的心里确是空渐渐的，好像是旧殿里的那把椅子——不过这也是很清爽的事。

　　这里作家的那种苦涩、凄凉的心态坦诚地流露在读者面前。

　　冰心老人的散文自有其灵俊、流丽的个性；朱自清先生的散文则有清丽、纯朴的个性。同有幽默特色的林语堂和丰子恺，也仍然有他们各自的个性：林语堂的散文，幽默中蕴含着真诚、坦荡、俏皮、自然；而丰子恺的散文，幽默中蕴含着古拙、从容、率真、清淡。同有浪漫色彩的徐志摩和郁达夫，也有他们的各自的个性：徐志摩在散文中将其浪漫个性表现得铺张、繁彩、华艳、奇特；而郁达夫在散文中，将其浪漫特色表现得细腻、清丽、真切。

　　外国的散文大家也是非常讲究表现个性的。例如，法国的散文家蒙泰恩，当一位宫廷侍奉对蒙泰恩说：皇上看了你的作品，很想认识你。蒙泰恩则回答，既然皇帝陛下已经看了我的作品，那么他就已经认识我了。意思是：我的个性已在散文中表现出来了。确实散文这种文体，是最难隐瞒"我"自己的，因为作者在散文中畅唱自己的心曲，展示自己的个性，不容无病之呻吟，不说空话大话，所以越是个性鲜明的散文，越能被读者所喜爱；越有人格力量的散文越耐人回味，越能千载流传。

　　总之，散文是作家充分表现自我个性魅力、人格魅力的文学体裁，"篇篇有我，个性鲜明"是散文突出的一个审美特点。

2. 取材广泛，选择自由

　　散文在取材上具有广阔的驰骋空间，既可从历史事件中取材，也可从现实斗争中取材；既可写宇宙之大，也可写鳞羽之微；既可选世事惊涛，也可选心底青萍，凡作者目见耳闻触动心灵感悟的素材均可成为散文取材对象。从历史的角度纵观散文取材的特点，可以发现，在"文以载道"的年代，无论是先秦的历史散文，还是先秦的诸子散文，无论是秦汉散文，还是魏晋南北朝的散文，无论是宋代散文，还是元明清散文，绝大多数取材于政治题材，都以"齐家治国平天下"为己任，每以国计民生、古今治乱入视野，即便要写个人忧愤之情，亦与国事民事相连，家事、个人事则绝少涉及。像《尚书》《春秋》《左传》《国语》《战国策》《论语》《墨子》《孟子》《庄子》《荀子》《韩非子》；像李斯的《谏逐客书》，贾谊的

---

①　杨匡汉主编：《梁实秋名作欣赏》，第5页，中国和平出版社1993年版。

《过秦论》《陈政事疏》《论积贮疏》，司马迁的《史记》，班固的《汉书》；像诸葛亮的《出师表》……都取材于江山社稷或黎民苍生之喜忧的"大"题材。像欧阳修的《醉翁亭记》，柳宗元的《永州八记》、刘基的《松风阁记》，归有光的《项脊轩志》及"三袁"（袁宗道、袁宏道、袁中道）兄弟的游记性散文都是取材于个人生活琐事或游览胜地的山水草木鱼虫的自娱性题材的散文，但像这样取材的散文，在古代散文中为数不多。"五四"以后，散文的取材范围日趋扩大，散文家们除继承古代散文家关注经国大业、国计民生的优良传统外，也将取材范围扩展到其他领域，像山水城地、风雪花草、大海荒漠及日常生活中的饮茶喝酒、穿着打扮及说禅谈玄等等。散文家们既审视江山社稷、黎民苍生，也审视自己身旁之事及自己的内心世界，关注自己个人的心灵。用郁达夫的话说："五四运动的最大的成功，第一要算'个人'的发现。从前的人是为君而存在，为道而存在，为父母而存在，现在的人才晓得为自我而存在了。"当我们翻开现代散文大卷时，既可以看到像鲁迅的《记念刘和珍君》《为了忘却的记念》；茅盾的《白杨礼赞》《弟比利斯的"地下印刷所"》；郑振铎的《街血洗去后》；叶圣陶的《五月卅一日急雨中》等等这样题材的散文，也能看到像梁实秋《雅舍》《衣裳》《下棋》《豆腐干风波》《洗澡》《手杖》；林语堂的《论西装》《记鸟语》《我的戒烟》；周作人的《故乡的野菜》《苦雨》《喝茶》《鸟声》《乌篷船》；郭沫若的《月蚀》《卖书》《鸡之归去来》；冰心的《闲情》《雨雪时候的星辰》；许地山的《面具》《落花生》；徐志摩的《落叶》《想飞》；丰子恺的《秋》《白鹅》《口中剿匪记》；巴金的《雨》《鸟的天堂》；郁达夫的《故都的秋》《江南的冬景》等等风景静物、家常闲话式题材的散文。现代散文的题材极为丰富，只要作家心灵有感悟，都可以自由选择。

新时期的散文题材，除对历史进程、自我人格道德进行冷静反思外，主要是从改革新姿、弘扬民族精神及母爱、乡思、爱情等方面取材。

散文的取材范围之广，作家的选材之自由是其他任何文体所不能相比的。散文的这个审美特点为散文家充分显示"个性"特点、人格力量创造了优裕的条件，也为散文家尤其是"言志"派散文家，能在"小"题材中做"大"文章，提供了"用武之地"。

3. 由小见大，讲究情境

"一粒沙里见世界，半瓣花上说人情，就是现代散文的特征之一"，郁达夫在70多年前就形象地道出了散文"由小见大，讲究情境"的艺术特点。散文写作常常是"由小见大"，大千世界，每每都是靠芥米之微来反映和表现的。无论写国运兴衰、世事惊涛，还是宇宙奥妙、人类进化，着手取材，往往是从一粒沙、半瓣花、一件事、一个人、一处景入手选材，经过作者心灵的感悟、情感的折射，表现出客体（描写对象）的本质特征，通俗地讲，就是小题材中蕴含深刻的主题，题材虽小意义重大。像鲁迅的《从百草园到三味书屋》，作家从写童趣被压抑入手写出了书塾教育方式的落后。吴伯箫的《记一辆纺车》，作家从一辆纺车入题，写出了广大军民艰苦奋斗的时代精神。那些山水游记其实也能写出耐人回味的主题。像王安石的《游褒禅山记》，借游记开掘出一个治学道理：做学问与探洞之事一样，不要害怕困难，浅尝辄止，应努力穷其堂奥而后出。苏轼的《石钟山记》，以探寻石钟山得名由来入题，讲清一个道理：任何一个正确的结论，都来自于深入全面的调查研究。散文大家们在日常生活的衣食住行中，照样亦能从平凡的小题材中开掘出令人深思的主题来。请看梁实秋的《洗澡》：

谁没有洗过澡！生下来第三天，就有"洗儿会"，热腾腾的一盆香汤，还有果子彩钱，亲朋围绕着看你洗澡。"洗三"的滋味如何，没有人能够记得。被杨贵妃用锦绣大襁褓裹起来的安禄山也许能体会一点点"洗三"的滋味，不过我想当时禄儿必定别有心事在。

稍为长大一点，被母亲按在盆里洗澡永远是终身不忘的经验。越怕肥皂水流进眼里，肥皂水越爱往眼角里钻。胳肢窝怕痒，两肋也怕痒，脖子底下尤其怕痒，如果咯咯大笑把身子弄成扭股糖似的，就会顺手一巴掌没头没脸地拍了下来，有时候还真有一点痛。

成年之后，应该知道澡雪垢滓乃人生一乐，但亦不尽然。我读中学的时候，学校有洗澡的设备，虽是因陋就简，冷热水却甚充分。但是学校仍须严格规定，至少每三天必须洗澡一次。这规定比起汉律"吏五日得一休沐"意义大不相同。五日一休沐，是放假一天，沐不沐还不是在你自己。学校规定三日一洗澡是强迫性的，而且还有惩罚的办法，洗澡室备有签到簿，三次不洗澡者公布名单，仍不悛悔者则指定时间派员监视强制执行。以我所知，不洗澡而签名者大有人在，俨如伪造文书；从未见有名单公布，更未见有人在众目睽睽之下袒裼裸裎，法令徒成具文。

………

散文大家梁实秋选"洗澡"一事入题，议论人生：洗澡本是好事，但强迫学生洗澡，违者要惩罚，这就悖谬，不得人心。它使人体悟到，人性是重自由的，压制了它，好坏便会易位了。

周作人的《鸟声》用冲淡的笔法写了几种鸟的鸣声，然后用"现在已过了春分，正是鸟声的时节，但我觉得不大能够听到"切入宗旨：它们也是生物，与我们很有关系，很含蓄，但耐人回味，人类应该认识自己的生存环境与其他生物的平衡关系。70多年前写的这篇散文已提到生态平衡的大问题，足见"鸟声"由小见大了。

"散文，是喷出来的，是从作者胸膛里喷出来的，是从作者血管里喷出来的。喷出来的散文，才有可能成为优美的散文；挤出来的散文，必定不能成为优美的散文。"[1] "散文没有'抒情性'的话，那它就很难和别的文体区分，很难求得本身的自立，很难具有它所特有的那种艺术魅力了。""'情'是艺术散文的生命。"[2] 这些都是对散文感情特质的表述。任何文艺创作都离不开情感，情感乃是一切文艺作品的本质特征，并不独散文如此，但为何将"情"作为散文独特的特点呢？因为散文不仅要表情达意，而且是散文的灵魂，没有情感，散文就从根本上失去了其生命的活力。散文不要求有完整的故事情节和人物形象，但要求表现作者的情思，以作者的情思来使读者产生心灵的震荡，产生共鸣，从而造就作者自己独特的个性魅力而留于读者记忆之中。像韩愈的《祭十二郎文》，苏轼的《东坡志林》中的一些短文，李清照的《金石录后序》，陆游的《跋傅给事帖》，文天祥的《指南录后序》等等都是感人至深的情文。现代散文家朱自清先生的《背影》之所以深深打动了一代又一代读者的心，就在于作者在慈父的"背影"中倾注了深厚情感，作者在这慈父的"背影"中写尽

---

① 范培松：《散文天地》，第1页，花城出版社1984年版。

② 刘锡庆：《散文新思维》，第127页，河北教育出版社1998年版。

了天下父母海一样深的情怀。同样，当读者读巴金悼挽亡妻的散文《怀念萧珊》时，他能真切地感受到作者巴金对亡妻真挚而深沉的怀念：他为她在那样的年代里遭受种种不幸而早逝感到不平，因自己"连累"她而哀痛。他将对亡妻刻骨铭心的情思化作涓涓的细流，渗透到对萧珊生前一言一行的体察和描绘中，文中许多处痛不欲生的情感，让读者不忍卒读。这篇情真意切的散文征服了每个读者的心。

一些山水游记或家常絮语散文、说理散文仍以情思为"魂"，由情思来连缀人、事、物、理，只是有的表现得明朗，有的表现得含蓄而已。有的散文家称散文为"情文"很贴切。

好的散文应该具有深邃优美的意境，充满情思的散文自然应该达到情与景、意与境的和谐统一。散文的意境创造与诗歌的意境创造有没有区别呢？两者相通的是：它们都是文学作品，情感是一切文学作品（文艺作品）的魂，所以都讲究意境创造。但两者的意境创造是有区别的。古代文论中有"为物写照""味之无极"的说法。所谓"为物写照"，意思是：将现实事物的原貌，以精致的笔触，在作品中再现出来，让读者凭借语言符号的提示作用，想象出事物本来面貌。所谓"味之无极"，意思是："含不尽之意"，即意境创造。散文的意境创造要比诗歌的意境创造难度大。诗歌的作者所关心和致力的只是情感抒发，将客观事物外形描写置于极为次要的地位，甚至常常为了抒情的需要将景物本来面目加以变形，将写入作品的事物仅仅当作一种象征，"象征"的形式便于创造意境。而散文首先必须立足于"为物写照"——真切地描写事物，在这个基础上再"味之无极"，因此散文作者只好选择具有特色的表征，并精心加以取舍，在选择、取舍、表达中将自己的情思——对事物本质、对生活真切独到的体验巧妙地不露痕迹地融入其间，从而创造出意境来，让读者面对写实的形象还回味无穷。毋庸讳言，散文创造出优美深邃的意境，则是很高的艺术境界。像冰心的《鸟兽不可与同群》、鲁迅的《藤野先生》、茅盾的《风景谈》、吴伯箫的《记一辆纺车》……都写出了优美的意境。凡作者对所要表现的物象有精微的观察、独特的发现，并能与主观上早已有之而在写作之时灿照闪亮的思想感情产生较完美的契合，经过精心构思、流畅表述的抒情散文，定能写出意境来。

4. 随物赋形，笔墨自由

诗歌的谋篇是跳跃式的，小说的谋篇是连贯式的，那么散文的谋篇则是随物赋形式的。散文不在乎情节框架是否完整，发展过程是否严谨，只需随着作者的思想、情绪、意念自由驰骋，随意而发，随情运笔，舒卷自如便行。散文是"情文"，它的终极目的是勾勒形象、抒情述志，这个审美特点决定散文的艺术构思与诗歌、小说不同，散文谋篇构思并不严密，不循一路，不拘一格，可以跳跃，可以浮动，随着作者的情思有张有弛，时紧时松，若断若续，这种随物赋形的谋篇形式是散文特有的组材艺术。宋代散文大家苏轼十分强调这一点，他曾对自己的散文作了这样的评述："吾文如万斛泉源，不择地皆可出。在平地滔滔汩汩，虽一日千里无难，及其与山石曲折，随物赋形，而不可知也。"（《自译文》）在他看来，随物赋形是散文的一种秩序美，所以他曾竭力赞美它："美哉多乎；其尽万物之态也！霏霏乎其若轻运之蔽月，翻翻乎其若长风之卷旆也。猗猗乎其若游丝之萦柳絮，袅袅乎其若流水之舞荇带也。"（《文与可飞白赞》）随物赋形，自由组材，使散文展现舒卷自如的美感。像郭沫若的《月蚀》，作者以强烈的爱国精神和对帝国主义、对黑暗社会的憎恨感情为主线，巧妙地由黄浦江看月蚀引起种种感触来构思组材：忽儿想到长江，忽儿忆起故乡——四川的山水风光、美丽景致，忽儿又引出妻子离奇荒诞的梦，忽儿将生活舞台从上海换到日本，忽儿借月蚀鞭挞时事弊政——"上海市上垩白砖红的华屋，不都是白骨做成的么，""我们地球上的狗类真多，铜鼓的震动，花炮的威胁，又何能济事呢?"作者纵横捭阖，随着情绪自由驰骋，将不同侧面、不同角度、不同时空的生活画面灵活自由地艺术地组合成一篇完整的抒情散文。邓拓的《燕山夜话》、秦牧的《土地》、吴祖光的《睡与梦》……优秀的散文都呈现出随物赋形的审美特点。

散文的笔法运用也十分自由，作者或工笔细描，或简笔刻画，或曲笔影射；或联想开拓，或象征警喻，或映衬深化；或移情添趣，或拟人寓理，或辐射共鸣……作者们在情思的牵动下开阖自如，不拘一格，自由挥洒。

5. 纸短韵长，富有趣味

散文的篇幅短小，像"扇面"，像"盆景"，格局虽小，却气象万千，尺幅之地，依然美不胜收，充满了趣味性，或理趣、或情趣、或韵趣、或境趣、或语趣……以趣动人心，移人情。

散文素有"千字文"的美称。在短小的篇幅中展示万千气象，透出万般情趣，唯散文为之。散文家石英曾说："我一向认为，好的散文篇幅多半是比较短小的（当然也不是说所有短小的都是好散文）；一般说来，我很怀疑有没有万八千字的情味极佳的散文。在一篇文章中，好话说得过满过滥往往反而冲淡了散文应有的情味。我这里愿意打个比方，与其放任阔达数里的平滩流水，不如把流量挤在三峡中，当可出现更具情味意境更美的奇观。"① 这里提到的"情味"即散文的韵味。散文的韵味不在于题材的大小，小巧的题材，像冰心的《南归》，朱自清的《背影》《荷塘月色》，钟敬文的《西湖的雪景》，老舍的《济南的冬天》……固然韵味深长，像诸葛亮的《出师表》，鲁迅的《记念刘和珍君》，叶圣陶的《五月卅一日急雨中》这样的社会时代之大题材，照样能体现纸短韵长的散文审美特点。写出韵味就写出了作者"我"的个性。不同的散文家，不同的气质，写出的韵味各具个性特色。有的重情味，有的重趣味。像李大钊的《今》表现出"时间易变，珍惜时间，明确责任"的理趣；丰子恺的《口中剿匪记》，假借谈论拔牙，影射蒋介石国民党政府的贪官污吏，文章充满了诙谐的趣味。散文家们也很讲究语言的节奏美、韵律美，像庐隐的《蓬莱风景线》，句式工整，读起来铿锵悦耳，节奏鲜明，朗朗上口富有音乐性，似无韵的诗歌显示了语趣的魅力。

第二节　散文的鉴赏与评论

散文鉴赏评论的角度很多：散文的创作主体"我"的个性，散文的艺术构思，散文的线索，散文的意境，散文的章法，散文的笔法，散文的语言，散文的节奏，散文的旋律，散文的情趣……下面从散文的审美特点的角度讲解鉴赏与评论的方法。

---

① 石英：《怎样写好散文》，第 35 页，人民日报出版社 1988 年版。

一、散文主体个性特色的鉴赏与评论

"篇篇有我，个性鲜明"是散文创作主体个性特色很突出的审美特点。当阅读鉴赏一篇散文作品时，首先使读者感到触目动心的是作者一颗至诚至挚、至纯至真的心灵。读者走近这颗心灵，便真切地谛听到作者对生活、对社会、对人生、对自然、对艺术……的倾吐和见解。通过这扇心灵"窗户"，便可看见活脱脱的"我"的情思与个性，无遮无盖，与读者坦诚相见。因此主体"我"的个性表现得很鲜明。对此，散文赏析评论往往将主体个性分析作为一个角度（或称目标）加以关注。

散文创作主体个性特色的分析可以从两方面入手。

1. 分析作者"我"的坦诚情思

散文与诗歌虽然都注重表现主体"我"的情思，但诗人的情思往往通过凝练后委婉含蓄地表现出来（上文已略有分析），散文则讲究自然天成，坦诚表现。散文作者往往直面人生世界和情感世界，酣畅淋漓地抒我之情，言我之志，因而散文的主体情感更强烈，自我意念更突出，个性和人格都能得以最大程度的表现。读者在阅读鉴赏中容易走进作品中去认识作者眼中的世界和他的心理世界，鲜明地看到作者的爱与憎、忧与喜，洞察作者的人品、性格、志向，并从中领悟到自身感受到却难以言传的情感共鸣，从中找到读者自己。

在分析作者"我"的坦诚情思时要注意两点。

其一，要注意主体"我"的情感的真实性。散文之所以受到读者的青睐，是作者面向读者的坦诚，这种至真的心灵、坦荡的个性、至诚的人格是散文艺术的生命。鉴赏评论中，作家"自我真实"应认真赏析。不同的作家有不同的风格，赏析评论时，看散文是否弹拨出作者自己的声音，客观事物中是否赋予了作者的个性色彩。例如陈白尘的《忆鸭群》，作者以戏谑的笔墨神情毕肖地描绘出了自己与鸭群"朝夕相处""患难与共"的"欢歌图""憩息图""觅食图"……坦诚地写尽了自己对鸭群的钟爱之情。这种感情是否真实？人与鸭群怎么能有钟爱之情？似乎有悖常情。但经历过那个特殊年代的读者却丝毫没有悖理的感觉，倒产生了同情甚至共鸣。

其二，注意主体"我"的情感的深层性。自我真实并不是与世隔绝，远离人间烟火，脱离社会生活的真实，它是建立在作者对生活真实、深入理解的土壤之上，有自己对生活与人生的深层感悟。作者通过心灵的体验、思考、过滤，将真情融注在客体形象之中艺术地表现出来。读者鉴赏时，不管是记叙为主的散文，还是抒情为主的散文，不管是作者对自然世界里景和物的透视，还是对社会观察中幽微心态的描述，都要把握作者对生活、对人生、对社会、对自然的感悟深省程度，及感情融注物象中的艺术表现水平：生活的氛围与美学的境界是否难舍难分、内蕴丰厚、气足神盈；那质朴自然的语言符号中是否透视出作者的深层感悟，挥发出真知灼见，是否直向人心见真实，是否有一股厚重充实、浸润筋骨的力量激动读者的心灵。深层性不单纯指思想性的深刻，而且指思想性、艺术性交融得天衣无缝的艺术境界。仍以陈白尘的《忆鸭群》为例，读者在"欢歌图""憩息图""觅食图""指挥图"等描绘中，不仅看到了作者对异类的钟爱之情，而且会深切地感悟到对立与隔膜的人际关系，感悟到不正常的人际关系背后的时代的非理性，而且也感悟到逆境中作者乐观、豁达、坚毅的人格力量，感悟到作者戏谑笔墨的喜剧氛围中凝集着的震撼人心的悲剧力量。从中读者可以评判出这篇散文的思想价值和审美价值。像杨绛的《孟婆茶》，碧野的《我怀念的是牛》，杜宣的《狱中生态》，章含之的《谁说草木不通情》等等，读者从这些散文中不仅要透过"悖理"去寻找"我"的真情实感，而且要透过字里行间寻找散文的深层涵义，这样才能正确地评判作品的价值。

2. 分析作者我的个性表达特色

凡高明的散文作家总是凭着他们的艺术感觉去观照和把握世界，他们的艺术感觉是独到的，常发现别人尚未感知到的东西（有时总集中在某领域中，格外敏感）；他们的艺术想象也是独到的，总是随着自己的心灵去追寻构思描摹自己感悟到的对象。因此，总能真实地记录他的情感的细微变化和意念的律动，从而极自然地弹拨出他自己的声音，展现他取材、构思、立意等各方面的主体个性。

分析作者"我"的个性表达特色时要注意几点。

其一，应把握好作者艺术感觉的变异性中透出的个性。有些散文作家在细心感受自然的同时，就会时常与自己独到的心理体验结合起来，使客观对象在"我"的心灵中发生变异，使客观对象的外部特征，经过"我"的感觉和情感重新组合，从而形成独特奇妙的审美判断，并以这种独特的审美判断为支点，表现深层的"我"的情感。

当有人问陈白尘三年半干校生活，谁与他的感情最深时，他竟然答："鸭子"，这就是他独到的心理体验，因为他作了这样的统计："我和它们朝夕相处近两年，每天即以十二小时计，则我们共同生活达四千小时以上。朋友中谁有如许时间伴我？"更因为"在兽性大发作的年代里，有些'人'是远不及我的鸭群和平温良，而且颇富于'人'情的——它们从来没骂过我。"于是作者发自内心地钟爱它们，于是作者听明白了母鸭们的歌声："当它满足食欲之后，特别是又来一次酣畅的游泳之后，振翅高鸣，是它的欢乐之歌；当它在吞食到美味而深感幸运时，边吃边作短促的低吟，是它的赞美之歌；当它求爱不遂，低声婉转，是失恋的悲歌……"在作者看来母鸭的歌唱是朴质的感情表现，有啥唱啥，绝无"为艺术而艺术"的"艺术家"们矫揉造作之态。这全都是作者细心感受鸭群后与自己特殊的处境下心灵撞击后的独到体验，经过作者情感的重新组合，创造了全新的自然而真实的艺术形象。

其二，从意象组合的艺术特色上把握个性。意象组合有多种表现形式。有的散文家擅长有序组合，时序连贯；有的散文家喜欢无序组合——梦境或意识流或生活画面拼贴等等，以这种艺术构思的不同方式显露其个性。《忆鸭群》和《孟婆茶》《狱中生态》三篇散文同是再现"文革"期间知识分子身心遭受磨难的作品，但意象组合方式各有特色。陈白尘以鸭群为抒情的寄托对象，通过作者与它们朝夕相处的几幅"患难与共"的意象组合，来酿造喜剧氛围，从中展现悲剧力量。而杨绛以"孟婆茶"为寄情线索，以荒诞的手法组合有序的梦境：离开红尘世界，坐上不像飞机不像火车，也不像筏的运载工具向西方路上前进。到"孟婆店"喝茶、看电视，谁愿在转世途中忘却前生的惨痛的记忆，就喝孟婆茶。"我"愿喝一杯没有回忆的清茶——不愿回忆，亦不愿忘记那段浩劫。这组有序的荒诞意象群，不仅写出了"我"永生难忘的惨痛，也写出了全民族乃至全人类的记忆与教训——"人生总有至死不悔的付出与永生难忘的惨痛，人总是经不住回忆的诱惑，所以就注定会有被遗忘的历史。"[①] 杜宣则捕捉了囚室内几个小生命：四只蚊虫，一只红蜘蛛，及囚室外两只小鸟来抒写自己的情感：消灭了四只蚊虫"没有胜利者的愉快，相反地我却感到怅然若失。"因为囚

---

① 刘锡庆、蔡渝嘉：《中国散文精典》，第63页，中国工人出版社1996年版。

室中"除了我之外，就没有第二个生命了"，作者感到深沉的孤寂。终于有一天发现了"绿豆那么大小"的一只红蜘蛛，"我已经不孤独了"，每次被提审，回到囚室的"第一件事，就是去看小蜘蛛，一看到它安然无恙，我就感到莫大慰藉。"看到囚室外一根电线上有一对小鸟，心里就高兴得"好像看见自己的亲人战友一样"。这些意象中倾注了作者对自由生活的渴望。当作者礼赞那些小生命时，读者还是能感悟到作者心灵深处的孤寂，这些意象仍能传递出十年非常时期酿成的悲剧，令人愤懑。

三位老作家，同时揭露十年浩劫黑暗年代对善良的知识分子的人性摧残，但由于意象组合各有特色，故显示出三位老作家不同的艺术个性。

其三，从主体感情表达方式上把握个性。主体感情表达方式是多种多样的，有的散文家用托物方式寄托；有的散文家常将自己的情感融注在景物描写中；有的喜欢运用重叠、排比手法反复吟咏，抒发回环荡漾的情感；有的善于运用激越情语，倾吐激情，具有强烈的感情冲击力；有的善于通过含情的细节描写、心理的细微变化表现深沉、细腻、柔婉、蕴藉等不同情感。像陈白尘他是将自己的情感融注在鸭群中了，并采用了拟人和戏谑的笔法来表情达意；杨绛采用了荒诞的笔法将情融注于记叙描写中；杜宣采用了白描的手法。不同的表情方式，艺术特色不同，不同的个性显示出来了，但艺术效果还是差不多的。

围绕着同一事件——"三·一八"惨案，鲁迅写下了《记念刘和珍君》，周作人写下了《关于三月十八日的死者》。由于作家的立场、观点及气质不同，熔铸情感于文内的差异也很明显。读鲁迅的《记念刘和珍君》，我们能感受到鲁迅忽儿激昂，忽儿沉缓的情感律动：沉缓如轰隆滚动的沉雷，激昂如跌宕汹涌的大潮，叩响读者的心灵而共鸣。读周作人的《关于三月十八日的死者》，我们在平实的语言中能感受到周作人冷峻而热烈的真情。兄弟俩面对同一事件抒写的散文，表达感情的方式各有各的个性。

徐志摩乐意在散文中采用排比的句式尽情抒发自己的感情，也注意语言的对仗和音律，这样容易将自己热烈奔放的感情充分表达出来。如"东方有的是瑰丽荣华的色彩，东方有的是伟大普照的光明"，"一方的异彩，揭去了满天的睡意，唤醒了四隅的明霞"，"歌唱呀，赞美呀，这是东方之复活，这是光明的胜利……"（引自他的散文《泰山日出》）有力的节奏、铿锵的声调将感情表现得热烈、奔放。

读者若对散文笔法的知识掌握得好，就容易从主体感情表达方式的角度去把握作家主体的个性特点。

其四，从主体语言风格上把握个性。语言是表现作家个性最显著的因素之一。不同作家审美情趣不同，语言风格也不同：有的豪放，有的激越，有的艳丽，有的质朴，有的幽默……请看下面一段散文片段：

> 我已经说过：我向来是不惮以最坏的恶意来推测中国人的。但这回却很有几点出于我的意外。一是当局者竟会这样的凶残，一是流言家竟至如此之下劣，一是中国的女性临难竟能如是之从容。

> 我目睹中国女子的办事，是始于去年的，虽然是少数，但看那干练坚决，百折不回的气概，曾经屡次为之感叹。至于这一回在弹雨中互相救助，虽殒身不恤的事实，则更足为中国女子的勇毅，虽遭阴谋秘计，压抑至数千年，而终于没有消亡的明证了。倘要寻求这一次死伤者对于将来的意义，意义就在此罢。

苟活者在淡红的血色中，会依稀看见微茫的希望，真的猛士，将更奋然而前行。

呜呼，我说不出话，但以此纪念刘和珍君！

这是鲁迅先生《纪念刘和珍君》的结尾段，语气跌宕顿挫，疾徐交织，节奏庄严沉稳，坚定有力，悲愤情感流于字里行间。再看下面一段：

> 二十五日女师大开追悼会，我胡乱做了一副挽联送去，文曰：
> 死了倒也罢了，若不想到二位有老母倚闾，亲朋盼信。
> 活着又怎么着，无非多经几番的枪声惊耳，弹雨淋头。
> 殉难者全体追悼会是在二十三日。我在傍晚才知道，也做了一联：
> 赤化赤化，有些学界名流和新闻记者还在那里诬陷。
> 白死白死，所谓革命政府与帝国主义原是一样东西。
> 惭愧我总是"文字之国"的国民，只会以文字来纪念死者。

这是周作人《关于三月十八日的死者》的结尾段，作者以一个普通人的身份，哀悼惋惜死者，并在两副挽联中勾勒了社会的情态，揭露了现实的黑暗，语调冷峻，平实的语言中仍透出脉脉人情。

从这两段文字中，能看出两位兄弟作家，有着不同的语言风格。再看下面两段散文片段：

> 文化是有源流的，不溯其源，无从知其流。古书西洋人也主张读的。现代中国人只肯读一九三四年的西洋书，不肯读柏拉图，那里会懂得西洋文化之底蕴？又不肯读古书，又何能知中国文化之底蕴？……中国人说古的都是坏的，西洋人虽然自由急进，时时另求新路进展下去，却没有说这句话。如此看来，现代中国人实在过于摩登了，不然便是错摩登。……文学与科学不同，西洋读医学的人不必读希腊的 Hippocrates，摩登医生，我也主张大可不看素问灵枢洗冤录。但是如果是研究文学，我却主张应读离骚或是无名氏十九首。原因是古今人同是圆颅方趾，悲欢离合之际，大同小异也。所以那样的旧，仍然可以这样的新，原因是你虽摩登，有飞机可坐，有无线电可听，未必便是变成方颅圆趾动物，仍然躲不出悲欢离合之情也。……

这是林语堂《有不为斋丛书序》中的一段，作者因喜欢朋友的书稿（专抒性灵之作），为朋友找出版局，为朋友写序。序中幽默地批评了只准写经世文章，偏执一端，只图摩登，没有真才实学，一味重洋忘祖等文坛现象。从这段散文中可以看出作者诙谐幽默中透出辛辣、尖刻的语言特色（当然，国势艰危之时一味强调独抒性灵，幽默闲适，对现实采取"有不为"的态度，是不可取的）。

> 有一天我居然自动地走进易医师的诊所里去，躺在他的椅子上了。经过他的检查和忠告之后，我恍然大悟，原来我口中的国土内，养了一大批官匪，若不把这批人物杀光，国家永远不得太平，民生永远不得幸福。我就下决心，马上任命易医师为口中剿匪总司令，次日立即向口中进攻。攻了十一天，连根拔起，满门抄斩，全部贪官，从此肃清。我方不伤一兵一卒，全无苦痛，顺利成功。于是我再托易医师另行物色一批人才

来。要个个方正，个个干练，个个为国效劳，为民服务。我口中的国土，从此可以天下太平了。

这是丰子恺《口中剿匪记》中的一个片断。作者假借谈论拔牙：把坏牙比作"官匪"——"贪赃枉法，作恶为非，以危害国家，蹂躏人民"的贪官污吏，决心肃清全部贪官，语言风趣、诙谐，笔调中透出犀利锋芒、率直洒脱的个性。

巴金散文语言自然质朴的特色，朱自清散文语言优雅清俊的特色，冰心散文语言温馨婉约的特色，散文家琦君语言柔婉清丽的特色，作家余光中散文语言精约隽永的特色……都是读者熟知的，分析作者"我"的个性表达特色时语言风格是极为重要的一个方面，不能疏忽，因为真正有个性的散文家们明白："散文作者很难靠情节或人物的精彩，故必须反求诸己，退而求文学语言本身的魅力"①，所以句式的结构、词汇的选择、字词的推敲真正达到了"词不工不成文"的地步，而且根据个人的气质、文学修养的不同，根据题材宗旨的不同，鲜明地表现个性化语言特色。

总之，分析主体个性是散文赏析的一大目标，分析的角度也多侧面多层次，每个鉴赏者应该认真掌握。

二、散文文情、文境的鉴赏与评论

散文的文情、文境是作者们下功夫的地方，因此评论家们也很关注这些评论目标。情是散文的生命、散文的灵魂，是散文作者创作的动力。每个散文作者的"内宇宙"，是无比美丽、丰富、深邃的情感世界、心灵世界，"外部世界"只有经过"心灵"的过滤、折光后才能进入艺术领域……"生活层面"的记写（"实"）只有升腾为"情感层面"（虚），为展现"个性"、开掘"人性"服务才具有审美的意义。因此散文作者很注意将自己内心世界的情思坦露给读者。鉴赏评论时捕捉作者的情思（或称文境）很重要。一般从以下三个方面入手。

第一，分析作品的意象，捕捉作家的情感。从创作角度讲，情是散文创作的动力，它可以激发作家的知觉体察，引爆灵感，放飞想象，推动构思，所以鉴赏文情可以从标题开始至全文结束，散文中的每个意象均蕴含着作者的真情。换言之，作者将自己的情感化为直观的画面、场景、人物、氛围，即意象，因此通过对意象的分析，读者可以捕捉到作家不同色彩的情感，或欢欣，或冷峻，或冲淡，或沉郁……

第二，分析文情的内在魅力。文情不论是喜是悲，是忧是愤，内在魅力在于一个"真"字，即须经"我"的真实体验，须发自肺腑，矫情之作、伪情之作欲动读者之情是很难的。

第三，分析文情表现的艺术技巧。作者的情感必须真实，但情感表达的技巧可以多种多样。当然，不管使用何种技巧，使用多少技巧，最终还是要"和谐一致"地将真情融注于意象中，否则，也可能由于表达技巧使用不当而影响意象的创造、文情的优美表达。看刘锡庆对叶圣陶《五月卅一日急雨中》文情分析的片断。评论的题目是《满腔郁怒写真情》②：

---

① 张晓风：《中华现代文学大系·散文卷序》，台湾九歌出版社 1989 年版。

② 刘锡庆：《散文新思维》，第 239～240 页，河北教育出版社 1998 年版。

大凡文学史上杰出的、不朽的篇章，总是植根于这种强烈的"憎"与"爱"的。《五月卅一日急雨中》这篇文章，再次印证了这个至理。作者面对这场惨绝人寰的大血案，有的只是心灵的震悚，感情的郁怒，精神的奋起！请看吧：他跨下车子，全然不顾狂雨的乱淋；他奋疾地行走，任凭泥水溅污自己的项颈、衣衫；他蔑视手枪的颠头，狞笑的开口；他诅咒"微笑""漂亮""惶恐"的种种"魔影"，愿他们灭绝，消亡！总之，他"把看见的、听见的"一切暴行、劣迹，都化作了仇恨一齐咽下去——哪怕"如同咽一块糙石，一块热铁！"恨之愈深，爱之愈笃，对邪恶的痛恶必化为对正义的挚爱。他想参拜伙伴们的血迹，用舌头把所有的鲜血舐尽；他全神地注视着这曾经淌过血的土地。希望"血的花开在这里，血的果结在这里"；他以热烈、高亢的笔调，称颂了站在斗争前列的，"在露天出卖劳动力"的"露胸的朋友"的伟大；他以惊异、感奋的心情，赞美了"穿着青布大褂"的青年学生的英勇和一般市民（"店伙"）的觉醒……他将胸中的丘壑化作笔底的风雷。诵读这篇文章，我们可以清楚地感到：作者是非清楚，褒贬分明，爱得热烈，恨得刻骨，跳荡、弥布在字里行间像红线一样贯穿全文的正是他那熊熊燃烧的不可遏制的爱国主义激情！这等文字，不是无病呻吟，不是吟风弄月，更没有丝毫做作藻饰。它是激愤的呐喊，怒火的喷吐，心灵的撞击，真情的袒露。他无心"作文"，而只是听任真情倾泻，"把整个儿躯体"都"融化"在事件的"里头"。正因为如此，他这篇"情动于中"的豪放之作才这样有力地拨响了读者的心弦，点燃了读者感情的烈焰，具有撼人心魄的艺术感召力。

无情未必真丈夫，有情才能动人心。感情炽热，这可以说是《五月卅一日急雨中》这篇散文最突出的一个艺术特色。

这段对"文情"的评析有评论家自己的个性特色。评论一般是冷峻的，但在对评论对象评析文情时，评论家的情弦也拨动起来，评论的效果就更好，不但能科学公正地评论作家

点 评

这里评论家用"不朽"两字点出"文情"在散文中的地位，并及时将评论引入评论对象中。

点出作者文情的特点：震悚、郁怒、奋起。

评论者用自己的动情语言，边评析边适度引用"急雨中"表现作者真情的意象群。这种评析难度较大。

有的评论，可以先直接引用原文的意象描写，再加分析，这种评析对初学评论者来说容易掌握。

评论者在分析"意象群"的基础上，又高度概括出意象群中渗透出作者的情思的特点。这种概括要为后面的审美价值的评判作铺垫。是承前（意象分析）启后（价值评判）的关键处。

评论家评析了"急雨中"表情的技巧"都融化在……"

真实的情思产生的艺术效果。读者的感受是最重要的评判标准。"撼人心魄"是审美价值的总评判。

每部分分析后应有一个小结，这样，评论的思路就严谨。

作品，而且能引导读者更深入、贴切地去欣赏作家作品。刘锡庆这位评论家既动情、细腻地评析了意象，也评析了作家抒情的技巧，还点出了文情的内在魅力与审美价值。初学评论者应细细体悟，可以借鉴到一些评论方法。

再看一段林薇对我国台湾散文家琦君的文情评论：①

琦君善于运用意象构筑"烟愁"境界。她特别喜欢"雨"，自称"我本来就是爱雨成癖的人"（《南湖烟雨》）。"每逢下雨天，心头就溢漾起童年的温馨欢乐"（《下雨天，真好》），于是便牵引出诸多难忘的事，难忘的人，而构成一种情绪氛围：《雨之恋》中念师恩如"春风化雨"，《下雨天，真好》是她童年的"自画像"……凄迷的烟和雨，给人一种既清晰亦朦胧的梦幻感，引人发思古之幽情，追忆点滴往事（《西湖忆旧》），"我隔着玻璃看外面万缕千条的雨丝，听呼啸的大风摇撼着树木，我就会记起母亲对着风雨紧锁的眉峰，也想起半生中风风雨雨的忧患岁月，更怀念大陆江南风雨中的明山秀水"（《忧愁风雨》）。……在《下雨天，真好》一文中，围绕着"雨"，她展开她的怀旧情绪，而这一缕缕的怀旧情绪又是通过一幅幅和"雨"息息相关的画面展开的：只有在"雨"天，"我"才可以缠住母亲讲故事，"雨给我一份靠近母亲的感觉"，长工们蹲在谷仓里打牌，喧闹声驱走了"我"内心的寂寞；母亲总在下雨天纺线，父亲和姨娘总择雨天打牌，纺线声、打牌声和雨声和成一片；"唱鼓词儿的总在下雨天从我家后门摸索进来"，母亲边听边抹泪，却没停下手中的活；"听雨楼"飘出父亲的读诗声，"在淅沥沥的风雨中"，愈来愈低，终于永远听不见了……这一组由淅沥沥的雨声连缀起来的画面呈现而出的是琦君那份既乐还愁的童年情绪。……

点 评

评论家点出"意象"与作家情感的关系。

从不同的意象中透出作家"烟愁"的情感扣住了论题。

这里提到的画面即意象。透过这组意象群，读者能感受到作家的情绪。

评论家点出作家"既乐还愁"的童年情绪特点。

纵观这篇评论文章，评论者分析了各种意象中透出的作家的"烟愁"情绪。倘若能进一步分析用何种技法，艺术魅力如何，则这样的评论就更好。

---

① 林薇：《琦君的"烟愁"世界》，《中外散文比较与展望》，第 330～331 页，福建教育出版社 1996 年版。

散文的文境也是评论家评论的对象。文境和文情稍有区别，文境即散文的意境。它或突出哲理思索，文情基础上的哲理思索，或突出令人味之无极的一种灵境（让读者回味无穷的言外之意），一种人生体悟。而文情注重真情表达。许多优秀的散文以其真情深深打动读者心扉，而并非要阐述自己的某些思考。又有许多优秀散文，在抒发自己真情的基础上，同时坦诚地表达自己对社会、对人生的哲理思考。这类散文表现出情理交融的深层美。分析文境可以从两方面入手。

第一，分析文境"如临其境"的艺术美感。诗歌常通过夸张、象征等艺术手法将实景化为虚景，融注情感于其中，而散文重在客观景象的描绘和渲染，创造的是客观真切的实境，追求的是真切实有、客观存在的美。它能使读者感到"真力弥漫，万象在旁"，看得见，摸得着，有"如见其形，如临其境"的艺术美感。文境贵在"不隔"，能让读者直接看到客观事物的本相，具有鲜明的具象感和直观性。不过要注意，文境的这种直接性并非自然主义地照摄生活，它的取舍、描写景象也都是经过作者感情洗礼的，因此它比实际生活更真切、更生动、更形象，是一种"有我之境"的意境。鉴赏评论文境时必须从"身临其境"的特征出发，着力于它所展现的实境的具体剖析，来揭示文境营构的特点和规律。而不必像诗歌那样在"虚境"（无我之境）上下功夫。先摘录一段我国台湾著名作家余光中先生的散文《听听那冷雨》：

> ……
>
> 听听，那冷雨。看看，那冷雨。嗅嗅闻闻，那冷雨，舔舔吧，那冷雨。雨在他的伞上，这城市百万人的伞上，雨衣上，屋上，天线上。雨下在基隆港，在防波堤，在海峡的船上，清明这季雨。雨是女性，应该最富于感性。雨气空蒙而迷幻，细细嗅嗅，清清爽爽新新，有一点点薄荷的香味。浓的时候，竟发出草和树沐发后特有的淡淡土腥气，也许那竟是蚯蚓和蜗牛的腥气吧，毕竟是惊蛰了啊。也许地上的地下的生命，也许古中国层层叠叠的记忆皆蠢蠢而蠕，也许是植物的潜意识和梦吧，那腥气。
>
> ……
>
> 雨不但可嗅，可观，更可以听。听听那冷雨。听雨，只要不是石破天惊的台风暴雨，在听觉上总是一种美感。大陆上的秋天，无论是疏雨滴梧桐，或是骤雨打荷叶，听去总有一点凄凉，凄清，凄楚。于今在岛上回味，则在凄楚之外，更笼上一层凄迷了。饶你多少豪情侠气，怕也经不起三番五次的风吹雨打。一打少年听雨，红烛昏沉。二打中年听雨，客舟中，江阔云低。三打白头听雨在僧庐下，这便是亡宋之痛，一颗敏感心灵的一生，楼上，江上，庙里，用冷冷的雨珠子串成。十年前，他曾在一场摧心折骨的鬼雨中迷失了自己。雨，该是一滴湿漓漓的灵魂，在窗外喊谁。
>
> 雨打在树上和瓦上，韵律都清脆可听。尤其是铿铿敲在屋瓦上，那古老的音乐，属于中国。王禹　在黄冈，破如椽的大竹为屋瓦。据说住在竹楼上面，急雨声如瀑布，密雪声比碎玉。而无论鼓琴，咏诗，下棋，投壶，共鸣的效果都特别好。这样岂不像住在竹筒里面，任何细脆的声响，怕都会加倍夸大，反而令人耳朵过敏吧。
>
> ……
>
> 在古老的大陆上，千屋万户是如此，20多年前，初来这岛上，日式的瓦屋亦是如此。先是天黯了下来，城市像罩在一块巨幅的毛玻璃里，阴影在户内延长变加深。然后凉凉的水意弥漫在空间，风自每一个角落里旋起，感觉得到，每一个屋顶上呼吸沉重都

覆着灰云。雨来了，最轻的敲打乐敲打这城市，苍茫的屋顶，远远近近，一张张敲过去，古老的琴，那细细密密的节奏，单调里自有一种柔婉与亲切，滴滴点点滴滴，似幻似真，若孩时在摇篮里，一曲耳熟的童谣摇摇欲睡，母亲吟哦鼻音与喉音，或是在江南的泽国水乡，一大筐绿油油的桑叶被啮于千百头蚕，细细琐琐屑屑，口器与口器咀咀嚼嚼。雨来了，雨来的时候瓦这么说，一片瓦说，千亿片瓦说，轻轻地奏吧，沉沉地弹，徐徐地叩吧，挞挞地打，间间歇歇一个雨季，即兴演奏从惊蛰到清明，在零落的坟上冷冷奏挽歌，一片瓦吟千亿片瓦吟。

……握着雨伞，他听那冷雨打在伞上。索性更冷一些就好了，他想。索性把湿湿的灰雨冻成干干爽爽的白雨，六角形的结晶体在无风的空中回回旋旋地降下来，等须眉和肩头白尽时，伸手一拂就落了，25 年，没有受故乡白雨的祝福，或许发上下一点白霜是一种变相的自我补偿吧。一位英雄，经得起多少次雨季？他的额头是水削成岩还是火削成岩？他的心底究竟有多厚的苔藓？厦门街的雨巷走了 20 年与记忆等长，一座无瓦的公寓在巷底等他，一盏灯在楼上的雨窗子里，等他回去，向晚餐后的沉思冥想去整理青苔深深的记忆。前尘隔海，古屋不再。听听那冷雨。

阅读散文、捕捉文境，似乎比阅读诗歌、捕捉诗境要难，文字表达明白清朗，一点儿也不隔，但如何感悟作者的"言外之意""味外之味"呢？即如何感悟作者寄寓在明白清朗的语言中的意境？余光中先生在这篇《听听那冷雨》中创造出何种特色的意境？如何创造的？请看曹国瑞对余光中这篇散文意境的赏析评论：①

自古而今，"雨"可以说是比较多地被写入诗和散文中，但如余光中先生在此文中如此写雨——淋漓酣畅地写雨，将雨的丰富多姿的性状写得如此真切、传神，又确乎不多见。雨及雨中的极为广阔的世界（包括历史和现实中的世界）被活生生地具体而微地再现出来。读这篇散文，你简直可以从书卷中听到不歇的雨声，嗅到雨的带腥味的清凉之气，甚至仿佛看到，无边的天宇下，数不清如丝如注的雨点，或点点滴滴，或滂滂沱沱，或淅淅沥沥地飘洒或倾注，眼前一片凄迷，然后，你的内心开始感到冷雨的凉意，而融化在冷雨中的情思，凄清中见达观，恬静中含微喟，飘逸中显沉重，连同那如烟如缕的故国之思、人生之思萦绕盘旋，排遣不去。文中的雨及雨中世界在读者心目中已幻化成超度时间，跨越空间的奇妙无比的艺术世界。然而这个艺术世界又确源于现实的世界，由于雨的特征再现得真

✿点 评✿

评论家先将作家营造的主体形象"雨"的意象的审美特点揭示出来，并从整体出发，在经过自己的审美视野比较后，作出客观评价："如此真切、传神，又确乎不多见。"

鉴赏散文，要将鉴赏者的情、智融进鉴赏活动中，这样才能有真切的艺术感受，又能较为确切地将自己的艺术感受表达出来。有功力的评论家所写的分析，往往也很有散文味。

① 曹国瑞：《情有所钟——散文奥秘的探寻》，第 167～168 页，光明日报出版社 1990 年版。

切，所以它丝毫不显得怪诞和离奇，但它又绝不等同于现实世界。它是余光中——一个艺术家心中营构的，以真切、独特的感受充分浸润过的别样灵奇的世界，它所唤起的情感，所引起的美感，是那样绵长、阔远，难以用语言尽述，正合"言有尽而意无穷"之谓。特别应予指出的是，"雨"，在这里并没有被明显的当作象征物来写，"雨"就是"雨"，它是以朴素的本来面目出现的，它是潇潇冷雨，气息清爽，敲打在树上、瓦上，确实富有韵律而清脆可听。但它又不仅仅是雨，它是密布在作者坎坷生涯中的总是牵动万千情感的一种触发剂，一种总是潮涌般不息的情思的凝聚点，一种生命历程的投影。正因如此，文中的雨及雨中世界便升腾起来，远远超越文字直接构成的世界，由此具有极大包涵力而令人味之无极的最高灵境——意境被创造出来，这是一个由余光中独辟的宇宙崭新的意象，"皆灵想之所独辟，总非人间所有！"（恽南田语）。此文中意境的诞生及其艺术效果，我们可以用宗白华先生在论及中国艺术意境的生成时说过的一段极精辟的话来略加说明："意境是艺术家的独创，是从他最深的'心源'和'造化'接触时突然领悟和震动中诞生的，它不是一味客观的描绘……艺术家经过'写实'、'传神'，到'妙悟'的境内，而由于妙悟生成的艺术境界，既使心灵和宇宙净化，又使心灵和宇宙深化，使人在超脱的胸襟里体味到宇宙的深境。"

> 评论者抓住散文艺术特质——"如临其境"的艺术特点来分析文境：源于现实，又不等于现实，作家倾注了情感后的"境"。并点出"听听那冷雨"的文境的美感特点"绵长、阔远，难以用语言尽述"。
>
> 一般读者容易停留在"形象、生动""栩栩如生"的阅读欣赏层次上，不深入地去鉴赏"栩栩如生"的字里行间作家的情思，这样难以欣赏散文的意境。
>
> 一般读者见到贯穿全文的"物"时总想琢磨一下"托物言志"的志，该物象征什么。其实"托物抒情"在散文中也常见。这里评论家准确地分析了"雨"的自然特点和审美特点，这种分析贴切，抓住了原文的特点，有益于引导其他读者鉴赏，也有益于对原文的审美评价。
>
> 由于前面对"雨"的分析贴切、细腻，因此"雨中世界便升腾起来"的艺术效果的评判令人信服，创造的意境是作家独到的创作也令人折服。"独到的"创造是对作家意境创造的最高评价。
>
> 评论家为了强化自己的审美评判的准确性，常常引用相关知识的权威人士的论述，这样使评论更具可信度，同时使读者更深入地体悟评论家的分析与评价。

　　曹国瑞评论家对余光中先生这篇散文文境的分析清晰，评判准确，可供初学评论者借鉴。

　　第二，分析文境的整体和谐美感。世界上的一切事物，大至宇宙，小至一个分子，都是一个有机整体，都是按一定的方式联系起来的统一体。反映主客观世界的文境，也是一个有机整体，一个由情和景、意和象、情和理契合所构成的立体的多层艺术空间。鉴赏评论时必须要有整体意识，只有这样，才能对作品做深层次的艺术鉴赏。为此要注意以下几点。

　　首先，要从整体上了解文境构成的主体形象（即众多艺术形象中的主要形象），把握文境营构的轮廓（怎样抒写刻画），感受作者倾注的情思的基调（包括哲理的思索）。

其次，要捕捉"文眼"。文眼是文境整体营构的"聚光点"，是揭示全文宗旨的"艺术眼"。有"文眼"，文境有虚有实更优美，有了它，全篇散文能贮满诗意和思索，有了它，作者主观世界的情思和客观世界的景物能得到高度的融注和统一，文境整体和谐的美便会熠熠传神采。

最后，捕捉哲理思索、"言外之意"。优秀的散文家都能在其作品中透露出他对人生、对社会、对自然的哲理思索，并给读者以启迪。散文中的这种哲理思索都是渗透于艺术形象群中自然流露的，不是说教式的，鉴赏时要重视艺术形象群的分析。"言外之意"也是要注意艺术形象群的分析。

曹国瑞对余光中《听听那冷雨》的文境赏析就是从艺术形象的整体出发，把握了文境营构的轮廓和作者的抒情基调后作准确、清晰的评析的，并作了科学的审美评价（见评论旁边的点评）。

请看一段评论家吴周文对朱自清先生《荷塘月色》"文眼"的评论①：

散文贵有"文眼"。这是我国古代散文一条传统的艺术经验。古人云：揭全文之指，或在篇首，或在篇中，或在篇末。在篇首，则后必顾之，在篇末，则前必注之，在篇中，则前注之，后顾之。顾注，亦所谓文眼者也。唯有"眼"，题旨才会有隐显，意境才会有虚实；唯有"眼"，剪裁才会有详略，结构才会有疏密。

"眼"，是散文艺术构思的"焦点"，它是作者经过艺术的概括和集中，把作品的思想与艺术辩证统一起来的"凝光点"。试看《荷塘月色》。

……作品开头就开门见山地"揭全文之旨"："这几天心里颇不宁静。今晚在院子里坐着乘凉，忽然想起日日走过的荷塘，在这满月的光里，总该另有一番样子吧。"起首句的"心里颇不宁静"是全篇之"眼"。接着，作品写小路的"静"，写自己踽踽独行的"静"，写荷塘景色的"静"，写月色朦胧的"静"，以此反衬自己的"心里颇不宁静"。再接着，以荷塘四周蝉声和蛙鸣的"闹"突出荷塘月色的"静"，又以联想江南采莲的旧俗、梁元帝的《采莲赋》和《西洲曲》关于采莲的热闹、嬉戏的情景，进一步反衬此时此地荷塘月色的"静"。最后画龙点睛："这令我到底惦着江南了"，含蓄地揭示出

点 评

评论家不失时机地传播一些散文创作的经验，既拓展了评论文章的知识面，又为下文的评论作铺垫。

这里的"题旨"即"主题"。

评论家抓住"心里颇不平静"这个"文眼"——全文的聚光点，然后对全文环境的"静"进行概括分析，来点出文眼——"心里颇不平静"与外界环境的静的关系。

评论家对文境有了全面的体验，才可能从整体上来把握文眼在文境中的地位、文眼与其他艺术形象群的关系。

---

① 王郊天：《散文创作艺术谈》，第223页，江苏人民出版社1984年版。

"心里颇不宁静"的原因所在。众所周知，江南时期的朱自清，在共产党的影响下，曾经以革命民主主义的姿态战斗过，呼唤过；然而，大革命失败以后，严酷的斗争现实使他陷入极度的苦闷和彷徨，"心里"是"颇不宁静"的。从表面上看，作品处处扣住一个"静"字，从各个侧面、用各种手法描写、渲染荷塘的"静"。实质上，处处扣住"心里颇不宁静"一句，为了突出地抒写心灵的"风乍起，吹皱一池春水"的不"静"，正是为了抒写回首江南斗争生涯的苦闷和彷徨。因此，由于"眼"的艺术安设，"荷塘月色"这幅风景画，变成了一幅作者抒情的图画，赋予了特有的音调和色彩。

不难看出，朱自清散文中的这种"凝光点"，使作品能够贮满诗意的内核。有了它，作者主观世界的情与客观世界的景就能够得到高度的统一，意境的开拓就有了逐层转深的"神经"。有了它，诗意才能传出熠熠的神采。……这个"凝光点"……有层次地、和谐地构成诗的意境。

评论一定要做到"知人论世"，唯有这样，才能正确地读懂字里行间作者的情思。评论家联系作家的一些战斗经历，能更确切地分析意境的涵义。

评论家点出"文眼"在意境中的审美特点与作用。

有许多优秀散文的"言外之意"往往是哲理的思索，像鲁迅的《腊叶》，读者鉴赏中会感悟到作者的体验：人生是短暂的，叹惜、哀伤都无济于事，绝对需要的是抓紧利用生命，乃至生命的一瞬间，也不能让它白白地溜掉！这才是对待生命的正确态度。像巴金的《愿化泥土》，作者深深体会到生活在最低层，像泥土一样被人践踏的马夫、轿夫、听差们心灵最美最善良，是他们使他懂得"火要空心，人要忠心"的做人准则，是他们让他懂得了"越是不宽裕的人越慷慨，越是富足的人越吝啬"的社会现实，懂得了人类正是靠这些"被生活亏待了的人"的"慷慨的贡献而存在，而发展的"。像孙犁的《黄鹂——病期琐事》，作者深深感悟到："各种事物都有它的极致。虎啸深山，鱼游潭底，驼走大漠，雁排长空，这就是它们的极致。"而这种极致必须"在一定的环境里，才能发挥"。这些哲理思索，使散文的意境表现得更深邃。

下面看一段阿田对林语堂先生《秋天的况味》一文的意境分析：

《秋天的况味》是一篇描写秋天景象，体味秋天风韵的绝妙文章。大凡描写季节、景象的散文，都力求能临摹出一幅色彩强烈的油画。……人们爱把秋写成金黄美景，大抵是从季节的自然成色来写的。《秋天的况味》不着笔色彩，而着重"况味"，可谓作者的艺术慧眼。

点 评

评论家开门见山点出这篇散文与众不同的构思特点：不着笔色彩，而重"况味"，慧眼独具。

文章一开始就把作者以写"况味"作为此文的着眼点一笔带出。由秋天的黄昏中一人独自品烟的安然、雅静，联想到"秋天的意味"。这种意味不是通过写自然而写秋，而是写人的活动，写与秋相通相融的非秋而又恰好关秋的人间活动。作者把秋比作"过来人"，比做"烟上的红灰"，比作文人笔下成熟的文章，比作又醇又老的酒，还有雪茄、鸦片、用过二十年的破烂字典，甚至一只陶锅在烘炉上用慢火炖猪肉时发出的声调，都是作者用来"况味"秋天的道具或者媒介。当你也细细品味这些物什蕴含其中的秋天的丰厚和醇美时，你不由得会进入作者巧妙经营的秋的境界。这个境界就是作者借用庄子的一句话所说的："正得秋而万宝成。"

这样一个"万宝成"的季节难道不是一个黄金季节吗？因为秋天是成熟，秋天是收获，秋天是有着深厚渊源的取之不尽的快乐。它是一种有价值的境界，是有着丰厚内涵的生命阶段。那些单单描写秋之金黄色彩的秋的礼赞，哪里有此文的"况味"给人的印象更深。所以，与其说林语堂是在写"秋天的况味"，不如说他是在写"人生的况味"，写一种充满着"古气磅礴气象"的人生境界。……①

评论作品时，评论者也要独具慧眼，能看出作者抒写的字里行间透出什么审美涵义及艺术特色。这里，评论者在读懂了全文的基础上，用简洁的笔触，评析作者在各类道具、媒介中与"秋"相通的人间活动的涵义、境界——"正得秋而万宝成"。

阐述作品意境的内涵是为了引导读者鉴赏。评论家以散文的笔调阐述了"万宝成"，并点出了意境的价值——写出了一种充满"古气磅礴气象"的人生境界，超出了单单写秋之金黄色彩的这类散文的独特价值。

在评析文境时，无论是捕捉"文眼"，还是捕捉哲理思索，赏析者必须从整体上把握好全文的主体的多层艺术空间，否则就难以捕捉，难以把握。

三、散文构思的鉴赏与评论

散文的谋篇也自有它的特点，因为散文是自由展现主体"我"的个性的文体，除取材自由外，谋篇也很自由，它不必像诗歌那样必须分节排行，也不必像小说那样讲究情节故事性。它像"水"，可以"随物赋形"，当行则行，当止则止，不拘格套，一篇散文一种表现形式。当然散文的谋篇还是符合"定体则无，大体须有"的规律的。鉴赏评论时，还是有一定的规律可循。一般从两个方面入手。

1. 抓住散文作家的抒情线索进行鉴赏

散文是坦露作者主体心灵的文体，因此不管是偏于记事写人的散文，还是偏于议论抒情的散文，都是以情渗透全篇，以情贯穿始终的，所以抓住作者的抒情线索，再捕捉外在结构特色就比较容易。一般说，偏于记事的散文作品，其外在结构表现为"情随物走"的特点，

---

① 金宏达主编：《林语堂名作欣赏》，第55～56页，中国和平出版社1993年版。

而直抒胸臆的散文作品，其外在结构表现为"物随情走"的特点。这是散文谋篇的基本规律。

先看下面一篇散文：

我被开过追悼会

我在《人民文学》杂志社工作期间，编辑部有一个传统习惯，即：每年过年过节，诸如元旦、春节……编辑部都要聚餐、欢乐。聚餐多在编辑的大办公室，几张桌子一对，在餐厅加订点菜，在外面再采购一些熟食、啤酒、白酒，主编、副主编和大伙团圆同乐，常常是聚餐后桌子一拉开，音乐声起，男男女女翩翩起舞，节日的欢乐充满这个"小家庭"，充溢在每个人的心间。

但有一次我却被灌醉了，是那年的中秋节。那时我们还在北京东四八条52号办公。聚餐开始，主编王蒙举杯致辞，一说祝贺节日，祝贺同仁们家家团圆幸福；二说他作为主编感谢同事们一年的辛劳和友好合作……主编致辞毕，大伙开吃，并频频举杯相互敬酒。人嘛，高兴了，总愿多喝几杯。可是你愈多喝愈感有人围拢起你，一杯又一杯。一时间，我成了被"敬"（实际上是灌）的对象。编辑部能喝酒的女将王南宁更是接二连三地跟我"热情"干杯。南宁喝酒如饮白开水，几杯酒下肚，脸不变色心不跳，一点事儿也没有（事后我才知道，她事先已经吞了一个大馒头压底）。……可我有点顶不住了。头发晕，腿发麻。"酒鬼"杨兆祥这家伙又火上加油，灌了我几杯之后，我便彻底完蛋了，自个神魂颠倒地走到当时秘书组的办公室去，一头栽倒在长沙发上，昏睡过去了。

……

没想到，我安生，同伙们却没有安生。大概是由编辑部最有灵性的南宁想出的主意，我可亲可爱的同事们居然在我昏睡过去的沙发前为我举行了一次追悼会。当时，他们录了音。第二天给我放了录音听，我才大吃一惊！这帮家伙，竟玩出了个大名堂，不知怎么想得出来的。

"追悼会"是隆重而热烈的。有主持人（高远），有致悼词者（资深编辑肖德生），再就是众多的男男女女的一片痛惜的"哭声"、嚎啕：周明，你走得太早了，你走了，是《人民文学》一大损失！……

听录音，我哭笑不得。

此事，后来传出去。我到上海时作家胡万春一见我的面哈哈大笑说：怎么，你又活过来了！《人民文学》的同志们真会幽默。

但从此，只要喝酒的场合，只要王蒙在，他必诚心劝诫我：少喝点。[1]

这是一篇"情随物走"的记事散文。《人民文学》这个"小家庭"中，主编、副主编与大伙儿们、大伙儿之间，充满了真挚的友情，作者珍惜这种真情，赞美这种真情。这珍惜赞美之"情"是随着事情的发展变化而"由虚至实再至虚"这样的形态展现出来的：每到节日欢乐充满这个"小家庭"，充溢在每个人的心间（虚写）→中秋团圆，"我"被同事们

---

[1]　周明：《酒趣》之一，《散文天地》1994年第6期。

灌醉，被开追悼会（实写，字里行间流溢出同事们的真挚友情，充溢了幽默、风趣、和谐的团圆气氛）→主编劝诫少喝点酒（虚写，上级对下级的关怀）。

"情随物走"的谋篇特点是情附着在事或人的变化上而发展变化。像杨朔的《荔枝蜜》，作者对蜜蜂的爱情；魏巍的《谁是最可爱的人》，作者对志愿军的爱情；陈白尘的《忆鸭群》，作者对鸭群的爱情及对"四人帮"的憎恨之情……都是这种谋篇特点。而直抒胸臆的散文常是"物随情走"的谋篇特点。再看斯妤《夜晚》这篇散文的几个片断：

> 这个城市的夜晚常常令我大惑不解，每天晚上我都忍不住要伫立凉台琢磨它。
> ……
> 我惦着这个城市的夜晚，又顾及一家三口的饮食起居，……所以，便有汪洋一片，便有白色泡沫在惨白的日光灯下优美的起舞。
> 荒谬又一次成为夜晚的客人。
> 星星是发育不良的童养媳，憔悴并且忍气吞声，似乎渐行渐远。四合院在夜色的吞噬下无声无息。只有车声如故啸声如故蝉鸣如故。远近的住宅突然门户大开，顷刻间喧哗起夫妻的诅咒斥骂来。

斯妤以写作女性和现代都市的女性的双重身份写《夜晚》，"我"以"既解放又囚禁"的心绪营构这篇散文，因此许多"物"在她的这种心绪笔端中变了形：在惦着这个城市的夜晚，又要顾及一家三口的饮食起居时，满室"便有一片汪洋，便有白色泡沫在惨白的日光灯下优美起舞"的感觉，心灵深处便有了夜晚的客人是荒谬的感觉；在她的眼里（确切地说在她双重身份的心灵深处）"星星是发育不良的童养媳，憔悴并且忍气吞声"，黑夜把四合院吞噬得无声无息……所有这些"物"，即变形的艺术形象，都是随"我"的情感变化而变幻的，意象纷呈，意境耐人寻味。像鲁迅的《秋夜》《雪》，钟敬文的《花的故事》，王蒙的《清明的心弦》等等都由这种抒情线来布局全篇。

"物随情走"的抒情线捕捉，比"情随物走"的抒情线捕捉难度要大。前者意象（物）纷繁没有中心意象，且意象随作者的情思可以变形，不像后者，中心意象突出，鉴赏时要细心体悟。

2. 抓住舒卷自如的结构形态进行鉴赏

由于作者的抒情主旨不同、取材不同，所以无论是"情随物走"，还是"物随情走"，具体到一篇作品中，作者抒情线的舒卷特色也就不同，具体说，就是各意象的起、承、转、合的方式方法不同，于是形成每个作家、每篇作品的结构特色。因此，在捕捉到"情随物走"，或"物随情走"的抒情线后，还应细细分析各篇作品中意象群起、承、转、合的各自特色。有些散文似乎看不出作者的匠心所在，因为一切似乎都极顺乎自然，这对鉴赏者来说有点难度，但读者用起、承、转、合的规范要求去衡量，还是能判断出"自如"的水平是否确实有舒有卷，还是平乏随便。娓娓清谈、自然有致的作品确是圆熟的作品，应细心赏析，求其特色。有些抒情散文常常东征西讨，纵情恣肆，由着文笔的兴致去散跳，去"随物赋形"，但只要与整体氛围相和谐，只要散跳在题旨神韵上，它还是舒卷无束有特色的布局，应细细赏析，不要误判。

为便于读者把握被评作品起、承、转、合的特色，先对这些涵义及审美要求作简单介绍。

"起"，即文章的开头。写作大家极为重视开头。古人早就提出过开卷起句的审美要求："凡起句当如爆竹，骤响易彻"。"开卷之初，当以奇句奇目，使人一见而惊，不敢弃走。"简言之，文章的开头讲究警醒、响亮，能吸引读者。

"承"，即继续，承前启后。文章起句，一般都短小精悍，起句后遂有"承"。文章讲究断续艺术，断后必要续（即承）。概言之，将所叙之事、所写之人，或所抒之情，或所议之理渐次铺张开来或承接下去。"承"接时要求自然，若能"天衣无缝"则很好，但对散文来说，承接时有点破绽也不妨。

"转"，即转折。"文似看山不喜平"，所以行文至一定阶段，应有转折，如散文家们所言：所叙之事，所写之人，所抒之情，所议之理，若一味铺张写之，了无遮映，则显直、浅、露之弊。行文若中国园林，讲曲径通幽，于弹丸之地，左转右折，多有设置，可增其曲折、波澜。为文借"转"，可生出新的境界来。当然"转"要自然、合度，"转"出去还要"转"回来，便于收束全文。

"合"，即全文的收束，文论家们所说的"结穴""卒章显志"，或"升华"全文都属"合"。"合"时要注意的是：要选择适宜处，即达到高潮、顶峰之前，渐次收拢，这样会造成"奇峰突起"的效果。文尾画龙点睛也会使全文振起。大多是顺全文之自然，淡然处之，"合"得悄然而余味无穷。

"起、承、转、合"是千余年为文在结构形式上的积累总结，各种章法技巧，都离不开"起承转合"四者织成的框架。我们来看一些作家在谋篇上的个性特点。

朱自清的散文结构不平板、不单调，在谨严的整体中有腾挪跌宕，有参差变化，这得力于作家在"起承转合"中的巧妙布局。以他的《白种人——上帝的骄子！》为例。篇首起句："在一路电车的头等里，见一个大西洋人带着一个小西洋人……那白种的孩子，不过十一二岁光景，看去是个可爱的小孩，引我久长的注意。"下面承接着写小西洋人的秀美的外貌，然后转写自己的癖气："见了有趣的小孩，总想和他亲热……"铺陈着写了几个片段，然后笔锋又陡然一转，那小西洋人"走近我时，突然将脸尽力地伸过来了，两只蓝眼睛大大地睁着，那好看的睫毛已看不见了，两颊的红也已褪了不少了。和平、秀美的脸一变为粗俗，凶恶的脸了！他的眼睛里有话：'咄！黄种人，黄种的支那人，你——你看吧！你配看我！'他已失了天真的稚气……""这在我自然是一种袭击，'出其不意，攻其不备'的袭击！……使我呼吸不能自由"。此时笔又一转，写"我"曾在 N 城桥上遇到的一个女人鄙夷的眼神，但比起小西洋人来稀薄多了。承接上文又陈述难以忍受一个十来岁的白种的孩子，对中国人的骄傲与践踏的感情："这是袭击，也是侮蔑，大大的侮蔑！我因了自尊，一面感到空虚，一面却又感到愤怒；于是有了迫切的国家之念。"篇末以古训收束全文："谁也是上帝之骄子；这和昔日的王侯将相一样，是没有种的！"

这篇文章起得平实，与结尾激愤的收束形成强烈的对比。文中情感一波多折：先以清婉笔调款款回述乘车时情景，写出了小洋人之"美"，写自己对其爱（爱儿童），后民族尊严受辱，心中狂澜骤起，看到了小洋人的"丑"，写足了自己的沸反盈天的心绪，继而又竭力镇定自己，梳理"袭击"一事的背后，洋人们的丑恶灵魂，进而又以古训狠狠回击洋人的精神侵略。起承转合既自然又跌宕多姿，作者在方寸之中，蓄万顷惊涛，于转瞬之间渲无尽感喟。

凡散文家都注重"起承转合"，都能娴熟把握并营构成各自的特色来。像杨朔的曲径通幽式，刘白羽的腾挪跌宕式，秦牧的大开大阖、纵横交织式，等等。鉴赏时从"起承转合"方面去把握抒情线，定能找出特色来。

四、散文语言的鉴赏与评论

相当多的读者认为鉴赏诗歌语言难，鉴赏散文语言易。前者，诗人与读者有"隔"，而后者，散文家与读者"不隔"。这是一种误解。事实上，当这样的读者真正鉴赏散文语言时，又发现明白如话的散文语言其实鉴赏起来也不易。确实，散文"絮语""闲话"的背后有许多散文的"味"，有"言外之意"，不易捕捉，为此，应先了解散文的语言作为文学语言的特点。

"人类的语言是复杂的精神和生理过程的一种成果，一种源源不绝的情绪、感情、思考以及随之而来的人体动作的激流，总在人的大脑和躯体里流动着。"（阿·托尔斯泰语）这段话换个角度讲：与人类的情绪、感情、思想紧密联系在一起的语言，在文学作品中的运用，实际上是一种再创造的过程，或者说，语言是一种意义符号系统，普通语言在具体的文学作品中产生功能变体，由一种普通符号转换成主要传递情感信息的艺术符号，于是普通语言成了"文学语言"。"文学语言"具有"弹性"和"松散性"的特点。在普通语言中，语词具有与某种客观现象对应的明确而固定的意义，即概念因素。但当语词同创作主体的经验、情感相联系时，便有了弹性和松散性，具有了不同的"涵义"，即包含了意象因素、意味因素。语词的"意义"可以在辞典中找到明确的解释，但其"涵义"无法印刷在任何辞典中，因为它不是由语词的"意义"自然而然派生出来的，而是在具体文学作品中，由作家的整体艺术构思、情感凝聚物化后的结果，具有"言外之意"的表现形式和艺术价值。散文是情文，因此散文语言讲究"言外之意"。了解"文学语言"具有弹性和松散性的特点，了解散文语言讲究"言外之意"，再来赏析散文语言就比较顺畅。

散文语言的赏析，一般都从写作要求的角度去品味，诸如简洁、畅达、朴素、自然、生动、形象等。本节从散文语言的弹性、松散性的审美角度、语言节奏感的角度以及语言个性化的角度阐述鉴赏与评论。

1. 散文语言弹性、松散性的鉴赏与评论

散文是作者抒写个人心灵情感的"情文"，虽然外化在读者的眼前的是谈话式的"大白话"，但散文家笔下的"大白话"，都蕴含了"言外之意"的涵义，充满了韵味与情致，即评论家们常说的"情韵"。读者应透过"大白话"语词的表层义，深入地去体悟弹性、松散性语言的涵义。前面在分析散文意境时例举了余光中先生的散文《听听那冷雨》，读者倘若仅从语词的意义上去阅读这篇散文，确实难以捕捉意境，只有在了解散文语言的弹性和松散性特点后，有意识地去感悟、捕捉"言外之意"，才会感到语言文字载负着更丰富的内涵：这冷雨蕴含了作者坎坷的人生投影，蕴含了对江南故乡、厦门雨港的思忆之情，蕴含了通达两岸人情的博识与期望。

凡优秀散文，作者都充分利用文学语言弹性与松散性的特点，写出情韵优美、意境深远的优秀散文，因此读者鉴赏时要注意散文在"絮语""闲话"的语词里所蕴含的丰富的"言外之意"。换个角度讲，要欣赏散文的"情韵""意境"，一定要从散文语言具有弹性与松散性的特点着眼，透过"大白话"，捕捉深层涵义。

当然要正确，甚至准确把握弹性、松散性语言的内涵，读者要做到"知人论世"为好。要了解作者的创作动机、创作时代背景，这样容易去体会感悟作者蕴含在字里行间的情韵意致，否则只能朦胧地感受到，而无法确切地去评论。于是只能用"有着丰富的内涵"之类的空话搪塞。这是评论的大忌。

2. 散文语言节奏美的鉴赏与评论

如果欣赏诗歌应该朗诵，那么欣赏散文应该朗读，通过朗读感受散文的节奏美，进而感悟散文的情韵意致。

节奏有内节奏、外节奏之别。内节奏是指作品起承转合、疏密缓急、曲折跌宕等抒情运动的一种"波状"形态，也可称"旋律"，或称"气势"，即清代文论家刘大櫆所说的"音节高则神气高，音节下则神气必下，故音节为神气之迹。"外节奏是指文字、线条、色彩等外在形式构成的运动形态。对文艺作品来说，如果没有节奏，作品就没有生气、没有活力，就失去了艺术感染力。任何体裁的语言艺术作品若没有节奏，就不能称之为文学。清人刘大櫆在《论文偶记》中指出："文章最要有节奏，譬如管弦，繁奏中必有希声窈渺处。"节奏是文学作品的基本力量。凡优秀作品都无不具有跌宕多姿、扣人心弦的艺术节奏。散文也不例外。内在节奏的艺术魅力在上文鉴赏"随物赋形"构思艺术时已略有提及，故对朱自清的《白种人——上帝的骄子!》会感受更具体些。其实读者读古今优秀散文都能感受到这种内在的律动。这种内在律动除作者的情感起主要作用外，还得靠语言外化出来。语言构成的外在形式的节奏有两个要素，一是声调，二是句式。鉴赏评论时可以从声调和句式入手。

汉字的字"音"是有声调的：阴平、阳平、上声、去声。作者和谐地遣词造句，读者朗读起来就顺口，听起来就悦耳，而且能更优美地表情达意，能将散文的神气传达出来。从鉴赏的角度讲，欣赏声调的目的，就是分析作者是否充分利用汉语言的声调特点，和谐优美地将作者某种特定的情致（或称情韵）表达出来，感染读者。看下面几个片断：

> 白天与夜间一样的安闲，一切人物或动或静，都有自得之趣；嫩暖的阳光或者轻淡的云影覆盖在场上，到夜呢，明耀的星月或者徐缓的凉风看守着整夜，在这境界这时间唯一的足以感动心情的就是虫儿们的合奏。它们高、低、宏、细、疾、徐、作、歇，仿佛曾经过乐师的精心训练，所以这样地无所批评、踌躇满志。其实他们每一个都是神妙的乐师；众妙华集，各抒灵趣，那有不成人间绝响的呢。（摘自叶圣陶《没有秋虫的地方》）

这段文字虽然不像诗歌那样押韵，但读起来朗朗上口，单音词、双音词、四音词调度得很巧妙，节奏变换有度，轻松、愉快、和谐。联系全文看这段描写，可以体会到作者在生机盎然的场面里贮满了秋夜之乐的情意，借此表达对扼杀文坛生机的文化专制的不满。

> 今欲并天下，凌万乘，诎敌国，制海内，子元元，臣诸侯，非兵不可。今之嗣主，忽于主道，皆惛于教，乱于治，速于言，惛于语，沉于辩，溺于辞。以此论之，王国不能行也。（摘自《战国策苏秦以连横说秦》）

这段几乎都是三字一顿，平仄错落有致，表现出一种跳宕急促的节奏感，显示了活泼、锋利的艺术魅力。

你听，即即咕咕，即即咕咕，这是山鸽子，在树枝头上踱步哩，是吧？你别看它傻里傻气的，它可老实、勤快、不吃果子，专吃树上的害虫。……咯唧唧，咯唧唧，这是叫叶鸟。枇杷熟了，雄的就向雌的求亲。你听，它们在叫"干姐姐，干姐姐"哩，叫得这么亲，一点也不害羞……。（摘自风章《山坞的早晨》）

这段文字富有音乐感，朗读起来也很有节奏韵律，有一种轻松活泼的美感。

再看句式。散文的句式是散体式，但散体式还是讲究长短句的错落运用的，让文章呈现出"参差之美"。传统文学修养精湛的散文家，则讲究（散体式中巧妙运用对偶句式、排比句式）"散骈结合""文白杂糅"，使散文句式齐中有错，错中有齐，更富有变化，进而确切地表情达意。古人有言："骈散之用，相附不背，合之两益，离之两伤"，把两者巧妙地交错起来，则"虽骈必有奇以振其气，虽散必有偶以植其骨，仪厥错综，致为微妙。"（清·包世臣《文谱》）如苏轼的《前赤壁赋》中形容箫声："其声呜呜然，如怨，如慕，如泣，如诉。余音袅袅，不绝如缕。"前面两两相对，后面四言一对，骈散交错，长短相间，从而产生一种强烈的节奏感和音乐美的艺术效果。再看下面几段：

清水寺在音羽山之巅，山上满植翠柏苍松；在万绿丛中，间杂几枝藤花，嫩紫之色，映日成彩，微风过处，松涛澎湃，花影袅娜。我独倚大悲阁的碧栏，近挹清香，领收黛绿，超然有世外感。庙宇之前，有滴漏，为香客顶礼时洗手之用。漏流甚急，其声潺潺，好像急雨沿屋檐而下。

……

……我们于黄昏时泛舟海上，碧水渺渺，波光耀霞，斜阳余晖；映浪成花；沿海青山层叠，白云氤氲。……（摘自庐隐《蓬莱风景线》——蓬莱指日本）

这位女作家文学修养精湛，她采用了许多四字简短句，还时不时地采用对仗，句子工整，充分发挥了汉语独有的声韵魅力，错落的句式，读起来朗朗上口，节奏鲜明，听起来铿锵悦耳，极富音乐感，精湛的语言不但烘托出风景的奇妙，达到了物我合一的佳境，而且给读者的视觉、听觉以美的感染。

山中不定是清静。庙宇在参天的大木中间藏着，早晚间有的是风，松有松声，竹有竹韵，鸣的禽，叫的虫子，阁上的大钟，殿上的木鱼，庙身的左边右边都安着接泉水的粗毛竹管，这就是天然的笙箫，时缓时急地掺和着天空地上种种的鸣籁。静是不静的；但山中的声响，不论是泥土里的蚯蚓叫或是轿夫们深夜里"唱宝"的异调，自有一种各别处：它来的纯粹，来得清亮，来得透彻，冰水似的沁入你的脾肺；……

夜间这些清籁摇着你入梦，清早上你也从这些清籁的怀抱中苏醒。

山居是福，山上有楼住更是修得来的。我们的楼窗开处是一片蓊葱的林海，林海外更有云海！日的光，月的光，星的光；全是你的；从这三尺方的窗户你接受自然的变幻；从这三尺方的窗户你散放你情感的变幻。自在；满足。（摘自徐志摩《天目山中笔记》）

朗读这几段，会感到作家在行文时，不仅力求选词用字准确、富丽，而且十分注意字句安排的变幻多姿：有的二字顿，有的三字顿，有的五字顿，中间有机地穿插一些长句，这样长短错落有致，节奏鲜明。作者还时不时地来个对仗（如"夜间"与"早清"，"入梦"与"苏醒"），来个排比（如"来得纯粹，来得清亮，来得透彻"，"从这三尺方的窗户……""从这三尺方的窗户……"），这样韵律感更强。徐志摩这种特有的简洁、潇洒的语言魅力，恰到好处地表达了作者心灵中的万籁情韵。倘若多读几篇徐志摩的散文就会认同周作人在《志摩纪念》一文中对他散文语言的评价："散文方面，志摩的成就也并不小……志摩可以与冰心女士归一派，仿佛是鸭儿梨的样子，流丽清脆，在白话的基本上加入古文方言欧化种种成分，使引车卖浆之徒的话进而为一种富有表现力的文章，这就是单从文体变迁上讲也是很大的一个贡献了。"徐志摩的散文语言很有个性特色：极富表现力，极有节奏感，极有情韵。

散文的节奏赏析一般可以从字、词、句、段（段与段之间的节奏已属构思方面了）几个方面去体悟。赏析"字"、"词"除了注意"韵味"外，还要注意选字用词的准确性、简洁性，不能因顾及韵味而忽略准确性、简洁性。拖沓、不明了的语言，事实上很难有韵味、有节奏。赏析句、段的时候要注意张弛得当、疏密相宜。相对讲，说理性、叙述性的用长句多，说理、叙述充分，节奏缓慢如绵绵流水，舒缓的抒情也多用长句，幽幽缓缓似放低嗓子"轻拢慢撚"。而欢快性、激越性抒情则多用短句、排比句，节奏急促如雷电交加，紧锣密鼓。全文句式段落张弛得当，疏密相宜，则节奏变得错落有致，散文韵味尽在其中，而耐看耐读了。

散文语言的节奏感的鉴赏，除注意汉语言文字固有的韵律外，还要注意感悟长、短句的巧妙使用。

3. 散文语言个性化的鉴赏与评论

散文是以语言来显示作家个性的。换言之，散文作家以个性化语言来显示其散文的个性特色（个性风格包含的内容更多，像取材、谋篇等）。在鉴赏某位散文家的个性特色时，往往是从语言的角度去评判的。看下面几个片段：

> 小孩子们真可爱，在我睡梦中，偷偷地来了，放下几束花，又走了。小弟弟拿来插在瓶里，也在我睡梦中，偷偷地放在床边儿上。——开眼瞥见了，黄的和白的，不知名的小花，衬着淡绿的短瓶。……原是不很香的，而每朵花里，都包含着天真的友情。（冰心《闲情》）

这段文字特色与冰心一贯的文字风格相一致：清新隽丽，保持着闲云流水般的自然、飘逸之趣。在静静的、淡淡的文字中，把心灵深处一缕温情流露出来。有的评论家称冰心散文的语言是"小诗"体语言："……她的文体，在文坛上也引起极大的波动，形成当时的一种非常流行的作风。……就是她的诗似的散文的文字，从旧式的文字方面所申引出来的中国式的句法，也引起广大的青年的共鸣与模仿，而隐隐的产生了一种'冰心体'的文字。"[1]

> 45 年前一个秋天的夜晚和一个秋天的清晨，在万国殡仪馆的灵堂里我静静地站在先生灵柩前，透过半截玻璃棺盖望着先生的慈祥的面颜，紧闭的双眼，浓黑的唇髭，先

---

[1] 阿英：《谢冰心》，《现代中国女作家》，北新书局 1931 年版。

生好像在安睡，四周都是用鲜花扎的花圈和花篮，没有一点干扰，先生睡在香花丛中，两次我都注视了四五分钟，我的眼睛模糊了，我仿佛看见先生在微笑。我想，要是先生睁开眼睛坐起来又怎么样呢？我多么希望先生活起来啊！（巴金《怀念鲁迅先生》）

巴金的许多怀念性散文，语言都很质朴、平易、纯正、清淡，舒展自如，明白如话，这段文字也透出这种特色，句式悠缓像淙淙的溪水自然流淌。质朴无华的语言中，融注了真挚、炽烈的情感和深邃的哲理思考。有的评论家认为，巴金的散文语言自然、敦厚而意境冲淡深邃，透出浓郁的情致。

去的尽管去了，来的尽管来着；去来的中间，又怎样地匆匆呢？早上我起来的时候，小屋里射进两三方斜斜的太阳。太阳他有脚啊，轻轻悄悄地挪移了；我也茫茫然跟着旋转。于是——洗手的时候，日子从水盆里过去；吃饭的时候，日子从饭碗里过去；默默时，便从凝然的双眼前过去。……天黑时，我躺在床上，他便伶伶俐俐地从我身上跨过，从我脚边飞去了。……（朱自清《匆匆》）

朱自清散文的语言美，是众所周知的。郁达夫曾说："文学研究会的散文作家中，除冰心女士外，文字之美，要算他了。"[1] 朱自清散文的语言清秀美丽，生动形象，讲究韵味，句式灵活有波澜。这段文字也能体现这些特色。在这段文字中，作者时而二字顿，时而三字顿，时而四字顿，巧妙调动音节，加上散句中的声调韵律的确切把握，所以读者朗读时便朗朗上口，节奏感强，有一种音乐的美感。有的评论家认为朱自清的大部分散文语言优美而不露雕饰痕迹，达到了"华与朴相表里"的境界。这种境界就是亚里士多德在《修辞学》里所提倡的："给平常的语言赋予一种不平常的气氛"，"在常用的词汇中见出变化"，使语言显得"格外堂皇美丽"。"清丽韵美"是朱自清散文语言最显豁的个性特色，他的散文既有情趣又有韵趣。

荠菜是浙东人春天常吃的野菜，乡间不必说，就是城里只要有后园的人家都可以随时采食，妇女小儿各拿一把剪刀一只"苗篮"，蹲在地上搜寻，是一种有趣味的游戏的工作。那时小孩们唱道，"荠菜马兰头，姊姊嫁在后门头。"后来马兰头有乡人拿来进城售卖了，但荠菜还是一种野菜，须得自家去采。关于荠菜向来颇有风雅的传说，不过这似乎以吴地为主。《西湖游览志》云："三月三日男女皆戴荠菜花"。谚云："三春戴荠花，桃李羞繁华。"顾禄的《清嘉录》上亦说，"荠菜花俗呼野菜花，因谚有三月三蚂蚁上灶山之语，三日人家皆以野菜花置灶陉上，以厌虫蚁。清晨村童叫卖不绝。或妇女簪髻上以祈清目，俗号眼亮花。"但浙东人却不很理会这些事情，只是挑来做菜或炒年糕吃罢了。（周作人《故乡的野菜》）

20 世纪 20 年代"五四"落潮后的周作人，除了写些社会和文化批评的杂文外，还写了不少谈论人生和艺术的趣味文章，诸如《故乡的野菜》《苦雨》《喝茶》《鸟声》《乌篷船》等散文名篇，奠定了他在现代散文史上的地位。他的散文语言个性突出，"融合中西散文美

---

① 《中国新文学大系散文·二集导言》，良友 1935 年版。

质之创造……亲切自然而又意味隽永，诚可谓'富有艺术意味的闲谈'"。① 从这段文字中，可以体味到周作人这篇散文语言的特色：自然、浑朴又充满机智和雅趣。字里行间有浙东民俗又有民俗文化史的深层内涵，自然浑朴中又体现了作者渊博的学识和丰富的生活体验，野趣和雅趣已融为一体了。

> ……他是不可侵凌的，不可逾越的，他是自然界的一个神秘的现象。他是三春和暖的南风，惊醒树枝上的新芽，增添处女颊上的红晕。他是普照的阳光。他是一派浩瀚的大水，来从不可追寻的渊源，在大地的怀抱中终古的流着，不息的流着，我们只是两岸的居民，凭借这慈恩的天赋，灌溉我们的田稻，苏解我们的消渴，洗净我们的污垢。他是喜马拉雅积雪的山峰，一般的崇高，一般的纯洁，一般的壮丽，一般的高傲，只有无限的青天枕藉他银白的头颅。……（徐志摩《泰戈尔》）

徐志摩是以其浓郁而奇艳、率真而幽隽的个性特色在现代散文大家中卓然自立的。他的散文辞藻"华丽、繁富"，语句"繁复、多变"，"为着表现其'浓烈的感情'，他的形容和描写的文字，常常是色彩浓艳的，夸饰的，繁富的，他的语句，常常使用结构繁复的句式，一连串的排比"②，上面的这段文字，基本上能反映出徐志摩散文语言的这些特色。这种个性特色源于他是诗人——感情充沛浓郁；源于他的审美见解——文字不能圆满表达出事物的奥妙，故努力用重彩浓墨的笔法尽量表述出来。他的散文语言是充满情趣、语趣、潇洒自由的徐志摩式的语言。

上面仅例举了几位散文大家的语言个性特色，可以说凡优秀散文家，语言方面必是自成一格的，因为语言是作家个性性格的外化工具。当然，散文是情文，不同的情思，同一位作家，也会在语言方面显示出不同的特色来。读者在鉴赏作品时，要从作品的实际出发，不要以作家的风格先入为主。请看下面两个片断：

> 在我的记忆中，她的手终年是鲜红微肿的。白天，她洗衣服，洗一两大绿瓦盆。她做事永远丝毫也不敷衍，就是屠户们送来的黑如铁的布袜，她也给洗得雪白。晚间，她与三姐抱着一盏油灯，还要缝补衣服，一直到半夜。她终年没有休息，可是在忙碌中她还把院子屋中收拾得清清爽爽。桌椅都是旧的，柜门的铜活已残缺不全，可是她的手老使破桌面上没有尘土，残破的铜活发着光。院中，父亲遗留下的几盆石榴与夹竹桃，永远会得到应有的浇灌与爱护，年年夏天开许多花。（老舍《我的母亲》）

> 何容先生那天睡了十六个钟头，一支烟没吸！醒来，已是黄昏，他便独自走出去。我没敢陪他出去，怕不留神递给他一支烟，破了戒！掌灯之后，他回来了，满面红光，含着笑，从口袋中掏出一包土产卷烟来。"你尝尝这个，"他客气地让我，"才一个铜板一支！有这个，似乎就不必戒烟了！没有必要！"把烟接过来，我没敢说什么，怕伤了他的尊严。面对面的，把烟燃上，我俩细细地欣赏。头一口就惊人，冒的是黄烟，我以为他误把爆竹买来了！听了一会儿，还好，并没有爆炸，就放胆继续地吸。吸了不到四五口，我看见蚊子都争着向外边飞，我很高兴。既吸烟，又驱蚊，太可贵了！再吸几口

---

① ②　佘树森：《中国现代散文研究》，第 278 页，第 297~298 页，北京大学出版社 1993 年版。

之后，墙上又发现了臭虫，大概也要搬家，我更高兴了！吸到半支，何容先生与我也跑出去了，他低声地说："看样子，还得戒烟！"（老舍《何容先生的戒烟》）

《我的母亲》语言质朴、平实、形象。这与作者怀念养育他的母亲，赞佩他的母亲（"勤俭诚实"，"好客，有求必应"，"软而硬的性格"等种种优秀品质，及母亲是他的"真正的教师"）这种浓厚深沉的情感是一致的，协调的。而《何容先生的戒烟》则将老舍是"幽默大师"的语言风格表现得淋漓尽致：轻松的语调，幽默的情致，沉重的内涵，让读者边笑边流下同情的热泪，回味无奈中的辛酸。同是写人的文章，都出于老舍一个人的手笔，但由于描写叙述对象的不同，作者的情感不同，用语的语调、色彩也就不同，前者的情韵更强烈，后者的情趣更鲜明。然而，因为"内容与形式"的和谐一致，而产生了最佳的艺术魅力。

赏析散文语言的特色及艺术效果，要注意以下几点。

第一，语词进入散文作品后，是否准确、鲜明、生动地体现了作者的情思。

第二，语词进入散文作品后，是否产生了韵味。

第三，语词进入散文作品后，是否体现了作者遣词造句的个性。

散文鉴赏评论的角度很丰富，不同的读者可以根据自己的审美体验，选择评论的角度。除上述谈及的几个角度外，像散文作家的创作风格，或散文作品的构思技巧、表达技巧；散文的想象，散文的色彩，散文的节奏等等均可鉴赏、探索、评析。

对于鉴赏散文尚未"入门"的读者来说，可以先从散文的几个重要组成部分逐一进行体悟、判断。

第一，悟题：即欣赏一下散文的题目，有没有特色，有什么样的特色。相当多的散文家很讲究散文题目的拟制，题目中隐藏了作者的良苦用心，这是打开作者情思大门的一把钥匙，读者细心地悟题，会体会到作者的用心，于是便能很好地进一步探索、鉴赏文章的内容。

第二，逮意：即捕捉散文的立意（或称旨意）。成熟的散文家往往将其旨意蕴含在字里行间，读者要反复回味，才能捕捉到。遇到这样的作品读者要借助作者创作的时代背景和创作动机，才能体悟、捕捉到。当然有的作者会将作品的立意在散文的篇首便"开宗明义"，此时，读者在赏析时就顺着这个旨意分析全文是如何表现、丰满其主旨的。有的作者将散文的立意在篇末"卒章显志"，那么读者在赏析时就注意分析作者是如何谋篇，使立意"水到渠成"在篇末显旨的。有的作者将散文的立意在作品的展开中点出，那么读者要分析判断作者的构思技巧与表现立意的成败得失，或艺术魅力。

第三，体情：这先要判断是叙事散文还是抒情散文。叙事散文，作者的抒情方式是"情随物走"，随物而起，随物而延伸，随物而升华。此时要弄清事情发展变化过程中人物情感的变化。抒情散文，作者的抒情方式是"物随情走"，即"神聚形散"的散文，这类散文散跳明显，要将各意象的特点及其抒情线的关系把握好，同时要捕捉物性与灵性的融合特点。

第四，赏境：即分析文境，这可以按上文谈到的"文境"赏析方法去处理。

第五，析语：捕捉有弹性和松散性的语言的涵义，了解它传递的信息容量及激发读者想象、联想、回味的韵味、趣味，以及语言传达出来的作家个性特色。

第四章

小说鉴赏与评论

第一节　小说的涵义、分类

小说是读者群最多、自身演变也最多的一种叙述性文学样式。为了更好地掌握小说鉴赏评论的方法，下面先介绍小说的涵义、分类、审美特点等基本常识。

一、小说的涵义

所谓小说是指：**在作者创作宗旨和审美情感驱使下，用语言符号**（或配以其他符号）**重铸一个源于生活而又高于生活**（或仿真生活），**展示错综复杂的人际关系**（或展示人的内**心隐秘），构筑出广阔多面**（或内心世界）**人生图画的一种文学体裁。**

不同的历史时期，随着人们的观念变化，小说的涵义也在不断变化。

远古的神话传说是小说的萌芽，但与诗歌、散文相比，小说的成熟、兴盛都比较晚。在中国，小说历经上古神话、六朝志怪小说、传奇、宋元话本、明清章回小说等几个阶段，至明清之际，才作为主要的文学样式盛行于世。小说的涵义随着社会生活各方面的发展变化、小说观念的变化而不断衍变。中国古代"小说"的涵义是指"出于稗官"的"街谈巷语、道听途说"（《汉书·艺文志》），而近代至现当代（20世纪80年代初），则是指以叙述故事、塑造人物形象为主，直面人生的文学样式。新时期以来，随着现代化浪潮的涌起和西方文艺思潮的影响，小说的观念又发生了很大的变化，一群有探索精神的作者，不主张小说典型化、勾勒广阔多面的人生画面，不主张全知全觉的叙述视点，而主张以写身边琐事为主，立足自我叙述角色，袒露自己的隐私，展示人物内心世界的潜意识，既虚构，也写实，这种仿真为主的小说观念，多多少少改变了传统的小说涵义。本章对小说涵义的表述，努力涵盖现实主义小说和现代派小说两种形态内核。小说的审美特点、鉴赏与评论则以现实主义小说为主。现代派小说另设章叙述。

二、小说的分类

小说从不同的角度有不同的分类法，于是便有不同的小说称谓。

若按篇幅长短、容量大小、情节繁简来分，有长篇小说、中篇小说、短篇小说、微型小说等几种。

若按语言的特点来分，有文言小说、白话小说。

若按体式的特点来分，有日记体小说、书信体小说、诗体小说、散文体小说、新闻体小说等等。

若按内容来分，有武侠小说、公案小说、侦探小说、科幻小说、言情小说、校园小说等等。

若按写作方法或创作方法来分，有写实小说、写意小说、现实主义小说、浪漫主义小说等等。

若按流派来分，有现实主义小说、现代派小说。现代派又可以分为：象征主义小说、结构主义小说、魔幻现实主义小说、意识流小说、怪诞小说、黑色幽默小说等等。

第二节　现实主义小说的审美特点

现实主义小说（以下简称为传统小说或小说）的构成要素有四个方面：人物、情节、环境、语言。审美特点也将从这四个方面来展开阐述。

一、人物塑造具有真实的丰富性

现实主义小说创作的"重头戏"是人物形象的塑造，作者通过人物形象的塑造来显示其审美理想、情感、哲理思索、人生评价，使人物形象具有丰富的思想内涵和美学内涵，从而去感染、吸引、打动、教育读者。读者面对这些似曾相识的活生生的人物形象或感到亲切，或感到愤怒，或感到惋惜，从中又可顿悟人生，而且不由自主地将自己投入到小说中，与其中的人物"相识、相处"，极为真实。

"真实"对现实主义小说创作至关重要，真实的作品才能使读者认同、信任，才能为之所吸引、所感动。"真实"是使现实主义小说产生认识与审美价值功能的基础。真正的小说家把"真实"视为小说的生命。法国大作家巴尔扎克一语中的："获得全世界闻名的不朽的成功的秘密在于真实。"① 为此，小说作家总是用心去营构小说，即通过艺术概括在假定性情境中来表现自己对社会生活内蕴及本质性、规律性东西的认识与感悟。"假定性情境"最活跃的因素之一是人物。作家总是精心地去塑造人物形象——从许多生活原型中艺术地概括出典型，使人物形象既具有鲜明的个性，又体现出普遍性，即"在特殊中显出一般"。人物塑造是小说作家精心营构的"重头戏"。

真实的丰富性有两层涵义。其一，人物形象既有鲜明的主体性又有耐人回味的丰富性，总是栩栩如生。概念化人物形象是现实主义小说创作的大忌。

马克思之所以推崇英国文艺复兴时期伟大的剧作家莎士比亚而不欣赏18世纪时期的德国剧作家席勒，是因为莎士比亚的作品以写真实的活生生的人及丰富的感情世界深受观众欢迎，而席勒则常常把人物概念化。每当马克思去评判他人的作品时，总拿莎士比亚和席勒作标准去衡量。

马克思在致斐·拉萨尔的信中指出了斐·拉萨尔创作中的致命弱点："我认为，你的最

---

① 引自《外国文学参考资料》，第557页，高等教育出版社1985年版。

大的缺点就是席勒式地把个人变成时代精神的单纯的传声筒","你就得更加莎士比亚化。"①恩格斯在致斐·拉萨尔的信中也表示了这样的态度:"我认为,我们不应该为了观念的东西而忘掉现实主义的东西,为了席勒而忘掉莎士比亚……"②剧作是这样的要求,小说也不例外。凡中外名著都为读者留下了真实的活生生的人物。像罗贯中笔下的诸葛亮、关羽、张飞、曹操、周瑜、司马懿等(《三国演义》);施耐庵笔下的林冲、鲁达、武松、李逵等(《水浒传》);曹雪芹笔下的贾宝玉、林黛玉、薛宝钗、王熙凤等(《红楼梦》);鲁迅笔下的阿Q(《阿Q正传》);茅盾笔下的吴荪甫(《子夜》);塞万提斯笔下的堂吉诃德(《堂吉诃德》);雨果笔下的冉阿让、芳汀、马吕斯(《悲惨世界》);司汤达笔下的于连、德·瑞那夫人(《红与黑》);巴尔扎克笔下的葛朗台(《欧也妮·葛朗台》)、高里奥(《高老头》)……都具有鲜明的主体性和耐人回味的丰富性,他们都活灵活现地留在了读者的记忆中。这正如老舍所说的:"世界上的著名的作品大都是这样:反映了这个时代人物的面貌,不是写事件的过程,不是按事件的发展来写人,而是让事件为人物服务。还有一些名著,情节很多,读过后往往记不得,记不全,但是,人物都被记住了,所以成为名著。"③

真实的人物其性格的主体性很鲜明,即待人处事的思维方式、举止方式在性格中很稳定,不易改变(本性难移),这是人的性格的主导方面。人生活在错综复杂的社会矛盾中,对待每件事或各种人的感情、情绪等表达方式又是千变万化的,具有一次性不可重复的特点。因此,有经验的小说家在塑造人物时,首先把握住人物性格的主体性,使人物的任何一次举止言行都源于他的主体性性格。其次,把握住人物性格的丰富性,即写出性格的不同层次和不同侧面。

下面以《水浒传》《三国演义》《红楼梦》中的人物为例。

《水浒传》塑造一百零八将的艺术成就,历来受人称赞。明末清初的文学批评家金圣叹曾推崇备至,他认为"《水浒》所叙,叙一百八人,人有其性情,人有其气质,人有其形状,人有其声口。"(《〈水浒传〉序三》)。"独有《水浒传》,只是看不厌,无非为他把一百八个人性格都写出来。"(《读第五才子书法》)。确实,施耐庵为读者塑造了众多的有个性的人物形象:像时时不忘"忠义"的宋江,处处显豪侠的鲁达,事事犯鲁莽的李逵,还有处事果断勇猛的武松,为人正直谨慎的林冲,持重老成的阮小二,精明强悍的阮小五,性如烈火的阮小七……另外像洪教头的"狂",牛二的"缠",王婆的"狠",黄文炳的"滑",王伦的"狭",高俅的"霸"……都充分显示出人物性格中的主体性,都给读者留下了深刻的印象。

作家也很注意刻画人物性格的丰富性。以李逵形象为例。

李逵的主体性格是鲁莽率直,待人处事感情胜于理智,行动快于思考。当柴进受殷天锡欺负,幻想仗着丹书铁券,依系例打官司时,李逵却三拳两脚已打死了殷天锡,险些断送了柴进的性命。他要为狄太公捉鬼,却杀性大发,把太公女儿及其奸夫"剁做十来段",使太公"烦恼啼哭不止"。他用他的夹钢板斧砍翻了刽子手,活割了黄蜂刺,劈死了赵能,剁碎了李鬼,搠死了曹太公,劈倒了祝龙,打翻了杨太尉……甚至梦中对徽宗皇帝也抡起了双斧。李逵非常粗鲁,常常不顾后果的"莽动";他也率直,从来不掩饰自己的感情。当戴宗

---

① ② 《致斐·拉萨尔》,《马克思恩格斯选集》第4卷,第340、345页,人民出版社1972年版。

③ 老舍:《出口成章》,第12页,作家出版社1964年版。

要他对宋江下拜，他却说："若真个是宋公明，我便下拜。若是闲人，我却拜甚鸟！"让戴宗为他"不识体面"而忐忑不安。他心口如一，表里一致，不装假。

作家也写了李逵性格中的其他特点，比如他的孝心、义气、朴素的政治平等观念等。

小说特地用一个章回突出描写李逵对亲娘的一片纯孝。当他得知母亲为想他哭瞎了双眼，这个钢铁汉子便伤心得"放声大哭"，当宋江劝他缓一段时间再去接母亲时，他便焦躁地责备宋江"是个不平心的人"。为了报母仇，他杀死四虎。他的纯孝足以震天地、感鬼神，更感动读者！

李逵也很讲义气，对梁山兄弟和受苦难的百姓能无私地奉献自己的一切。他本待杀死冒名的李逵——李鬼，只因李鬼的一句谎话："家中因有九十岁的老母，无人养赡"，他也就心慈手软，放了他，还体贴地帮李鬼安排生活。为了救梁山兄弟，每次李逵都抢先挺身而出；为了山寨的利益，嗜酒如命的李逵可以滴酒不饮；生性大声直嚷的他，可以扮装哑道童，任人调笑，闭上嘴几天不说话；素来受不得半点儿委屈的他，为了团结朱仝，虽然不干他的事，他竟能当着众人的面，"拜了朱仝两拜，朱仝方才消了这口气"。李逵虽是鲁莽但也是顾大义的人。这些都丰富了他的形象。小说中也写了李逵朴素的政治平等观念。他希望晁盖、宋江带领他们"杀去东京，夺了鸟位"，大家一同"上山去快活"。每当梁山发生重大变动时，他总要叫出这个主张，他要推翻赵宋王朝，让穷苦百姓拥戴的人当大皇帝（晁盖）、小皇帝（宋江）、丞相（吴用）、国师（公孙道士）。所以当宋江在菊花会上正式提出招安主张时，"黑旋风便睁圆怪眼，大叫道：'招安，招安，招什么鸟安！'只一脚，把桌子踢起，攧做粉碎。"他不但没进"忠义堂"，反而"砍倒了杏黄旗"，撕碎了"替天行道"四个字。作者让读者看到了一个鲁莽汉子也是一个刚直、凛然大义的汉子，实在令人喟然赞叹！

施耐庵刻画的李逵是一个血肉丰满的真实的艺术形象，主体性格鲜明又表现出丰富的性格侧面。李逵既是"这一个"李逵，又是起义农民"这类人"的李逵；既是个性化了的又是类型化了的艺术形象。

作品中宋江、鲁达、林冲、武松……都表现出了这种审美特点。

再看罗贯中笔下的人物形象。作者给一些主要人物以某种道德品质作为人物主体性格，形象内部的其他因素尽受其支配，然而又十分注意人物性格的丰满性。刘备的"仁"，诸葛亮的"智"，关云长的"义"，张飞的"莽"，曹操的"奸"，留给每个读者的印象极鲜明，同时作者也写了刘备将"宽""仁""忠"作为战略心计的"深心"的一面；写了诸葛亮的狡狯、仁义；写了关云长腹有良谋，却又刚愎自矜的性格；写了张飞粗中有细、时有妙计、敬爱君子又体恤士卒的各个侧面；写了曹操的机警、豪迈、风雅。作者做到了"'憎而知其善，爱而知其丑，善恶必书'，这就使这类典型所具的'高贵的单纯'寓杂多于整一，而且也使这类典型塑造具有某种现实主义的特征。"[1] 对周瑜、鲁肃、司马懿这类形象常常用"显性性格、隐性性格兼而写之"的方法来刻画，使形象丰满多彩。作者既写周瑜器量狭小、容易冲动的显性性格，也写他胸襟恢廓、风流儒雅的隐性性格；明写鲁肃的谨厚、诚实，暗写他的慷慨、英敏，是个大智若愚的形象；司马懿则是个"大智若怯"的形象，作者明写他的"怯"，处处谨慎，暗写他的稳，他是孔明的知音和敌手，诸葛亮六出祁山所以

---

[1]　张锦池：《中国四大古典小说论稿》，第69页，华艺出版社1994年版。

失败，败在司马懿的"怯"上，他按兵不动，却使孔明粮尽兵疲、不战自溃。这几个是以显性性格与隐性性格相表里为特点的人物形象，主体性、丰富性也体现得很充分。

其二，真实表现人物性格、命运的逻辑。

人物性格主体性和丰富性的表现不是作者随意摆布出来的，而是"作为活的生命而存在"① 的。具体说，作者创造人物时总是按照人物的性格和命运逻辑去描写，有他自己的思想感情，有他自己的独立个性，有他自己待人接物的处事方式，有经验的作者充分尊重人物真实的性格和命运的逻辑性，绝不将作者自己的意志强加给人物。这样的人物形象给读者的印象是：活生生的，真实的，似曾相识，人物的所作所为合乎情理，不会感到别扭。下面以罗贯中笔下的曹操为例。

奸雄曹操自私、残忍、狡诈、骄横的主体性格中何以又展现他机警、豪迈、刚毅、爱贤、恤民、风雅的英雄性格呢？这种复杂丰富的性格是否符合逻辑呢？

人的性格的形成除先天遗传因素外，主要与社会环境、人际关系有关。因此，曹操既干坏事也干好事，毫不奇怪。这位有着强烈功名事业心的人，是一个既有王霸之志又有王霸之才的人物。王霸之志是他一切行为的出发点，而要实现他的志向，不得不考虑客观条件的各种限制，他必须在特定的形势下，采取一些既符合他个人愿望又符合社会发展趋势的举措，唯有这样才能实现自己的愿望。他又具有王霸之才，能比较正确地审时度势，采取合乎时宜的方针、策略。这样，曹操的所作所为尽管主观动机是自私的甚至是阴险的，但客观的方式方法及社会效果却是顺应社会发展潮流的。例如，曹操为了实现他称帝的宏志，没有像袁绍那样见了玉玺就眼红，也没有像袁术那样贸然践位。他清醒地看到汉室的名号还有影响力，况且当吕布、二袁各据一方时，他的地位还未巩固，所以他按捺住自己的野心，实行"奉主以从人望"的策略，表面上拥戴汉室，暗地里却另砌炉灶，这样麻痹了一部分拥汉派大臣，汉献帝还称他为"社稷大臣"，使他处于有利的正统地位。机智、有谋略，自私、有野心有机地统一在曹操身上。同样，为了实现他的王霸之志，他常不得不隐忍私人恩怨，对于降而复叛并杀了他长子、侄儿和贴身卫士的张绣，也准许投降。两军对垒，每见勇将、谋士，总要千方百计活捉、感化过来，壮大自己的力量，争取文士武将归附于他。他还能虚心纳谏，对郭嘉、荀彧等谋臣，从大政方针到战略战术都言听计从，对部下高于他的见解，认真听取，大加赞赏，自己办错了事，还能做一点自我批评。他也深知民心向背对其事业的意义，所以以为百姓除害作号召，采取一系列"恤民"德政，深得民心。举贤任能，虚心纳谏，体恤百姓，有胆略、有胸襟、有才能、有毅力，这一切美德体现在曹操身上不但是真实的，而且是真诚的，目的是为了实现他的王霸之志，因此是完全合逻辑的。

北定中原后，曹操的性格发生了很大的变化，变得浮躁、孟浪、妒贤、拒谏、残忍。从性格塑造的角度讲，作者写出了人物的丰富性，但这种变化是否合乎逻辑呢？仔细辨析，还是合乎逻辑的。一是因为曹操权衡整个形势状况，认为一统天下难以实现，不如坐守北方，从这个角度讲，曹操的政治头脑还是清醒的。有了这样的决策，他理所当然要修造宫殿："取梁木珍奇之物"，享乐思想日益滋长，进而丧失昔日的进取心，意志大衰退，最终走向腐朽。二是曹操性格所固有的不同侧面在他新的决策思想指导下，在宏观形势中有消长的转换。他的奸诈、残忍、骄横等由隐性性格转为显性性格，而纳谏、恤民、爱贤等性格还存

---

① 童庆炳：《文学创作与文学评论》，第 73 页，中央广播电视大学出版社 1995 年版。

在，只是比以前做得差，加之刘备、孔明等人的反衬，这些好的方面显得黯然失色了。总体讲，曹操性格的变化是符合实际的，既有社会矛盾的影响，又没有脱离他的本性。

曹操这个艺术形象至今活在读者心中，是因为作者按照人物的性格和命运逻辑去描写，使得艺术形象血肉丰满、真实可信。

王熙凤是曹雪芹笔下第一个生动活跃的人物，她集聪明、漂亮、能干、狠毒于一身，令读者骂，令读者恨，令读者回味。她既能干也狠毒，既乖巧又毒辣，尤二姐和林黛玉之死最能表现她"嘴甜心苦，两面三刀，上头笑着，脚底下就使绊子，明是一盆火，暗是一把刀"的复杂性格。一个女流之辈如此歹毒，还是有源可寻。因为她出身在高贵又当权的大家庭，从小将她当男孩子教养，虽不懂一般闺阁中琴棋书画的消遣，但比闺秀有更广泛接触各种各样生活的机会，使她见闻丰富，增长了处人处事的才能，懂得强者存弱者亡的生存道理；确切说是她的阶级本性使她贪婪残暴、狡猾奸诈、阴险狠毒、工于心计，并费尽心机窃权、嗜财。在王熙凤的艺术形象中可以看到她漂亮聪明的深处集中了没落封建地主阶级所固有的一切脏东西，所以她花言巧语也罢，狡猾奸诈也罢，都合乎性格逻辑。

从以上实例分析中可以看出小说中的人物塑造有它自己鲜明的审美特点。若与散文的人物刻画作比较，有较大的区别。从刻画人物目的上讲，小说塑造人物是为了含蓄地表达作者的审美理想、人生评价，像《水浒传》，作者通过人物群像的塑造深刻揭示了封建社会"官逼民反"的社会现实，含蓄地表达了自己对聚义英雄们那种见义勇为、除暴安良、劫富济贫行动的赞佩。而罗贯中通过各路英雄的描写含蓄地表达了他的中国文化上的道德观：重视人格尊严，尊重人的独立意志，崇尚崇高的人格，弘扬百折不挠的民族精神；也表达了他的倾向：拥刘反曹（这可以从小说偏心的笔墨中看出）。曹雪芹在有血有肉、有性格、光彩灼灼的三百来个人物形象中（全书约九百七十多个人物）表达了自己的主张："女子应重于男、高于男"，为"当日所有之女子""编述一集，以告天下"，展示了封建社会必然走向崩溃的趋势……。而散文的人物刻画是为了寄托作者的情思、审美情趣、人生感情。从取材方式上讲，小说人物要从许多生活原型中艺术地概括出典型，追求人物的典型化，而散文的人物以真人真事为基础，选择真实生活中的典型材料（或说生活片段）来表现人物性格或思想、命运。

通过比较，现实主义小说人物塑造的审美特点更清楚了。

二、情节建构具有完整性和复杂性

人物塑造离不开完整、复杂的故事情节。完整复杂的故事情节一方面使人物的思想性格得到全面细致的表现，一方面使读者受到感染，获得精神上的愉悦。

什么是情节？简言之，情节是作者精心结构起来表现人物间相互关系的一系列生活事件的发生过程。情节由一系列展示主要人物性格，表现主要人物与其他人物，主要人物与环境之间相互关系的具体事件构成。它具有故事性，但又不同于故事，故事侧重表现事件的时间顺序，而情节则是作家从自己的审美意识出发对生活现象加以组织，侧重于表现事件的因果关系。简言之，凡情节都包含某种故事或故事性，但并非所有的故事都能称为情节。英国作家福斯特在他的《小说面面观》中对情节和故事作过形象的区别："……我们曾给故事下过这样的定义：它是按照时间顺序来叙述事件的。情节同样要叙述事件，只不过特别强调因果关系罢了。如'国王死了，不久王后也死去'便是故事；而'国王死了，不久王后也因伤心而死'则是情节。虽然情节中也有时间顺序，但却被因果关系所掩盖。又例如：'王后死了，原因不详，后来才发现她是因国王去世而悲伤过度致死的。'这也是情节，不过带点神秘色彩而已。这种形式还可以再加以发展。这句话不仅没涉及时间顺序，而且尽量不同故事连在一起。对于王后已死这件事，如果我们再问：'以后呢？'便是故事，要是问：'什么原因？'则是情节。这就是小说中故事与情节的基本区别。"① 因为情节中既有因果性也有时间顺序，所以人们习惯上称"故事情节"。

情节与结构的涵义也有所区别。结构从外部形式上看是指作品的各部分内容的组织安排。从内部看，若是叙事作品则是指人物的配备、出现的顺序、位置、情节的处理调度、环境的安排；若是抒情作品则是指意象的关系、组织、节奏等。小说情节是结构的核心内容，情节为人物服务，结构为创作宗旨服务。小说中的情节常与结构交融在一起，人们习惯上称情节结构。

早期的小说着重强调的是故事而不是人物，因而称小说为"故事小说"，《三国演义》《水浒传》开始注意以人物性格为基础来编织小说的艺术情节了，《红楼梦》已着力于以性格为基础构成小说艺术情节，性格的外在表现所导致的事件，以及性格与性格之间的矛盾冲突就常常表现为情节。正如高尔基所言，情节"即人物之间的联系、矛盾、同情、反感和一般的相互关系，——某种不同性格、典型的成长和构成的历史。"② 人物与情节在小说中是互为作用的统一体，离开人物，情节不可能存在，情节是人物性格和人际关系的外在表现形式。

因为情节是按照因果逻辑组织起来的一系列事件，因此情节讲究"完整性"。"完整性"便成为情节的一个审美特点，黑格尔认为情节应"表现为动作、反动作和矛盾的解决的一种本身完整的运动。"③ 情节不仅是按照因果逻辑组织起来的一系列事件，而且要在事件的发展中表现人物行为的矛盾冲突、人物命运的变化，从这个角度讲，情节展现出"复杂性"的审美特点，这个审美特点是符合客观现实生活的复杂性的特征的。

1. 完整性

中国读者传统的审美心理是要求有完整的故事情节，前因后果要交待清楚。经过大量的小说审美实践，形成了稳定的审美习惯。这种审美习惯又影响了小说家的构思，小说家创作时一般都注意情节的发生——发展——高潮——结局（有时加序幕和尾声）这一完整的运动过程。

仍以上述三部中国古典小说为例。《三国演义》的作者先胸有全貌、高屋建瓴，确定以桓灵二帝失政为起点，其间充分展开魏、蜀、吴三国的兴灭史及各路诸侯的盛衰史，最后以晋一统天下作结。作为这部长篇巨著完整的主干情节结构（此处将合久必分、分久必合这根主杆情节喻为大树）。作者将各路诸侯及要人的矛盾冲突又各自独立地构成完整的情节（此处喻为树枝）。借用古代评论家毛宗岗对《三国演义》的评述："总起总结之中，又有六起六结。其叙献帝，则以董卓废立为一起，以曹丕篡夺为一结。其叙西蜀，则以成都称帝为一起，而以锦竹出降为一结。其叙刘、关、张三人，则以桃园结义为一起，而以白帝托孤为

---

① 福斯特：《小说面面观》，第 75 页，花城出版社 1984 年版。

② 高尔基：《论文学》，第 335 页，人民文学出版社 1978 年版。

③ 黑格尔：《美学》第 1 卷，第 278 页，商务印书馆 1979 年版（黑点为笔者所加）。

一结。其叙诸葛亮，则以三顾草庐为一起，而以六出祁山为一结。其叙魏国，则以黄初改元为一起，而以司马受禅为一结。其叙东吴，则以孙坚匿玺为一起，而以孙皓衔璧为一结。凡此数段文字，联络交互于其间，或此方起而彼已结，或此未结而彼又起，读之不见其断续之迹。"这完整的六起六结的"树枝式"情节成为全部小说主干情节的有机组成部分，从而与其他情节一起很和谐地完整地构成"三国演义"这棵有生命的大树。

《水浒传》的作者以"逼上梁山"为主线，用人物传记的连环形态来编织情节。一百零八将率先登场的是矢志不肯落草而终于不能不上华山去的少年史进。由他引出鲁智深。又由花和尚菜园演武，引出豹子头林冲。从王伦刁难林冲要他"纳投名状"引出青面兽杨志。……小说又在某一传记的主人公名下串联出若干英雄，让英雄们由原先的四散落草，演变为于战火纷飞中分批云集梁山。如首打祝家庄前的情节：李逵和朱贵下山，引出了朱富和李云上山。公孙胜一去不知信息，于是引出戴宗下山探听下落，路遇裴宣、杨林、邓飞、孟康四好汉，遂引荐于大寨入伙；在蓟州酒家结识了以卖柴度日的石秀，劝其"不若挺身江湖上去，做个下半世快乐也好"。石秀正欲"投托入伙"不料被两院押狱杨雄撞散。于是又写石秀与杨雄结为兄弟。当石秀假杨雄之手杀嫂巧逢时迁。三人准备投奔梁山，夜宿祝家店时迁偷鸡被捉，杨雄遇李应的管家杜兴，并由杜兴引杨雄见李应，杨雄求李应搭救时迁，但李应被辱导致他与祝家庄反目，后写杨雄、石秀奔赴梁山求救，宋江遂率师攻打祝家庄。……这里的情节发展由一人引出一人，一环连着一环，踏着战火入寨的约十六位英豪。以后的几次战役也是这样的情节模式，直至忠义堂的头领够一百零八数。

《水浒传》的这种以连环为特点的链状式情节贯通了全部小说，使情节完整而严谨。与《三国演义》相似的一点是，每引出一个人物，都有其自己的故事情节的完整性。如围绕林冲的故事情节："豹子头误入白虎堂""林教头刺配沧州道""林教头风雪山神庙""林教头雪夜上梁山""林冲水寨大并火"等几个章节像一根链条，将林冲坎坷命运一节节引向悲剧深渊，由此也完整地写出了林冲从妥协转向坚强的性格发展历程。

《红楼梦》的情节与《三国演义》"大树式"的完整情节及《水浒传》"链环式"的完整情节不同，它有四条情节线交织成"麻花式"来体现它的完整性。

其一，贾宝玉的爱情和婚姻故事情节。

这条情节线中的中心人物是贾宝玉，围绕着他的"情"构成矛盾冲突的有林黛玉、薛宝钗及晴雯、袭人。这是贯穿全书的重要情节线，重在表现宝黛钗爱情婚姻悲剧，并通过它剖示贾府的历史悲剧，宝玉与晴雯、袭人的风流冤孽烘托了宝玉精神悲剧的厚度和深度，更重要的是表现宝玉的叛逆精神。

其二，"四春"悲剧命运的故事情节。

元春、迎春、探春、惜春作为贾氏四姐妹，作者将她们放在一起统一构思，作为一条情节线由近及远，由里及外地写贾府与外部大千世界及封建统治阶级内部各政治集团之间的关系，从而来反映贾府历史悲剧的发展历程（元春加封贤德妃，使贾府由国公门第又成为皇亲国戚，但也使贾府由此卷入王室内部的政治风云；贾赦将迎春误嫁给"中山狼、无情兽"孙绍祖，只因他家是新贵，这反映了债台高筑的贾府已衰落得一败涂地，想用女儿换取一根救命草；探春远嫁已传出了贾府中骨肉分离的哀音；惜春"不听菱歌听佛经"则是贾府家破人亡的结果）。

其三，王熙凤理家的故事情节。

曹雪芹通过宝玉的恋爱情节勾连出贾、王、史、薛四个大家族的兴衰过程，从而写出一个时代社会的盛败，王熙凤就是一个濒于灭亡的大家统治层的执行者。王熙凤理家情节线在《红楼梦》悲剧结构中的地位、作用仅次于贾宝玉的悲剧爱情情节，通过王熙凤理家，从内因、外因两个方面揭示贾府走向衰败的历史必然，所以它也是贯穿全书的重要情节。若抽出这条情节线，全书结构就坍塌下来了。

王熙凤理家的靠山是贾母和王夫人，尤其是贾母，她的意志也就是贾府的意志。而王熙凤又是王夫人的内侄女，加上她叔叔王子腾升任为九省都检点，军权在握，为王熙凤理家又提供了可靠的背景，于是她一手抓权，一手抓钱，"挥霍指示，任其所为，目若无人"。这种理家态度对内引出了她与邢夫人的婆媳矛盾，与赵姨娘的嫡庶矛盾，与贾琏的夫妇矛盾等。因为它牵及封建家族内部的财产、权力的分配问题，女子对亲权、夫权的触犯问题，及主人与奴隶的人权问题。对外真正运用家族权势的是王熙凤，她勾结要臣、左右官府、欺压百姓，充分暴露了她的贪婪、凶残，但也为外界整治贾府留下了把柄，导致贾府被查抄。

作者通过王熙凤理家，从内外两个方面深刻展示贾府由"鲜花着锦之盛""闲取乐偶攒金庆寿"的全盛时期走向"家亡人散各奔腾"衰亡的过程，并揭示了历史发展的必然性。

其四，真假难留的故事情节。

真——甄士隐、假——贾雨村、难——冷子兴[①]、留——刘姥姥是小说中的陪衬人物，作者将他们放在一起构思，作为贯彻全书的又一条情节线。他们的任务是：作者通过他们逐渐引出作品的中心人物；通过他们的冷眼旁观，由远及近、由外及里地评介贾府的盛衰历程；通过他们勾连全书（曹雪芹以"甄士隐梦幻识通灵，贾雨村风尘怀闺秀"开篇，高鹗以"甄士隐详说太虚情，贾雨村归结红楼梦"收结）；通过他们点破小说的深邃的内涵。

这四条情节线像"麻花"交织在一起，完整地体现出作者的创作宗旨："批判和否定了封建社会中的一系列上层建筑，抨击和反对了封建统治者赖以支持他们的统治权的一系列制度，诸如官僚制度、科举制度、家庭制度、婚姻制度、奴婢制度……批判了封建道德伦理观念的不合理和虚伪性，对它们作了否定。"[②]倘若缺其中的任何一条情节都难以"完成它对封建主义的广泛而深刻的批判，……正是《红楼梦》中的所有的重要情节汇合起来，构成它的全部艺术力量，方能完成这个使命，这部小说也方能成为古代伟大的作品之一。"[③]

通过上述三部古典名著情节方面的分析，可以得知，情节的"完整性"是小说很重要的审美特点。其他的各类现实主义小说情节也概不例外。

2. 复杂性

完整复杂的情节源于并高于生活的完整复杂性。小说在这方面优于其他文学样式。戏剧、影视因受时空的限制（影视所受空间限制，比戏剧少些，但它仍受演出时间的限制），它的矛盾冲突要求高度集中，必须删除枝蔓情节而突出主干情节，而小说可以多条情节线索

---

① "冷"和"难"在《广韵》中，声母发音部位相同，韵母的韵腹主要元音相近，韵尾都属鼻辅音，读音相近，可以相谐。

②③ 刘世德、邓绍基：《〈红楼梦〉的主题》，载《红楼梦名家解读》，第213页，山东人民出版社1998年版。

与主干情节共存，以枝蔓情节丰富主干情节。若将小说改变成戏剧或影视剧本，就不得不将小说中的枝枝蔓蔓剪除，必须割爱。影视剧虽然比舞台剧在时空上受的限制少，但它的局限性也显而易见，一些思想、情绪等抽象的难以具形于视觉的东西必须删除，因此，从这个角度讲，影视剧本情节的完整、复杂性表现仍不及小说这种体裁样式。

上述三部古典名著，无论是"树枝"状的情节、"链环"状的情节，还是"麻花"状的情节无不体现出小说情节的复杂性的审美特点。

短篇小说的情节原则上是单纯，头绪不要过多，但有的亦讲究情节的复杂性。短篇小说情节复杂性虽不像中长篇小说那样有较多的情节线，但常常有主线和副线，或多种矛盾冲突。

例如，茅盾的《春蚕》的主要情节是：老通宝一班蚕农们希望时局"不要变"，而客观世界的时局却"经常在变"，围绕这条主线还有四条副线：①老通宝和小儿子阿多对勤俭生产的看法上的矛盾（老通宝不相信时局能影响生产，只相信春蚕熟了就能解决温饱问题，而阿多永不相信在混乱的局面下养蚕能解决问题）；②老通宝和儿媳四大娘在选择蚕种上的矛盾（老通宝恨死带"洋"字的东西——保守，四大娘却主张用洋种——进取）；③老通宝一班人与荷花之间的矛盾（老通宝他们迷信，说荷花是'白虎星'，全都避而远之，荷花感到大家歧视她，使她蒙受羞辱，她要反抗）；④六宝与荷花之间的矛盾（淘气的六宝处处捉弄"爱和男子们胡调"的荷花），这四根副线与主线交织在一起，使读者对作品获得完整、深刻的印象。

三、环境营造具有广阔性和典型性

现实主义小说的创作很注意人物生存环境的营造，并显示出环境营造的广阔性、典型性的审美特点。

小说中的人物不是孤立存在的，他存在于一定的环境中。**"环境是指围绕着人物的、形成其性格的，驱使其行动的一切外部条件的总和。"**[①] **它包括社会环境、具体的生活环境和自然环境**。一般情况下人物所处的具体生活环境体现了人物所处的社会环境。从美学角度讲，社会环境亦即典型环境，也可以说典型环境是相对于某个典型人物来说的环境。典型环境从外部看有具体性、独特性，从本质看具有广阔性、典型性。下面以茅盾的《林家铺子》的主人公林老板的生存环境为例。

林老板的生活环境是上海附近的小镇，一家三口人（妻子、女儿）开了一个日用百货小店，雇了一个店员。林老板生活的具体环境作者是这样写的："一·二八"事变，"东洋兵开仗，上海罢市，银行钱庄都封闭"，上海的打仗也影响到他的小店。首先，表现在农村，农村经济崩溃，农民购买力低落，已经到"年关"了，"一群一群走过的乡下人都挽着篮子，但篮子里空无一物"，依赖农民购买力的小市镇商业市场（包括林家铺子）大受其害，林家铺子不但不能在旧历年关做到生意，反而受到债主的逼迫。其次，写国民党反动派的敲诈勒索。林老板是个守法商人，也是一个精通"生意经"的老板，他为了挽救店铺危机，采用削价出售、"大放盘"、"一元货"等办法精心经营，但国民党反动派（县党部黑麻子委员是代言人）利用人民抵制日货运动，盘剥林老板，迫使他不得不拿出四百元钱贿赂

---

① 童庆炳：《文学创作与文学评论》，第 160 页，中央广播电视大学出版社 1995 年版。

当局。当国民党派兵驻到镇上向商会"借"饷时，他又不得不摊派 20 元。小镇上的税务局卜局长还想霸占林老板的爱女为妾。当林老板因被诬告而被捕时，商会会长出面又敲走 100 元。再次，写同业的倾轧排挤。当林老板以减价手段招揽了顾客，使生意有所回升，于是引起同业裕昌祥的嫉妒。为了挤垮林老板，向国民党党部诬告，使林老板被捕，他又乘机挖空林老板"一元货"的底货。林家铺子虽然多次挣扎，最后还是倒闭、出逃。

此外，小说还写了债权人的讨账，林老板面对大额债主（如恒源钱庄）表现得懦弱无奈，而面对小额债主（如朱三、阿太等小人物）却无奈又无情，表现出"强者为王，弱者遭殃"的复杂关系。

林老板就生存在这样一个具体而又独特的环境中。这个具体、独特的典型环境既是林老板的生存环境，同时也是许许多多林老板们的生存环境，它是"九·一八"到"一·二八"前后旧中国的缩影，它表现出了广阔的社会画面：国民党政府投靠帝国主义，仰它鼻息，一直采取不抵抗政策，于是美帝国主义在中国横行肆虐，日本帝国主义又制造"九·一八"、"一·二八"事件，整个中国变成各帝国主义者争夺的市场。外国垄断资本家也乘机将经济萧条转嫁到中国。中国的民族工业被扼杀得气息奄奄，商业也萧然毫无生气，许多商家铺子纷纷倒闭。茅盾就通过林家铺子挣扎—倒闭的情节描写，将当时的时代特征作了典型的概括，广阔的时代内容浓缩在这篇短篇小说中。

评论家常用"展示了生活的画卷"来形容小说环境营造广阔、典型的审美特点。这个特点在《林家铺子》中得到了很好的体现。凡优秀小说（无论是长篇、中篇或短篇）环境营造的广阔性、典型性都能让读者感悟到。阿 Q 生活其中的辛亥革命前后的江南未庄，就是辛亥革命前后中国的缩影；老舍《月牙儿》中"我"和母亲的生存环境则是"金钱万能，吞食一切"的整个旧中国社会的缩影……作家往往通过短暂的历史片刻、生活一角，而展示上下几十年，左右数万里的广阔、典型环境。换言之，广阔性和典型性的审美特点表现在对某特定时代的浓缩与概括中。

这个审美特点也表现在典型环境与典型人物的相互关系中。恩格斯说："……除细节的真实外，还要真实地再现典型环境中的典型人物。"[1] 恩格斯的观点告诉我们，典型环境是孕育和产生典型人物的土壤，是他们活动的历史舞台，广阔、典型的环境，使人物性格、命运的形成、发展过程得到真实的体现，也使错综复杂的人际关系得到充分、真实的表现，从而使人物形象体系展示出特定时代的特征。仍以《林家铺子》为例。林老板具有一般商人的作风，他不但学会了当时上海商店的广告艺术，还善于揣摩顾客心理，是个精明的生意人，然而在黑麻子（国民党在镇上的代言人）、卜局长（镇上税务局长）、商会会长（反动派走狗）、警察等人利用时局的变化、手中的权力欺诈他时，林老板表现出懦弱的性格，卜局长企图霸占他的爱女、同业吴掌柜诬告他使他被捕、债权主恒源钱庄派人到林家铺子"守提"日营业额八成等等压得他破产、铺子倒闭、全家出走，这种命运引起读者深深的同情与思考。借用一个客户的嘴更能看出环境对林老板命运的影响："林老板，你是一个好人，一点嗜好都没有，做生意很巴结、认真，放在二十年前，你怕不发财么？可是现在时势不同：捐税重、开销大、生意又清淡，混得过去，也还是你的本事。"但最终被纷至沓来的迫害逼得出走，林老板的"出走"又表现了他性格中另外两个方面。一方面表现出他洁身

―――――――――

[1] 《马克思恩格斯选集》第 4 卷，第 462 页，人民出版社 1972 年版。

自好的质朴的性格——他不愿去乞怜权势者以挽回他悲惨的命运，也不想去诬告他人，出出恶气，"惹不起，就躲出去"；另一方面表现出他的自私的性格——朱三阿太、陈老七、张寡妇将从牙缝里省下的钱存在他铺子里，说明信任他，但最后他们想提存款时，林老板分文未给，自己一家人一走了之（作者以此表现"弱肉强食"的思想意义）。茅盾就是在以林老板为轴心，写出他与其他人的经济关系、阶级关系、政治关系、行业关系、家庭关系……即各种社会关系的典型环境中表现出各等人物的性格、命运。反过来，又从人物形象体系中表现出广阔、典型的时代面貌。

长篇小说广阔典型环境的营造比起短篇小说更具优势。《三国演义》《水浒传》《红楼梦》的各位作者在环境与人物关系的设置上为后人提供了许多审美经验，取得了辉煌的成就。现以《三国演义》中的曹操为例，再进一步体验典型环境与典型人物相互关系中表现出的"环境营造广阔性、典型性"的审美特点。

"乱世出英雄"，指的是曹操他们，很形象地概括出人物与环境的关系。当汉朝廷还有相当号召力时，曹操主动附在这张皮上，以博取功名，于是他一手镇压农民，一手讨伐贼臣。他拥戴袁绍当讨董联盟首领，并积极为袁绍出谋划策，因为当时袁绍声望高，实力强，且被董卓封为渤海太守，但袁绍虽有讨董之心，并无拼命之志，所以拥兵观望。而当时曹操刺董失败了，他若不拼命一战，就不能出头，但他当时力量单薄，非借袁绍之力不可。而当讨董失败黄巾再起，汉皇室急剧衰微时，这种局面导致一批觊觎皇位的野心家或独霸一方的割据者蠢蠢欲动，处在这个时代，不拘礼法的曹操便改变了策略，他不再真心扶持已经土崩瓦解的汉室，更不能听任别人夺汉室天下。他在镇压黄巾起义中壮大了自己的力量，于是凭他的机谋，果断地夺取了汉皇室这面破旗，控制了中央政权。那些有智谋、有本领的文士武将们（包括汉朝廷的中央官员）也纷纷"择主而事"，并力劝自己的主子当皇帝，帮主子争天下，一旦主子逐鹿得胜，也能尝鼎一脔。新起的曹操更为这些人所注目。曹操秉改伊始，董昭向曹献迁都之计，史官王立借观天文为魏代汉制造舆论，这样，曹操的政治目标有了新的变化：原本只想作复兴汉室的功臣，现在决定另砌炉灶，自立新君。时代的潮流使得曹操的个性、能力、欲望得到了合乎逻辑的发展。尽管他的主观动机是自私的，但他的行为的客观社会效果是顺应历史发展潮流的。在东汉末年乱世的社会条件制约下，曹操成了乱世英雄。

曹操企图称帝也使他的思想性格有所变化，当他一当上汉室高官马上就"自专权而行大事"（许田射猎暴露了他的"欺君罔上"），引起了汉献帝及一班拥汉大臣们的愤慨。于是他清醒了，汉室的名号还在，还有影响，他的地位还不巩固，加上吕布、袁绍、袁术也野心勃勃，于是他实行"奉主以从人望"的策略等待时机，缓和了他和拥汉派大臣们的矛盾，最后促成了统一北方的大业。他与群雄的矛盾冲突，使环境更显广阔性和典型性。

从上述例子可以看出，典型环境与典型人物的密切关系。曹操的性格变化、命运变化都是在他与汉室、群雄、贤才、百姓的矛盾中形成并表现出来的，孕育曹操性格命运的各种社会矛盾在不断变化、发展，曹操性格命运也随着在变化、发展。

汉末天下大乱，逐鹿中原的各路群雄都在这样的环境里展示了各自立国兴邦的战略战术，使小说在展示广阔典型的生活画卷的同时，也展示群雄的各自的性格和命运：一个蔑视黎民甚至以残杀无辜来张威的董卓，最终被钉在历史的耻辱柱上；一个知民心之可用而对黎民百姓宽猛相济的曹操为子孙创下基业；一个"上报国家，下安黎庶"的刘玄德终成为家喻户颂的"仁君"典型。

官渡之战，将袁绍与曹操的"机智"表现得淋漓尽致。当时"北军虽众，而勇猛不及南军；南军虽精，而粮草不如北广。南军无粮，利在速战；北军有靠，宜且缓守"。荀彧看到这点，建议曹操"速战"。曹操欣然接受，曰"正合吾机。"沮授也早看到这点，建议袁绍"缓守"。袁绍却认为沮授"慢我军心"，并将其"锁禁军中"。曹操以区区七万之众战袁绍七十五万大军，打了两个多月，"军力渐乏，粮食不继"，想弃官渡退回许昌。荀彧立刻献策：公以至弱当至强，若不能制，必为所乘；绍军虽众，而不能用；公宜画地而守，情见势竭，必将有变，此用奇之时，不可失也。曹操采纳了，并令将士各效勇力守之。此时，荀彧催粮书不意为许攸截获，攸建议袁绍："曹操起军马，尽屯官渡，与我相拒，许昌必然空虚。若分轻骑，星夜掩袭许昌，而许昌可拔也，则奉迎天子以讨曹操，操可擒也。如其未溃，首尾相攻，必破之矣。今操粮食已尽，正可乘时两路击之。"这个正确判断未使袁绍相信，却考虑到"曹操诡计极多，此书乃诱敌之谋也"而不采纳许攸的良策，坐失良机。恰巧审配自邺郡来函，说"攸在冀州时取受民间财物"，于是袁绍一心认为与曹操有旧的许攸，是受了曹操金帛，"与他行计，啜赚吾军"，更坚定自己的思考。

没有官渡之战，也就显不出曹操、袁绍各自的谋略水平，同样，没有赤壁之战，也就显示不出曹操性格的另一面，显示不出孔明的"智绝"，显示不出鲁肃"大智若愚"的典型性格。

总之，这部小说环境的营造，让读者感到环境是人物的环境，人物的思想性格是由环境造成的，同样，不同思想性格的人会使环境发生不同的变化。

自然环境是"典型环境"的重要组成部分，它为人物活动提供真实而富于表现力的自然条件，作者常以自然环境来烘托气氛或表现人物的思想情绪和性格特征。在长篇小说中自然环境显示出更丰富的审美特征。以《红楼梦》为例。

《红楼梦》的社会环境描写异常广阔、典型，广泛深刻地反映了封建末世的阶级关系。作者为了强化社会环境，或烘托人物情感，很注意自然环境的描写。例如对"大观园"的一些描写：

> （宝玉）从沁芳桥一带堤上走来，只见柳垂金线，桃吐丹霞，山石之后一株大杏树，花已全落，叶稠阴翠，上面已结了豆子大小的许多小杏。宝玉因想道："能病了几天，竟把杏花辜负了。不觉倒'绿叶成荫子满枝'了！"因此仰望杏子不舍。又想起邢岫烟已择了夫婿一事，虽说是男女大事不可不行，但未免又少了一个好女儿。不过两年，便也要"绿叶成荫子满枝"了。再过几日，这杏树子落枝空，再几年，岫烟未免乌发如银红颜似槁了，因此不免伤心，只管对杏流泪叹息。正悲叹时，忽有一个雀儿飞来落于枝上乱啼。宝玉又发了呆性，心下想道："这雀儿必定是杏花正开时他曾来过，今见无花空有子叶，故也乱啼。这声韵必是啼哭之声，可恨公冶长不在眼前，不能问他。但不知明年再发时，这个雀儿可还记得飞到这里来与杏花一会了。"

自然界中，花开花落原本是很正常的自然规律所致，但当赏花的人带有特定情绪时，就有了移情的涵义了。宝玉由杏花凋落结子而联想到岫烟的择婿、生子、乌发如银、红颜似槁，少了一个好女儿而伤心叹息起来，表现了宝玉对青年美女的痴情，眼看大观园里的姊妹、丫环一天少似一天，不久都要散了，而无限烦恼，不胜悲愁。自然景物描写涂上了主人公浓浓的感情色彩，使得景物很好地烘托了人物的情绪和性格（宝玉的软弱），同时也增强了艺术感染力。

再看《红楼梦》第七十五回"开夜宴异兆发悲音，赏中秋新词得佳谶"中的宁府中秋节夜景图：

> （宁府）那天将有三更时分，贾珍酒已八分，大家正添衣喝茶、换盏更酌之际，忽听那边墙下有人长叹三声。大家明明听见，都毛发竦然。贾珍忙厉声叱问："谁在那边？"连问几声，无人答应。尤氏道："必是墙外边家里人，也未可知。"贾珍道："胡说！这墙四面皆无下人的房子，况且那边又紧靠着祠堂，焉得有人？"
>
> 一语未了，只听得一阵风声，竟过墙去了。恍惚闻得祠堂内槅扇开阖之声，只觉得风气森森，比先更觉凄惨起来。看那月色时，也淡淡的，不似先前明朗，众人都觉毛发倒竖。贾珍酒已吓醒了一半……

再看第七十六回"凸碧堂品笛感凄清，凹晶馆联诗悲寂寞"中荣府的夜景图：

> （荣府）只听桂花荫里，呜呜咽咽，袅袅悠悠，又发出一缕笛音来，果真比先越发凄凉。大家都寂然而坐。夜静月明，且笛声悲怨，贾母年老带酒之人，听此声音，不免有触于心，禁不住堕下泪来。众人彼此都不禁凄凉寂寞之意。

这种自然环境的描写已经是人物情感、心绪对象化了的，是贾府命运的变迁——由昔日的繁花如炽，嬗变为如今的悲凉和凄越，于是恐惧的幻觉映现在自然环境中，换个角度讲，这两段自然环境的描写暗示了贾府的衰落及衰落带给贾府上层人士的巨大哀愁与恐惧。这里的自然环境描写被作家赋予了广阔典型的社会意义。

四、语言表述具有叙述性和生动性

高尔基说："文学的第一要素是语言。语言是文学的主要工具，它和各种事实、生活现象一起，构成了文学的材料。"[①] 小说属于语言的艺术，语言是小说借以表达的必要工具。具体说，作者对人物的刻画、对情节的交待、对环境的描写都是以语言形式来实现的。确切地讲，小说主要凭借叙述性语言来把作品各种因素构筑成有机的艺术世界。所以米歇尔·布托尔在他的《小说技巧探索》一书中将小说称为用叙述为我们造成一个世界的艺术。从这个意义上讲，小说审美价值的决定因素是语言。离开语言，再丰满的人物构想、再精彩的故事情节、再深广的典型环境都无法展现在读者面前，小说家心中的这一切都只是自己的梦幻而已。

"语言"是文学的第一要素，但不同的文学体裁，其语言特征是不一样的，诗的语言含蓄凝练，讲究韵律；散文的语言灵活自由，讲究抒情性；戏剧文学的语言通俗，口语化，讲究个性；小说的语言则综合了上述三种体裁的语言特征而尤以叙述性和生动性见长。

---

① 高尔基：《和青年作家谈话》，载《文学论文选》，第294页，人民文学出版社1958年版。

1. 叙述性

在小说语言中，由叙述人语言和人物语言组成，绝大部分的小说，叙述人语言占的比例比人物对话要大（当然像余华的《三个女人一个夜晚》的对话体小说亦有，但极少）。由于叙述人的语言在小说中所占的比例大，小说语言叙述性的审美特点自然要比其他文学体裁更鲜明。语言叙述性审美特点，主要由叙述人语言来体现的。语言叙述性审美特点及功能可以从几个角度来理解。

（1）叙述人叙述角度具有灵活性。所谓叙述角度即指叙述人的叙事视点。故事是由谁来讲，故事里发生的事是谁亲眼看到的（想到的）。现实主义小说常见的叙述视角有三种：观察性叙述视角，参与性叙述视角，全知性叙述视角。

①观察性叙述视角：就是作家采取旁观者的审美角度来描述人物的活动，刻画人物形象，让人物在特定的情境中自己活动。这种叙述视角重在按生活本身的规律客观地（即固有形态）再现生活，这样会给读者真实的感觉，一切如同生活中真的会发生一样，现场感觉非常强烈。另外，这种叙述视角的视域广阔，视点灵活，便于组材，便于描述，使小说呈现多层面的主体感。例如沈从文《菜园》的叙述：

> 玉家菜园出白菜，因为种子特别，本地任何种菜人所种的都没有那种大卷心。这原因从姓上可以明白，姓玉原本是旗人，菜是当年从北京带来的菜。北京白菜素来著名。
>
> 辛亥革命以前，北京城候补的是玉太爷，单名讳琛，当年来这小城时带了家眷，也带了白菜种籽。大致当时种菜也只是为自己吃，谁知太爷一死，不久革命军推翻了清室，清宗室平时在国内势力一时失尽，顿呈衰败景象；各处地方都有流落的旗人，贫穷窘迫，无以为生。玉家却在无意中得白菜救了一家人的灾难。玉家靠卖菜过日子，从此玉家菜园在本县成为人人皆知的地方了。
>
> 主人玉太太，年纪五十岁，年轻时节应当是美人，所以到老来还可以从余剩风姿想见一二。这太太有一个儿子是白脸长身的好少年，年纪二十一，在家中读过书，认字知礼，还有点世家风范。虽本地新兴绅士阶级，因切齿过去旗人的行为，极看不起旗人，如今又是卖菜佣儿子，很少同这家少主人来往；但这人家的儿子，总仍然有和平常菜贩儿子两样处。虽在当地得不到人亲近，却依然受人相当尊敬。……

这是作者用旁观者的叙述角度介绍菜园及菜园主人的情况，冷静、客观、真实。

②参与性叙述视角：作者充当作品中的一个角色，用第一人称从耳闻目睹的角度观察、叙述人物的活动和情节事件，从而表现人生世相的形形色色，也能在较深的层次上塑造人物性格，开掘性格形成的根源，使作品更富真实感、亲近感，也更具艺术震撼力。像鲁迅的《祝福》《孔乙己》，普希金的《驿站长》等。

有的小说灵活采用两个或两个以上的"我"来叙述，以增强小说的含量和立体感。例如鲁迅的《在酒楼上》，小说开始由叙述人"我"，叙述自己从北向东南旅行，然后绕道造访自己的家乡，想寻访旧同事而不得，意兴索然只好去一家自己熟识的小酒楼的经过情况，后在酒楼上意外遇到旧同窗吕纬甫，吕纬甫向"我"介绍别后情况时也用"我"的视点来叙述。请看下面两段。

> ……我于是立即锁了房门，出街向那酒楼去。……一石居是在的，狭小阴湿的店面

和破旧的招牌都依旧；但从掌柜以至堂倌却已没有一个熟人，我在这一石居中也完全成了生客。然而我终于跨上那走熟的屋角的扶梯去了。由此径到小楼上。上面也依然是五张小板桌，独有原是木棂的后窗却换嵌了玻璃。

"一斤绍酒。——菜？十个油豆腐，辣酱要多！"

我一面说给跟我上来的堂倌听，一面向后窗走，就在靠窗的一张桌旁坐下了……

以上引文是叙述人"我"叙述自己去"一石居"酒楼的大致情况。下面的引文是"我"在酒楼遇到旧同窗吕纬甫，吕纬甫也是以"我"的视点叙述回故乡的原因。

……"你也许本来知道"，他接着说，"我曾经有一个小兄弟，是三岁上死掉的，就葬在这乡下。我连他的模样都记不清楚了，但听母亲说，是一个很可爱念的孩子，和我也很相投，至今她提起来还似乎要下泪。今年春天，一个堂兄就来了一封信，说他的坟边已经渐渐的浸了水，不久怕要陷入河里去了，须得赶紧去设法。……然而我能有什么法子呢？没有钱，没有工夫，当时什么法也没有。"

"一直挨到现在，趁着年假的闲空，我才得回南给他来迁葬。"

小说中第一个视点"我"是条件人物，负责介绍环境，提供情境，并将第二个（或更多的）"我"引出来，由第二个"我"（或更多的）来叙述自己的情况。这种双视点"我"的叙述，可以丰富小说的含量。多视点"我"的叙述更能扩大小说的含量，也便于谋篇布局、制造悬念。一般侦探小说家乐于采用这种叙述形式：像英国作家柯林斯的名著《月亮宝石》便采用了"多视点我"的叙述（约十多个"我"）。

③全知性叙述视角：作者用完全知晓的态度去叙述情节，描写、剖析人物，即读者熟悉的第三人称叙述方法。这种叙述视角不仅能自由自在地表现外部世界，也能自由自在地表现人物内心世界，可以多层次、多角度地反映和揭示出纷繁复杂的生活百态。我国古典小说像《三国演义》《水浒传》《红楼梦》等都采用这个视角。这种叙述视角在古今中外的小说创作中占极大的比例，迄今为止，仍是常用的叙述视角。

各种叙述视角各有优势，在一部作品中可以交错配合使用，使作品更真实、更典型。这种叙述视角一般称"混合视角"。有的小说家根据内容的需要采用"混合视角"进行叙述。此时，常以全知全能的视角为主要叙述方式，然后在局部采用其他叙述视角予以配合；或由小说中的某人物的视点去叙述小说中另一个人的状况，这样交叉互补，灵活转换，能显示叙述语言的生动性。例如《红楼梦》在总体上是以全知全能的叙述视角进行的，在局部采用混合视点方式叙述。像林黛玉初进荣国府，作者曹雪芹灵活转换叙述角度来刻画系列人物：林黛玉的外貌和风采是由王熙凤、贾宝玉和众人的视点来写的，而贾母、王熙凤、贾宝玉、迎春、探春、惜春等人是通过林黛玉的视点来叙摹的。"多视角"的混合视点叙述方式有利于把广阔无垠、错综复杂的生活有机地、生动地组合起来。

（2）叙述语言方式功能的多样化。小说中的故事讲述、情节变幻、环境描写、人物刻画都是由叙述人来完成的，叙、描、抒、议常融为一体。

在叙述故事情节时，语言表达方式呈现两种状态，一是比较客观，不易看出叙述人的主观情感。例如鲁迅的《示众》：

……杀时间，也就围满了大半圈的看客。待到增加了秃头的老头子之后，空缺已经不多，而立刻又被一个赤膊的红鼻子胖大汉补满了。这胖子过于横阔，占了两人的地位，所以续到的便只能屈在第二层，从前面的两个脖子之间伸进脑袋去。

秃头站在白背心的略略正对面，弯了腰，去研究背心上的文字，终于读起来：

"嗡，都，哼，八，而，……"

胖孩子却看见那白背心正研究着这发亮的秃头，他也便跟着去研究，就只见满头光油油的，耳朵左近还有一片灰白色的头发，此外也不见得有怎样新奇。但是后面的一个抱着孩子的老妈子却想乘机挤进来了……

这段叙述，读者不易看出叙述人的主观情感或想法（作者爱憎或褒贬之情隐蔽得很深）。

另一种叙述者在叙述时字里行间夹带着浓厚的感情，有时还能看出叙述者的明确的见解。看一下郁达夫著名短篇小说《薄奠》一文结尾时的一段叙述：

二天之后，那纸洋车糊好了，恰巧天气也不下雨，我早早吃了午饭，就雇了四辆洋车，同她及两个小孩一道去上她男人的坟。车过顺治门内大街的时候，因为我前面的一乘人力车只载着一辆纸糊的很美丽的洋车和两包锭子，大街上来往的红男绿女只是凝目的在看我和我后面车上的那个眼睛哭得红肿，衣服褴褛的中年妇人。我被众人的目光鞭挞不过，心里起了一种不可抑遏的反抗和诅咒的毒念，只想放大了喉咙向着那些红男绿女和汽车中的贵人狠命的叫骂着说：

"猪狗！畜生！你们看什么？我的朋友，这可怜的拉车者，是为你们所逼死的呀！你们还看什么？"

这段引文可以让读者鲜明地感受到叙述人（确切地讲，在这里是作者本人）对勤劳善良的人力车夫及其妻儿的同情之情，也能感受到叙述人对吃人的黑暗社会有一种强烈的控诉、愤怒之情。

叙述采用客观的方式，还是主观的抒议方式完全根据小说内容的需要而定，当然与作者个人的风格亦有一定关系。

在环境描写、人物刻画中，语言的叙述表现出叙述人的主观倾向性，只是有的含蓄、有的明朗而已。请看巴金的著名短篇小说《月夜》中的环境（景色）叙述：

圆月慢慢地翻过山坡，把它的光芒射到了河边。这一条小河横卧在山脚下黑暗里，一受到月光，就微微地颤动起来。水缓缓地流着，月光在水面上流动，就像要跟着水流到江里去一样。黑暗是一秒钟一秒钟地淡了，但是它还留下了一个网，把一切都掩覆着。山哪，树哪，河哪，田哪，房屋哪，都被盖在它的网下面。月光是柔软的，它透不过这网眼。

河边是一堆水莲，紫色的莲花茂盛地开着。小学教员跪在草地上正拿手拨开水莲，从那里露出了一个人的臃肿的胖身体，平静地伏在水面上。香云纱裤给一棵树根绊住了。左背下衫子破了一个洞。

静静地这乡村躺在月光下面，静静地这小河躺在月光下面。在这悲哀的空气的包围中，仿佛整个乡村都哭起来了。没有一个人是例外，每个人的眼腔里都滴下了泪珠。

从语言叙述的表面看，叙述人冷静地描述某乡下渡口的环境：夜晚、月光、缓缓流动的小河、密集丛生的水莲，但夜晚的黑暗像一个网，月光也透不过的网，这种语言叙述还是给读者一种启示：客观描写景色的语言中有隐喻，再结合全文及小说结尾处的环境描述，读者在叙述人客观冷静从容的叙述中还是感悟到了：表面平静的乡村实际上正处在激烈的社会斗争中，循规蹈矩、善良老实的百姓（如小说中的根生）随时遭遇无故的虐杀，死寂一样的平静酝酿着暴风雨的来临。叙述人的爱憎情感储藏在叙述性的语言间。

再看看茅盾著名短篇小说《创造》中的一段：

娴娴是聪明而豪爽，像她的父亲；温和而精细，像她的母亲。她从父亲学通了中文，从母亲学会了管理家务。她有很大的学习能力；无论什么事，一上了手，立刻就学会了。她很能感受环境的影响。她实在是君实所见的一块上好的"璞玉"。在短短的两年内，她就读完了君实所指定的书，对于自然科学，历史，文学，哲学，现代思潮，都有了常识以上的了解。当她和君实游莫干山的时候，在那些避暑的"高等华人"的太太小姐队伍中，她是个出色的人儿：她的优雅的举止，有教育的谈吐，广阔的知识，清晰的头脑，活泼的性情，都证明她是君实的卓绝的创造品。

这段引文可以让读者鲜明地感受到叙述人（确切地讲是作者茅盾）对娴娴这位女性真诚的赞美——也是对由旧时代走进新时代的女性的赞美。叙述人的主观倾向表现得很明朗。

含蓄也好，明朗也罢，只是叙述性语言表达时不同的方式。从上述几段引文中可以认识到，无论是故事情节的讲述，还是环境、人物的描述，都离不开叙述性语言，叙、描、抒、议习惯上将它们分为语言的四种常用表达方式，事实上常常融为一体，分不清哪句是叙述，哪句是描摹，哪句是抒情，哪句是议论，叙述性语言的功能是多样化的，方式也是多样化的。

2. 生动性

小说语言的生动性审美特点亦是极为鲜明的。具体体现在以下几个方面。

（1）混合叙述视点的灵活运用，使语言表述展现出生动性（上文已有提及，此处不赘述）。

（2）小说语言具有形象美。小说中的叙述性语言或对话体语言都能为读者展现出一幅幅形象生动的画面。使读者有"如临其境""如见其人"的感觉。上面引出的几个片段可以让读者体会到这种特点。下面再看二例。

鲁迅的著名短篇小说《社戏》中的一段：

两岸的豆麦和河底的水草所发散出来的清香，夹杂在水气中扑面的吹来；月色便朦胧在这水气里。淡黑的起伏的连山，仿佛是踊跃的铁的兽脊似的，都远远地向船尾跑去了，但我却还以为船慢。他们换了四回手，渐望见依稀的赵庄，而且似乎听到歌吹了，还有几点火，料想便是戏台，但或者也许是渔火。

江南水乡傍晚的形象逼真地展现在读者面前：月色朦胧，淡黑的起伏的连山像踊跃的兽脊，水气中还夹着豆麦和水草的清香，还可以看到远处的几点火，读者通过这些语言符号可以想象出这幅江南水乡的景象。

茅盾的著名短篇小说《林家铺子》中的一段：

> 林先生的眼光跟着寿生的嘴也向那边瞥了一下，心里直是乱跳，哭丧着脸，好半天说不出话来。他的又麻又痛的心里感到这一次他准是毁了！——不毁才是作怪：党老爷敲诈他，钱庄压逼他，同业又中伤他，而又要吃倒账，凭谁也受不了这样重重的折磨罢？而究竟为了什么他应该活受罪呀！他，从父亲手里继承下这小小的铺子，从没敢浪费；他，做生意多么巴结；他，没有害过人，没有起过歹心；就是他的祖上，也没害过人，做过歹事呀！然而他直如此命苦！

这段联想、回顾、心理活动写得如泣如诉，把一位在战乱兵匪、天灾人祸、大鱼吃小鱼的环境中苦苦挣扎的小老板的心灵痛楚和盘托出，真切、形象、生动，给读者打下很深的烙印。

有经验的小说家能采用多种语言表述技巧，将人物、环境描述得栩栩如生，将情节、故事叙述得逼真诱人。像鲁迅笔下的《阿Q》《孔乙己》，老舍笔下的《骆驼祥子》，钱锺书笔下的《围城》，曹雪芹笔下的《红楼梦》，巴金笔下的《家》《春》《秋》，雨果笔下的《悲惨世界》《九三年》，托尔斯泰笔下的《战争与和平》……这些不朽之作的作者们，以其精湛的语言为读者们创造了生动形象的世界，生动形象的人物。

（3）小说语言的含蓄美。小说的语言叙述不像诗歌那样凝练，不必每字每句都讲究"言外之意""韵外之味""弦外之音"，但在适当的时候也要讲究语言的含蓄美，留下艺术空白让读者回味，这也是小说语言生动性的一种表现。

有时作者用"隐笔"的方法来造成含蓄生动效果。例如曹雪芹写贾蓉与凤姐的暧昧关系，一日，贾蓉借玻璃炕屏，说妥后贾蓉走了，凤姐又把他喊回来：

> 贾蓉忙回来，满脸笑容的瞅着凤姐，听何指示。那凤姐只管慢慢吃茶，出了半日神，忽然把脸一红，笑道："罢了，你先去罢，晚饭后你来再说罢。这会子有人，我也没精神了。"贾蓉答应个是，掩着嘴儿笑，方慢慢退去。

语言叙述明白如话，然又含蓄隽永，有"弦外之音"在其中。像这样的描写在《红楼梦》里俯拾皆是，不胜枚举，让读者颇感生动有趣。

有时作者用"欲言又止"的方法来造成含蓄生动的效果。

例如，宝黛因湘云的麒麟引起的口角就这样写："宝玉瞅了半天，方说道：'你放心。'黛玉听了，怔了半天，说道：'我有什么不放心的？'宝玉叹了一口气，问道：'你果然不明白这话？难道我素日在你身上的心都用错了？'"这里"你放心"，和那"素日的用心"包涵了说不尽的温柔体贴、疼爱，可以引起黛玉及读者许多联想和回味。若写实了，则不生动了。

（4）小说语言的谐趣美。诙谐的语言会使读者有一种生动、喜悦的感受。老舍、钱锺书、王蒙等作家的小说语言常常充满了谐趣美，让读者读他们的作品后不禁哑然失笑。看老舍著名小说《赵子曰》中的一段：

> 赵子曰先生的一切都和他的姓名一致居于首位；他的鼻子，天字第一号，尖、高，并不难看的鹰鼻子。他的眼，祖传独门的母狗眼。他的嘴，真正西天取经又宽又长的八戒嘴。鹰鼻，狗眼，猪嘴，加上一颗鲜红多血，七窍玲珑的人心，才完成了一个万物之灵的人，人中之灵的赵子曰！

赵子曰是作者嘲笑讥讽的对象，作者用了漫画式的夸张笔法，用语言符号叙述得形象生动，给读者留下了极深刻的印象。

钱锺书在鞭挞当时社会上层的一些崇洋媚外的知识分子时，用语形象生动，令人过目不忘。例如写李梅亭："李先生脸上少了那副黑墨镜，两只大白眼睛像剥掉壳的煮熟鸡蛋。"对假道学褚慎明对女人的态度这样叙写："他心里装满女人，研究数理逻辑的时候，看见 a posteriori（从后果推测前因）那个名词会联想到 posterior（后臀），看见×记号会联想到 kiss（接吻），亏得他没读柏拉图的太米蔼斯对话（Timaeus），否则他更要对着×记号出神。""褚哲学家害谗痨地看着苏小姐，大眼珠仿佛哲学家谢林的'绝对观念'，像'手枪里弹出的子弹'，险些突破眼眶，迸碎眼镜。"在叙述学国文的方鸿渐出国留学时，作者这样写："学国文的人出洋'深造'，听来有些滑稽。事实上，惟有学中国文学的人非到外国留学不可，因为一切其他科学像数学、物理……早已洋气扑鼻；只有国文是国货土产，还需要外国招牌，方可维持地位"，"一张文凭，仿佛有亚当，夏娃下身那片树叶的功用，可以遮羞包丑；小小一方纸能把一个人的空疏、寡陋、愚笨都掩盖起来。"

上述这些引文，可以看出无论是状事、状物还是状人都写得趣韵无穷，具有很生动的艺术表现力。

王蒙的小说语言也常常闪现幽默、诙谐的机智。现在看他的短篇小说《悠悠寸草心》中的一小段。小说的主人公吕师傅谈"文化大革命"的亲身感受："等到史无前例的那一年可就热闹了。一家伙，我经常修饰摆弄的那些个脑袋都变成了'狗头'，被炮轰、被油炸、被砸烂了。然后饭店被一些'左派'占领，理发室变成了哨所，安上了高音喇叭和轻机枪。另一批'左派'前来攻打……我当然不去理发了。但每月还要领工资，这使我觉得像拾了人家钱包那样地亏心。"短短的一小段，生动地将动乱时的景象描述出来了，并有一种啼笑皆非、无可奈何的幽默感。

（5）小说语言的个性美。小说高度逼真的生活化特点，要求作品中的人物形象的语言高度个性化，用个性化语言把人物性格特征恰到好处地表现出来。因此，小说语言生动性也表现在个性化语言方面。

上面曾谈到小说语言由叙述人语言和人物语言组成，它们都可以用来描写环境、展开情节、刻画人物、暗示主题。谈到个性化语言，则应从两个方面理解：一是叙述人语言的个性化，二是人物形象的语言个性化。

高明的作家，既能使人物语言表现各色人物的个性，又能使叙述人语言表现自己的个性。

先讲人物语言的个性化。仍以曹雪芹的《红楼梦》为例。

王熙凤的语言基调是机巧、泼辣又鄙俗。她常常在最难讲话的场合，把最难讲的话动听地讲出来，比如贾母为了贾赦要讨鸳鸯做妾而大生气，一家人都吓得战战兢兢，这时候凤姐假意地反派贾母的不是，她说："谁叫老太太会调理人，把人调理得水葱儿似的；如果我是男人，我也要她。"把老太太逗得发笑，然后打起牌来。

当她把尤二姐骗入大观园之后，便去大闹宁国府，贾蓉跪在地下自己打嘴，宁府的下人们黑鸦鸦跪了一地，凤姐撒泼似地骂尤氏：

> ……你发昏了！你的嘴里难道有茄子塞住了？要不就是他们给你嚼子衔上了？为什么你不来告诉我去？……自古道'妻贤夫少祸，表壮不如里壮。'你但凡是个好的，他们怎么敢闹出这些事来？你又没有才干，又没有口齿；锯了嘴子的葫芦，只就是一味瞎小心，应贤良的名儿！"

她居高临下，肆意糟踏，泼辣到了极点。她骂贾蓉"别放你娘的屁了"，还常用"没脸的忘八蛋"，"糊涂忘八崽子"骂其他人。这些语言都极为鄙俗粗野。

贾宝玉的语言新颖奇特富有哲理（"女儿是水作的骨肉，男人是泥作的骨肉。我见了女儿，我便清爽；见了男子，便觉浊臭逼人。"）；林黛玉的语言既敏直又哀怨（"难道我也有什么'罗汉''真人'给我些香不成？便是得了奇香，也没有亲哥哥亲兄弟弄了花儿、朵儿、霜儿、雪儿替我炮制。"）；薛宝钗的语言博雅、端庄（她为宝玉解释《鲁智深醉闹五台山》这出戏的妙处："要说这一出热闹，你还算不知戏呢。你过来，我告诉你，这一出戏热闹不热闹，——是一套［北点绛唇］，铿锵顿挫，韵律不用说是好的了；只那词藻中有一支［寄生草］，填得极妙，你何曾知道……"）。小说中类似这样以才学耀人的话语很多，曹雪芹都写出了人物的个性。

有成就的作家在叙述语言中能显露出作者自己的风格，这是作家思想、才情、修养、用语习惯等各种因素的综合表现。比如鲁迅的深沉冷峻，茅盾的清隽缜密，巴金的流丽自然，钱锺书的博雅诙谐，老舍的质朴幽默……读者多读一些他们的小说都会体验到的。

了解现实主义小说的这些审美特点，有助于读者去鉴赏这类小说。

第三节　现实主义小说的鉴赏与评论

面对现实主义小说，鉴赏评论的角度很多。若从小说构成的要素角度讲，一般鉴赏评论小说的人物、情节、环境、语言主题等几个要素；若从小说作者创作角度鉴赏评论，可以从创作方法、创作倾向、创作心理、创作风格等方面切入；若从小说风格角度鉴赏评论，可以从风格与创作个性、风格与话语情境（包括语言运用、体裁选择、结构安排等方面切入）、风格的形态（四对八种：刚健与柔婉，浓丽与素朴，庄正与诙谐，含蓄与畅达）及风格的时代性、民族性、地域性等方面深入展开。但无论从作者创作的角度，还是从小说风格的角度进行鉴赏评论，最终还是要通过小说的人物、情节（包括细节）、环境、语言、主题等不同侧面具体展开。从这个实际情况出发，这一节的现实主义小说的鉴赏与评论，就从人物、情节、环境、语言等几个方面展开阐述。

一、小说人物形象的鉴赏与评论

从创作角度讲，人物是现实主义小说三要素（人物、情节、环境）中最核心的要素。**文学是人学，文学要反映错综复杂的社会生活，离不开对人物性格、命运及人物间相互关系的描写。人是社会生活的主体，小说中所描绘的社会生活，就是人与人、人与自然和社会各种关系以及人自身的精神活动的总和**，一切都离不开人，并以人为中心，人物是环境的主人，是情节的动力。小说创作只有真实具体地展现人物的性格、命运（包括情感），才能感染读者，使读者从中获得情感交流。生活的启迪，作者的审美理想、人生体悟，时代风云的思辨渗透在人物形象中，人物是作者寄托其才思的主要载体。从鉴赏评论的角度讲，人物形象的赏析评论在小说评论中占有突出地位，人物形象的思想内涵的容量和艺术水平直接关系到作品的价值乃至作者创作的成败，因此，评论家对小说中人物形象的把握尤为重要。想要对一部（篇）小说作品做出公平合理的科学评论，如果不分析小说的人物形象，就无法对人物形象做出价值判断，人物形象是作品价值的集中体现。

将人物分析作为小说鉴赏评论的重要目标是每个评论者都关注的重点。

不同的评论流派或评论家对人物形象的鉴赏评论重点不一样，有的侧重于人物形象的真实性、典型性，评判其社会价值；有的侧重于人物形象的结构方式或组合程序，评判作家的社会意识和审美意识；有的侧重于人物形象的心理赏析，揭示人物性格等等。下面从刻画人物形象的不同角度展开阐述。

赏析人物形象主要把握人物形象的思想内涵和美学内涵。成功的人物形象都自成一个充满丰富复杂的生活内容的世界。在这个世界里，作家的审美、情感、哲理思索、人生评价都通过人物性格、命运、人物与人物之间的关系来概括、凝聚。换言之，作家总是竭尽全力让人物形象具有尽可能丰厚的思想内涵和美学内涵，从而感动、吸引、教育读者，因此，赏析人物形象应从以下几个方面入手。

1. 分析真实丰富的人物形象与主题的关系

小说主要通过塑造真实丰富的人物形象来表现主题，在形象体系中，主要人物往往是最能表现主题的，因此，我们要正确地把握小说中主次人物关系及其作用，并从主要人物与其他人物的关系中捕捉作品主题，进而看作家对生活、社会、自然和人生的认识与评价。把握住主题，再回过头来评判人物形象体系（或主要人物形象）蕴含的丰厚性思想内涵，主次人物分析时要注意他们彼此之间的复杂关系，这些关系理解得越深刻，内涵也就发掘得越透彻，注意彼此之间的对比作用及各自在作品中的位置，哪怕看起来只是随手点染的穿插人物，背景人物也不要疏忽，这些人物形象往往也是作家蕴含思想意义的艺术形象（优秀的作品肯定做到这点，若分析后发现人物与主题没关系，则是败笔）。

仍以罗贯中的《三国演义》为例。该小说的创作宗旨是阐述"**民心为立国之本，人才为兴邦之本，战略为成败之本**"[①] 的哲理思考。围绕这"三本思想"作者塑造了一群人物形象，他通过主要人物在"民心""人才""战略"等方面的不同表现，既刻画出人物的思想境界、性格特征、才智差异，又自然鲜明地传达出创作宗旨。

---

① 《三国演义》的主题思想众说纷纭，笔者赞同"'三本思想'主题说"，下文围绕它展开分析阐述。

　　像董卓，他乘十常侍之乱入持朝政，废少帝而立献帝，挟天子以令诸侯后，位望通显，兵力雄厚，屯粮丰足，但最终暴尸街头，究其原因，就在于他视黎民为草芥，"专权肆不仁"。在"社赛"的场面中作者这样刻画他："……尝引一军出城外，前行到阳城，时当二月，村民社赛，男女皆集，引军围住，尽皆杀之，掠其妇女财物，收万千余件，都装在车上，悬头4余颗于车下，连轸还都，先报董太尉杀贼，大胜而回。"残暴不仁的凶恶面目暴露在读者面前。又如，在一次百官饮宴时，他将北地招安降士数百人"于座前或断其手足，或凿去眼睛，或割其舌，或以大锅煮之。皆未死，于酒桌几前反复挣命"，参加饮宴的"百官战栗失箸，卓饮食谈笑自若"，作者通过正面描写将董卓惨无人道的本性刻画得入木三分，当司徒荀爽提醒董卓："民为邦本，本固邦宁"时，董卓不但不听，还怒斥荀爽"乱道"，并当即将荀爽罢为庶民，作者还进一步对他死后情况作了详细描写："杀董卓之时，日月清净，微风不起，号令卓尸于通道。卓极肥胖，看尸军士以火置卓脐中以为灯光，明照达旦，膏流满地。百姓过者，手掷董卓之头，至于碎烂……城内城外，若老若幼，踊跃欢欣，歌舞于道。男女贪者尽卖衣装，酒肉相庆曰：'我等今番夜卧，皆可方占床席也！'"一个以滥杀无辜百姓来张威的害民贼臣，必失民心，"失民心者，失天下！"作者的创作宗旨在董卓的形象刻画中有鲜明的表现。

　　在曹操、刘备的形象刻画中，也包含了作者的"民心为立国之本"的思想。

　　曹操具有两面性，他知道"民心为立国之本"的道理，因此，当他出"王师"以讨伐诸镇时，就不忘施德政于民，以示仁义。作者在"仓亭破袁绍"中这样刻画曹操：操闻河上父老言："袁本初重敛于民，民皆生怨"，于是他号令三军，"如有下乡杀人家鸡犬者，如杀人之罪"，此处，曹操的仁爱之心大得民心，给人以"贤相"的印象，但当他出"愤师"以报仇雪恨时，竟号令部下："尽杀徐州所辖之民并四下郡县百姓"，"草木不留，吾之愿也！"这又暴露了他的残忍的一面，这与董卓相比有过之而无不及，他不是真正地爱民，而只是用民心而已，宽猛相济，是封建统治者的惯用伎俩，这也就是他不能完成统一大业的根本原因。

　　刘备在桃园结义时，焚香叩拜发誓言："上报国家，下安黎庶"，作者写了这么个细节：玄德除授豫州牧，时韩暹、杨奉"权沂都、琅琊两县，纵使军士抢掠徐、杨地面，人民无所不怨"，玄德乃设一宴，诈请议事，令关、张诛韩、杨于席前，为民除害；再看一个细节：刘玄德败走江陵，百姓十万相随，玄德傍百姓而行，日行十余里，但他宁可被曹操大军追及，亦不肯暂弃百姓。这两个细节写足了刘玄德爱黎民、得民心的仁德之举，是作者按照百姓理想中的"好皇帝"来塑造他的。

　　孙策、孙权的民心是上好的，作者这样写："聚数万之众，游于江东，安民恤众，投者无数。江东之民，但呼策为'孙郎'。""割据江东，策之基兆也"。孙权亦如此。

　　当然"得人心者，得天下"还是非常复杂的，"民心为立国之本"，"人才为兴邦之本"，人才也是立国兴邦的重要因素之一，所以作者在这些人物身上还寄托了他的这种哲理思考。

　　作者写袁绍，"空留俊杰三千客，谩有英雄百万兵"。袁绍其人"外宽内忌，好谋无决"，由于他的"外宽""好谋"，所以他也能"聚才"，但又因他的本性"内忌""无决"而使他常常"有才而不能用，闻善而不能纳"，更糟糕的是袁绍愎过而好胜，面对谋士争衡，疑其所不当疑，信其所不当信。田丰、沮授为此而魂归地府，又迫使许攸，张郃、高览投奔曹营。作者刻画袁绍时写足了他这方面的弱点，最后作者引他人言作结："昔项羽背范增之谋，以丧其王业。绍之杀田丰，乃甚于羽远矣！"

孙权在用人才方面有许多优点，作者写了几件事。孙权一坐镇江东，便向周瑜求治国之策。瑜曰："方今英雄并起，得人者昌，失人者亡。须得高明远见之士，以佐将军，江东自定也。"遂荐鲁肃。鲁肃助政时劝孙权"鼎足江东，以观天下之衅"，并荐诸葛瑾。瑾为孙权献计策"勿通袁绍，且顺曹操，后却图之。"孙权对有益的计策都采纳。曹操遂封孙权为讨虏将军，领会稽太守。孙权还有一个优点：能让文官武将争相进言，然后断其所当断，这一点连刘备、曹操都也难以与其相比。赤壁之战，江东的"文官要降，武将要战"，双峰对峙；夷陵之战，江东吕蒙新死，拜何人为帅，意见不一，孙权在集思广益的基础上，自己作出决断。所以他一生有四快，作者写道："子敬初见孤时，便及帝王大略，此一快也。后孟德东下，诸人皆劝孤降之，孤与子敬并周郎廓开大计，赤壁鏖兵，全获其功，此二快也。今子明设谋定计，立取荆州，胜子敬、周郎多矣！"（这是孙权在为吕蒙夺取荆州开的庆功会上讲的肺腑之言），另外，还有一快是，他不从众议，独用阚泽之言，拜儒生陆逊为帅，一举破刘备七十万大军于夷陵。这"四快"写透了孙权"用人不疑，唯才是宜"的独到个性，同时也渗透了作者"君贵审才""人才为兴邦之本"的创作思想。

作者在刻画曹操形象时，写其对汉室的态度，有贬有褒，写其对百姓的态度亦有贬有褒，写其对人才的态度则褒多于贬。比如，关羽封金挂印不辞而去，曹操不令追赶，还对诸将曰："事主不忘其本，乃天下之义士也；来去明白，乃天下之丈夫也。汝等皆可效之。"玄德兵败投许都，荀彧建议"早图之"除后患，曹却曰"非可也。方今用英雄之时，杀一人而失天下之心。"他又知人善察，识拔奇才，不拘微贱，随能任使，在他周围聚集了一批人才，形成"文有谋臣，武有猛将，翼卫左右，共同进取"的兴盛局面。作者在小说中通过一系列事实将曹操性格中的这一面作了真实的刻画。

刘备在"因才使用"这方面觉悟得迟了点儿。他以为自己的功业未就，是因为"命途多蹇，所以至此"，司马徽批评了他的错误想法，他才认识到招纳贤士的重要，于是三顾茅庐请诸葛亮。

小说也强调了"战略为成败之本"的旨意，作者通过人物形象塑造，传达出了这个旨意。袁绍尚"力"，故"虽强必弱"，而曹操尚"智"，故"虽弱必强"。官渡之战充分展示了曹操有智有谋的性格，而袁绍愎过致败的无谋一面。

作者通过赤壁之战，形象地刻画出孔明、鲁肃的谋略思想——孙、刘联合以抗曹的正确性，展示了孔明"智绝"的一面——成功地利用曹操的优点缺点让他中计上钩，同时也展示了孙权比曹操更会用兵和用谋之人的才智，亦展示了曹操败不馁，善用战略眼光分析成败得失的度量。当他强烈认识到孙、刘联盟之战略价值后，他就用程昱之策，表奏周瑜为南郡太守，程普为江夏太守，实际上也就以天子名义将汉上九郡给了东吴，从而"使孙、刘自相吞并"以坐收渔翁之利——第一次所收之利是东吴失去了周瑜；第二次收利是蜀国失去关羽；第三次收利是：东吴新任大都督陆逊"火烧连营七百里"以数万之众大败刘备七十余万大军于猇亭，使蜀国大丧元气，吴亦不得不因此而"降魏受九锡"。"汉界楚河，唯智胜也"，战略为成败之本寓在其中。

作者在这些战役中将许多人物形象的性格的各个侧面给予了充分展示，在展示性格各侧面的同时将他的"三本思想"创造宗旨体现出来。

《三国演义》中，作者罗贯中也不忽略在一些穿插人物身上寄托自己的创作旨意。比如司马懿，作者在他身上往往只是在军事政治才能方面花几笔点睛之笔，只是用他来衬托曹操"既重人才又忌人才"的性格，为他自己后期建立英雄业绩作铺垫，但就在"点睛之笔"中仍不忘传达作者的"战略为成败之本"的旨意。曹操坐收第三次渔翁之利便是采纳了司马懿的"联吴击蜀"的战略方针。又如貂蝉，作者在刻画貂蝉为帮助王允除却董卓、吕布及为董卓助纣为虐的坏军师李儒这三害中，显示出她的机警，同时又传达出作者的"战略为成败之本"的旨意。当然在貂蝉形象中还赋有作者更丰富的意蕴：反对男尊女卑，赞美妇女力量在反封建势力中的智慧、胆识、力量等。

另外，作者在刻画董卓、王允、蔡邕等人物形象中都不失时机地传达出他"三本思想"的创作旨意：写董卓作为奸贼，万恶中有一善——丑性屈情用蔡邕；王允作为忠臣，万善中有一恶——刚愎自用杀蔡邕；蔡邕作为逸才，千虑中有一失——不该因一时知遇之感而伏尸哭董卓。

总之分析人物形象要与分析作品的主题联系起来。

2. 分析作家的创作意图在人物形象中的体现

任何作家创作作品都有其主观意图，并将意图融汇于人物形象之中。"知人"是评论中要求评论者做到的一个要求，因此在赏析小说时，应参考作家谈这部（篇）小说创作的有关资料，或作家平时谈及的审美情趣、人生体验等，帮助我们赏析人物形象时看他的创作意图"落实"情况。当然，有时也会出现"形象大于思想"或"形象与思想不合拍"的现象，这更有利于判断作家的创作水平。

作品中的主题与作者的创作意图原则上应是一致的，但事实上常有例外情况。当作者的文学资质、人格倾向及创作审美能力和谐一致时，作品的主题与创作意图是一致的，尤其当他的真诚、善良的人格、特别敏锐的感受力与精湛的审美表现力达到最佳的和谐状态时，作者创作意图能得到最完美的体现，甚至还会出现"形象大于思想"的情况，不同的读者，面对同一个艺术形象群，会有共同的及不同的艺术概括。当作者的文学资质、人格倾向、创作审美能力三个要素中，任何一个要素有所欠缺或不佳，作品的主题与作者的创作意图就不可能达到一致。

古今中外，负有盛名的优秀小说，读者都可以从人物形象中捕捉到作者的创作意图。上面分析罗贯中的《三国演义》人物形象与主题的关系时，已经感受到作者融注在人物形象中的主题思想，亦可以说是作者的创作意图。《三国演义》的主题，不同的读者有不同的概括，有的认为作者要表现"天下归一"的思想；有的认为作者要宣传"反对分裂、歌颂统一"，"抨击昏君、渴望明主"，"赞美忠义、抨击奸伪"的思想；有的认为要总结历史经验教训，究竟什么样的人物才能图王霸业，采取什么样的策略才能在群雄逐鹿中取得胜利……读者们对《三国演义》主题的概括不下十余种。由于缺少罗贯中本人关于创作意图的有关资料，这些主题的概括都是读者赏析作品后从自己理解的角度归纳的，但，可以说都符合小说通过人物、情节、环境等艺术形象群传达出来的信息，也可以说，都符合作者的创作意图。以其中一个主题为准，则会出现"形象大于思想"的文学现象，但倘若将《三国演义》的主题归纳为："历史的反思"，则许多主题都可以与作者的创作意图相吻合。

为了更清楚地理解这个小标题下的鉴赏方法，下面另举茅盾的《子夜》为例。

《子夜》是茅盾的代表作。茅盾在《〈子夜〉是怎样写成的》一文中讲了自己的写作动机（即创作意图）："……在我病好了的时候，正是中国革命转向新的阶段，中国社会性质论战得激烈的时候，我那时打算用小说的形式写出以下的三个方面：（一）民族工业在帝国主义经济侵略的压迫下，在世界经济恐慌的影响下，在农村破产的环境下，为要自保，使用更加残酷的手段加紧对工人阶级的剥削；（二）因此引起了工人阶级的经济的政治的斗争；（三）当时的南北大战，农村经济破产以及农民暴动又加深了民族工业的恐慌。这三者是互为因果的。我打算从这里下手，给以形象的表现。这样一部小说，当然提出了许多问题，但我所要回答的，只是一个问题，即是回答了托派：中国并没有走向资本主义发展的道路，中国在帝国主义的压迫下，是更加殖民地化了。中国民族资产阶级中虽有些如法兰西资产阶级性格的人，但是因为1930年半殖民地的中国不同于十八世纪的法国，因此中国资产阶级的前途是非常暗淡的。在这样的基础上产生了中国民族资产阶级的动摇性，当时，他们的"出路"是两条：（一）投降帝国主义，走向买办化；（二）与封建势力妥协。他们终于走了这两条路。"①

　　茅盾在这里详尽地谈了自己创作《子夜》的动机，鉴赏这部小说时，可以感受到作者的创作意图在民族工业资本家吴荪甫这一中心人物形象与其他各类人物形象的矛盾冲突中得到了体现。

　　这部长篇小说约有一百多个人物，涵盖了十里洋场的方方面面，有普通的穷苦大众，也有党的地下工作者，有形形色色的大小资本家，还有落魄的官僚、现役军官、逃亡地主、工厂里的工头、工贼，资本家客厅中的交际花、诗人、教授、学生及家中的姨太太……各色人物之间错综复杂的关系，反映了最黑暗的"子夜"社会的现状，为刻画中心人物吴荪甫的形象提供了广阔的社会背景。在这样的社会背景中，作者将吴荪甫民族资产阶级的典型性格及命运作了真实的刻画，并艺术地传达了他的创作意图，作者写足了吴荪甫的两面性：吴作为资本家是一个有手腕、有魄力、肯冒险、极贪婪的人，具备了资本家应具备的一切特性。他不惜采取一切手段去剥削、压迫工人，为了防止工人罢工，他收买像屠维岳这样精明能干的走狗，对工人进行威胁利诱，并利用黄色工会在工人中制造分裂，充分表现了吴荪甫狡猾凶狠的一面。他在同类资本家中又是出类拔萃的一个，他凭自己的才智吞并了许多工厂，组成他自己的工业托拉斯。作为一个民族资本家，他又要力图在中国发展民族工业，因此也就与买办资产阶级及其后台帝国主义发生矛盾冲突。吴的正面的劲敌是买办金融资本家赵伯韬，赵有美国后台老板撑腰，要用金融资本支配工业资本，他要掐住吴荪甫的要害，"等他爬到半路就扯住他的脚！"把吴吃掉。尽管吴荪甫使出浑身解数——他勾结汪派政客唐云山，帮助西北军阀内战，借以支持公债市场上的投机，精心笼络经济学家李玉亭作外交代表向赵游说等。把益中公司作为反赵的大本营，又收买了赵伯韬在交易所的经纪人韩孟翔和赵的情妇刘玉英，并和姐夫杜竹斋订立"攻守同盟"，彼此提携，企图在和赵伯韬的决战中取胜，但在公债投机市场上，赵却一拳把吴荪甫打得灵魂出窍，被击成齑粉。他失败了，却又不甘心；他挣扎，又没出路；他自杀，又缺乏勇气。留给吴荪甫的路就只有两条：不是投降赵伯韬，就是益中公司破产！吴荪甫在对企业极度灰心的情况下，扑灭了曾雄心勃勃要发展民族工业的"狂热的梦想"，最终投降了外国资本，买办化了。

　　赵伯韬也是作者下功夫刻画的人物。他是买办资产阶级的一个典型代表，他认为"中

---

　　①　林非主编：《茅盾名作欣赏》，第465～469页，中国和平出版社1996年版。

国人办工业，没有外国帮助，都是虎头蛇尾"，因此，他死心塌地投靠美帝国主义，做它的走狗和掮客，他以美国金融资本为后台，又得到蒋介石反动政府的支持，成为公债投机市场上举足轻重的人物；他不仅能操纵金融市场，而且能操纵战局，利用战局变化和公债涨落，吃了大鱼——像吴荪甫这样的大亨，吃小鱼——零星小资本家，处处显示出买办资本家骄横于民族资本家的特征。在小说第十七章中，作者通过吴荪甫和赵伯韬两巨头"决战前夕"的谈判，让读者深深感悟到民族资产阶级和买办资产阶级不可调和的矛盾。赵伯韬作为买办资本家势力雄厚，有恃无恐，因此居高临下面对吴荪甫，说起话来，单刀直入，步步紧逼，谈锋尖利，而吴荪甫外强中干，色厉内荏，他只能"故意微笑地表示镇定，然而他的心却异常怔忡不宁"，在赵伯韬面前"突然软化了，他仿佛觉得自己心里梆的一响，似乎心也碎了，再也振作不起来；他失了抵抗力，也失了自信力，只有一个意思在他神经里旋转：没有条件的投降了罢？"最后"不等老赵开口"，就赶快逃之夭夭。

这段描写既写出了吴荪甫懦弱的一面，也写出了中国资产阶级前途的黯淡、民族资产阶级的动摇性。作者的创作意图也融注在吴荪甫矛盾性格的刻画中，确切地讲是融注在民族资本家与买办资本家的描写中。当然，作者的创作意图还是从小说的整体中体现出来的。

3. 分析作者如何多层面、多方位、多技巧地刻画人物的艺术特点

小说刻画人物形象的艺术手段多种多样，不受任何限制，既能把人物过去的活动及在目前矛盾冲突中的生活现实集中起来，作概括的说明、叙述、交代，又能根据各种观察点，运用叙述描写手法去展示人物的外貌、衣着等外在形态和神韵；既可以通过人物的语言动作表现性格，又可以通过内心状态的描写（包括幻觉、梦境等）去揭示内在精神世界；作者也可以直接发表议论对人物进行公开评价，或介绍人物和历史、社会关系，给读者解释人物活动的神秘或隐藏的动机……目的只有一个，就是要将人物塑造达到真实、丰富、合乎性格命运的逻辑的创作要求。因此，赏析时可以从肖像描写、行动描写、心理描写、语言描写、叙述语言描写等角度入手，逐一剖析它们在刻画人物时的艺术特点与效果，及显示出的审美意蕴。

下面以陈奔的《方鸿渐性格的喜剧性——兼谈〈围城〉人物塑造的喜剧手法》[①] 中的一些评论片断为例，来熟悉刻画人物的各种技巧的鉴赏方法。

方鸿渐性格的喜剧性
——兼谈《围城》人物塑造的喜剧手法（节选）
陈　奔

钱锺书的《围城》以擅长描写上层知识分子的生活为读者所称道。特别是他笔下的留学生形象给读者留下深刻印象。在现代小说中，像《围城》那样刻画一大批留学生和教授的形象，又那么富有喜剧性的作品，恐怕很难找到第二部。

《围城》中的方鸿渐是作家精心塑造的贯串全书

点　评

开门见山入题，点出评论范围并概括评价《围城》在同类小说中的地位。

① 引自田蕙兰等人选编：《钱锺书杨绛研究资料集》，第 260～270 页，华中师范大学出版社 1997 年版。

的唯一人物。这个人物以其突出的喜剧性吸引着读者，让读者在笑声中看清他的真面目；又以其悲剧性的结局，引起读者一定程度的同情。他是一个带有悲剧色彩的喜剧形象。在他身上概括反映了抗战时期现实生活中的某些喜剧现象和悲剧现象。

方鸿渐性格的喜剧性，表现在他往往以不严肃的态度对待现实生活中的严肃问题；有时也以严肃态度对待无价值的、空虚的生活目标，显露出自身的内在矛盾和不协调。作品主要围绕三个方面来描写方鸿渐性格的喜剧性：卖弄小聪明、滑稽玩世以及爱情上的逢场作戏。

……

《围城》不仅成功地塑造了方鸿渐形象，而且也把围绕着方鸿渐周围的一大群男男女女写活了。这与作家熟悉"中国某一部分社会、某一类人物"①有关，与作家高度的中外文化修养有关，也与作家熟练掌握艺术技巧分不开。尤其是作家在运用喜剧艺术和手法方面特色突出，引人注目。作家善于采用多样化的形式揭示人物性格的内在缺陷和自相矛盾的现象，让人物在不协调中暴露自身的可笑。现试作如下分析。

第一，剖析对象的自我陶醉的心理状态。方鸿渐买博士文凭时内心活动便是一个生动例子。……自己买文凭不是也成了骗子？做骗子有失自己面子。怎么办？他绞尽了脑汁，找到"撒谎欺骗有时并非不道德"的理论根据，又找到中外古代哲学家也有撒谎的事实根据，甚至还搬出封建教条为自己开脱：做儿子女婿的不应当让父亲与岳父失望；买张假文凭哄他们"也是孝子贤婿应有的承欢养志"。更妙的是，他想把买价杀得低低，如果爱尔兰人不卖，也就算了，"自己也免做骗子"。方鸿渐……把恶习当成美德：不做骗子是对的，当了骗子也是对的。

……

第二，让对象以自己的言行暴露自己的丑态，又辅以周围人物的评论，揭示人物性格的本质特征。……

作为与方鸿渐相衬托而存在的喜剧形象，基本上

点明小说主人公方鸿渐的性格特征，并概括点明作者在主要人物形象上所蕴含的创作意图。

评论者要善于将分析对象的特点概括出来，给读者以醒目的提示。然后围绕自己概括的特点展开分析（下文是具体分析此处省略）。

这部分开始围绕副标题提示的内容开展评论。扼要提示作家塑造人物成功的原因，由面到点。这个"点"便是副标题中提及的"喜剧手法"。这样评论既全面又突出重点，紧扣标题。

评论者所归纳出来的这三点是评论者在全面透视小说的基础上，从"喜剧手法"的角度加以提炼而成的，既是评论者的独到体验，也是小说独到的个性特点。这是评论者能评出自己独到见解的最重要的关键处。没有真知灼见的评论，不是一篇好评论。

---

① 《围城·序》，原载1947年1月1日《文艺复兴》月刊，第2卷第6期。

有两大类。一类如李梅亭等都是不以丑为丑，反以为美的可笑现象。其所以可笑，不在于丑本身，而在于丑而"不安其位"。

另一类可以韩学愈为代表。这类人物的喜剧性则表现为把丑的伪装为美的。作家赋予这类人物与丑恶本质相反的外形，在两相对比中显出描写对象的滑稽可笑。冒牌博士韩学愈极力为自己的说谎制造假象，把自己打扮成"沉默寡言""木讷朴实"的样子……他把自己登在美国文史刊物人事广告栏和通讯栏的求职广告和征求刊物的启事，说成他的著作散见于美国大刊物上。在中国娶的白俄老婆也冒称美国籍。他说谎的态度愈认真、严肃，就愈暴露自己的可鄙、可笑。作家着力抓住这一点加以表现，造成外在的朴与内在的丑的鲜明对比，收到强烈的艺术效果。……

第三，运用"误会""巧合"等偶然性造成喜剧情势，使人物处在喜剧性的矛盾和对比之中。……

……

以上三点是从审美客体看。再就审美主体看，主要特点有二。其一是作家与他描写对象保持一定距离，从外部透视人物，捕捉其特点，加以反复强调和突出。好像一位技艺高超的木偶戏艺人，从容不迫地播弄着他手中的玩具。写方鸿渐这个中心人物，紧紧围绕他为恋爱、求职两大生活目标所作的种种努力，捕捉其富有特征的性格的内在缺陷、自相矛盾的言论行动，着力加以表现，让他在"围城"中，从家庭到学校到社会，东奔西突、跌、爬、撞、冲，尽情表演：或自我陶醉、或卖弄聪明、或故作奇论、或嬉笑怒骂、或苦闷彷徨、或叹息哀伤。生动地表现出他生活的空虚、庸俗，性格的富有小资产阶级知识分子的正义感，以及命运的可悲、可悯。……

……

其二是作家对描写对象在作一番描写之后，往往借助丰富的比喻性的评述语言，加强感情色彩，鲜明地表示自己的爱憎。……

评论者除了从审美客体的角度在三个方面分析了喜剧手法外，又从审美主体的角度在两个方面分析喜剧手法的特点。围绕"喜剧手法"，评论者的观察、思考、分析、评析极为全面、仔细。这种评论态度是值得学习的。

评论者陈奔围绕自己的论题"方鸿渐性格的喜剧性——兼谈《围城》人物塑造的喜剧手法"全方位地加以分析评判，观点独到、鲜明，分析仔细，言之有理，令人信服。

围绕"刻画人物技巧"这方面再举一例。

先看评论者李丽中对邓友梅《那五》获奖中篇小说中"那五"等人物的评论片段。①

邓友梅师承鲁迅、老舍的白描手法和古代话本的讲故事艺术，把这二者结合起来，在故事的讲述中，通过动作、对话、细节来刻画人物。

小说开篇对那五家业衰败的情况作了概括性介绍。这段叙述性文字写不好，就会给人以平淡、板滞、冗赘、烦琐之感；然而，出人意料，邓友梅把这段文字写得有声有色、十分精彩。从清末那五祖父当内务府堂官说起，到那五父亲咽气归天为止，一百余年的事仅用了不到一千字，语言容量相当大，而且形象、生动。……辛亥革命推翻了大清王朝，那家开始由盛转衰，这样一件大事，邓友梅却用戏谑的笔调叙述：

> 福大爷刚七岁就受封为"乾清宫挎刀侍卫"。他连杀鸡都不敢看，怎敢挎刀？辛亥革命成全了他。没等他到挎刀的年纪，就把大清朝推翻了。

寓庄于谐、举重若轻，真是绝妙文字。

当那五家业衰败后，紫云（那五祖父晚年的收房丫头）可怜他，托义兄过大夫接他来家同住时，尽管他穷得叮当，还"直喂牙花子"，挑剔说："到您那儿住倒是行，可怎么个称呼法儿呢？我们家不兴管姨太太称呼奶奶。"非那五说不出此话，非此话显不出那五！鲁迅称这种寥寥几笔勾勒，使人物神情毕肖的手法为"传神的写意画"。不仅画出了神情，而且画出了灵魂；是在写人，也是在写心，写那个畸形的社会。

点评

评论者从语言的角度，分析邓友梅驾驭语言塑造那五等人物形象的能力及特色。

除了评论语言特色外，思路还要开阔，要将语言特色对刻画人物产生的效果鲜明地概括出来。

若评论者知识储备丰富，可以不失时机地借用丰富的知识（包括名人名言），加强自己评论的力度。

刻画人物的技巧技法很多，各有各的审美特点与审美功能，关键是评论者是否能准确地把握住作者所使用的技巧技法，是否能准确地把握住该技巧技法对刻画人物所产生的审美特点及审美功能。上述两位评论者都能做到这两点，能启迪读者感悟他们的分析评判，并深入体悟原作在人物刻画方面的技巧技法及由此产生的审美效果。

人物的鉴赏评论除从上述三个方面切入外，人物之间的复杂关系在情节中是如何表现的，环境如何造就人物，人物如何改造自己的环境这都是分析人物的切入口。下面在阐述情节、环境鉴赏评论方法时再提及。

---

① 滕云：《新时期小说百篇评价》，第304~306页，南开大学出版社1985年版。

二、小说情节结构的鉴赏与评论

谈小说情节结构的鉴赏评论方法前，先明确小说情节的基本要求及结构的基本特征。

小说情节的基本要求有两点。其一，在小说特别是长篇小说创作中，作者所要表现的和所要概括的是复杂的生活情景和面貌。作者把这些生活情景提炼成小说的艺术情节时，作者应该高屋建瓴，全局在胸，这样才能使情节具有深广性（即完整性与复杂性的综合），有效地表现作者对生活的深刻体验。其二，情节是吸引读者的重要手段，作者应该讲究曲折生动、引人入胜的审美效果。赏析情节时，以这两点作标准来衡量作品。

小说的结构有表层结构与深层结构之区别。表层结构是指对作品中可以直接感知的内容进行组织安排，包括叙事情节的安排、场面的安排、抒情内容或景物描写的组织安排。深层结构是指隐藏于作品中可直接感知的内容之下的深层东西，即可直接感知的内容经过表层结构安排后可能产生这些内容自身所没有的新内涵，或者说各部分内容经表层结构安排后，有内在的时空关系、内在的生命节奏韵律，它们构成了作品的深层结构。深层结构往往给读者以更深刻的激荡和启迪，那种内在的生命节奏韵律更能使读者的生理、心理产生对应效果，进而影响读者的思想情绪，因此鉴赏评论时不能忽视这一方面。

1. 小说情节鉴赏

具体讲，在鉴赏情节时从以下几方面入手。

（1）分析主线和副线交织特点，及其反映社会生活复杂面貌，刻画人物形象的艺术效果。

小说的容量不同，情节也就不同，一般短篇小说人物少，人物关系不复杂，其情节就相对简单，以单线情节居多，像鲁迅的《一件小事》《孔乙己》，莫泊桑的《羊脂球》《项链》《我的叔叔于勒》，欧·亨利的《最后的藤叶》《警察与赞美诗》等都以单一情节线索贯穿全篇小说。有些中篇小说的情节也比较单纯，由单线情节来发展，像鲁迅的《阿Q正传》，冯骥才的《啊》，谌容的《人到中年》，蒋子龙的《乔厂长上任记》等。面对情节单一的作品，读者鉴赏评论时，重点除了放在情节与人物的关系、情节与主题的关系上以外，还要仔细捕捉情节的技巧特点，鉴赏情节给读者带来的审美欢愉。这将在下面一个问题中阐述。

事实上，无论是长篇小说、中篇小说，还是短篇小说，由于立意、人物塑造的缘故，情节都比较复杂，或者说，缤纷多姿、繁缛复杂的社会生活，使得小说的情节不是单一的（尤其是长篇小说），往往一主一副，或一主多副的线索交织起来表现生活。赏析时，看看小说的主线是否鲜明，是否着意发挥了副线的作用，给人以多而不乱、繁而不杂的效果；主线和副线是否能互相呼应，交错起落，息息相关，造成故事的波澜跌宕，引人入胜，动人心弦；主副线是否编织成优美的主体网络，从而真实典型地反映出社会生活的复杂面貌和人物的性格或命运。

以《红楼梦》为例。上文提到《红楼梦》以四条情节线交织成"麻花式"来展开故事情节的。每条情节线又都"一波三折"，它们相激成澜，浪峰交错，生动形象地反映了封建宗法思想、宗法制度对人的戕害及18世纪封建王朝由兴至衰的社会生活。如贾宝玉的爱情和婚姻故事情节，在"一波三折"中让读者看到贾宝玉叛逆性格的三个重要发展阶段，从而又在这条情节线上让读者感悟到作者对封建宗法家族的批判。第一个阶段，是宝玉与其父贾政的冲突。宝玉"愚顽怕读文章"使贾政积忿于膺；宝玉在外爱"流荡优伶"同情支持蒋玉菡逃离忠顺王府，王府长史官登门索人给贾政难堪；在家喜"内帏厮混"，使贾政愤怒，严厉的笞挞使贾宝玉从严父的道德中看到了狰狞，从而使他坚定迈出了叛逆性的一步，他毅然唾弃了家长们的"金玉良缘"之论，与林黛玉赠帕定情。第二阶段，是宝玉与其母王夫人之间的一次正面冲突。王夫人以为贾宝玉"愚顽怕读文章"是被丫环们"勾引坏"的，她借故"惑奸谗抄检大观园"，最终导致大观园中的青年女子首批风流云散，这使宝玉从慈母的笑脸中发现血污，使他认识到，同是"巾帼"，但有"鸠鸩"和"鹰鸷"之分，同是"闺阃"，但有"蒺藜"和"茝兰"之别，他不再将自己的幸福寄托在母亲身上。同时也清醒地意识到自己对晴雯、金钏的死没有责任，而是母亲的所为，因而在《芙蓉女儿诔》中，一面赞美晴雯的高洁，一面表露对波奴①及其主子们的愤怒之情。第三阶段，是宝玉与祖母贾母的一次正面冲突。贾府为维护家世利益，决定与薛府结成新的联姻，宝玉从老祖母佛面常笑中看到了封建宗法关系的真相。贾宝玉逐渐坚定叛逆行径的过程，也是作者揭示贾府兴衰的情节发展过程。在这条情节线中，读者可以从中透视出作者对封建宗法家族的批判，其中蕴含了对宗法思想、宗法制度的批判。小说中的其他几条情节线，像"四春"悲剧命运的故事情节、王熙凤理家的故事情节、甄士隐、贾雨村、冷子兴、刘姥姥组成的故事情节很好地发挥了副线的作用，从而与主要情节线共同完成了作者的创作宗旨——批判封建宗法家族、宗法思想、宗法制度吃人的本质，同时也为读者留下了众多个性鲜明的人物形象，留下了18世纪清朝王公贵族兴衰的历史画面。

欣赏分析复杂的情节时要注意两点。

首先，理出头绪，先抓准贯穿全部小说的主要情节线索，然后找出副情节线索，在此基础上分析几条情节线索的相互关系，及与主题、人物的关系。

《红楼梦》中宝黛钗的爱情婚姻故事情节是主线，这条情节线集中反映了贾宝玉的叛逆思想和性格和贾府家世利益的对立，也最能体现作者的创作宗旨。王熙凤理家故事情节的地位作用仅次于宝黛钗爱情婚姻情节，因为作者将王熙凤的理家过程写成贾府兴衰过程。"王熙凤协理宁国府"，是贾府面临"烈火烹油、鲜花似锦之盛"日，王熙凤一手抓权，一手抓钱，"挥霍指示，任其所为，目若无人"，也就日益引起她和赵姨娘的嫡庶矛盾，和邢夫人的婆媳矛盾，和贾琏的夫妇矛盾。这些是封建宗法家族内部的矛盾，它牵及封建宗法家族内部的财产和权力再分配问题，也牵及有才能而不甘雌伏的青年女子对亲权和夫权的触犯问题。这三组矛盾充分暴露封建宗法家族内部"自杀自灭"的真实面目。按正统观念看，贾府最有权势的人物是贾母、贾赦、贾政，然而对外真正运用家族权势的却是王熙凤，她交通当道、勾结要臣、左右官府，最终导致贾府被查抄，"家亡人散各奔腾"。通过王熙凤理家情节，从内外两个方面深刻揭示贾府走向衰亡的历史必然。

元、迎、探、惜"四春"的情节线也很重要。她们的悲剧命运完整地反映了贾府历史悲剧的发展历程。作者通过这一情节，由近及远，由里及外地写出贾府与外部大千世界及封建统治阶级内部各政治集团之间的矛盾冲突。元春加封贤德妃，一方面使贾府由国公门第成为皇亲国戚，一方面也使贾府由此而卷入王室内部的政治风云；贾赦将迎春

---

① 在《红楼梦》里特指虎兕恶狼一般的恶人，及愚昧的悍妇。——笔者注

嫁给既有世交而又属新贵的孙绍祖，这已反映了贾府债台高筑衰惫不堪的状况；探春远嫁，作海疆藩王妃亦同样是贾府衰亡前的一种挣扎。原本想通过攀亲巩固家族昔日盛势，但实际上"从外部杀来"的势力却多与贾府有"亲"，作者从更大范围内写出"自执金矛又执戈，自相戕戮自张罗"的内部斗争，写贾府衰亡的历史必然性，所以惜春只好"不听菱歌听佛经"了。

这条情节线既与其他一些情节共同完成作者创作宗旨，在小说内部又与其他情节相联系。元春入宫为"三春"汇聚"金陵十二钗"为主体的一群女子创造了条件，也为贾宝玉等男女青年力图冲破（事实上无力冲破）封建世俗制、封建等级制的罗网提供了活动场所，为王熙凤理家作对比，注入新鲜空气，还有一点，宝黛钗的爱情悲剧也与元春"端午赐礼"时所流露的倾钗意向是分不开的。

甄士隐、贾雨村、冷子兴、刘姥姥故事情节少不得，他们是勾连其他情节，贯穿全书的重要情节线。他们既是作品中心人物的引出者，又是贾府由盛趋衰的冷眼旁观者，还与贾府盛衰荣辱有某种瓜葛。作者通过他们由远及近、由外及里地写贾府，把贾府与外部大千世界及太虚幻境勾连起来，并将自己的一些观念、思考通过他们传达出来。

这四条情节线像"麻花"一般缠绕成《红楼梦》这部名著。

鲁迅的短篇小说《药》有一明一暗两条情节线组成，明线写华老栓夫妇给小栓治病，暗线写革命者夏瑜被杀，通过"人血馒头"把两件似不相关的事交结成完整的故事情节。若小说只有一条情节线，或写华老栓买人血馒头给儿子治病——揭示人物的愚昧；或写革命者夏瑜被杀——革命胜利来之不易，这都不能准确表达作者的创作意图，唯有明暗两条情节线同时展开——华老栓夫妇买蘸满革命烈士鲜血的馒头给儿子治病——辛亥革命之所以失败，是因为没有启明大众，发动大众。这样《药》的立意是深刻而发人深省的。

其次，把握好情节线索中场面、细节的审美作用与效果。

场面是情节线索中的大停顿，是构成情节的基本单位，细节是情节的最小单位，经验丰富的作家十分重视场面和细节，有的小说成败全在场面和细节上，尤其是细节，成功的细节使小说具有旺盛的生命和迷人的艺术魅力。

请看鲁迅《示众》小说中的一段场面描写：

> 杀时间，也就围满了大半圈的看客。待到增加了秃头的老头子之后，空缺已经不多，而立刻又被一个赤膊的红鼻子胖大汉补满了。这胖子过于横阔，占了两人的地位，所以续到的便只能屈在第二层，从前面的两个脖子之间伸进脑袋去。
>
> 秃头站在白背心的略略正对面，弯了腰，去研究背心上的文字，终于读起来：
>
> "嗡，都，哼，儿，而……"
>
> ……
>
> "他，犯了什么事啦？……"
>
> 大家都愕然看时，是一个工人似的粗人，正在低声下气地请教那秃头老头子。
>
> 秃头不作声，单是睁起了眼睛看定他。他被看得顺下眼光去，过一会再看时，秃头还是睁起了眼睛看定他，而且别的人也似乎都睁了眼睛看定他。他于是仿佛自己就犯了罪似的局促起来，终至于慢慢退后，溜出去了。……

鲁迅的这段场面描写，让读者感受到街头众人的空虚、无聊、可悲、可笑，"感到在封建思想意识的笼罩下整个社会思想的沉寂和荒凉，整个精神世界的干燥和枯焦。"①

小说场面描写很重要，常常帮助推动情节发展，表现人物性格或命运，因此鉴赏小说情节时，不能忽略场面描写。细节也极为重要，鉴赏时要注意它的艺术概括力。吴敬梓在《儒林外史》中对严监生临终前伸出两个指头的细节描写；巴尔扎克在《欧也妮·葛朗台》中对暴发户葛朗台见妻子死后忙着办理的第一件事就是哄骗他唯一的女儿在放弃继承母亲遗产文书上签字的细节描写，都十分传神，严监生悭吝的个性，葛朗台对金钱疯狂的占有欲既增强了情节的生动性，又产生了巨大的艺术概括力量。

（2）分析章法技巧的运用及其艺术效果。

在我国的传统小说中，在注重情节服从小说人物塑造的同时，还特别讲究情节的惊险性和传奇性。富有惊奇的情节才会使读者感到有兴趣，陶醉其中，得到精神上的愉悦和享受，平直无波澜的情节往往提不起读者的阅读兴趣，因此，作者很注意精心组织情节，使读者经常处在"山穷水复疑无路，柳暗花明又一村"的审美状态中。

一些文章写作研究家们从古今中外优秀的作品中总结出不少章法技巧，如巧合法、悬念法、误会法、张弛法、蓄放法、离合法、断续法、抑扬法、转折法、疏密法、虚实法等等。这些章法技巧的运用，可以使情节发展跌宕起伏，波澜丛生，错落有致，丝丝入扣，层层相因，从而达到扣人心弦、百看不厌的审美效果，给读者以审美感受上的愉悦和满足，同时，在对人物的性格或命运有清晰、全面的了解的基础上产生不同的情感反应。赏析这些技巧的"落脚点"有两个方面，其一，人物形象在情节发展中是否得到真实、鲜明的表现；其二，技巧的使用是否能给读者以情感交流的满足和回味。下面列举评论性文章片段加深理解。

评金庸小说的悬念特征②（节录）

陈 墨

金庸小说的悬念有以下几个特征。

1）不"玩"悬念

金庸小说中有大量的悬念，但作者却不玩弄悬念，不把它当作小说的支柱。这使金庸的小说更沉着、更大气而又不失其精彩与吸引力。

能说明问题的有以下几点。

A．金庸小说中没什么"易容术"与"迷幻药"之类的制造神秘和悬念的东西。

B．金庸小说的开头，大多平淡，并不制造什么悬念和奇境。

C．金庸小说的叙事的真正的内在推动力，不是作者人为的悬念，而是人物性格发展的需要。金庸小

点 评

小说，尤其是武侠小说，离不开悬念技巧的使用，悬念技巧能使小说波澜起伏，曲折跌宕，激发读者的期待心理，使小说产生奇巧耐看的艺术魅力。小说家们注意使用悬念这古老的技巧。然而"戏法人人会变，巧拙却不同"，金庸在武侠小说中使用悬念技巧有其自己的特征。评论

---

① 王富仁：《〈呐喊〉和〈彷徨〉的环境描写》转引自《写作文鉴》（下），第215页，中央广播电视大学出版社1985年版。

② 题目为笔者所拟。引文载陈墨《金庸小说艺术论》，第103～111页，百花洲文艺出版社1995年版。

说吸引读者的是人物个性的魅力，以及读者对这一人物命运的深切关心。金庸小说中的悬念大多为事件本身的发展所造成的，而非人为地造成的，更没有那种生硬的编造。

悬念的制造，无非是要强化作品的吸引力，因而一般的作者往往对悬念大加强化，不断地提示悬念的存在，不断地推波助澜。而金庸的小说叙事则常常相反地淡化悬念，甚至故意地转移读者关注的焦点（悬念），力求人物和情境本身发挥正常的艺术功能和艺术魅力。

2）"后悬念"

说金庸一点也不玩悬念，那也不对，在他的小说中，至少玩了两次。只不过玩法与众不同。别人玩悬念是让读者来看小说，而金庸玩悬念则是为了让读者去想。来看与去想，有着方向性的不同。也就是说，一般的作者都是将悬念放在小说的靠前的位置，由悬念——悬念的解决构成叙事及其小说的情节。而金庸却在两部作品中将悬念置于小说的最后，且作者并不提供任何答案。我们只好称之为"后悬念"了。

一个是小说《雪山飞狐》的结尾处，苗人凤与胡斐正在决斗，胡斐等到了苗人凤的剑法的一个破绽，砍下去他就赢了，不砍下去他就要死。作者在这一关键的地方结束小说，最后来一句话是说胡斐"这一刀劈下去还是不劈?"从而留了一个大大的悬念给读者。

另一个例子是小说《侠客行》的结尾，主人公石破天在他的养母梅芳姑自杀后，再也无人知道他的身世秘密，从而不知道"我是谁?"小说的最后一章的题目便叫《我是谁》

上述两例，是大反常规的做法。……小说《侠客行》的开头，主人公流浪风尘，在找他的妈妈（那时他是找梅芳姑），到小说的最后，才知道他的这个妈妈还是个处女，不可能是他的生母，因而到结束还在找妈妈。……"后悬念"的艺术功能效果是任何悬念或"前悬念"所不可比拟的。
……

《侠客行》中的《我是谁》的结局也是具有深刻意义的。第一层，是故事本身的逻辑结果，即梅芳姑

者敏锐细心地归纳为四点。小说创造要吸引读者，离不开悬念技巧，有些作家用"易容术"或"迷魂药"来玩弄悬念，情节曲折，但常出现"雷同、重复、破绽"，而金庸不"玩"悬念，却又不失精彩和吸引力。这就是作者高明之处。

这里可以看出评论者的几个优点。①对武侠小说家们使用悬念技巧的状况了如指掌；②对金庸使用悬念技巧的与众不同之处体验颇深；③贯穿"金庸是真正的大小说家"的评论宗旨；④评析言之有理。前两点是评论者产生真知灼见的基础，后两点是评论者写评论时要遵循的原则。陈墨在这方面做得很好，值得初学评论者学习。

金庸的独到之处，不重复别的作家使用技巧的老套路子，他能使技巧的使用更好地刻画人物，更好地吸引读者，并开启读者的想象与思考。

能将评判一层深似一层地加以剖析，是评论者的功力体现。这是对"观点加论据"的简单分析者们的有益启示。金庸的小说常常启迪读者，陈墨的评论也常常启迪读者去理解金庸小说中艺术技巧所产生的审美价值。

死后，确实不知谁是主人公的父母了。第二层，读者大约隐隐能猜到，他是石清与闵柔的儿子，但却没有任何靠得住的证明，永远只能是猜测而已。进而，主人公自始至终都没个正式的名字，他的所有的称呼都是冒名的，而他的所有的"身份"都是他人的"替身"（包括在梅芳姑家里，他也是梅芳姑心目中的某个人的替身，所以她称他为"狗杂种"）。第三层次，那就是哲学层次中的"我是谁"的问题了，世界上每一个人都面临这一问题，人类自古以来就面临这一问题：我是谁？我从哪里来？我要到哪里去？……如此，作者不"悬念"又能怎样？……

……

现在，我们明白了，作者利用悬念要达到的目的，不仅是使故事讲得神奇，更是为了使故事讲得深刻。不仅是追求好奇，更是为了追求耐看，所以，我们说，金庸的功夫真正体现在对悬念后面的情节安排以及深层意义的发掘上。……金庸花在对悬念的建构上的功夫与篇幅，比花在悬念本身的功夫和篇幅要多数十倍。以至于当我们合起小说之后，再也记不起悬念本身，而是不断地回忆起主人公在痛苦人生中的种种悲情感受，深深铭刻着主人公的痛苦而又崇高的侠义个性。

> 带点的词是评论者重点强调的，通过强调，将金庸使用悬念"与众不同"的评价具体化。这是在上述分析具体作品的基础上的高度概括，与评论一开头前后呼应，评论思路严谨。
>
> 好的小说除了给读者以情感交流外，要令读者回味无穷。

2. 小说结构的赏析

小说结构的赏析要考虑两点。

第一，结构艺术是否保证作品完整、统一、和谐地为人物性格塑造和人物性格发展服务，为表现主题服务。小说制作的中心任务是写好人物，因此小说结构也应根据人物性格发展的逻辑、人物性格塑造需要来构思，保证人物有充分显示自己性格特点的情节和环境。而且无论是剪裁，还是布局，无论是单线结构，还是复线结构或其他结构方式都应完整统一和谐地为人物形象服务。中心任务完成好了，作品主题也就鲜明地表现出来了。

第二，结构艺术是否具有独创性。结构完整、统一、和谐地为人物塑造服务，为表现主题服务，这是衡量小说结构好坏的基本要求，更高的要求则是要具有独创性。为塑造人物服务，为表现主题服务要不落窠臼，要有作者个人的风格。但，那种不顾广大读者的期待和审美心理规律去"独创"，使人难以理解或接受的，则不能视为好结构。

下面以夏炜《略论〈三国演义〉的整体结构特色》为例，节选一些评论片段加深理解。

（一）

……《三国演义》的结构形式虽是章回体，章回之间可以相对地独立，但也只能是相对而言，譬如"三顾茅庐"：徐庶走马荐诸葛，向刘备推荐了卧龙先生，刘备求贤若渴，便三赴卧龙岗相请，终于请出了有雄才大略的诸葛亮。这是一个比较完整的情节结，独立出来可以成为一个很好的短篇。但是，作为《三国演义》艺术整体的一部分，它却没有独立的可能，它是《三国演义》艺术结构的重要环节，是诸葛亮这一重要人物大展雄才的前奏曲，也是刘备由弱到强的转折点，没有这个环节，整体结构就会呈现出某种程度的欠缺，因之而失去连贯与完整。

……

罗贯中以三国的代表人物曹操、刘备、孙权为主要人物线索，演绎三国兴亡故事。这三条线索或单线独进，或并驾齐驱，或交叉错综，将汉末晋初近百年间的诸多历史人物和事件紧密地维系起来，构成一个严密的艺术整体。小说从东汉桓、灵二帝号起，先写十常侍擅权误国，何进谋诛宦官，董卓篡权乱国；序曲已毕，紧接着是曹操平定北方，孙权统一江左，刘备进取四川；继之是魏、蜀、吴三国相互征伐，谋成一统；最后以司马氏政权化三国为一统，建立晋王朝结束全书。小说围绕着三国的兴亡展开情节，而三国的兴亡则又紧紧地依附于曹操、刘备、孙权或他们的继承人。于是，全书的情节发展，事件安排，人物构成以及整体结构的布局谋篇，则直接受这三条人物线索的统御或制约。《三国演义》虽然用章回体写成，并可明显地分成四个大的段落①，但这些章回和段落都是全书不可分割的组成部分。……《三国演义》四个大的段落，如同四个彼此相扣的玉环，每个玉环之中又有若干相互联系的小环，环环相扣，形成一个完整的链形结构。

……

（二）

……

结构的张与弛同作品描述的事件性质有很大关

---

① 评论者将全书分为四大段落，与笔者在本章前面引用毛宗岗的"六起六结"三章法，略有不同，这属于不同评论者细微处的不同划分，没有本质分歧。

这部分评论者的评论重点是谈《三国演义》结构的整一性特点。评论这个特点是针对西方汉学界一种十分偏颇的看法而引发的。西方汉学界认为中国古典长篇小说艺术结构存在着分散、杂乱、缺乏整一性的弱点。评论者以《三国演义》整一性结构特点加以驳斥。

这部分的分析自然、严谨、说服力强。

此处评论者将《三国演义》的大结构作了清晰的概述。

此处是对四大环节中每一个环节又分若干小环节的结构模式加以指点，最后说明小说"整一性"的结构特色。

系：格斗杀伐之事，紧张激烈；谈天论道之事，优雅淡泊；嫁娶宴乐，喜庆平和；生离死别，凄凄惨惨。因此，文学作品事件的安排应该做到寒热相济，喧闹热烈伴以宁静平和，格斗杀伐亦伴以优雅淡泊，二者相互补衬，就可以弥补各自的欠缺，甚而能交相生辉，造成"相映成趣"的艺术效果。仍以赤壁之战为例。赤壁一战，尽管有张有弛，但仍然给人以氛围热烈的感受，不过，读完华容道一章，人们的感受就不一样了。曹操和破败之军落荒而逃，被赵云、张飞冲了两阵，兵马损失殆尽；至华容道，"人皆饥倒，马尽困乏。焦头烂额者扶策而行，中箭着枪者勉强而走。衣甲湿透，个个不全；军器旗幡，纷纷不整：大半只是彝陵道上被赶得慌，只骑得秃马，鞍辔、衣服尽皆抛弃。正值隆冬严寒之时，其苦何可胜言。"天寒、马寒、人寒，读者至此亦觉心寒。类似的例子尚有许多，自不待详举。热后见寒，以寒补热，读者则"躁思顿清、烦襟尽除"。作品的整体结构也就不会因为事件的雷同一律而减弱或失去其和谐性。

（三）

……

由于《三国演义》表现内容的限制，其非对等现象首先表现在不同性质事件的构成比例上。《三国演义》所述之事大都是战事和围绕着战事展开的斗智斗勇，而谈天论道、歌舞宴乐、嫁娶婚丧、友事往来等事件的取舍则取决于它与战事是否有关，有辄取，无则去。稍稍留意一下就可发现，《三国演义》描述的战事和围绕着战事展开的斗智斗勇在全部事件中占绝对优势，而其他事件只是作为陪衬和某种艺术需要而出现。这种情况在我国古典长篇小说中是不多见的，其他小说不能比，《东周列国志》那样专门述战国纷争的历史小说亦不能比。

《三国演义》整体结构的非对等性主要地表现在三国人物、事件的比例安排上。……《三国志》中的三国顺序是魏、吴、蜀，而在《三国演义》中却是蜀、魏、吴。……《三国演义》艺术结构的非对等性，或许与自南宋而下的广为流行的"尊刘抑曹"倾向有关。……它从一个方面表明了作者的艺术情趣

张弛相间、寒热相济、虚实相生等等都是小说章法中的技法。评论者从这些技法入手来分析《三国演义》结构的艺术特色并突出"和谐性"。这里节选的是评论者从"寒热相济"的角度分析小说结构艺术。

先讲"寒热相济"结构技巧的审美特点及功能效果，再结合小说具体情况细加分析。加深读者印象。

初学评论者应从"古代文论"的学习中积累这方面的知识，以这些知识提高自己鉴赏小说结构的能力，并将这些知识引运于评论中，增强评论的知识含量。夏炜在这方面为初学评论者做出了榜样。

某特点分析评议后，不要忘了概括该特点在整体结构中的审美作用。及时概括能强化某特点在读者中的印象。

第一部分评论者谈小说结构"整一性"特点，第二部分谈小说结构"和谐性"特点，第三部分谈小说结构的"独创性"，这是分析小说结构最重要的一部分。"独创性"是对作家评判的最高要求。缺少"独创性"的作家，算不得优秀作家。

评论者通过与《三国志》、《三国志平话》的结构作比较，找出《三国演义》"非对等性"的独到的结构特点（删节号处是评论者的对比分析）。

和追求。我国一些古典长篇小说的整一性和和谐性往往是通过艺术的均衡表现的，《三国演义》不是这样，它既具有鲜明的整一性、和谐性的特点，又具有其他作品往往不可能具备的非对等性，而且能在非对等之中见出和谐来。这是《三国演义》艺术结构的独特之处。

……

……《三国演义》的艺术结构显示了我国古典长篇小说艺术结构的民族性及其自身的特点，为后人提供了许多可资学习借鉴的成功的艺术经验。……①

> 分析"非对等性"结构特点形成的两大原因（客观的"尊刘抑曹"，主观的是作者的艺术追求），并与其他古典长篇小说作对比，再次强调"非对等性"是罗贯中结构艺术的独到之处。
>
> 结尾处对小说结构艺术的特色作用再作概括性点评，以加深读者印象，并圆美完成自己评论的完整构思。

上面二篇评论（节选）在评议情节结构技巧的特征、审美作用、功能及审美效果上都较为规范，能为初学评论者提供借鉴经验。尤其是夏炜在评论《三国演义》整体结构的非对等性特征时，由这个特征带来的艺术效果和陈墨评议金庸小说悬念技巧的艺术效果中都已将深层结构所蕴含的东西揭示出来了，值得回味思索。

三、小说环境的鉴赏与评论

在谈小说环境审美特点时已提及：人总是生活在一定的背景环境里，同生活环境发生错综复杂的关系。人物性格的形成、命运的变化与环境息息相关，受环境的影响与制约。成熟的作家为了塑造典型的人物形象，巧妙地使环境成为人物形象生活的典型场所，成为人物性格形成、命运变化的重要依据。因此，对环境的赏析，首先就要考察小说对客观现实生活的环境描写是否与人物形象浑然一体，是否给人物提供了真实的现实依据和条件，是否增强或丰富了生活的现实感。另外，作家对环境的描写，总会渗透着自己对社会生活的理解与评价，体现一种社会观念和历史观念。典型环境的生动再现，如果没有作家认识和把握社会历史状态和社会发展动向的思辨能力，是不可能达到的，出色的环境描写总是闪耀着作家的思想光芒，因此，这也是在鉴赏环境时要认真考察的。

环境赏析评论可以从以下两个方面切入。

1. 分析社会环境的广阔性和典型性

社会环境一般是指一定时代、地域的生活状态、风土人情、社会关系以及政治经济等状况，它着力表现人物活动及性格形成、命运变化的社会历史条件，真实体现一定时代的社会关系的某些本质特征和社会发展的总趋势。读者赏析时，看看作品的人物形象刻画和社会环境描写是否浑然一体。一个小说家艺术才能的高低，常常表现在能否使作品中的人物与其所置身的具体环境达到有机的融合，给人物提供了真实的生活依据，使读者确信：只有在这样的具体环境中才能产生这样的人物。即使那些招之即来，挥之即去的小人物对表现社会环境的作用，也要认真赏析。同时也要分析作家对时代概括的深广度，是否体现出纵深的历史意

---

① 评论载河南省社会科学院文学研究所选编的《〈三国演义〉论文集》，第297～307页，中州古籍出版社1985年版。

识，是否表现了社会历史发展的动向或趋势。抓住社会环境典型性赏析，即可以很好地分析人物，又可以很好地分析作品的思想价值。

在中国的传统小说中，社会环境的描写往往不是集中在一段或几段文字中表现出来的（外国小说是集中描写），而是包含在整部小说的很多地方，**因此鉴赏时必须熟读全部作品，评论时必须高屋建瓴，全局在胸。**

仍以《红楼梦》为例。评论者傅继馥在《〈红楼梦〉中的社会环境》①一文中，从四个方面来分析评议《红楼梦》的社会环境：①以刘姥姥为点，黑三村等为面作为农民阶级代表的典型环境的一个组成部分；②从17世纪末到18世纪20年代物质经济生活条件、封建宗法等级制等角度来评析贾府由鼎盛走向彻底衰亡的历史必然性（四大家族维护的庄田制等古老的剥削方式，不受限制的特权等已成为资本主义生产关系萌芽的主要障碍），成为《红楼梦》典型环境的另一个组成部分；③从商品流通的角度评析贾府人际关系的微妙变化（一些被贵族视为圣洁高贵的东西和一些被统治阶级咒骂为海淫的东西，一起成为流通的商品流进礼教森严的贾府，对宝黛的爱情、叛逆起了催化作用；一百两银子了结了贾瑞触犯族规的相思局，孙绍祖一纸五千两的债券娶了贾迎春），使"货币关系"成为《红楼梦》典型环境的又一个重要侧面（尽管在小说中还很细弱，但极为重要）；④从"中国同资本主义世界体系有一些微弱的联系"这一角度来评析《红楼梦》的社会环境，小说生动地记录了世界气息从大门的隙缝中流进来的流量和影响，这在中国小说史上还是第一次（这部分从薛宝琴随父到西海沿口买洋货、贾薛两家用洋货等描写中体现），下面节选几个评论片段。

《红楼梦》中的社会环境（节选）

傅继馥

……在18世纪上半期，外国资本主义对中国的侵略暂时也处在低潮状态。清廷基本上采取闭关政策，这对外国殖民者的侵略活动起过某种自卫的作用；但是也使中国失掉了对外贸易的主动性，使国内资本主义萌芽得不到比较迅速的发展，……。清廷的闭关政策也有过变化，在1685年到1757年间有过某种程度的开放，东南沿海设四个海关，北方陆路设一关口。当时清廷还任用一些有科学技术专长的西方教士，吸取西方关于天文历算、地图测绘、医药、园林建筑等方面的成就。曹雪芹生活和创作正在这一时期内，《红楼梦》生动地记录了世界气流从大门的隙缝中流进来的流量和影响，这在中国小说史上还是第一次。

……

……封建社会的女子终身幽居，足不出户。曹雪芹

点 评

评论者在分析社会环境时，视野开阔，先将真实的历史状况作精要的概述，然后再回到作品作分析评判。这方面值得初学评论者借鉴。

不顾时代背景就作品环境分析环境很难将典型环境分析清楚。不加选择地滥用时代背景也很难分析好典型环境。这部分运用得恰到好处。

评论者通过纵横比较，评判《红楼梦》第一次记录了"世界

---

① 文章载傅继馥专著：《明清小说的思想与艺术》，安徽人民出版社1984年版。

却特地描写了足迹遍及国内和海外的薛宝琴，"天下十停走了有五六停了"，还曾跟父亲到西海沿子上买洋货。薛宝琴有史湘云的直爽而没有其封建功名心，有林黛玉的灵智而没有其礼教的重负，虽然形象尚欠丰满，但是，她经多见广，才思出众，热情直率，个性色彩格外明朗，这些都不是在大观园围墙内所能培育的。她也不再是"薄命司"中的人物。薛宝琴形象反映了中国开始与世界有了一些微弱的联系。

......

《红楼梦》不但提到很多外国货物，而且还对其中一部分作了生动的描写，或由此生发情节，或借此推进情节，具体地表现了作为社会环境对人物的影响。这种影响因人而异，显得很复杂。

对于腐朽的贵族主子来说，"奇技淫巧"的外国奢侈品是用来满足奢侈豪华生活的。......精明的主妇王熙凤来自专管洋船货物的大官僚家，就利用外国钟表来加强统治。......后来，贾府经济枯竭时，便不得不把这座钟变卖为五百六十两银子。到头来，这钟声带来的竟是贵族自己的丧音。这真是绝妙的历史讽刺！

《红楼梦》真实地反映了当时中国与世界资本主义体系开始有了一些微弱的联系以及复杂的影响。这是中国进入封建末世的又一个标志。

......

曹雪芹在小说中曾经对社会环境作过哲学上的概括：既不是"治世"，也不是"乱世"，而是"末世"。用我们的哲学观点看，这四种社会力量还处在量变阶段，在积累着足以向对立面转化的质变因素。这是将死的死而不僵，方生的未能发展的时期，死的抓住活的！......《红楼梦》所描写的，中国历史却被死的抓住活的，在十字路口徘徊。......这当然不是曹雪芹所能认识的，但是他把那一段应该转变而未能转变的历史描写得如此真实、如此全面、如此深刻，也就值得渴望彻底摆脱落后挨打局面的中国人民认真回顾、深长思之了。

气流"对中国封建社会的影响。评价真实客观。

薛宝钗、薛宝琴是出身于同一个富贵家庭的亲姐妹，但薛宝钗，足不出户，闭门读书，通今博古，满脑封建正统思想，而宝琴随父走遍国内与海外，直爽、灵智，没有礼教重负，没有封建功名心。不同的生活环境使人物的知识积累、性格特征、思想境界有不同的特点。

评论者指出了小说环境与人物的真实关系。

此处评论者具体分析了社会环境与人物的相融的关系，让读者体会到"只有这样的环境才能产生这样的人"。

这部分评论者总括自己上述四部分的分析。着重评议《红楼梦》社会环境描写的典型意义，真实体现那个时代的社会关系的本质特征和社会发展趋势。

这种论述既有深度又有力度。一般评论者注意分析环境与人物的关系，环境典型意义的剖析较少，而评论者在此处着力分析《红楼梦》社会环境描写的典型意义。值得初学评论者借鉴。

傅继馥的这篇论文对《红楼梦》的社会环境的评析有自己的独到之处。论文着重评析曹雪芹为什么在《红楼梦》中描写的多是日常生活而不是叱咤风云的奴隶反抗，却还具有惊心动魄的力量，原因在于曹雪芹真实、全面、深刻地在《红楼梦》中写出了："历史应该转变而未能转变，有历史而无事变"的典型环境。换言之，评论者着重分析了《红楼梦》社会环境描写的典型意义。评论者也强调，只有把握住《红楼梦》社会环境描写的典型意义，才能准确地分析贾宝玉、林黛玉、王熙凤、薛宝琴、柳湘莲、蒋玉菡等人的艺术形象。这篇论文通过四方面的具体分析，准确科学地判断曹雪芹对《红楼梦》的社会环境描写，既体现出纵深的历史观，又真实地反映了社会发展的动向与趋势。

2. 分析自然环境的多功能性

小说自然环境的描写具有随意性的特点，即作者描写景物可以在人物的活动中，就目之所及捎带写出，也可以随着人物心情的变化，使景物形态也随之变化；可以从旁观者的角度作静态的绘画式描写，也可以从参与者的角度作动态的叙述式描写。这种随意性景物描写既给小说带来浓郁的抒情性，激发鉴赏者的想象，给人以身临其"景"之感，又可把人物形象思想感情深处不便言说的心绪透露出来，让读者对人物形象有更完整的了解。景物描写具有深刻性的特点，即通过特定的景物描写，来透视人物灵魂，进而揭示作品的深层意蕴，深化作品的创作宗旨，或者是高度概括特定的历史时期的特征。

赏析自然环境的描写，"落脚点"，看看作者的自然环境描写是否自然地渲染了环境氛围，为人物活动生存提供了真实的背景；是否有效地烘托人物心境、情感，突出人物性格；是否合情合理地构成了情节发展的一部分，从而有力地推动情节的进一步展开；是否有力地帮助作者揭示作品的创作宗旨，或概括出特定历史时期的特征。

下面举例分析。鲁迅小说《药》的开头有一段自然景物描写：

秋天的后半夜，月亮下去了，太阳还没有出，只剩下一片乌蓝的天；除了夜游的东西，什么都睡着。……

小说的结尾处也有一段自然环境的描写：

微风早已停息了；枯草支支立着，有如铜丝。一丝发抖的声音，在空气中愈颤愈细，细到没有，周围便都是死一般静。两人站在枯草丛里，仰面看那乌鸦，那乌鸦也在笔直的树枝间，缩着头，铁铸一般站着。……

他们走不上二三十步远，忽听得背后"哑"的一声大叫；两个人都竦然地回过头，只见那乌鸦张开两翅，一挫身，直向着远处的天空，箭也似的飞去了。

这两段自然景象的描写，从技巧上讲，作者采用了客观描述法，这种方法描述的自由度比较灵活。结合全文看，这两段自然景物描写的审美作用是为了创造氛围。乌蓝的天、寒风、枯草、秃树、乌鸦等景象的描写，给读者以"荒凉、寂寞"的氛围，作者正是要通过这种氛围的渲染来表达对封建统治阶级残杀革命者的悲愤之情，表达对革命先驱的哀悼之情，表达对辛亥革命未能教育和发动广大人民群众导致失败的沉痛之情。没有这样的自然环境的描写，作者很难创造氛围，很难艺术地完美表达自己的创作宗旨。这两段自然环境描写自然熨帖，合情入理，没有斧凿痕迹，值得称道。

再看老舍《老张的哲学》里一段景物描写：

西边一湾绿水，缓缓地从净业湖向东流来，……桥东一片荷塘，岸际围着青青的芦苇。几只白鹭，静静地立在绿荷丛中，幽美而残忍的，等候着劫夺来往的小鱼。……一阵阵的南风，吹着岸上的垂杨，池中的绿盖，摇成一片无可分析的绿浪，香柔柔的震荡着诗意。

非常优美的自然环境，然而具有"哲学家的美感"的老张，看到这些景象的第一个直观感觉却是："设若那白鹭是银铸的，半夜偷偷捉住一只，要值多少钱？那青青的荷叶，要都是铸着袁世凯的脑袋的大钱，有多么中用。"这里作者以"香柔柔的震荡着诗意"的自然美景同人物丑恶、肮脏的灵魂作对比，将老张写活了。自然环境成为刻画人物的有机的组成部分。欣赏自然环境描写时，不要孤立地分析自然环境写得美不美，而要看它是否和谐地深刻地透视人物灵魂，是否揭示出作品深层意蕴。

下面请看傅继馥对《红楼梦》自然环境的评论。评论者在《〈红楼梦〉中的自然环境》一文中，从三个方面论述了《红楼梦》自然环境描写的艺术经验：第一，空间上时间上的异常广阔和高度集中；第二，自然环境与性格、情节的互相配合以及意境的创造；第三，自然环境描写的真实性及其典型意义。下面节选一些片断，以加深理解。

空间上时间上的异常广阔和高度集中（节选）

傅继馥

《红楼梦》广泛地反映了封建末世的阶级关系，它的社会环境描写异常广阔，同时又高度集中于贾府贵族的兴衰。为了适应社会环境的这一特点，曹雪芹在自然环境描写中，充分利用长篇小说展现和变换环境几乎不受限制的特点，把广阔和集中这两个对立面发挥到尽情极致，同时又达到了和谐的统一。

《红楼梦》的自然环境在空间上划分为三个范围。……第一个范围包括太虚幻境、青埂峰下、灵河岸畔，以及贾宝玉在《芙蓉女儿诔》中想象的苍苍穹窿。它们都超越现实世界之外，显然无不是人间观念的升华。

太虚幻境处于离恨天之上、灌愁海之中，这里朱栏玉砌，绿树清溪，人迹希逢，飞尘不到。宝玉在梦中欢喜，想道："这个去处有趣，我就在这里过一生，纵然失了家也愿意。"与丑恶的现实世界形成鲜明的对比。而众仙姑所居的房内居然"瑶琴、宝鼎、古画、新诗，无所不有；……"这一

点　评

自然环境与社会环境组成了小说的典型环境。

自然环境不仅仅指山水风月等自然界景象，也包括人物行动和情节发展的具体空间和时间。

用虹霓般的浪漫色彩照耀的"清净女儿之境"，是人间新观念的萌芽在天上的曲折反映。

正因为地处现实世界之外，自不妨想落天外，使景色瑰奇而领域无疆。这在《芙蓉女儿诔》中表现得尤为突出。……这些洋溢着积极浪漫主义情调的环境描写，为表现美好的幻想和愿望开拓了新疆域。而与封建社会中的现实环境在内容上和艺术格调上形成了鲜明的对照。

如果以贾府的围墙为界，围墙外面的现实世界便构成为第二个范围。从水国海岛到京城，描写的地点并不多，却足以代表辽阔的地域。这里的写法好像电影的推镜头，由远而近，远略而近详。真真国女儿诗虽是虚拟的，"岛云蒸大海，岚气接丛林"，毕竟用写意画的笔法点染了某一水国海岛的异域风光，开阔了大观园人物的视野。苏州、扬州、应天府等长江下游的南方城市，当时"最是红尘中一二等富贵风流之地"。这些资本主义萌芽比较发展的地点，在封建经济的汪洋大海中，虽然只是几个疏稀的小岛，作者勾画了它们的侧影以及和贾府联系的若干线索，却是耐人寻味的。写到贾府所在的帝都风光，笔触逐渐细致，取景广阔，仿佛国画中画面连续而有重点的长卷形式。

……

作者的笔墨用在贾府围墙之外的不过十分之二三。故事主要在贾府围墙之内进行，这里构成了第三个范围。这样写，好处是地点高度集中，缺点是容易流于单调。长篇小说的自然环境描写很忌讳单调。《金瓶梅》就未能避免这个缺点。而曹雪芹却能在贾府围墙里展开广阔多样的环境描写。……

评论者在对《红楼梦》了然于胸的前提下，将小说自然环境的空间、时间各划分为三个范围和三个层次，然后加以评析。这种评论视角要比单纯将自然景象与人物对应起来分析要难得多，但也显出评论者的大家风度。评论者分析第一个范围的空间特色，然后落笔在"人间观念的升华""人间新观念的萌芽""与封建社会中的现实环境在内容上和艺术格调上形成鲜明的对照"的审美效果上。这是与评论者评"社会环境的典型意义"的宗旨是一致的。

第二个范围内的自然环境描写特点似电影的推镜头，"由远而近，远略而近详"，落笔在典型环境的广阔性上，显示贾府处在封建末世的种种特点。

贾府围墙内被评论者划在第三个范围。评论者归纳曹雪芹这部分描写自然环境的三个特色：①善于抓住最富有特征的细节，一以当十凸现一个典型化环境；②相同的环境之间，写出不同特色；③同一个人物的环境随情节变迁而变化。最终仍然落笔在"末世"的特点上。

自然环境与性格、情节的互相配合以及
意境的创造（节选）

......

自然环境描写与性格、情节的互相配合，在中国古典小说里很早就形成了传统的特色：自然环境与情节相结合，而不是离开情节静止地描写；与性格相交融，而不是离开性格孤立地描写。这一民族特色在《红楼梦》里达到了高度的成熟。咸丰年间的范锴评点本在第十七回末批语中说："卧游（大观园）太便宜了读者，亦太难为作者矣。然其妙处全在从贾政眼中看出，方见活法，若呆呆铺叙即无生动之趣，使人生厌矣！"现在我们就以大观园作例子，看看《红楼梦》怎样体现这一传统的特点，有哪些新的发展？

前八十回里集中描写大观园全景的主要有两次，每次各占两回篇幅。第一次在第十七、十八两回。先写贾政率同贾宝玉和众清客，沿着主要风景线，穿花度柳，抚石依泉，遍游一周，这一回描写的特点是全面而客观①。脂批说："可当大观园记"。

自然环境描写与不同的性格和情节相结合，景随情移，通常只能取不同的局部，用不同的视角，并且涂上不同的感情色彩，有时甚至为人物的幻觉错觉所扭曲而变形。现实主义作家为了保持景色的客观真实性，笔下的情景交融，常常以情景相分、物我之相未泯为前提。……大观园与一般的自然环境不同，它规模庞大，结构复杂，将要分散在数十回中反复出现，与为数众多的形形色色的人物和情节相结合，呈现出真正称得上千变万化的画面。怎样在情景交融中保持环境的本来面貌？这在古典小说艺术中还是一个新课题。曹雪芹抓住了它的第一次出现，使读者得到的第一个印象就比较客观而全面，为下文放手描写景色的变幻作了准备。……安排了"大观园试才题对额，贾宝玉机敏动诸宾"的绝妙的情节，贾宝玉有了贾政这一对立面，在众门客的多方衬托下，展开了才学、性格和思想的对比。大观园的自然景色既是他们品题的客观对象，又是检验其品题优劣、志趣清浊、思想高下的客观标准。作者的描写越客观，大观园的

---

① 着重号为笔者所加。下同。

自然景色就越显示其评判的客观性，就越有说服力，情节也越动人。……曹雪芹只是客观地描写稻香村与整个园景的情调格格不入，"分明见得人力穿凿扭捏而成"，就让景色无情地揭露了贾政所谓"勾引起我归农之意"是同样的"穿凿扭捏"，肯定了宝玉强调的"天然图画"，表达让事物自由发展的思想。客观地描写衡芜院的奇草异卉仙藤，也就嘲笑了贾政的不学无术，称许了宝玉的才华出众。

……

第二次对全景的描写也是两回书：第四十回和第四十一回。……这次的主要游客竟是茅屋中人。刘姥姥进了"金门玉户神仙府，桂殿兰宫妃子家"，作了座上客，就形成了极端的不协调。具体的自然环境是由人物的社会地位、经济条件决定的，并且体现了他的审美情趣，因此，与人物通常是协调的。但是，生活的复杂性又会出现像刘姥姥游大观园那样的极端不协调。贵族主子正要用这种不协调来制造笑料，以填补寄生生活的空虚。而刘姥姥则用她在茅屋中形成的生活习惯和心理处处对比着大观园的环境，并且用庄稼人的"现成的本色"来凑趣。……刘姥姥遍游秋爽斋、衡芜院、栊翠庵、花溆、萝港、荇叶渚等景，……作者仿佛有意让刘姥姥和贾母在自然美面前形成欣赏力的对比。……难道说作者在肯定贾母，揭露刘姥姥吗？是的，这个"老废物"对自然美的某些方面的欣赏力确实高出于刘姥姥。在私有制社会里，"焦虑不堪的穷人甚至对最美的景色也没有感觉"。这个社会不但剥夺了刘姥姥们的物质生活条件，而且也剥夺了她们对某些自然美的欣赏能力。而贵族的优裕闲适的生活则使他们中的一部分人可能发现某些自然美——大多是静态方面的自然美。这是历史的一种不公正，也正是作者写刘姥姥游大观园的又一深刻之处。

当然，整整写了两回的这一情节，主要还是揭露和批判大观园内的贵族生活。刘姥姥游览一处，念几声佛，半是惊奇，半是感叹，半是女清客的有意凑趣，半是庄农人的本能流露，而大观园生活的骄奢和空虚也已暴露无遗了。……

……

大观园所结合的不是个别的人物，不是片断的情

删节号省略的是小说中的一些原文，评论者用来论证自己的论断。

评论者提出论断后要结合评论对象加以分析论证以加强说服力。

"新的发展"的表现特征之二是：于不协调中显示不公正。揭露了"名园一自邀游赏，未许凡人到此来"的严酷事实。

一般评论者往往把握不准曹雪芹为什么写贾母的欣赏能力强于刘姥姥，无论是色彩，还是音乐，还是奇石花草，贾母都会欣赏，而刘姥姥除了念佛，就是手舞足蹈。傅继馥却从这一贵一贫的两位老妇欣赏能力的反差中，捕捉到了作者的意图：于自然环境的描写中，揭示出历史的不公正。评论常常需要评论者独具慧眼。

评论者将作者蕴含在自然环境中的审美感受、审美体验、人生感悟在评论中揭示出来了。

节。一方面如前面所分析的，它同贾府的盛衰相始终；一方面又同贵族叛逆者和女奴隶的悲欢息息相关。不同的性格和情节如同两支不同色调、不同亮度的光束，从不同方向照射，交互错综，或隐或现，使景色的各个侧面展现无遗，也使无知的草木有了兴亡之感，离合之情，学会了叹息，懂得了欢乐。……
……

> 这部分评论是对"不协调"评论相容的一个小结。（下文评论少女们与大观园的关系）从评论思路上来讲很有必要，读者可以对评论者的评论重点有清晰的了解。

小说环境的鉴赏评论是小说评论中的薄弱环节，像样的范文不多，因此，从鉴赏评论的角度讲，选用的这些有关内容对读者有很好的借鉴作用。**其一，鉴赏作品要全面深入；其二，鉴赏作品要善于"钻进去"，再"跳出来"；其三，要真正做到"知人论世"；其四，不要人云亦云，要有自己独到见解。前三点是评论者做到"真知灼见"的基础，第四点是前三点的结果，但还需要有勇气，否则条件具备，不敢发表独到见解，还是写不出好的评论来。**

小说环境鉴赏评论还需要注意两点。

第一，学会抓重点。鉴赏小说的环境描写时，首先，明确是哪一种类型的环境描写，这样可以知道不同类型的环境描写有其不同的创作要求和审美特点及作用，然后以此为鉴赏评论的标准去鉴别作品中环境描写；其次，明确环境描写如何为人物塑造服务，有什么样的特点，艺术效果如何；再次，明确环境描写是否很好地为主题服务，是否很好地体现了作家的审美感受、审美理想、人生体验，给读者什么样的审美启迪，对时代特征把握是否正确，等等，抓住这些重点，环境鉴赏的范围比较全面了。

第二，学会判断环境配角、主角关系。按常理说，小说创作的主角是人物（包括拟人化的动物），环境常常充当配角，但将环境创作为主角，而人物塑造作配角在小说创作实践中还是存在的，尽管不多，但应该充分肯定这类小说创作的独创性及其艺术魅力。鲁迅先生是大胆创新的实践者，他的《示众》《药》，都有人物描写，但可以说人物是为陪衬环境而塑造的，环境是主角，尤其是《示众》这篇小说，压根儿就没有主人公及其经历，没有人物的具体命运，没有贯穿始终的公开的矛盾冲突，写的只是一个场面，一个环境。鲁迅先生对一些散乱、纷来的人物作了勾勒，从而自然而然地烘托出了沉闷、空虚、单调、无聊的环境气氛，从特定场景的这种艺术氛围中，表达了作家的创作宗旨：愚昧、落后、保守、封建的社会思想环境吃人。环境在鲁迅的《示众》等一些小说中离开人物个性性格或命运的塑造而特立自存，成为该小说的具有典型概括意义的主角。

当然，传统小说确实将人物刻画作为中心任务，其他要素都围绕人物塑造运转，因此，小说中不管人物多少，总有一至几个中心人物。倘若读者能明确地找出中心人物，鉴赏时则将人物赏析作为中心目标；倘若无法辨清谁是中心人物，一组群像平列刻画，也没有个性性格，此时，可以考虑将环境作为主角进行鉴赏评论。有时也可以从创作技巧的角度展开鉴赏评论。

四、小说语言的鉴赏与评论

上文阐述小说语言的审美特点时，是从小说的叙述性语言及个性化语言两个方面进行的，那么，小说语言的鉴赏与评论也是从这两个方面切入。首先，鉴赏小说的叙述性语言的审美特点及功能，其次，鉴赏人物形象个性化语言的审美特点及功能。从评论实践中看，有一些评论者是从语言的审美功能或审美效果的角度欣赏语言的，诸如：语言的个性美，语言的绘画美，语言的含蓄美，语言的喜剧美等等。

下面请看一位评论家对钱锺书小说语言的评论。

钱锺书小说讽刺语言三题（节选）①

杨继兴

一、利用语言的"移置"造成表达的讽刺意味

从嘲讽、戏谑或调侃的意图出发，钱锺书常常有意识违反语言自然表达的原则，把习惯上用于此一对象、情境的词语、口气、文体、移用到迥然不同（常常是尖锐对立）的彼对象、情境上，造成语言和语言环境（Context）的喜剧性不协调，利用语言的习惯意义、情感特征、文体色彩等属性与陈述对象之间强烈的反差，表达主体对对象的揶揄讥诮。此种语言手段被柏格森称为移置，如同他在《笑——论滑稽的意义》一书中所说："可以得出这样的一个普遍规律，将某一思想的自然表达移置为另一笔调，即得滑稽效果。"

故意混淆语言的感情色彩，用褒义词修饰贬抑的对象，用赞扬、肯定的语气陈述憎恶、否定的事物，是钱锺书在《围城》和《人·兽·鬼》里常用的一种语言移置形式。借助这种语言形式，钱锺书擅长把尖刻的嘲弄，贯注到以明褒暗贬为特征的叙述语调中。例如，《猫》中的建侯是一个浅薄无能、怯懦惧内的留学生，对太太爱默，他怀有一种"被占有，做下人的得意"。钱锺书用赞扬的口吻说建侯"这种被占有的虚荣心是做丈夫者最稀有的美德，能使他气量大，心眼宽"。在假情假意的赞扬背后，蕴含着作家的鄙夷挖苦和那种"以游戏态度，把人事和物态的丑拙鄙陋和乖讹当作一种有趣的意象去欣赏"的喜剧性审美心态。

故意混淆语言的文体色彩，用庄严、高雅的词语修饰渺小、卑微、粗俗的对象，用军事外交政治学术领域的专门术语陈述日常生活中的琐屑事物，或用严

---

① 转引自田蕙兰等人选编《钱锺书杨绛研究资料集》，第296～301页，华中师范大学出版社1997年版。

肃的、一本正经的口气谈论猥琐平庸的事，也是钱锺书常用的一种语言移置形式。这种移置的讽刺机制在寓谐于庄，嘲讽中融入了更多的戏谑和调侃。

例如《猫》嘲笑建侯除食不厌精外一无所长，并不正面谴责，称他为酒囊饭袋，而故意用一本正经的口吻说建侯在吃的方面"无疑是个权威"，深得太太的赏赞与朋友的推服，"因为有胃病，又戒绝了烟酒，舌头的感觉愈加敏锐，对于口味的审美愈加严明。并且一顿好饭，至少要吃它三次，事前预想着它的滋味，先理想地吃了一次，吃时守着医生的警告不敢放量，所以恋恋不舍，到事后回忆余甘，又追想地吃了一次。经过这样一而再三的咀嚼，莱的隐恶和私德，揭发无遗。"在这段叙述文字中，严肃、正经的叙述口吻及高雅的文体与卑琐粗俗的内容形成了鲜明的对照，读者不难体会字里行间蕴含的揶揄讥诮之意。

混淆语言的时代色彩，用明显属于现代的词汇修饰远古神话传说里的事物，也能基于语言使用层面上的戏谑态度，使作品的叙述洋溢着程度不同的嘲弄意味。试看《上帝之梦》中，有关上帝造人的一段陈述："据他把烂泥捏人一点看来，上帝无疑有自然主义写实作风……"

以上，是钱锺书小说语言移置的三种主要形式，在《围城》和《人·兽·鬼》里常常交互使用（特别是前两种移置），出现于同一陈述片段中，融讽刺、幽默、滑稽为一炉。……

二、利用语义转换造成表达的讽刺意味（省略）

三、利用滑稽类比造成表达的讽刺意味（省略）

的印象是：评论者有自己的独到体验和见解，评论者有这方面的知识储备令读者敬佩。人云亦云的评论文章是不受读者欢迎的。

美中不足之处是：举例论证自己论断时，分析不够深入仔细，未能充分将"讽刺意味"的艺术效果剖析透彻。

上面节选的评论片断值得借鉴的是：确定评论角度后（讽刺语言），应细化评论的切入点（三个"利用"及三个"利用"中的进一步细化），并善于提炼小标题或论断，给读者以醒目的提示。

下面节选王建华对老舍语言研究的几个片段，进一步拓宽"语言鉴赏评论"的思路。

质朴自然的遣词特色①

王建华

质朴自然，是老舍遣词炼字的第一个特点，这一方面与其作品所描写的内容相关，另一方面也与他的语言观念有关。从内容来看，老舍的作品多是反映中下层人物的生活和命运的，通俗朴实的语言正适宜于表现这种内容。从语言观念来看，……老舍一向很重视朴实口语的表现力："文字不怕朴实，朴实也会生动，也会有色彩。"（《人物、语言及其他》）"用的得当，极俗的词句也会有珠光宝色。"（《话剧的语言》）我们来看看老舍是如何把那些朴实通俗的词语锤炼得有表现力、有色彩的。

一、质朴而有表现力

阅读老舍的作品，我们时常会为作家"点石成金"的本领所折服。那些很平常、很朴实的词语到了他的笔下，就好像获得了新的生命，一个个都变得神通广大，极有表现力。如《正红旗下》的一个例子："好家伙，用你的银子办满月，我的老儿子会叫你给骂化了！"这个很普通的"化"字，恰当地表现了"我"的父亲对老儿子百般爱护的舐犊之情，也把他对姐姐（"我"的姑妈）敬而远之的揶揄写出来了。所谓"极俗的词句也会有珠光宝色"便是指这种情况。

……

二、自然而有色彩

朴实通俗的词语在老舍作品中是不少见的，但人们在阅读时并不会觉得这些词语有什么刺眼或不当，反而感到很自然，且有好的效果。这便是语言大师的艺术功力。老舍很善于在恰当的情境之中恰当地使用词语，一切都显得那么自然和谐。举例说，《二马》中描写老马喝醉了酒的动作是"从栏杆上搬下一只手来，往前一抡，嘴一咧"，"搬、抡、咧"这几个动词都是很普通的，但用于状写醉汉，却十分自然。

……

叙述，是文学作品中最重要，也最能体现作家艺

点评

评论者在这里提出了一个"作者的语言观念"的问题，这很重要，作者的创作风格有很多因素起作用，而其中语言是体现作者创作风格的最显眼的因素。作者对语言的使用和驾驭又和作者的语言观念密切相关。评论要"知人"，当然也包括知道作者的语言观念。王建华在这方面值得初学评论者借鉴。

先将语言表述的审美特点及效果点评出来，再举例印证自己的论断，这是鉴赏评论语言最常用的方法。这段鉴赏评论与下面的一段鉴赏评论都是采用传统的赏析方法来进行的。

这里评论者又采用了作者的语言观念来强化自己对评论对象的评析。老舍很强调语言叙述"怎么说"，一定要"是自己独有的"，这才能形成自己的创作风格，而评论者也应该把握住这一点，才能鉴赏评论到位，否则

① 节选自王建华著：《老舍的语言艺术》，第59～61页，第112～113页，北京语言文化大学出版社1996年版。

术风格的部分。老舍说过："文艺作品不是泛泛的、人云亦云的叙述，而是以作家自己的特殊风格去歌颂或批评。"也就是说，"我们说的什么，可能别人也知道；我们怎么说，却一定是自己独有的。"(《青年作家应有的修养》)在叙述的"怎么说"方面，老舍有自己独有的方式，即在叙述事件的同时，糅合人物的心理、动作、神态以及话语，叙述与描写相结合。并且不断变换视角，使得叙述不仅内涵丰富，也不让人感到枯燥。这种糅描写于叙述之中的方式……姑且称之为"叙述描写"。

三、变化多姿，有彩有素

由于同心理、话语、动作等描写相糅合，老舍作品的叙述常显得内涵丰富，摇曳多姿。他的探求与创新精神，使其作品的叙述语言带上强烈的个性特征。应该充分肯定老舍的探求和创新的成绩。事实上，老舍作品中与多种描写相糅合的叙述，已经具有相当的艺术化。即如当今文坛上时髦的意识流等，在老舍的作品中也已经有较为成功的实践。且看一些例子：

1）快到圣诞节了，马老先生也稍微忙起来一点。听说英国人到圣诞节彼此送礼，他喜欢了，可有机会套套交情啦！伊家大小四口，温都母女，亚历山大，自然要送礼的。连李子荣也不能忘下呀！俗气，那小子；给他点俗气礼物，你看！对，给他买双鞋；俗气人喜欢有用的东西。还有谁呢？状元楼的掌柜的。华盛顿——对，非给华盛顿点东西不可，咱醉了的那天，他把咱抬到汽车上！汽车？那小子新买了摩托自行车，早晚是摔死！唉，怎么咒骂人家呢！可是摩托自行车大有危险，希望他别摔死。可是真摔死，咱也管不了呀！老马撇着小胡子嘴儿笑了。

(《二马》)

……

叙述老马的节前打算，中间穿插他的心理活动，叙述和描写自然。而想到华盛顿的一小段，颇有所谓的意识流之韵味。由醉酒转到汽车，又由汽车转到摩托车，再是"危险""摔死"的联想，跳跃较大。……这种写法，就是同当代典型的意识流创作相比，也可算是不逊色的。

……

只能停留在"准确地……""形象地……""巧妙地……"等浅层次的分析上。可见王建华在语言鉴赏评论方面是深得其中三昧的。

这部分主要从老舍的"多种描写相糅合的叙述"的艺术化个性角度来评析作者语言方面取得的成就，分析的方法也还比较传统。

王建华在评论老舍语言的特色中值得借鉴的地方是：了解作者的语言观念，再去评析语言特色，这样既能准确地去捕捉作者在小说语言方面的个性特点，又能使评论者深入剖析作者语言个性魅力时有依据，从而使评论本身有个性、有深度。

五、小说主题的鉴赏与评论（提示）

1．了解主题表达的特点

基础写作教材中对主题下了这样的定义：**所谓主题，即作者在说明问题、发表主张或反映生活现象时，通过文章的全部内容所表达出来的基本观点或中心思想。或者说，"主题"是通过文章的全部"内容"所表达的某种看法或主张，是从"内容"中挖掘出来的思想意义；"主题"是作者对生活经过深思熟虑后做出的理性判断。**从"主题"的定义中可以捕捉到两点：一是主题来源于作者对生活的思考，作者经过深思熟虑后将思考做出理性的判断，形成一种基本观点；二是主题是通过全部内容传达出来的。由此，我们又可以感悟到：作为一种观点，它是抽象的概括（往往一句话便概括出来），为使自己的观点得以传播，必须用事实说话，具体到文章中，便是用"全部内容"来表达，具体到文学作品中，则是用全部的艺术形象来表达。

小说作为文学体裁中的一种文学样式（品种），与其他文学作品一样，作者将对生活的理性判断留在艺术形象中，留在画面里，让读者通过阅读小说，从人物、情节、环境所组成的艺术形象（确切地讲是艺术形象群）中体悟作者对人生的思考。

例如王蒙的《杂色》，从作者的角度讲，生活的磨难使作者深深体会到，人的一生是充满杂色的一生，而杂色的人生是真实的人生，是充满酸、甜、苦、辣的人生，是布满荆棘，但也蕴含理想、希望的人生。这种生活体验与思考作者不是赤裸裸地讲出来的，而是通过知识分子曹千里与灰杂色老马的遭遇，用故事艺术地表现出来的。

又如美国著名小说家杰克·伦敦的小说《野性的呼唤》，作者将其对生活观察后的思考：面对恶劣环境，退则沉沦、灭亡，进则希望、强盛！这个抽象的主题融注在主人公"巴克"的命运遭遇中表现出来的，作者构思很新颖，主人公"巴克"是一条德国狼狗的后代，高大俊美，在原主人米勒法官家中，牠是"宠儿"，在其他二十多只小猎狗面前常常趾高气扬、自命不凡，甚至专横独断，但当园丁马尼尔因赌输了钱，将牠偷偷拐卖出去后，牠历经磨难：第一个新主人，因"巴克"的反抗，差点儿把"巴克"勒死。第二个新主人生性暴戾，以驯狗为乐，从不知木棍为何物的"巴克"，当牠接二连三进行反抗时，屡屡遭到棍子的猛击，直至鼻孔、嘴、耳朵流出鲜血、失去知觉。"巴克"明白，牠败了，但不能垮，牠要勇敢无畏地面对残暴的新主人，同时那深藏在牠天性中的狡黠本能被唤醒了：不屈服、不献媚，但表面要服从，牠生存下来了。牠又被卖给第三个新主人（政府信使）。新主人将他从南方带到北方，"巴克"又经受了自然环境和同类给牠带来的种种灾难，牠认识了雪，并学会在雪地里挖洞藏身，学会了拖雪橇服苦役，在严寒与饥饿的威逼中顽强地完成任务。但牠这个外来户，备受一群爱斯基摩狗的欺凌：偷吃牠的食物、侵占牠的窝穴，时时寻机袭击，要咬碎牠的骨头，牠曾被这群野蛮的同类咬得皮开肉绽。"巴克"不得不从这恶劣的处境中学会生存的自卫，终于它从弱者逐步成为强者，又从强者成为同类之冠。

作者杰克·伦敦就是通过"巴克"多舛的命运描写，将自己的思考艺术地表达出来了。

作者是运用艺术形象群来表现抽象的主题的，那么，读者在了解了这个特点后，鉴赏评论主题便应从艺术形象入手。具体说，从人物（包括动、植物）、情节、环境入手分析主题（具体分析方法前几章均有分析，本章的人物、情节、环境分析也可借鉴）。分析时应按本书第一章第四节中提到的"由浅入深"审美方法进行，努力从深层次去把握作品的主题。

2．了解主题提炼的特点

小说主题的提炼受制于社会生活，也受制于作家自身的才能与修养。

生活是作家创作的源泉，社会时代的烙印会影响作家对主题的提炼。18 世纪启蒙思想家狄德罗说过："你要认识真理，就得深入生活，……去熟悉各种不同的社会情况。"① 黑格尔也说："艺术家创作所依靠的是生活的富裕。"② 深入生活的作家，生活是不会亏待他们的，生活会给作家提供喜的、悲的，美的、丑的，崇高的、卑下的等等丰富多彩的生活素材。

列夫·托尔斯泰说过："艺术应当是此时此刻的艺术——当代艺术。"这话也包括小说。小说反映当代生活是时代赋予作家的光荣使命，也是人民对于小说（准确地说是人民对于艺术，对于文学）作家寄寓的希望。从另一个角度讲，时代除了赋予作家的光荣使命外，也赋予了作家那个时代的浸染。巴尔扎克曾说："文学是社会表现；……人有所感就向四周借用种种色彩表达所感：他是意大利人，就拿意大利的蓝天侵染所感；他是德意志人，就拿德意志的灰雾浸染所感；他是 15 世纪基督教徒，就拿 15 世纪的神秘主义浸染所感；他是 18 世纪哲学家，就拿 18 世纪的怀疑论浸染所感。……"③ 以中国新时期的小说创作为例。鲁彦周经历过中国 20 世纪 50 年代中期到 70 年代后期不断动荡的政治生活，耳闻目睹了极"左"思潮给我们党和国家带来了深重的灾难，《天云山传奇》从一个侧面概括了这段动荡的政治生活，揭示了极"左"思潮的严重危害性（给党和国家带来了深重的灾难，破坏了共产主义的伦理道德）及其社会历史根源，讴歌了身处逆境仍忠于党、忠于祖国的忠诚战士。这篇小说的主题提炼，源于生活，浸染了时代的特征。

又如谌容的《人到中年》，作者将知识分子在极"左"路线笼罩下，长期被歧视，巨大的贡献与微薄的待遇的矛盾始终未被重视，未能解决，"超负荷"的劳动严重损伤了知识分子身心健康这些生活加以提炼，大胆揭示了尖锐的社会矛盾。这篇小说的主题——只有认真落实知识分子政策，才能有利于"四化"建设，也是源于生活，浸染了时代特征。

小说与其他文学作品的创作一样，既受制于生活，也受制于作家的精神世界和文学修养。作家的思想、感情、人格、人生观、世界观、文学修养，甚至他的个性，都会影响他对生活的体验、开掘，影响他创作的主题提炼。主题的新颖与否、主题的深刻与否与作家的精神世界、文学修养密不可分。生活在同一个时代里的作家，生活在同一个区域内的作家，但他们会选取不同的角度来反映生活，会提炼不同的主题来启迪读者。同时代的作家，鲁彦周从错划右派的角度来反映知识分子的生存状态；谌容从知识分子不堪重负仍默默奉献的角度来反映知识分子生存状态；同时代作家高晓声从极"左"路线下的农民生存状态来反映生活；陆文夫则从小商贩、小市民、普通工人的角度反映极"左"路线下的生存状态。

---

① 朱光潜：《狄德罗文艺论文辑译》，载《世界文学》1996 年合订本。

② 黑格尔：《美学》第 1 卷，第 358 页，商务印书馆 1979 年版。

③ 巴尔扎克：《论历史小说兼及"费拉戈莱塔"》，载《巴尔扎克论文选》，第 104～105 页，新文艺出版社 1958 年版。

　　鲁彦周在《天云山传奇》中，主题的提炼侧重在被错划右派、身处逆境的知识分子对党的赤胆忠心方面，艺术地批判阻碍贯彻三中全会"纠偏"政策落实的顽固势力；谌容在《人到中年》中，主题的提炼侧重在平凡的知识分子在社会主义建设中的不平凡的贡献方面，艺术地揭示出：落实知识分子政策在"四化"建设中已是刻不容缓的大事。

　　高晓声在《李顺大造屋》中，主题的提炼是颇具胆识的：十一届三中全会彻底解放了农民！陆文夫在《小贩世家》中毫不留情地批判了"铁饭碗""大锅饭"单一经济模式给平凡百姓造成难以想象的磨难，并以超前的眼光呼唤市场经济的到来。

　　这几篇小说的主题提炼既具时代性又有深刻性。这得力于作者们坦荡的胸襟、高尚的人格、崇高的作家责任感，也得力于他们深厚的文学功底。正因为有了这些主观因素，在当时拨乱反正遭受巨大阻力、重新评价历史的功罪干扰重重的情形下，作家们仍然有胆识、有勇气将思考的结果用小说的形式告示读者。这些力作震撼人心又发人深省。

　　鲁迅曾说："美术家固然须有精熟的技工，但尤须有进步的思想与高尚的人格。他的制作，表面上是一张画或一个雕像，其实是他的思想与人格的表现。"[1] 鲁迅的这段话也适用于小说家们。"应该看到，同样的生活材料，在思想与人格不同的作者手里，可以变成思想倾向很不相同的作品，因为作者的思想与人格必然会走进作品的深处，构成作品的品质"。[2]

　　了解主题提炼的特点，这就启发读者，在鉴赏评论小说的主题时，应该做到"知人论世"，只有这样，才能更正确地去理解作品的主题，才能更准确地评判小说在文学史中的地位。

---

①　鲁迅：《随感录·四十三》，《鲁迅全集》第1卷，第330页，人民文学出版社1959年版。
②　童庆炳：《文学创作与文学评论》，第55页，中央广播电视大学出版社1995年版。

第五章

影视艺术鉴赏与评论

第一节　影视艺术的本性与特性

影视艺术指的是电影艺术和电视艺术。电影艺术包涵电影剧作、电影导演、电影表演、电影造型、电影声音等多种专业艺术。电视艺术也包含电视剧作、电视导演、电视表演、电视造型、电视声音等多种专业艺术。电视艺术的诞生虽然晚于电影艺术几十年，它的传播手段却又比电影艺术先进，但从声画造型的角度，运用艺术审美思维把握和表现客观世界，并通过塑造鲜明的人物形象，以情动人等方面，两者有许多相通的本性与特性，因此，本章用"影视艺术"一词进行阐述，必要时再分类阐述。

一、影视艺术的本性

所谓"本性"即指事物固有的稳定性质，影视艺术的本性即指影视艺术的稳定性质。对电影本性探索有几种观点，以苏联 C·M·爱森斯坦为代表的一派认为电影是艺术的创造，是在综合了其他艺术的基础上再造自己特色的艺术，因此，这一派认为电影艺术的本性是蒙太奇。而法国的安德烈·巴赞和德国的齐格弗里德·克拉考尔则认为电影的本性是照相，他们反对创作者利用形象来把自己的抽象思想强加于观众，因此他们反对用蒙太奇，而将摄影机扛到街头，不用职业演员，在拍摄中以深焦距、长镜头造成时空连续的真实感。克拉考尔认为电影是"照相的一次外延"，因而它是"物质现实的复原"[1]。事实上在电影的实践中纪实性的长镜头和意识性的蒙太奇都是电影艺术不可缺少的，只是在不同风格的影片中各有所侧重而已，因此，有的学者认为电影的本性是"照相本性与蒙太奇本性。"[2] 这种观点是符合电影艺术的性质的。照相本性与蒙太奇本性无论在理论上还是在实践中，是相互沟通、彼此渗透的，纯照相或纯蒙太奇都构不成影视艺术的本性。1991 年中央电视台播放的《望长城》就是用长镜头"原汤原汁"贴近自然，又不动声色地用蒙太奇体现编导高度艺术提炼的杰作，因而受到广大观众的青睐。

照相本性是影视艺术的第一个本性，亦称"亲近性"本性。

---

① 邵牧君译：《电影的本性——物质现实的复原》，第 3 页，中国电影出版社 1987 年版。
② 王迪：《现代电影剧作艺术论》，第 21 页，中国电影出版社 1995 年版。

1895 年 12 月 28 日，法国的卢米埃尔兄弟首次在巴黎卡普辛路 14 号大咖啡馆的地下室公映自己拍摄的《火车到站》《水浇园丁》等 12 部短片无声电影，这是在照相基础上发展起来的艺术，此时人们称电影为"活动照相"。电影自诞生之日起，从无声片到有声片，从黑白片到彩色片，照相的本性始终没变，影像与被摄体逼肖真实。如果说，舞台上的演员化妆比较夸张，油彩比较重，动作、表情、声调也比较夸张，观众都能接受，但在电影中，无论是布景，还是演员的化妆、表情、声调都要求与生活里的基本一样，银幕上的任何细节的不真实，都会破坏电影照相的本性而遭到观众的批评，只有符合电影艺术照相本性的影片才具有银幕真实与生活真实的统一。采用 16 毫米摄影机和胶片拍摄的电视剧（亦称电视艺术）也是如此，照相本性也是电视艺术的第一本性。

蒙太奇本性是影视艺术的第二个本性。亦称"组接性"本性。蒙太奇是法语 montage 一词的音译，原是"构成"、"装配"之义，经美国导演格利菲斯用于电影艺术后，又经苏联导演库里肖夫的理性概括，蒙太奇即有"剪接"、"组合"的涵义。具体阐述蒙太奇的涵义应是：**能够将一部影视的各种镜头，按影视的创作宗旨剪接组合起来的艺术手段便称蒙太奇**。从美学角度区别，蒙太奇有叙事蒙太奇和表现蒙太奇两大类。叙事蒙太奇是将许多镜头按逻辑或时间顺序分段纂集在一起。这系列镜头中的每一个镜头自身都含有一种事态性内容，然后从戏剧角度和心理角度组接镜头推动剧情发展。而表现蒙太奇是以镜头的并列为基础的，目的是为了通过两个画面的冲击来产生一种直接而明确的效果，此时，蒙太奇致力于表达一种感情或思想，并在观众身上产生更活跃的影响。

叙事蒙太奇和表现蒙太奇并不存在明显的鸿沟，有些叙事蒙太奇具有表现的功能和价值，而有些表现蒙太奇如平行蒙太奇、交叉蒙太奇等也具有叙事的功能和价值。

蒙太奇不仅是影视镜头的组接装配手段，而且是影视剧作家、艺术家特有的思维方法。不管影视艺术随着科技手段的进步而有不断的变化（例如从无声到有声，由黑白片到彩色片，及宽银幕、宽胶片的相继出现），但其照相的亲近本性和蒙太奇的组接装配本性始终没有改变。换言之，影视艺术的本性是稳定的，唯其稳定，才称之为本性。而影视艺术的特性却具有可变性，在影视发展的每一个重要阶段，显示出不同的艺术特性。

二、影视艺术的特性

默片时期，电影被称作"视觉艺术"，它就是当时电影艺术的特性。这个特性集中地突出表现为高度的视觉形象性：演员表演较为夸张，影片字幕，根据剧情需要以各种大小不同的字体和不同的速度出现，这些造型处理都是为了满足观众视觉的需要，确切说是满足观众的观看需要。那时期，一些电影大师将视觉形象创造得淋漓尽致，产生了许多电影艺术珍品，如美国格里菲斯的巨片《党同伐异》，苏联爱森斯坦的《战舰波将金号》、杜甫仁科的《土地》、普多夫金的《母亲》，卓别林的众多喜剧片等。

电影艺术发展到 1927 年，声音进入电影，1935 年色彩进入电影，于是丰富了电影创作手段：对白、旁白、独白、画外音、音乐等，这些手段使电影不再是单纯的"视觉艺术"，而是声画结合的视听艺术了。根据剧作家萨姆森、拉斐尔森创作著名音乐剧改编拍摄的《爵士歌王》是电影史上的第一部有声电影，自它起电影艺术便具有"视听声画"的兼备特性，而电视剧一诞生便有"视听"特性。

综合前人对电影特性的研究成果，本章采用传统的观点：影视艺术具有综合再生性特性、逼真性与假定性和谐统一的特性、时空变换的动态可视性等三大特性。

1. 综合再生性特征

影视艺术是整个艺术大家族中诞生最晚的艺术门类。从1895年12月28日首次公演无声电影算起,电影历史才100多年;从1929年伦敦广播公司试播他们制作的电视算起,电视的历史不过80多年,这样,它们有充分的条件从传统艺术中汲取养分,生根、发芽再生为新的艺术门类。它集造型艺术、表演艺术、语言艺术于一身,又采用摄影、剪辑、录音等各种技术手段,从而使其成为包涵众多艺术因素的一门新型的综合艺术。

影视艺术向造型艺术借鉴了几乎所有的造型手段,如线条、形状、光影、色彩及构图等。这些造型手段原本是绘画、雕塑、建筑等艺术所拥有的,影视借鉴过来,成为自己的视觉语言。比如,影视是借光电转换效应来传递和接受可视图像的,光是图像(画面)生成的前提,摄影师用摄影机(包括摄像机,下文不再重复提示)。通过对光的性质、质感、方向、强度等的正确把握,产生光影造型效果,进而为人物造型和景物造型服务——突出人物性格或情绪,渲染气氛,增强视觉真实性,体现编导意图。意大利著名电影摄影师维·斯图拉鲁曾说:"电影摄影就是在胶片上用光写作,它可以在银幕上创造出我心里想的形象情绪和感觉。"[1]

造型艺术中,色彩的表现力是一切美感中最易感知的元素,影视艺术将色彩造型借鉴过来,巧妙地表现社会性、时代性、地域风俗性以强化影视的主题表现。

构图造型对绘画、雕塑、建筑、舞蹈等造型艺术极为重要,影视艺术也借鉴过来,使影视的一幅幅零散的画面,在编导的创作意图指导下,把它们有机地组织起来,使观众获得一个完整、生动的故事情节,对人物的性格、气质、心理活动、情绪变化等有全面、深入的了解。

戏剧艺术讲究"矛盾冲突",让矛盾冲突来吸引观众对剧情的关注。影视艺术借鉴了"冲突律"来展开故事情节、吸引观众,1927～1945年期间美国好莱坞生产的影片,结构模式都是模仿戏剧的"冲突律",强调戏剧性的重要。除此之外,影视艺术也借鉴了戏剧的表演艺术。早期的电影演员几乎都是戏剧演员,这就使得电影的表演受戏剧的影响很大。时至今日,尽管有诗化电影、散文化电影,但戏剧式电影仍受广大观众的青睐,经久不衰。例如《魂断蓝桥》就很有代表性,它按戏剧"冲突律"来结构故事情节:贵族家庭出身的男主人公罗依与平民家庭出身的玛拉,在躲避空袭的防空掩护体中相遇,他们一见钟情,并想结婚。他们赶去教堂,因错过时间,只能等次日才能举行婚礼,不料,第二天罗依提前出发开赴前线,婚礼没办成。后又误传罗依阵亡死讯,加上玛拉因约会、送行屡犯舞剧团团规,被老板开除,生活陷入困境,严酷的现实使她沦落风尘。战争结束,罗依突然生还,俩人再次相会,但是由于社会门阀观念与等级制度,尽管罗依仍然深爱着她,并带她回苏格兰他的老家结婚,但为了"贵族的荣誉",为了不使她心爱的罗依心灵受到伤害,她在找罗依的母亲痛诉隐情后自杀身亡。影片借用戏剧的"冲突律"来结构一个又一个冲突(包括玛拉内心的冲突),紧紧地吸引了每个观众。另外像《卡萨布兰卡》《玛丽娅·布劳恩的婚姻》等等影片都可以看出电影借鉴戏剧的方式方法,现在流行的电视剧更明显地表现出它以戏剧冲突为主的结构故事情节的特点。

---

① 维·斯图拉鲁:《〈现代启示录〉摄影师访问记》,《世界电影》1983年第3期。

电影借鉴戏剧表演艺术，在默片时代极为鲜明，但随着影视艺术的进一步发展，影视艺术在借鉴戏剧表演艺术的基础上形成了自己更接近生活的审美特色，力戒夸张的戏剧表演方式。

影视艺术对文学的借鉴和汲取是最多的，它除了借鉴戏剧文学的冲突技巧外，还借鉴了小说的形象化描写和人物刻画技巧、散文的纪实技巧和诗歌的抒情技巧。

影视艺术的基础——影视剧本是重要的文学样式之一，影视剧本的写作离不开一切必要的文学技巧。优秀的影视剧本为影视艺术提供了鲜明的主题、丰满的人物、完整的故事、逼真的背景。尽管影视剧本与小说、戏剧、散文、诗歌是有区别的，但借鉴其他文学样式的特长为自己所用，确实是影视艺术的一大特点。像《魂断蓝桥》中的玛拉，《乱世佳人》中的史嘉兰等都是在借鉴原作刻画人物丰满的基础上用影视手段再现的艺术形象，给观众留下了难以磨灭的印象。像美国的《克雷默夫妇》、波兰的《水中刀》、中国的《城南旧事》《秋菊打官司》等等都是编导借鉴散文的纪实风格和自然抒情方式后拍摄而成的获奖影片，这种散文化的——即贴近普通人生活的影片渗透了散文的审美魅力。像美国的《金色池塘》、法国的《熊》、中国的《大红灯笼高高挂》等获奖影片，散发出许多灵空的诗情画意，让观众回味反思。①

影视艺术借鉴文学创作手段在每部影视作品中都能体现出来，只是导演个人的艺术风格使影视在借鉴文学创作手段时有不同的侧重而已。

总之，影视艺术善于借鉴传统艺术中的有益因素，并成功地对其进行改造，再运用自己的优势——摄影艺术及蒙太奇手段，从而形成有自己特色的一门艺术。它在艺术群体中是独树一帜的后起之秀。

影视综合性的特性还表现在影视艺术产生的过程中。一部影视艺术品的产生是编剧、导演、演员、摄影师、录音师、美工师、音乐家及其他技术人员集体创作的结晶，美国有人做过统计，拍一部故事片，需要 246 种不同行业合作完成，任何一个环节，或一个个人的失误，都会给作品带来损失，这种综合性的特征是小说、散文、诗歌、绘画等艺术所不具备的。

2. 逼真性和假定性的和谐统一②

影视艺术能对社会生活做出极为逼真的反映，这是其他任何艺术形式都难以比拟的。因为影视艺术是一门科技含量很高的现代视听艺术，有真实再现客观世界的巨大能力。导演借助摄影（像）、胶片等技术手段，原原本本地再现客观世界的表象，这种摄录下来的影像，使观众在视觉感受上有"逼真"的真实感。尤其是那些"在取景框里完成创作"的影视作品，几乎真真实实地再现了客观世界。1927 年有声电影的问世（《爵士歌王》），1935 年彩色电影的开始（《浮华世界》），缩小了银幕世界与现实世界的距离，增强了电影逼真性的艺术魅力。当然影视作为艺术，绝对不可能是纯客观的，摄影师需要选择角度拍摄，剪接师需要通过剪接表达导演意图，美术师要根据剧本和导演的意图给影片提供真实的典型环境……这种种都渗透了演职人员的主观性，因此再"真实"，也都不可能是客观现实生活的简单镜

---

① 此处的散文化和诗意指的是电影艺术借鉴文学创作的手段，不是指电影史上 20 世纪 20 年代出现的诗电影和 20 世纪 30 年代出现的散文电影。作者注。

② 这里不包括 20 世纪 30 年代后过分追求戏剧化、人工化造型的影片，这些失真的影片不能代表影视的特征。作者注。

像，有经验的编导及演职人员为了追求艺术的真实，根据影视剧本的宗旨和提示，通过假定性来处理人物、环境、情节，以取得更完美的逼真效果。法国著名电影美学理论家安德烈·巴赞在他的《真实美学》一文中曾谈到：同一事件，同一物体可以有各种不同的表现方式。每一种表现方式都会对客体的特征有所配合，但是，我们在银幕上仍然认得出来，每一种表现方式为了达到教育或审美目的，都免不了引入艺术的抽象，而艺术的抽象必然有程度不同的侵蚀作用，使原物不能保持全貌，经过这种必不可少的、不可避免的'化学'作用，我们用现实的幻象取代了客观现实，它是抽象性（黑白双色、银幕平面）、假定性（如蒙太奇法则）和客观现实的化合物。可见，影视艺术用摄影（像）机对客观事物状貌逼真地拍摄下来是建立在假定性的基础上的，而逼真性与假定性的和谐统一，使假定性更逼真，从而吸引了广大的观众。

在现代影视艺术中，逼真性随着科学技术的升级也在不断升级。例如随着胶片、磁带的清晰度的提高，超宽银幕和音质上的立体声环绕六声道技术的引进，开发出磁盘电影、镭射电影、光缆电影；加上一些非常规影视技术的深层开拓（如电脑绘图技术），就更加提高了影视的逼真性。如《星球大战》《夺宝奇兵》《外星人》《侏罗纪公园》将电脑科技隐藏在剧情与表演中，观众几乎看不出人为的斧痕。

3．时空变换的动态可视性

影视艺术之所以从诞生之日起就引起人们的兴趣与关注，是因为影视艺术的时空转换非常灵活，它的灵活的运动态势弥补了"静态"艺术的不足，人们可以不受时空限制，通过系列镜头看到社会的风云变幻，通过特写镜头看清自然界细微的生息衍变过程，或透视出人物的心理活动，通过慢镜头了然瞬间即逝的各种动作。例如影片《沉默的人》中，英国反谍报机关为了迫使贝蒂尔就范，施展了攻心术来瓦解他的斗志，故意告诉他：离别他十年的儿子前不久坠树身亡。贝蒂尔听到这个消息时，他始终冷漠的眼睛闪动了一下，左眉微微扬起，又迅速恢复平静。这瞬间的细微变化是通过特写镜头展示给观众的，观众又通过这瞬间的细微动作，看到贝蒂尔内心的振动的心理活动。又如在《公民凯恩》影片中，摄影师为表现那位垄断资本家和他妻子的关系恶化，他采用一系列划摇镜头向观众展示两人从相爱到冷淡，最后到势不两立的演变过程，时空跨度很大，但通过镜头画面，观众很快又很完整地了解了这个过程，这种情况在小说艺术中起码要花千余字的笔墨才能慢慢完成。

影视艺术的这种不受时空限制的动态可视性使得影视艺术更为逼真而吸引人们。

随着影视艺术的技术不断发展，尤其是特技摄影，包括电脑特技的运用，使得影视画面的逼真性更为惊人，并开拓出更为广阔的创作空间。这正如美国学者珍·瓦斯科在《信息时代的电影制作》一文中所说：随着技术手段的不断丰富，特技效果的专家现在能在胶片上创造新的世界、异于人类的生物以及预知其危险或不可能的动作。可见影视艺术的时空灵活性是其他任何艺术所望尘莫及的。

第二节　影视剧本的审美特点

影视剧本是熔影视特性和文学特性为一炉进行创作，供影视拍摄用的一种体裁样式。影视剧本是影视拍摄的基础。写影视剧本的唯一目的，是为了拍摄影视片。在影视片制作的全部过程中,影视剧本的杀青,只是第一道工序的完成,但这道工序在影视片完成的全过程中占有极为重要的地位,将来完成的影片题材是否新颖感人,是否具有高度的思想性,反映的生活是否真实,人物性格(或情绪)是否鲜明,片子是否有娱乐性,是否有激动人心的力量,其成败的因素,基本上取决于影视剧本。默片时期确实没有剧本,导演、演员都即兴创作、演出,因此常有"杂耍"的特点,而那些优秀的默片,像《战舰波将金号》《母亲》《上尉的女儿》《驿站长》等都还是有剧本的。剧本使电影最终脱离了"杂耍"而进入"艺术"的行列。"剧本、剧本,一剧之本"此话是很有道理的。

苏联电影大师杜甫仁科,他的影片都是根据他自己创作的剧本拍摄的。他既是电影剧作家,又是电影导演。以他的经验,他认为培养剧作家比培养导演要困难得多。他曾说:在今天,将来也是这样,决定着成功的基础的乃是电影剧本,而且较之导演工作,电影剧本甚至在更大程度上决定着摄制工作的命运。培养一个导演,要比培养一个电影剧作家容易,而学好导演业务也是比较容易的……电影剧作家——这首先是作为思想家的艺术家,然后才是掌握电影剧作技巧的行家。影视剧作的质量是决定影视艺术质量的主要因素,优秀的剧本可以为导演及其他演职人员提供良好基础,是影视艺术取胜的有力保证。一些著名演员未能很好地施展他的艺术才华,关键在于影视剧本基础差。

影视剧本借鉴了小说、戏剧文学的一些特点,但又不同于小说、戏剧文学,它有相对的独立性,有其自身的一些审美特点。

一、影视剧本的文学性审美特点

所谓"文学性"是指:用语言符号塑造形象,以反映社会生活并表达作者的创作宗旨和思想感情。具体说,影视剧本要运用语言符号来编织故事,刻画人物,渲染环境及氛围,反映社会,表达思想感情等,以此来调动导演及其他演职人员的想象力,接受语言符号传达的信息,以便进行动态造型的再创造。"文学性"包含叙事的完整性、人物塑造的典型性、表情达意的抒情性、环境刻画的真实性等。影视剧作一般都根据观众的欣赏习惯,截取生活中有意义的事件,编织曲折、复杂、生动的故事情节,塑造个性鲜明的人物形象,刻画真实、丰富的思想情感,并将人物、事件置于特定的环境中,从而传达其创作宗旨。

翻开中外电影史,凡在各类国际电影节(如戛纳国际电影节、柏林国际电影节、威尼斯国际电影节、卡罗维·发利国际电影节等)获奖的影片,观其剧本,其中文学艺术特点都有鲜明的表现。它为导演和演员、观众提供性格鲜明的人物形象,它给观众提供悬念迭出、曲折、紧张、离奇、扣人心弦的故事情节,从而获得强烈的心理震撼和满足,它还让读者在欣赏的同时,回味并思考人性、人权、人文关怀、生命尊严等人们在日常生活中经常遇到的问题。凡小说、戏剧,甚至散文、诗歌等经常表现的文学艺术特点,影视剧本都借鉴过去,并为自己所用。美国的奥斯卡金像奖(即美国电影艺术和科学学院奖)、英国的英国学院奖、法国的凯撒奖及威尼斯国际电影节、戛纳国际电影节、卡罗维·发利国际电影节、柏林国际电影节都为电影剧本(有的称编剧,包括由其他文学作品改编的剧本)设奖项。尤其是美国的奥斯卡金像奖,很重视对电影剧本评奖。在世界电影史上留名的许多优秀影片,都曾获得"最佳电影剧本"(或称"最佳编辑"、"最佳改编剧本")奖。比如美国的《一夜风流》(第7届奥斯卡金像奖最佳编剧奖,以下简称为"第7届")《左拉传》(第10届)、《乱世佳人》(第12届)、《公民凯恩》(第14届)、《忠勇之家》(第15届)、《卡萨布兰

卡》（第 16 届）、《慧星美人》（第 23 届）、《码头风云》（第 27 届）、英国的《桂河桥》
（第 30 届）、美国的《挣脱锁链》（第 31 届）、英国的《上流社会》（第 32 届）、美国的
《纽伦堡的审判》（第 34 届）、《日瓦戈医生》（第 38 届）、《炎热的夜晚》（第 40 届）、《巴
顿将军》（第 43 届）、《唐人街》（第 47 届，另还获第 28 届英国学院奖最佳电影剧本奖）、
《飞越疯人院》（第 48 届）、《克雷默夫妇》（第 52 届）、《普通人》（第 53 届）、英国的《甘
地传》（第 55 届）、美国的《与狼共舞》（第 63 届）、《沉默的羔羊》（第 64 届）、《辛德勒
的名单》（第 66 届）、《阿甘正传》（第 67 届）……；另外，还有法国的《警察与小偷》获
第 5 届戛纳国际电影节最佳剧本奖，《资产阶级隐秘的魅力》获第 27 届英国学院奖，《最后
一班地铁》获第 6 届法国凯撒奖最佳编剧奖等等。

　　下面选几例，体验剧本的文学性特点。

　　意大利彭蒂·德·洛伦蒂斯制片厂 1952 年出品布朗卡蒂·弗莱雅诺等编写的《警察与
小偷》获第 5 届戛纳国际电影节最佳剧本奖。剧情跌宕起伏，思想内涵耐人回味。

　　埃斯波西多以导游的身份，在古罗马议事厅的遗址前向一群国外游客作讲解。突然，他从
地上捡起一枚古钱币，"哇"地叫了起来，并庆幸地自语道："啊，真正的奥古斯都大帝时代的钱
币！"一名叫洛科曹的美国游人爽快地用 50 美金买下这枚古币。游客中有人识破了埃斯波西
多的骗局，并向洛科曹揭了底，埃斯波西多却已趁机逃之夭夭。

　　洛科曹是美国慈善事业委员会主任，此次来意大利是向贫民发放救济物资的，在戏院进
行发放活动时，他一眼认出了挤在人群中的埃斯波西多。小偷拔腿跳上一辆出租车，而洛科
曹立即带了在场的警长波多尼，亲自开车追捕埃斯波西多。小偷终于被抓住，在小酒店休息
时，小偷却又乘机溜走了。洛科曹向警察局施加压力。按《治安法》规定，不论新老警察
（包括警长在内），如果让一个已经捕捉到的犯人又逃跑，最低处分是开除，不过，如果能
在三个月内重又将逃犯缉拿归案，便可撤销处分。

　　波多尼从档案中获知小偷埃斯波西多全家五口人，家境很贫寒，他在侦察小偷的同时叫
自己的儿子与小偷埃斯波西多的儿子波洛交朋友，给予同情与关怀。波洛将结交好朋友的情
况告诉母亲，母亲很高兴很感动。

　　一天，离家出走多日的埃斯波西多潜回家中，妻子告诉他，最近他们结识了一家好人，
叫他送一束鲜花给这家女主人。小偷埃斯波西多打算修饰一下，进了理发店，当理发师招呼
他时，正在座位上刮脸的波多尼转身一眼看到了他，小偷惊慌夺门而逃。途中他又偷了一束
鲜花去了妻子交代的那人家，向女主人献了花，道了谢，并借用这家的电话和家中联系。
恰巧被到他家的警长波多尼接着电话，埃斯波西多恐慌万状，匆匆告别女主人向大街奔去。

　　眼看三个月限期即将到期，波多尼焦急万分，刚好埃斯波西多的妻子请波多尼全家去吃
饭，而埃斯波西多因回家取东西，终于被波多尼撞上，再也无法脱身，只得轻声央求警长，
别告诉他妻子，因他什么也没对妻子说过。而波多尼也没将最近发生的一切告诉自己的妻
子。两人像多年的老朋友一样互诉衷情。

　　埃斯波西多跟着波多尼向警察局走去，警长答应尽力照顾埃斯波西多亲人的生活。

　　剧情在"逃"与"追"中曲折跌宕地进展着，吸引着读者的关注心理，同时在波尼多
追捕埃斯波西多的过程中给予小偷家里人的同情、关怀（当然更重要的是探听小偷行踪）
给了读者新的启示与思考：埃斯波西多是因生活所迫成了诓骗外国人的小偷，他作为人之
父，人之夫，仍在尽其责任，仍有其尊严。而警长波多尼亦为生活所迫执着地追捕埃斯波西

多这样的小偷。警察与小偷都没有丧失人的良知。作家在这两个身份对立的主人公身上倾注了对社会的抨击的倾向性，有发人深省的审美价值。可以看出，无论是情节、人物、环境都展示出文学艺术的审美特点。确切说，《警察与小偷》成功地借鉴了小说刻画人物的特长和戏剧悬念、巧合等编织情节的特长使这些文学性特点为电影剧本所用。

由奥逊·威尔斯编导的美国影片《公民凯恩》获第14届奥斯卡金像奖最佳剧本奖。剧本是根据美国亿万富翁、新闻大王威廉·伦道夫·哈斯托的生平事迹创作的。剧本通过陈述新闻巨子凯恩作为"大国民"的精神面貌及扑朔迷离的命运，揭示了一个耐人回味的主题：资本与人性的冲突及人性在现代社会生活中的普遍性异化。资本这个怪物既打破了幼年凯恩的平衡，又替代了母爱教育；既培养了凯恩的社会才干，又激发了他对资本的贪婪；既积累了巨大的财富，享受着现代声色犬马生活的辉煌，又丧失了人的良知、性爱和情感，资本使他富裕、使他孤独。"凯恩"的人物形象有着引人深思的巨大魅力。

《公民凯恩》的文学特点最突出的表现在深刻的主题思想方面，其次是散文化的叙事结构。凯恩一生的行迹通过记者赖布逊的采访逐渐展开，由5个人（上级、同事、同窗、情妇、管家）的视角来回叙使人物逐渐全面丰满。充分体现了散文的纪实风格特点。再次是人物刻画。凯恩的童年是一个天真烂漫、充满爱心的孩子，然而资本主义社会的权力、财富，使凯恩异化成一个专制、暴戾、心灵空虚的人。他只爱自己，不爱任何人，他只顾自己的自由、尊严，不惜践踏别人，包括他妻子的自由和尊严，极端利己，极端唯我。权欲、野心、虚荣心的不断扩张使他彻底毁灭。剧本结尾处的细节描写极为重要：凯恩在生命终结的一瞬间，仍不能忘情"玫瑰花蕾"。"玫瑰花蕾"是他童年所珍爱的雪橇上的商标，这一细节揭示出凯恩内心深处尚未泯灭的一点儿"人性"。剧本以含而不露的文学笔法展现出资本主义社会的权力欲、占有欲造成了人的异化的尖锐问题。凯恩的人物形象也就具有典型化的文学审美内涵。

影视剧本"文学性"特点有时以小说风格展现——讲究人物性格刻画、典型化意义，讲究曲折生动的故事情节，讲究典型环境；有时以戏剧风格展现——讲究戏剧冲突、悬念、巧合，从中展现人物命运；有时以散文风格展现——讲究环境氛围，富有抒情性，人物表现重内心活动，重情绪，叙事方式形散神聚（生活拼贴画组成），风格淡雅质朴；有时以诗歌风格展现——讲究有虚有实，或以实写虚，或以虚衬实，创造优美深邃的意境，令人回味无穷。在每个影视剧本中，这四种文学体裁特点都会有轻重不同、主次有别的运用。如果说《警察与小偷》戏剧文学色彩更鲜明一点儿的话，《公民凯恩》则是小说与散文的文学色彩兼而有之。而中国的《城南旧事》、美国的《金色池塘》却是散文文学色彩更为浓郁。

《城南旧事》是我国台湾女作家林海音的一部中篇小说，伊明将其改编为电影剧本，保持了原作淡雅、朴素的散文风格。剧本为这部电影定下了"散文化"的基调。

《城南旧事》没有贯穿首尾的中心事件，也没有采用戏剧"冲突律"来安排结构，而是用小主人公英子的视点来连缀三个各自独立的故事片段。英子结识一个人，情节就从这个人展开，什么时候人离开她，故事便戛然而止，然后转向另一个新人，而三个故事的共同点"离愁"，又是全片统一的内在情绪线。这种构思方式是典型的抒情散文构思方式，形散神聚。散文讲究断续艺术，讲究艺术空白，伊明在编写剧本时非常注意这些。《城南旧事》采用主观式单一视点来展开故事，而且是通过年幼的小英子的视点来看周围世界，因此，小英子所见所闻的时空是断断续续的，凡小英子视点达不到的所有回忆都由当事人口述，这样既真实又含蓄，在断断续续中、闪闪烁烁里留下了许多艺术空白，这样，可以让读者（观众）根据自己的生活体验去补充、去丰富。这是文学散文的艺术魅力。《城南旧事》发挥了散文的这种审美极致。

由欧内斯特·汤普森编剧的《金色池塘》很注意自然环境的渲染：初夏，郊外，宁静的景色——野花在风中微微摇曳，湖水在阳光下闪闪发光，野鸭在平静的水面上浮游，充满了诗情画意。欧内斯特·汤普森也很注意人物心绪的描绘。退休老教授诺曼·塞耶深感老年人的孤独和寂寞，自己的朋友均已逝世，独生女杰西与他有隔阂，很少回家看望他。他只有与妻子埃塞尔相濡以沫，他害怕过生日，在他看来，每过一次生日，就意味着离死亡更近。这些情绪时时折磨他。他怕死去，更怕身心衰竭智力减退，而事实上他的体力、记忆力确实明显衰退，简单的家务活也干不了了，采草莓又迷了路……一位 13 岁的少年比里来到他身旁，因父母离婚，比里以为自己无家可归了，老诺曼教育他，使他改变了悲观的看法，诺曼发现了自己的作用感到高兴。一老一少为了寻找一种被称作"雷达"的鱼，常驾船去暗礁密布的湖岔钓鱼，即使发生了翻船事故也没使他们灰心丧气，最后终于捕捉到了"雷达"鱼，从中寻找到了自我的老年诺曼精神焕发、情绪饱满。

剧本虽然没有写惊心动魄的矛盾冲突，只是写了老年人的迷茫心态和孤独或觉醒的情绪以及日常的生活细节。这些真实、质朴的生活情景，仍然耐人回味。写日常生活琐事乃是散文表现情结的常见表现手法，电影剧本借鉴散文的这种表现手法也是常用的（当然这给演员的表演带来很大的挑战）。

从上面这些剧本的文学特点来看，可以说"文学性"特点是影视剧本的第一审美特点，是影视艺术借鉴其他文学样式的自然结果。从观众欣赏习惯的角度或影视艺术是文化产业的角度来看，影视剧本的"文学性"特点会永久地存在下去，就是这"文学性"特点使观众对影视艺术有亲近感，容易进行欣赏，容易走近角色，产生共鸣，容易结合自己的人生体验，去回味思考影视艺术的思想内涵。时至今日，广大观众欣赏影视艺术，仍然借助欣赏文学的经验去进行，只有行家、专家从蒙太奇、从光影、从色彩、从导演、表演等角度去鉴赏、评判，从这个意义上讲，影视剧本的文学性特点是影视艺术生存的基础。若想将影视艺术与文学分开，坚持影视是独立的蒙太奇制作艺术，这既不符影视艺术的实际情况，也不利于影视艺术作为文化产业的发展。

二、影视剧本的影视性审美特点

所谓"影视性"是指"视听"性。影视剧本是为拍摄影视用的"脚本"，因此，它运用的语言符号不同于诗歌、散文、小说，只具间接性，它运用的语言符号有严格要求，必须具有"视"与"听"的直接形象性效果的语言符号，即这些语言符号必须具有屏幕画面造型的直接表现力或提示力，具有音响组合的表现力或提示力，要便于导演执导，便于演员演戏，便于摄影师摄制画面，便于音响师拟音和组合音响，便于美工师构图造型……

为了更好地理解影视剧本"影视性"审美特点，下面将影视剧本与小说、戏剧剧本的主要方面作一比较。

1. 影视剧本与小说比较

其一，小说的容量是没有限制的，既可以是几百字的微型小说、几千字的短篇小说、几万字的中篇小说，还可以是几十万乃至百万以上的长篇小说。长篇小说篇幅浩繁，场景广阔，人物众多，情节繁复，但影视剧本的容量有严格限制，每场电影约一个半小时或 1 小时 40 分钟（上下集影片再加 50 分钟），电视剧每集约一小时。因此，影视剧本写作时主题要明确突出，人物要集中，情节要精练紧凑，但内涵要丰满，同时能考虑到观众在这有限的时间内能明确地接受这些内容，尤其是开端部分，能准确把握影片的主人公、影片的基调，有往下看的兴趣。

《乱世佳人》是世界电影史上无可争议的经典之作，是好莱坞全盛时期的代表作。独立制片人大卫·塞尔兹尼克先后与 18 位剧作家合作改变原作《飘》，最后采用了西德尼·霍华德的剧本，由维克多·弗莱明执导。剧本将小说中众多的角色人物精减到七八个人，主人公是女主角史嘉兰。围绕史嘉兰的命运变化，有安希莱、白瑞德、查尔斯、肯尼迪等几位男主人公。这样，人物的矛盾纠葛容易让观众观看时清楚明白。小说对美国 19 世纪南北战争作了深入细致的描绘，而剧本则用精练的笔墨勾勒了南北战争恢宏的场面，只是作为表现人物性格的背景出现，虽简练但仍给观众留下鲜明的惨烈、残酷的可视性场面，剧作者充分运用影术艺术的强大表现力，来反映时代特征。剧本集中力量刻画女主角史嘉兰的丰富的性格，她给观众留下的印象是：她是美丽的，也是丑恶的；她是刚强的，又是怯懦的；她是乐观的，也是悲愁的。战争使这位原本单纯、热情、任性、骄横的娇女变得冷酷、贪婪、乖戾。剧本这样改编，既保持了原小说的创作宗旨和风格，又充分利用电影艺术可视性特点，将人物、情节、环境的内涵简洁鲜明地传递给观众，仍体现了原作丰厚的内涵。

其二，小说常用叙述性和说明性文字来交待事件或人物，读者可以透过文字作联想和想象加以补充，进而理解。但影视剧本要求语言符号提供视听效果。苏联电影改编理论家波高热娃曾说：“影片，这首先是情节的视觉再现。”[1] 通俗地讲，就是用语言符号将事件、人物、行为都具象化，能形成不断变化流动的画面。下面以夏衍将鲁迅的小说《祝福》改为电影剧本为例，来体验“视角”化具象画面。

鲁迅小说《祝福》中有个“我”，改编本里把“我”去掉了。因为“鲁迅先生用‘我……回到我的故乡鲁镇’这种第一人称的叙述法开始，只不过是适合于小说之展开的一种方法，而小说中所写的也并不是百分之百的真人真事，因此，鲁迅先生在影片里出场，反而会在真人真事与文艺作品的虚构之间造成混乱，所以就大胆地把这种叙述方法改过来了。”[2] 严格地说“我”不是鲁迅先生，只是小说用第一人称方法进行叙述，以增强小说的真实感。但在电影剧本中由：“我”参与的情节很难构成有视觉效果的画面。请看下面小说中的一段：

> “说不清”是一句极有用的话，不更事的勇敢的少年，往往敢于给人解决疑问，选定医生，万一结果不佳，大抵反成了怨府，然而一用这说不清来作结束，便事事逍遥自在了。我在这时，更感到这一句话的必要，即使和讨饭的女人说话，也是万不可省的。
>
> 晚饭摆出来了，四叔俨然的陪着。我也还想打听些关于祥林嫂的消息，但知道他虽然谈过“鬼神者二气之良能也”，而忌讳仍然极多，当临近祝福时候，是万不可提起死亡疾病之类的话的，倘不得已，就该用一种替代的隐语，可惜我又不知道，因此屡次想

---

① ［苏］波高热娃：《从书到影片》第 82 页，中国电影出版社 1985 年版。

② 夏衍：《杂谈改变》，《中国电影》1958 年第一期。

问，而终于中止了。我从他俨然的脸色上，又忽而疑他正以为我不早不迟，偏要在这时候来打扰他，也是一个谬种，便立刻告诉他明天就要离开鲁镇，进城去，趁早放宽了他的心。他也不很留。这样闷闷的吃定了一餐饭。

这两段文字，都是借"我"的嘴，传达了自己对不幸者的同情，对四叔这样的人的憎恶，但这种叙述文字没有具象的画面感，不宜提示导演和演员。剧本果断地去掉了"我"而让小说中不登场的人物——贺老六登场了，并给了他鲜明的性格。请看下面一段：

贺老六家的"新房"。晚上，两支"四两头"红蜡烛已经点了一半。祥林嫂人事不省地躺在床上，贺老六凝视着她。

忽然，祥林嫂抽搐了一下，惊醒了，又啜泣，贺老六走近一点，低声地："好一点了吗？"

祥林嫂看见他，拼命挣起来，惊叫："走开，走开，让我回去。"又力竭倒下了。贺老六扶住她，她挣扎避开，又哭。贺老六无法可想，自己搔搔头。看她不动了，把一条被子盖在她身上。

（摇到）一对蜡烛。（溶入）蜡烛已经点定了。（摇到窗外）

天亮了。鸡啼。祥林嫂躺着。

贺老六显然一夜没有睡，提了一壶热水，手里拿了两个烤熟的山芋进来。

祥林嫂听见门响，惊醒，茫然地看了一眼贺老六，反射地坐起来，想避开他。

贺老六轻声地："别怕。（停一下）饿了，喝点热水，这是……"

祥林嫂用一种哀求的声音："求求你，让我回去，让我……"

贺老六似乎已经想了好久了。说："你一定要回去，也好，（停了一下）吃了东西，洗了脸，……我送你回去。"

出乎祥林嫂意外，将信将疑："真的，让我回去？"

贺老六点头，显然，他是失望而痛苦的。"你，先喝点水……"（给她倒了一碗热开水）

祥林嫂呆住了，半晌，忽然哭起来。

贺老六走近她，站在她身边，几秒钟，才说："头上还痛吗？"

（特写）贺老六的老实而又有点惶惑的表情。

贺老六把一碗开水递过去，祥林嫂迟疑了一下，伸手去接。（淡出）（很远很远的音乐）

剧本的远场描写，语言符号既推动了情节的发展，又展示了贺老六敦厚、善良的性格，也通过祥林嫂的眼神和形体动作展示了她的内心活动，可视性强，有鲜明的画面具象感。

其三，小说刻画人物可以是多角度的，外貌、心理、言行都可以描写，有时很概括地叙述也能起画龙点睛的作用。例如，小说中可以写"某某从小就是个乖孩子"，"从小"在小说中这样写，读者可以联想，可以接受，但影视剧本这样写，就难以将"从小"转换成视觉形象。因此，剧本必须用人物在具体事件中的言行举止来表现。上述《祝福》中贺老六的性格就是在他对祥林嫂抗婚事件中自己的言行来展现的，观众通过贺老六在这事件中的具体言行，直接感悟到他的敦厚、善良。说到底，剧本人物形象刻画更注重言行举止的描绘。

有人称小说是文本，影视剧本为图本，还是有一定道理的。

2. 影视剧本与戏剧剧本比较

影视剧本与戏剧剧本都是供演职人员使用的演出"脚本"，因此都注意到语言符号的可视性效果。影视与戏剧的容量是有限制的，因此都讲究"矛盾冲突律"构思全剧，以吸引观众的欣赏兴趣。这是这两者共同的特点，区别表现在两个方面。

其一，影视剧本中的时空活动比戏剧有更大的自由。

戏剧演出是在固定的舞台上、有限的空间中活动，时间也有固定的规定，一般在三小时左右。因此，剧情的进行力求时间、地点集中，人物集中，事件集中。舞台上的世界只能近似我们生活在其中的世界，它仅仅再现其中对话和表演的那部分。而且舞台演出的假定性很大，人物活动的环境全部是搭出来的布景，时空限制很大。而影视剧本可以不受舞台框框的限制，既可设计布景，也可以提示摄影师在街头、野外实地拍摄。时间叙述也可以借用各种手段展示时间的流逝或跳跃（如时钟画面，日历画面，树苗变成大树的画面等等），剧作家根据剧本宗旨，真实地铺开时空场景。

影视剧本在处理空间时，有两种形式。

一种是"再现空间"。例如《一江春水向东流》中的几处空间："风更大，雨更狂了。忽然劈雷一声，屋顶的铁皮好像被风掀动了一下，老母亲与抗儿那一边也水下如注了。……整个屋子都是漏的……床尾那一隅雨稍微小一点，就在那里搭起一个席篷再盖上一床篾席，下面垫着几张凳子，凳子上堆着被褥，祖孙三人就挤坐在上面"；"天上黑云翻滚，暴雨如注"；"黄浦江的浪涛拍打着江岸……"，"日高三竿了，忠良和丽珍还高卧未起。帘幕低垂，房间里显得很幽暗寂静，只闻壁钟滴答走着。"这些都是客观的真实空间。

另一种是"构成空间"，这是由许多空间段落联接而成的人为制造的空间。例如苏联导演库里肖夫的著名实验（他称"创造的地理"）：

（1）一个男人自左向右走去；

（2）一个妇女自右向左走去；

（3）男子和妇女会面，握手；

（4）一座宽敞的白色大厦，前有宽大的石级；

（5）两人一起走上台阶。

五个镜头在彼此相距甚远的地点拍摄的〔白色大厦取自一部美国影片的白镜头，镜头（5）则是在莫斯科的一座大教堂拍摄的〕，但联接后，仍然给人"地点十分统一"的感觉。可以说影视空间常常是由许多零星片段组成的。"构成空间"的这种自由，只有影视艺术独自享有。另外空间转换在影视剧本中也极自由。例如在《死神在追逐》影片中，一个画面是：男主人公将年轻妇女拉上悬崖（俯拍），下个画面是他托举她上卧铺（仰拍）；又如在《蓝天使》中，女管家清晨走进教授房间，惊愕地发现床是空的，下个镜头便是拉脱教授正躺在舞女的床上。

有时，影视剧本用"叠化"或事物的渐变来提示时间的转移。例如在夏衍改编的《春蚕》剧本中用蚕的变化来表示：黑芝麻似的细蚕子——蚕箪上的乌娘正在蠕动——头眠、二眠、三眠；蚕壮了——山棚上一片雪白；看不见缀头了——拥挤不堪的卖茧人。

有时一个片断中的镜头与镜头之间时间跳跃很大。例如《城南旧事》中第 500 号镜头是积雪的冬天（空间是在医院看爸爸），下个镜头跳到第二年的秋天——枫叶正红的香山。

影视剧本的时空自由还表现在：能创造自己的时间与空间。时空的凝练程度不亚于诗歌。例如苏联导演波波夫执导的一部获短片大奖的影片《我的儿子》（一分钟影片）剧本：

1. 特　片头字幕《我的儿子》出现的同时，有两只粗糙的老人的大手将一个钉有马蹄铁（吉祥物——幸福的象征）的照相簿慢慢打开，露出一张谢廖沙婴儿时的照片。

2. 近　谢廖沙长大些坐着的照片。

3. 近　年轻妈妈抱着又长大了些的谢廖沙的照片。

4. 大特　谢廖沙一对聪明可爱的大眼睛的照片。

5. 中—全　谢廖沙穿学生服在同学中间，大家围着女教师的照片。

6. 近　谢廖沙和另外两个孩子在圣诞树前幸福地微笑着的照片。

7. 全　长大了的谢廖沙和一位姑娘打雪仗的照片。

8. 中—全　随着枪炮声，穿着军装的谢廖沙向前冲锋的照片。

9. 全　谢廖沙和战友在德寇飞机残骸旁边的照片。

10. 特—全　随着一阵机枪扫射声，一张照片上，谢廖沙的头像四周画上了黑框。镜头渐渐拉开，谢廖沙在一群举枪欢呼胜利的战友中间。

11. 大特　又是谢廖沙童年时的照片和翻着照片的老人的手，这只手慢慢盖住了照片。

12. 近　一块墓碑，上边刻着："第 7 号墓——法米内赫·阿纳托利·谢尔盖维奇 1924—1944"。

13. 特　妈妈苍老憔悴的脸。

14. 全　妈妈穿着黑衣服伫立在白雪覆盖的几十个战士墓前。这时传来谢廖沙儿时的喊声："妈妈——"这声音像闪电划破寂静的世界，划过每个母亲，每个观众的心。①

从这个一分钟影片的剧本中，我们可以看到电影时空的巨大容量及编导创作的自由度。这在小说戏剧等作品或剧本中是难以做到的，而影视剧本可以充分利用镜头语言来自由调度时空。在时间与空间大幅度跳跃中给读者（观众）留下艺术空白，让人回味、联想、补充（但必须注意，镜头的组接要合乎剧情发展的内在逻辑，能为读者和观众所接受）。

其二，影视剧本中的人物刻画重动作，戏剧中的人物刻画重对白。

由于戏剧演出的舞台和观众的池座之间有一定的空间距离，演员细腻的面部表现和细微动作观众看不清楚，特别是后排的观众，因此剧作家只好更多地依靠对白。把行动化为语言，由语言来展示动作性、戏剧性，而影视剧本恰恰忌讳过多的对白，冗长的对白会引起观众反感，因此，影视剧作家充分利用银幕（屏）的优势，让人物有更多的动作，透过动作展现人物的心理活动、思想及性格。请看下面这个片段：

---

① 剧本原文转摘于王迪：《现代电影剧作艺术论》第 168～169 页，中国电影出版社 1995 年版。

周朴园　你是新来的下人？

鲁侍萍　不是的，我找我的女儿来的。

周朴园　你的女儿？

鲁侍萍　四凤是我的女儿。

周朴园　那你走错屋子了。

鲁侍萍　哦。——老爷没有事了？

周朴园　（指窗）窗户谁叫打开的？

鲁侍萍　哦。（很自然地走到窗前，关上窗户，慢慢地走向中门）

周朴园　（看她关好窗门，忽然觉得她很奇怪）你站一站。（鲁妈停）你——你
　　　　贵姓？

鲁侍萍　我姓鲁。

周朴园　姓鲁，你的口音不像北方人。

鲁侍萍　对了，我不是，我是江苏的。

周朴园　你好像有点无锡口音。

鲁侍萍　我自小就在无锡长大的。

周朴园　（沉思）无锡？嗯，无锡（忽而）你在无锡是什么时候？

鲁侍萍　光绪二十年，离现在有三十多年了。

周朴园　哦，三十年前你在无锡？

　　　　　　　　┊
　　　　　　　　┊
　　　　　　　　┊

周朴园　三十年前，在无锡有一件很出名的事情——

鲁侍萍　哦。

周朴园　你知道么？

鲁侍萍　也许记得，不知道老爷说的是哪一件？

　　　　　　　　┊
　　　　　　　　┊
　　　　　　　　┊

周朴园　我派人到无锡打听过。——不过也许凑巧你会知道。三十年前在无锡有一
　　　　家姓梅的。

鲁侍萍　姓梅的？

周朴园　梅家的一个年轻小姐，很贤惠，也很规矩，有一天夜里，忽然地投水死
　　　　了，后来，后来，——你知道么？

鲁侍萍　不敢说。

周朴园　哦。

鲁侍萍　我倒认识一个年轻的姑娘姓梅的。

周朴园　哦？你说说看。

鲁侍萍　可是她不是小姐，她也不贤惠，并且听说是不大规矩的。

周朴园　也许，也许你弄错了，不过你不妨说说看。

鲁侍萍　这个梅姑娘倒是有一天晚上跳的河，可是不是一个，她手里抱着一个刚生
　　　　下三天的男孩。听人说她生前是不规矩的。

周朴园　（痛苦）哦！

鲁侍萍　她是个下等人，不很守本分的。听说她跟那时周公馆的少爷有点不清白，
　　　　生了两个儿子。生了第二个才过三天，忽然周少爷不要她了，大孩子就放
　　　　在周公馆，刚生的孩子她抱在怀里，在年三十夜里投河死的。

周朴园　（汗涔涔地）哦。

鲁侍萍　她不是小姐，她是无锡周公馆梅妈的女儿，她叫侍萍。

周朴园　（抬起头来）你姓什么？

鲁侍萍　我姓鲁，老爷。

周朴园　（喘出一口气，沉思地）侍萍，侍萍，对了。这个女孩的尸首，说是有一
　　　　个穷人见着埋了。你可以打听得她的坟在哪儿么？

鲁侍萍　老爷问这些闲事干什么？

周朴园　这个人跟我们有点亲戚。

鲁侍萍　亲戚？

周朴园　嗯，——我们想把她的坟墓修一修。

鲁侍萍　哦——那用不着了。

周朴园　怎么？

鲁侍萍　这个人现在还活着。

周朴园　（惊愕）什么？

鲁侍萍　她没有死。

周朴园　她还在？不会吧？我看见她河边上的衣服，里面有她的绝命书。

鲁侍萍　不过她被一个慈善的人救活了。

周朴园　哦，救活啦？

鲁侍萍　以后无锡的人是没见着她，以为她那夜晚死了。

周朴园　那么，她呢？

鲁侍萍　一个人在外乡活着。

　　　　　　　·
　　　　　　　·
　　　　　　　·
　　　　　　　·

鲁侍萍　老爷，您想见一见她么。

周朴园　不，不。谢谢你。

　　　　　　　·
　　　　　　　·
　　　　　　　·
　　　　　　　·

周朴园　（徐徐立起）哦，你，你，你是——

鲁侍萍　我是从前伺候过老爷的下人。

周朴园　哦，侍萍！（低声）怎么，是你？

鲁侍萍　你自然想不到，侍萍的相貌有一天也会老得连你都不认识了。

周朴园　你——侍萍？（不觉得地望望柜上的相片，又望鲁妈）

鲁侍萍　朴园，你找侍萍么？侍萍在这儿。

周朴园　（忽然严厉地）你来干什么。

鲁侍萍　不是我要来的。

周朴园　谁指使你来的？

鲁侍萍　（悲愤）命！不公平的命指使我来的。

周朴园　（冷冷地）三十年的工夫你还是找到这儿来了。

鲁侍萍　（愤怨）我没有找你，我没有找你，我以为你早死了。我今天没想到到这儿来，这是天要我在这儿又碰见你。

　　　　⋮

周朴园　你静一静。把脑子放清醒点。你不要以为我的心是死了，你以为一个人做了一件于心不忍的事就会忘了么？你看这些家具都是你从前顶喜欢的东西，多少年我总是留着，为着纪念你。

鲁侍萍　（低头）哦。

周朴园　你的生日——四月十八——每年我总记得。一切都照着你是正式嫁过周家的人看，甚至于你因为生萍儿受了病，总要关窗户，这些习惯我都保留着，为的是不忘你，弥补我的罪过。

　　这里节录的是著名剧作家曹禺先生《雷雨》第二幕中的一些片段。话剧的"剧"全在于"话"，通过剧中人物口语化的台词，将人物的身份、地位、性格、心理活动统统表现出来，由"话"来体现动作性、戏剧性。周朴园问侍萍"贵姓"，从口音谈到无锡，从无锡谈到三十年前梅小姐投河，谈到要修墓，问得仔细，谈得具体，给人一个假象：他至今仍深爱着侍萍，夏天还保持着要关窗户的习惯，仍然保持着侍萍喜欢的家具。

　　下面看看影视剧本的片段，与戏剧剧本作一比较。

老通宝家后廊下

　　（溶入）一条瘦狗，三两个蓬头赤脚的乡下孩子，（摇）破旧的农家，东颓西败。阿西在檐下太阳中修理"蚕台"①；四大娘方才晒出了一件破烂的衣服，因进屋子去；老通宝与小宝回来。

　　瘦狗摇尾巴。

　　多多头拿了一把把的油菜心到溪里去浸（淡出）。

溪　边

　　（字幕）一个春风骀荡的午后。

---

　　①　"蚕台"是一种养蚕工具，为三棱式，可以折起来的木架子，像三张梯连在一处的工具，中分七八格，每一格可放一团扁。——作者注

（淡入）满开油菜花的田；（特写）在油菜花上打转的蜂蝶。

（溶入，特写）已经有小孩手掌一般大的桑叶。

（摇）桑林；溪边；杨柳；在小溪中洗蚕具的村中妇女和小孩。他们工作着，笑着。

（渐近）女子和小孩们都很消瘦，身上穿着和乞丐差不多的衣服，但是，眉宇间不能遮掩他们单纯的希望。

（镜头至四大娘与小宝处停止）他们已经洗好了许多"团扁"和"蚕箪"①。（特写）四大娘坐在溪边的石头上撩起布衫角来揩脸上的汗水。

小溪对岸一群女人中的一个二十岁左右的姑娘——六宝——对四大娘喊：

（字幕）"四阿嫂，你们今年也看②洋种吗？"

（特写）四大娘立刻将浓眉毛一挺，好像寻人吵架似的嚷起来：

（字幕）"莫问我，都是阿爹做的主——他死也不肯，只看了一张洋种！老糊涂听到一个洋子，就是七世冤家！洋钱，也是洋，他倒又要了。"

小溪旁的女人们一齐哄笑。多多正从对岸的陆家稻场上走过，跑到溪边跨上了那横在溪面四根木头排成的桥上。

四大娘看见多多，高声喊：

（字幕）"多多弟，来帮我搬吧！蚕扁浸湿了，就像死狗一般重。"

多多不开口，拿起五六只团扁，湿淋淋地顶在头上，空着一只手，划桨似的荡着；故意的弯着腰，学那些女人走路的样子。妇女孩子们又笑。

．．．．．．
．．．．．．
．．

（淡入，特写）旧式历本。老通宝手指指在"三月二十六日"这一天上；下面，两个木刻的黑底白字："谷雨"。

（退后至中景）戴着老花眼镜的老通宝；在洋灯下做针线的四大娘；阿四正拿了蚕纸在灯光下看。

（特写）黑芝麻似的细蚕子，没有一点孵化的征兆。多多望着蚕纸。四大娘放下针线，对阿四说：……

．．．．．．
．．．．．．
．．

（溶入）老通宝左手拿了一个大蒜头，将右手的一些烂泥涂上。

（特写）涂了泥的大蒜头。

（镜头退至中景）老通宝的手索索地抖着。虔敬的表情。

（全景）老通宝手拿涂泥大蒜头，手索索抖着，虔诚的走到蚕房的墙脚边，放下；

---

① "团扁"：一种像小圆桌面那样大，盘状的竹器。"箪"，略小而底部编成六角形网状的养蚕工具，蚕初收蚁时，在"箪"中养育。——作者注

② "看"是方言，意即"饲"或"育"。——作者注

嘴唇像默祷一般地动着。

. . . . .

无锡茧厂内外部

（溶入）茧厂内的"烘床"。

（特写）工人在烘床旁上下交换一担担的茧。

（溶入）茧厂前面，贴在柱上的通告：

> 今日市价：改良种每担三十五元，土种
> 每担廿元，双宫薄皮一概不收。

拥挤不堪的卖茧人，排得密密层层的茧籰。一隅。老通宝一行，阿多拼命地挤上去。称茧处。老通宝的茧子被拣出了许多。争执。秤手的脸，傲然。

老通宝的脸，屈从。

阿多的脸，愤怒。

以上是夏衍根据茅盾优秀短篇小说《春蚕》改编的《春蚕》① 电影剧本中的一部分片段。将这部分片段与曹禺《雷雨》《日出》的片段比较，可以发现，《春蚕》的电影剧本无论是剧情的发展，还是人物的刻画，不是通过人物的"对白"来完成，而是靠生动、形象、有立体感的流动性画面来完成的，它可以直接供导演及其他演员使用。另一个区别是，时空变换自由度大。《春蚕》剧本中，空间的变换是：忽儿在黄浦江及埠头，忽儿在小镇的当铺、街道，忽儿在老通宝家（或老通宝家的蚕房，或老通宝家的稻场），忽儿在溪边，忽儿在桑田，忽儿在无锡茧厂（或厂内的烘床，或厂门口）。时间的变化是：桑枝儿上簇生了小手指一般大的嫩叶——小孩手掌一般大的桑叶；黑芝麻似的细蚕子——蚕箪上的乌娘正在蠕动——头眠、二眠、三眠、蚕壮了——山棚上一片雪白，看不见缀头了——拥挤不堪的卖茧人。而戏剧剧本中的空间集中在一间屋里，场面转换靠读者联想，时间由每一幕的开始作简略交待。影视的蒙太奇手段，使影视剧本的写作有别于戏剧剧本和小说。

一般说，影视剧本不将音乐、音响效果的提示②写在剧本里。美国优秀电影剧作家理查德·沃尔特甚至反对在电影剧本中写进"切换"之类的字眼，他批评说："作家时常在两个镜头之间写上'淡入淡出'，这也许是很惬意的一件事，但是，这些抉择最好还是交给作家的合作者——导演和剪辑去做。""为了帮助观众沿着一部影片的结缔组织缓行，剧作家需要尽量少地提供技术性的说明。他们只需要供应一个传奇般的故事，一些灵敏的人物及十分机敏、聪慧、尖锐的对白。"③ 翻阅众多的影视剧本，剧作家确实将精力花在剧情、人物方

---

① 载《"五四"以来电影剧本选集》（上卷），第29~47页，中国电影出版社1979年版。

② 影视声音由三部分构成，即人物对话（包括人物内心独白、作者旁白）、音乐、自然音响。

③ 理查德·沃尔特：《电影电视写作》，第125页，河海大学出版社1991年版。

面。因此"声画合一""音响组合"等中的"声音"部分，都在"分镜头"剧本中，由导演完成，故影视剧本的"影视性"审美特点的"听"，将在"音响"欣赏中再阐述。

第三节　影视剧本的鉴赏与评论

影视剧本作为影视艺术的"脚本"、基础，具有文学性的特点，那么鉴赏评论时就和其他文学评论一样，要分析和评价作品的思想价值和艺术价值，要揭示创作规律，指导创作发展。本节着重讲解影视剧本思想内涵的价值评判。

一、评判剧本思想价值

面对影视剧本，要深入了解作品的思想内涵、创作倾向，看作品的整体形象传达了什么样的思想感情，体现了作者对社会生活什么样的认识和评价，这种思想倾向是否具有积极进步的意义，从而评判剧作的思想价值。当然，作者的创作倾向、思想感情、对生活的认识评价都渗透在人物形象的塑造中、故事情节的编织中、自然环境和社会环境的描绘中，渗透在语言符号的表达技巧中，因此，评判思想价值实质上是要通过分析人物形象、情节（结构）、环境来实现。

1. 人物

影视作为一门综合性艺术，将人物塑造作为重心是极为明智的。影视自诞生之日起，都很重视人物形象的塑造，并为观众留下了许多永不磨灭的印象。例如《乱世佳人》中的史嘉兰；《魂断蓝桥》中的玛拉；《公民凯恩》中的凯恩；《音乐之声》中的玛丽亚；《一个人的遭遇》中的安德烈·索科洛夫；《这里的黎明静悄悄……》中的丽达、丽萨、热尼娅、索尼娅、瓦斯科夫；《啊，野麦岭》中的阿峰、阿雪；《林家铺子》中的林老板；《秋菊打官司》中的秋菊……这些都是个性鲜明、血肉丰满的人物形象，或内心世界真实细腻的人物形象。剧作家通过人物形象的塑造来传达他对生活的体验、看法、主张。

影视剧本中对人物的塑造大致有两大类：一类是以刻画人物性格为主，另一类是以描写心理为主。在鉴赏人物形象时要有意识地区别开，不同类型，欣赏评论的重点不一样，要避免误判误断。

以刻画人物性格为主的剧本，鉴赏评论时一般从三个方面进行。

第一，判断人物的主体性是否鲜明。所谓主体性，即个性的主导方面。例如茂文·勒鲁瓦教编的《魂断蓝桥》中玛拉性格中的主体性是自尊而自卑。由于她自尊、自卑，所以在与生还的罗依回苏格兰结婚时，内心世界仍处在极度矛盾中。尽管出身贵族、对待传统的等级观念超群脱俗的罗依，不在乎玛拉的平民社会地位，执着地追求玛拉，要与玛拉完婚，但自尊的玛拉不愿意隐瞒自己沦落的事实真相，要跟罗依开诚布公地谈清楚，可在舞会上，当好意的尤里公爵肯定玛拉的忠诚与善良，说她决不会辜负贵族的荣誉时，一句话触及了玛拉的隐痛。曾想把回家结婚视为自己"生命的一个转机"的玛拉又自卑起来，使得她原想和罗依"开诚布公"谈一谈的念头也打消了。她的自尊使她作了这样的决断：找罗依的母亲实诉隐情，以自杀寻求解脱。玛拉自尊又自卑的主体性性格决定了她在这场纯洁的爱情与传统等级社会观念的较量中以悲剧收场。

《公民凯恩》剧本中的凯恩，其性格中的主体性是专制、暴戾，他只爱自己，不爱任何人，他只顾自己的自由，却不给别人自由，包括他妻子要求他尊重她人格的自由也被剥夺。为了追求权力和虚荣，把夫人苏珊装扮成"歌星"去骗取名声，他还为苏珊建造富丽堂皇的歌剧院，当夫人苏珊不能忍受他的专制而出走，他就歇斯底里地将苏珊室内的一切珍玩、摆设彻底砸烂。他在自己庄园的大门到他工作的报社，以至他家里的一件小小的浴袍，都镶上或印有象征其权力的徽号"K"字。他的专制、暴戾使得他的一生孤独无爱。

人物性格中的主体性刻画是有经验的影视剧作家十分注意的，因为主体性是决定人物待人处事的主要性格，是决定人物命运的主导方面，写出人物的主体性，就容易写出戏剧性。读者在鉴赏时要善于把握人物性格中的主体性。倘若影视剧作家未能写出人物性格的主体性，那么，读者就把握不住人物动作的目的性，或者说，对人物的所言所行会感到茫然，那就会影响阅读（观看）的兴趣，那就是剧作者的败笔。

第二，判断人物刻画是否丰富。有经验的影视剧作者除了精心刻画人物性格的主体性外，也十分注意刻画人物性格的丰富性。如果人物性格只有主体性，没有丰富性，人物就会干瘪、没活力。所谓性格的丰富性，即性格的复杂性。著名心理学家荣格指出，每个人都有几个"人格"面具。同一个人面对不同对象时会表现出不同的感情和态度。仍以《魂断蓝桥》中的玛拉为例。玛拉面对贵族出身的罗依的求婚，虽自卑，也流露出忧郁情绪，但更多的是少女的天真、浪漫、好奇，从中透视出她直率、乐观、纯真的丰富性格。她自尊，不想隐瞒沦落的事实，也始终保持着清醒的平民意识，但仍把回罗依家结婚视为"生命的一个转机"，希望能融进贵族社会中去，她原想开诚布公与罗依谈一谈，但关键时刻还是没有勇气与罗依谈，而是找罗依的母亲谈，其中也隐含了对罗依深深的爱——不想让罗依知道真相后心灵上受到伤害，为了不使罗依心灵受伤害，她选择了自杀。玛拉的善良、自尊、自强、浪漫等性格在这些地方得到了真实、丰满的表现。

《乱世佳人》中的史嘉兰，她的性格极为丰富：既是美丽的，又是丑恶的；既是刚强的，又是怯懦的；既是乐观的，又是悲观的，这些矛盾的性格，真实地体现在她待人处事中，是读者又爱又恨、又同情又鞭笞的丰满的人物形象。

第三，评判人物形象性格塑造的思想内涵。剧作家塑造主体性鲜明、性格丰富的人物形象，往往是借助他们来传达他对社会、对生活的思考。茂文·勒鲁瓦通过玛拉的性格刻画，展现了她的命运，又通过她的不幸命运，批判了不义战争毁灭了人们的爱情与幸福，也批判了英国社会门阀观念和等级制度对人们的爱情与幸福的摧残。

西德尼·霍华德等剧作家遵照小说作家玛格丽特·米契尔的原创作宗旨，通过人物群像塑造，尤其是女主人公史嘉兰性格、命运的刻画，反映了美国南北战争对人性的毁灭，控诉了战争的残酷，并从人性的立场呼唤和平，呼唤人与人之间的关爱；斥责了贪婪对人的残害，警示人们要自强、自尊，但不能贪婪、不义。

两部经典作品的人物性格塑造，给予读者众多的启迪与思考，也让读者看到战争的残酷。

凡优秀的影视剧作都很注意通过人物性格的刻画，让读者既看到了活生生的人物形象，又能从人物形象中感悟人生、体察社会。影视美学的原则之一便是：揭示生活中的真、善、美与假、恶、丑，使人们正确认识生活，理解生活，敢于直面人生。

有的影视以描写人物心理为主，鉴赏评论时从两个方面进行。

第一，先判断人物心理描写所呈现的特点。目前影视剧本描写人物心理有两种类型：一种是传统的手法，即依据人物正常心理活动描写人物；另一种是采用意识流的手法来描写人物。

伊明改编的《城南旧事》中的英子及其母亲、宋妈等人物都没有令人注目的主体性格和丰富的复杂性格；《金色池塘》中的退休老教授诺曼·塞耶及其妻子埃塞尔、独生女杰西也都没有鲜明的个性。这些电影剧本都用传统的手法侧重于人物的心理描写，展现他们普通人善良、美好的心灵，展现他们的喜怒哀乐，再折射社会的、家庭的一些问题或矛盾。

《城南旧事》中的疯女人秀贞，"天天呆在惠安会馆的大门口"——她等待她的爱人——他被抓进局子，等着过堂，过了堂或许就放出来了。

宋妈让英子代写家信——宋妈思念自己的孩子——在野地里放牛的儿子小栓子怎么样了？寄养在人家家里的女儿怎么样了？

欧内斯特·汤普森编写的《金色池塘》中的老教授诺曼·塞耶，眼看就要到八十寿辰，但"一想到过生日就痛苦不已"——这意味着死亡更加逼近他了——他怕死亡，怕身心衰竭、智力减退地活着。

《城南旧事》《金色池塘》中的其他人物也是采用传统的方法来描写心理，又以心理描写来体现编导的创作宗旨。

西德扎姆·泽帕德编写的《德克萨斯州的巴黎》（获第 37 届夏纳国际电影金棕榈奖）的主人公特拉维斯就没什么鲜明性格，编者用大量篇幅和笔墨对他的心理作细致的描写，有些甚至是变态心理。如他怕乘飞机，飞机已经在跑道上滑行，只好停机让他下来；他要乘出租车，但必须是他坐过的那辆车。这些都是神经受到刺激后的失常心理。通过这种心理描写来烘托他对妻子简的"爱"的反常：他对漂亮的欧洲血统的妻子不放心，怕她逃跑，失去她的"爱"，于是在妻子的脚上系了铃铛。妻子简无法忍受这种侮辱，终于在儿子 3 岁时的一个夜晚逃跑了。简将儿子送给丈夫的弟弟、弟媳抚养，自己找到工作后每月寄生活费给弟媳他们。而特拉维斯在妻、子失踪的当晚就开始寻找他们，在外奔波流浪了 4 年……编导在剧本中着力刻画了夫妻情、兄弟情、父子情，使得这部以心理、情感刻画为主的剧本成为优秀之作名扬世界影坛。

有些影视以意识流的手法来刻画人物。比如由英格玛·伯格曼编剧获第 8 届西柏林国际电影节金熊奖的《野草莓》便是这类影片的一部经典影片。编者英格玛·伯格曼把过去和现在、现实和梦境、回忆和幻想有机地融合、交织在一起，通过主人公伊萨克·波尔格教授在接受荣誉博士学位那一天的见闻和感受，概括反映了他一生的历程。编导打破了时空界限，采用了意识流手法，注重用梦来反映现实，来表达现实生活中的种种苦恼，整部影片就是波尔格通过梦和幻觉对自己进行精神分析。看一下几个精彩的片段：

> 我要到野草莓地里去看一看。我 20 岁以前，每个夏天都到这里来，它记载着我生命中最美好的时光。我找到了那块草莓地，便坐在一棵孤零零的老苹果树旁，一个又一个地吃着野草莓。触景生情，一幕幕往事突然浮现在眼前：表妹莎拉正在采野草莓，我哥哥西格弗里德走到她眼前，在她美丽的脖上吻了一下；莎拉有点气恼，威胁说要告诉伊萨克（即影片中的"我"——笔者注），因为她已同伊萨克秘密订了婚。西格弗里德却再次结结实实地吻了她一下，莎拉气得哭起来。这时早餐铃声响了，……当我独自站

在野草莓地里，感到茫然若失时，一个少女的声音把我唤醒，她说她叫莎拉，她和两个小伙子知道我要去隆德，想搭我们的车同行。这个莎拉和过去那个莎拉非常相像，她使我回忆起初恋的情人，不过我的莎拉后来同我哥哥结了婚。……

我又顺路拜访了老母亲，她见到我非常高兴，我们又回顾了往事。告别母亲后继续上路，我在车上又打起盹来，梦见来到一个考场，阿尔曼教授出题考我，我却什么也答不出来。他说我妻子控告我自私自利，漠不关心。他把我带到一个林间空地，让我目睹了妻子与另一个男人幽会的情景。她对那个男人说，将把此事告诉我，但我会满不在乎，因为我是冷漠无情的。①

上面引述的两段，可以清楚地看出波尔格"我"，时而现实、时而回忆、时而梦境的意识流动的特点，着重表现了"我"的心态、体验、感受。法国玛格丽特·杜拉编写的《广岛之恋》着重写了女主人公的回忆和联想。法国阿仑·罗伯·格里耶的《去年在马里昂巴德》着重写一对青年的内心变化。

第二，把握心理描写特点的思想内涵。传统的心理描写手段往往是为了展现人物深层内心冲突的情绪、心态，或展现人物潜在的意识或愿望，进而展现人物命运，间接表达作家的思考。仍以《城南旧事》为例。剧作没有正面直接描写黑暗势力对秀贞的迫害，但单纯善良的秀贞成了疯子，她"天天呆在惠安会馆的大门口"。她的心上人被抓进局子，不知哪一天能放出来。天天等待，希望能看到自己的爱人。天天等待，天天落空，但她仍然等待。秀贞内心深处的这种期盼，是剧作者要让读者感悟的：是谁把单纯善良的秀贞逼疯了？是谁把她的心上人从她身边抓到局子里去？参加进步学生运动有何罪过？想当一个温柔的妻子、一个善良的母亲有何罪过？秀贞的天天期盼，其背后的心理则折射出 20 世纪 20 年代末、30 年代初的旧中国社会生活黑暗的真实面貌。

"盗窃"，是损人利己的犯罪行为，遭公众的唾弃，但剧中的小偷却让人同情，他有一个弟弟，年年考第一，有志气漂洋过海去念书。但家里贫困异常，家徒四壁，只好"走到这一步"——偷。在他内心深处有一个强烈的愿望：要把弟弟"供"出来，成为有知识有财富的人，这样就可以改变家庭的贫穷处境。他也希望社会理解他，"我不是好人！我也不是坏人！"是不得已走上"这一步"。小偷的内心冲突，浓缩了旧社会世道不公的历史内容，折射出黑暗社会对善良人心的戕害。

宋妈有自己年幼的亲生儿女，但她抛儿别女到英子家当"老妈子"。叫英子替她写家信，剧作通过人物心理说白，让宋妈藏诸于心底的思想感情坦露来，这种心理描写透出了一丝淡淡的哀愁，进而折射出当时农村衰颓的境况和农村劳动人民的深重苦难。

剧作者透过人物心理活动的描写，展现人物苦难的境遇、令人心酸的命运、人性的顽强，进而折射出他们所处环境的黑暗、衰颓状况，并产生凄怆悲凉的氛围及震撼人心的审美力量。

《金色池塘》的剧作者通过细致刻画老年人的孤独、迷茫的心态，来表现两代人的思想情感的差异，审美内涵虽不丰富，但很有时代意义，启迪人们：两代人如何沟通，消除思想感情的冲突，健康和谐地生活。

---

① 转引自周斌等主编：《国际大奖电影精粹》，第 258～259 页，中国青年出版社 1997 年版。

大凡用意识流手法来刻画人物心理历程的影视剧作家，其创作目的都是以此来反映生存环境对人的异化，也有一些作品是以人物心理的意识流动来表现人物瞬间恍惚的心态——潜意识的思索，进而表达剧作家自己对人生或对社会的一些哲理思考。

《野草莓》的剧作家通过对波尔格的梦或意识流动的描写，表现他自己对人生的思考：人生一世，不会事事如意；良好的机遇，从自己手中丢失往往会使人遗憾一辈子；唯有美好的大自然（野草莓所象征的）才永远充满活力。

鉴赏评论中，唯有细致地捕捉和把握好人物心理描写的思想内涵，才能使鉴赏评论达到更深的层次、更高的境界，也才能真正客观地评判剧作的思想价值。

2. 情节（结构）

情节是人物性格发展的历史，是影片内部逻辑的一种外在形式。

影视理论家们通常把影视划分为传统影视和现代影视两大类。"传统"影视与"现代"影视的区别主要表现在情节结构上。传统影视剧本注重情节结构的因果关系（借鉴戏剧和传统小说的创作原则），现代影视剧本侧重情节的"生活流、意识流、散文化"，即非情节化。但不管哪种，剧作家将自己的创作旨意倾注在情节结构中的指导思想是一致的，所不同的只是倾注于情节结构的技巧不同而已。事实上人物只有在情节的发展变化中才能表现他的性格、思想、情绪、心理等。剧作家的创作宗旨也在情节的发展变化中得以实现。换言之，影视思想价值的评判不是孤立地分析人物就能捕捉到的，应将人物放在情节结构中才能进行鉴赏与评论。因此情节结构的鉴赏评论一般应注意两点：

第一，辨别情节结构的特点。

传统的影视情节结构的特点是：讲究事件的因果关系，讲究悬念。这种情节结构样式有着悠久的历史渊源，从古希腊亚里士多德时代开始，经莎士比亚、易卜生，直到今天，一直被广泛沿用。特别是 20 世纪三四十年代美国好莱坞电影鼎盛时期，这种戏剧情节结构样式在电影中更趋完整、定型，成为在世界影坛上占统治地位的结构样式。美国电影理论家路·吉安乃蒂曾指出："像绝大多数舞台剧一样，绝大多数美国影片也是把互相连续、互有关联的事件直线式地结构在一起的。在开端部分就导入具体的问题或冲突。冲突被有条不紊地强化，到进入高潮时才用某种方式加以解决。……绝大多数情节严谨的作品都有某种逻辑性或必然性。这种逻辑性通常是以严格的因果关系为基础的，其重点是在行动的后果上。"① 像西德尼·霍华德等编剧的《乱世佳人》，瓦西里·伊凡诺维奇·索洛维约夫等编剧的《战争与和平》（苏联），赫·穆凯尔编剧的《两亩地》（印度）都采用这样的情节结构样式。

中国的影视，一开始就与戏剧及传统小说联姻。1905 年，由北京丰泰照相馆创办人任景丰拍摄的第一部影片《定军山》就是由京剧演员谭鑫培主演的戏曲片。后来又拍摄的《长坂坡》《青石山》《白水滩》《金钱豹》等影片都是借了戏剧的因果关系情节结构样式。这种情节结构样式成了我国影视剧本创作中的基本形态，并培养了广大观众的传统欣赏习惯，反过来又影响了我国的影视情节结构的艺术风格。像袁牧之编导的《马路天使》，蔡楚生编导的《一江春水向东流》，夏衍改编的《祝福》《林家铺子》，刘恒编剧、张艺谋导演的《秋菊打官司》等等都是讲究因果完整、情节跌宕的优秀电影剧本。

另一类影视剧本注重情节结构的"生活化"特点。所谓"生活化"，是指情节的发生发

---

① 引自《世界电影》，1983 年第 3 期，第 59 页。

展变化如同生活一般，自然而然进行，看不出编导预先编织好的精心构思和设计。

"生活流"这一概念，最早（20世纪60年代初）提出来的是苏联电影理论家M·布列曼。当时传入我国，没有产生多大影响，但20世纪70年代末、80年代初，却对一批中青年导演产生了不少影响。我国的《城南旧事》《都市里的村庄》《逆光》《小街》受"生活流"的影响，淡化故事情节，注重内在逻辑的合理性和严密性。《城南旧事》是一部巧妙运用"生活流"，非情节化的散文式结构方式来表情达意的成功之作。《城南旧事》由三个生活片段构成，三者之间没有因果关系。连缀三个生活片段的是小主人公英子，通过小英子的视点来叙述与疯女人秀贞的交往，与小偷的交往，与宋妈共同生活中的几个片段，没有中心事件，没有运用"冲突律"，只有匀称、平衡、质朴的生活画面，是一部典型的非情节化的散文式结构样式的剧作。

纯"生活流"情节模式的影视剧作很少，这类剧本主张：反情节，反虚构，反典型化，反故事化，反戏剧化，反演出痕迹，反蒙太奇，只追求生活的自然流动。像1978年意大利埃马诺·奥来尔编导的《木屐树》是这种情节模式的代表作。作者运用大量的生活画面，详尽地展现19世纪末期意大利穷乡僻壤的生活：冬日初雪，一群儿童穿着木屐去上学，有个孩子的木屐坏了，他解下自己的裤腰带来捆木屐，一跳一拐地在雪地里行走。贫困的父亲偷偷砍了庄园主的一棵小树给孩子做木屐。……冰雪消融了，树桩暴露出来了，庄园主把砍树这个雇农赶出了庄园。"生活流"情节的剧作都力求把生活与演出的距离缩小到零。这类逼真复制生活的影视剧本，因不符合读者的欣赏习惯，往往不受欢迎。

第二，分析情节结构与刻画人物、展现创作宗旨的关系。

情节结构是为刻画人物（或表现人物）、展现编剧作者创作宗旨服务的。从内容与形式的关系上说，情节结构是受制于创作宗旨、人物刻画（表现）的。辨别出情节结构的样式后，要进一步分析情节结构与人物、创作宗旨的关系。

以郑义编写的《老井》为例。作者采用的是戏剧式情节结构形式。剧中有两条情节线，A线——人与自然环境的矛盾冲突，是主线；B线——男女情爱的关系线，是副线。主线、副线交错展开情节，从而拓展拓深了剧作的思想内涵和深度。

主线，追溯老井村悲壮的打井史，展现20世纪80年代初期老井村人民不屈不挠终于打成井的壮举。太行山中的老井村从大清道光年间到20世纪80年代初，这里的人们代代打井，年年打井，但留给子孙们的只是布满村子周围的百来多个干窟窿，每个干窟窿都记载了老井村血泪斑斑的打井历史。20世纪80年代改革开放，人们还得天天从山外去挑水喝。逢大旱，牲畜和人争水喝，压根儿顾不上田地里的庄稼。为了抢水，老井村与石门村的乡亲们还爆发了一场短兵相接的械斗，最后旺泉冒着生命危险跳入井中才制止冲突。县里决定开办水文地质班，培训骨干，推动全县科学打井。经过坚韧不拔的努力，科学打井终于成功。

副线，讲述男女情爱。孙旺泉、赵巧英是同村的高中同学，热恋中的他俩毕业后一起回乡，并准备离开老井村进城。但旺泉的爷爷为着给旺泉弟弟娶进媳妇，暗中将旺泉许给本村青年寡妇段喜凤。迫于无奈，旺泉最终违心地顺了老人的意，进了段家，但却与喜凤同床异梦，他心里难以忘怀心上人巧英。巧英为旺泉留在村里继续寻找井位探水源。在共同的工作中，俩人感情世界又激起波澜。在井塌被埋的侧窑、生还无望的情况下，爆发了井下成爱。抢救脱险回到现实中，孙旺泉割舍了他与巧英刻骨铭心的爱情，赵巧英只好悄悄离村而去。

主线、副线两条情节线索交织在一起，互相作用，使影片的思想深度大大地拓进一步。

老井村的人们一方面承受了生存条件给予他们的苦难与重负，表现了自然对人性的制约、物质生活的贫困，另一方面又表现了封建意识的严酷、残忍，它对人性的摧残，表现了"老井村"人精神生活的贫困。这两种贫困像绳索的两股麻束绕在一起，越拧越紧，最终酿成悲剧，令人心痛而沉思。剧作者通过主线副线的交织、映衬，鲜明地展现了他的创作宗旨——把人们对水的渴求，升华为对现代文明的渴求。"井"既是原生态的物象，也是剧作者营造的心象。人们通过世世代代坚韧不拔矢志不移的努力，最终找到了生存的水源，人们深信，经过锲而不舍的努力，最终也能冲破几千年的禁锢，寻找到现代文明的清泉。

倘若该剧本只有一个 A 情节线索，剧作者就围绕着人与自然环境的矛盾冲突去编织故事，充其量，展现的是中华民族的子子孙孙"愚公移山"的精神，这是一个陈旧的主题；若只有一个 B 情节线索，写三角或多角的男欢女爱，这是俗而又俗的主题，没有思想内涵。但现在剧作家将 A、B 两个情节交织在一起，既表现出人与自然搏斗的执着精神、穷则思变的无畏胆量——这是中华民族赖以自立于世界民族之林的魂魄；又表现了老井村人也是中国人几千年历史文化的重负对人性的压抑、摧残、无奈，还表现了剧作家对人性自我解放的呼唤。概括说，只有这样的情节结构样式，才能容纳如此深沉博大的思想内涵，才呼应了《老井》题目的艺术用心。

正是这样的情节结构样式使得《老井》中的主要人物展现了丰富的性格特征。主人公孙旺泉，他在与自然的搏斗中是胜利者，是英雄，是我们中华民族英雄儿女的代表：他不怕千难万险，勤于学习，性格刚强，为老井村乡亲能喝上水，他学习勘探与打井的本领，并率领本村民众打出了第一口机械井，结束了老井村世代缺水的困境，为老井村人挖掘出生命之泉，使得老一辈嘱托他的历史重任得以实现。他是全村人的希望所在，是事业上的英雄。这在主线情节中得到了充分的展现。然而他又是一个懦弱的人。在婚姻大事上，屈服于封建观念。本来他与赵巧英青梅竹马，两个人情投意合，感情炽烈，并商定登记结婚，但在爷爷落后粗暴的干涉下，他割舍了与巧英的爱而违心地与他并不爱的小寡妇喜凤结了婚，做了受屈辱的"倒插门"女婿。这种妥协、懦弱也真实地体现在旺泉的身上。可以说，在事业上他是勇猛的、火热的，令人敬佩，但在婚姻上他却是懦弱的、麻木的，令人同情。这些矛盾的性格和精神很自然、真实地表现在旺泉身上，使人物形象丰满、有立体感。然而剧作家的意图并未停留在这个基点上，剧作家的深层用意是：通过旺泉在事业和婚姻的两难选择中，最终牺牲了爱情而选择了"扎根"家乡，挖井寻泉的事业上，从而使旺泉的精神境界更高尚，人格更具震撼力。从中国现阶段农村经济发展现状看，要改变农村落后的现状，除了需要借助现代文明的冲击外，更需要一大批有文化的青年立足现实，用自己的智慧和吃苦耐劳的精神，用双手改造脚下的土地，造福家乡，造福乡亲。仔细琢磨，旺泉选择了扎根家乡，完成打井重任，而割舍了与巧英的爱情也是符合中国国情的，是真实的。在中国国土上，许许多多有志青年（也包括女青年），为国家的命运、为家乡的命运而选择了事业，割舍了爱情，然后在建树事业的过程中，再培养与对方的爱情（旺泉最终在改造自然的斗争中与喜凤建立了爱情）。从这种历史与现实状况看，旺泉这个艺术形象是活生生的生命个体，既具有真实性，又具有典型性（其他人物的塑造、剧作家也注意到了人物的丰满性）。从情节与人物、思想内涵的角度看，剧作家成功地通过双线索情节结构塑造了丰满的人物形象，传达了自己的创作意图。

非情节化的电影剧作，一般将笔力放在对生活的思索，或对人物内心世界的刻画上，人物的性格刻画都予以淡化，因此欣赏这类电影剧作时，主要捕捉"生活流"或"意识流"或"散文化"的情节中蕴含了剧作家的何种创作动机（或旨意）。

仍以《城南旧事》为例。伊明改编的电影剧本保留了原作的"散文化"情节特色：以三个独立的生活片段来完成创作宗旨。这部剧作没有矛盾发生、发展、高潮、结局的因果关系，只有"流水淙淙"的别离愁绪这根情感线索。剧作以小英子的视点来连缀三个片段，英子结识了一个人，情节就从这个人展开，什么时候这个人离开她，生活片段就戛然而止，然后转向另一个人。因为是儿童的目光，所以三个生活片段在形式上没有关联，而且事情的过程也不很连贯，断断续续，一个人的遭遇也像流星，来无影，去无踪，于是就留下了许多艺术空白，让读者（观众）根据自己的生活体验去补充。剧作者以内在的"别离愁绪"来统领全剧，虽然剧中的秀贞、小偷、宋妈都没有给读者留下"性格鲜明"的印象，但每个生活片段给英子（给读者）留下的"离别"情绪是强烈的，包括英子与她爸爸的"离别"。剧本将宋妈的离去和爸爸的落葬集中在同一时空中，这种双重离别就是这部电影的高潮。"离别"既是内在的统领线索，又是表达原作者林海音创作宗旨的关键，伊明改编时将原作的创作宗旨完美地表达出来了。林海音的创作宗旨是：借"城南旧事"，表达海峡两岸何时结束"别离"的愁绪，盼望早日结束"别离"的心愿，伊明改编时比小说更强化了：开头镜头是长城、倾塌的箭垛、烽火台，苍茫的群山……结尾时，是满山枫叶的墓地竖着"台湾义地"的石碑。这一头一尾的改写，更鲜明地表达了原作的宗旨。《城南旧事》的这种"非情节化"结构恰如其分地传达了原作者的心绪。

由孙周改编的《心香》也是一部"生活流"的作品。剧作家"希望构架平凡人的人生舞台"，上演"他们日常的柴米油盐、生老病死"[①]，剧本以外孙京京与外公李汉亭的理解沟通为主线，串联起外公李汉亭与邻居莲姑的关系，与阿昆的关系；李汉亭与女儿、女婿的关系；京京与莲姑的关系，与珠珠的关系，与父母的关系……都是平凡的普通人之间的关系，然而在平凡琐碎的小事中展现人性的优缺点，并寄寓作者强烈的爱憎褒贬之情、颂扬与鞭挞之意，及作者对人生大主题的思考：做人贵在真诚；人要多点博爱；要互相体谅、互相关怀。这种多义的主题也只有在"形散神不散"的情节结构中得以实现。

剧中的主要人物——李汉亭和莲姑身上体现出来的精神境界则真是中华民族优秀的传统美德的表现。

另外，像美国奥逊·威尔斯和哈曼·J·曼基维茨编写的《公民凯恩》，欧内斯特·汤普森编写的《金色池塘》，瑞典英格玛·伯格曼编写的《野草莓》等剧本都以其独特的情节结构，完美地表达出他们的创作宗旨。

情节结构是剧本的一种形式因素，它受剧本内容的制约。因此，有经验的剧作家往往能根据自己的创作宗旨——对生活的认识，对剧作中人物性格或情感的特点来选择最恰当的情节结构形式。

鉴赏评论情节结构要注意的是：辨别判断剧作的情节结构是否有自己的个性，是否做到情节结构与内容"形核"相符，是否贴切。当然，在创新的同时，也要考虑到群众性的观赏习惯，不能完全离异民族文化的传统。

---

① 《平凡百姓的人生舞台》，《文汇电影时报》，1992 年 2 月 8 日第二版。

3. 环境

人物的行为、动作是在一定的时间和空间中进行的，人物性格的形成与命运的变化也与时空环境有密切关系，因此，创造真实可信而又饶有表现力的环境氛围是影视剧作家的重要任务之一。

"环境"的内涵大致包括三个部分：一是时间，指人物所处的时代、季节、时刻等；二是空间，指人物所处的国别、地区、住所等；三是境况，指人物所处的人际关系的情况、工作、学习、生活的情况等。换个角度讲，"环境"包括地理环境和社会环境。

人物与环境是一个有机的统一体。恩格斯要求作家写出"典型环境中的典型性格"，指出了人物与环境的"鱼水"关系，因此有经验的影视剧作家提笔前，会根据创作宗旨，做好环境描写的总体设计，使环境成为整个艺术构思的有机部分，并巧妙地写出环境与人物性格、命运的内在联系。以夏衍改编的《林家铺子》中商业大街变化为例，剧作者写道：这条大街是"这个市镇上的一条主要街道，中间不过一丈开阔的、七高八低的石板路，两边是各式各样的铺子，林家铺子处于这个闹市的中间"。这里空间的地方特色很鲜明，林家铺子所处的地理位置和经济地位也一清二楚。剧作者接着写道："农历年底快到了，这些铺子门口不是挂着褪色的市招，就是玻璃橱窗上贴着'年终大拍卖'的彩色广告，薄暮时节，冷风吹着那些无精打采的市招。"这里将 20 世纪 30 年代旧中国的经济萧条的时代特点反映了出来。

"一·二八"战争爆发后"市面上也显得有点不平静了，行人三三五五地谈论。冷风刮过，'大减价'的市招在吹卷，店面上冷冷清清。"街上充斥着"再卖东洋货，就是亡国奴！"的吼声。林老板"晚上偷偷地在东洋货上贴上'真正国货'的标签"，从上海逃来的难民纷纷抢购林家铺子的"一圆货"。

林老板在这样的时代背景中在作垂死挣扎，同时也可以看出这位资本家弄虚作假的本性。

最后一次描写这条大街：官僚、资本家封店查货，警察开抢，人群奔逃……林老板也逃走了。"大鱼吃小鱼，小鱼吃虾米"的旧中国的环境及在这样的环境中挣扎的小资本家的命运刻画得既自然又真实，尤其是林老板的命运及性格都得力于环境的烘托。剧本中有许多细节环境的描写，都能很好地为表现人物服务。例如第十五节的一段描写：

> 林老板的内室。早晨，林老板才吃完了稀饭，站起来，大娘端了一碗粥过来。
> 窗外，已经飞着细雪，林老板撕了一张日历，"二月三日，农历十二月二十七日"。
> 他正要开门出去，林大娘喊："下雪了，多穿件衣服。"他头也不回地走了。……

这个时空细节的描写很巧妙地将林老板在经济角逐中，是一条挣扎在涸水中的"小鱼"形象自然地表现出来了，同时也将人物的命运形象地暗示出来了。

环境描写能够有效地为刻画人物性格、表现人物命运服务。这在《红楼梦》的影视剧本中都得到了充分的重视。剧作家遵照小说的原意，让贾宝玉住在"花团锦簇，剔透玲珑"的怡红院。林黛玉住的是特别幽静的潇湘馆，"一带粉垣，数楹修舍，有千百竿翠竹遮映"，潇湘馆里的竹子，不但映衬出林黛玉品性中耿介孤高的一面，还能为这个反抗性人物提供强烈的悲剧气氛："湘帘垂地，悄无人声""雨声淅沥，清寒透幕""竹梢风动，月影移墙"

等都能达到这种效果。而薛宝钗住的蘅芜院，遍地种着藤萝薜荔，杜若蘅芜，是个"轻烟迷曲径，冷翠湿衣裳"的所在，剧作者还在院子入门处设置了一块插天的大玲珑石，还有假山环绕，把房屋遮得若隐若现，这种环境与宝钗姑娘深藏不露的性格极相吻合。

让环境为表现人物的心理或烘托情绪服务也是剧作家们十分重视的。像《公民凯恩》中"K"字徽号氛围的营造，暗示了凯恩至高无上的权力欲和占有欲的心态。苏联的剧本《奥赛罗》中，埃古在海边向奥赛罗进谗言，周围的环境是：远景是大海、船渠，近处纵横错列地晒满了渔网，这种环境恰到好处地暗示了妒火燃烧的奥赛罗在网罟中痛苦挣扎的内心活动。再看阿城在《芙蓉镇》中营造的一个环境细节：秦书田在自己门户两旁贴出"两个狗男女，一对黑夫妻"的白纸对，宣布结婚。这个小环境的描写揭示了大环境的残酷——极"左"路线肆虐的年代践踏人性，剥夺了平民百姓做人的权利，同时又揭示了整人者与被整者的不同心态。李国香大权在握，她的动机（置胡玉音于死地）就是法律：当初你（指胡玉音）的摊挡"顶"了我（指李国香）的生意，我就不准你结婚，不准生孩子。秦书田、胡玉音做人的权利被以李国香为首的工作组剥夺了，但他们偏要夺回来，因为法律并没有剥夺"黑五类"恋爱、结婚的权利。这幅令人心酸的对联既表现了大环境的残酷，又表现了普通百姓坚韧、顽强的生命力。

环境与人物是一个有机的统一体，环境影响人物的行为和命运，反过来，人物也能改变环境。或者说环境随着情节的发展而不断变化。像战争题材的影视作品，人与自然环境矛盾和谐的题材的影视作品，剧作家都能写出人物改变环境的深刻意义来。《浴血太行》《大决战》《大转折》《彝海结盟》《征服死亡地带》《老井》等电影剧本；《远东阴谋》《大渡桥横铁索寒》《中华魂》《大漠丰碑》等电视剧本都是这方面的优秀之作。

要很好地鉴赏、评判影视剧本的思想价值必须将人物塑造、情节结构安排、环境营造有机地统一起来体验、思考。若将剧本的这三项基本要素割裂开来，孤立地分析，则难以完整、全面、公允地评判思想价值。

二、评判剧本艺术价值

影视剧本所包含的思想内涵不是用说教的方式表达出来的，而是通过语言符号将人物、情节、环境等要素有机地组合成形象（群），艺术地表达出来的。俄国著名作家契诃夫曾说过：活的形象创造思想。意思是讲，思想内涵应该融于艺术形象中自然而然地折射出来。"自然而然"是一种很高的艺术境界，唯有"自然而然"才能产生审美力量去感染读者（包括导演、演员），读者在感染中去感悟剧作的思想内涵。

在评判剧作的艺术价值时，先要判断艺术形象（群）是否具有真实性，再要判断创造艺术形象的艺术手法是否具有自然、和谐的魅力，是否具有独创性，还要判断艺术形式（包括手段）对读者（或某些专业性读者）感染力的强弱。这里仅从语言、时空感、结构、节奏感几方面扼要地谈谈艺术价值的评析，其余的借鉴小说部分的艺术价值鉴赏，借鉴文学类的学术论文。

1. 语言

影视剧本的影视性审美特点要求鉴赏者悉心分析视觉形象的效果，一般从两方面进行。

首先，判断语言符号是否具有"视觉性"，即是否能造型，是否能被拍摄成画面。影视剧本的语言表述与小说的语言表述是有区别的。影视剧本的创作，剧作家很注重语言符号的

"视觉性"特点，即每个形象的塑造、每个场景的描绘，有很强的视觉性，能很好地造型，能被拍摄成影视画面（有时剧作家不注意这个问题，导演在分镜头剧本中去完成）。

其次，判断语言符号提供的视觉形象是否具体、鲜明，是否有很强的造型表现力，读者阅读时（尤其是演员）能不能被激起想象力，如同看屏幕上的表演一般清楚、有动感。影视剧本创作要求是：作者（或编辑）所写的每句话将来都要以某种视觉的造型的形式出现在屏幕上，描写必须能在外形上表现出来，成为造型的形象，即便是人物的心理活动，也必须用可见的空间、画面和人物外部造型动作表现出来。

请看刘恒根据自己的小说《伏羲伏羲》改编的电影剧本《菊豆》第68节："菊豆和天青沿看地窖的狭长甬道往里爬，洞口一片雪白阳光四溅，两个人前后蠕动看起来像暗中的蛇蝎。"

这一节的语言符号有很强的造型力，容易被拍摄成画面。从审美的角度讲，语言符号形成的这种视觉形象给读者的欣赏心理多种感触：同情、怜悯、压抑，及对造成这两人这般处境的愚昧环境的愤恨……

2. 时空感

影视剧本中很讲究时空感，供摄影师拍摄，鉴赏时可以从两方面进行。

首先，看现实的时空组接是否在影视中得到真实和谐的表现，影视的时空观念与现实的时空观念不同。由于蒙太奇的运用，可以将现实的时空进行剪裁和组合而成为影视的时空。作者将现实中不同时间、不同空间的场景按照他的创作宗旨进行浓缩、选择、剪裁、组合，即进行组接，读者鉴赏时要辨析这种组接，无论是交错、倒转，还是旋扭、停顿，是否和谐地连续成统一的场面，在影视的自由时空中，既给读者广阔的视野，又给读者以完整的故事情节和人物形象。

其次，看现实的时空组接是否鲜明地、形象地表现了抽象的主题。影视剧本中时空变换很自由，但却不是散漫的自由，作者应通过自由的时空组合用生动形象的画面启迪读者，接受其创作宗旨的传播。时空画面组合得好，宗旨就鲜明；组合得凌乱，就难以让读者通过画面看出作者的创作宗旨或倾向（目前很少有读者从这个角度去评判剧本，因此具体的鉴赏请看"影片鉴赏"中的"摄影鉴赏"部分）。

3. 结构

影视剧本的结构从艺术表现形式角度看，有"一线到底式"结构形式，"多线统一式"结构形式，"剥笋式"结构形式，"串珠式"结构形式，"多线索交叉式"结构形式，"多视点式"结构形式，"多时空交错式"结构形式……无论何种结构形式，都要为表现作者的创作宗旨服务，而且应该使人物形象丰满，故事情节能吸引读者，从审美角度讲，要辨析不同的结构形式的美学风格及形成这种风格的原因和艺术效果（是否自然、和谐地为内容服务，是否足以激发读者的欣赏兴趣）。这些都与小说或散文有相似之处，可以借鉴它们的鉴赏方法。

4. 节奏感

节奏是影视剧重要的表现元素之一。作为综合性的艺术，影视剧的节奏构成是十分丰富的。情节节奏：一波未平，一波又起，跌宕起伏，富有变化；既在意中，又在意外，悬念不断，扣子接二连三，忽如平川跑马，忽如攀援登高；忽而使人平静，忽而使人激动，等等。蒙太奇节奏：镜头有长有短，有动有静；忽而平行，忽而交错；忽而重复，忽而间歇、停顿，忽而舒缓，忽而湍急；忽强，忽弱，忽隐，忽显，等等。画面节奏：有的粗犷，有的细腻；有的明快，有的深沉，色调或浓或淡，或冷或暖；光线或明或暗，或强或弱等等。影片中还有音乐节奏：旋律或高昂或低沉，或徐缓或疾速，或长抒或短叹。演员的节奏：或激越昂扬，或宁静恬适；或轻松活泼，或紧张激烈。这各种节奏集中诉诸于观众的视觉和听觉，从而形成一定的心理节奏。评判节奏的优劣，先要看影视的各种节奏形成的艺术冲击力和读者（观众）的"心理节奏"处于何种状态，倘若处于同步运动状态，并产生"和谐""愉悦""共鸣"，则是优美的节奏；倘若两者无法协调，影视节奏使人感到"难受""别扭"，甚至"反感"，则是低劣的节奏，因为这种"心律不齐"的节奏感，破坏了人的美感经验。

其次，要看影视的各种节奏形成的艺术冲击力能否激发读者（观众）的审美经验，在艺术感受的同时，理解影片中的内容，感悟作者（编导）的创作倾向及审美趣味。

再次，要看影视的各种节奏的运动是否和谐，有没有创新。爱森斯坦的《战舰波将金号》中的"敖德萨阶梯"段落是经典的节奏范例：整齐、等距的阶梯，沙皇士兵们沉重齐整的脚步声和间隔一定时距的排枪声与人们四散奔逃的混乱情境，婴儿车的车轮顺阶梯滚动的形象，穿了黑色衣裙的妇女抱着被打死的孩子，沿着台阶向穿着洁白上衣的沙皇士兵们一步步迎上去的造型运动，让读者（观众）意识到这是一场大屠杀。（光影、音乐的节奏看下文的评析）。

第四节　影视片的鉴赏与评论

影视评论的对象极为广泛，从宏观上讲，可以就某个制片厂或制作中心某阶段的影视发展变化状况作评论，可以对影视创作思潮作评论，可以对某个影视流派作评论；从中观上讲，可以对某一电影片或电视剧作全面的鉴赏评论，可以对某导演、某演员、某摄影师、某剪辑师的风格作评论；从微观上讲，可以就某一影片或电视剧的某一方面作评论，比如演员的演技、导演的水平、摄影的技巧、剪辑的效果、音响的运用等都可以鉴赏评论。

本节侧重于影视片构成的某些元素和技巧的鉴赏与评论，像表演、摄影、声音等。

一、演员表演的鉴赏与评论

影视作为一门综合性艺术，演员表演则是众多艺术中最为重要的元素。对广大的普通观众来说，他们关注最多的是那些直接塑造了各种人物形象的演员，演技高超的演员不仅能把角色的个性展示出来，而且由此吸引观众，并让观众从他们的演出中感受影视艺术的无穷魅力。有特色的影视明星往往代表了一个时代的影视风格，像嘉宝是西方默片时代爱的象征；英格丽·褒曼是文艺片"真"的象征；约翰·韦恩是美国西部硬汉牛仔的象征……观众观看影视往往为一睹某某明星的风采，享受某某明星高超演技带给他的艺术震撼，因此画面中，景、物、光、色、音等视听元素的优劣统统退居于后，从这个意义上讲，演员的表演是影视片成败的关键。

评判演员表演是否得体、成功，一般从三个方面进行鉴赏思考。

1. 演员的表演是否真实、完美地创造出"这一个"角色

演员表演的基本目的只有一个，就是演员根据角色的性格在银幕上创造"这一个"有

血有肉的人。然而这两者之间存在着对立的矛盾的因素。演员是有其自己个性的人，而角色是剧作家创造出的另一个有个性的人，要演好角色，演员要逐渐将自己和角色统一起来。统一的过程是演员表现其演技的过程，表演的效果如何，是评判演员演技高下的最好见证。

表演方法存在着本色派、体验派、表现派等不同的流派，但不管哪个流派，都有演技高下不等的演员。粗略地划分，演员的演技可分为初等、中等、高等三个级别。

（1）初等演技。这是一种从表象上模拟一个角色，是原生的、自能的表演状态；或者是演员固守自己本人的个性、气质，让角色特征迁就演员自己的一种表演状态。这样的演员都未能真正理解"表演"的内涵。演员由于不能从角色身上抓住性格，只好把角色的行为、情感拆开，逐一去捉摸，然后按照前辈的方式去模仿。这种表演，由于内心无人物，只是在枝节皮毛上用功，因此，观众无法了解角色人物的性格，有时甚至会对角色人物的言行举止感到困惑。

有的演员由于难以突破自己的性格和气质，因此无法缩短自己与角色性格的距离，最终只是让角色的内外特征迁就他自己。观众的感觉往往是："这某某（指角色姓名）怎么就是演员自己呀？"或者是："他拍了不少片子了，怎么那么多角色都一个'味'呀？"

这般演技的演员在专业演员队伍中虽不多见，但还是存在的，大多是表演缺经验的年轻演员，大量的还是存在于"票友"中。一部影片或电视剧中，只要有一个这样的演员，就会给全剧带来无法弥补的损失，观众难以接受这类演员。

（2）中级演技。演员的用心在于服膺他所崇拜的某位前辈的演技，扮演角色时，光抓"型"，然后分析哪些动作应模仿哪个名演员的演技。这样的演员似乎在玩七巧板似的拼砌一个角色。但这样的演员由于积累了一定的演出经验，所以懂得仔细推敲角色形象的每一个技术上的细节，以求讨好观众，包括选用小道具来帮助烘托形象的某类特征（比如洋老板含雪茄、农民含长烟杆、绅士含水烟筒，或阴险的坏人脸上长有长毛的痣，流氓将帽子推发后、戴墨镜、手掌玩滚丸等等）。这种演技能演出角色的外形，但未能真正创造角色的性格与生命。这种水平的演技在优秀的演员中也会出现的。

当然也有另种情况：一个演员因外貌或性格的某种特征被导演分配担任某类型的角色（这是"类型分配角色制"）而且获得成功，以后就老被分配演这种类型的角色，久而久之演员渐趋于疲惫而使表演固定化，角色也缺少性格与生命了。

有些演员由于自身的性格、气质、修养有明显的局限性，有些演技总不能突破，因此虽然表演过众多角色，但总给人以"千人一面"的感觉，观众就会看腻了。

（3）高级演技。演技高超的演员懂得"表演"的真正涵义是：体验角色内在生命，然后演其形传其神。

我国优秀表演艺术家白杨在接受了斯坦尼斯拉夫斯基的表演理论和布莱希特的表演理论指点后，通过艺术实践，总结出自己的经验，这些经验充分体现了高超演技的艺术境界，很有代表性。她将电影艺术中演员表演总结为三忌、八诀。

白杨的三忌是：

一忌"简单化"。扮演角色不能"虚有其表"，"只有劲，没有味"，"简单化地创造人物，不单是艺术上处理的问题，对教育青年后代起的作用，也是不好的。简单化的人物，无异培养青年头脑简单，趣味简单，甚至导致青年简单化地去认识一切事物，认识世界"。

二忌"老套化"。演员不能按照一个固定格式去演某类人物，有共性而无个性。仔细研究一下生活，会发现："坏人有一千种坏法，好人也有一万种好法，千差万别，各个不同"，不要"东施效颦"，而要"自家面目"。

三忌"吃力化"。表演应"举重若轻"，演员要深入人物内在的生命，在一瞬间以干净利落的准确动作，让人一目了然。这种不使观众为表演"负重"的艺术技巧，正是演员极需要的本领。

白杨的八诀是：

①品。演员既要掌握角色的人品，传其神又得其形，不在"皮相上"做文章，同时演员本身也要有好的品德，感情色彩才会真实自然地流露到人物的精神实质上。

②熟。演员要熟悉生活，熟悉演技，在熟的基础上求"度"。

③脉。演员要了解整个戏的来龙去脉，把准角色跳动的脉搏，从而产生角色特有的姿态、声调、节奏、动向，"角色有了脉，就活了，这个脉无形中也成为角色的命脉。"

④稳。演员善于指挥自己身心若定，拍摄现场环境往往不大安定，随时都可能把演员搞得心里乱哄哄的，这时演员要培养"当众的孤独"，因为心无专注，手无把握，只有一心专注深入角色，精神稳定，成竹在胸，方能达到"磨墨如病夫，执笔如壮士"，演出好角儿来。

⑤神。"像极了就是神"，形神兼备，形神合一，其中"点睛术"尤为重要。"哪怕一举一动，一思一语，都要追求准确、美妙、生动、精到，使得角色动作在每个镜头里都能够像射箭一样箭箭中的。"

⑥趣。趣有生趣、乐趣、妙趣、拙趣、神趣、美趣、妖趣等等，"趣是表现人在热爱生活中的一种美好气质的散发"，一个演员一定要在角色的生动有趣上下功夫，呆板是演员的大忌。

⑦明。戏要演得明白了然，深入浅出，含而不露，以达到寓意深远、明白如话的效果。

⑧化。演员要善于把角色与人物关系、情节故事、主题思想、艺术技巧熔为一炉，同臻化境，还要把自己化入角色，融为一体。①

白杨的三忌八诀无论对演员的表演还是对观众的鉴赏评论都有很高的参考价值。

当然著名影视表演艺术家的经验还很多，像袁牧之、赵丹、陶金、孙道临、舒绣文、上官云珠等等中国老一辈的电影表演艺术家都为中国的电影表演积累了宝贵经验。国外的卓别林、约翰·韦恩、马龙·白兰度、阿兰·德龙、葛丽泰·嘉宝、英格丽·褒曼、凯瑟琳·赫本等等也为电影表演积累了宝贵经验。他们为观众创造了许多真实、完美的"这一个"艺术形象。比如舒绣文在《一江春水向东流》中所扮演的王丽珍（卑鄙自私的交际花）；白杨在上述影片中所扮演的李素芬（具有传统美德的贤妻良母），在《祝福》中扮演的祥林嫂（封建制度下被欺凌的悲剧人物）；赵丹扮演的李时珍、林则徐、聂耳、许云峰；陶金扮演的高礼彬（《八千里路云和月》）、张忠良；孙道临扮演的李连长（《渡江侦察记》）、张伯韩（《不夜城》）、李侠（《永不消失的电波》）、肖涧秋（《早春二月》）等。卓别林扮演的查理、大独裁者、凡尔杜先生；马龙·白兰度扮演的老教父维多·柯里昂、精神失常的美军上校库尔兹、墨西哥革命领袖萨巴达、装卸工特里·马洛（《码头风云》）；约翰·韦恩扮演的

---

① "三忌八诀"采用朱玛在其专著《电影艺术概论》中对白杨艺术的概括，文中笔者只作语言表述上的改动。

灵果（《关山飞渡》）、伊桑·爱德华兹（《搜索者》）；葛丽泰·嘉宝扮演的安娜·卡列尼娜、茶花女、格鲁辛斯卡娅（《大饭店》）；英格丽·褒曼扮演的伊尔莎（《卡萨布兰卡》）、贞德（《圣女贞德》）；费雯丽扮演的玛拉、史嘉兰、布拉秀（《欲望号街车》）；等等，以及由巩俐扮演的菊豆、秋菊，都是由这些著名演员以其高超的演技演活了一个个有血有肉、有性格的"这一个"艺术形象，这些艺术形象给一代代观众留下了难以磨灭的印象。

评判演员表演是否成功及演技的高下，可以从艺术形象是否真实、是否丰富、是否获得生命力等方面去思考。

2. 演员的表演是否顾及整体的自然、和谐

每个演员熟悉自己扮演的角色的个性、全貌，并认真分析影响角色行为、情感的各种因素，把握好角色的基调后，进入"规定的情境"（这是斯坦尼斯拉夫斯基表演体系中的一个重要环节），真切地体验各种因素对角色的影响，与角色的关系。换个角度讲，演员要将自己担任的角色在剧中的位置搞清楚，正确地处理好与其他角色的"规定情境"中的关系，正确处理好与环境的关系，即角色个体与整体的关系。

每个演员在导演指点后都会认真准备角色的排演。这其中，除了演好自己扮演的角色外，还要进入"规定的情境"中，处理好与其他角色的"情境"关系。此时会出现三种情况，一种是：缺乏演出经验，不善处理"情境"关系；另一种是：为出风头，破坏了"情境"关系；再一种是，能自然和谐地处理"情境"关系。第一种技术故障，导演、观众会予以谅解；第二种是艺德故障，导演、观众会毫不留情；第三种是受导演、观众欢迎的。

有些演员私下很下苦功，全身心投入到角色的扮演中，但忽略了别的角色，或其他情境对他的表演所能引起的情绪上、节奏上的影响，习惯于按自己体验、设计的动作、情绪去演，这样正式演出时，难以与别的演员交流，只要他一表演，剧情的"流动"便阻塞，让观众感到别扭。

有的演员积累一定经验后，想取得个人的成功，对自己扮演的角色很下功夫，整体排练时平淡无奇，但很注意别的角色对他的影响，为的是更好表演他的角色，正式演出时，角色很富生命感染力，但往往使别的角色演员难以招架。不懂行的观众会为这种"出色"表演叫好，懂行的观众会对他的艺德作出公允的评判。

当然导演的功力也很重要，有些问题经导演指点可以在正式拍摄前得以纠正。若影视片放映出来，还存在个别演员与整体情境的不协调，则除了评判演员外，还应评判导演的水平。

演员能够将个人扮演的角色与整体情境交融在一起，那么影视片会呈现出完整、自然、和谐的美感，影视片的真实性得以完美地表现。

3. 演员演出是否符合影视的影像表演艺术

影视演员的表演与戏剧演员的表演有共性，也有个性。共性是指他们的表演艺术都是行动的艺术。个性的区别在于：戏剧演员的表演是在舞台上当众表演，演员的表演过程与观众的审美过程同步展开，演员依靠自己的表演直接吸引观众、激动观众、控制观众，并在观众的审美反馈中及时调整自己的表演，以求最佳的剧场效果。为了感染观众，演员放大自己的声音，夸张自己的动作，以增强"发射力"，使全剧场的观众都能分享他的艺术创造。同时演员的表演由于舞台特质，"表现为展现行动过程的艺术。在整个行动过程中，演员必须有机地、层次分明地、富有节奏地实现行动。即便没有台词，他也不能中断自己的动作，停止与同台演员的相互交流，他必须时时刻刻沉浸在戏中。"① 影视演员的表演是在摄影机面前、不能与观众直接交流的表演，是影像表现的艺术。影像的记录，要求影视演员的表演必须逼真，不能舞台化，如果表演不善抑制"电影演员的这种不调和的、因而也是矫揉造作的表演，是会给予人们一种不愉快的感觉的。"② 所以影视演员的表演不但要善于抑制，而且最好能达到"没有表演痕迹的表演"的境界，一种"极炼如不炼、出色而本色"的境界，即达到几乎与生活本身相同的状态（亦称"零度表演"），追求自然的艺术真实。"影像性"对影视演员的表演要求极为严格，但也就是"影像性"将影视演员的表演区别于舞台演员的表演。"影像性"要求演员表演尽量生活化，这里必须注意两个问题。其一，"生活化"不等于还原生活，有的演员理解肤浅，按生活的原样，自然主义地来表演，这样就创造不出角色的性格，这种表演就谈不上是艺术。其二，强调"生活化"并不排斥适合影视片某些风格的其他表演方法，像戏剧的夸张、装饰等方法运用在幽默、讽刺的影视片中，只要运用适宜、适度，仍是很好的表演方法。卓别林、韩非的表演就能说明这点。总之，"影像性"是评判影视演员表演质量的一个重要方面，但也必须顾及影视片的风格与表演风格的一致性，不要机械地去评判。

概括地讲，演员能灵活地运用各种表演技巧，并将表演技巧融汇于角色创造中，巧妙地把握好真实性和假定性的平衡，使角色形象与演员自我形象融为一体，得到广大观众的认可与赞赏便是出色的表演。请看下面一段分析：

表演的生活实感与总体效应（摘录）

林洪桐

影片的表演也是感人的，颇有新意的。首先我们在银幕上感受到一个活生生的乡邮员，而不是"演"出来的。滕汝骏的表演与影片与角色一样质朴、真挚、毫不张扬，从开场的叠报、分信、与"老二"（狗）的交往，以及陪儿子走山路送信，到乡公所，到五婆处……特别是与儿子的交流、交锋……一切都像生活那样流动着，与整部影片节奏一样舒畅而自然地流淌着，与湘西南秀丽的山水融为一体。"电影演员必须表演得仿佛他根本没有表演，只是一个真实生活中的人在其行为过程中被摄影机抓住了而已。他必须跟他的人物恍若一体。"……这里涉及一个电影的亲生活性的美学问题。

……

滕汝骏……他不是在演"戏"，而是在演人，父亲仿佛不是演出来的，滕汝骏与他恍若一体。因此，表演界的两个顽疾——"演戏感"、"意会感"在他

点 评

评论家从"影像"的角度评论演员的表演，充分肯定演员高超演技的特色与风格。

评论家将演员表演的"生活化"技巧纳入美学范畴，这是在评论艺术价值。被省略的是电影观念转变的回顾。

评价滕汝骏演技高超是因为滕汝骏在表演方面突破了表演界的两个顽疾。

---

① 张仲年：《对电影表演观念的几点思索》，载《电影美学论集》，内部教材。

② ［英］欧纳斯特·林格伦：《论电影艺术》，第 152 页，中国电影出版社 1979 年版。

的表演里消失了。这是很高的表演境界。……我们这里说的不是不要技巧，而是更高的技巧，即技巧痕迹的消失和隐藏的技巧。即"极炼如不炼，出色而本色"的境界。导演在《创作杂感》中谈到"这部戏的表演应该是一种比较平和的风格，应该淡化表演的痕迹，把情绪处理得内敛一些"。确实，人物外部的平和并没有妨害其展示内心世界的技巧。比如当儿子心疼地埋怨父亲，"你的腿疼谁知道"时，父亲的特写就表达了许多，有喜悦，有苦涩，有充实，有遗憾，然而最后仍归结到他的基调——质朴，这从最后嘱托儿子的话："你也要记住不兴自己喊苦。"给五婆念那封空白的信时，为五婆孙儿的事与儿子争执时，看着儿子跟少女嬉笑时，被儿子背在背上时，以及第一次听到儿子喊爸时……演员的表演都折射出父亲内心的丰富与激荡。然而这一切都是淡淡地、生活地，然而又是淡中见浓地体现出来。

　　评价这种类型戏的表演常常遇到一个难题，很难举出哪场戏、哪个镜头演员表演得好，或为其叫绝。这实际上涉及现代电影表演的一个特点——追求总体效应。……我认为导演处理得既自然又细腻。绿蒙蒙的山与人融为一体，"山如人般质朴、秀丽，人如山般纯净，高大"，父子之间的交流让我们读到了父子的亲情与陌生；两代人的相通与相隔；也读出了我们民族的美德与悲凉，以及更多更多……而这一切都不是通过演员的一场戏、一个动作、一句台词表达的，而是通过整整一部戏、一个人的一生传达的。滕汝骏一场场貌似平凡的戏，实际上展示的是父亲一生的经历，是他人生中的一个点。而普普通通一点一点的积累形成了整体效果。从这部影片的表演我们可以体味到"演人不演戏"，追求总体效应的魅力。①

　　演员领会导演意图并付诸实践，完美体现导演意图至关重要。评论家以导演的制作要求来评判演员的表演得失是个很好的评判角度。

　　评判除了理性概括作恰当评价，经常要展开分析，以加强他的评论观点。

　　评判要立足总体效应，才公允。

　　林洪桐教授的评析立足于电影"影视性"的角度，对演员滕汝骏在《那山 那人 那狗》中的表演作了高度的评价。有分析，有见解，并符合电影艺术的规律，可供借鉴。

二、影视摄影的鉴赏与评论

　　影视艺术是视听艺术（主要是视觉艺术），通过人物形象、环境风光直接诉诸于观众的视觉和听觉，因此，影视质量的高下，与摄影技能的高下密切相关。导演在准备阶段或拍摄

---

　　① 林洪桐：《品味"世俗神话"的魅力——谈表演兼及其他》，载《当代电影》1999 年第 4 期。

时，常常要与他的摄影师讨论每一个镜头，并听取摄影师提供的积极建议。摄影在制片工作中具有举足轻重的作用。普通观众由于对影视摄影了解甚少，鉴赏时常被忽略，或有些感觉但说不清得失缘由。学会影视摄影方面的鉴赏，有助于更好地鉴赏影视画面，获得更全面的艺术感悟和审美享受。

初学影视摄影方面的鉴赏可以从以下几个方面去思考。

1. 构图是否清晰明白，易于感受又富于艺术表现力

决定一部影视片艺术水平高低，摄影师也是关键，他可以运用构图、照明、色彩等艺术手段进行调度和组合，调度组合得当，影视片成功率就高，而其中构图、照明又是极为重要的。

构图与摄影机的运动、人物的调度、镜头的衔接有着密切的关系。清晰明白的构图具备几个特征。

（1）摄影师对每个镜头中的表达目标要心中有数，不能漫无边际、无目的性地乱拍一气。明确拍摄目标的涵义是：除了人或物的静态运动外，还要表达出运动或静态的意义，能在给观众视觉形象的同时，让观众有所感悟。例如《那山 那人 那狗》（以下简称《那》），摄影师赵镭无论是拍摄以远山衬托的小桥、挑着担子过不了两个人的崎岖山道，还是拍摄空无一人的村委会、五婆独居的小院，以及拍摄依山傍水的风雨廊桥、靠绳索才能攀足而上的峭壁，都是为了突出山区邮路的地方特色、民族特色，及山奇、山险、山美的特色，进而激发观众的感悟：山区邮路工作的平凡、艰辛、崇高。

拍摄目标明确，摄影师或推，或拉，或跟，或摇，或移；或平拍，或仰拍，或俯拍，或斜拍；或特写，或近景，或中景，或全景，或远景就全都运用自如了。

（2）摄影师对重要的动作、表情、言辞要交代清楚。影视片中重要的动作往往是剧情转折的契机，而重要的表情、言辞往往是反映人物内心活动的有力表现，因此有经验的摄影师很注意拍摄点的正确选择，以便清楚地向观众交代，否则就会使观众感到茫然，莫名其妙。例如，"弗立兹·郎格在他的《大都会》一片中想表现出成百个小孩的极度恐惧的心情——他们在下水道内奋力穿过不停地上涨着的洪水，冲向他们唯一逃生之路的一个小铁门。给这一景拍摄某些镜头时，他把摄影机高高置于一个秋千架上，这样它就可以向着门的方向前后地摇摆。……摇晃不定的环境里的曲曲弯弯的灯光使观众在头脑里产生恐惧的感觉。它造成了世界就要在顷刻之间崩溃的印象。……观众感到他在身临其境，并且参与了这个场面。"① 通过摄影师的拍摄，不仅让观众看到了影像活动的状况，而且让观众看懂了影像活动透视出的人物的内心世界，这个例子很有说服力。又如：杨小雄拍摄《不见不散》的一组画面：摄影师采用了几个特写，运用平视、对称的手法，以线条透视构图，观众从画面上看到：李清、刘元饮酒嬉戏，直至两人烂醉。观众也看懂了，这两人都对对方有意，但又都不肯直率表达出来，这组画面拍得很简练，并带出了诙谐的情趣。

（3）画面要有运动感。影视艺术是运动的艺术。有经验的摄影师很注意运用绘画中的透视原理及镜头丰富多变的方位、角度使拍摄出来的画面具有运动感，增强真实的艺术效果。例如《卡桑德拉大桥》影片中，贩毒犯与军火商夫人在餐车吃饭的画面构图：几个中景镜头是"静态"的，但透过窗外背景远山、流动的树木，就使"静"变为动。"桥断车

---

① 转引自［英］欧纳斯特·林格伦：《论电影艺术》，第121页，中国电影出版社1979年版。

坠"的画面更精彩：桥断车坠，旅客们面面相觑，忽然钢条横穿车壁，两排座位像挤压机似地猛压在一起，这种"变静为动"的画面给观众以惊险的心理撞击，效果极佳。又如杨涛担任摄影的《紧急迫降》在这方面取得了很好的艺术效果。根据导演张建亚的构想，以视觉效果为中心，运用大量的运动镜头，以造成观众心理上的真实感。杨涛等摄影师成功地发挥了各种不同运动镜头的独特效果，增强影片的紧张、惊险、悬念等艺术效果。如"天上机舱里面的镜头大部分水平线倾斜或摆动，移动镜头也不平稳，没有规律，同时用了大量的手持摄影，把飘在空中的没有根的悬空感、忽悠不定的不稳定感表现得淋漓尽致。地面营救场景，则运用快速横移、跟摇、急速升降、车载等镜头，以速度感、节奏感和富有冲击力的大仰大俯、广角镜头等为主，加强事件发生的急迫性和危险性。""在表现飞机试图利用高速下降然后拉起的惯性把轮子甩出来一场戏时，用了一些模型特技拍摄加电脑合成，展现了飞机外部动作。"然后摄影师又运用"特殊的移动，摆动和摇动镜头拍摄的机舱内部，准确无误地把这种空中的一降一升对旅客的刺激和危险程度表现了出来，达到了完美的视觉真实与心理真实的统一"①。摄影师杨涛娴熟的摄影技术，为体现这部影片惊险风格作出了突出贡献。摄影在影片中的作用、地位，观众在此可以得到真切领会。

（4）图像组合要有节奏和韵律。影视既然是一门运动艺术，那么节奏和韵律对影视来说就很重要。这里主要谈镜头运动、画面大小的节奏。镜头运动、画面大小的节奏并不是指镜头之间的时间关系或胶片长短的关系，而是指"每个镜头的连续时间和由它所激起并满足了注意力运动的结合……是一种注意力的节奏。"②而胶片长短的尺度"是根据镜头内容所激发的心理兴趣程度而定的。"③如果镜头冗长，就会使观众产生厌烦情绪，丧失观看耐心，但如果摄影师将镜头正好在观众注意力下降时切断并由另一个镜头来替代，那么观众的注意力会随之又集中起来。有经验的摄影师很在意通过适宜地转换和运动镜头来让观众触摸电影的脉搏。例如《简·爱》的结尾部分的几个镜头：①罗契司特一动不动地坐在花廊的坐椅上；②简·爱急切地向他走来；③罗契司特侧面向着观众；④镜头移向罗契司特身边的老狗派洛特，这种图像组合方法增强了观众的注意力：失去了炯炯有神的双眼的罗契司特现在是个什么样？（这也是简爱想知道的）；⑤狗动了一下，认出了简·爱。"谁？是谁在那里？"罗契司特迅速地转过头来（观众和简·爱一样明白了，罗契司特还像过去那样敏锐）。观众的注意力得到满足的时候，镜头又把观众的注意力引向他们期待的画面；⑥简·爱深情地靠在罗契司特的肩上慢慢地说道："我不走了……我回家了……"这个固定的长镜头慢慢地拉开，一直持续了几分钟。但由于抓住了观众的注意力，大家都在静静地品味，因此丝毫没有"拖拉"的感觉。这组构图有张有弛，不时地撞击着观众的心灵，节奏快慢有度，韵律急缓有致，牢牢吸引住了观众的欣赏注意力。

2. 用光是否真实自然，光线基调是否与整体和谐

摄影师运用光影对人物、场景等进行艺术加工，使之获得作品内容所要求的艺术效果，是影视重要的表现手法之一，每个镜头画面内的构图都依赖于光线的表达和传述，用光技能的高低决定画面、影片质量的高低，因此，摄影师把具体的拍摄工作交给他的助手，自己集中精力监督灯光方面的重要工作。摄影用光一般有自然光效和戏剧光效之分。自然光效就是

---

① 梁明：《运动镜头的表现力》，载《当代电影》，1999 年第 6 期。

②③ 马赛尔·马尔丹著，何振淦译：《电影语言》，第 124 页，中国电影出版社 1980 年版。

根据剧本规定的地点、环境、时间、季节、灯具等，如实再现其应有的自然形态的光效。戏剧光效是指导演为塑造人物艺术形象、烘托环境气氛、揭示人物内心世界、推动剧情发展、暗示创作倾向所用的光效。有经验的摄影师十分讲究两种光效的有机使用。另外摄影师也很注意光的方向、强度以及光的集中与分散的程度。他要根据每个画面的特定情境来恰如其分地运用光线，以达到预期的艺术效果。

普通观众对影视摄影缺少用光的知识积累，下面例举一些专家的鉴赏分析，以此提供启迪。

画面照明的主要来源是"主光"，主光从哪个方向发射出来，会给画面以不同的效果。例如当照明一个人脸的灯光主要是由下而上的时候，这就比用正常的方法照明的脸显得凶恶；若把主光来源置于侧面，就能得到戏剧性效果的阴影。C·勃朗的《玛丽·瓦里芙斯卡》一片中，有个画面，摄影师作了精妙的光线处理：拿破仑正在房间里向他的下属发号施令。房间里由许多插在低矮的烛台上的蜡烛照明，把室中人的面孔只照得半明并把他们身体的影子投射到周围的墙上，墙上悬挂了一幅欧洲大地图。拿破仑在一大群官吏中间来回地大踏步踱着，又谈话，又作手势，又下命令，显得满身活力。忽然，他静立不动而挥舞他的手来加强他的语气，此时摄影师不失时机地用主光从侧面打在拿破仑身上，观众看到这样的镜头：拿破仑象征凶恶地握着拳头的影子伸过巨幅欧洲地图。这个阴影效果象征了拿破仑征服欧洲的野心，也暗示了拿破仑的野心只是痴心妄想。

摄影师也很注意光的强度问题，因为光的强度"是决定整幅画面的色调的关键"[①]。《那》片的基调是质朴、平凡，因此摄影师赵镭以自然光照明为主，辅以补助光突出柔和的影调。《国歌》（导演吴子牛）一片的基调是沉重和激昂，因此伊·呼和乌拉两位蒙古族摄影师根据不同的场景或灰暗，或明亮。明亮的用光还很"吝啬"，如最后一组镜头：一个静止的大广角镜头，然后一个长镜头，田汉（背影）朝着透着一点光亮的门洞外走去，但是，给人的信息特别多。强烈反差的画面让人联想到，当时中华民族正处在最危险的时候，还要在斗争中穿过漫漫长路，走到光明的未来，换句话说，《义勇军进行曲》歌词的全部内涵被完全表达出来了。《城南旧事》的用光也以灰暗为主，这种用光有效地烘托了"怀旧"的情调。

灯光应集中或分散到什么程度，也是摄影师十分讲究的。在主要形象被一个强度极大的灯光所照明后，根据剧情的需要，摄影师通常设法利用其他辅助光（或称补助光）来给主要形象增添一些柔和感，能使画面更好地表达一种情趣或深度，增强艺术的真实性和感染力。仍以《那》片为例，给五婆送信"这场戏主要使用的也是自然光照明，适当给以补助光，……阳光洒满五婆独居的小院，五婆在屋内依门而坐，光正巧照在她身上，屋内暗背景把她的轮廓衬托得十分清晰。亮的门框成长方形镶嵌在阳光照到的这面墙上，门的两侧悬挂、倚放着山村农家常用的各种农具、猎物等，犹如一幅彩色版画呈现在观众面前。……几次出现五婆的特写，摄影师变换角度拍她的侧影，仍然采用自然光，并以暗背景突出刻画她的肖像，和前面的全景、中景连接既能保持影调统一，又能使观众窥视到她内心的细腻变化；当拍摄到处在逆光中的父子时，补助光运用得恰到好处，使画面光效生动多变。如果不顾环境光效的真实再现，不考虑光比的合理把握，把人物和环境都打得明明亮亮，那么画面

---

① ［英］欧纳斯特·林格伦著，何力等译：《论电影艺术》，第 126 页，中国电影出版社 1979 年版。

就失去了真实感，失去了感人的艺术魅力。"① "《那》片中的几场室内夜景多运用人工光照明，如父亲为儿子整理邮包；他们到山顶终点后洗脚、休息等都处理得比较好。一盏白炽灯照射下的光线效果把握得比较到位，房间四壁淡淡的一点补助光，暗背景使人物较突出。拍摄人物特写，没有特意使用轮廓光、眼神光去雕琢、修饰，又不使其脱离环境的总气氛、影像真实、自然，并富有绘画感。拍外景时，父子各戴一顶斗笠，人物的近景、特写比较难处理，摄影师常常选择多云或假阴天拍摄，这样明暗反差较小，再给适当补助光，使人物肖像既有斗笠遮光的感觉，又使人看得比较舒服。乡邮员在山间赶路，远山衬托着小桥、人影、转山坡小路，转脚踏青石板的特写，再转山路，天色渐渐亮起来；或渐渐暗下来，出现晚霞，进入朦胧黑夜，影片影调明暗变化把握得很有分寸，显示了摄影师的艺术和技术功力。"②

葛德教授从专家角度对《那》片用光的分析评议也很到位，既给普通观众（读者）在鉴赏摄影师布光方面传授了鉴赏的常识，又给《那》片摄影师布光技巧及布光艺术效果作了细腻的分析和公允的评价。

3. 色彩是否具有感染力，是否和谐，是否具有整体性

色彩和光线是摄影师把握情绪、表现影视片风格的两种敏感元素，它们可以帮助传达剧中人物的情绪，传达编导的创作倾向，可以寓意某种内涵。

自从 1932 年，美国特艺色公司研制彩色电影的技术获得成功，马摩里安导演的世界上第一部彩色故事片《浮华世界》向观众放映后，色彩进入电影，从而强化了电影的艺术审美效果，增强了宇宙万物在银幕上的逼真性，缩短了银幕世界与现实世界的距离。但色彩运用一定要自然、贴切、恰到好处，才能产生良好的艺术效果。有经验的摄影师非常注意运用色彩渲染人物形象的情绪，或影片的时代气氛。例如《天云山传奇》中的一段：冯晴岚来到山村茅屋，向罗群表达了真挚的感情，然后用小车载着病中的罗群离开。摄影师在银幕上展现给观众的背景是：凄凉冷寂的茫茫雪原，铅灰的天空，皑皑白雪望不到尽头，只有冯晴岚颈脖上的红围巾在寒风中飘动。这些画面中的图景、色调恰如其分地暗示了那个特定时代的寒冷灰淡的特征，而红围巾又暗示出他们未曾泯灭的希望之火。这图景、这色调令观众潸然泪下！

1985 年摄制完成并公映的《黑炮事件》，被一些影评家称为"中国电影史上第一部真正的彩色片"，因为导演黄建新和摄影师王新生、冯伟"真正把色彩当成影片的表现元素，以视觉真实为基础的色彩与心理感觉后的色彩相结合，创造了极具主观化的变异的色彩，赋予它传情达意的巨大的表现功能"。《黑炮事件》以红色作为色彩的基调，将红色作为"烦躁和危机的暗示"。无论赵书信在什么场合出现，他周围总是有红色符号的伴随。显然，红色喻指主人公赵书信的境遇，给人物和观众造成一种烦躁、焦虑的感觉。影片开头一场戏，赵书信去邮局发电报，他在慌忙之中碰倒的红雨伞、显示牌上的红号码、警车闪烁不定的红灯，几个简洁的色彩符号就把赵书信之后所遭遇到的危机暗示出来了。赵书信下到维修厂时，到处显现出红色的机器、红标语牌、红汗衫等等。这些红色除了暗示赵书信受到的不公正待遇以及他的现实危机感的同时，也暗示出现代化给人们带来的一种焦虑与烦躁。摄影师

---

① 葛德：《摄影造型参与剧作的一个佳例》，载《当代电影》1999 年第 4 期。

② 葛德：《摄影造型参与剧作的一个佳例》，载《当代电影》1999 年第 4 期。

王新生、冯伟在总结时也说："红色氛围给人强烈的色彩暗示，……达到了预期的震惊感。"《黑炮事件》中除了用"红色"传情达意外，也在剧情的发展中，恰当地运用了白、黑、黄三种色彩。第一次党委会就用全白色彩来处理：白墙、白窗帘、白桌布、白椅套、白开水，人物一律穿白上衣，加上白光，构成全白高调，给观众视觉上一种苍白、无生气的感觉，隐喻了官僚主义管理体制和官僚主义作风。

《老井》中大俗大雅的色彩也颇具匠心，如影片中出现的三副棺材，色彩各不相同：万水爷捐献出来的棺材是黑色的，孙旺泉父亲孙富贵的棺材是血红色的，孙旺才的棺材是白色的。这三种颜色既是当地的民俗的表现，也是编导的寓意：三代人为找水付出的代价，黑色表现了万水爷老一代人的沉重心情，血红色象征孙富贵被炸死后喷出井口的鲜血，为找水付出了血的代价，白色暗示年青的孙旺才尚未真正走进人生路，空白一片时就因找水被断送了生命。这三种颜色都给观众以沉重的心理压力。

上述几个例子不难看出摄影师们用色彩这个敏感元素，艺术地为突出人物的心理、情绪或突出事件的性质服务，从而引发观众的联想与想象，捕捉编导的创作用意或倾向。

摄影师们除了让色彩表现传情达意的这些艺术功能外，还很注意色彩与色彩之间的和谐、色彩的整体性效应。孤立的色彩是没有多大价值的，摄影师将各种色彩精心组织并使之和谐，不仅体现于画面中，而且体现于整个作品之中。这样作用于观众，会使观众通过自身的艺术感悟，引起联想和共鸣，从而又使和谐的色彩富有感染力和审美功能。

《黑炮事件》中红、黄、黑、白四种颜色的有机组合，共同构成了影片的批判官僚主义管理体制和官僚主义作风，赞美实干精神、蓬勃向上的生机的基调；《老井》中导演吴天明把色彩定为"大红大绿，五彩缤纷，强对比，高反差"，表面看很俗，不可思议，仔细琢磨，这种大红大绿的色彩出现在贫瘠的黄土地上，是一种希望的象征，同时也是对顽强的生存状态的一种礼赞，是和谐的，也是真实的。《那》片中以绿色为基调，谨慎地使用的那点儿红色（一组闪回镜头中，乡邮员的妻子身着一件带格的红色上衣），及黄澄澄的稻田，都表达出邮路的生命力、乡邮员的生命力，整体效应极为和谐，充满艺术的感召力。

这里对影片《逆光》的色彩稍加分析。《逆光》在画面色彩的运用上，摄影师在把握全片的基调的基础上，作了大胆探索。为了用色彩渲染新的生活气息，摄影师选取了明亮的色调，但为着适应内容上"逆光"这个意念，摄影师又采用大量的逆光角度来拍摄，这样逆光里的色彩就有了微妙的变化：晨雨中的黄浦江、盛夏中的林荫道、色彩斑斓的公园，各种颜色都不再明亮刺眼，而展现出柔和、典雅的色调，呈现出诗一般的韵味，充满青春的活力！摄影师从整体出发，匠心独运，很和谐地处理好色彩、光位、布光等之间的关系，处理好斑斓色彩与内容的关系。《城南旧事》的摄影师为表现影片淡淡的哀思，表现如梦如烟的往事，在色彩运用上采用的是灰暗的色调，为此，影片拍摄了大量的阴天、雨天、夕阳、暮昏等气氛，晴天的戏也选择残雪逆光的瞬间和景象，室内陈设及人物服装颜色也多用朴素沉稳的颜色，这样，色彩在整个影片中作为诸元素中的一个，能和谐、自然地与其他元素一起，共同表达了"淡淡哀思"的基调。

我国的电影摄影有两大流派，一是绘画派，二是纪实派。从 20 世纪 50 年代起，绘画派摄影逐渐成为我国电影摄影的主流派。该流派强调电影每个镜头都应像一幅画，强调电影画面的绘画效果，讲究每个画面的布局，要求每个画面的构图都应该比较完整，都应该有它的独立性。对画面的光的处理，则不强调光源方向，而注意光的造型和绘画效果。绘画派反对

"照相"式的摄影，要求摄影师有自己的主宰权。20 世纪 70 年代末期，随着欧、美、日等国纪实派摄影艺术风格对我国摄影师的影响，逐步形成了我国的纪实派。纪实派摄影强调构图的运动性、连续性，不追求完整性，即强调反映生活的真实。在光的处理上，强调光源方向，强调自然光的效果，不主张在画面上看出摄影师加工雕琢的痕迹。

不管哪个流派拍摄的影视片，都要根据影视内容的需要，采用最佳的拍摄方法去完成，使"手段"完美地为内容服务，因此，初学摄影鉴赏的人都要以真实、自然、和谐、完整的标准去衡量、鉴别，无论是画面构图、用光，还是色彩运用，都应该做到真实、自然、和谐、完整，使摄影成为影视这门综合艺术中有效的因素，为影视的成功增光添彩。

三、影视声音的鉴赏与评论

19 世纪末电话技术的发明，为有声电影的产生奠定了基础，话筒、扩音器的发明，终于使有声电影成为现实。20 世纪 20 年代末（1927 年 10 月），第一部有声片《爵士歌王》的出现，标志着有声电影的产生，电影艺术不再仅仅是"视觉艺术"，而是"视听艺术"了。声音进入电影绝不仅仅是对无声电影手段的补充和丰富，而且是给电影艺术带来了实质性变化，从摄影到表演、从情节结构到形象塑造，都要顾及声音元素的作用，从此，电影成为具备了充分发挥自身艺术潜能的最年轻的艺术，并最终满足了观众"耳濡目染、声色兼备"的审美要求。

声音鉴赏一般包括话语、音乐、音响（自然音响、环境音响）等几个方面。导演在拍摄前对声音元素有一个总体构思。从纵向上讲，根据剧情发展，每个阶段应采用什么样的声音（尤其是开头与结尾）都有明确计划；从横向上讲，话语的设计、音乐的设计、音响的设计都很具体。普通观众一般不从声音的角度去鉴赏，专业人员在鉴赏时纵横两个方面都评议。下面从普通观众的观赏心理角度谈声音鉴赏的方法。

1. 声音是否给观众以真实的观赏效果①

这可以从话音（包括口音、节奏、语速、音色、音量、台词量多寡等）、音乐（包括主题歌、背景、音乐等）、音响（包括自然音响、环境音响等）这几个方面去感悟、辨析、评议。有经验的导演自己谋划或邀请有影视意识的音乐主创人员参与谋划，这样可以保证声音元素的真实性与感染力。例如《那》片中"父亲""儿子"的语言表述与剧中人的个性特征极为相符，父亲说起话来语速不慌不忙，让观众感到他确实是一个热爱本职工作饱经风霜的偏僻山乡乡邮员（当然与演员的形体表演分不开），而儿子讲话的语速，让观众感到是个不服输的热血青年，"老二"（那狗）的三次吠叫，看出了导演音响设计的功夫，因为"老二"的吠叫，不光是普通的叫声，而是招呼大家的信息声，只要听到"老二"叫，乡民们就知道乡邮员来了，从观众的角度讲，狗的吠叫转移了大家的观影视角。这种音响设计很有新意。《那》片的环境音响设计得也很好，将偏僻山村的生活气息烘托得很浓郁，非常真实，并增强了影片的散文化风格的魅力。但《那》片在音乐方面留下了一些遗憾："大部分原创音乐的主题游离于影片所表现的故事内容之外，而是一味地炫耀合成器配器技

---

① "真实性"还涉及到许多技术性问题（像 ATCN 时间码技术等），这些留给专业人员评论。本书不作阐述。

巧。……音乐有喧宾夺主、不知㊙云的嫌疑，这样一来音乐反倒削弱了影片故事的感染力。"①

《一个都不能少》人物的话语都很真实，村长讲话，语速很快，像吃了枪子儿似的，急冲冲地吐出来，没有间隔，正像北方农村中最普通的基层干部。魏敏芝语言节奏快，说话简单且重复，符合她比学生大不了多少的年龄特征，也符合"师姐"当代课老师的身份。音响部分处理也很真实、有韵味。农村环境音响白天有鸡鸣狗吠。夜晚有虫叫，虽然有些场面没有音乐段落，但靠着乡村特有的音响仍给观众以真实的感受——浓郁的贫寒山村的生活气息。城市环境音响突出了一个喧闹，火车站、街头到处是乱哄哄的烦躁声，这种声音真实地表现了文明社会不文明的一面。

影片中有个细节"声画合一"未能处理好："魏敏芝追村长时，拖拉机远去的声音缺乏距离感，画面上感觉拖拉机离魏敏芝很远，但听上去拖拉机的声音仿佛就在近旁。"②

通过上述两例声音的评析，可以得到启示：鉴赏声音的真假效果可以从人物话语的角度去辨析，看是否符合人物的个性，是否符合特定情境中人物当时的情绪（心理）；可以从音乐设计的角度去辨析，看音乐是否真实地烘托出人物内心世界或场面气氛，起到"画龙点睛"的作用；也可以从自然音响、环境音响的角度去辨析，看这些音响是否真实地表现出"乡土"气息，是否真实地表现"时代"气息，是否合乎情理。概括说，影片中所有的声音元素是否能让观众神会于物，音与意合，真真切切地欣然信服。用大艺术家罗丹的话来说：是否"显示真实的美"。③

2. 声音是否表现出和谐的韵律

影视片中的声音并不是自然主义地"有声必取，有响必录"，而是可以虚拟、创造、灵活运用的，因此有经验的导演和录音师很注意声音"动与静""藏与露"的辩证设计、制作，有时还以貌似不和谐达到内在的和谐，从而恰到好处地为刻画人物服务，或更好地为扩大艺术内在隐含的张力服务。

影视片中，为表现静境，导演常借小虫低鸣、水滴淅沥、时钟走针等来烘托自然界的"万籁俱寂"，这都是以动写静。像《悲惨世界》中珂赛特只身深入夜林之中为客人汲水饮马，此时导演只让小板车的吱吱嘎嘎声紧一阵、疏一阵地响，这种音响，使得环境静得令观众格外紧张，也增强了悬念，达到了导演预期的效果，而该影片的另一个场景：马德兰市长冉·阿让从狱中逃到家里收集财宝准备远离，此时按理应蹑手蹑脚，脚步声放轻才是，但导演却故意把冉·阿让的脚步声强化、夸张，如重槌敲鼓一般，这种变轻为重的音响强调手法，充分显示了冉·阿让蔑视虚伪法律，胸怀坦荡的心理，产生一种荡气回肠的艺术效果，令观众难忘。

法国电影《沉默的人》有一个以静写动的精彩画面：主人公梯贝尔和已经改嫁的妻子玛丽亚在酒店里无言相会，静默、对视、静默、对视……万语千言尽在不言中，心曲激荡、百感交集全凝聚在眼神上，此时导演将音响省略，虽静，但两人内在感情的交流"动态"

① 姚国强：《读解电影〈那山 那人 那狗〉和那声》，载《当代电影》1999 第 4 期。

② 姚园强：《从电影〈一个都不能少〉读解张艺谋影片的声音艺术构思》，载《当代电影》1999 年第 2 期。

③ 《罗丹艺术论》，第 50 页，人民美学出版社 1978 年版。

却淋漓尽致地表达出来了，除了演员的演技外，导演采用了"无声之处胜有声"的艺术手法也是功不可没的，这种方法产生了"空故纳万境"的艺术魅力。由此可以看到声音具有一种显示诗意的能力，它可以调动观众的想象力，完成"无状之状，无象之象"的形象创造。从这个意义上讲，与鉴赏诗歌、绘画有异曲同工之处。

在"音画同步"的画面中，观众的鉴赏一般都能到位，因为声音起着图解画面的作用，例如《红高粱》中的《妹妹你大胆往前走》《颠轿歌》，《水浒传》中的《好汉歌》指向很明确。但在许多情况下，导演采用音画对立的辩证手法来刻画人物、烘托情绪、气氛，以不和谐达和谐来扩大画面的容量与张力。从画论的角度讲，这就是"藏与露"的艺术技巧。画面中音响过直、过露、过满，都不是优秀的境界，因此有经验的导演都讲究采用"深山藏古寺"的艺术手法。例如电影大师斯皮尔伯格拍摄的《辛德勒的名单》，运用音画对立的方法，形成对立，让观众联想回味。请看影片中两次大屠杀场景的音乐设计：

"其一，1943年3月，德寇终于对克拉科夫的犹太人挥起了屠刀，党卫军开着军车，带着成群的狼狗冲击犹太人集聚区，克拉科夫一片肃杀之气，犹太人个个如惊弓之鸟。自知在劫难逃的人们有的吞金自杀，有的钻入下水道求生，还有的把身体悬空反绑在床板底下以逃脱死亡；医院的病人早已喝下了毒药，以免遭受纳粹的凌辱，然而，当丧失人性的纳粹冲进病房后，对着尸体又是一阵狂射……当这一切罪恶都在光天化日之下发生时，银幕上响起了悠扬的画外伴唱。舒徐清朗的童声与疯狂血腥的屠杀、激越明快的钢琴伴奏与惨不忍睹的凶杀场景的声画对立，造成视听的强烈反差，似涕泣，似浩叹，使人禁不住为之神伤、战栗不已。

其二，冬去春来，瘟疫流行。为了防病毒扩散，更为了毁灭罪证，纳粹下令将陈尸全部火化。焚尸炉通宵达旦火光闪烁，高大的烟囱整日价喷出呛人的浓烟。场景凄惨苍凉。这时，舒缓动听的古典音乐声起，交响乐和画外男女声的伴唱契合在一起，声声传情，直冲撞人的心际。特别是当萨克斯管的小号吹出的颤音与小提琴拉出的慢板重叠起来时，观众的心再也不能平静了。这里，音乐既不煽情，也不强调，而正是音乐与画面的这种不即不离，将生与死、善与恶、美与丑之间的深刻内涵发挥到极致，既好像是在为亡灵作祈祷，也分明在对悲痛欲绝的观众心灵进行慰藉。随着时而悠扬时而深沉的音符，观众的思路一定飞得很远很远……"[1]

面对大屠杀的场景，斯皮尔伯格却以抒情的格调去配置，这种表面不和谐中深藏了导演的艺术匠心：他要于这针锋相对的表达中，让观众去自己思考、自己判断；突破镜头本身的物质空间，延伸、扩展出一种虚灵的空间感，从而达到"曲尽而余味无穷"的艺术效果。当然，导演这种手法以达到"以喜衬悲悲更悲"的艺术效果也是显而易见的。

"音画同步""音画对立"都能达到艺术的和谐，只是后者的鉴赏难度更大些，需要观众积累一定的影视鉴赏经验，才能充分发掘音响的深层涵义。观众也可以借鉴诗歌、绘画的鉴赏经验，因为"含而不露"是这两门艺术都采用的表达方法，因此鉴赏时有些共性之处可供借鉴。

话语、音乐、音响这三者，观众对音乐更关注些，常常会自觉地思考：这部片子的音乐是否和谐地烘托了影片的时空环境，是否和谐地寓示了人物的情绪心态，有没有更深层的表义作用……观众之所以关注音乐，因为"音乐从气氛上替电影世界构成了一种特殊的幅度，

---

① 李建强：《影视艺术学鉴赏举隅》，载《电影评介》1998年第6期。

它不断地丰富电影世界，解释这个世界，有时还校正甚至指挥它。"①不过音乐有其自己的特性，它是按一种在时间中经过组织的节奏连续展现的，如果强使音乐刻板地伴随画面，那就毁了音乐。为此，导演使用音乐很谨慎，既要考虑音乐特性，也要考虑影视特性，只有将这两者巧妙地结合起来，才能使音乐和谐地成为影视片中有效的元素，倘若只注意音乐的特性或音乐主创人员自己的风格而不顾影视片的内容与风格，则音乐就游离画面或喧宾夺主，这会给观众莫名其妙的感觉。倘若只注意音乐为画面作解释，就将音乐"贬低为一种无机的原始元素——声响"②，观众未能参与创造也便索然无味。在影视鉴赏实践中，观众鉴赏影视片的声音，确切地讲是在鉴赏音乐，而且积累了一定的经验，为此，有经验的导演非常重视音乐的整体设计，既注意发挥音乐的特性作用，又注意照顾影视片的内容与风格；既注意音画同步，也注意音画对立。概括地讲，音乐（广而言之"声音"）要适度、适时地、和谐地为影视内容服务，使其成为影视片完整艺术的一个有机组成部分。下面举两个成功的例子。

音乐设计分析③

姚国强

……吴子牛为了给故事情节的推动和发展进行高度的煽情，在影片《国歌》中使用了大量的原创情绪音乐（共26段）和实景音乐（共13段），使总片长115分钟的影片中间平均不到3分钟就有一段音乐段落出现。其长度之长快赶上国外的某些"大片"的背景音乐了。这里既可以理解为吴子牛对故事内容情绪所抱有的创作态度，也可以理解为吴子牛对故事内容情绪把握上的无奈。但无论如何这都不能抹杀吴子牛对音乐的倾心之情。

根据影片《国歌》中音乐的使用，我们可以按其剧作结构，用音乐来描述三条叙事情节线：一条是田汉和他们左翼艺术界战友们的关系线，其音乐是用悲壮的铜管乐（小号独奏）来表意的；一条是来自东北的流亡大学生齐白山和林雪丽的抗日/爱情关系线，主要是用小提琴和大提琴的对吟来表意的；而另一条田汉和梅香的特殊关系线却是用弦乐群（小提琴）来表现的。

当然，影片中最重要的音乐表征是通过激昂辉煌的交响乐队演奏的形式来表现中国军民团结一致、奋勇抗击日本帝国主义暴行的坚强行为的。

另外，影片尾部先后出现的两次《义勇军进行曲》

点 评

影视界对大量运用音乐有两种看法，一种认为只要剧情需要不必有量的限制，另一种认为大量运用音乐有"戏不足音乐凑"之嫌。

此处评论者的"既可以理解"，"又可以理解"，分别从实际和原则两个方面去评议，既不肯定也不否定，比较圆滑。

专业人员在鉴赏音乐时一般先从剧作结构入手，先捕捉导演围绕剧作结构所设计的"音乐线"将其描述出来。

这是指出影片的主旋律。

---

① ② 转引自马赛尔·马尔丹著：《电影语言》第97、98页，中国电影出版社1980年版。

③ 姚国强：《让"国歌"声永世传唱——解析献礼影片〈国歌〉的声音构思》，载《当代电影》1999年第5期。

歌曲的画面内容细节非常令人感动。如第一次出现《义勇军进行曲》时画面是田汉和其他狱友在南京监狱里被押解放风。这时先出现了田汉的音乐主题（小号独奏）对即将到来的场面先行铺垫：画面上一条小舢板悄然摇来，船上坐着夏衍、聂耳及王人美等"大道剧社"的战友们，船头摆放着一架老式的留声机和很大的喇叭（显然是吴子牛刻意所为，因为生活中的留声机要小得多）。吴子牛通过几个简短的特写画面和唱片所朗诵的声音："百代公司特请电通公司歌唱队为《风云儿女》演唱《义勇军进行曲》……"，向国民党统治的监狱播放起雄壮的"义勇军进行曲"（连唱 2 遍歌词并演奏 1 遍伴奏）。看到这里，我相信每一个观众都会和我一样，顿时对那个时代及那个时代的先驱们肃然起敬。

第二次出现《义勇军进行曲》是刚从狱中释放的田汉与从中央社记者转成国民党少校的梅宁见面的时候，田汉决定立即奔赴上海前线参加抗日运动，因为"中华民族已经到了最危险的时候"，于是田汉告别梅宁向城门洞走去。这时背景上出现了唱片歌曲《义勇军进行曲》（实景音乐 11，只唱 1 遍）。此时画面送出字幕：日本天皇于 1945 年 8 月 15 日宣布无条件投降。接着画面又出现字幕：1949 年 10 月 1 日，中华人民共和国成立，《义勇军进行曲》被定为"代国歌"在开国大典上演奏，此时唱片歌曲转为现在录制的交响乐歌曲（实景音乐 12，男女混声唱 1 遍）。歌曲雄壮、激昂、辉煌。接着画面再出现字幕：1982 年《义勇军进行曲》被正式定为中华人民共和国国歌，此时出现的歌曲演唱就变成了童声合唱的《义勇军进行曲》（实景音乐 13，童声唱 1 遍）。

应该讲，第二次出现的《义勇军进行曲》由三段不同阶段的歌曲组成，分别代表了《国歌》的初创阶段、成熟阶段和辉煌阶段的发展历程。这三段歌曲巧妙暗喻中华人民共和国的诞生与发展壮大，点明《义勇军进行曲》是时代变迁的一个缩影，是日本帝国主义灭亡的见证，也是中国人民重新自立于世界民族之林的象征，因此它已超越了歌曲的范畴而上升到了民族精神的高度。所以，这段音乐设计是一个非常好的音乐设计范例，从中我们可以了解到导演吴子牛将"革命的浪漫主义"发挥到了极致的鲜明特点和哲学理念。

找出音乐表现成功的典型加以具体的评析：音乐使用的特点及其效果。

逐层深入地对音乐表现剧情的效果细加评析。

了解导演设计音乐的特色。加以分析后，要归纳出导演设计音乐的目标实施效果及导演的创作宗旨或风格。

《一个都不能少》音乐分析①（节选）

姚国强

影片《一个都不能少》的原创音乐的数量并不多，一共只有8段。几乎相同的主旋律，却使用了不同的乐器来独奏，如箫、笛子、管子、二胡等，因此代表着导演要求的不同情绪和内涵，每次反复出现主旋律时留给观众的印象就特别深。不像有些电影在影片中使用了大量的音乐内容，乐队的配器也很复杂，反而让观众觉得是喧宾夺主，不知所云。所以我认为影片《一个都不能少》的音乐使用是比较恰到好处的，可以说起到了"画龙点睛"的作用。

全片第一次出现纯音乐的段落是在魏敏芝让张慧科念同学日记时，用箫吹出来的独奏曲伴随着张慧科的朗读声，仿佛是在诉说着乡村学生们的纯真的心声。

第二次出现音乐是在学生们帮砖场搬完砖给了15块钱的工钱后，由管子吹出的独奏，带有一种乡村学生不畏艰难的激昂情绪，暗示虽然环境恶劣，但学生们仍对生活充满信心。……

第六段音乐出现在魏敏芝在电视台的大门外等台长期间，画面段落用了多重叠画的技巧，这时主题音乐再现，叙述着时间的流逝和魏敏芝焦急的心情，寓含和塑造了一个乡村代课教师执拗和坚强的个性性格。

最后出现的音乐是在同学们欢迎"浪子"张慧科回归学校、在黑板上写字时出现的，一直持续到影片的结尾画面字幕完。这段音乐虽然仍是主题再现，但经过变奏后却多了一份乡村学生们对新生活的希冀和祈盼。

上述在影片前半段出现的唱歌场面与影片后半段出现的原创音乐中，我们不难看出，张艺谋构架出一个从表层到内心，从恶劣到友善，从量到质的过程，完善了一个沉重的主题所带给观众的困惑，升华了影片的内涵。

引用姚国强教授的这两段赏析音乐的片段，可以启迪普通观众，在鉴赏音乐时，一要先了解导演在演片中的创作倾向（思想上、艺术上都要清楚），二要了解导演音乐设计的思路、特点，在此基础上再评析音乐设计的思路、特点是否真实、和谐地为剧情服务（包括人物情绪），完美地体现了导演的创作目标。

---

① 标题为笔者拟定。内容节选于姚国强教授：《从电影〈一个都不能少〉读解——张艺谋影片的声音艺术构思》，载《当代电影》1999年第2期。

　　自从有声片问世以来，电影导演不再像在默片时代那样可以自由地工作了。默片时代，整个影片通过蒙太奇可以随心所欲地组接，而有声片的拍摄需要仔细精密地计划，在最早阶段替影片规定出具体的创作意图。声音的设计要对每个画面负责，要对整部影片负责，要让观众在观看的同时，使"他所听的应当不仅是重复他所看的，而且应当丰富和增加他所看的"①。普通观众应逐步提高对影视片中声音元素的鉴赏能力。

　　影视的导演鉴赏、剪辑鉴赏、美工鉴赏，……专业性太强，本节不作阐述。

---

　　① ［英］欧纳斯特，林格伦：《论电影艺术》第 100 页，中国电影出版社 1979 年版。

第六章

学术论文写作

一、学术论文及相关概念

学术论文是指用来进行科学研究和描述科研成果的文章，简称论文。它既是探讨问题，进行科学研究的一种手段，又是描述科研成果，进行学术交流的一种工具。它包括学年论文、毕业论文、学位论文、科技论文等。

（1）学年论文：是高等院校要求学生每学年完成的学术论文，是一种初级形态的学术论文，目的在于指导学生初步学会选择和运用一学年所学专业知识进行科学研究，逐步培养学生的科研能力，为写毕业论文打基础。撰写学年论文要在教师指导下进行。

（2）毕业论文：是高等院校应届毕业生一篇总结性的独立作业。目的在于让学生总结在校期间的学习成果，校方通过考察学生的毕业论文，检查其综合运用所学知识解决实际问题的能力，同时，在学生撰写论文的过程中使他们受到科学研究规范的训练。毕业论文要根据学生所学专业的培养要求，在导师指导下选定论题，进行研究和撰写。毕业论文完成后要进行答辩，并评定成绩。本科生、研究生、博士生等不同级别的毕业论文在论题的难易度、论文字数的限定上都有不同要求。

（3）学位论文：是学位申请者为申请学位而提出撰写的学术论文。这种论文是考核申请者能否被授予学位的重要条件。学位申请者如果通过规定的课程考试，而论文审查或答辩不合格者，仍不能被授予学位。学位论文分学士、硕士、博士三级。有学士学位申请资格的大学毕业论文即学士论文，有硕士学位申请资格的硕士毕业论文即硕士论文，有博士学位申请资格的博士毕业论文即博士论文。

（4）科技论文：是科学技术领域中，描述科学技术研究成果的文章。一般学术论文写作的基本要求对科技论文也适用，但考虑到不同科学技术有不同的特点，因此，科技论文也有其特殊的写作要求。本章从"基本要求"的角度阐述学术论文的写作，不包括科技论文的特殊要求。①

---

① 本章不包括科学实验报告类论文。

二、学术论文撰写应具备的条件

学术论文是议论文中的一大类，因此议论文写作的基本要求，也是学术论文的基本要求。但学术论文又有其自身的一些特点，故有其必备的一些条件，具体讲，有以下三条。

1. 科学性

这是由科学研究的任务所决定的。科学研究的任务是揭示事物发展的客观规律，探求客观真理，因此无论是自然科学，还是社会科学都必须根据科学研究这一总任务对研究对象进行探讨，揭示规律。

科学性应从三个方面把好关。其一，在立论上，作者必须从客观实际出发，从中引出符合实际的结论，不得带有个人好恶与偏见，不得主观臆造。其二，在论据上，作者必须经过周密的观察、调查或实验，尽可能多地占有材料，以最充分、确凿的典型材料作为立论的依据。其三，在论证上，作者应经过周密的思考，作严谨而富有逻辑的论证。

例如发表在《复旦学报》1999 年第 3 期"当代文化研究"栏目中的一篇石磊撰写的论文《从科学主义到人道主义——企业中的人与人格价值问题》，作者运用历史唯物主义与辩证唯物主义的方法分别对"科学主义管理中的人与人格价值"和"人道主义管理中的人与人格价值"进行了论证分析。在对大量史料作分析的基础上，作者认为，科学主义管理的实质是管理的非人格化，它看重于技术与制度，即"以机械运转程序，而不是以管理者的人为控制，来规定雇员的操作程序和节奏；以企业内部等级结构或科层体制来分解不同的管理职能，而不是由资本所有者根据自己的利益偏好和行为偏好，集中行使管理职能；将生产工具、器械和工作环境标准化，使工作定额和行为方式都可以用既定的标准去衡量，避免作业过程和考核过程中的随意性。"它强调的是严格、精确和自律，通过技术程序化、制度规范化来将员工偷懒与懈怠降到最低限。作者认为，这种管理"以自己并不完美的方式练就了一种严格、守时、守则的职业精神，它是商业文明和以市场交易为基础的分工协作体系所不可缺少的重要因素。"作者也分析了这种管理方式的缺点："以生产方式上的技术进步和组织形式上的制度创新，进一步否定员工的人格价值和自由意志"，于是产生"员工与企业之间的'道德困境'"，"管理者过度地控制企业，投资人无法控制管理者的'道德风险'"。而"人道主义管理"则是以"科学主义管理"中的严格、精确为基础，它纠正了"科学主义管理"忽略员工人格价值不科学的一面，"人道主义管理"充分意识到人格价值只有在人格被尊重和被理解中才能展现出来，员工不仅是企业中的人，而且是"社会人"。"人道主义管理"强调人的抽象人格，主张尊重人，理解人、信任人，因此，"一切管理制度和方法的设计与创新，都必须直面'社会人'"。

作者在论述中并没有一味地肯定"科学主义管理"，也没有一棍子打死"科学主义管理"，而是实事求是地论证了这种管理模式的科学性的一面和非科学性的弊端，同时又科学地论证了"科学主义管理"与"人道主义管理"两者的辩证关系。在论述清楚这些问题后，作者水到渠成地提出自己的主张（立论）："'企业人道主义'就是要在科学主义已经达到的严格、精确的基础上，通过抽象人格的价值，达到行为自律"（自律是一种自为乃至自觉的境界），并针对中国的实际情况提出：对中国来说"科学主义管理这一课非补不可"。

全文立论科学，论据充分，论证严密，有很强的说服力。

具体到文学评论，凡重"评价"色彩的文学评论（一般都是专著、论文式评论），也应具备这个条件。某作品或某作家在文学史中应占何种地位，必须经过科学的论证后再确定，这样才具可信性和权威性。

2. 创见性

科学研究是对新知识的探求，在综合别人认识基础上发现别人没有发现或没有涉及过的问题。创见性是科学研究的生命。如若只有继承，没有创新，那么人类历史就不会有所前进了。

例如，《三国志演义》的主题研究，有不少论者提出了自己的新见解。论者于朝贵在他的论文《一部形象生动的人才学教科书——〈三国演义〉主题新议》一文中提出："历来的传统看法是：'得人心者得天下'。《三国演义》的作者则通过魏、蜀、吴三国间政治、军事斗争，形象地说明，只得人心而不得人才，不一定得天下；只有得人心又得人才，才能得天下。这无疑是看到人才在社会历史发展中的作用，是作者对历史认识的深刻之处。"①齐裕焜在他的论文《乱世英雄的颂歌——〈三国志通俗演义〉主题初探》中阐述了这样的见解："作者歌颂图王霸业的乱世英雄，他认为人心、人才、战略是谁能成为霸主的决定因素。作者正是围绕着这三个基本点对三国的历史加以收集、开掘，利用历史记载和民间传说，进行了巨大的艺术创造。"②盛瑞裕在他的《试谈〈三国演义〉在中国小说史上的地位》一文中认为由于"旧的习惯势力和传统思想的影响毕竟年深日久，禁锢的思想统治根深蒂固"，因而《三国演义》"比之诗文，仍不免落于'妾身未分明'的境地。既然整个封建时代里的小说都不能独立而成史，那么对于《三国演义》的历史地位则更是不遑论及了。"论者通过纵横比较后对《三国演义》的地位作了新的定位："《三国演义》代表了从这一时期起我国小说发展史上的第一座高峰，……正是有了《三国演义》的出现，才导致后来长篇小说创作的繁荣，开启了后世一代文体之风，以至蔚为大观"，"罗贯中在创新道路上的成就，是十分杰出的，在中国小说史上，还没有哪一位作家如他一样，毫无前人长篇小说创作的经验教训可资继承与借鉴。他第一个创造并达到了《三国演义》这样丰富、复杂、完美的艺术境地"，"不仅如此，《三国演义》就是跨越国界，拿到全球的范围上来加以考察，在那个时代，它也仍然是出类拔萃的。""各国的大百科全书都对它有很高的评价，日本的《大百科事典》就说：它'突出描写的是人物在战争中的勇敢和机智'。……'中国历史小说很多，《三国演义》可说是最优秀的。'《大英百科全书》称赞它是一部'广泛批评社会的小说'，它的作者罗贯中是'第一位知名的艺术大师'。此外，《三国演义》还被翻译成法、德、俄、英、荷、波、朝、越、泰、拉丁和爱沙尼亚语，在环球的每个角落里都有它的影响，享有很高的声誉。这是其他历史小说难以企及的。"③

学术论文要有创见性也是极为重要的，能为学术界带来勃勃生机。

3. 通俗性

学术论文除了总结自己的科研成果外，还要传播这一科研成果，因此无论是科技论文还是社会学或文学等等领域中的论文都应写得深入浅出，通俗易懂，便于传播交流。那种故作深奥，满篇新词新"概念"、写完后自己也解释不通的论文，尽管立论很有创见性，但难以传播交流，则是很大的损失，应杜绝这种文风，提倡通俗易懂的质朴文风。

---

① 载《三国演义学刊》第1辑，第75页，四川省社会科学院出版社1985年版。

② 载《〈三国演义〉论文集》，第64页，中州古籍出版社1985年版。

③ 载《〈三国演义〉论文集》，第371～377页，中州古籍出版社1985年版。

第二节　学术论文的选题原则与方法

一、选题原则

撰写学术论文应先确定研究什么问题，然后再研究如何撰写。研究什么问题，即选题。选题要遵循以下几条原则。

1. 要选择有科学价值的课题

其一，选择急待解决的课题。一般说，在各个学科领域中，总有一些急待解决的问题，科学研究应该首先注重这些急待解决的问题，这样可以减少盲目性，克服自流状态。在政治学、国际关系学、经济学、法学、医学、农业、林业、环境保护等领域，选择急待解决的课题表现得更为突出。例如：洪远朋、孔爱国等人撰写的《减轻我国通货膨胀压力与经济利益关系调整》（上、下）①，胡鸿高撰写的《可持续发展与经济调控法制》②，胡书东撰写的《社会转型时期的农业问题和农业政策选择》③，李炳炎撰写的《转型期乡镇企业价格行为的扭曲及其矫正》④等都是为所在领域迫切要解决的问题而认真撰写的论文。

其二，选择科学上（学科领域）的新发现、新创造的课题。每项新的发现、新的创造都将使学科的发展进入一个新阶段或向前推进一步，因此这类课题很重要，例如齐沪扬的专著《现代汉语空间问题研究》⑤。陈昌来在《现代汉语空间系统研究的新突破——读〈现代汉语空间问题研究〉》评论中归纳了几点："突破之一是，从系统论角度建立了现代汉语完整的空间系统。""突破之二是，建立了现代汉语空间位置系统的理论框架，多角度地深入考察了现代汉语中几种常见的位置句。""突破之三是，运用配价语法理论和方法建立了现代汉语言位置句和位移句的句型系统。"⑥作者齐沪扬的这个选题是新突破，这些突破"必将有助于现代汉语时空范畴的研究，对现代汉语语法范畴的建立、描写、解释也将有所启发，对汉语信息处理和对外汉语言教学也有指导意义。"⑦

又如林兴宅的论文《论阿Q性格系统》，在"阿Q艺术形象"的研究中，也有新的创造。林兴宅用系统论的方法分析阿Q性格，论者认为阿Q性格是一个由多种性格元素按一定结构方式构成的系统。在阿Q身上充满矛盾：质朴愚昧又圆滑无赖；率直任性又正统卫道；自尊自大又自轻自贱；争强好胜又忍辱屈从；狭隘保守又盲目趋时；排斥异端又向往革命；憎恶权势又趋炎附势；蛮横霸道又懦弱卑怯；敏感禁忌又麻木健忘；不满现状又安于现状。这些一组组对立统一的联系，构成了阿Q复杂的性格系列。鲁迅在阿Q的艺术形象中历史地、具体地、形象地描画出处于麻木不觉悟的中国国民的灵魂——奴性心理。论者认为以奴性心理为特征的阿Q性格模式，具有巨大的概括力。它是阿Q形象具有超越阶级、时

---

① ② 载《复旦学报》，社会科学版 1999 年第 1、2 期。

③ 载《社会科学战线》1998 年第 1 期。

④ 载《中州学刊》1999 年第 1 期。

⑤ 该专著由学林出版社 1998 年出版。

⑥ ⑦ 载《世界汉语教学》1999 年第 2 期，第 102～105 页。

代、民族的普遍意义的信息基础，因为将阿Q性格放在"社会"大系统中，可以发现，尽管阿Q是辛亥革命前后的未庄的流浪雇农，他的失败主义情绪和表现形态也在统治阶层及其他阶层中存在，阿Q性格已超出了它的阶级归属，成为当时社会各阶层人士的精神状态的一面镜子；阿Q性格可以说是旧中国国民劣根性的象征，而如今，在一些人身上仍然残存着，不同时代的读者读阿Q，都会由小说中的阿Q联想到世人中的阿Q；阿Q的两重人格表现，刚好表现了荒谬世界的种种分裂——精神与物质的分裂，感性与理性的分裂，生存与环境的分裂，人性与社会的分裂，现象与本质的分裂等，这些普遍存在于各国社会生活中，因此，阿Q性格中的这种哲理内涵能引起各国读者的共鸣。

论者的这种分析方法终于能很好地解释阿Q这个典型超越阶级、超越时代、超越民族的普遍性问题，而这个问题历来是阿Q性格研究中的难点。这种突破，意义还是很大的。

其三，选择能填补空白的课题。科学发展有其不平衡性，学科研究也就不平衡，就学科内部而言，也存在不平衡，从客观需要出发，从科学发展全局需要出发，凡有益于社会发展、学科发展的空白处均可选题，加以研究，填补空白。这方面在自然科学领域、社会科学领域提供的机会更多些，文学领域亦有。例如王富仁先生的《旧诗新解》。王先生"将现代批评理论具体运用到古诗赏析中去，而又不和古诗自身的赏析相脱离"①，运用现代理论去欣赏古代诗歌，从方法论角度看，在欣赏领域填补了空白；从欣赏效果角度看，运用这种方法，"解决以旧有方法不易解决的问题或实际感到又说不清的问题。"②这样又纠正了"通说"，或又补充了"前说"。王先生的这种探索为"旧诗"欣赏开拓出了一条新路。现以王先生《时间与空间——陈子昂〈登幽州台歌〉赏析》为例，节录一部分论述，供读者借鉴。

时间与空间

——陈子昂《登幽州台歌》赏析（节录）

……过去的诗评家常把这首诗解释为陈子昂恃才傲物的情绪表现，说他感到同时代人中没有与他并肩的杰出人物或诗人，回首过往，历史上也久无伟大人物产生；瞻望未来，也不见伟大人物产生的迹象，遂在此诗中把这种情绪表现了出来。我认为，以此解读这首诗是根本说不通的。久无伟大人物产生，并非说古代没有伟大人物，怎能说"前不见古人"？看不到伟大人物产生的迹象，并非说陈子昂不会预想到将仍会有伟大人物产生，怎能说"后不见来者"？这首诗根本不能如此解读的一个最有力的证据是：我们并不把自己看得这么大、这么重，我们并不认为自己是在同时代人中最伟大、最杰出的，也不认为前无伟人，后无来者，何以我们同样能被这首诗触发起一种苍凉凄怆的情绪呢？

它表现的是人的孤独感，是埋在心底深处那点难以明言的无所依托的孤独感。

……

……这首诗的特点是：将时间结构融化在空间结构中并构成了一种浑融无间的、不再有时间和空间的分别的统一的时空结构。

"古人"是时间结构中的概念，"不见"则是空间结构中的概念，"前不见古人"中的"前"字则既是时间结构中、又是空间结构中的概念。这样，在"前不见古人"

①② 载《名作欣赏》1991年第3期。

的整个诗句中，时间结构与空间结构的差别便消失了，悠悠往古与莽莽的眼前旷野便融为了一体，"后不见来者"与"前不见古人"一句相同。"来者"是时间之流中未来的存在，"不见"是空间结构中目触的结果，"后"既可指时间之流中的"来者"，又可是"空间"结构中与"前"相对的另一半空间。这三个词的组合实际已把遥遥无际的未来与茫茫无际的旷野融二为一了。"前不见古人"与"后不见来者"在印象中的迅速叠合，造成的另一个统一的、浑圆的巨大时空感。在这里时间之流中的过去与未来，空间结构中的前后、左右、上下已经浑然不可分了，时间即是空间，时间与空间在人们的感觉中获得了和谐的统一。这种统一的结果使时间不再只是由古至今直至未来的线形的东西，而同时有了像空间结构一样的上下、左右、前后的多方位的感觉。我认为，注意到这一点是特别重要的。"前不见古人，后不见来者"说的是人与古今之人的疏离感，为什么这首诗给人的感觉不仅仅如此，而是表现了人的绝对的孤独？为什么它同时也表现了人在现实中的孤独感？其原因之一便是这里时间与空间中的东西已经合二为一了，时间之流中的孤独与空间感觉中的孤独已经难分彼此了。时空的融合在该诗中同时又是主观感受和客观外景的融合形式。"古人"和"来者"所体现的时间观念是作者主观中的存在，在幽州台上的所见是客观现实中的存在，时空融合的结果是主观和客观的融合。这样，客观的所见与主观的所感便具有了同构的性质，二目所触的空旷苍凉亦即内心所感的空旷苍凉，内心所感的空旷苍凉亦即二目所触的空旷苍凉，二者是无前后、重轻、大小之分的。这种苍凉感来自何处呢？来自这个浑融的时空结构的形态。……
　　　　……
　　……就该诗而言，它具体抒发的是孤独、悲郁、苍凉的人生感受，但最后一句的情感宣泄使读者产生的则是审美愉悦感。……

论者运用新批评方法（心理批评、结构批评等）解释了诗句中的难点，给读者耳目一新的感觉。

其四，选择"通说"中不科学的观点加以纠正，作为选题对象。所谓"通说"是指已有的研究成果，如果"通说"中有代表性的非科学性的观点，应加以纠正，作为选题的目标。

郭预衡先生的《论欧阳修》是一篇纠正通说的上好论文。在相当长的时期里，研究领域对欧阳修的评价持一贯的态度：欧阳修是保守派，于是在诗、词、文、赋、经学、史学等方面的评判都有偏颇之见。郭先生通过深入研究，运用充分的史料，在政治、文史等方面对欧阳修作了客观、公允、科学评判。

从政治上讲，郭先生认为欧阳修"不是保守派，而是改革家"。欧阳修对宋朝的政治有比较全面的了解，对当时的政治状况十分不满，曾多次指责朝廷因循保守的积弊。对兵骄吏冗的情况也提出过改革主张，在朝廷急于同西夏议和的问题上，欧阳修也敢于力排众议，坚持反对议和，并主张积极备战，还提出一系列改革军事的建议，对吏治的改革、军事的改革提出"选拔人才"的主张，在建议按察的同时，提出了"责举"的主张。所以郭先生说："从这一系列的建议来看，说欧阳修保守，是毫无道理的，他在当时不但不保守，而且是个非常积极的改革家。可惜的是，在因循苟且无所作为的宋仁宗时代，他的意见不被采纳罢了。"

王安石变法的一些项目，如"方田均税法"，欧阳修还是首倡者，但他反对"俵秋科青苗钱"，因为这是打着"惠民"的旗号，向农民"取利"的措施，郭先生认为"这正表现了他的认真负责，既向朝廷负责，又向百姓负责的精神。"晚年果断辞官，是一个"难进而易退的政治家"。①

论文在文学、经学等方面也作了充分的论证，进一步阐述欧阳修为人大节的美德及博古通今的大学问。从此给欧阳修以公允、科学的评价。论文在古典文学史研究中产生了重大影响。

其五，对"前说"作补充，作为选题对象。前人的研究经过实践的验证，需要补充、需要丰富才能成为完整的理论，这样，补充"前说"便很有科学价值。所以补充"前说"值得作为选题对象。

例如张清华先生的专著《韩学研究》②，在前人研究韩愈的基础上，更为全面地探讨了韩愈的哲学思想、政治思想、文化思想、教育思想、伦理思想及其散文在思想、艺术、语言等方面的成就，韩愈与古文运动的关系，还有诗歌的成就及深远影响。专著既吸取了前人的研究成果，又有自己的新发掘、新补充，尤其是下册《韩愈年谱的汇证》，订正了以往诸本的不足，发掘了许多新的资料。这本专著有益于对韩愈研究的深入发展。

2. 要选择有利于开展的课题

选题考虑科学价值的原则是对的，但仅从这个客观需要上来考虑选题还不够全面，每个研究者还要考虑自己的主观条件。比如自己是否有浓厚的兴趣，是否能充分发挥自己的业务专长，选题的大小是否适合自己的研究能力，占有资料的条件是否充分，是否能得到导师（或专家）的指导，是否有研究课题的时间等等，这些在选题时都要加以认真考虑，只有将两条原则结合起来思考，才会更有利于选准、选好论题。

二、选题方法

选题除遵循必要的原则外，也要讲究方法。

1. 选题大小要适中，难易要适度

对任何研究者来说，选择的论题其范围的大小和难易的程度都要把握好，尤其对初学学术论文写作的人来说更重要。研究者应根据自己的知识积累、兴趣爱好等诸方面情况来选择大小适中、难易适度的论题，量力而行，由浅入深，循序渐进。一般来说，本科学生个人绝对不可能选《评〈红楼梦〉》这样的庞大课题。像《史湘云结局探索》《略论〈红楼梦〉中的谜语》《含泪的笑——谈〈聊斋〉的讽刺艺术》，这样的论题本科生一般能驾驭（约3000～10000字左右），选择的论题适中适度，撰写者容易深入本质，从多角度、多层次去分析论证，容易有理有据地阐述自己的新见解，写出有一定深度的论文来。

2. 利用灵感思维去选题

灵感思维也叫"顿悟"思维。它具有突发性、独创性等特点。

选题过程中往往会出现两种情况，一是不知选什么论题，二是在一部分备用的选题中不知选哪个。针对这两种情况，采用"灵感思维法"是有效的。

灵感的产生是建立在长期思索某问题的基础上，一旦在某种外界刺激或自身刺激下，通过心理、生理机制的作用，将过去储存在大脑中的信息激荡起来，与新的信息撞击出火花，

---

① 郭预衡：《论欧阳修》，载《北京师范大学学报》（社科版），1980年第3期。

② 张清华：《韩学研究》，江苏教育出版社1998年8月版。

产生"顿悟"，大放光明。具体到学术论文写作的选题这个问题来说，每个研究者在丰富的知识积累中，总有其更喜爱更深入了解的某专业范围，甚至某专业范围中的某个"小圈"（比如中文→现代文学→某文学阶段、某种文学体裁、某作家群→某文学阶段的某种文学思潮，或文学体裁中的小说，或某作家群中的某位作家），选题范围缩小到"小圈"后，再寻觅最佳选题角度。一般情况下"小圈"的知识群是确定选题前常常思考的范围，常常思考会使创造性思维处于饱和状态，但没有一定的诱因的话，研究者还是紧闭"茅塞"。有时看到某篇相关文章中的某个观点，或与人交谈中，涉及你常思考的问题的某个侧面，或听音乐时的某种启迪，能成为诱因时，即能"茅塞顿开"，选题的灵感就会产生，就能帮助你确定选题（及最佳角度）。可以说，**利用灵感思维容易选择好论题。不过要注意两个要素，一是要使解决的问题处在思考的饱和状态，二是要在较松的环境中巧遇诱因。二者缺一不可。**

第三节　学术论文的写作

一、写作前的准备工作

选好论题，开始执笔写学术论文时，注意做好几项准备工作。

1. 选择论文的类型

学术论文的类型有两大类，一类是学术型论文，一类是报告型论文（包括总结型）。

（1）学术型论文。所谓学术型论文是指：对某专业领域的问题，经充分研究，用文字符号作为表达手段，所完成的研究性文章。这种论文的基本要求是：运用所学知识，对本专业的理论问题或实际问题进行深入探讨研究。它又可以分为论述型论文和综述型论文两种。

论述型论文的特点是：表达方式以"议论"为主，有极强的理论色彩，要严密地进行论证分析，从而确立自己的观点。从论证过程的形式讲，它又分为立论型（即正面树立自己观点）和驳论型（驳斥他人的观点，从而树立自己的观点）。例如前面提到的《从科学主义到人道主义——企业中的人与人格价值问题》是一篇立论型的论文。另外像胡鸿高的《可持续发展与经济调控法制》[1]，洪远朋、孔爱国的《调整利益关系，减轻通胀压力》[2]，刘井山的《孙中山社会主义思想刍议》[3]，江苏江阴市桐岐中心小学刘艳萍撰写的《立足美术小课堂　弘扬孝道大文化——小学美术教育中传承与创新孝道文化之初探》[4] 等都是立论型学术论文，正面确立自己的观点，为自己的研究领域（或曰专业领域）填补空白或使学科发展向前推进一步。

像郭预衡先生的《论欧阳修》则是一篇驳立兼有的论文，既驳斥了"通说"中不正确的评判观点，又在驳斥中确立了自己客观、公允的评判观点。这种类型的专业论文，写作难度最大，需

---

[1]　载《复旦学报》1999 年第 2 期。
[2]　载《复旦学报》1999 年第 1 期。
[3]　载《社会科学战线》1998 年第 2 期。
[4]　载《小学教学研究》2017 年第 5 期。

要论者有深厚的专业功底，否则难以完成纠正"通说"的重任。

综述型论文的特点是：以叙述为主，兼用夹叙夹议的表达方式，介绍某科研项目的性质、规模、进程、状态、趋势等情况，并作透视式综述。这类论文的各项内容是并列关系，或因果关系，或递进关系。它又可以分为横向综述型——就同一时间（或时期）内某课题系列项目的研究状况，以空间为序作扫描式综述；纵向综述型——就某一研究对象在不同时期（或时间）内的研究状况作综述；纵横相结合的综述型三种。

例如胡平撰写的《'97 优秀短篇小说创作概述》① 是一篇横向综述型论文。论者以 1997 年为时间段，以短篇小说为研究领域，对最具实力的短篇小说作者的创作特点、成绩及弱点作了横向扫描。将 1997 年短篇小说从内容到技巧的精华之处点评给广大读者，同时也给这些最具实力的新老作家的艺术水平作了公允的评价。

邵敬敏撰写的《八十到九十年代的现代汉语语法研究》②，以现代汉语语法为研究领域，对 20 世纪 80 年代到 90 年代这段时期内的研究状况作了纵向扫描。20 世纪 80 年代现代汉语语法研究呈现出一片欣欣向荣的景象："老一辈学者青春焕发，新著迭出"，"中年一代人才辈出，涌现出一批优秀的语法学家"，"新时期培养出来的研究生为主体的年轻一代，从八十年代中期开始登上历史舞台。"老、中、青三代人在具体事实的挖掘、收集、描写和分析方面取得了可喜的成绩。到 20 世纪 90 年代，现代汉语语法研究，"几乎在各个领域里都取得了前所未有的成就"③。诸如：虚词研究、动词研究、语序研究、特殊句式研究、词组研究、歧义研究、句型研究、复句研究、方言语法研究、口语语法研究、对外汉语语法研究等，在理论上也作出了贡献。论者在对实际成果作纵向扫描的基础上进一步评议 20 世纪 90 年代汉语语法研究的新趋势："更加注重汉语本身的特点，而不是让事实去迁就某种语法理论"，"更加关心国际语法学界的新动向，努力引进国外新的语法研究理论，对汉语语法研究作新的尝试"。为使现代汉语语法研究更健康地发展，论者以自己研究经验为基础，对今后研究提出自己的灼见。论者既综述了已取得的成就，并作了公允的评价，又简略地作了前瞻性描述，使年轻的研究者们有一个明确的研究方向。

章小彧撰写的《台湾乡土派暨现代派小说创作概念》④ 则是一篇纵横结合的综述型论文。论者以我国台湾的乡土派小说和现代派小说为研究领域，对从日据时期到 20 世纪 90 年代的乡土小说，从 20 世纪 50 年代到 70 年代的现代派小说的特点、成就作了纵向描述，对每个历史阶段中，作出突出成绩和贡献的著名作家，他们的创作风格、艺术成就，及他们在中国文学史上的地位，作了横向描述。无论是乡土小说，还是现代派小说，"都未曾离开过中华民族传统文化的渗透与影响"。乡土小说家赖和、杨逵、吴浊流、钟肇政、钟理和、林海音、陈映真、王祯和、王拓、杨青矗等人，及现代派小说家于梨华、白先勇、王文兴、欧阳子、陈若曦、丛甦、七等生等人，都将在重新编写的中国文学史中占有应有的地位。论文为读者展现了台湾省在这个历史时期中乡土小说、现代派小说创作的主要风貌，展现了各历史阶段著名作家的主要作品及其风格特色，使大陆读者对台湾省的小说创作有个概貌式了解。

---

① 载《当代作家评论》1998 年第 4 期。

② 载《世界汉语教学》1998 年第 4 期。

③ 载《世界汉语教学》1998 年第 4 期。

④ 载章小彧、韩春梅：《我爱黑眼珠——台湾优秀小说赏析》，工商出版社 1994 年版。

（2）报告型学术论文。所谓报告型学术论文是指：对某专业领域的问题（或称课题），经过实地考察，或精心实验，用文字符号或表格符号、图像符号为表现手段，所完成科研成果的文章或表格、图像，即称为报告型学术论文（报告型学术论文也包括以总结自己经验为主的学术论文，在总结规律性经验基础上进行学术分析）。

这类论文常用于自然科学领域、管理科学领域、纪检法、幼儿园、中小学等领域。

报告型学术论文又可以分为两种，一种是以文字符号为主要表现手段，配以表格或图像，重在学术探索的论文，社会科学中称某某调查报告，或某某考察报告，自然科学中称科技论文或科技报告，它与学术型论文在写作上有许多共同点：课题选择的原则、资料搜集的方法，乃至论文的执笔与最后修改定稿等等方面。它与学术型论文的区别在于：它强调论文写作前的实验、实地调查、观察或实验室里的悉心研究，而学术型论文往往是充分利用图书馆的资料；科技论文在纪实的基础上揭示某课题中的某种规律性东西，这是它的论文价值的重要表现，而学术型论文在充分研究某领域的文字资料基础上，突出自己在该领域中的新见解。比如像姚清如、刘丽红撰写的《关于皮格马利翁效应的调查报告》① 就是一篇报告型学术论文。论文是在调查的基础上加以深化研究而写成的，通过对某市某中学初中一年级 317 名全体学生的问卷和访谈调查，并用积差相关法计算，所显示的数据表明，教师期望与学生学业成绩之间存在着密切的关系。研究结果表明，学生的学业成绩受教师的直接影响，教师对每个学生期望值不同，学生学习成绩也有所不同，随着教师对学生期望值的提高，学生学习成绩也有一个明显提高的趋势。根据这样的规律，论者提出建议："教师对每个学生都要一视同仁，都要和蔼可亲，……应该提倡多表扬少批评，进行正面教育，……要多方面分析学生成绩不良的原因。"像浙江省萧山市教委教研室撰写的《初中综合理科教学的实践与研究》（上、下）②，山东青岛嘉峪关学校商德远撰写的《让"学为中心"成为课堂教学的主旋律》③，天津市河北区育婴里小学田宇撰写的《培养数学阅读能力　提高学生学习效率》④ 亦是这种类型的论文。

另一种是科研报告型论文。这是用于科学技术领域中，反映科研成果，以图表为主要表现手段的论文样式。它与"调查报告""考察报告""科技论文"这类论文的区别在于：科研报告重告知性，科技论文等重学术性，前者以告知科研工作经过与结果为重点，后者以阐述作者的科学见解为重点；在写作方法上，前者注重叙述，后者注重论述。理工科大学生以培养撰写"科研报告"为重点。当然，制作"科研报告"也要求学生有独到见解（无论是成功的经验，还是失败的教训），实验经过交待要清楚，实验手段、方法亦要在正文前交待清楚。

2. 拟写提纲

一篇学术论文的完整提纲要包括以下几部分内容（它是论文完整体式的框架）。

（1）提纲项目。

①题目（即论文标题）；

---

① 载《北方论丛》1996 年第 1 期，第 107～108 页。

② 载《课程·教材·教法》1998 年第 11、12 期。

③ 载《小学语文教师》2017 年第 7～8 期。

④ 选自《优秀论文集》，中国教育学会小学教学专业委员会编，人民教育出版社 2012 年 1 月第一版。

②署名（作者姓名）；

③论文内容提要（有的以"前言"形式表示），将论文选题理由、价值、总论点等扼要介绍出来；

④正文纲要，即本论的提纲（这是论文的主体部分）；

⑤附录参考书目。

（2）提纲若干项目提示。

①题目。题目即论文标题，拟制要认真细心，因为标题既表明作者论题范围或论述的观点、态度，也表明论文的类型，是首先表明论者水平的窗口。所以拟制学术论文的标题不能掉以轻心。

学术论文的标题有几种类型。

第一种，揭示论文的中心论点（或事物本质）。例如《经济振兴的宣言书——论〈改革者〉》、《汉武帝重农抑商驳论》、《中国文明的起源应上溯至五帝时代——从中西文明之比较探讨中国古代文明的起源》、《向往光明、追求真善美——丰子恺哲理散文浅论》等，正标题都鲜明地将论文中心论点揭示出来，表明论者的观点、态度，副标题将论述对象或范围揭示出来。

第二种，揭示论文的论述对象，这是普通使用的标题类型。当作者论述的观点（或特点）较多时，一般采用这种类型的标题。例如《论欧阳修》《试论新闻的真实性》《论道家思想的历史地位》《论司法活动的群众监督》《浅谈上古汉语词的兼类与活用的区分》等。

以上两种类型的标题确切地讲是论文的题目，也叫论题。论文中间，有时作者也拟制标题，习惯上称"小标题"，以示与题目的标题区别。小标题主要揭示"段旨"，即这"一部分"的论点。下面例举郭预衡先生的《论欧阳修》一文中的小标题（依次摘录）：

一、不是保守派，而是改革家

二、"蓄道德而能文章"（引用曾巩称赞欧阳修的话作标题）

三、博古通今之学

四、"余事作诗人"（欧阳修称赞韩愈的话，论者引来论欧阳修）

每个小标题是所论那部分的论点，这样段旨很清楚，论者中心明确，读者亦一目了然。

拟制标题要注意以下几点要求：

第一，要贴切，即拟制的标题要切合论文主题或论述范围，反映论文的精神实质，尤其是评价性标题，绝不能出现"文不对题"的现象。

第二，要醒目，即给读者以"一目了然""一见难忘"的印象。

第三，要简洁，即标题的语言表述要简明扼要、精练，有高度概括性。

第四，要新颖，即在发掘思想内容的基础上不落俗套地拟制标题，给人以新鲜感。这个要求一般用在文学性学术论文中更切实际。

②论文提要（或称论文摘要）。每篇论文在署名之下先要有一段内容提要将选题的理由、论文的观点及价值揭示出来，有的还将方法（主要指报告类论文）也告之清楚。内容提要下面还有"关键词"（这是从公文写作中借鉴过来的，供公文今后归档时检索用的，学术性论文若不存在归档任务，关键词可以不要）。

提要应写得简洁明了。请看下面一例。

我国体育学术类核心期刊现状分析及
发展对策研究①

摘要：体育学术类核心期刊发展缓慢，与蓬勃发展的体育事业相距太远。笔者对我国13家体育学术类核心期刊的现状进行了问卷调查，并通过文献资料法和数理统计法对其中10家核心期刊的基本状况、编辑人员状况、隶属关系、经济状况、载文量、载文地域分布、载文中课题及获奖论文类型、引文量、引文语种以及引文年进行了统计分析，反映出若干问题。诸如我国体育学术类核心期刊的发行量不多，影响期刊的社会效益和经济效益；编辑人员不稳定，数量不足，年龄偏大，高学历编辑不多，职称和收入上不去，影响编辑积极性；大部分编辑部还处在科级单位，行政级别上不去，给编辑部工作带来诸多不便；出版周期普遍较长，影响我国体育学术类核心期刊走向世界的步伐等等。针对问题，笔者提出一些可行性发展对策：加强体育学术期刊编辑队伍建设对策；体育学术期刊内容发展对策等等，并相应地对我国体育学术期刊发展前景提出一些思考。

在这段摘要中，将选题的目的、论文论及的主要问题及其对策概述得清楚明了，有利于读者了解学术论文的主要观点及其价值（研究生论文，尤其是毕业论文摘要还要以英文表述出来）。

③正文主体纲要。学术论文一般由一个总论点和若干分论点组成，总论点与分论点之间要处理好"以纲带目""以目扶纲"的关系，也要处理好分论点之间的关系，或并列，或递进，或因果，或主从……都要注意分论点之间的内在的逻辑关系。同时也要注意论点与论据之间的论证关系。这样，写学术论文之前要拟制写作提纲，将论文的思路梳理清楚，以便撰写时能按修改确定后的写作提纲进行，保证学术论文有清晰、严密的思路，能有效地将学术观点有理、有度、有序地论述清楚。

完整的主体纲要详细形式是：

分论点之一，采用论据一、二……论证方法提示　　　　　　　　　小结

分论点之二，采用论据一、二……论证方法提示　　　　　　　　　小结

结论

下面以王魁京先生撰写的《"对外汉语教学"的学科性质论探》② 一文为例。

对外汉语教学究竟属于什么性质的学科？在对外汉语教学界还没有一个非常明确的、统一的认识。有的学者认为，对外汉语教学基本属性属于语言学，应归入应用语言学；有的学

---

① 该论文为本书作者的在职研究生李军撰写，是一篇报告类学术论文。

② 载《中国对外汉语教学学会第六次学术讨论会论文选》，第72～84页，华语教学出版社1999年版。

者认为，对外汉语是语言教育学不可或缺的组成部分；有的学者认为对外汉语教学是一种很复杂的心理活动；……论者认为：**对外汉语教学这门学科"是以第二语言教学的客观规律的揭示与应用为主体，以'教育'科学规律为基础，综采诸多学科理论之适用之处的跨学科的综合性学科。"** 为论证这个总论点，论者从三个方面加以论述，先看正文粗线条的提纲①（引论略）：

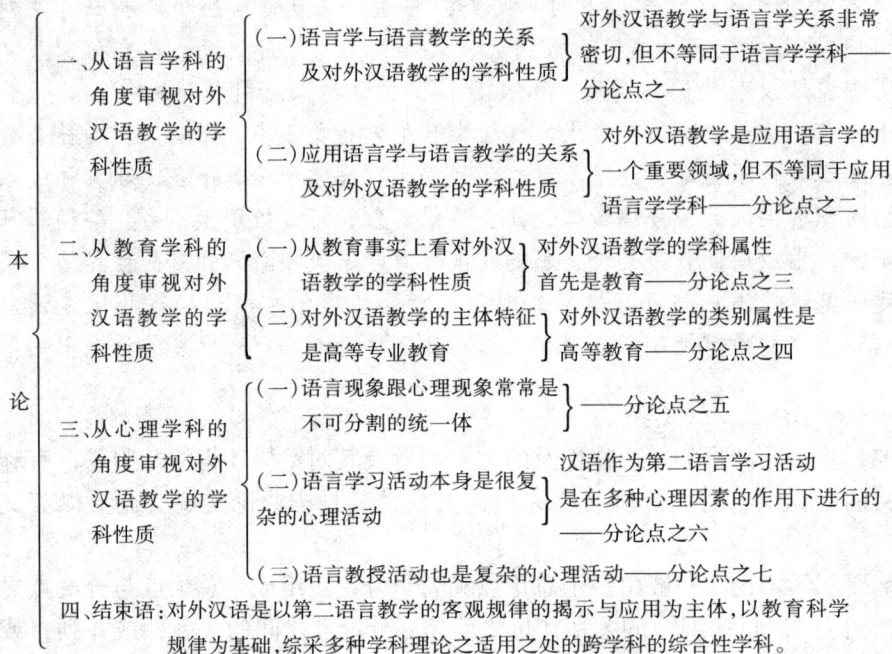

本论

一、从语言学科的角度审视对外汉语教学的学科性质
- （一）语言学与语言教学的关系及对外汉语教学的学科性质 —— 对外汉语教学与语言学关系非常密切，但不等同于语言学学科——分论点之一
- （二）应用语言学与语言教学的关系及对外汉语教学的学科性质 —— 对外汉语教学是应用语言学的一个重要领域，但不等同于应用语言学学科——分论点之二

二、从教育学科的角度审视对外汉语教学的学科性质
- （一）从教育事实上看对外汉语教学的学科性质 —— 对外汉语教学的学科属性首先是教育——分论点之三
- （二）对外汉语教学的主体特征是高等专业教育 —— 对外汉语教学的类别属性是高等教育——分论点之四

三、从心理学科的角度审视对外汉语教学的学科性质
- （一）语言现象跟心理现象常常是不可分割的统一体——分论点之五
- （二）语言学习活动本身是很复杂的心理活动 —— 汉语作为第二语言学习活动是在多种心理因素的作用下进行的——分论点之六
- （三）语言教授活动也是复杂的心理活动——分论点之七

四、结束语：对外汉语是以第二语言教学的客观规律的揭示与应用为主体，以教育科学规律为基础，综采多种学科理论之适用之处的跨学科的综合性学科。

再看论者本论中第一部分细纲：

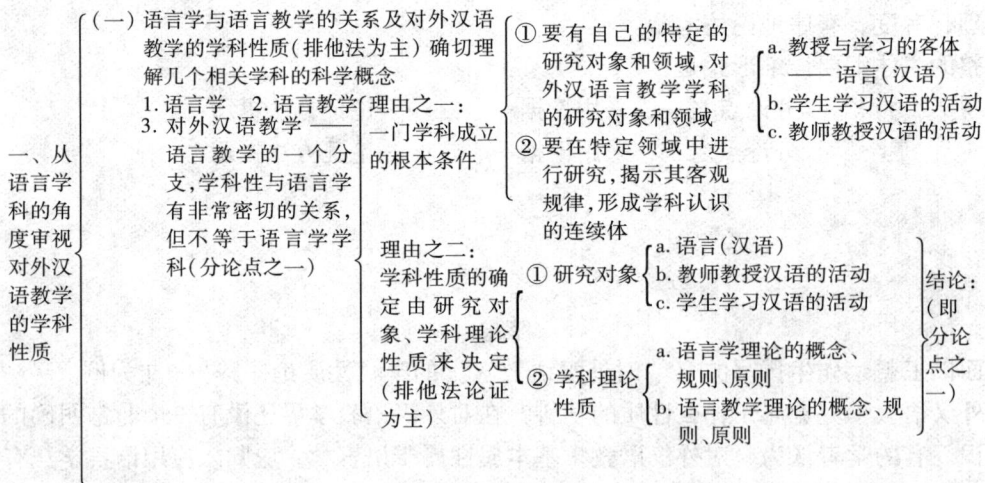

一、从语言学科的角度审视对外汉语教学的学科性质

（一）语言学与语言教学的关系及对外汉语教学的学科性质（排他法为主）确切理解几个相关学科的科学概念
1. 语言学　2. 语言教学
3. 对外汉语教学——语言教学的一个分支，学科性与语言学有非常密切的关系，但不等于语言学学科（分论点之一）

理由之一：一门学科成立的根本条件
- ①要有自己的特定的研究对象和领域，对外汉语言教学学科的研究对象和领域
- ②要在特定领域中进行研究，揭示其客观规律，形成学科认识的连续体
  - a. 教授与学习的客体——语言（汉语）
  - b. 学生学习汉语的活动
  - c. 教师教授汉语的活动

理由之二：学科性质的确定由研究对象、学科理论性质来决定（排他法论证为主）
- ①研究对象
  - a. 语言（汉语）
  - b. 教师教授汉语的活动
  - c. 学生学习汉语的活动
- ②学科理论性质
  - a. 语言学理论的概念、规则、原则
  - b. 语言教学理论的概念、规则、原则

结论：（即分论点之一）

---

① 因纸张规格的原因，将作者原来的提纲分两部分展示。

（二）应用语言学习与语言教学的关系及对外汉语教学的学科性质（引证法、排他法为主）

一、从语言学科的角度审视对外汉语教学的学科性质

1. 回顾历史状况
   - ① 国外应用语言学的概念
   - ② 我国应用语言学的概念、对外汉语教学是应用语言学的一个重要领域

2. 对外汉语教学是应用语言学的一个重要领域，但不等同于应用语言学学科（分论点之二）

理由之一：国外应用语言学家对"应用语言学"的定性描述

- [波兰]博思·德·库尔德内……
- [英国]皮特·科德……
- [美国]坎贝尔

语言教学 ≠ 应用语言学

理由之二：语言教学活动既运用语言学理论，还运用其他学科理论（心理学、教育学等）；既要解决汉语知识传授问题，又要解决汉语言技能训练、培养、心理障碍的排除、跨文化等问题

理由之三："语言知识"跟"语言能力"是两个内涵不同的概念
→ 后天的能力由语言知识、语言经验转化而成
→ 过程，不是仅靠语言理论所能解决

结论分论点之三

理由之四：语言教学活动：涉及语言教学政策，语言教学实际工作，个体的语言生理、语言心理，群体的社会文化观念等诸多因素

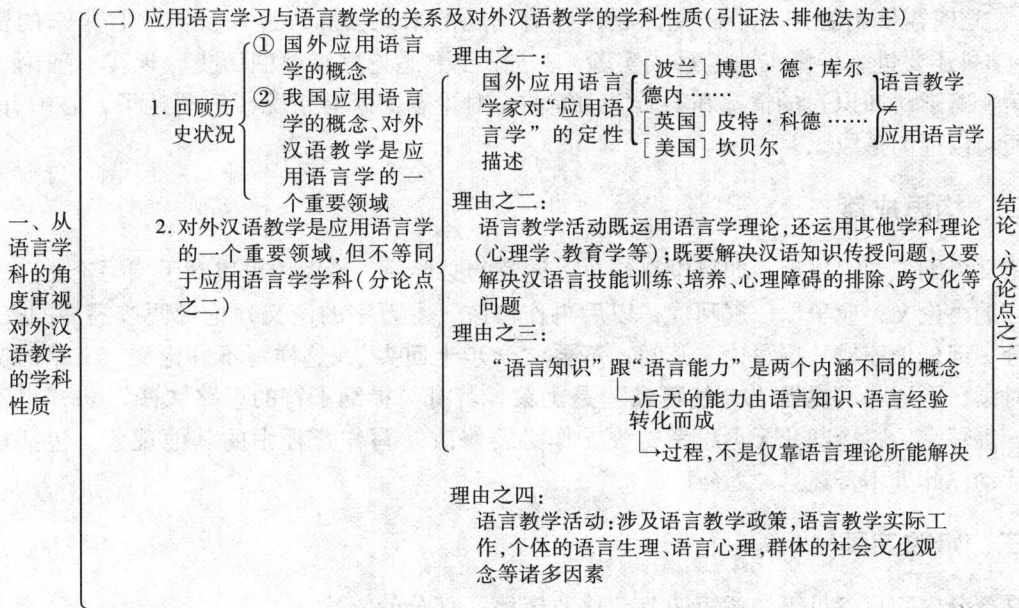

归纳：对外汉语教学是一个涉及多个学科的综合性学科

编写提纲的过程，就是梳理思路，用序号与简洁的语言将构思框架再现出来的过程，因此编写提纲要注意以下几点。

首先，提纲详略要得当。如果提纲只有大标题小标题，没有适当的内容提要，这样的提纲价值不大，无法梳理思路；写得太详也无必要，调整修改提纲时太费劲，因此要详略得当为好（同时要考虑论者自己的写作习惯，有的喜欢粗疏的提纲，也能写出好论文；有的喜欢提纲极详细，才能放心写论文。珍重个人写作习惯，这点也很重要）。

其次，提纲要体现完整性。提纲是论文结构的雏形，从整体出发，梳理各部分的逻辑关系，若有不妥，再作修改、调整。要求是：纲举目张，完整和谐。

再次，提纲表现形式要规范。提纲的各部分、各层次的排列要鲜明地体现思路框架，因此表现形式应规范，一目了然（要根据论文篇幅大小、字数多少作依据，排列提纲）。

当观点想法众多，无法确定论题，或有了论题也无法拟制提纲时，可以注意以下两点。

第一，认真消化各种观点或滤清想法。有一些初涉论文写作的人员，常出现手头掌握的资料丰富，自己也有许多观点和想法，就是不知如何理清思路，拟制提纲。面对这种情况，可以有两种做法。其一，在众多的观点、想法中，依据选题原则，指导自己（或纠正"通说"，或补充"前说"，或考虑现实需要等等），确定一个论题；其二，论题确定后，再将各种想法、观点写出来，找一找它们与论题之间的关系，没有联系的就剔除，有联系的留下，并作进一步思考，内在联系呈现出什么样的特点，将这种思考用提纲的形式排列出来。关键是认真消化自己的观点或想法。当然思考不可能常常一步到位，所以初步拟制出来的提纲可以采用"冷却法"或"求他法"作进一步修改（冷却法——先放置几天，自己冷静地再思考、消化、滤清观点、想法及其内在联系；求他法——请他人帮助指点提纲的得失）。经过多次精心、周密、细致的思考，逐步形成一条明晰、畅达、连贯的思路。

第二，认真弄清论题的来龙去脉。有时论者确定论题后还是无法拟制提纲，这说明论者对论题的研究还不深入，只是有个大概的了解、想法（这种现象往往出现在论题是别人确

定的），这时需要论者进一步研究课题，弄清论题的来龙去脉，进一步消化收集来的资料（有些学科还要进一步作实地考察或实验），进一步熟悉论题涉及的历史、现实、理论（包括政策、跨学科知识）的情况和实质。动笔前，对论题的所有情况了解清楚了，心中有数，提纲便可以逐渐形成。

二、构思成篇

论文提纲拟制好以后，如果没有修改、调整的必要后，论者便可以动手撰写论文。三千字左右的小论文，应争取一气呵成，以后再作修改。上万字的论文，论者便按提纲的提示，一部分一部分地完成。撰写论文其间，**不要"一步十回头"**，这样写不好论文，文章的文气时断时续，不通畅。**提倡"一气呵成"是上策**。若有与提纲不符的思路"闯"进，也不要中断，等写完后，冷却几天再思考得失，作必要修改（写作过程中的其他现象，包括写作心理活动，此处不赘述）。

三、修改定稿

这部分内容可参见第一章第四节"修改定稿"部分的阐述。

范文选读

女娲神话研究的新拓展

——序《女娲的神话与信仰》

钟敬文①

一径蜿蜒石上开，千锤百凿出亭台。游人倘问成功诀，铁样坚心博得来。②

——西山龙门（《旅滇杂诗》之一）

一种学术的生活史往往要经历发生、发展以至衰亡的不同阶段。而它的每一阶段，总有一定的标志。这种标志，大都表现在这种学术的不同方面，例如表现在学术成果的质与量方面，表现在从事者的人数或素质方面；在现代，也还可能表现在这种学术专业机构的存在或数量方面。而这些不同方面的标志，是互相关联、互相作用的。

现代意义的中国民俗学，已经历了七十多年的岁月。它的兴起，无疑是应答着中国社会史和文化史的庄严要求的。但是，它所经历的道路并不一帆风顺。在三四十年代，由于社会条件及学科本身根基薄弱的限制，它虽然始终在延续着，有些时候在某些地区还显出兴旺景象，但是总的看来，它并没有走出低谷。

新中国成立以后，这种以历代广大人民所创造、享用和传承的民俗文化为研究对象的民俗学，理应得到重视、扶植。不但我们这些从来为这种学术艰苦奋斗过来的学人这样想望，就是外国一些资产阶级的学者也曾经有过这类推想。但是事实并非如此。由于某些意识形态方面的原因，这种原来徘徊低谷的学术（从整体上说）终于与其他一些人文科学一起落入禁区。幸好，民俗文化的某些方面：民间文学、民间艺术，由于某些特殊原因，却受到尊荣、宠幸。在这方面，不但成立了一些专门研究机构（如中国民间文艺研究会、中国民间音乐研究所等），还陆续出版了一些有价值的资料集（如《陕北民歌选》、《河曲民歌采访专集》等）和刊物（《民间文艺集刊》、《民间文学》等）。同时也出现了一些研究性的文章。

十年"文化大革命"，对中国新、旧文化，都是一个雪虐风狂的严冬。民间传承文化及其研究科学民间文艺学等，不但不能幸免于难，而且连人带物，都被踩在脚下，并贴上"永远不得翻身"的封条。民俗学作为一门科学，遇到了从未遭受过，将来也不一定会再遭受的凌辱、贬斥！

"物极必反"。一场大风暴终于过去了。在新的历史条件下，一些被无理地扼杀、贬抑、冷待了的人文科学，像春天草木一样，重生、滋长，并且迅速地繁荣了。民俗学也没有例外。它在长期被压抑、摧毁之后苏生过来了。并且像神话、传说中所说的英雄儿，见风就猛地长成起来那样，它在学术界、出版界居然占了一席显著地位。这可以说是对它过去不幸遭遇的一种报偿吧。

---

① 钟敬文系北京师范大学文学院终身教授、博士生导师。

② 西山龙门景观，相传为清代道士吴来清花十多年苦力凿成。

短短十多年来，民俗学的发展，在它的各方面都有明显标志。

首先，这种标志表现在专业机构的建立方面。1983 年，在我国新民俗学运动史上是值得纪念的。1950 年春，成立了中国民间文艺研究会，这当然是一件大好事。可惜从民俗学的学术范围说，它只限于民俗文化中意识方面的一部分，它的研究未能担当起对民俗学工作全面展开的任务（更莫说它在收集、研究上观点和方法的局限），何况在"文革"时期，它又完全遭到了破坏。因此，在反正时期，新的民俗学机构的成立就是非常必要的。为了应付这种时代的要求，经过相当筹备，建立了新中国第一个全国性的民俗学会——"中国民俗学会"。成立十多年来，虽然限于经济、人力，工作不能充分展开，但是，它多少进行了一些业务活动和组织工作，起到了学术带头的作用。现在会员已经超过千人，他们分布在全国各地，并在各自条件的许可下从事着这方面的工作。由于这个学会的存在和影响，全国省、自治区、直辖市，现在有三分之二以上的地方成立了相应的地区级组织。不少文科大学或民族高等院校，开设了民俗学讲座，有的还成立师生共同参加的民俗学社，致力于这方面的学术工作。近年有些大学或地方研究所，还成立了一些这方面的专门研究机构，如辽宁大学的民俗学研究中心、北师大的中国民间文化研究所、江西社科院的中国民俗文化研究会等。此外好些省、市（如江西、山西、天津、南京、苏州等地）都有民俗学博物馆的建立，这对于民俗知识的普及和研究都是很有益的。

这些有关民俗学机构（包括讲座等）的建立及其活动，一方面标志着我国当前民俗学事业的兴旺，另一方面也预示着这种学术在未来的进一步发展。

跟民俗学机构的建立及其活动相联系，近年来我们民俗学工作的队伍也壮大了。前面提到中国民俗学会会员的人数，其实，这只是队伍中的一部分，其他不计在内的还有许多（如各省、市学会的会员以及其他机构有关的人员实在不少）。这些人员中，有不少出于对民俗文化的由衷热爱，又处于接触实际资料的有利位置；只要他们专心致志去从事这项工作，就能取得一定成绩。在民俗志的著述方面，我们就可以看到那些地方民俗学者的显著成就。例如近年出版的刘兆元的《海州民俗志》、刘志文编集的《广东民俗大观》等，都是值得刮目相看的。民俗学队伍的不断壮大和他们做出的成绩，这也是民俗学发展的一种标志。

由于民俗学机构、队伍的发展，民俗学专业问题的集体讨论活动（研究会、座谈会）也日见频繁。这种集体研讨活动，从规模上看，有的是全国性的，有的是地区性的；从讨论的题目看，有的是属于基本理论的，有的是属于个别民俗事项的。后者如关于民间文学的性质、范围的讨论，以及关于白蛇传、吴越信仰民俗之类的讨论。这种研讨会或座谈会，主持者大都事先经过审议、筹划（包括提供有关资料集等），因此，往往能够取得一定成绩，出版了讨论文章的结集。在这方面，我觉得上海、江、浙三省市多次召开的关于吴越民俗文化的集会，不但其成果令人羡慕，其做法也值得推广。这也是民俗学事业发展的一种不容忽视的标志。

促进我国民俗学发展的外部条件之一，是对国外有关专著的中译，近年来这方面的成果比较令人满意。远在二三十年代，一些学者已经致力于此，如郑振铎节译的《民俗学浅说》（柯克斯女士原著）、江绍原译的《英国民俗》（江氏编译瑞爱德著的《英吉利谣俗及谣俗学》的主要部分）以及杨堃译的《民俗学》（汪·继乃波原著，未译完）等。但是，数量不多，选译的不尽是名著。近年来，我们这方面的成绩就更加显著了。不但译述范围较广、数目较多，更重要的，是介绍了那些必读的世界名著，例如泰勒的《原始文化》、弗雷泽的

《金枝》（简本）以及汤普森的《民间故事论》（中译本改名《世界民间故事分类学》）等。这些译本的出版，不但使我国民俗学更具有世界规模，对于中青年民俗学者的修养也是很有实益的。这也是当前民俗学发展的一种标志。

在我国现在民俗学的发展阶段，更足以标志它的繁荣性质的，应该说是近年这方面探索、研究的成果。现在我们在书店或图书馆的书架上，目录中，都可以见到五光十色的关于民俗文化的新著作，有大部头的丛书、辞典，也有单行本的专著。从其内容说，其中不少是关于民间宗教、民间文学和艺术的，有的则是关于社会组织，人生礼仪及岁时节日的。从内容涉及的时间说，不少是属于现代的，但也有一部分是属于历史的。从表现的体裁说，当然不少是议论型的，但也有许多是描述兼议论型的（特别是那些关于历史民俗事象的著作）。这些著作，质量当然参差不齐。有的具有自己的创见，达到较高的学术水平。这种著作，数量不一定很多，但从我们的学术结构说，它却是顶梁柱式的著作。有些著作虽然缺少创见，但在收集、整理资料和初步探索上尽了一定努力，只要表达清晰，又没有知识性的失误，它对普及这方面学科的知识，和为未来研究者提供有益的参考资料等，就是有作用的；也多少有利于造成当前本学科的热闹气氛。因此，我们不能因为它不是高档次的学术著作就轻蔑它。

总的说来，当前民俗学界的研究成果（或半研究成果）无疑是我们整个民俗学发展的一个重要标志。

新中国成立之后，北京师范大学中文系，首先开设了"民间文学"课程（后来因采用苏联学界的用语，改称"人民口头创作"），不久，又成立了独立的教研室，并招收了第一批专业研究生（1953年）。数十年来，我们培养了二三十名硕士、博士（五十年代毕业的研究生，因为当时教育制度的关系，没有授予学位）和国内外的许多访问学者。近年来，我们教研室的这门学科，被教委定为全国重点学科之一。为了应付学科（民俗学和民间文艺学）发展的迫切需要和国际学者（如欧达伟教授等）的殷切期望、建议，去年冬天，我们又成立了中国民间文化研究所。现在该所正在积极充实人力、筹建专业书库，以及继续培养上述两种学科的专业人才。

本书著者杨利慧，就是今年夏间，以她的优秀论文通过答辩，并获得民俗学博士学位的一位研究生。她的论文《女娲的神话与信仰》，在有关专家学者审阅评语和论文答辩会上的发言中，都给予高度赞扬。有的专家说："这是一部很好的民俗学、神话学专著"（杨堃博士），有的专家说："这篇论文有新材料、新见解，是近年国内少见的关于古代神话、传说的好论文"（任继愈研究员），有的专家说："作者的治学态度、研究方法以及对神话的见解，对于今后研究中国神话的学者，必会有很大的启发作用和参考价值"（王孝廉教授）。杨利慧博士这种研究上的成就，跟一些同行青年学者的优秀论文一起，也是中国当前民俗学事业发展的一种具体标志。

杨利慧在学术上，不肯随便接受别人意见，必须通过自己考虑后方才做出肯定或否定，这是一种极重要的从事科学工作的态度或心理素质。关于女娲神话这个研究题目，本来是我推荐给她的。关于这个问题，在我原有一段小小的历史。不记得什么时候起（可能是在解放的初期），我对于女娲神话很感兴趣，立意想写一篇专著，因此经常收集、辑录有关的材料，也形成了一些论点的初步构想。但我始终腾不出一段较长的时间去专门研讨和写作它。岁月很快地过去，这件不能下手的工作成了我心上的一件负担。前年春，张紫晨教授病逝，杨利慧的论文指导任务落到我的头上，而她一时还没有确定写作的题目。我就把自己这个想做已久而不能着手的题目推荐给她。她接受了。但并没有按照我原来的构想去进行（我的论文的主题思想，是想通过女娲在神话中的种种活动去论证这位女神所由产生的社会文化背景，简单地说，就是我拟作的论文主题是"原始文化史"的）。她所写成的论文的内容，却是关于女娲的神话和信仰的研究，或者说，是"神话学的"和"宗教学的"，而不是"文化史"的。为什么会有这样的背驰呢？这恐怕要从她的思想、性格上去找答案。因为在这样庄严的学术活动上，她要凭着自己的能力去搜集资料、发现问题和确定论点。她像古代洁身自爱的学者那样："不因人热"！

在这里，我且着重谈谈她的田野作业的大略情形，因为它不仅关系到论文的部分论点的形成和论证，而且关系到作为一个学术研究者的应有品格、杨利慧为了写作这篇论文，前后曾经两次到最基层去进行调查、考察。现在文科研究生的调查经费很少，这是大家知道、并且因之多少感到为难的。但她并不为此而放松这项活动。她首次下去，时间是1992年夏天，地区是川北。为了鼓舞她的勇气，当时我口占了下面一首绝句送她：

> 巴山蜀树路千程，送别玄蝉不住声。
> 誓探骊珠到深海，背囊鼓鼓看还京。

这次她进行的是一般性调查，具体一点说，就是摸一摸民间的妇女习俗和关于女神的信仰。虽然也取得了一些感性知识和收集到一些文献资料，但收获不算大。她第二次下去，是在去年春、夏间。她参加了张振犁教授领导的"女娲神话调查小组"的活动，到现在犹存留着女娲信仰的河南的西华、淮阳及河北的涉县，进行比较细致的考察和实际体验。在这些活动中，她不但亲眼看到当地妇女们的虔诚行为，也深刻地体味到她们的内心活动，从而形成了自己的某些重要学术论点。据说在西华的女娲庙会期间，当调查小组已经离开之后，她为了更多更深地体味当地民众的信仰心态，曾独自留下来住了三天。经过这样比较深入的体察，在资料上真可说是"背囊鼓鼓"了。正由于这种大胆和细心，不但充实了她论文的资料，也充实了她论文的整体构思和论证力量。

下面，我且把对论文的几点意见写在这里吧。

首先，是作者选题方面的眼力。女娲神话，向来被学者注意和谈论的，主要是它的口承文学方面，即神话、传说方面。但女娲是一个具有多方面的民间传承文化体系（例如关于她的各种习俗、方言、礼仪、游艺等）。而民间关于她的信仰、祭祀，不但是这个传承文化体系里的重要方面，而且跟语言、文学的传承方面密切相关。论文作者把关于女娲的神话和信仰（包括庙宇、祭祀及其他有关的种种活动）联系在一起加以考察、论究，这就使论文在定题方面站在更高和更全面的位置上，也使她的论述能得到较好的成绩。

其次，是取材方面的优势。一篇学术论文，在著作上是否成功，条件不限于一方面，但是所凭藉的资料是否丰富和确当，无疑是至关重要的。所以伟大的学者，谆谆劝告我们在这种工作上，必须尽可能掌握大量的资料，理由就在这里，在女娲神话的现代研究史上，芮逸夫、闻一多的论文所以为较多的读者所称赞，这点也正是原因之一。根据本论文作者所述和我们在论文的表述上所看到的，她所拥有的资料数量，说来实在惊人：与女娲有关的达五百余点，单就有关洪水后兄妹婚类型的就超过二百点。这些资料的来源，包括古代和近代文献的、历史考古文物的，而更多的则是民俗学的，即时人的记述和作者个人田野作业的收获。这样丰富的资料的掌握，不但使国际同行看了要羡慕或妒忌，就是国内从事这方面活动的同行们也不禁要啧啧称羡。但是，在科学工作上，资料的丰富，固然是一种十分有利的条件，可也带来了处理上的困难，对于年青的、经验不充分的学者尤其如此。但是，这篇论文的作者，不但能积极地利用丰富资料，也能顺利地战胜那种消极的、可能发生的困难。

再次，善于提出问题、论点并阐释它。在科学工作上，善于发现问题、确立论点，并合理地解释它，这是一种决不可少的能力。作者在这篇十数万字的论文中，提出了不少大大小小的问题和论点，这当然是重要的，但这还只是一种可喜的开头，更重要的，是她凭自己的学养和灵活、严谨的思考能力解析它、阐明它。论文中许多问题、论点的解释，我们固然不能说它都是正确而不可动摇的。但是，它的大多数说法，却能够令人首肯，其中有些解释或判断，还是极有说服力的。例如作者坚决认为女娲主要（或原始）的神格是"始祖母"，她对女娲神话、信仰（特别是后者）功能的揭示和阐明等，都表现了作者锐利的眼光、应具的学识和分析能力。这些也正是这篇论文显得优越的地方。

总的看来，这篇学位论文，作者始终抱着严肃态度，具有一定的学养，又勇于进行探索。在选题、取材、理论分析和方法运用等方面，大都有自己的特色或独到之处。全文结构比较恢宏，议论不乏新意和精义。这是一篇富有开拓性和创造性的学位论文。十多年来，我负责评阅和有机会看到许多申请授予博士学位的论文，杨利慧的新著，应该说，是其中属于比较高档次的一篇。

自然，这篇论文，像其他许多优秀研究论文一样，它具有值得称许的优点，同时也存在着这样那样的不足之处。例如论文中对于产生女娲神话和信仰的社会、文化背景及它在原始文明史上的意义，关于这论题存在一些有争议的或有待解决的问题，作者都很少触及。这种欠缺的出现，既有时间限制的原因，也有作者暂时学力不足的原因。尽管这样，这些缺点，并没有怎样妨害到这篇论文的优异成就。

不管从整个学科的前程说，或者从个人的学业的前景说，进步都是无止境的。我们的民俗学，在世界的学术之林中，还是年轮较少的一株。我们这些从事研究的人，其实还是一些初来者。因此，在这次初战告捷之际，倘能坚定信心，进一步充实自己的知识结构，磨砺自己的思维能力，再接再厉，去攻下民俗学的更坚强的堡垒，这样的成就，与同行们的优秀成果汇合起来，就可以使我国年轻的民俗学更上一个台阶。这是像杨利慧这样的中国青年学者所能做到，也是应该做到的。所以，这又不仅是作为老师的我所殷切期待，也正是许多学界同行，乃至于广大关心民族文化的人民所翘首期盼的。（注：本论文已列入中国社科出版社《博士文库》出版计划）

（原载《中国文化研究》1996 年（2））

❋ 简 评 ❋

作序者一般都是学识渊博、写作技能高超的专家、学者，或文学评论家。他们与撰书作者的关系大体有两种：或是作者的长者，或是作者的挚友。钟敬文先生为他的得意弟子杨利慧的博士论文《女娲的神话与信仰》（专著）作序，是长辈给晚辈撰写书序。

这篇书序写得内容丰富、感情浓郁、文笔洒脱。钟先生时而追述中国民俗学七十多年来经历的风风雨雨，时而描述新时期中国民俗学繁荣发展的喜人状况；时而为他的学生们有良好的学术研究空间感到欣喜，时而为他的学生杨利慧不负时代和前辈的重托、获得良好的科研成果而感到欣慰，更为杨利慧"不因人热"、洁身自爱的学人品格感到骄傲。这种种表述都让读者体验到钟先生对中国民俗学的眷注之情，对年轻学子的挚爱之情。

　　钟先生从专家的角度对论文的特色与不足作了全面的分析，既肯定了论文在选题上的眼力、取材上的优势、理论分析上的新意与力度，也指出了论文存在的不足及造成不足的主客观原因。钟先生对论文的价值作了公允的评判——"是一篇富有开拓性和创造性的学位论文"，"是我负责评阅"的众多博士学位论文中"比较高档次的一篇"。书序的末尾洋溢着前辈对晚辈的殷切期望。

　　这是一篇令作者动情，引作者深悟，示作者再磨砺，也令读者明旨，引读者领悟，示读者如何做学人、做学问的随笔式书序。

汉字构形理据与现代汉字部件拆分

王　宁①

引　言

　　汉字是由不同数量、不同功能的部件依不同的结构方式组合而成的。部件的数量、功能和组合方式（位置、置向、交接法），是每个汉字区别于其他汉字最重要的属性，汉字的信息量主要是由部件来体现的。就汉字的教学来说，不通过部件，就无法对汉字进行讲解；就计算机形码的编制来说，不通过部件，就无法确立码元。因此，把部件从现代汉字中拆分出来，便成为汉字字形处理的基础工作。

　　由于部件拆分对信息处理和汉字教学不可缺少，所以这一工作在相当长的一个时期内，在不同地区、不同系统中自发进行，部件拆分的结果纷纭交错、五花八门。例如一个简单的6笔"羊"字，竟有5种拆分方法：A. 丷、十、一；B. 丷、㤅；C. 丷、幸；D. 羊、一；E. 羊。这5种拆分法贯穿到由"羊"组合的字里，要影响将近70个字。而且，有些系统在处理一些笔画变异形成的变体时，又出现了与"羊"不一样的拆分。例如，把"羊"整体保留下来不拆的，却把"羞""翔""羚"中的"羊"，拆成"丷、㐄"；把"羊"拆成"丷、十、一"的，却把"美""善""羔"上面的"羊"拆成"丷、王"。一个6笔画的常用独体字尚且如此，笔画更多一些、构形更复杂的字，就更不用说了。

　　部件拆分呈现如此纷纭的情况，给教学汉字和处理汉字的授、受双方都带来了严重的不便；哪一种拆分是合理的，衡量起来也无据可依。这使大家认识到，在信息时代，部件的规范是汉字规范的一个有机的组成部分。如果不进行部件的规范，语言文字的规范必然要因而受到冲击。计算机编码中部件使用的混乱状况，必将使信息传播的速度和准确度受到影响，进而妨碍国际交流，干扰基础教学。可以说，现代汉字部件的规范，已经刻不容缓。

　　要想进行现代汉字的部件规范，必须树立汉字构形规律性的思想。

　　在汉字构形是否存在规律的问题上，存在着两种不同的看法。一种看法认为，古汉字是表意文字系统，每个汉字的构形都是以来自词义的字意为依据的，是有字理可循的。现代汉字经过隶变、楷化阶段，并没有改变它的基本性质，大多数字形仍具有理据，少部分字形构字理据虽不太明显，但完全可以通过历史的溯源分析出来。其中极少部分汉字字形与意、源发生矛盾的，又可以放到构形系统中进行优化处理。其实平面上的汉字是具有内部的系统性的。汉字与汉字之间存在着相互的联系，每个汉字在系统中具有自己的位置，受到前后左右相邻汉字的制约。所以，汉字构形的分析从个体看，有意义作为依据；从总体看，有系统中的前后左右关系加以制约，它是有客观规律的。部件的规范应当是这种客观规律的忠实体

---

① 王宁系北京师范大学文学院资深教授、博士生导师。

现，不是哪一个人或哪一些人的主观意志来强加给另一个或另一些人的随意行为。

另一种意见则认为，现代汉字已经成了一堆毫无理据可言的任意性符号，已经不存在什么理据和构形规律，当然也就失去了讲解和拆分的客观标准。在这种认识的指导下，一种被称作"流俗文字学"的"教学方法"应运而生。这种方法把"趣味性"当成追求的目标，将个体汉字视为一个个孤立的形体，凭主观想象，作出毫无根据或根据不足的解释。也是在这种认识的指导下，汉字部件拆分变得无理可讲、无据可依，成为一种是非莫名的个人主观行为。这样做，拆分的结果产生的诸多差异，无从辨其正误，也就没有什么规范可言。

进行现代汉字的部件规范，必须解决以下三个方面的理论问题，又必须同时对相应的三种情况定出操作性的条例：

（一）现代汉字的部件组合，就绝大多数情况而言，究竟有没有理据？如果遇到没有理据或理据不明的个别情况，应当如何处理？

（二）现代汉字的部件组合过程，就大多数情况而言，究竟有没有客观的规律？如果遇到不符合规律的个别情况，应当如何处理？

（三）现代汉字及其构形的要素——部件，究竟是不是互有联系的系统？如果是，如何经过整理，使这个系统显现出来？

这三方面的问题，还要涉及一系列技术性的问题。本文要论述的，主要是理论问题，有关的操作技巧问题，留待另文讨论。

一、现代汉字理据大量保留是历史的事实

大多数人都承认，隶变以前的古文字，是存在构形理据的。《说文解字》在秦统一文字的基础上，对小篆进行了整理，用"六书"中的前四书作为分析汉字的条例，又把9353个正篆，分别归入540部首下，实现了汉字字形与字理从个体到系统的统一。古文字学发展起来以后，《说文解字》中字形的讹传与对字理分析的误差得到了很大程度的纠正，古汉字形义统一的表意文字特点，在理论上已成定论。

从东周就开始萌发的汉字隶书，经过为时不算太长的发展，到秦汉之际，已趋成熟。隶书作为今文字的开端，首要的标志是笔画的形成，其次是与篆文比较，构形有所简化。由于书写的变化，有相当一部分已不合小篆的理据。这种在书写时一味求简而不强调构形理据的做法，在草书兴起后走向极端。从出土的居延新简看，许多字的书写已经不见部件只见轮廓，甚至起、落、连、断一时难以辨清，离开上下文，一般人不易识别了。

正是由于这种情况，"隶变使汉字理据丧失"的结论，在许多论及汉字史的书、文里，都一再强调。此后，这一说法又被笼统地用于比隶书更晚的楷书，于是，"楷书已经不具有理据"的说法也非常流行。其实，这种说法是有一定片面性的。

自从汉字走出宫廷，不但被下层隶吏，而且被市民商贾所用以后，由于实用的驱动，的确出现了大量的不合规律的简化和任意书写的混乱状况。但是，用历史的观点来看，这种状况是自发进行的非主流现象。在中古与近代汉字史上，一方面是社会各阶层书写的随意和混乱，另一方面则是管理者和治学者不断增强力度地讲求"正字"；一方面是脱离理据求新求奇地乱讲字意，另一方面则是文字学家用极严肃的态度恢复理据、讲求"六书"。这恐怕可以看作汉字发展史上永无止息的自发与自觉的矛盾斗争。隶书在严肃的表奏、对策、碑碣中，书写与结构仍有规律可寻。而楷书阶段的汉字，自觉规范的力度更大。拿唐代而言，颜

元孙《干禄字书》分"俗、通、正"三体，主张分别不同的使用场合来择其用，对待当时汉字社会应用的实际，态度是开明的，但他也认为俗字"倘能改革，善不可加"，同时主张"所谓'正'者，并有凭据，可以施著述、文章、对策、碑碣，将为允当。"（《干禄字书·序》，着重号为笔者所加）张参的《五经文字》则指出："自顷考功礼部，课试贡举，务以取人之急，许以所习为通，人苟趋便，不求当否，字失'六书'，犹为一事，五经本文，荡而无守矣。"（《五经文字·自序》）颜元孙主张书写正式的严肃文体使用正字，张参主张文人考试时书写正字，他们所谓的"正字"，都以是否合于"六书"为标准，也就是要求合乎理据。宋代市井用字更为纷繁，乱讲汉字之风随之兴起，王安石《字说》是其代表。但是，《复古编》《佩觿》《字通》等将俗字指向正字、探源明理的字书，兴起的势头更为猛烈。特别是张有的《复古编》，辨析字形、区别字意十分精密，在当时影响极大，陈瓘在为《复古编》所作的叙中言及"其说以谓专取会意者，不可以了六书；离析偏旁者，不可以见全字"。清代丁杰在乾隆四十六年《重刻复古编》书后指明这两句话即是针对王安石《字说》的，并描绘了宋代新说与复古的激烈论争，可见在正字问题上两种观点的分歧。宋代大量正字字书流传而王安石《字说》的亡佚，似可看作这场斗争的一种结论。清代是《说文》之学的鼎盛时代，正字之外，又有"讹、变、通、别"之分，都是以《说文》所定之"六书"作为正字与非正字的划分标准的。

我们简要叙述这段历史（这里暂不评说当时正字观点的是非得失），是想说明这样一个尖锐的事实：在历代统治文化正字法的强化下，汉字得以大量保存理据；起码，绝大多数通行字的字形与旧时理据保持着明确的对应关系，这是不能否认的事实。根据我们的测查，汉代碑刻文字经过归纳整理后，在一级拆分平面上，理据尚存者占91%左右，马王堆出土帛书传抄上古典籍的文字，去重、归纳、整理成字表后，个体汉字在一级拆分平面上，保留理据的占89%以上。唐宋时代的正字自不必说。现代汉字形声字已达90%以上，义符的表义能度也较好地保留下来。这些都表明，说现代汉字已经成为一堆毫无客观意义可言的任意性符号，可以乱拆乱讲了，是违背历史事实的。

理据的客观性免除了部件拆分的主观随意性，决定了拆分正误的可辨性，使现代汉字部件的规范有了可能。

二、现代汉字保留构形理据的实际状况

现代汉字是指书写现代汉语的楷书字，它是历史的隶书、楷书直接演变而来的，但就具体字形而言，又是自甲骨文以来各代字形直接和间接积淀的结果。从这个角度说，楷书字形的溯源是不难实现的。但是，汉字书体对结构有直接的影响，楷化以后的汉字理据，不同于古文字阶段汉字的理据，而具有这一阶段的特点。

在古文字阶段，作为构形基础要素的独体字和一部分表形的非字部件，大多是象形字，这些字所具有的识别信息来自物象，因而能脱离字的群体而独立具有理据。例如，人们可以见眼睛的象形符号而想到"目"，见太阳的象形符号而想到"日"等等。当这些象形符号去组构其他字时，也常常以其象物性带给合体字以理据：古文字"旦"以日之初升状为理据，"监"以目之俯视状为理据……因此，古文字的理据是从基础构形要素开始、为每个字符独立具有、可以从具体的物象作为起点来解释的。

经过小篆的规整，到了隶、楷阶段，汉字的构形理据发生了四方面的变化。

首先，是象形性从淡化到消失。基础部件脱离了字的群体很难独立识别。例如，小篆中的"勹"（bāo）像人两手曲形有所包裹的样子，凡从勹的字，多有圆曲、周遍、包裹、内聚等意思。而在现代汉字里，这一形体演变为"勹"，不像曲形包裹状了。正因为如此，现代汉字的构形元素，必须依靠组合和聚合，以群体作背景，方能显示其构意。如包（婴儿在襁褓中，义为包裹）、匊（两手捧着细碎的米，义为掬起）、匀（承盘旋转一周，义为周遍）、旬（日子经十而一度循环，义为十日）……都是在组合的另一部件配合下，理据才能显现。而且，一个字尚不足训。许多从它的字类聚后，方能见其理据所在。

还应说明的是：汉字是历史文化的积淀，早在产生之初，它们已与语素结合，而把语言意义承负为己有。在现代汉字中，这些失去象形意味的部件，不再以物象提供识别的信息与解释的依据，而是直接以其具有的语言意义和声音来提供所从之字的理据；如"罒"已失去网形，但却具有网意，成为网的变体而为罟、罗、罾、罢、署……提供理据；"矢"已不像一支箭，但却具有箭的意义，因而可以给矩、短、矮、矫……提供理据；"隹"已失去短尾鸟的形状，但却从语言中承袭了 zhuī 音，因而可以给谁、椎、碓等字提供声音信息，等等。

这种现象，我们称作象形部件的义音化。义音化以后的部件提供理据的功能，与它单独成字时记录语言的功能是一致的。至于那些不成字的象形部件，虽然仍有少数遗留，已经属于边缘现象，只能进行个别处理了。

第二，经过隶变时部件的粘合，加上受行书连笔的影响，原来的古文字基础构形元素，产生了形体的粘连，有合二而一甚至合更多部件为一的现象，例如"辶""共""西""更""退"等字即如此。因此，在古文字的多部件合体字里，理据可以一直贯穿到最后一个层次；而在现代汉字里，理据大多保留在一级部件的组合中，越到后面的层次，保留理据的数量越少。后来的偏旁、部首分析法，就是适应现代汉字这一特点而产生的。当然，这对分析和讲解现代汉字，已经足够用了。

第三，也是由于书写的缘故，"随体诘诎"的象形意味消失，笔画趋于平直，一些原来形体与意义完全不同的独体字，一旦进入构字，便发生形体异化，变为同形。例如：青，小篆原从"丹"，楷书从"月"；朔、期，小篆原从"月"，楷书仍从"月"；肘、背，小篆原从"肉"，楷书从"月"；服、俞，小篆原从"舟"，楷书从"月"。在分析理据时，必须承认"月"这一部件，分别来源于"月""肉""丹""舟"等不同的独体字。

反之，原来形体与意义都相同的独体字，一旦进入构字，由于部位的不同和受相邻部件的牵连，又可能异化为不同形体。例如：在"尉"中，"火"异化为"小"；在"光"中，"火"异化为"业"；在"然"中，"火"异化为"灬"；在"赤"中，"火"异化为"小"；在"黑"中，"炎"上部的"火"异化为"土"。在分析理据时，必须承认"小""业""灬""小""土"……在"尉""光""然""赤""黑"中都同源，都是"火"的变体。其实，同源同意而异形、异源异意而同形，这种现象在各个阶段的古文字里都是存在的；只是因为在现代汉字里，在笔画较少的常用部件中这种现象数量增多，我们才特别将其提出来加以讨论。

第四，由于现代汉字的简化与笔画的形成，在仍保留理据与理据的可分析这两种情况之外，确实有一部分形体是既不保留理据，又由于字形与意、源发生矛盾而难以重现理据的。例如：

"甫"，原从"用"，"父"声，"父"即"斧"的古字，斧标志权力，所以"甫"是男子的美称。在小篆中"父"与"用"已相交合为一形，无法分析；现代汉字除一点离析于外，"甫"已成为非字，"男子的美称"这一本义也已成为已死的古义，"甫"在现代汉字构字时又多作声符，难以归纳出意义，"甫"的理据遂完全无存。

"至"，甲骨文以一支箭（矢）射中目标会"到达"之意，《说文》小篆把箭头变成较大的弧形而失去"矢"形，解作"鸟飞从高下至地也"，对理据的讲解已很勉强。楷书将箭尾的上端拉平成横，曲处写作"厶"，下变"土"，外形成为三个相接部分（一、厶、土），与原来的理据毫无对应，难以重现理据。

"春"原像两手（廾）捧杵（午）在臼中春米，是一次性合成的四部件字。隶变、楷化后"午"与"（廾）"粘合成"夫"，本身是非字部件，不具音、义，又不能再行拆分，无法分析理据。再加上"夫"与"春""泰"的上部同形而不同源，归纳造意也不可能，理据于是全部失去。

以上举例中，"甫"与"至"自身的理据难以再现，但它们都已经成字，承袭了语言的音与义，再用它们构字时，仍可承担表音、表义作用，重新带给所构字以理据。而"夫"却仅是非字部件，音、义全无，完全与语言脱节，成为一些文字学家所称的"记号"，使它们所构的字失去了并且也不再能重现理据。这种理据丧失的情况，在历代古文字中都存在，致使有些古文字字形的造意至今难以考察清楚，不能彻底识别。而在隶、楷阶段，由于字形演变繁复、积淀过厚，数量有所增加就是了。

综合以上四点可以看出：（1）现代汉字的理据是依赖总体的构形系统而存在的，也只有从总体的构形系统出发来综合考察，才能得到完满的解释。（2）同时，现代汉字的理据又是历史文化的承袭，只有参照其历史来源，才能作出准确的判断。（3）即使如此，现代汉字丢失理据从而游离于构形系统之外的现象仍是存在的。

三、构形理据与部件拆分

承认现代汉字是有理据的，同时承认这种理据具有不同于古文字的特点，部件的拆分才有客观规律可循。下面分几种情况来说明理据与部件拆分的关系。

（一）汉字部件组合为合体字时，大部分是依层次二合的，极少部分是一次性多合的（如器、品及薑的下部、斷的左旁），只要理据存在，拆分即可按组合的程序反向进行。例如一部件的"册"，两部件的"们""引"，三部件的"鸿""靴"（其中"江""化"二次拆分），四部件的"啊""姿"（其中"阿""次"二次拆分，"可""欠"三次拆分），五部件的"擞""器"（"器"一次拆分；"鄭"二次拆分，"奠"三次拆分，"酋"四次拆分），六部件的"躁""薑"（"足""桑""畺"二次拆分，"品"三次拆分），七部件的"斷"（"㡭"二次拆分）。以上拆分都是按理据、依组合层次的反向进行的。而且每层拆分，都可产生一种新的理据的讲解。

（二）有些现代汉字因为部件的形体异化，理据无法直接讲解，但部件分合与字理没有矛盾，追溯其历史仍可见其理据。例如：

赤——原形从"大"从"火"，"大"异化为"土"，"火"异化为"灬"但"土"与"灬"仍明显区别为相接的两个部件，参考字源拆分为"土""灬"，再分别以"大""火"的变体讲解，不发生矛盾。

监——原形从"目"从"人"从"皿"含"一","目"异化为"臣","皿"含的
"一"（象征水）与"人"合为"𠂉"，但这些部件都一一分离，仍可参考字源一次性拆分为
"臣""皿""𠂉""丶"。

亲——原形从"木""辛"声，"辛"省形作"立"，但"立"与"木"仍明显分立，
可拆分为"木""立"，再以"立"为"辛"的省减变体，理据即可完备。

以上拆分仍是以理据为分合依据的，是一种历史与现实一致的拆分。

（三）一部分现代汉字，部件的分合与构形理据是不一致的。这里又分两类情况：一类
是理据应分而楷书交织、粘合。以上所举"甫"字、"夫"形即属此类。

另一类是理据应合而楷书分离。例如："冓"，原像交构连接之形，上下本不可分，楷
书将上部与下部分别楷定，成为两个相接可分的部分；"朋"，甲文像两串相连的贝串，小
篆像鹏鸟的羽翅，都相连不能分，楷书以两个相离的"月"字构形，等等。在这种情况下，
服从字理便违背字形，服从字形又会与字理不一致。应从发展的观点出发，尊重现实字形进
行拆分。

（四）一部分现代汉字，本为古文字描写性的隶定字楷化而成。它们的构形与意、源本
是一致的。例如：東，原是声借字，小篆涉"日出东方"之意，将其形改造为"从日在木
中"，依物象组合，"日"插在"木"中；兼，原取"以手握持两禾"之意；本、末、夫，
均以指事符号插入意义符号之中。依理据分析，"東"的"木"与"日"可以分立，"兼"
起码可以将"彐"（"又"的变体）抽出。但楷书"木"的树木形、"日"的太阳形、"兼"
抽去"彐"后的两个"禾"形均已失去象物性，这种穿插结构的原因已无法解释，也应看
作字形与字理矛盾，尊重字形来处理。

以上四种情况，（一）（二）两种属有理据拆分，（三）（四）两种属于无理据拆分。在
有理据拆分中，字形与字理是一致的，因此属于依形拆分。在无理据拆分中，字形与字理发
生矛盾而采取尊重字形的原则，因此也属依形拆分。尽量尊重理据而不违背字形，其目的是
尊重历史而不复古，立足现代而合乎规律，这样做，既维护汉字的历史传承性，又维护汉字
共时的系统性，使汉字教学与汉字信息处理在符合规律的基础上取得一致。

四、构形理据与部件归纳

部件是从不同的汉字中拆分下来的，对相同的部件，必须进行归纳。这就涉及什么是相
同的部件。在这一方面，也存在字形与字理的关系问题。

（一）一部分部件，属于既同形、又同源的部件，由于同源，它们必然同义，如系成字
部件，又必然同音。例如：闭、闸、闻、问、闷……中的"门"，妈、玛、骂、骡、驴、驼
……中的"马"，村、忖、尊、尉……中的"寸"，这些部件归纳为同一部件，在形、源两
方面都是合理的。

（二）一部分部件，同源也同音义，但由于书写部位及结构环境的变化，书写略有变
异。例如"材"与"梁"中的"木"，"分"与"半"中的"八"，"情""思""恭"中的
"心"。这类情况，形体相距不远的，可立独用字的字形为主形，其余按其变体归纳；形体
相距较远的可以分立。

（三）一部分部件，同源而不同形，变异之后又与其他不同源的部件合流。例如前面所举的"火"，在"然"中异化为"灬"，与"鱼""燕"的尾部合流。在"赤"中异化为"小"，与"亦"的下部合流。这些部件异化后的形体都与主形距离较远，按形归纳与按源归纳发生矛盾。在汉字教学中，为强调形与义的关系，应依源归纳，再指出异化的发展脉络；而在信息处理中，则宜按形分别归纳，再在归入的同形部件中说明来源。

（四）既有同源异形而与不同源部件合流的现象，也必然会有不同源而同形的现象。例如前面已举出的"丹""舟""肉""月"楷化后均作"月"形而合流。又如同一"土"形，在"赤"中源于"大"，在"至"中源于"业"，在"鼓"中源于"中"与"豆"的上一笔接合。同样，在汉字教学中，应依源区分，再指出合流的发展脉络；而在信息处理中，则宜按形归纳，再在下一个层次中区别其来源。

把形与源（音义）放到两个层次中去处理，在汉字教学中以音义为纲、以形为纬，在信息处理中以形为纲、以音义为纬，目的是为了从现代的实际出发而尊重历史与传统。这样做，诸多矛盾，化解在不同层次、不同维度的摆布之中，使部件系统达到优化。

五、余论

所谓传统，是历史的存在依时代的需要而传衍流变，它既与历史衔接，又与现代切合。对于任何一种文化现象来说，历史与现代不会没有矛盾和差异，也必然存在统一与契合的内在联系。汉字的理据既是沟通历史与现代的结合点，又是保持构形系统的枢要。不重视它或有意无意地去破坏它是违背汉字的科学规律性的；不从实际出发而把它夸大到无所不在又是违背文字的社会约定性的。自觉地遵照汉字的科学规律性，同时因势利导地调整汉字的社会约定性，立足现代，尊重历史，许多问题将会得到合理的解决。

（原载《语文建设》1997 年第 3 期）

⌖ 简 评 ⌖

这篇论文研究了"急待解决"的课题。王宁先生认为现代汉字部件拆分规范化，已是刻不容缓的事。目前不规范的汉字部件拆分已严重影响基础教学，并妨碍国际交流。面对这种现状，身为该专业领域的权威人士之一的论者及时撰写了该论文。

论文有以下几个特点。

第一，准确把握"急待解决"课题的论证对象，抓准了矛盾的主要方面。论者认为解决汉字部件拆分不规范问题，首先要从理论上先消除业内人员的思想分歧，主要问题解决了，操作技巧问题也就迎刃而解了，故论者果断地先从理论上来统一思想，为今后技术规范操作打下良好基础。

第二，理据确凿、典型，说理辩证。论者知识渊博，对汉字衍变发展的史况了然于胸，因此注意从汉字构形理据变化的角度阐述问题，实事求是地分析了汉字构形在历史与现实中的确切地位，强调了科学的规律性，在此基础上进一步提出了正确的研究方向和科学态度。论文引用的理据确凿、典型，故具有无可辩驳的说服力。

　　第三，构思严谨，论证平和，力透纸背。论文先将现代汉字部件拆分不规范的混乱现状、危害性，及该专业内人员思想不统一的现状概述出来，构成立论的基础，然后抓住矛盾主要方面，以现代汉字理据大量保留的历史事实及"现代汉字保留构形理据的实际状况"为论据，统一专业人员的思想，消除分歧。进而论者从"理据与部件拆分的关系"、"构形理据与部件归纳"两个角度深入论证部件的拆分的客观规律，思路一层扣一层，逐层深入，观点鲜明。论证过程中，该论文与传统的驳论写法不一样，论文语调并不犀利，而是用平和委婉的语调来说服"部件拆分"无规律可循的一方。"有理不在声响"，论者渊博的学识，力透纸背的说理、分析足以使矛盾双方心悦诚服。

语法·语义·语用研究二题[1]

史锡尧[2]

副词"才"的一些特殊用法

副词"才"，一般语法论著都称它为时间副词。它的语义是表示距说话时前不久，如"才走""才来""才知道""才开会"。这里的"才"修饰动词，这种结构表示某一活动在说话前不久产生。

副词"才"也经常修饰名词或数量名结构，如"才星期三""才八点""才三天""才二十岁"。这里的"才"的语义是刚达到的意思。

以上两种用法是极一般的用法，"才"都与时间有关。现在要谈的是副词"才"较为特殊的一些用法。

一、针锋相对回敬对方

在谈话过程中，甲批评了乙。乙认为受这一批评或指责的恰恰应该是甲，这时便可以使用"才"，例如：

①甲：你真不讲理。

乙：你才不讲理呢！

②你才胡说八道呢！

③你才小气呢！

④你才小肚鸡肠呢！

二、直接明确地反对对方意见

在谈话过程中，甲提出了一个看法或对乙提出了一个建议，乙直接而明确地表示反对时，可以用"才"，例如：

①甲：我看你还是去一趟吧！

乙：我才不去呢！

②甲：小王可能认为这件礼物不错。

乙：人家才看不上呢！

③我才不稀罕呢！

④你说我吃安眠药寻死？我才不呢！　　　（曹禺《日出》）

---

[1]　这里从史锡尧先生的专著中选用了两篇学术论文，大题目为笔者所加。

[2]　史锡尧系北京师范大学文学院资深教授。

这四例用的都是否定句式（"才"后都有否定词"不"）。有时用肯定句的形式，由于有语气词"呢"也同样可以表示否定的语气，甚至句子更有力量，例如：

①哼！我才怕呢！她恶意地笑了。　　　（老舍《骆驼祥子》）

②甲：人家这回可真的要痛改前非了。

　　乙：我才信呢！

三、摆出对方意见加以否定

在谈话过程中，乙不同意甲的意见看法时，可以先将甲的意见看法摆出，然后加以否定，这时用"才"，例如：

①甲：只要将这一方案稍加修改，他就会同意的。

　　乙：他同意才怪呢！

②甲：再等一会儿，他会来的。

　　乙：他若来才邪门儿呢！

③现在你跟他要，他要不骂出你的魂来才怪！　　　（老舍《骆驼祥子》）

④她才懒得管您这些事呢！　　　（曹禺《雷雨》）

四、以"此"为"唯一"来否定其他

指出某一事物是唯一的，以此来否定其他一些说法时，可以用"才"，例如：

①他才是王小军呢！

②长江才是中国最长的河。

③这座楼才是北京最高的建筑物。

④能刚能柔才是真本事。　　　（老舍《骆驼祥子》）

例①指出"他"是"王小军"（王小军只有一个，其他人都不是），因此也就同时指出了认为别人是王小军是错误的。例②，指出"长江"是"中国最长的河"（中国最长的河当然只有一条），以此也就同时指出了认为其他河是中国最长的河是错误的。又如例④，指出"能刚能柔"是"真本事"，那么，做不到"能刚能柔"（如只能刚不能柔或只能柔不能刚等）便都不能算是"真本事"。

上面谈到的副词"才"的四种较为特殊的用法，"才"的语义都与时间没有关系。

这四种用法是从使用语言的角度归纳出来的，因此可以反转来指导人们使用语言的实践。

副词"才"的这四种用法，共同的特点是都用于否定：第一种，针锋相对地否定对方意见；第二种，直接明确地反对对方意见，也是否定的；第三种，摆出对方的意见看法加以否定；第四种，以"此"为"唯一"来否定其他。这四种用法都带有说话人的感情，也正因为如此，句子便常常有辅张意味的语气词"呢"。

"什么"的句法、语义、语用分析

"什么"是汉语中常用的疑问代词，本文准备从句法功能、语义、语用情况三个方面对"什么"进行综合分析。

"什么""甚么"是一个词的两种书面形式。一般写作"什么"。

（一）"什么"用作宾语，问事物。

①那是什么？紫罗兰。

②你看什么？小说。

③买什么？书。

（二）"什么"用作定语，问事物或事物的属性。

①什么书？《红楼梦》。小说。

②什么学校？师范大学。夜校。

③什么单位？塑料工厂。百货公司。

用于"人"前，有不同语义，如：

④什么人？可以回答人名，如"李向前"。可以回答职务，如"厂长"。可以从某一角度回答性质、属性，如"新来的干部"。

（三）"什么"用作状语，问事物。

"什么"用在形容词前。

①什么好？（一点儿都不好！）

一般针对对方的话，表示否定。这儿否定对方说的"好"。

②什么便宜？（够贵的啦。）

一般也针对对方的话，表示否定。这儿否定对方说的"便宜"。

（四）"什么"用作主语，问事物。

①什么最有价值？理想。

②什么跑了？骡子。

（五）"什么"做动词"做""干"的宾语。

有歧义：一问事情、活动，一表示不满意。

①干什么？

②做什么？

与"看什么""买什么"不同。"看什么""买什么"可以只回答事物（什么），如"（看）小说""（买）书"。"干什么""做什么"不能只回答"什么"（事物），必须回答事情、活动（"干什么""做什么"），如"找人""我要过去"。还有时表示不满，如："推人干什么？""横冲直撞做什么？"

（六）"什么"虚指事物。一般用作宾语。

①有点儿饿了，得吃点儿什么了。

②我很想对他增加了解，你随便说点儿什么吧！

（七）"什么"任指事物。一般用作主语。

①什么便宜买什么。

②他什么都不在乎。

例②"什么"做主谓短语的主语。

（八）"什么"用以否定。

1. 用作宾语，否定动作、活动。

①哭什么！

②笑什么！

　　　　③得意什么！

意思是"不要哭""不要笑"，"有什么值得哭的""有什么好笑的"。

2．用在动宾结构的熟语中间，否定动作活动。

　　　　①装什么蒜？

对"装蒜"不满，否定。

　　　　②摆什么谱儿？

对"摆谱儿"不满，否定。

　　　　③打什么官腔？

对"打官腔"不满，否定。

其他如"耍什么贫嘴""卖什么关子""斗什么闷子"等。

3．用在一般的动宾结构中间。有歧义，一是问这一动作活动，一是否定这一动作活动。

　　　　①读什么书？

可以是一般问话；可以是否定"读书"，可接着说"还不如去卖馅饼"。

　　　　②学什么外语？

可以是一般的问话；可以是否定"学外语"，可接着说"还不如去练摊"。

4．用在名词前，否定事物。多自问自答。

　　　　①什么科长？饭桶。

　　　　②什么电视剧？瞎侃。

　　　　③什么企业家？倒爷。

5．用在形容词后，否定性质、状态。

　　　　①老实什么？

意思是"不老实"。

　　　　②客气什么？

意思是"不要客气"。

　　　　③谦虚什么？

意思是"不要谦虚"或"不谦虚"。

6．带"什么"的习惯语。有特殊语义。

　　　　①什么话！

意思是"不像话"。

　　　　②什么东西！

意思是"不是好东西""不是好人"。

　　　　③什么玩艺儿！

意思是"不是玩艺儿""坏蛋"。

7．单用"什么"。表示不以为然。

　　　　①什么？你让我给他道歉？

　　　　②什么？别异想天开了。

8．用在单用的转折连词后，否定转折的内容。一般是接对方的话而说。

　　　　①"事情虽然不难办，可是……"

　　　　　"'可是'什么？"

②"这么说是有道理，但是……"
"'但是'什么？"
（九）习惯语"为什么"。问原因。
①为什么你不来看我？
②为什么突然去了上海？
（十）习惯语"为了什么"。问目的。
①上大学为了什么？
②山本学汉语到底是为了什么？

（原载史锡尧专著《语法·语义·语用》，人民教育出版社 1999 年版）

简 评

史锡尧先生在现代汉语研究领域中科研成果丰硕，这里限于篇幅仅从《语法·语义·语用》专著中选用了史先生的两篇短小精悍的论文。

两篇论文体现了史先生几个特点。

第一，善于寻找选题的突破口。语言研究的难点之一是选题难。前人对字、词、句的研究，成果累累，该总结的规律性东西早已总结，并已成为颠扑不破的指导学生学习的定则。但这个难点对论者来说已不存在。他积几十年丰富的教学经验，并从社会生活实践中采撷活的语言材料加以精心研究，因此总能得心应手地找到选题的突破口，从而撰写出有创见的论文。这两篇论文有力地证明了这一点。

第二，善于总结规律。研究语言的最终目的是为了使人们更好地掌握语言，更明确地进行信息交流，更准确地进行信息传播，因此，对存在于社会生活中活生生的语言现象进行研究，并作科学的总结，也是语言研究的一个难点。而论者善于在对语言现象进行研究后又高屋建瓴地归纳总结出新的规律，进而补充和丰富原有研究的成果。论文《副词"才"的一些特殊用法》是对"才"字的一些新规律的总结；论文《"什么"的句法、语义、语用分析》则是对"什么"在这三方面的新规律的总结。这些新规律的总结填补了前人研究的空白，在语言学界受到了重视和好评。

第三，善于简洁明了地表述规律特点。论者从使用语言的角度来分析、论证、总结副词"才"的特殊用法，即"才"用法的新规律，四个标题，四条规律，简洁明了，最后又高度概括四种特殊用法。共同的特点是："都用于否定"，"都带有说话人的感情"。疑问代词"什么"是人们常用的词汇，大多数人不太注意它的使用规律，同行们很少从句法、语义、语用三方面作综合研究，论者从十个角度对"什么"疑问代词句法、语义、语用作了综合分析研究，每个小标题简洁明了地概括出规律性特点。使读者，尤其是学习汉语言的外国留学生对常用词"什么"有全面、清晰的了解。

史先生"虚词研究"，"实词、句的语义、组合研究"的论文篇篇都短小精悍，篇篇都透视出他"博通"、"精通"的汉语言理论学识。唯有有了这样的学识，才能对纷繁复杂的语言现象作出正确的认识、判断、总结；惟有有了这样的学识，才能在语言研究，尤其是语法、语义、语用的综合研究中作出重大贡献。

"对外汉语教学"的学科性质论探

王魁京①

前　言

　　自 1978 年 3 月北京地区语言学科规划座谈会上首次提出"要把对外国人的汉语教学作为一个专门学科来研究",至今已有 20 年了。20 年来,在对外汉语教学工作者和有关专家学者的共同努力下,学科建设取得了前所未有的重大成就。到下一个世纪,对外汉语教学作为国家和民族的一项意义重大的事业势必会有更大规模的发展,作为一门新兴的学科也势必会有更为辉煌的前景。回顾过去,展望未来,我们必须清醒地看到,影响学科建设的不少障碍尚未完全消除,学科需要进一步建设的任务仍很艰巨。就目前现实情况来说,影响学科建设的最主要的障碍是在思想观念方面,而思想观念的障碍又集中表现在对学科性质的认识方面。比如"对外汉语教学究竟属于什么性质的学科?"就是在对外汉语教学界,人们对它还没有一个非常明确的、统一的认识。对学科的性质认识不清楚,学科进一步建设就不能有明确的方向,与学科建设相关的许多实际问题也就难以得到很好的解决。

　　1994 年 12 月,中国对外汉语教学学会、《世界汉语教学》杂志编辑部、《语言教学与研究》杂志编辑部三家联合,曾就对外汉语教学的学科定性问题举办过一次专家座谈会。与会专家、学者虽然在某些问题上形成了共识,但在学科性质方面尚未形成统一认识。比如:有的学者认为,对外汉语教学的基本属性属于语言学,应把它归入应用语言学;有的学者认为,对外汉语教学是一门综合学科,是语言教育学的不可或缺的组成部分。前者反映了语言学界对语言教学学科性质的基本看法,有它一定的理论依据;后者主要从综合学科,或教育学科的角度对本学科的性质进行审视,也有它的理论根据。此外,人们还可以从心理学科的角度对对外汉语教学的学科性质进行审视,因为对外汉语教学本身就是一种很复杂的心理活动。由此可见,认识对外汉语教学的学科性质,至少有三个不同的角度,即"语言"、"教育"和"心理"。应该承认,对外汉语教学的学科属性跟这三个传统学科的性质都有联系,由此也可以看出对外汉语教学的综合的、多边缘的学科性质特点。这大概也是人们对这个学科的性质一时认识不清,并常常提出"对外汉语教学究竟属于什么学科?"等疑问的原因之一。那么,究竟怎样认识"对外汉语教学"的学科性质呢?下文将从语言、教育、心理这三个方面去探讨。

一、从语言学科的角度审视对外汉语教学的学科性质

(一) 语言学与语言教学的关系及对外汉语教学的学科性质

　　语言学是以语言为研究对象的学科。语言教学是关于教授本族语和外国语的全部理论和

---

　　①　王魁京系北京师范大学汉语文化学院资深教授。

实践的统称。对外汉语教学是语言教学的一个分支，它是把汉语作为外语或第二语言来教授，以汉语言材料、汉语言知识的传授和汉语言技能的训练、汉语言能力的培养为基本内容的教学活动。语言教学活动的客体对象是"语言"，"语言"是教学所要涉及的重要的因素，所以教学实践就需要语言学理论的指导。缺少语言学理论的指导，教学内容的安排、教学活动的开展就会失去科学性，就会陷入盲目性或随意性。可以肯定地说，对外汉语教学作为一个专门学科，其学科性质跟语言学有着非常密切的关系。不过我们还不能就此下结论说，对外汉语教学的学科性质属于语言学。其理由是："学科"是一定科学领域的总称，或一门科学的分支。一门学科得以成立的最根本的条件是：

①要有自己的特定的研究对象和领域。对外汉语教学学科的研究的对象和领域是：(a) 教授与学习的客体——语言（汉语）；(b) 学生的学习汉语的活动；(c) 教师的教授汉语的活动。

②要在特定的领域中进行研究，揭示其客观规律，形成科学认识的连续体。（即形成自己的学科理论系统，如形成一系列科学的概念、原则、规则、定理、公式等等。）

具备了这两个最基本的条件"学科"才能够成立。而对学科性质的认识既要看它的特定的研究对象是什么，也要看它的学科理论的性质是什么。

从研究对象方面看："对外汉语教学"作为一个学科，它研究的对象之一是教与学的客体——"语言"（汉语），如果不对教学活动的客体进行研究，而全凭施教者自己对客体对象的一般感觉开展教学活动，既不能把教学真正搞好，也不可能进行学科建设。但话又说回来，单纯地对教与学的客体对象——"语言"进行研究，还不是对外汉语教学学科建设的唯一的任务。也就是说，"语言"不是本学科研究的唯一对象。"语言"是语言学研究的唯一的、最根本的对象。如索绪尔所言，"语言学的唯一的、真正的对象是就语言和为语言而研究的语言。"对外汉语教学学科要研究的对象除了——语言（汉语）之外，还必须包括教师教授汉语言的活动、学生学习汉语言的活动。对本学科建设来说，这两者恐怕是最根本的。也就是说，对外汉语教学作为一个学科，它的最根本的研究对象是：汉语作为外语（或汉语作为第二语言）的教授活动与学习活动，即教外国人汉语的活动，外国人学习并掌握汉语的活动。语言的教授、语言的学习与获得，这主要不是语言学这个学科研究的对象与任务，它是语言教育学、语言心理学要研究的主要对象与任务。语言学与语言教学，两者的研究对象有一定的相关之处，但又存在很大差别，不能混为一谈。

从学科理论的性质方面看：语言学理论有它自己的一套概念、规则和原则。它所描写与揭示的是，作为人类交际工具的语言符号系统本身的客观规律。它的概念、规则和原则来自对人类的语言本质的认识与概括，是其他学科理论无法替代的。语言教学理论也有它自己的一套概念、规则和原则。它所描写与揭示的是，语言教学活动的客观规律，即语言教授者向学习者传授语言知识（或跟语言相关的社会生活经验），进行语言技能训练和语言能力培养等方面的活动规律。它的概念、规则和原则来自对语言教学活动本质的认识与概括，也是其他学科理论无法完全替代的。概而言之，语言的本质与规律不同于语言教学活动的本质与规律。于是，语言学理论跟语言教学理论在性质上存在很大差别，这也是不言而喻的。

综上所述，无论从研究对象方面看，还是从学科理论的性质方面看，对外汉语教学的学科性质跟语言学的学科性质都有很大差别。因此，不能断言对外汉语教学的学科性质属于语言学，只能说两者之间有比较密切的关系。

（二）应用语言学与语言教学的关系及对外汉语教学的学科性质

在学术界，语言教学常常被归在"应用语言学"的名下。或认为狭义的应用语言学就是指语言教学，特别是外语教学，第二语言教学。20 世纪 60 年代，美国成立的许多"应用语言学中心"大体上就是这么做的。比如，它们的宗旨是"在以下几个略有联系的方面起到全国性交流与促进的作用：①英语作为外语教学与研究；②亚洲语言、非洲语言以及其他美国不大教的语言的教学与研究；③把语言科学用于实际问题；④为各种教学和科研任务提供训练有素的语言学家；⑤与语言问题有关的各政府机构之间的合作；⑥各学术团体之间、政府机构之间与语言教学界之间这类合作与信息协调。"（《语言导报》(Linguistic Reporter) 第 7 卷，第 2 期，1965)

在我国，"应用语言学"这个术语的使用是改革开放之后才有的事。我国语言学界的专家学者也认为"语言教学"是应用语言学的首要领域，它具体包括：对中国小学生的语言教学，外语教学和对外汉语教学。将语言教学归在"应用语言学"的名下，或将"对外汉语教学"视为应用语言学的一个重要领域似乎不成问题。然而，这仍不能解决对外汉语教学学科的定性问题。因为：

著名波兰语言学家博杜恩·德·库尔德内 (J. Baudouin de Courtenay，1845—1929) 一百年前 (1870 年) 提出的"应用语言学"这个术语，意思是指用纯语言学的知识来解决其他科学领域的各种问题。后来的应用语言学家，如英国的皮特·科德 (S. Pite Corder) 在解释"应用语言学"这个名称的涵义时说：

"把语言知识运用于某一对象，或者说应用语言学（其名称的含义就是如此）是一种活动，不是理论研究，而是把理论研究的成果付诸运用。应用语言学家是理论的运用者，而不是理论的创造者。如果照'理论'一词在科学中的用法来使用它的话，那就谈不上什么'语言教学理论'、'言语障碍病治疗理论'或'文学评论理论'。"

他还说过，应用语言学家只是语言理论的使用者、消费者。美国应用语言学家坎贝尔 (R. Campbell) 也曾解释说："应用语言学是一种解决问题的业务。"如果照应用语言学家们的解释，只能得出如下结论：即语言教学作为应用语言学的一块领域是可以的，但它也不存在理论研究的问题，只不过是把语言学理论或语言知识（如汉语语言学理论和汉语知识）拿来应用而已，它顶多是个方法问题、技术问题。根据上文所指出的"学科"成立的条件，如果仅仅把"语言教学"看成是对语言学理论和语言知识的应用，那么对外汉语教学要成为一个专门学科是根本不可能的。

皮特·科德除指出"应用语言学是一种活动，不是理论研究"之外，他还认为"语言教学也是一种活动，但是教语言和应用语言学并非同一活动"。语言教学中存在着应用语言学这个因素。由此看来，他也并没有把"语言教学"活动跟"应用语言学"这种活动等同起来。如果我们忽视了这两者之间的差别，把"语言教学"跟"应用语言学"当成性质相同的一回事（比如，认为狭义的应用语言学就是指"语言教学"），这既不切合实际，也不科学。事实上，作为一种第二语言教学或外语教学的对外汉语教学，它并不仅仅是把语言学理论和语言知识拿来应用。尽管活动本身存在着对语言学理论和语言知识的实际应用的事实，比如需要运用语言学的理论去解决教学中的许多问题，需要向学生传授汉语言知识等等。然而，语言教学活动并不只是运用语言学理论，还要运用其他的学科理论，如心理学理论、教育学理论。就对外汉语教学来说，它需要解决的问题也不仅仅是汉语言知识的传授问题，还要解决汉语言技能的训练、汉语言能力的培养、心理障碍的排除以及跨文化交际等许多错综复杂的问题。对外汉语教学活动的最终目的是，要使学生将所获得的目的语语言材料、语言知识以及其他有关知识转化为目的语语言能力，即转化为汉语的听、说、读、写能力。

另外，"语言知识"跟"语言能力"是两个内涵不同的概念。语言能力有一部分是先天的，还有一部分是后天的。后天的能力主要是由一定的语言知识（或其他社会文化知识）、语言经验转化成的。而这种转化活动的过程是怎样的？这都不是纯语言学理论或纯语言知识的应用所能解决了的问题。这方面问题的解决也不属于语言学研究的领域，而属于语言教育学、语言心理学、文化学等学科或学科分支应该研究的。

语言教学活动，如我们的对外汉语教学活动，从表面现象上看存在对语言学理论和语言知识的应用问题，但大到国家的语言教育决策与规划，小到具体的课堂教学环节的设计与安排；外在的能够看得见的语言接触，内在的（即发生在学习者大脑里的）言语的感知与理解，话语的编制与准备输出，这一切要比纯语言学理论或纯语言知识的应用所包含的内容要多得多、复杂得多。它要涉及语言教育政策、语言教学实际工作；个体的语言生理、语言心理；群体的社会文化观念等诸多相关因素。可以这样说，对外汉语教学由宏观到微观存在一个相对完整的系统。对外汉语教学作为一个学科，它的根本特征主要由这个系统来体现。对该系统的各方面的情况进行研究，完全可以形成一定的科学认识的连续体，完全能够形成一个具有自己的学科特点的、跨学科的理论系统。

当然，这不是说"应用语言学"就不能作为对外汉语教学学科研究的一个出发点，或一个领域了，而是说要认识对外汉语教学的学科性质绝不能仅仅局限在对语言学理论和语言知识的应用这一点上。如果仅从语言学理论和语言知识的应用方面研究对外汉语教学，它仍属于语言学的范畴。若从宏观上或内在的活动过程中考察对外汉语教学，它则属于语言教育学，或语言心理学的范畴。对外汉语教学事实上就是这样一个涉及多个学科的综合体。

二、从教育学科的角度审视对外汉语教学的学科性质

（一）从教育事实上看对外汉语教学的学科性质

在审视对外汉语教学的学科性质的时候，恐怕谁都不能否认这样一个最基本的事实，即对外汉语教学首先是一种"传递社会生活经验，并培养人的社会活动"，而"传递社会生活经验，并培养人的社会活动"就是教育。"社会生活经验"当然要包括语言经验。对外汉语教学就是要向学习者传递汉语以及跟汉语相关的社会生活经验，培养学习者成为一定社会所需的汉语人才的活动。由此说来，对外汉语教学是一种不折不扣的教育现象。

研究教育现象，揭示教育活动规律的科学属于教育科学。就"教育"的涵义而言，它有广义和狭义之分。广义的教育泛指影响人的知识、技能、身心健康、思想品德的形成和发展的各种活动。狭义的教育主要指学校教育，即根据一定的社会和受教育者自己的要求，有目的、有计划、有组织地对受教育者施加影响，以培养一定的社会所需要的人的活动。就对外汉语教学的实际情况来说，它主要是根据学生来源国的要求，或学生自身发展的要求，有目的、有计划、有组织地对他们施加影响，使他们成为一定的国家或社会所需的汉语人才的活动。从教育学意义上说，我们平常所说的"对外汉语教学"事实上是"对外汉语教育"。

中国对外汉语教学学会于 1983 年成立时，曾名曰"中国教育学会对外汉语教学研究

会"。目前，我国一些高等院校的对外汉语教学与管理机构也名曰："海外教育学院"（北京大学、南京大学、福建师大），"国际教育交流学院"（山东大学），"国际文化教育学院"（南京师大），"对外汉语教育学院"（北京师大）。为什么这些名称都含有"教育"的字眼，这在一定意义上反映了大家对本学科基本属性的看法。另外，从近10余年来的现实情况看：每年都有数万名外国学生进入中国的三百余所高等院校接受以汉语为主的专业教育；各有关院校设立了专门的教育与管理机构；配备了经过专门训练的汉语教师；制定了专门的教学计划，确定了适合于受教育情况的培养目标；设置了一系列专门的课程，编写了专门的教材；根据受教育者的需要和本专业的教学规律，有目的、有计划、有组织地开展教学活动。这些事实都可以说明：以外国学生为教育对象的，以汉语言为基本内容的、包括课堂教学和教学管理在内的一系列活动、无疑都是正规化、专业化的学校教育活动，是中国高等学校教育值得认真研究的一块新领域。

（二）对外汉语教育的主体特征是高等专业教育

由于对外汉语教育的大规模的发展是改革开放之后才发生的，外国学生跟中国学生的人数相比毕竟有限，办学的规模效应也还有限，因此在中国教育的分类方面还没单列出"对外汉语教育"这一项。尽管如此，但从目前的现实情况看，从活动的性质方面看，我们不能不承认"对外汉语教育"的主体特性应该属于现代教育、学校教育、高等专业教育。也许有人会对"高等专业教育"这一特点提出异议，他们的理由是：来华学汉语的外国学生的汉语水平大都比较低，有的甚至是从零开始学起，他们所受的教育怎么能谈得上属于高等专业教育呢？对此应该这样去看：受教育者是在掌握了自己的母语的基础上才开始学习汉语知识和技能的，如同中国大学生在大学里学习某一门外语专业，对有些外语语种，中国大学生也是从零开始学起的。再从受教育者的情况看，目前来中国学汉语的外国学生绝大多数都是他们本国的大学里的中文专业的学生，他们在中国学习，其学历和学习成绩大都得到了本国大学当局的承认，即学生来源国的大学当局承认他们在中国所受教育属于"高等专业教育"，我们有什么理由不承认他们在中国所受的教育属于"高等专业教育"呢？

"对外汉语教育"的类别属性是高等专业教育。它跟对本国大学生的专业教育的基本性质具有一致性；它跟外国大学里的中文专业教育的性质具有一致性或相关性。作为语言教育性质的一个专门学科，学科理论研究的领域除了语言（包括汉语以及学生的母语）之外，国家有关对外汉语教育方面的方针政策及规划，对外汉语教育的形势与任务，教师与学生，教学工作（包括教学过程、教学原则、教学方法、教学组织形式、学业成绩的考查与评定等），还有课程与教材，各门课程的教学理论与方法等等，都属于本学科研究的领域。事实上，这方面的科学研究工作对外汉语教学界的专家学者已经做了许多，已为本学科的理论体系的建立奠定了基础。然而，由于这方面的理论研究跟语言本体方面的研究关系不是很直接，研究成果在语言学界难以得到应有的承认。比如教学大纲的研制，教学过程的研究，教学方法的研究，教学组织形式的研究，以及学业成绩的考察与评定等方面的研究，在语言学研究领域里没有，于是从语言学的角度看可能不把它们当回事儿，但从教育学的角度说它们确确实实都是非常重要的研究。此外，也许是因为"对外汉语教学"这个名称的涵盖面有限，再加上对外汉语教学工作者与教育科学研究者之间的沟通不够，本属于教育性质的研究成果也还未能引起教育科学研究方面的专家学者的足够重视。

综上所述，我们可以明确地说：对外汉语教学的学科属性首先是教育。随着我国对外汉语教育事业的发展和学科理论研究的深化，本学科将从宏观到微观，在对外汉语教育学、对外汉语教学论、对外汉语教学方法论、对外汉语教学课程论、汉语听力理解教学论、汉语阅读理解教学论、汉语言语交际教学论、汉字教学论、汉语能力评估测试论等方面，逐步形成一个反映对外汉语教育自身特点与规律的学科理论系统，届时将不再会有人提出"对外汉语教学究竟属于什么学科"等疑问来了。

三、从心理学的角度审视对外汉语教学的学科性质

心理学是研究心理现象的科学。人的一切活动都会有心理现象的发生。在对外汉语教学活动过程中，几乎处处有心理现象的发生。对跟对外汉语教学相关的心理现象进行研究，自然属于心理学性质的研究，而这方面的研究也属于对外汉语教学学科理论研究的重要方面。因为，进行这方面的研究，对认识对外汉语教学活动的本质、揭示教学活动的规律、提高教学的效率至关重要。由此我们也不难发现，对外汉语教学学科性质跟心理学科也有着非常密切的关系。

（一）语言现象跟心理现象常常是不可分割的统一体

对外汉语教学活动，是由教师的施教活动，学生的学习活动，以及教与学的科目——语言（汉语）这三部分构成的。对语言教学性质的认识离不开对语言本体的认识，而对语言本体的认识也要涉及人的心理。尽管不同流派的语言学家对语言的看法有所不同，但许多语言学家都注意到了语言现象跟心理现象的不可分割的关系。著名的德国语言学家洪堡特（Wilhelm von Humboldt，1767—1835）指出："语言是通过说话形成的。而说话是思想或感觉的表达。……使他的语言得到了色彩和特征的一个民族的思维和知觉的方式一开始就对语言起作用。""在语言中概念被声音负载着。""语言的词单位有一个双重的渊源，即内部的与思想发展的需要有关的语言知觉和语音。"从语法方面说，"语法形式的构成产生于通过语言而进行的思维的法则。"在心理学成为一个独立的学科之前，洪堡特就已经谈到了语言的语音、词和语法现象跟人的感觉、知觉、概念和思维等心理现象的密不可分的关系。索绪尔曾明确地说："语言符号是一种两面的心理实体。"一面是被称为概念的意识，另一面是用来表达概念的音响形象。"后者不是物质的声音，纯物理的东西，而是声音的心理印迹，我们的感觉给我们证明了的声音表象。"语言符号的两面及联结都是心理现象。于是，"研究社会生活中符号生命的科学将成为社会心理学的一部分，也是普通心理学的一部分。"乔姆斯基则认为："一种语言是由规则与原则的系统所生成的，这个系统进入复杂的心理运算，以决定句子的形式和意义。"他所说的这个规则与原则系统叫作"普遍语法"，是"人脑稳固状态的一部分"，"是在大脑机制里表现出来的"，是遗传属性中的一个假设部分。"于是，"这一部分语言学就成了心理学的一部分，最终是生物学的一部分。"总之，在许多语言学家看来，语言现象跟心理现象常常是不可分割的统一体。

心理学家也比较注意心理现象与语言现象的关系。如构造主义心理学的创始人冯特（Wilhem Wundt，1832—1920）就从心理学的角度对语言作过专门的研究。行为主义心理学家更重视言语行为，他们认为语言是由一系列"刺激-反映"所形成的行为习惯。行为主义心理学理论对语言学理论（如布龙菲尔德的机械主义语言理论）以及语言学习理论都产生过重要影响。尽管心理学家和语言学家对语言的兴趣点不同，研究的方法也有所不同（比如行为主义心理学家常通过动物实验来推论人类的行为），对语言的看法也有所不同，但语

言学家和心理学家的研究都可以说明，语言现象和心理现象的很多方面都是难分彼此的统一体。

（二）语言学习活动本身是很复杂的心理活动

人类语言除了有上边所说的这样的共性之外，各民族语言还有各自的个性。民族语言的个性也在某种程度上跟使用该语言的民族心理和思维活动的特点相统一。既然语言现象跟心理现象是这样一种关系，那么第二语言学习活动就必然是一种很复杂的心理活动。比如：

①学习者是外国成年人，他们在学习汉语这种第二语言之前已经掌握了自己的母语（第一语言），在他们的大脑里已经有一套语言系统的存在，这套语言系统必然要在第二语言学习中发挥作用。于是，第二语言学习活动的最根本的特征便表现为两套语言系统之间的联系与冲突。两者语言系统之间的联系表现在：可以通过 B 语言（第二语言）的语码跟 A 语言（第一语言）语码的转换（如通过查词典或阅读翻译材料），获取 B 语言语码所传递的、跟 A 语言的语码所传递的大体相当的信息。然而学习者也很快会发现：

第一，A、B 两种语言的语码通过转换，能在一定程度上传递大体相当的信息，不过信息量并不完全相等，各自的语码所载信息也不完全同质。

第二，B 语言的语码所指称的感觉对象，在转换成 A 语言的语码去指称时，信息量或感情色彩等会发生变化。

第三，A、B 两种语言在表达某一概念时，意义之间有相通之处但也有不同。

第四，与思维活动联系在一起的 AB 两种语言的语法形式也有很大的差别。

于是，在第二语言学习活动中便常常表现为感知、概念、思维活动等情况的冲突。

②学习者在本国特定的社会文化环境中生活了多年，已经形成了与本国社会文化传统相应的、与本国语言紧密联系在一起的社会文化观念。学习者要学的第二语言，其形式和意义也跟一定的社会文化观念相一致。于是，在第二语言学习活动中，两种不同的社会文化观念的冲突随时、随地都会发生，从而造成了学习者的社会心理的不适应。

③外国人学汉语，对许多学习者来说并不是非学不可。他们选学汉语必有原因，原因中包含着学习者的学习动机和目的，意志和情感，这都是个体心理方面的因素，这些因素对学习活动也会产生重要影响。

④学习者在本国学汉语，只有课堂这样的小环境；来中国学习，除了课堂小环境之外还有社会大环境。环境的变化会对学习者的心理产生多方面的影响。

综上所述，汉语作为第二语言学习活动就是在多种心理因素的作用下进行的，活动不可避免地表现为非常复杂的心理现象。

（三）语言教授活动也是复杂的心理活动

从语言教师的教授活动方面说：活动须建立在教师对自己所教的语言本体、对学习者的母语情况与社会文化背景、对学习者的学习活动的性质与特点、对学习者学习活动的规律和策略等有较多的认识与了解的基础上，而对这方面情况的认识与了解自然也就涉及心理方面的问题。比如，在语音、词汇、语法等具体项目的教授实践中，首先需要教师对自己所教的语言要素有深入的感知与理解，同时需要使学习者对所学语言要素达到一定程度的感知与理解，如果不能使学习者的感知、理解、思维活动的方式等达到与汉语教师所要求的，或与母语是汉语的人大体相当的程度，教学效果就会有问题。而对学习者的感知、理解、概念和思维活动情况准确地把握，并采取适当的政策使学习者达到一定的要求，都属于教育心理方面的问题。于是，跟教师的教授活动紧密联系在一起的也是很复杂的心理现象。

总而言之，由于对外汉语教学的构成要素，如教与学的客体对象，学习者的学习活动，施教者的教授活动等都具有一定的心理性，于是总体上说，对外汉语教学也便具有心理的性质。作为一个学科，对外汉语教学也自然具有心理学科的特性。

四、结束语

通过上文的论证，可以这样去概括：对外汉语教学作为一个专门学科，其学科性质跟语言、教育、心理都有很密切的关系，但并不是由这三家去平分秋色。

1. 如果仅从语言学理论和语言知识的应用方面看，对外汉语教学活动中包含着应用语言学的活动因素，包含应用语言学活动因素的这一部分的对外汉语教学，它的学科性质属于语言学。

2. 如果从宏观上或总体上考察对外汉语教学的学科性质，它的性质属于语言教育。从实际的教学工作到学科理论建设所做的大量工作，其性质也大都属于语言教育的范畴。因此"对外汉语教学"的学科的总体性质应该属于语言教育学。或称作"对外汉语教育学"。这个名称，既可作广义的解释，也可作狭义的解释。从广义上说，它可以涵盖国家有关对外汉语教育的方针政策的制定和宏观规划、教育管理工作和具体的教学与研究工作等。从狭义上说，它主要指具体的对外汉语教学与研究工作，即以汉语言基本知识的传授、汉语言基本技能的训练、汉语言基本能力的培养为主要活动内容的教学与研究工作。

3. 如果从教和学的内在的活动过程方面考察对外汉语教学的学科性质，它又属于语言教育心理学和语言学习心理学。

当然，我们还可以从其他学科的角度，比如从文化的角度，对对外汉语教学的学科性质进行考察，但本文对此暂不讨论。总之，对外汉语教学，或曰对外汉语教育，教育是学科之"本"，即学科主体属性是教育。具体地说，本学科的性质是语言教育，而不是其他专业的教育。进一步说，贯穿于教学活动始终的是人的心理活动，对学科建设起一定理论支撑作用的是语言心理学。语言、心理、教育三者构成了一个相对独立的、为其他学科所不可替代的有机整体。比如"语言学"、"教育学"、"心理学"这三门传统学科中任何一门学科都不能完全取代"对外汉语教学"这个学科。这门学科是以第二语言教学的客观规律的揭示与应用为主体，以"教育"科学规律为基础，综采诸多学科理论之适用之外的跨学科的综合学科。至于外国学生在具备了相当的汉语能力之后，跟中国学生一样进行其他专业方面的学习，或进行其他专业方面的研究，则另当别论。

（原载《中国对外汉语教学学会第六次学术讨论会论文选》，华语教学出版社 1999 年版）

☀ 简　评 ☀

语言文字方面的学术研究工作近似于自然科学的研究工作，研究者需要做大量的实践考察，并需要经受时间的考验（有时长达十几年甚至几十年），才能从中探索出一些规律性的东西，研究工作中也不容夹杂个人的情感或偏见。这是语言文字学术研究工作与文学作品学术研究工作的不同之处。"对外汉语教学"作为一门新兴学科，怎样对其学科性质作定论是一项极为艰巨的任务，前人的见解有分歧，也增加了该领域内专业人员们学术研究的难度，但也为他们的研究工作提供了用武之地。

论者在这个领域中进行了多侧面的探索和研究，结合教学实践和以往的学科研究撰写该论文，论文有以下三个特点。

第一，为"急待解决"的课题，作了全面的理论阐述。"对外汉语教学"的学科性质，至今没有统一认识。一部分学者认为应该属"应用语言学"性质，另一部分学者认为应该属"综合性"学科性质。论者围绕"综合性"性质作了全面的理论阐述。这对推动学科性质的进一步深入研究会起良好的作用。

第二，开阔视野，把握分寸，细心求证。论者为了确立自己的观点，开阔论证分析的视野，将"对外汉语教学"学科与"语言学"学科、"教育"学科、"心理"学科各自的概念、性质、特征作了横向比较分析，并注意细心求证，把准分寸。在比较分析中，论者既承认三者之间的联系，又科学地剥离出对外汉语教学自身的性质、特征，"分寸感"在求证中得到了充分体现，失去了"分寸感"，也便求证不出对外汉语教学学科的个性。从这个角度讲，论者严谨的研究态度和方法使他的立论站稳了"脚跟"，有效地确立了自己的观点。

第三，论据选用典型，论证严谨、科学。论证"对外汉语教学"综合性学科性质，涉及众多临近学科、交叉学科的学科知识，论者在广博积累多学科知识的基础上，恰当地选用了所涉学科的国内外权威人士的理论阐述作论据，论证自己的观点，增强了论文的理论分析的深度，使论文具有浓厚的理论色彩。该论文需要在批驳中确立自己的观点。论者构思严谨，用"层层剥笋"的论证方法，增强了论文的清晰度及说服力。论者以理立论，以理服人，讲究科学性。

全文说理透彻，立论稳固，无疑对学科性质的进一步探索，或学科性质的确定产生了应有的学术价值。

阅读人生——我看文学研究和文学欣赏

郭志刚①

西方有人把读者对文学作品的接受过程分为三个层次：阅读，欣赏，研究。这当然很合乎逻辑。但经验也多次告诉我们，真正的欣赏，那是必须在研究了之后，才有可能品得真味，从而达到一个更深的层次。"满纸荒唐言，一把辛酸泪，都云作者痴，谁解其中味？"对《红楼梦》研究了这么多年，我们究竟品出了多少滋味？看来还得研究下去，以期每臻新境，我们就有一次新的欣赏机会。因此，不妨说欣赏是研究的化境。如果这也合乎逻辑，那么，我们就在这里打破一次常规，暂时把两者的位置颠倒一下。这样一来，研究将被视为前提，欣赏则是一个消化了研究结果的内涵更丰富的阶段。

总之，研究和欣赏是阅读过程中的一对孪生姐妹，她们的魅力在于成双出现，少了一个，魅力将被打上折扣，我们在心理上会产生某种偏失感。当然，这是比喻，孪生姐妹也有分开之日，例如，倘若嫁出去一个怎么办？我们说，剩下的那一个一样漂亮，因为这时已经不是我们比喻意义上的孪生姐妹了。

一般说来，在各种各样的文本之中，以形象为特征的文学文本更富有时空感觉和生活情趣，因而它也最富有解读和欣赏的魅力。其他文本，例如历史和哲学文本就没有这种魅力吗？有的，但那需要先具有一定的知识修养。没有这种修养，往往读多少就是多少，很难见微知著、举一反三。文学作品（例如小说）就不同了，凭经验就能进入接受和联想的过程，这时，文学作品在接受者身上引起的效应，甚至于不取决于他的知识结构，而主要取决于他的经验的素质。因此，不识字的老百姓，通过听说书或看戏也能进行艺术欣赏，而欣赏的质量和深度，在有些情况下或者并不稍逊于读书人。这是因为，文学欣赏的天地主要联系着人生的天地。

文学的天地很大，这是它表现人生的特殊形式决定的。有时候，一首诗只有二三十个字，读之就如醍醐灌顶，甘露入心，其开启心智和引发联想之功，简直可以说有无限大；它甚至横穿时间隧道，几百年后还能令人荡气回肠、动心移性。例如明代诗人袁凯作的这首诗："江水三千里，家书十五行，行行无别语，只道早还乡。"文本极短，识字的能看懂，不识字的也能听懂（它其实只有十几个生字）。短短四句话，要在"思乡"二字，倘若让处于不同时代、不同境遇中的那些思乡的人们解释起来，可就丰富多了。譬如，今天远在世界各地的炎黄子孙不知有多少，相信这首小诗还能对他们产生极强的吸引力和感召力，使他们那颗在远方忙碌着的心，暂回故土小憩，因为对我们大多数人来说，乡土情结是一种割不断的永恒情结。如果从形式角度看，大概也只有文学才能提供这样的文本形式。哲学和历史间亦有之，但那往往同时具有了文学文本的性质。例如，"子在川上曰：逝者如斯夫，不舍昼

---

① 郭志刚系北京师范大学文学院资深教授、博士生导师。

夜!"《论语》里的这一哲学名句,同时也是文学名句。

文学的天地很大,却并非无所不通。它是一道闪电,可以横空出世,如遇到绝缘体,就敛形收迹,漠然而止了。同一部文学作品,有人读了热血沸腾,有人可能觉得索然无味。为什么呢?因为一个是导体,一个是绝缘体。这种情况,就是像《红楼梦》或《战争与和平》这样伟大的作品,也不能全然例外。当然,这又是比喻,实际情形也许不会这样绝对。但是,"有缘千里来相会,无缘对面不相见","身无彩凤双飞翼,心有灵犀一点通",这里说的,颇适于解读文学。其实,它又何止限于文学?倒是因为文学和人生结有不解之缘,所以,在人生领域中固有的现象,也会再现于文学。说到底,我们爱什么、不爱什么,都是缘分,只不过这种缘分并非前世注定,而是今生"修"来,即一切都是随着我们人生的成长而成长起来的。人生一旦成熟,"缘分"(观念、感情等等)即趋稳定,有时很难改变。拿给作家排座次这件事来说,争来争去,到现在我们看到的,还是各随各的缘,各排各的队,其实座次并没有乱。这没有什么奇怪,因为争论者自己也都有自己的"座次",只不过他们的座次是在台下罢了。台上、台下,文学、人生,纠缠得如此紧密,倒是提醒我们注意:人们怎样看待人生,也就怎样看待文学;离开人生,谈不上研究或欣赏文学。文学这个题目所以很大,是因为人生这个题目太大的缘故。

但人生还不等于文学。人生大于文学,而文学也常常深于人生。深,这在实际上意味着它已开始突破现实人生的范畴,走向某种程度的"大"了。例如,文学除了表现现实的人生之外,还要自觉不自觉地虚拟人生,即在文学中创造第二人生。我年轻时候读过泰戈尔的一首诗,题目是《未来世纪》,它表现的就是虚拟的人生。我当时很喜欢这首诗,过了这么多年,竟还能背得下来。我记得是这样的:"饶恕我,/未来的一世纪的姑娘,/如果我在我的自傲中/幻画出你在读我的诗,/月光同时也把沉默的细雨/洒满我诗句的空隙,/我仿佛感到了你的心跳,/也听到了你的低语:/'如果他活着,而且我们遇到了,/他会爱我的。'/我知道你对你自己说:/'让我只在今夜/在我的凉台上/为他点一盏灯吧,/虽然我晓得他永远不会来。'"诗中表现的虽是虚拟的人生,但它离我们现实的人生是那么近;二者几乎已融合到一起,难分彼此;泰戈尔也好像就在我们身边,像一位朋友似的和我们促膝谈心。前人有句:"眼前新妇新儿女,已是人生第二回",这里说的还是现实的人生;读了泰戈尔的诗,我们不妨套做一句:诗翁即不在眼前,何碍人生第二回?显然,在这种虚拟的人生中,我们生活得同样充实,因为泰戈尔理解了他身后(哪怕过了一百年,进入21世纪)的读者,而历经沧桑的我们,也同样地理解了他,我们愿意接受他作为我们当中的一员,并珍视他献出的这份款款深情,不必他来要求"饶恕"。但这是诗,诗要讲究说话的艺术,"饶恕"云者,是对读者(而且是姑娘)的尊重,不像今天有人说的那么直露:"我是你们所有人的丈夫"。文学作品千差万别,后者虽然也可以理解为一种幽默方式,作为读者,我还是更喜欢泰戈尔的幽默方式。

文学研究和欣赏是一个整体性的范畴,不好随意分割。但为了便于讨论问题,我们不妨暂时把它分成四个层次,然后再给予完整的理解。这正如一架机器,乍看不明白,拆开来看就明白了,但明白了之后,还得把它们合起来,这才是一架完整的机器。下面,我们将四个层次分述如下:

1. 研究和欣赏的经验层次。只有在这个层次上,研究才显示出它的"高级性"来,因为单靠经验构不成研究。不过,经验仍是进行研究的不可或缺的条件。

单靠经验却可以进行欣赏，这在上面已经讲了。这样做虽然比较简单，有很大的局限性，但一般还算可靠。因为文学和经验都由人生而来，就像一母所生。由经验看文学，正如兄弟互看，虽有高低妍媸之分，总因血缘相近，还不至于怎么隔膜。我们听说过象牙之塔里出文学，却很少听说象牙之塔里也出经验，这就是因为前者曲折迂回，容易玩弄障眼法，后者单刀直入，不容易玩这些花样。其实，象牙之塔里既不能出经验，也不能出文学。文学原不神秘，它有时似乎很神秘，那是被人们谈得神秘了的缘故。前面说过，人怎样看人生，就怎样看文学。例如我觉得泰戈尔那首诗好，是因为由我的经验看，其中充满了人生难以言尽的遗憾和追求。人生太短，应该拥有的和容易失去的都太多，所以，对我们每个人来说，人生的不完满几乎是注定的、永远的，这一缺憾，只有在世代相传的生命延续中才能得到不断的克服。正因如此，人生值得依恋和追求的东西才有很多，它才永远笼罩在希望的星光之下。诗人把他的诗题为"未来世纪"，寓有绵延不尽的深意。他实际上聪明地选取了爱情（广义的爱情）这个人类感情最敏感的区域，表现了一种人生体验。由于这一体验具有不受时空限制的普遍性，所以不难和"未来世纪"的读者实现心灵的沟通，使之在怅然若失之余，既感到那种可望而不可即的依恋的痛苦，也感到理解的甜蜜和追求的幸福。一般说来，我不大喜欢新诗，但新诗写出这种意境（也有译者之功），我是喜欢的。当然，这是我读这首诗的经验。如果大家的经验也和我一样，并且我们确实没有曲解泰戈尔的话，那么，就说明我们和他拥有一角共同的人生，尽管他是一位属于过去时代的异国诗人。所以，人生才是欣赏文学作品的主要通道。以人生说文学，如平湖荡舟，无所不通；脱离了人生谈文学，就会越谈越玄，文学就成了玄学。

可见，对人生有相同的感受或相同的见解，千山万水也如比邻而居，否则，咫尺之遥也成天涯陌路。所谓人生情缘，都是理解的产物。按照普列汉诺夫的说法，一部作品美不美取决于它的思想基础，当谬误思想支配了一部作品时，就会破坏它的美感，这情形就像"一个少女可以哭泣她失去的爱情，一个守财奴却不可以哭泣他失去的钱财"，因为后者的哭泣不仅毫不动人，还会叫人感到滑稽，甚至恶心。所以，好作品必须有好的思想支点。前不久我读过美国作家约翰·杰克斯写的长篇小说《南北乱世情》，这部书就是为一种高尚的情操（信念）所支配。美国人民经历过的忧患人生，我们也经历过，而且更深；他们所向往的那种爱，我们也追求过，而且付出的代价更大。这一切，只是形式不同罢了。如果我没有误解这位作家，而且看过书的人也有同感的话，那么，我们就又多了一角共同的人生。人生是无限的，即使是文学作品中的人生，也足可令人望穿秋水，只要我们对于人生的体验能够延伸到那里，我们就会拥有那里的"星空"。

2. 研究和欣赏的艺术层次。有人说，我面对的是艺术，纯粹的艺术，和经验或人生没有什么关系。我想，读者的这种看法，主要还是来自作者，有些作者就常常说，他们的作品表现的是纯粹的"自我"，是艺术之宫里的产品，和现实、政治没有什么关系。20世纪30年代，也有人这么讲，说他是鸟，爱怎么唱就怎么唱，读者高兴不高兴没关系；说他是花，想怎样开就怎样开，哪怕有毒，读者采了去，上了当，也不干他的事。鲁迅先生当时就批评了这种说法，说人究竟不同于动植物，他有高级的神经，有高度组织的社会，他是社会的一分子，何况，他的稿子还卖钱，不能不对付钱的读者负有责任。

现在，再让我们来看两个例子。其一，据报载，去年8月，天津河东区一户居民养了一只没长毛的小喜鹊，到今年3月，学会了叫"小虎子"，而且是天津口音。其二，仍据报载，重庆一户居民将女儿关了 10 年，因为与世隔绝，一个本来聪明伶俐、活泼可爱的孩子，变得语言退化，发育停止，成了呆子。记者给她一块糖，她连糖纸一起吃。这两个例子恰恰说明，动物和人住久了，也要"融入"人的社会；人若脱离了社会，则难免趋向动物化。可见，据人生而谈文学，才能找到探讨艺术问题的根本门径。这样做，即使一时达不到深刻的程度，还不会离谱，否则，就要钻到牛角尖里去了。

如果说，在经验层次上的欣赏凭直觉就可进行的话，那么，在艺术层次上的欣赏，除了需要经验之外，还需要专门的修养。因此，后者也可以说是行家的欣赏。正是在这里，欣赏开始离开了它的朴素阶段，升格为研究。但欣赏之于研究，始终如影随形，相偕而进，既没有降低它的身份，也没有减轻它的责任。

行家，有专门的行家，也有业余的行家。艺术造诣，固然和专业修养有关，更和气质、经历、入世深浅等人生体悟有关。所以，并非只有中文系出来的人才是行家。相反，许多作家并没有受过大学中文系的训练，他们多半受益于生活，从而成了出色的语言艺术家。据说，有些人原为当作家而考中文系（我也如此），但考进以后，反而距此道愈远。当然，这也不能一概而论。当作家和艺术欣赏虽非一回事，毕竟也有深刻的联系，因为写得出就能讲得出。重要的是，心里先须有，言之方有"物"。

例如同是对着山水，作家能看出诗意，看出艺术，看出人生中的深刻内涵；而一般游人，也许只是观赏一下良辰美景或地方风物而已。苏轼做黄州太守时，曾到兰溪（据说王羲之在这里洗过砚台）游玩，他发现这条溪不像一般河流那样向东流，而是逆向西去，便作了这样一首诗："山下兰芽短浸溪，松间沙路净无泥，萧萧暮雨子规啼。谁道人生无再少，君看流水尚能西，休将白发唱黄鸡。"苏轼的人生道路不算平坦，这首诗表现的却是一种乐观向上的人生态度。由此可见，古人关于人生的价值观念并不总比今人落后，受此价值观支配的一定文化，也许比某些时髦货更年轻，即更具生命活力。

我们感兴趣的是，一般人看到这样一条河，也许只是觉得奇怪和好玩罢了，而诗人却触景生情地引发到人生之河上去，十分出色地表现了他特有的人生感悟。再如欧阳修的《醉翁亭记》，其中记述他和宾客嬉游于安徽滁州一带的山中，压卷之笔是："已而夕阳在山，人影散乱，太守归而宾客从也。树林阴翳，鸣声上下，游人去而禽鸟乐也。然而禽鸟知山林之乐，而不知人之乐；人知从太守游而乐，不知太守之乐其乐也。醉能同其乐，醒能述以文者，太守也。太守谓谁？庐陵欧阳修也。"由于作者"醉翁之意不在酒，在乎山水之间"，"山水之乐，得之心而寓之酒"，所以他能看出山景的不同层次：人在山间，禽鸟嗓声，此时之山属于人，即属于社会；人去山空，禽鸟知乐，这是把山还给了自然。但此时之山，依然是作者笔下的山，所以它仍然属于读者；因为不经作者点出，我们可能无从捕捉那种人去山空、万籁俱静的空灵感觉。"人知从太守游而乐"，可以想见，这是生活常态或人情之常，譬如没有高山显不出平地；而"不知太守之乐其乐也"，则突兀而起，真正显示出欧阳修"高山"般的情怀来了。原来太守之乐别有会心，他不自得其乐，而乐人之乐。换句话说，如果别人不乐，他也就没有什么可乐的了。这还不是高山流水一样的高尚情怀？

由此可知，面对山水，存在着"显"和"隐"两个层面。一般人可能只看到它的显性层面，而作家则必须透过显性层面看到隐性层面。这还是说面对的是山水或自然；如果面对的是社会，那情况就更加复杂得多了。我们不是作家，可以不去操心创作过程中的事；但当我们接受作家创作出来的成品时，却必须依次地从显性层面进入隐性层面，这样才是顺乎自然、得其文心，使研究和欣赏成为可能。常常遇到这种情况：有的作品写得直，我们懂了；有的含蓄，甚至隐晦，这就需要费点劲。以现代作家而论，巴金、老舍的作品比较直白（不是一味直白），而鲁迅和茅盾的作品，则相对比较曲折，何况他们有时还不免用些"曲笔"。这样，我们进入隐性层面的路就更要长一些。

3. 研究和欣赏的文化层次。上面讲的，已经牵涉到了这个问题，因为文化包含着一般知识，知识的多少，自然规范着研究和欣赏的范围与深度。如上面谈到的《南北乱世情》，倘若对美国历史毫无所知，接受起来就很困难。《战争与和平》《人间喜剧》《哈姆雷特》等世界名著，至今只能在我国"文化密集区"（文化部门、高等学校等）流行，而不能远播农村，主要也是文化因素的影响。再如我国古代的诗、词、曲，可以说是我国文化的结晶品，由于同样的原因，它也不能为世界广泛接受。不但如此，就是本国读者，如果没有一定的文化修养，最多也只能得其皮毛，很难登堂入室，使研究和欣赏递上层楼，成为真正的赏心乐事。总之，对于某种以特殊文化为依托的文学作品，你掌握了有关知识，它才会对你产生魅力；你不能突破知识的局限，横在你面前的，就是不可逾越的鸿沟。

文化问题还涉及一些特殊的风俗，风俗不通，也会产生研究和欣赏的障碍。十年前，我写过一篇题为《关于走向世界》的文章，里边讲了孙犁的作品，其中说：孙犁作为一代名家，他属于河北，也属于全国，但还不能说属于世界，尽管他在文体和语言艺术上的贡献，并不比有些已经走向世界的作家逊色。他未能引起世人更多注目的原因很复杂，不可单归于文化一途；但特殊的文化背景无疑也是一个不容忽视的因素。我举了《荷花淀》的姊妹篇《嘱咐》做例子。在这篇小说里，他写了一个抗战初期离家抗日的战士，在胜利还乡快进村时，反而害怕走进家门：八年了，老人还活着吗？当时年轻的妻子正怀着孩子，现在怎样了？他家的房子该不是被烧了吧？……这些揪心的问号压得他迈不开步，索性坐下来抽烟休息。看看天色已晚，田野空无一人，他这才走进村，而且在家门口发现了正在关门的妻子。但，意外的惊喜只使他喊出一个字："你！"而被惊动了的妻子呢，则干脆连这一个字也没有。她先是一怔、张大眼睛、咧嘴笑了笑；接着便转过身去，抽泣起来。这是在历经战乱之后，发生在 40 年代北方农村的"楼台会"。这里的人很穷，而感情是这么丰富，但这丰富的形式，却又是这么简单，八年的离情，只浓缩成一个字和一阵抽泣。这很符合我们这个古老民族的性格和传统艺术的特点；一般地说，中华民族的性格是内向的，在艺术上是崇尚含蓄的。《嘱咐》所展示的，正是一种典型的民族文化心态，"岂但是民族文化心态，简直还是一种地域性的文化心态，走出燕赵之地，例如到了岭南，我怀疑那里的人们是否还能像我们这样贴近地理解它。""一个民族的心理活动方式是历史铸成的。像《嘱咐》里表现的这类民族感情、民族心态，至少从'近乡情更怯，不敢问来人'那时起就已经'积淀'下来了，用现在通行的话来说，是'集体无意识'，……如果是欧洲人，就不会像这个战士这样来表达自己的愿望和感情。我们很难想象，当他们被战火阻隔了八年，快要看见自己的家时，会坐下来吸一支烟，他们望见妻子时，也不会只说一个'你'……他们会采取另外的方式见面，因为他们有他们的文化心态。"由于这些原因，他们读孙犁的作品，当然会有些"隔"。

类似情况，也存在于萧红、沈从文等民俗色彩浓厚的作家作品之中。独特的民俗文化不仅带有地方性，也带有时代性。鲁迅说，非洲土人不会理解林黛玉，将来的好社会中人也不会理解她，就是这个意思。但是，这只是一个方面。如果我们掌握了必要的知识，化解了围绕着这些作品的那个陌生的文化圈，我们就能欣赏和理解它们；因为研究或欣赏，说到底是将心比心，不消除陌生感，就不能心心相印，或举一反三、左右逢源。记得钱锺书先生说过这样意思的话：研究一国文学，如不置身其中，通晓该国风习乃至种种细节，就谈不上真正的研究和了解。这种情况，就像一家人围坐在一起谈论家事，彼此间有时说半句话或一两个单词，也能达成默契，相互了解。而这时如果适有来客在场，即使他听到了全部谈话，也不免感到隔膜。所有这些，都说明如果没有共同的生活纽带和生活背景，就形不成共同的"语言圈"。而对于一个国家和民族来说，那个特殊的"风俗圈"或"文化圈"，就是扩大了的语言圈。

风俗一通，不但不再"隔"，还会增加研究或欣赏的魅力与深度。一些民俗色彩浓郁的作家之所以特别受到世人关注，原因也在这里。

4. 研究和欣赏的哲学层次。文学表现人生，而人生的最高境界是悟道，所以这一层最难。古人说，"朝闻道，夕死可矣。"可见悟道之难，就是花上一辈子时间，都不见得一定能"闻道"。首先，什么是"道"，就很难讲得清楚。苏轼有一篇《日喻》："生而眇者不识日，问之有目者，或告之曰：日之状如铜盘。扣盘而得其声，他日闻钟以为日也。或告之曰：日之光如烛。扪烛而得其形。他日揣篇以为日也。日之与钟篇亦远矣，而眇者不知其异，以其未尝见而求之人也。道之难见也甚于日，而人之未达也，无以异于眇。达者告之，虽有巧譬善导，亦无以过于盘与烛也。自盘而之钟，自烛而之篇，转而相之，岂有既乎？故世之言道者，或即其所见而名之，或莫之见而意之，皆求道之过也。然则道卒不可求欤？苏子曰：道可致而不可求。何谓致？孙武曰：善战者致人，不致于人。子夏曰：百工居肆以成其事，君子学以致其道，莫之求而自至，斯以为致也欤？南方多没人，日与水居也，七岁而能涉，十岁而能浮，十五而能没矣。夫没者岂苟然哉，必将有得于水之道者，日与水居，则十五而得其道。生不识水，则虽壮，见舟而畏之，故北方之勇者，问于没人，而求其所以没，以其言试之河，未有不溺者也。故凡不学而务求道者，皆北方之学没者也……"这个比喻很生动，"道"离不开学，而这里说的学，是和实践过程联系在一起的。不然，学了一些理论就往河里跳，"未有不溺者也"。像南方的"没人"那样，可以说是悟得了水之"道"，但那是在河里，如果到了大江大海，他要想不被水吞没，就还得再"悟"下去。所以，悟道是一辈子的事。

好作品都是某种程度的"悟道"之作，读这些作品，我们会被其中的哲理意蕴所吸引。这些哲理意蕴，可以简称为"诗韵"，因为它是由丰富的生活形象传达出来的。在这个意义上，像莎士比亚的剧本、普希金的小说固然可以说富有诗韵，而《阿Q正传》《堂吉诃德》这样的讽刺杰作也同样富有诗韵，因为体现于其中的哲理意韵至今仍是各国读者咀嚼不尽的精神财富。

古罗马学者说，"思想深沉的人，言语就会闳通"。杰出的作家常常具有哲人和思想家的特点，我们应该善于捕捉他们作品中的一些精彩之笔，因为这些地方往往就是他们作品中的"诗眼"或"文眼"。如《故乡》中的结尾："我在朦胧中，眼前展开一片海边碧绿的沙地来，上面深蓝的天空中挂着一轮金黄的圆月。我想：希望是本无所谓有，无所谓无的。这正如地上的路；其实地上并没有路，走的人多了，也便成了路。"鲁迅先生的这些话，已经深印在几代读者的心中，自他的小说发表后，这些话就逐渐成为人们生活里的格言了。再如

《呼兰河传》中描写的晚霞："晚饭一过，火烧云就上来了。照得小孩子的脸是红的。把大白狗变成红色的狗了。红公鸡就变成金的了。黑母鸡变成紫檀色的了。喂猪的老头子，往墙根上靠，他笑盈盈地看着他的两匹小白猪，变成小金猪了"，而他的白胡子也变成"金胡子"了。萧红是一位很富有想象力的女作家，她的"思想家"的风度，突出地表现在她的想象力上。她写的不像是晚霞，倒像是人们心中的财富。在她笔下，呼兰河这地方很穷很穷，只有它的天空才这样富有，才能给地上的生灵们带来这许多代表财富和希望的色彩。

我国古代大作家"悟道"的典范一例，是范仲淹说的："不以物喜，不以己悲。居庙堂之高，则忧其民；处江湖之远，则忧其君：是进亦忧，退亦忧，然则何时而乐耶？其必曰：先天下之忧而忧，后天下之乐而乐乎？噫！微斯人，吾谁与归？"这是作家体念众多志士仁人的博大胸怀而总结出来的名句，是他当日登岳阳楼、追思千古，既超乎"忧谗畏讥、满目萧然"的悲叹，也超乎"心旷神怡……把酒临风"的游乐，而达到的人格的升华。此语一出，千古传诵，九百多年来，不知激励了多少人，使他们的一生过得更丰富、更崇高。

"道"是人类社会的产物，它也具有不同的色彩。前面举的苏轼那首诗，体悟出了人生中十分重要的一面，这当然是积极的；但是，如果有哪位古代作家讲出了另外一种人生感受，我们也不用大惊小怪，只要他是从保护和热爱人们出发，我们仍可接受他的爱意，而善待其消极部分，不然，我们可读的作品就太少了。比苏轼晚生了三百年的明代诗人高启，写过这样一首诗："征途崄巇，人乏马饥。富老不如贫少，美游不如恶归。浮云随风，零落四野。仰天悲歌，泣数行下。"这首诗我们可以说它过于消极了，但应该承认，它也总结了大量的生活现象，其中也含有某些值得重视的哲理。而且，它的调子在悲切中透着激越，一点也不鼓励人们轻浮的生活，而是更要善待生活。如果说它是悲观的，那么，这是思考的悲观，比起盲目的乐观来，它还是更有价值一些。诗（广义的诗，包括一般创作），有弦外之音，这首诗的价值，至少有一部分就存在于它的弦外之音中。写诗，是作家的任务；解诗，则是读者的任务。我们必须去捕捉这种弦外之音，因为这是题中应有之义；否则，我们进行研究和欣赏的层次将要大受影响。

我们的研究和欣赏一旦进入哲学层次，那就来到了一个真正自由而广大的空间，我们就可以在广袤的土地上自由自在地耕耘和创造了。

（原载《社会科学战线》1999 年第 5 期）

※ 简 评 ※

郭志刚先生的这篇文章赋有自己独到的经验与见解。

看问题全面辩证是这篇论文的一大特点。欣赏与研究，一般都视文学欣赏是浅层次的审美心理活动，文学研究是深层次的审美心理活动，欣赏活动是研究活动的基础。郭先生根据自己积累的丰富经验，摆正了欣赏与研究的辩证关系。"真正的欣赏是必须在研究了之后，才有可能品得真味"，"欣赏是研究的化境"。这个独到见解既全面又辩证，言之有理。从这个意义上讲，纠正了长期被一部分研究者确定的"先欣赏再研究"的片面的说法。

　　论文先将研究、欣赏的整体分割成四个层次来论及文学欣赏与研究的特点、规律。这样的剖析方法，有利于将各层次中的研究与欣赏的特点、规律揭示出来指点给读者，更加有益于初入文学研究、欣赏领域的读者从各个层次把握好文学研究与欣赏的关系与规律。在此基础上作整体研究，欣赏就"顺理成章"了。

　　这篇文章虽然是论文，但郭先生的文笔很优美，读者除获得研究与欣赏的经验外，还可获得审美的愉悦。这是论文的另一大特点。

　　这篇论文也启示读者，文学类的论文不必都写得那么严肃，多点"文学"的形象、生动的色彩，会更耐读，更吸引读者回味思考。

论 欧 阳 修

郭预衡[①]

初读欧阳修的《醉翁亭记》，见他"苍颜白发"，"颓然"于山水林鸟宾客之间，以为此公不过文人之达者，虽欣赏他的文章，对于他的为人，却也并不怎样特别崇敬；后来读他的《与高司谏书》，便觉其人光明磊落、敢说敢骂，不愧为一个正直的文人学者。及至遍读他的文集和专著，才又看到此公不仅是个开一代风气、有几代影响的大作家，不仅于诗、词、文、赋都有突出的成就，也不仅于经学、史学、金石之学都有独到的见解，而且是个很有胆识、"难进而易退"的政治家。

我这个看法，同这些年来对欧阳修的评价，可能有些出入。因为，在一个时期里，评论北宋某些作家，常常是以其人对待王安石变法的态度为标尺。欧阳修据说是反对过王安石变法的，是个保守派，至少晚年趋向保守。于是他的声誉也就受了影响。

因此，论述欧阳修在文史各方面的成就之前，不得不先谈政治。

一、不是保守派，而是改革家

首先要说，欧阳修对政治是关心的，对现实是不满的。

《容斋随笔》卷四记载张芸叟与石司理书，说"顷游京师，求谒先达之门，每听欧文忠公、司马温公、王荆公之论，于行义文史为多；唯欧阳公多教吏事。"问他为什么，他说："大抵文学止于润身，政事可以及物。吾昔贬官夷陵，……无以遣日，因取架阁陈年公案，反复观之，见其枉直乖错，不可胜数。以无为有，以枉为直，违法徇情，灭亲害义，无所不有。并夷陵荒远偏小，尚如此，天下固可知也。当时仰天誓心曰：自尔遇事，不敢忽视。"这是说，欧阳修因为看过许多冤案错案，增强了政治责任感，从此便多谈吏事。这一记载可能是不错的。欧阳修自己也说过："某尝再为县令，然遂得周达民事，兼知宦情，未必不为益。"[②] 这也是说，由于贬官，才懂得吏治。由此看来，欧阳修作为一个政治家，是有实际经历和思想基础的。

但欧阳修作为一个政治家，还不仅由于他有过实际的经历，而且，也由于他对宋朝的政治有比较全面的了解。他对于当时的政治状况是十分不满的。曾经多次指责朝廷因循保守的积弊。例如他说过：

> 臣窃见朝廷作事，常有后时之失，又无远虑之谋，患到目前，方始仓忙而失措；事才过后，已却弛慢而因循。[③]

---

① 郭预衡系北京师范大学文学院资深教授。
② 《欧阳文忠公集·与焦殿丞书》。
③ 《欧阳文忠公集·论京西贼事扎子》。

像这样的意见，有反对农民起义的具体含义，也有批评朝廷积弊的普遍意义。他还说过：

> 臣窃见朝廷作事，常患因循，应急则草草且行，才过便不复留意。①

"因循"，我看是抓住了宋代"朝廷作事"的特点。上下因循，没有实效。欧阳修对这风气极不满意。他又说道：

> 臣伏思从来臣僚非不言事，朝廷非不施行；患在但著空文，不责实效。故改更
> 虽数，号令虽繁，上下因循，了无所益。②

这里说的"上下因循，了无所益"，并非夸大之辞，事实真是这样。对此，欧阳修也讲过具体事例。比如，当时朝廷下令，州县官吏并不执行。他们要看一看，等一等。"或相谓曰：且未要行。不久必须更改。"事情真是不出所料，"旦夕之间，果然又改。"③由于朝廷作事因循苟且，下面也就敷衍了事。又如，当时国家养兵，费用很大，但是军队根本不能打仗。"卫兵入宿，不自持被而使人持之；禁兵给粮，不自荷而雇人荷之。"欧阳修说："其骄若此，况肯冒辛苦以战斗乎？"④

兵骄吏冗的情况，欧阳修了解得相当具体，因此他曾积极主张改革。

要改革，首先要从朝廷作起，兵骄吏冗，根源全在朝廷因循苟且。朝廷对外苟安求和，以致不修战备。欧阳修认为这是最危险的。庆历三年，他初到谏院，便上《论河北守备事宜扎子》，他说：

> 臣窃怪在朝之臣，尚偷安静，自河以北，绝无处置，因循弛慢，谁复挂心！

又在《论军中选将扎子》中说：

> 臣亦历考前世有国之君，多于无事之际，恃安忘危。……然未有于用兵之时而
> 忘武备如今日者！

欧阳修的这些意见是直接指责大臣和皇帝的，话说得相当尖锐。"在朝之臣，尚偷安静"，"有国之君"，"于用兵之日而忘武备"，这是什么样的君臣？这样的君臣治理国家，岂不危险？

但是，欧阳修的意见，当时并没有得到重视，从皇帝到大臣，都是"恐边庭生事"，而"不图预备疆场。"只"偷取安逸"，不管"后世深患"。他们急于同西夏议和，欧阳修陷于孤立。但后来的事实证明他的意见是完全正确的。到了庆历四年，他在《论乞与元昊约不攻唃厮啰扎子》中说：

> 臣自去春，始蒙圣恩，擢在谏列，便值朝廷与西贼初议和好。臣当时首建不可
> 通和之议。前后具奏状扎子十余次论列，皆言不和则害少，和则害多。利害甚详，
> 恳切亦至。然天下之士，无一人助臣言；朝廷之臣，无一人采臣说。今和议垂就，
> 祸胎已成。而韩琦自西来，方言和有不便之状；余靖自北至，始知虏利急和之谋。
> 见事何迟？虽悔无及！当臣建议之际，众人方欲急和。以臣一人，诚难力夺众议。
> 今韩琦余靖亲见二虏事宜；中外之人，亦渐知通和为患。臣之前说，似稍可采。但

---

① 《欧阳文忠公集·论李昭亮不可将兵扎子》。
② 《欧阳文忠公集·论按察官吏第二状》。
③ 《庆历三年，准诏上书》。
④ 《欧阳文忠公集·原弊》。

愿大臣不执前议，早有回心，则于后悔之中，尚有可为之理。

可以看出，欧阳修在和议的问题上确实是有眼光的。他当时敢于力排众议、坚持反对和议，这是很不容易做到的。

既然不能议和，就不免用兵。于是欧阳修主张积极备战。他又提出了一系列的改革军事的建议。其中最重要的一条是"选将"。而选将之法，他主张打破常规。他在《论军中选将札子》中说：

尽去寻常之格，以求非常之人。苟非不次以用人，难弭当今之大患。

这就是说：必须破格用人。欧阳修认为，人才是有的，但是，只有"尽去寻常之格"，人才始能发挥作用。

欧阳修这样的建议不止提过一次。他后来又在《论李昭亮不可将兵札子》中说道：

方今天下至广，不可谓之无人，但朝廷无术以得之耳。宁用不才以败事，不肯劳心而择材。事至忧危，可为恸哭。臣见朝廷所以乏人任用之弊，盖为依常尚例，须用依资历级之人，不肯非次拔擢。所以无人可用。……臣曾累次上言练兵选将之法，未赐施行；又曾言乞于沿边十数州且选州将，亦不蒙听纳。……

从这一系列的建议来看，说欧阳修保守，是毫无道理的。他在当时不但不保守，而且是个非常积极的改革家。可惜的是，在因循苟且无所作为的宋仁宗时代，他的意见不被采纳罢了。

欧阳修一方面主张练兵选将，一方面又提议改革吏治。欧阳修对"骄兵"不满，对"冗吏"尤其不满。他曾说过：

臣伏见兵兴以来，天下公私匮乏者，殆非夷狄为患，全由官吏坏之。①

这里的官吏，特指"州县之吏"。他认为"州县之吏不得其人"的状况，必须改变。他也提出了改革的办法。就是"按察官吏"，在《论按察官吏札子》中他说：

臣伏见天下官吏员数极多，朝廷无由遍知其贤愚善恶，以致使年老病患者，或懦弱不材者，或贪残害物者，此等之人，布在州县，并无黜陟。因循积弊，冗滥者多，使天下州县，不治者十之八九。今兵戎未息，赋役方烦，百姓嗷嗷，疮痍未复，救其疾苦，择吏为先。臣今欲乞特立按察之法。

欧阳修认为，吏治的改革和军事的改革有个共同的关键，就是要选拔人才。军中要"选将"，官中要"择吏"。择吏的办法，首先是按察。对于这件事，欧阳修也是反复讲过多次，有时也是慷慨陈词。他在《再论按察官吏状》中说：

臣自初忝谏官，于第一次上殿日，首曾建言，方今天下凋残，公私困急，全由官廷冗滥者多。乞朝廷选差按察使，纠举年老、病患、脏污、不材四色之人，以行澄汰。……凡臣所言者，乃所以救民急病，革数十年蠹弊之事。

欧阳修在这里提出要精简四种人，在这四种人中，他还认为"不材之人，为害深于脏吏。"因为"不材之人"是最因循苟且的，他们纵容坏人作恶，为害更广。

从这里又可以看出欧阳修不但毫不保守，而且是真正敢于大胆改革的政治家。

在建议按察的同时，欧阳修还提出过改革"贡举"的主张。贡举本是选拔人才的一个重要途径，他在《论更改贡举事件札子》中说："贡选之法，用之已久，则弊当更改。"他

---

① 《欧阳文忠公集·论乞止绝河北伐民柘札子》。

主张先策论而后诗赋，以避免"童子新学全不晓事之人"，"幸而中选"。这办法也是针对多年存在的积弊而提出来的。

以上这些改革的建议，有的在庆历新政期间，曾经一度施行，但不久即罢。现在看来，这原因不是别的，主要是"因循苟且"的势力太大，几十年的"积弊"不是容易除掉的。

改革虽不成功，但欧阳修的这些主张，却有文献可证，其思想光辉，不可淹灭。

当然，也可以这样提问：欧阳修的改革主张，都是庆历年间提出来的，到了他的晚年，即到了神宗熙宁年间——王安石变法的时候，欧阳修是否趋向保守了呢？这里不得不再讲一讲欧阳修对"变法"的态度问题。

熙宁年间，欧阳修已经不在朝廷作官。经过多次申请，于熙宁元年，出知青州，充京东东路安抚使。熙宁三年，又判太原府、河东路经略安抚监牧使、兼并代泽潞鳞府岚石路兵马都总管，其后又知蔡州。这时王安石正在朝廷作相，推行新法，欧阳修没有参与其事。只在新法下达州县后，欧阳修提了意见，即关于俵散青苗钱的意见。提了意见，是否就算保守呢？从古今历史上的经验看，这是有可能的。但认真考察起来，并非如此。

当青苗法施行之时，上下的意见相当强烈。朝廷曾下告谕，加以解辩。说是"本为惠民"，并且引用《周官·泉府》，说明立法的根据。欧阳修当时有个看法：既然说是"惠民"，那就不要"取息"。对于百姓，引《周官·泉府》，是没有用的。《言青苗钱第一扎子》就是这样讲的：

> 臣窃见议者言青苗钱取利于民为非，而朝廷深恶其说，至烦圣慈命有司具述本末委曲申谕中外以朝廷本为惠民之意。然告谕之后，缙绅之士论议益多。至于田野之民蠢然，固不知《周官·泉府》为何物，但见官中放债，每钱一百文，要二十文利尔。是以申告虽烦，而莫能谕也。……以臣愚见，必欲使天下晓然知取利非朝廷本意，则乞除去二分之息，但今只纳元数本钱，如此始是不取利矣。

欧阳修的这个意见非常明白，就是希望朝廷作事实实在在。既然"取利于民"，就不要怕人议论；明明是"每钱一百文，要二十文利"，却说"本为惠民"，老百姓如何相信呢？

事实上，青苗法的目的是在"取利"，变法的主要目的是要解决国家的财用问题，这一点是不必讳言的。

青苗法执行中还有一个问题是"抑配"。虽然朝廷有令"责州县官吏不得抑配百姓"，但同时又设有"提举勾管等官"去"催促尽数散俵"。欧阳修认为，要想消除"抑配之患"，必须"先罢提举勾管等官"。这个意见当然也是可以考虑的。

欧阳修当时最不满意的，是"俵秋科青苗钱"。他认为"秋科"对农民没有必要，简直就是为了"取利"。因此，他曾一面"奏陈"，一面"擅止"。[①] 如果说，欧阳修曾经反对变法，我看这大概就是唯一的罪状了。但其实这正表现了他的认真负责，既向朝廷负责，又向百姓负责的精神。

还有值得一提的是：王安石变法中的个别项目如"方田均税法"，欧阳修不但不是反对者，而且曾是首倡者。庆历三年，他有《论方田均税扎子》，嘉祐五年，又有《论均税扎子》。但在施行均税过程中，他发现"小人希意承旨者，言利而不言害。"他却不然，尽管他"首言均税"，一旦发现问题，也就"不敢缄默"。见好说好，见坏说坏，比较实事求是。

---

① 《欧阳文忠公集·止散青苗钱放罪表》。

通过"方田均税"一事，欧阳修曾经感叹"朝廷行事至难"。因为，兴办任何一件事情，总是有人"希意承旨"，"言利而为言害"。如果执政的人恰恰喜欢听"利"而不愿听"害"，那就得不到真情实况，结果也就非失败不可。王安石变法失败的原因不少，但我看，他不愿听人"言害"恐是一个重要原因。在这一点上欧阳修倒是比较清醒。他对青苗法提出一点"言害"的意见，是不应责怪的。

再有，欧阳修晚年官位虽大，但曾屡次辞官。例如，当他受人诬告时，曾经力请辩诬并毅然辞官；当他体衰多病时，又曾反复申请，坚决辞官。从这些地方我们又可看到此公出处进退，是很明智的。早年范仲淹荐他"掌书记"时，他曾"同其退，不同其行"；① 晚年辞官，又如此果断，我看可以称得起一个难进而易退的政治家。这一点他同王安石颇有相似之处。王安石在《祭欧阳文忠公文》里曾经称赞他"果敢之气，刚正之节，至晚而不衰。"这话是符合他的为人大节的。

二、"蓄道德而能文章"

曾巩曾经称赞欧阳修"蓄道德而能文章。"② 欧阳修自己也说过；"我所谓文，必与道俱。"③ 又说过："大抵道胜者文不难而自至。"④ "道纯则充于中者实，中充实则发为文者辉光。"⑤ 看来欧阳修把道和文的关系看得十分密切。研究他的文章，也就不得不弄清他的道的含义。

欧阳修论道，不尚空谈，而重实际。他在《答吴充秀才书》中讲到"学者有所溺"时，反对有人"弃百事不关于心"。他是把"道"和生活中的"百事"密切联系起来看的，但是他所谓"道"也不等于"百事"。欧阳修另有《与张秀才第二书》，对于道讲得比较具体。他说："君子之学也务为道，为道必求知古。知古明道，而后履之以身，施之于事，而又见于文章而发之，以信后世。其道，周公孔子孟轲之徒常履而行之者是也。其文章，则六经所载而取信者是也。"又说："孔子之后，惟孟轲最知道，然其言，不过于教人树桑麻、畜鸡豚，以谓养生送死为王道之本。……其事乃世人之甚易知而近者，盖切于事实而已。"欧阳修的这些话，虽然从周公孔子谈起，但最终是取其"切于事实"，这一点我看非常重要。这就和宋代的道学家之"道"有所不同了。

欧阳修在这封书里还曾反对"诞者之言"，反对"以无形为至道"。这也是很值得注意的。"以无形为至道"，指什么呢？是不是对道学家的批评呢？这里讲的不很明确，但在《答李诩第二书》里就更明确地批评宋代某些儒者的性理之学了。他说："修患世之学者多言性，故常为说曰：夫性，非学者之所急，而圣人之所罕言也。……六经之所载，皆人事之切于世者，是以言之甚详。至于性也，百不一二言之。或因言而及焉，非为性而言也。故虽言而不究。"但是，"今之学者"，"好为性说以穷圣贤之所罕言而不究者，执后儒之偏说，事无用之空言。"他认为，作为"君子"，应该"以修身治人为急，而不穷理以为言。"

---

① 《欧阳文忠公集》附录吴充所著《行状》。
② 《曾南丰集·上欧阳内翰书》。
③ 《苏东坡集·祭欧阳文忠公文》。
④ 《欧阳文忠公集·答吴充秀才书》。
⑤ 《欧阳文忠公集·答祖择之书》。

欧阳修的这些话是反对宋儒性理之学的较早的言论。由此看来，欧阳修的道，是显然不同于道学家之道的。

欧阳修的道不同于道学家，却近似韩愈。他一面反对性理之学，一面也反对佛老。他有《本论》上下篇是专门辟佛的。上篇说："佛法为中国患千余岁，世之卓然不惑而有力者，莫不欲去之。已尝去矣，而复大集。攻之暂破而愈坚，扑之未灭而愈炽。遂至于无可奈何。是果不可去邪？盖亦未知其方也。"他认为："去之"之方，不是"操戈而遂之"，是不是"有说以排之"，他认为，"千岁之患""非一人一日之可为"，"非口舌之可胜"。"去之"之方，全在"修其本"。其所谓"本"，也就是"礼义"。他说："礼义者，胜佛之本也。"可以看出，辟佛，他和韩愈是一致的，但辟佛的方法，则有些不同。他在《本论》下篇还特别提到不必"火其书而庐其居"。但是，单靠"礼义"，能否解决问题呢？所谓《本论》，实际上也仍是书生之论。今天看来，这样的理论也并没有超过韩愈。所以苏轼说他"论大道似韩愈"。甚至说："欧阳子，今之韩愈也。"[1]

但是，欧阳修论大道似韩愈，却也并不等于韩愈。韩愈比较迂腐，欧阳修则比较切实。而且，更重要的，在出处进退，立身行事方面，欧阳修的刚正不阿、无所畏惧，又远在韩愈之上。尽管在行文之时，欧阳修不像韩愈那样气势磅礴，声色俱厉，但他那"容与闲易"、"不大声色"之中，也自有"百炼钢化为绕指柔"之势。这就形成了他的文章的思想特点和风格特点。

欧阳修也不像韩愈那样急于作官，但他却很重视作个谏官。重视谏官，当然又同韩愈有些相似之处。例如韩愈写过《争臣论》，欧阳修也写过《上范司谏书》《与高司谏书》。韩愈的文章这里不论；欧阳修的这些文章都表达了他的为人之道。王安石所谓"读其文，则其人可知。"确是如此。尤其读后一篇文章，更可见其为人。

在《上范司谏书》中欧阳修说："司谏，七品官尔。于执事得之不为喜，而独区区欲一贺者，诚以谏官者，天下之得失，一时之公议系焉。"又说："士学古怀道者，仕于时，不得为宰相，必为谏官。谏官虽卑，与宰相等。天子曰不可，宰相曰可。天子曰然，宰相曰不然。坐于庙堂之上，与天子相可否者，宰相也。天子曰是，谏官曰非。天子曰必行，谏官曰必不可行。立殿陛之前，与天子争是非者，谏官也。宰相尊，行其道；谏官卑，行其言。言行，道亦行也。"可以看出，欧阳修之所以如此看重谏官，就是因为谏官能够"行其言"，也即是能够"行道"。在他看来，作个谏官，乃是"行道"的一个重要途径。

也就因此，欧阳修对于谏官的要求很高。他说："非材且贤者，不能为也。"而一旦遇到那"非才且贤者"时，他也就不能容忍。他的《与高司谏书》骂高若讷"不复知人间有羞耻事"，就是因为高若讷丧失了作谏官的基本品质。

高若讷身为谏官，而当范仲淹无辜被贬时，他不但不敢谏诤，反而谏毁范仲淹的为人，这就引起了欧阳修的愤怒。他说：

> 希文（范仲淹）平生刚正，好学通古今，其立朝有本末，天下所共知。今又以言事触宰相得罪。足下既不能为辨其非辜，又畏有识者之责己，遂随而诋之，以为当黜。是可怪也。夫人之性刚果懦软，禀之于天，不可勉强，虽圣人亦不以不能责人之必能。今足下家有老母，身惜官位，惧饥寒而顾利禄，不敢一忤宰相以近刑

---

[1] 《居士集序》。

祸，此乃庸人之常情，不过作一不才谏官尔。虽朝廷君子亦将闵足下之不能，而不责以必能也。今乃不然，反昂然自得，了无愧畏，便毁其贤以为当黜，庶乎恕己不言之过。夫力所不敢为，乃愚者之不逮，以智文其过，此君子之贼也！

这篇文章可谓"气尽语极，急言竭论"，但又委曲宛转、极尽挖苦之能事。话讲得非常明白，文写得非常艺术。千古文章，难得这样的佳作。我看只有鲁迅的《答杨邨人先生公开信的公开信》那种行文艺术，可以与之比美。

欧阳修能够写出这样的文章，有他的道德基础，不是任何人都写得出来的。他在《与尹师鲁书》中曾经讲到"士有死不失义"，大义所在，就不该"俯仰默默"。于是，敢说敢骂，就成了他这篇文章的特色。

当然，写出这样的文章，是要冒着危险的。正是由于这篇文章，他也遭到贬谪。

但欧阳修并不因此而消极。此后他还是继续写这样的文章，庆历三年，他被推荐而作了谏官。一有这个"行其言"的机会，他便知无不言，发表了大量的政论文字。到了庆历五年，当杜衍、范仲淹、韩琦、富弼等又因"朋党之议"而相继罢官时，欧阳修便立即义正词严地写了《论杜衍范仲淹等罢政事状》，直接同庆历四年十一月朝廷所下的"诏书"相对抗。"诏书"曾说"朕闻至治之世，元凯共朝，不为朋党，""而承平之弊，浇竞相蒙，人务交游，家为激汗，更相附离，以诘名誉。"欧阳修针锋相对地说："臣窃见自古小人谗害忠贤，其说不远，欲广害良善，则不过指为朋党。""惟有指以为朋，则可一时尽逐。"这就直斥"诏书"之言为"小人"之辞。在当时的历史条件下，敢于这样讲话，是难能可贵的。

大约在这同时，欧阳修还写了一篇著名的《朋党论》（"论"当作"议"），驳斥"朋党之说"。他说："臣闻朋党之说，自古有之。""后汉献帝时，尽取天下名士囚禁之，目为党人。及黄巾贼起，汉室大乱，后方悔悟，尽解党人而释之，然已无救矣。""唐之晚年，渐起朋党之论。及昭宗时，尽杀朝之名士，或投之黄河，曰：此辈清流，可投浊流。而唐遂亡矣。"于是他说："能禁绝善人为朋，莫如汉献帝，能诛戮清流之朋，莫如唐昭宗之世，然皆乱亡其国。"这篇文章引古证今，史实俱在，是非分明，很有说服力。

当时被指为"朋党"的人，今天看来，大抵都是一些比较志同道合的正派人物。与其说是"同党"，不如说是"同道"。范仲淹是"朋党"中的头面人物，欧阳修替他讲话，并没有个人私情。范仲淹是"先天下之忧而忧，后天下之乐而乐"的人，这样的为人之道正是欧阳修所赞成的。因此，所谓同党，不过是同道而已。这是可以从他的很多文章看得出来的。例如鲁迅曾经提到的那一篇《读李翱文》，就是赞扬以天下为忧的作品。欧阳修在这篇文章里赞赏李翱不愿叹老嗟卑而忧以天下，并且联系宋朝的现实发表了评论。他说：

呜呼，使当时君子皆易其叹老嗟卑之心，为翱所忧之心，则唐之天下，岂有乱与亡哉？然翱幸不生今时，见今之事，则其忧又甚矣。奈何今之人不忧也？余行天下，见人多矣，脱有一人能如翱忧者，又皆贱远，与翱无异。其余光荣而饱者，一闻忧世之言，不以为狂人，则以为病痴子；不怒，则笑之矣。呜呼，在位而不肯自忧，又禁他人使皆不得忧，可叹也夫！

在欧阳修看来，宋朝的天下是比唐朝的天下更可忧虑的，但宋朝的执政者却不肯以天下为忧；如有以天下为忧的人如范仲淹等，又都遭到贬斥。文章以谓"在位而不肯自忧，又禁他人使皆不得忧"云云，是深有愤慨的话。

欧阳修的这种愤慨之情，随时都有发泄。《尹师鲁墓志铭》也是这样的作品。

这篇《墓志》首先讲尹师鲁的文学、议论和才能，为天下之士所共知；但欧阳修所更强调的，是他为人之"大节"。他说："至其忠义之节，处穷达，临祸福，无愧于古君子，则天下之称师鲁者，未必尽知之。"于是欧阳修也就突出地表彰他这一方面。文章说：

> 天章阁待制范公贬饶州，谏官御史不肯言，师鲁上书，言仲淹臣之师友，愿得俱贬。贬监郢州酒税。

"谏官御史不肯言"，尹师鲁则挺身而出，"愿得俱贬"。这种不怕丢官、勇于仗义的行为，是欧阳修十分赞赏的。尹师鲁和范仲淹同样，也是个以天下为忧的人。这篇《尹师鲁墓志铭》，就是表彰其人的为人之道。

像这样的"墓志铭"，在欧阳修的文章里还有不少。其中有义愤，有不平，不可因"墓志"二字而看作"谀墓"文章。欧阳修在讲到这些文章的时候曾经说过："自明道景祐以来，名卿臣公，往往见于余文矣。至于朋友故旧，……自尹师鲁之亡，逮今二十五年之间，相继而殁，为之铭者至二十人。"[1] 他写这些文章是很费苦心的。写的虽多，却不轻易动笔，动笔之时，则"止记大节，期于久远。"但这样一来，却又"难满孝子意"。有的死者家属，并不懂得作者的用心。例如他写了《尹师鲁墓志铭》之后，师鲁的家属就不满意，"尹氏之子"就曾另请韩琦"别为墓表"；他写了《范文正公神道碑》后，"范氏之子"也曾"擅自污损"。欧阳修曾经感叹道："以此见朋友门生故吏，与孝子用心常异！"[2] 由此看来，欧阳修这类文章的内容、意义，在当时就不是人人都能理解的。

为了答辩，欧阳修又写过一篇《论尹师鲁墓志》。这篇文章也很重要。其中讲到"世之无识者"指责"铭文不合不讲德"的话。由此又可看出，欧阳修所讲的"道"是与"世之无识者"所谓"德"并不相同的。事实上，欧阳修在《尹师鲁墓志铭》中处处都在表彰尹师鲁的道德品质，诸如"上书论范公而自请同贬"之类；不过，这是一个以天下为己忧的政治家之"道"，和那空谈性理的道学家之"道"有所不同罢了。

从《尹师鲁墓志铭》这类文章来看，欧阳修所说的"道"，也就是为人的"大节"。从为人的大节来看，欧阳修的道虽然和韩愈相似，如前所述；但也有和韩愈不大相同的地方。例如韩愈贬官之后，他那直官敢谏的气概便有所收敛，不似贬官之前。他在潮州写的《谢表》、《祭鳄鱼文》等，骨气就很不够了。欧阳修不然。他对韩愈本是非常推崇的，但他对于韩愈的这一表现也很不满意。在《与尹师鲁书》中他说："每见前世有名人，当论事时，感激不避诛死，真若知义者；及到贬所，则戚戚怨嗟，有不堪之穷愁，形于文字。其心欢戚，不异庸人。虽韩文公不免此累。"这是对韩愈很痛心的批评，从而也表明了自己的志气。他还说："因此戒安道（余靖），勿作戚戚之文。"就是说，不要作韩愈那种"戚戚怨嗟"的文章。

欧阳修告诫安道不要写"戚戚"的文章，他自己也确实是实践了这个主张的。他在滁州所作《丰乐亭记》、《醉翁亭记》等，就没有"不堪之穷愁"，只讲"山水之乐"。例如《醉翁亭记》说："醉翁之意不在酒，在乎山水之间也。山水之乐，得之心而寓之酒也。"又说："禽鸟知山林之乐而不知人之乐，人知从太守游而乐，而不知太守之乐其乐也。"身在贬谪之中，而大讲禽鸟游人的山水之乐，这样的文章不仅和韩愈不同，和柳宗元也并不相同。

---

① 《欧阳文忠公集·江邻几文集序》。
② 《欧阳文忠公集·与杜诉论祁公墓志书》。

为什么能够作到这样？欧阳修有《答李大临学士书》说得明白："修在滁三年，得博士杜君与处，甚乐。……今足下在滁，而事陈君与居，足下知道之明者，固能达于进退穷通之理。能达于此而无累于心，然后山林泉石可以乐；必与贤者共，然后登临之际有以乐也。"这里说的"达于进铭穷通之理"。也即是《尹师鲁墓志铭》中所说的"处穷达、临祸福，无愧于古君子"的意思。这就是说，一个人立身行事，不管处于什么地位，也不可改变为人的大节。既敢于伸张正义，就不能惧怕任何灾祸。有了这样的精神准备，那么，无论遇到什么困境，也就处之泰然了。由此看来，欧阳修贬官滁州，不作"戚戚之文"，而盛称"山水之乐"，正是他的为人大节所在，并不是或不仅是暗示他自己治滁的政绩或隐寓古人的"乐民之乐"，更不是消极颓唐而寄情山水。

总的看来，欧阳修的各类文章都是体现着他的为人之道的。宋人的文章往往喜欢论道，哪怕是传记文或游记文，也往往夹些论道的成分。这是宋代文章的一个特征，不止欧阳修一个人如此，曾巩、王安石、苏轼无不如此。不过，欧阳修的文章写得自然，论道而不说教，这是他"蓄道德而能文章"的一个主要特征。在当代，除了苏轼，很少有人能够企及。

三、博古通今之学

欧阳修作《尹师鲁墓志铭》，曾称君师鲁"博学强记，通知古今。"这八个字对尹师鲁不免溢美，但在欧阳修自己，我看足以当之。因为他不但是个文学家，而且是个学者。于经学有所发明，于史学有独立的著作，于金石之学且有开辟之功。

欧阳修的经学，曾受唐人影响，敢于提出自己的创见。唐人的经学，在魏晋六朝之后，思想是比较开阔的，不全拘于汉儒的师说，如啖助、赵匡、陆淳之于《春秋》，就打破了三传的门户之见。但一般说来，唐代的诗人作家，不治经学。宋代不同了，欧阳修对《春秋》《诗》《易》，都有研究。苏辙曾经说他"长于《易》《诗》《春秋》，其所发明，多古人所未见。"[1] 这对于宋朝一代的学风是有影响的。《四库全书总目提要·毛诗本义》也曾提出："自唐以来，说诗者莫敢议毛郑，虽老师宿儒，迹谨守小序。至宋而新义日增，旧说几废。推原所始，实发于修。"《提要》对宋儒的"新义"是有所不满的，对欧阳修的"敢议毛郑"也不是完全肯定的。但从这些话里却可看出，欧阳修治经，对于尔后的"宋学"，起了"发难"的作用，在学术史上影响不小。《提要》又说欧阳修对于毛郑二家之义也不是随意翻新，而是"尽其说而理有不通，然后论正之。""本出于和气平心，以意逆志，故其立论，未尝轻议二家，而亦不曲徇二家。其所训释，往往是诗人之本志。"这些话比较符合欧阳修所著《毛诗本义》的实际，评价是不低的。

欧阳修在经学上的主要成就还不在于《诗》，而在于《易》。他曾认为《易》之《系辞》不是"圣人之作"。他说《系辞》里的"先言何谓而后言子曰者，乃讲师自为答问之言尔，取卦体以为答也。亦如《公羊》《谷梁》传《春秋》，先言何曷，而后道其师之所传以为传也。"[2] 欧阳修还认为，不仅《系辞》不是"圣人之作"，另一些篇章也非"圣人之作"。他在《易童子问》里说："童子问曰：《系辞》非圣人之作乎？曰：何独《系辞》焉，

---

① 《栾城后集·欧阳文忠公神道碑》。
② 《欧阳文忠公集·传易图序》。

《文言》、《说卦》而下，皆非圣人之作；而众说淆乱，亦非一人之言也。"又在《易或问》里也说："或问《系辞》果非圣人之作，前世之大儒君子不论，何也？曰：何止于《系辞》？舜之涂廪浚井，不载于六经，不道于孔子之徒，盖里巷人之语也。"在欧阳修看来，古书之托为"圣人之作"者，往往是后人所作。这是符合古代书籍的实际情况的。但是，欧阳修的这一见解，曾经长时不为人们所接受，他曾很有感慨地说："余谓《系辞》非圣人之作，初者可骇，余为此说迄今二十五年矣，稍稍以余言为然也。"由此可见，欧阳修的这一见解，在当时是很大胆的。

欧阳修又不止怀疑过《易》之《系辞》等等，他对于别的经书，也常常信经而不信传。他在《春秋论》里就说："经之所书，予所信也；经所不书，予不知也。"又在《春秋或问》里说："经不待传而通者十七八，因传而惑者十五六。"他的这些看法，当时赞成者不多，但他十分自信。他说："余尝哀夫学者知守经以笃信，而不知伪说之乱经也，屡为说以黜。而学者溺其久习之传，反骇然非余以一人之见决千岁不可考之是非，欲夺众人之所信，徒自守而莫之从也。余以谓自孔子殁至今，二千岁之间，有一欧阳修者为是说矣；又二千岁，焉知无一人焉与修同其说也？"[①] 由此看来，欧阳修在经学上的这些看法，在当时确是独到之见。所谓"一人之见"，现在看来，正是真知灼见。他希望二千年后有"一人焉"能够和他"同其说"，现在看来，不到二千年，和他"同其说"者，已经不止一个人了。

欧阳修在经学方面的这类看法，有时也在策问进士的题目中加以发挥。他在《问进士策》中关于《周礼》就提过疑问。他说："夫内设公卿士大夫，下至府史胥徒，以相副贰，外分九服，建五等，差尊卑以相统理，此《周礼》之大略也。而六官之属略见于经者五万余人，而里闾乡都之长，军师卒伍之徒不与焉。王畿千里之地，为田几井，容民几家？王官王族之国几数？民之贡赋几何？而又容五万人者于其间，其人耕而赋乎？如其不耕而赋，则何以给之？夫为治者，固若是之烦乎？此其一可疑者也。"拿《周礼》设官的数目，和当时耕地的面积、贡赋的多少相比较，所提的问题，确实揭出了矛盾。为政之烦如此，实在令人怀疑。但是在这以前，王莽改制，就曾根据《周礼》；在这稍后，王安石变法，也曾引证《周礼》。虽曰托古改制，但这"古"既不可靠，改制也就失去根据了。当然，对于《周礼》的怀疑，也不是始于欧阳修，但他所提的问题，是很有说服力的。

欧阳修策问进士还对《中庸》提出了异议。他问："礼乐之书散亡，而杂出于诸儒之记，独《中庸》出于子思，子思，圣人之后也。其所传宜得其真，而其说有异乎圣人者，何也？《论语》云：'吾十有五而志于学，三十而立，四十而不惑，……'孔子之圣，必学而后至，久而后成。而《中庸》曰：'自诚明谓之性，自明诚谓之教。''自诚明'，生而知之也；'自明诚'，学而知之也。若孔子者，可谓学而知之者，孔子必须学，则《中庸》所谓自诚而明、不学而知之者，谁可以当之欤？"这个问题提得十分有力，这是对《中庸》唯心主义人性论的致命的驳斥。前面说过，欧阳修是不赞成宋儒的性理之学的，而宋儒的性理之学恰好是以《中庸》为重要的理论依据。因此，欧阳修对《中庸》提出的问题，也正是他对理性之学的意见。

欧阳修在经学方面虽有很多大胆的创见，但他治学的态度和方法却是谨慎的。例如他对毛郑之诗虽有疑难，却并不随意改动二家之说。他说："予疑毛郑之失既多，然不敢轻为改

---

① 《欧阳文忠公集·廖氏文集序》。

易者，意其为说不止于笺传，而仇己不得尽见二家之书，未能遍通其旨。夫不尽见其书，而欲折其是非，犹不尽人之辞，而欲断其讼之曲直，其能果于自决乎？其能使之必服乎？"① 虽有怀凝，却不轻为改易，这种治学态度是很严肃的。其所以如此，又同他的治学目的很有关系。据说他治经学，是"务究大本"，而"不过求圣人之意以立异论。"② 所谓"大本"，就是"圣人"立言的本意。欧阳修是个又迂又直的儒者，他虽不满"后儒"，却很迷信"先圣"。因此，他的治学目的，就是要弄清"先圣"的思想实质，并不想自己标新立异。他还有个看法是："圣人之言，去人情不远。"他所不满后儒的，是因为他们"未得其真"。他也不是毫不尊重后儒的意见，他曾说过："然亦当积千万人之见，庶几得者多而近是。"③ 他只是反对那种离开经的本义而擅自为说的人。他说："凡今治经者，莫不患圣人之意不明，而为诸儒以自出之说汩之也。今于经外，又自为说，则是患沙浑水而投土益之也。不若沙土尽去，则水清而明矣。"④ 因此，他主张对于"杂乱之书"，要能"指摘其谬"，做到"功施后世"，"非止效俗儒著述，求一时之名。"例如关于《礼记》，他就认为不可随意改动。他说："其中好语合于圣人者多，但当去泰去甚者尔。更宜慎重。"⑤ "慎重"，这也是治学的一个可贵的态度。

欧阳修治学用力更勤的还不是经学，而是史学。

关于欧阳修的史学造诣，人们曾有不同的看法。但不管怎么说，在"二十四史"当中，欧阳修所参与编修的，竟达四部，其中《新五代史》，且属个人专著。这在古今史家当中，成就是很突出的。欧阳修平生是有志于史的，他说过："予于五代书，窃有善善恶恶之志。"⑥ 他和尹师鲁商量写作五代史志时又说过："吾等弃于时，聊欲因此粗伸其心，少希后世之名。"⑦ 欧阳修是相信《春秋》的褒贬义例的，因此，他所谓"善善恶恶之志"，也就是要学《春秋》的褒贬。他认为五代之乱，有如春秋。他说："五代终始，才五十年，而更十有三君，五易国而八姓，"有足叹者。所以他于《新五代史》每篇发议，几乎都以"呜呼"冠于篇首，寄以无穷的感叹。这是一方面。另一方面，欧阳修作史，目的在于总结历史经验，以为当代的借鉴。北宋前期的文人学者，凡是关心世事的，大抵留心前朝史事，历观成败得失，联系现实，引为教训。欧阳修著《新五代史》的最终目的，也在于此。

欧阳修作史于宋代，而要依仿《春秋》的义例，自然难免迂腐之讥。不过，值得注意的是，他于《春秋》的义例，也自有取舍。例如他于五代之梁，多所贬抑，却不以为"伪"。他在《梁本纪》中发议论说："呜呼，天下之恶梁久矣，自后唐以来，皆以为伪也。至予论次五代，独不伪梁，而议或者讥予失《春秋》之旨。……予应之曰：……夫欲著其罪于后世，在乎不没其实。其实尝为君矣，书其为君；其实篡也，书其篡。各传其实，而使后世信之。"这就是说，事实是什么，便写什么。为君为篡，各传其实。这样的义例是可取的。

---

① 《欧阳文忠公集·诗谱补亡后序》。
② 韩琦：《欧阳文忠公墓志铭》。
③ 《欧阳文忠公集·答宋咸书》。
④ 《欧阳文忠公集·答徐无党第一书》。
⑤ 《欧阳文忠公集·与姚编礼书》。
⑥ 《欧阳文忠公集·王彦章画像记》。
⑦ 《欧阳文忠公集·与尹师鲁第二书》。

当然，在写法上，《新五代史》也有异于《春秋》的地方。欧阳修自有义例，例如《司天考》不书灾异，他发端即声明道："昔孔子作《春秋》而天人备，予述本纪，书人而不为书天，予何敢异于圣人哉！其文虽异，其意一也。"他认为《春秋》虽书"日食星变之类"，但孔子"未尝道其所以然者"。因此，他只讲"人事"，不讲"天意"。他对于秦汉以来史书之记灾异、讲天人感应，是不赞成的。他说："呜呼，圣人既殁而异端起，自秦汉以来，学者惑于灾异矣。天文五行之说，不胜其繁也。予之所述，不得不异乎《春秋》也。考者可以知焉。"可以说，《新五代史》不书灾异，不讲天人，这在中国历代史籍中是个创举。义例虽依《春秋》，却又"不得不异乎《春秋》。"依《春秋》未免迂腐，而异乎《春秋》，则是科学的态度。

《新五代史》总结前代经验、引为鉴戒的事例很多，其中《唐六臣传》之论朋党，是最有代表性的。他说：

> 呜呼，始为朋党之论者谁欤？……当汉之亡也，先以朋党禁锢天下贤人君子，而立其朝者，皆小人也，然后汉从而亡。及唐之亡也，又先以朋党尽杀朝廷之士，而其余存者，皆庸懦不肖倾险之人也，然后唐从而亡。夫欲空人之国而去其君子者，必进朋党之说；欲孤人主之势而蔽其耳目者，必进朋党之说；欲夺国而予人者，必进朋党之说。夫为君子者，故尝寡过，小人欲加之罪，则有可诬者，有不可诬者，不能遍及也。至欲举天下之善，求其类而尽去之，惟指以为朋党耳。……可不鉴哉！可不戒哉！

这一段话也等于一篇《朋党论》，比前面说过的《朋党论》的论据更加具体、更加充分。这显然是有为而发的史论。其目的不止于垂鉴戒、示后世，更直接的目的是借古讽今，依据史实，痛贬时弊。欧阳修给尹师鲁的信中所谓"粗伸其心"者，于此可见。

另一个典型例子是《四夷附录》所论兵事。欧阳修说：

> 自古夷狄服叛，虽不系中国之盛衰，而中国之制夷狄，则必因其强弱。予读周《日历》，见世宗取瀛、莫、定三关，兵不血刃，而史官饥其以王者之师、驰千里而袭人，轻万乘之重于崔苇之时，以侥幸一胜。夫兵法，决机因势，有不可失之时。……世徒见周师之出何速，而不知述律有可取之机也。……不幸世宗遇疾，功志不成。然瀛、莫三关，遂得复为中国之人；而十四州之俗，至今陷为夷狄。彼其为志岂不可惜，而其功不亦壮哉！夫兵之变化屈伸，岂区区守常者所可识也！

这一段话要和欧阳修另外谈论兵事的文章合看。欧阳修始终反对军事上因循苟且，主张备战出攻，这在前面已经说过。尤其是在《言西边事宜第一状》中，更说到用兵的时机问题。他总结庆历以来用兵的经验教训，指出"往年已验之失"，提出"今日可用之谋"，认为应定"出攻之计"，要用"制人之术"。不要"处处为备"，致使"我劳彼逸"；而要"移我所害者予敌，夺敌所利者在我。"他认为这时只有进攻，才能防守。但宋代朝廷始终委屈求和，不但不能攻取十四州的土地，而且还要赂以大量的银帛。欧阳修对于宋代统治者的懦弱无能，是十分不满的，而于前代周世宗的奋发有为，则是十分钦佩的。他对周世宗不幸而"遇疾"，以致"功志不就"，非常痛惜。他是希望宋代能够继续这样的功烈的。像这样的议论，讲的是史历，针对的却是现实。文章最后批评"守常者"，其实也正是对宋代因循积弊的指责。

　　著书以垂鉴戒，是欧阳修著《新五代史》的主要目的。这在北宋当时是有其政治原因的。北宋时期的一些关心国事的文人学者，一般都很注意研究前代治乱兴衰的历史经验，以为当代的借鉴。欧阳修如此，其他史家如尹师鲁、司马光，也是如此。他们的注意之点都在治乱兴衰，而不在典章文物。因此，欧阳修也好，司马光也好，其所记述的重点，都在政治得失，而不在文献存亡。前人对于这样的写法是有过意见的，以为这是欧史的缺点。今天看来，作为一代之史来要求，这确是个缺陷；但作为一家之言来看待，这也正是一个特点。

　　《新五代史》不详典章制度，是个缺点，但是，能否由此便说欧阳修不重视历史文献呢？从欧阳修的全部学术造诣来看，事实也并不如此。事实上，欧阳修对于古代文献还是非常注意的。所著《集古录》就是明证。

　　欧阳修曾经说过："君子之于学，贵乎多见而博闻也。"[1] 他于治史之外，颇勤于收集金石器物。有时得一"古器铭文"竟至"惊喜失声"[2]，因此收集相当丰富。他在《集古录目序》里说："上自周穆王以来，下更秦汉隋唐五代，外至四海九州，名山大泽，穷崖绝谷，荒林破冢，神仙鬼物，诡怪所传，莫不皆有。"不仅"轴而藏之"而且"撮其大要，别为录目"，著为"跋尾"，成为一部空前完整的金石录。这在当时是一门新的学问。在他以前，没有人这样认真地作过。他曾说："自予集录古文，时人稍稍知为可贵，自此古碑渐见收采也。"[3] 由此可见，《集古录》之作，实有开创之功。

　　欧阳修著《集古录》，也并不是完全像他在《集古录目序》中说的，只是因为"性颇而嗜古"，而是别有目的。他在《唐孔颖达碑》的"跋尾"中又说过碑中文字"可以正传之谬"，"余家所藏，非徒玩好而已。"又在《唐盐宗神词记》的"跋尾"中说："余家集录古文，不独为传记正讹谬，亦可为朝廷决疑议也。"就是说，既可以之正史，又可用以决疑。于史有补，于时有益。这是欧阳修自己明言的目的。但《集古录跋尾》之作，还有一个没有明言的目的，是排斥佛老。证据是很多的。例如《唐司刑寺大脚迹敕》的"跋尾"就有这样的话：

　　　　方武氏之时，毒被天下，而刑狱惨烈，不可胜言，而彼佛者，遂见光迹于其间，果何为哉？自古君臣事佛，未有如武氏之时盛也。祝朝隐等碑铭可见矣。然祸及生民，毒流王室，亦未有如斯之甚也。碑铭文辞不足录，录之者，所以有警也。俾览者知无佛之世，诗书雅颂之声，斯民蒙福者如彼；有佛之盛，其金石文章与其人之被祸者如此，可以少思焉！

　　这里说得明白：《集古录》之所以收录这个碑铭，不是因为它文辞可取，而是为了用它警戒世人。无佛之世，斯民蒙福；而有佛之盛，其人被祸。用历史事实来辟佛，比空发议论更有效果。

　　更为突出的例子是《唐华阳颂》的"跋尾"。《华阳颂》是涉及唐玄宗的迷信事迹的。欧阳修借此对佛老二氏进行了强烈的攻击。他说：

　　　　玄宗尊号曰圣文神武皇帝，可谓盛矣。而其自称曰上清弟子者，何其陋哉！方其肆情奢淫，以极富贵之乐，盖穷天下之力不足以赡其欲。使神仙道家之事为不

---

① 《欧阳文忠公集·集古录跋尾·叔高父煮篁铭》。

② 《欧阳文忠公集·与刘原父书》。

③ 《欧阳文忠公集·集古录跋尾·后汉樊常侍碑》。

无，亦非其所可冀；矧其实无可得哉！

唐玄宗是个奢淫的帝王，却妄称上清弟子。欧阳修认为，即使世上真有神仙，也不会收录玄宗这样的徒弟，何况根本没有神仙！这里首先对唐玄宗其人作了鄙夷的讽刺。然后又说：

甚矣佛老之为祸也！佛之徒曰"无生"者，是畏死之说也。老之徒曰"不死"者，是贪生之说也。使其所以贪畏之意笃，则弃万事绝人理而为之。然而终于无所得者何哉？死生，天地之常理，畏者不可以苟免，贪者不可以苟得也。

这几句话，是唐宋两代排斥佛老的极其重要的理论，这是欧阳修借跋《华阳颂》而发挥的一篇精辟的见解。唐玄宗之所以自称上清弟子，就是因为其人一生富贵已极，于是便比常人更加贪生畏死，希望长享人间富贵。而佛教讲"无生"，道教讲"不死"，正是迎合贪生畏死者的欲望的。从傅奕、韩愈等辟佛以来，像欧阳修这样一针见血地揭破佛老二氏理论的，一直还没有过。

《集古录跋尾》中还有不少的篇章是用具体的事例揭发佛老迷信之虚妄。这里体现着欧阳修反对佛老的一贯思想。

欧阳修在《唐徐诰玄隐塔铭》的"跋尾"中还有下面一段讲：

呜呼，物有幸有不幸者，视其所托与其所遭如何尔。《诗》、《书》遭秦，不免煨烬；而浮图老子，以托于字画之善，遂见珍藏。余于集录，屡志此言，盖虑后世之以余为惑于邪说者也。比见当世知名士，方少壮时，力排邪说，及老病畏死，则归心释老，反恨得之晚者，往往如此也。可胜叹哉！

在这里，欧阳修又进一步说明他在《集古录跋尾》中反复排斥佛老的原因。既然佛老之说借金石碑刻而保存，则集录之时，也就必须批判。如果存而不论，就恐不免"惑于邪说"之讥。这个解释是必要的。这对世人也有所讽刺。欧阳修早年是辟佛老的，这在前面已经谈过。但《集古录》成书较晚，他在这里也是不得不加说明：他同世上的某些"知名士"不同，虽到老病之年，也并不"畏死"，也并不"归心佛老"。从他的说明可以看出，他对佛老的排斥，是始终一贯的。

综上所说，可见欧阳修为学的范围甚广，但有个特点：目的都很明确。这同后代某些脱离实际的学者不同。这是很可贵的。此外，他的谱录之学以及笔记、诗话之作，也都有心得，这里不再多说。

四、"余事作诗人"

《六一诗话》中有这样的话："退之笔力无施不可，而尝以诗为文章末事，故其诗曰：'多情怀酒伴，余事作诗人'也。"欧阳修称韩愈的话，我以为也可用来论他自己。欧阳修于诗文词赋虽然都有成就，但他平生最下功夫的，是在文章，而不在诗词。当然，我这样说，也并不等于低估他在诗词方面的成就。以诗而论，就有新的特点。

欧阳修的诗，首先是继承韩愈、是有"以文为诗"的特点的。所谓"以文为诗"，主要是以议论入诗。以议论入诗，《诗三百篇》中早已有之，但不是大量存在，不是一种倾向，所以不能算作一个特点；真正形成特点的，是从韩愈开始。但在韩愈的时代，还只是个人的特点，不算时代的特点；成为时代的特点，是当宋人大量"以文为诗"之后。而欧阳修就是代表这种特点的较早的宋诗作者之一。

欧阳修"以文为诗"，不仅表现在以个别文句入诗，如《酬诗僧惟晤》说："诗三百五篇，作者非一人"；《食糟民》说："上不能宽国之利，下不能饱尔之讥"，《明妃曲和王介甫》说："胡人以鞍马为家"；《鬼车》说："嘉祐六年秋九月二十有八日"等等，而且表现为几乎全篇的散文化。如《赠李士宁》："吾闻有道之士，游心太虚，逍遥出入，常与道俱。故能入火不热，入水不濡，尝闻其语而未见其人也，岂斯人之徒欤？不然，言不纯师，行不纯德，而滑稽玩世，其东方朔之流乎？"这几句话，说是诗，固可；说是文，也未尝不可。

当然，欧阳修"以文为诗"，还不仅表现为杂以文句，而更表现为用诗来议论时事，用诗来写政论。例如《奉答子华学士安抚江南见寄之作》有云：

> 百姓病已久，一言难遽陈。良医将治之，必究病所因。天下久无事，人情贵因循。优游以为高，宽纵以为仁。今日废其小，皆谓不足论，明日坏其大，又云力难振，旁窥各阴拱，当职自逡巡。岁月渗䕺颓，纪纲遂纷纭。……

像这样的诗意，在前面谈过的一些政论文章里都可看到。例如《本论上》云：

> 夫医者之于疾也，必推其病之所自来，而治其受病之处。……故救天下之患者，亦必推其患之所自来，而治其受患之处。

又如《论包拯除三司使上书》：

> 国家自数十年来，士君子共以恭谨敬慎为贤。及其弊也，循默苟且，颓惰宽弛，习成风俗，不以为非。至百职不修，纪纲废坏。……

两相比较，不过一为散文，一为韵语，表达的方式不同，其实都是政论。

用诗来发议论，这不是诗的功能，至少不是诗的主要功能。诗应该主要用于抒情，而不是用于议论。即使是议论，也应该是为了抒情的议论，而不是旨在说理的议论。

欧阳修写诗之所以出现这种倾向，也许不是像韩愈那样"以诗为文章末事"，因为他对诗歌还是相当重视的。但是，他的主要精力却是用于文章，尤其是用于议论文章。写诗好发议论，恐怕也是受了文章的影响。欧阳修的这一类诗，一般说来，写得都不很好。

欧阳修的诗的特点，于"以文为诗"之外，还有形式自由的一面。苏轼说他"诗赋似李白"。他的很多诗篇，写得自由奔放，很有李白的气魄。例如《太白戏圣俞》：

> 开元无事二十年，五兵不用太白闲，李白高歌行路难。蜀道之难难于上青天，太白落笔生云烟。千奇万险不可攀，却视蜀道犹平川。宫娃扶来白已醉，醉里诗成醒不记。忽然乘兴登名山，龙咆虎啸松生寒。山头婆娑弄明月，九域尘土悲人寰。吹笙饮酒紫阳家，紫阳真人驾云车，空山流水空流花，飘然已去凌青霞。下看区区郊与鸟，萤飞露湿吟秋草。

这首诗的题目一作"读李白集效其体"。从这首诗的形式看，学习李白的痕迹比较明显。此外，欧阳修还有一首《庐山高赠同年刘中允归南康》。传说他自己对这首诗相当自负，梅尧臣对这诗也特别欣赏。今天看来，这只是一首骚体的作品，命意遣词都像李白。但不如《李白戏圣俞》那一首的自然奔放。

在我看来，欧阳修诗的佳作，还不在于这些学韩愈、学李白的篇什，而是他的另外两类作品。一类是像《班班林间鸠寄内》和《重读徂徕集》等，写得沉郁顿挫，笔墨淋漓，感情充沛，出于自然。如《重读徂徕集》：

> 我欲哭石子，夜开徂徕编，开编未及读，涕泗已涟涟。……孔孟困一生，毁逐遭百端，后世苟不公，至今无圣贤。所以忠义士，恃此死不难。

这一类诗也是写得自由流畅的。叙事、议论、抒情结为一体，和那专发议论者不同，议论之中，倾泻着情感。这类作品在风格上是和杜甫接近的。《瓯北诗话》曾举欧阳修的《崇徽公主和蕃诗》中"玉颜自昔为身累，肉食何人与国谋"，说是"英光四射"；又举他的《送杜岐公致仕》中"貌先年老缘忧国，事与心违始乞身"，说是"沉郁深挚，即少陵集中亦无可以拟。"赵翼的这些评语指出了欧诗的精粹所在。

另一类是《田家》、《别滁》等小诗，写得平淡清新，真切有味。如《田家》：

绿桑高下重平川，赛罢田神笑语喧。林外鸣鸠春雨歇，屋头初日杏花繁。

又如《别滁》：

花光浓烂柳轻明，酌酒花前送我行。我亦且如常日醉，莫教弦管作离声。

这样的诗，是同北宋初年"西昆体"相对立的新风格。当时同"西昆体"对立的还有梅尧臣、苏舜钦的作品，欧阳修对梅苏二人是很推许的，但欧诗的成就实在梅苏之上。在所谓"梅苏体"中，欧诗有梅诗的"清切"，却没有梅诗的"古硬"。自然流畅，是欧诗的主要特征。

欧阳修诗的风格对于他的词风也是有影响的。一般说来，欧词在北宋尚有前代词人的余习，他在同代的词人当中似与晏殊有些同调。欧阳修平日对晏殊的为人也是称赞的，不过，二人的作风实有不同，词风也并不相同，晏词风流蕴藉，而欧词则一如其诗，也有平淡和沉郁两方面的特征。如《采桑子》：

轻舟短棹西湖好，绿水逶迤，芳草长堤，隐隐笙歌处处随。无风水面玻璃滑，

不见船移，微动涟漪，惊起沙禽掠岸飞。

这一首不是欧词中最好的作品，但代表着平淡的特点。其他如"独立小桥风满面，平林新月人归后"（《蝶恋花》），"百花千花寒食路，香车系在谁家树"（同前调），等等，则于平淡之中蕴含着深情，是比较出色的作品。

欧词另有些作品是近于沉郁的。如另一首《采桑子》：

画楼钟动君休唱，往事无踪，聚散匆匆，今日欢娱几客同！去年绿鬓今年白，

不觉衰容，明月清风，把酒何人忆谢公。

又如《朝中措》：

平山栏槛倚晴空，山色有无中。手种堂前垂柳，别来几度春风。文章太守，挥

毫万字，一饮千钟。行乐直须年少，樽前看取衰翁。

像这样的词在北宋时期算是写得相当沉郁的。当然也有些颓放。不过这颓放也自有苦衷，"一饮千钟"，不是故作豪语。王国维《人间词话》曾举他的《玉楼春》中"人间自是有情痴，此恨不关风与月"，"直须看尽洛城花，始与东风容易别"等句，说是"于豪放之中有沉著之致，所以尤高。"所谓"沉著"，也即是沉郁。欧阳修表面放达，其实感情执着得很。这在他的诗里词里都是有所流露的。

还有，欧阳修写诗，常常发表议论，而写词，却只是言情。宋代一些作家既然"以文为诗"，于是便将诗的抒情功能一寄于词。欧阳修也正如此。他作诗不免"载道"，而写词则只是"言志"了。如《采桑子》就是一篇有名的言情之作：

去年元夜时，花市灯如昼。月到柳梢头，人约黄昏后。今年元夜时，月与灯依

旧，不见去年人，泪满春衫袖。

欧阳修的这类作品，反映了生活的另一侧面。感情深挚，也比较健康。他当然还有

"玉如肌，柳如眉"一类的句子，对于这些，也不必视为"艳语"而为之辩解；更不必谬称"诗人气质"而证以"风流韵事"①。其实欧阳修的一生，比较能自检束，他的为人出处，是和某些才子文人有些不同的。

诗词之外，欧阳修还写过一些短赋。其中一篇《秋声赋》，已经成为历代传诵的名篇。抒情状物，极有特色。是一篇赋体的散文，也是散体的诗歌。这种体制，前所未有。其艺术成就，在宋代，除了苏轼的《赤壁赋》，是无与伦比的。当然，像这样的作品，在欧阳修的全部著作中，仍属"余事"。

欧阳修的成就是不是就止于这些呢？此公早衰多病，四十之年，"苍颜白发"，并非虚语。他晚年写给王安石的信里曾说："大惧难久于笔砚，平生所怀，有所未尽。"果然，致仕一年，就逝世了。他平生所要完成的事业，恐是有所未尽的。这当然是可惜的事。但尽管如此，他的成就还是巨大的。作为精神遗产，留给后代的，除了上述几个方面之外，我以为还有一点是更为可贵的，即：作为一个正直的文人学者，他还留下了正派的作风、朴实的学风和平易的文风。

欧阳修的作风是正派的。为人处世，刚正不阿。为了国计民生，敢于直言极谏，不怕贬官，不避刑戮。骂高若讷，驳吕夷简，其意气之盛，至今令人神往。及遭陷害，力请辩诬，襟怀坦然，难进易退。正如韩琦所称赞的那样："公之进退，远迈前贤。合既不苟，高惟戒颠。"② 也正是由于具有这样正派的作风，才具有朴实的学风。他作学问，力求真实，不立异论。为学如此，为文也是这样。他主张文章要"中于时病而不为空言"③，反对"好为新奇以自异"④。他既不赞成唐代元结和樊宗师的"以怪而取名"，也曾力矫当时"以诡异相高"的所谓"太学体"⑤。欧阳修自己的文章写得平易自然，影响了宋朝一代的文风。在人所谓"其身正，不令而行"，欧阳修自己的文风正是起了这样的作用。像这样巨大的成就，我以为是值得认真总结的。

（原载《北京师范大学学报》（社会科学版）1980〈3〉）

※简 评※

这是一篇"纠正通说"的学术论文。这类学术论文的写作难度极大。"通说"已为广大读者接受，要转变读者的"通说"形成的观念，既需要论者有博大精深的学问，也需要论者有敏锐公允的辩驳能力，更需要论者有光明磊落的人品、胆识与勇气。在中国古代文学研究领域，郭预衡先生在这几个方面都是常被大家称道的。论文以无可辩驳的事实，鞭辟入里的分析，纠正了评论界长期以来对欧阳修的不公正的评价。

论文值得读者借鉴的经验之一是：论者要有光明磊落的人品。"纠正通说"要"得罪"一部分论者，甚至会牵涉到像"政治"这类敏感的领域，倘若没有磊落的人品就会失去胆

---

① 见刘太杰：《中国文学发展史》。
② 《王文公集·祭欧阳文忠公文》。
③ 《欧阳文忠公集·与黄校书论文章书》。
④ 《欧阳文忠公集·集古录跋尾·唐韦维善论政》。
⑤ 《栾城集·欧阳文忠公神道碑》。

识和勇气，就会放弃课题。郭先生以其磊落的人品有胆有识、有理有节地为欧阳修在史学、文学领域中长期被误解正了名，还他一个公允的评价。

论文值得读者借鉴的经验之二是：重事实、讲道理。"重事实"，这是写论文最基本的也是最重要的原则，然而一些论者常常先有"观点"，再找论据，然后断章取义为己立论所用，或不想下苦功夫，仔细研究事实，而是采用别人的论据，人云亦云。郭先生真正做到了尊重事实，从事实研究出发，得出实事求是的结论。论者针对"通说"中的偏见或错误结论，全方位地运用事实，一一加以分析、澄清，据理驳斥，用大量实例证明欧阳修"不仅是个开一代风气、有几代影响的大作家，不仅于诗、词、文、赋都有突出的成就，也不仅于经学、史学、金石之学都有独到的见解，而且是个很有胆识，'难进而易退'的政治家。"郭先生的论文发表至今，尚未有人反驳他的观点，说明学术界已欣然接受他为欧阳修的正名。该论文的学术价值大家有目共睹。

郭先生研究中国散文史，都是这样一丝不苟，重事实，讲道理。对历代散文家都有公允的评价。郭先生被誉为独一无二的"中国散文史"专家是当之无愧的。

（该论文的写作特点已在第六章中分析，此处不赘述）

明清小说的文化意蕴

郭英德①

明朝和清朝是中国封建社会的最后两个王朝，是中国古代小说最为繁盛的时期。从汉末以来延绵不绝的笔记小说（包括志怪小说与轶事小说），从唐代以来日新月异的传奇小说，从宋代以来流传广泛的话本小说，从元末以来蔚为大观的章回小说，在明清时期无不枝繁叶茂，硕果累累。在中国文学史上，在中国文化史上，小说在明清时期终于大踏步地闯入文坛，展示了矫健挺拔的雄姿和叱咤风云的气魄。

明清小说凝聚了中华民族源远流长的文化传统和文化精神，要真切地认识中华民族的文化传统和文化精神，明清小说是不可多得的通俗读本。本文拟以明清时期几部著名的章回小说为主要对象，从社会历史的深刻思考、人生历程的生动象征和艺术风格的形象展示三个方面，考察明清小说的文化意蕴。

一、社会历史的深刻思考

明清小说的文化意蕴，首先表现为对社会历史的深刻思考。从遥远的夏、商、周，到公元1368年明王朝建立，中华民族的历史车轮已经碾过了三千多年的程途，一路上留下了无数可歌可泣的历史人物，也留下了无数辉煌灿烂的历史事件。明清小说家面对着风云变幻的历史，常常引起深刻的思考，发出各种感慨。

《三国演义》小说的故事，始于汉灵帝建宁元年（168）黄巾起义，东汉趋于分崩瓦解，终于晋武帝太康元年（280）三国归晋，天下统一。如果说，清初毛宗岗父子在小说卷首增添的"夫天下大势，分久必合，合久必分"几句话，不过是小说家习用的"套语"，包含着历史循环的消极感叹，那么，《三国演义》小说截取从"合"（统一的东汉王朝）到"分"（三国鼎立）再到"合"（西晋统一）的历史过程作为整体结构框架，却显示出小说家对社会安定和国家统一的渴望和信心。但是，小说描写的重点显然并不在"合"，而是在"分"，小说家极力从"分"中揭示致乱之源和治乱之术，动乱和分裂是暂时的、不正常的历史现象，安定和统一才是历史的必然要求。

究竟应该由什么样的力量来实现天下统一呢？就历史事实来看，魏、蜀、吴三国本来无所谓正义与邪恶之别。但是《三国演义》小说有意赋予刘备集团以"占人和"、得民心的客观条件，"上报国家，下安黎庶"的政治理想，和统一全国、实施仁政的奋斗目标，所以使刘备集团成为光明理想和正义力量的象征，而与之相对立的曹操集团却被塑造为黑暗现实和邪恶势力的代表。出自于强烈的道德感，小说家明确"尊刘抑曹"，热情歌颂以刘备为典范的仁君仁政，严厉鞭挞以曹操为代表的暴君暴政。按理说，理想的结局应该是由刘蜀一方来

---

① 郭英德系北京师范大学文学院教授、博士生导师。

实现统一。可是严酷的事实是，在历史上真正实现统一的却是从"邪恶"力量曹魏一方中滋长起来的司马氏集团，以"正义"力量刘蜀一方来统一天下终究成为幻灭的理想。于是，暴君战败了仁君，暴政扼杀了仁政，邪恶淹没了正义，黑暗的现实粉碎了光明的理想，小说家的道德信念同严峻的历史事实发生了激烈的冲突。国家的统一并没有给人们带来应有的欢欣，在《三国演义》小说的后半部流溢着浓重的感伤情调，像铺天盖地的迷雾一样弥漫寰宇，压得人喘不过气来。作为对三国历史的总结，小说的结尾引了古风一首，咏叹从汉末动乱到西晋统一的历史，最后写道："纷纷世事无穷尽，天数茫茫不可逃。鼎足三分已成梦，后人凭吊空牢骚。"什么是茫茫"天数"呢？是恶者必然胜利，善者终将毁灭？还是"天下大势，分久必合，合久必分"？究竟是用道德史观来解释历史，更符合历史的发展，还是用历史循环论思想来说明历史，更能窥测历史的真谛？或者，这两种观念原本都和历史毫不相干，历史就是历史本身！

如果说，《三国演义》是在问鼎逐鹿的政权斗争中思考历史兴亡的，那么，《水浒传》则是在绿林好汉的草莽世界中展示社会动乱的。《水浒传》小说的故事始于"洪太尉误走妖魔"，洪太尉奉宋仁宗圣旨，到江西信州龙虎山请张天师祈禳瘟疫，擅自揭开上清宫伏魔殿的石板，放出了一百单八个"魔君"即梁山好汉，散在四面八方；小说的故事终于"宋公明神聚蓼儿洼"，宋江兄弟零落星散后，大半惨死，受玉帝敕封，阴魂聚于蓼儿洼，宋徽宗梦游梁山泊，封宋江为忠烈义济灵应侯，大建祠堂，四时享祭。这一结构客观上构成了一首"魔君三部曲"，即群魔乱世——改邪归正——荣升天神。这首"魔君三部曲"蕴含着多层的寓意：第一，一百单八个"魔君"降生之因，是奉了圣旨的洪太尉"误"放出来的，这隐喻着"乱自上作""官逼民反"是社会动乱的根源。第二，"魔君"降世，即扰乱了"大宋天下"，又成为"宋朝忠良"，他们力图以违背封建秩序的叛逆行为来达到整顿封建纲纪的最终目的。第三，即使"魔君"已经接受招安，改"邪"归"正"了，但在现实社会中仍然不得善终，而且他们整顿封建纲纪的目的也无法真正实现，小说的结局是："煞曜罡星今已矣，谗臣贼子尚依然。"第四，"魔君"虽然惨死，终究还是以"忠义"之心感动了天帝，"符牒敕命"，封为神灵，善到底还是得到了善报。

与《三国演义》小说不同的是，在《水浒传》这一小说结构里，道德信念与历史事实取得了一种表面的和谐。然而，《水浒传》小说却引发了一个更为深刻的思考，即如何看待道德信念自身的分裂和矛盾？这一百单八个"魔君"，究竟是善还是恶？如果是善，何以扰乱"大宋天下"？如果是恶，何以成为"宋朝忠良"？明中叶著名的"异端"思想家李贽曾在《忠义水浒传序》中赞不绝口地称扬宋江："身居水浒之中，心在朝廷之上；一意招安，专图报国；卒至于犯大难，成大功，服毒自缢，同死而不辞，则忠义之烈也。"（明容与堂刻本《忠义水浒传》卷首）然而，《水浒传》小说结构的主体部分，也是最令人感奋激动的部分，决不是"为主全忠仗义，为臣辅国安民"的行为规范，也不是"一意招安""服毒自缢"的"忠义之烈"，而是"撞破天罗归水浒，掀开地网上梁山"的反叛故事，是"掀翻天地重扶起，戳破苍穹再补完"的豪情义举，是"大块吃肉，大碗喝酒"的生活追求，是"四海之内皆兄弟也"的道德理想。《水浒传》小说选择了从"散"（梁山好汉散处各地）到"聚"（"众虎同心归水泊"）再到"散"（梁山好汉死伤殆尽）的历史过程来结构小说，向人们提出了极为棘手的难题：在历史上，草莽世界的社会理想为什么偏偏难以得到实现呢？于是，思考这一难题，使人们更为深刻地认识到封建社会、封建专制的黑暗统治和腐朽本质。

在明清小说中，对社会历史的思考，既指向过去的生活，也指向当下的生活。明清小说不仅为人们披示了风云变幻的历史图景，还为人们描绘了绚丽多彩的现实生活：这里有《金瓶梅》《醒世姻缘传》《歧路灯》等小说的富商乡绅家庭，有"三言"（即冯梦龙的《喻世明言》《警世通言》《醒世恒言》）、"二拍"（即凌濛初的《初刻拍案惊奇》《二刻拍案惊奇》）的平民市井社会，也有《红楼梦》小说的贵族豪门家庭。所有这些，组成了明清时期社会生活的百科全书。

《红楼梦》小说无疑是其中的佼佼者，鲁迅评价道："叙述皆存本真，闻见悉所亲历，正因写实，转成新鲜。"（《中国小说史略》）小说主要缩结了三个故事，即贾宝玉的成长历程、贾宝玉和林黛玉的爱情悲剧以及贵族豪门家庭贾府的盛衰过程，其中贾府盛衰过程的故事构成了全书的文化背景。在小说中，贾府虽然是"昌明隆盛之邦"的"诗书簪缨之族"，但却早已"渐渐地露出下世的光景来了"。贾府的衰朽腐败，首先表现在经济上挥霍奢侈，坐吃山空。他们的日常生活穷奢极欲，如一顿普通的螃蟹宴，便需花费 20 多两银子，刘姥姥叹道："这一顿的钱够我们庄稼人过一年了"。一遇婚丧喜庆，更是极尽挥霍之能事，如元妃省亲时，光买戏子、彩灯等就花了五万两银子，这在当时可买四万担粮食，足够一万人一年的口粮！维持这一家族的浩繁开支，主要依靠残酷的封建地租剥削，小说第五十三回描写的"乌进孝缴租"，便画龙点睛地描写了贾府豪贵残暴的剥削本性。由于过度挥霍，不善经营，贾府在经济上早已入不敷出，日益枯竭了，不得不靠典当、变卖来支撑豪华的生活排场，古董商冷子兴早就旁观者清地说："外面的架子虽未甚倒，内囊却也尽上来了。"贾府的腐朽衰败，还表现为贵族家庭内部勾心斗角，尔虞我诈，充满了倾轧和猜忌，"一个个像乌眼鸡似的，恨不得你吃了我，我吃了你"。父子母女之间，兄弟姊妹之间，姑嫂妯娌之间，夫妻嫡庶之间，以及亲族亲戚之间，都处在复杂交错的矛盾利害冲突之中。贾探春痛心地说："可知这样大族人家，若从外头杀来，一时是杀不死的，……必须先从家里自杀自灭起来，才能一败涂地。"贾府的腐朽衰败，更表现为贵族子弟普遍地腐化堕落。年长的一代已是"箕裘颓堕"，且不说自称"老废物"的贾母了，即如弃官修道、梦想成仙的贾敬，纵情享乐、荒淫残暴的贾赦，昏庸无能、虚伪专横的贾政，又有哪一个堪称"廊庙之才"？年轻的子弟，如贾珍、贾琏、贾蓉聚赌嫖娼，淫纵放荡，更是"垮掉的一代"。贾宝玉虽然厌恶贵族家庭的腐朽生活，但他也是一位流连于脂粉丛中的"富贵闲人"，成天满足于"爱博而心劳"的"无事忙"，从不把家族的盛衰放在心上。古人说："君子之泽，五世而斩。"贾府子弟的一代不如一代，怎样不导致家族的败亡？

盛极而衰，是《红楼梦》小说的总体结构趋向。还在贾府有着"烈火烹油，鲜花着锦"的盛况时，秦可卿的鬼魂就托梦给王熙凤说："月满则亏，水满则溢"，"登高必跌重"；丫头小红就愤慨地说："千里搭长棚，没有个不散的筵席。"兴之盛即衰之始，这是《红楼梦》小说自觉揭示的历史辩证法。秦可卿出丧、元妃省亲等喧腾热闹的场景，只不过是"盛世"的回光返照，贵族家庭的危机已是一触即发，这正是"忽喇喇似大厦倾，昏惨惨似灯将尽"。小说家对即将爆发的社会危机的预感，对盛极而衰的历史趋向的担忧，凝聚在《红楼梦》小说的社会图景之中，散发在《红楼梦》小说的形象画面之外。

的确，社会历史舞台上群雄逐鹿、兴衰成败的事实仅仅是历史的表面形态，社会历史演变中兴亡交替、善恶代谢的因缘才是历史的内在形态。明清小说家对社会历史演变中兴亡交替、善恶代谢的思索、探求、迷惘和感叹，把我们引向了中国古代社会那五彩缤纷、变幻无穷的世界。

二、人生历程的生动象征

明清小说的文化意蕴，也表现在为我们提供了人生历程的生动象征。明清小说以一个个栩栩如生的人物形象，为我们描绘出人生的丰富状貌，向我们揭示出人生的深刻哲理。

在《西游记》小说的艺术结构中，处于中心地位的显然是孙悟空形象。小说描写了孙悟空从出生、成长、奋斗，到功德圆满，成为"斗战胜佛"，达到超凡入圣的最高境界的人生历程，堪称一部孙悟空的英雄史。孙悟空是天生地长、从石头缝里迸出来的神猴，这使他出生伊始，便摆脱了人世间与生俱来的血缘束缚和社会关系，成为一个原生态的、与自然同体的自由自在的"人"。他漂洋过海，寻仙求道，学得七十二般变化，一筋斗十万八千里，天上人间，五湖四海，来去自如，超越了个体生命的能力局限，获得空间上的绝对自由；大闹冥府，勾销了生死簿上的名字，得以"不生不灭，与天地山川齐寿"，他超越了个体生命的生死局限，获得时间上的绝对自由。虽然他已经"超出三界外，不在五行中"了，但却难以逃脱封建社会规范对他的约束。从"弼马温"的任命，到"齐天大圣"的封号，再到"皇帝轮流做，明年到我家"的愿望，孙悟空蔑视皇权、反抗等级制度的叛逆精神越来越强烈的过程，不也是他受到封建社会规范越来越严厉的抑制的过程吗？凭借一身高超的武艺和一柄神奇的金箍棒，他打遍天上、地府和人间，几乎所向无敌，然而他终究逃不脱封建社会规范的严厉制裁，被压在五行山下——如来佛那小小的手掌心，正是无所不在、无所不能的封建社会规范的象征。

在观音菩萨的劝说下，孙悟空皈依佛门，接受了保驾唐三藏西天取经的职责，献身于"普救众生"的正义事业，走上了建功立业的人生道路。从此以后，孙悟空在漫长的取经途中兢兢业业，为追求真理、完善自身而努力奋斗。西天取经，既是他从事正义的事业、充分发挥个人能力的过程，更是他收心敛性、"心猿归正"的过程。西天取经，既是对他的人生的考验，也是对他的人格的重塑，更是对他的信仰、意志和心性的挑战和升华。西天取经的故事充分表现和锤炼了孙悟空主动战斗、斩妖除怪、不畏艰险、勇往直前、积极乐观的斗争精神和美好品德。

《三国演义》小说中"鞠躬尽瘁，死而后已"的诸葛亮，是在"兼济天下"的同时实现"独善其身"的典范。在汉末群雄争霸之时，诸葛亮屈居南阳，躬耕垄亩，静待天时。当时北有"挟天子以令诸侯"的曹操，东有踞长江而窥天下的孙权，近在咫尺的荆州还有汉宗室刘表，但是诸葛亮却偏偏看中了兵不过千、无处栖身的刘备，认定只有刘备才是他一直等待的"明主"。刘备对他推诚相待，君臣投契，如鱼得水，使他得以尽展雄才大略。

在《三国演义》里，诸葛亮既是智慧的化身，又是道德的化身，集忠贞、信仁、坚毅、机智于一身。他出山之后，运筹帷幄，折冲樽俎，创造了鼎足三分之势。火烧新野、舌战群儒，赤壁大战，三气周瑜，七擒孟获，六出祁山……在这一系列辉煌的业绩中，诸葛亮淋漓尽致地施展出补完天地之手、经天纬地之才。而且更为可贵的是，他把尽忠奉献作为人生的终极目的，无怨无悔，生死赴之。刘备临终在白帝城托孤，告诉诸葛亮："嗣子可辅则辅之，如其不才，君可自为成都之主。"诸葛亮震惊得"汗流遍体，手足失措"，泣拜于地，说："臣安敢不竭股肱之力，尽忠贞之节，继之以死乎！"而且他说到做到，"夙夜未尝有息"。直到临终前，他还强支病体，乘车出寨，遍视军营，仰天长叹道："再不能临阵讨贼矣！悠悠苍天，曷此其极！"抒发了"出师未捷身先死"的悲怆情怀。与孙悟空不同，诸葛亮辅佐君王、统一天下的功业是失败了，然而他正是在矢志不渝的奋斗中，证明了自身的能力，锻炼了自身的意志，实现了自身的价值，发扬了自身的道德，塑造出一个对事业无比执着、无比忠贞的完美的理想人格。正因为如此，诸葛亮成为理想的士人的化身，陈寿作《三国志》称他是"治世之良才，管、萧之亚匹"；杜甫热情地歌颂道："诸葛大名垂宇宙"，"万古云霄一羽毛"；陆游感叹道："出师一表真名世，千载谁堪伯仲间"；毛宗岗也称赞他是"古今来贤相中第一奇人"。

与诸葛亮不同，清乾隆间吴敬梓《儒林外史》小说中的杜少卿和四位市井奇人，则代表了另一种生活样式。杜少卿生活在八股考试风靡天下的社会里，出身于"一门三鼎甲，四代六尚书"的贵族家庭，但他却极端蔑视科举功名，瞧不起那些"灰堆里的进士"，抛弃读书做官的传统人生道路。当安徽巡抚李大人准备荐举他应博学鸿词之试时，他却百般推托，装病辞荐，说"这事断不能为"。他心里非常明白："正为走出去做不成什么事业，徒惹高人一笑，所以宁可不出去的好。"所以他宁愿"逍遥自在，做些自己的事"，如携妻游山、别解《诗经》、卖文为生之类，"布衣疏食，心里淡然"。在士人普遍追逐名利的现实社会里，"有心艳功名富贵而媚人下人者；有倚仗功名富贵而骄人傲人者；有假托无意功名富贵，自以为高，被人看破耻笑者"（闲斋老人《儒林外史序》）。而杜少卿以"独善其身"的方式来对抗迷恋"功名富贵"的社会，成为"品地最上一层"的"中流砥柱"，人们称赞他："品行文章，是当今第一人"。当然，杜少卿仍然生活在文人圈子里，还"逍遥自在"得不够彻底。所以吴敬梓虽然称他为"豪杰"，却不得不感慨："风流云散，豪杰才色总成空。"在《儒林外史》小说的结尾，吴敬梓又写了四位市井奇人：在寺院里安身的季遐年、卖纸火筒的王太、开小茶馆的盖宽和当裁缝的荆元。这四位市井奇人，不贪富贵，不畏权势，无拘无束，自由自在，既自食其力，又文采风流，分别爱好琴、棋、书、画，他们实际上是穿着市井衣饰的读书人。他们的做人理想是："每日寻得六七分银子，吃饱了饭，要弹琴，要写字，诸事都由得我。又不贪图人的富贵，又不伺候人的颜色，天不收，地不管，倒不快活？"这使我们联想起孙悟空身为美猴王时的生活："不伏麒麟辖，不伏凤凰管，又不伏人间王位所拘束，自由自在。"然而，在污浊的封建社会里，这四位市井奇人顶多只能向往着世外桃源，"弹一曲高山流水"。小说中写道："荆元慢慢的和了弦，弹起来，铿铿锵锵，声振林木，那些鸟雀闻之，都栖息枝间窃听。弹了一会，忽作变徵之音，凄清宛转。于老者听到深微之处，不觉凄然泪下。"在举世混沌如梦的世界里，真正清醒的人总是感到无限孤独的。对于封建社会来说，他们似乎是多余的人，因为他们既不属于过去，也不属于现在，而是属于将来的。

三、艺术风格的鲜明展示

明清小说的文化意蕴，还表现在它是中国传统艺术风格的鲜明展示。与诗歌、散文相比较，中国古代小说，尤其是明清章回小说，可以说是一种综合性的文体，融汇了诗歌含蓄蕴藉的抒情性，史传铺张扬厉的叙事性，说唱文学抒情与叙事的兼容并俱等艺术特征，因此更为鲜明地展示了中华民族独特的艺术风格。

在表现方法上，明清小说具有写实与虚构相结合的特点。中国古代小说与历史叙事有着极为深厚的渊源关系，不仅小说的生成是作为史传的支流而出现的，小说的成熟与发展也一直得到史传文学的滋养。因此，写实性始终是明清小说的重要审美特征和审美价值。如历史小说家主张"事纪其实，亦庶几乎史"（蒋大器《三国志通俗演义序》），"羽翼信史而不违"（张尚德《三国志通俗演义引》），"记事一据实录"（余邵鱼《题全像列国志传引》）。世情小说家也强调"其事有据，其人可征"（西周生《醒世姻缘传·凡例》）。胡适在《醒世姻缘传考证》中便充分肯定这部小说的"写实"精神，称它"是一部最丰富又最详细的文化史料"，并预言将来研究十七世纪中国社会风俗史、教育史、经济史和政治腐败、民生苦痛、宗教生活的学者，"必定要研究这部书"。影响所及，就连荒诞不稽的神魔小说，如《西游记》《封神演义》等，也点缀着人间的生活，充满着写实的成分。

在强调写实的同时，明清小说家也毫不讳言艺术虚构，甚至以虚构作为小说艺术创作的准则。如明末叶昼在批评《水浒传》时说："《水浒传》文字原是假的，只为他描写得真情出，所以便可与天地相始终。""天下文章当以趣为第一。既然趣了，何必实有其事，并实有其人？"清乾隆间金丰为钱彩的《说岳全传》小说作序，明确主张小说"不宜尽出于虚，而且亦不必尽出于实。"如果事事皆虚，不免过于妄诞，那就失去了历史的真实；如果事事皆实，不免流于平庸，那就失去了小说的品格。高明的小说家善于"虚者实之，实者虚之"。比如在《说岳全传》中，一些主要人物如岳飞、秦桧、兀术等应该是史有其人的，他们的基本性格，如岳飞之忠、秦桧之奸、兀术之横，也要符合历史事实，其余的就不妨驰骋想象，尽情虚构了。小说家创作的分寸在于，凡是虚构的情节，一定要切合人物的基本性格；凡是写实的地方，则要写得动人观听。《说岳全传》第五十九回，写岳飞在朱仙镇大败金兵，士气高昂，正是乘胜追击、恢复中原的大好时机。不料奸臣秦桧矫诏，连发十二道金牌，命令岳飞班师。岳飞踌躇再三，不敢抗旨，只好收兵回朝。这段描写有一定的历史根据，但以秦桧矫诏来显露其奸，用十二道金牌来渲染气氛，又极写岳飞的明知有诈，仍然应命，歌颂他的忠君不渝，这些都出于作家的艺术虚构。这样，就把忠奸斗争写得异常激烈，感人至深。脂砚斋批评《红楼梦》时，也一再强调：《红楼梦》"一部中皆是近情近理必有之事，必有之言"。所谓"必有"，不等于实有，而是一种艺术的真实。所以脂砚斋又说："余最喜此等半有半无，半古半今，事之所无，理之必有，极幻极玄，荒唐不经之处。"整部《红楼梦》就是把社会生活寓于梦幻之境，设置了宏伟的艺术结构，展开了广阔的社会生活，表现了复杂的人际关系，更重要的是揭示了社会发展的必然趋势，概括了作者对理想的探索和追求。说它是假的，是虚构，诚然不错；但是，还有什么比它更真实、更深刻地反映了封建末世的社会走向、生活人情、风俗习惯，表露了文人对封建末世的深切感受呢？

在艺术结构上，明清小说借鉴并发展了古代史传编纂体制的传统，形成了具有民族特色的小说结构。古代史传的编纂体制大致有编年体、纪传体和纪事本末体三种，明清时期的小说，短篇小说（包括文言小说和白话小说）的结构基本上采用纪传体，而长篇章回小说的结构则囊括了以上三种类型。如历史演义小说基本借鉴了编年体史书的结构体制，按照时间发展顺序，依次记述一段历史时期的事件和人物。如《三国演义》从汉灵帝建宁元年（168）黄巾起义写起，顺序展开从东汉末年到三国时期群雄争霸、诸侯割据的全过程，最后以晋武帝太康元年（280）三国归晋结束全书。英雄传奇小说、神魔小说、讽刺小说主要取资于纪传体史书的结构体制，以某一英雄人物或某一英雄群像的经历事迹为线索，展开故事情节。英雄传奇小说如《水浒传》，在第四十一回以前，分别写了王进、史进、鲁智深、林冲、杨志、宋江、武松等一系列人物的传记故事，展示了"众虎同心归水浒"的趋向；在第四十一回以后，宋江成为联系一百零八将的中心人物，小说以梁山义军的群体活动为中心，展开故事情节。神魔小说如《西游记》，结构也大致相似：前七回，写孙悟空的出生和大闹天宫，是一篇"孙悟空传"；第八回至第十二回，写唐僧出生与取经缘起，基本上是"唐僧传"；第十三回至第一百回，则是唐僧、孙悟空、猪八戒、沙僧一师三徒西天取经的事迹。讽刺小说如《儒林外史》，是更为典型的纪传体结构，小说分别以一个人物或几个人物为中心，组成一个个相对独立的故事，各个故事随着有关人物的出现而展开，又随着有关人物的隐去而结束，鲁迅称它"虽云长篇，形同短制"（《中国小说史略》）。而世情小说、才子佳人小说、公案小说、侠义小说等则大多蓝本于纪事本末体史书的结构体制，以一个事件或一组事件为聚焦点，铺排故事，结构情节。世情小说如《金瓶梅》《红楼梦》等，主要叙写的是一个家庭的兴衰变迁。才子佳人小说如《玉娇梨》《平山冷燕》等，描述的是一对或几对才子佳人的姻缘遇合。公案小说、侠义小说如《龙图公案》《施公案》《三侠五义》等，则演说的是一组组断狱勘案的故事或侠行义举的事迹。

在形象塑造上，明清小说塑造了一大批栩栩如生的人物形象，包括一大批个性鲜明的典型人物，在形象塑造方法上表现出与西方古典小说不同的民族特色。例如，丰富多彩的人物行动描写，是小说文体成熟的主要标志之一。一般地说，西方古典小说偏重于突出地描写个体性的行动，如西班牙作家塞万提斯的《堂吉诃德》写个人凭主观幻想行事的脱离实际的行动，英国作家笛福的《鲁滨逊漂流记》写个人向自然争取自下而上发展权利的行动等等。而以明清小说为代表的中国古典小说，则擅长于在群体性的行动中，通过重大的社会矛盾冲突，塑造众多的人物形象，如《三国演义》写三国时期群雄争霸的历史，《水浒传》写梁山英雄群体的反抗行动，《西游记》写一师三徒取经故事，《红楼梦》写贾府几代人的家庭生活等等，都是如此。又如，深入细致的人物心理描写，是小说文体成熟的另一主要标志。一般地说，西方古典小说喜欢孤立地、细腻地刻画人物心理，深入人物的灵魂进行解剖。这一特点到西方现代小说就更为突出了，如法国小说家左拉就把司汤达看做"首先是一个心理学家"（《论司汤达》），司汤达也说自己的职业是"观察人心的"，他的小说《红与黑》便以心理刻画的深刻、细腻见长。而以明清小说为代表的中国古典小说，则习惯于把心理描写融汇到对人物的动作、语言、神态等外部形态的描写之中，形成心理描写的含蓄性特点。如《儒林外史》小说中叙写60多岁的老童生周进，为了生活，不得不给一伙商人做记账先生。一天跟商人们一起到南京贡院游览，他"见两块号板摆得齐齐整整，不觉眼睛里一阵酸酸的，长叹一声，一头撞在号板上，直僵僵不省人事。"被众人救醒后，他又一次次地撞向号板，"放声大哭"，"满地打滚"，"直哭到口里吐出鲜血来"。这段外部动作描写，披示了周进辛酸屈辱、悲怨哀伤、痛不欲生的心理状态，也揭示了周进被封建科举制度严重扭曲的畸形人格。同样，小说中对范进中举后喜极而疯的描写，也有异曲同工之妙。可以说，中国古典小说更多的是通过人物"做什么"来揭示他们"想什么"的，或者说，人物"想什么"是蕴含在"做什么"之中的。像《红楼梦》小说那样对贾宝玉、林黛玉等人的心理活动进行深入肌理的剖析，这在中国古典小说中并不多见。

在语言风格上，明清小说把文言、白话等传统书面语言和社会上流行的生活语言融为一炉，形成了多姿多彩的语言风格。如历史小说"文不甚深，言不甚俗"（蒋大器《三国志通俗演义序》），既通俗又有文采，雅俗共赏，文质兼济，因此为广泛的读者所喜闻乐见。世情小说大多采用世俗气极浓、浅近明白的"市井文字"，形成一种明快晓畅的语言风格。才子佳人小说风格清丽典雅，文人色彩较浓，但也都清通可读，韵味无穷。明末清初的拟话本小说，则大多"游戏神通"，或嬉笑怒骂，或谐谑谈噱，随意发挥，自然成趣，形成一种滑稽诙谐的艺术风格。在中国文学史上，还从来没有一种文体像小说这样兼容并蓄，成为中国古代语言的琳琅宝库。

四、小说繁荣的文化背景

从明代嘉靖年间开始，小说创作呈现出空前的繁荣局面。仅以历史演义小说为例，明末吴门可观道人在《新列国志序》中就说："自罗贯中《三国演义》一书，以国史演为通俗演义百余回，为世所尚，嗣是效颦日众，因而有《夏书》《商书》《列国》《残唐》《南北宋》诸刻，其浩瀚与正史分签并架。"据统计，从万历二十年至明末（1592～1644），新问世的通俗小说就达150种左右。这种繁荣的局面一直持续到清代道光年间，构成中国文学史上的一大奇观。

明清时期小说的繁荣，首先与世俗文化的兴盛互为表里；小说的繁荣既是世俗文化兴盛的结果，也成为世俗文化兴盛的表征。

中国古代社会进入明清时期，一个重要的特点就是世俗文化的兴盛。正德以后的明代社会是传统文化内部剧烈变革的时期，这种局面一直持续到清中期。在经济上，明中后期和清中期商业贸易相当繁荣，商品经济甚为发达，商业活动非常活跃，商人足迹遍及天下。商品经济的繁盛引起了社会的变动，顾炎武《天下郡国利病书》引《歙县志·风土论》说：明中期以后，"末富居多，本富益少，富者愈富，贫者愈贫，……于是诈伪有鬼蜮，讦争有干戈，纷华有波流，靡汰有丘壑。"商品经济的繁盛促使社会生活呈现出丰富多彩的状貌。

在思想上，王守仁心学和泰州学派学说盛行一时。王守仁要求人们体认一种摆脱物欲、无所牵挂的"心体"，但是，就其现实性而言，这种"心体"不能不染上感性情感的色调。而泰州学派的学者们更把心学愈来愈向感性方向推挪，如李贽大讲"童心"，提倡"私欲"，说："如好货，如好色，如勤学，如进取，如多积金宝，如多买田宅为子孙谋，博求风水为儿孙福荫，凡世间一切治生产业等事，皆其所共好而共习，共知而共言者"（《焚书》卷一《答邓明府》）。王艮则指出："圣人之道无异于百姓日用，凡有异者，皆谓之异端。……百姓日用条理处，即是圣人之条理处。"（《心斋王先生全集》卷三《语录》）而李贽所说的"穿衣吃饭，即是人伦物理；除却穿衣吃饭，无论物矣"（《焚书》卷一《答邓石阳书》），更为直截了当，简单明白，完全摘去了罩在"人伦物理"之上的神圣光圈，使它成为世俗的东西了。

作为世俗文化的组成部分，明中期以后举国上下出现了盛极一时的通俗小说接受活动。叶盛《水东日记》卷二十一记载："今书坊相传射利之徒，伪为小说杂事，南人喜谈如汉小王（光武）、蔡伯喈（邕）、杨六使（文广），北人喜谈如《继母大贤》等事甚多。农工商贩，钞写绘画，家蓄而人有之。痴呆妇女，尤所酷好。"袁宏道《东西汉通俗演义序》说："今天下自衣冠以至村哥里妇，自七十老翁以至三尺童子，读及刘季起丰沛，项羽不渡江，王莽篡位，光武中兴等事，无不能悉数颠末，详其姓氏里居，自朝至暮，自昏彻旦，几忘食忘寝。"由"农工商贩""村哥里妇"等组成的庞大的读者群，无疑大大刺激了小说的创作。小说接受与小说创作相互之间推波助澜，共同汇聚成中国古代文学史上小说繁荣的"钱塘大潮"。

进一步看，明清时期世俗文化的兴盛，与当时人们审美趣味的变易也是互为表里的：审美趣味的变易既是世俗文化兴盛的结果，也成为世俗文化兴盛的表征。

从宋元时期开始，在传统的清丽典雅的审美趣味之外，社会上渐渐流行起一种嗜好自然朴素的审美趣味，"俗诗""俗词""俗曲""通俗小说"等等成为这种审美趣味的主要载体。到了明清时期，自然朴素的审美趣味渐渐出现凌驾于清丽典雅的审美趣味之上的趋势。如明中后期的文人便对民歌俗曲表现出空前未有的热情，弘治年间李梦阳劝人说："若似得传唱《锁南枝》，则诗文无以加矣。"何景明称民歌为"时调中状元也"（李开先《词谑》）。嘉靖间李开先编辑《市井艳词》，作序说："故风出谣口，真诗只在民间。"万历间袁宏道《答李子髯》诗称："当代无文字，闾巷有真诗。"（《袁宏道集笺校》卷二）同时，文人作家也在诗文领域大力提倡诗文语言的"宁今宁俗"。袁宏道在诗歌创作中就自觉地以民歌为诗，以尚俗为乐，"野语街谈随意取，懒将文字拟先秦"（《袁宏道集笺校》卷十四《斋中偶题》），表现出一种崭新的审美趣味。

戏曲、小说原本就是通俗文学，明中后期以后文人倡导戏曲艺术，就特别看重戏曲艺术语言通俗的文体特征。嘉靖间徐渭《南词叙录》明确指出："夫曲本取于感发人心，歌之使奴童妇女皆喻，乃为得体。……吾意与其文而晦，曷若俗而鄙之易晓也？"天启间王骥德《曲律》卷三《杂论》上也说："白乐天（即白居易）作诗，必令老妪听之，问曰：'解否？'曰'解'，则录之；'不解'，则易。作剧戏，亦须令老妪解得，方入众耳，此即本色之说也。"也是在通俗这一点上，明中后期以后的文人对小说青目独加。天启间冯梦龙说："《六经》国史而外，凡著述皆小说也。而尚理或病于艰深，修辞或伤于藻绘，则不足以触里耳而振恒心，此《醒世恒言》四十种所以继《明言》《通言》而刻也。明者，取其可以导愚也；通者，取其可以适俗也；恒则习之不厌，传之而可久。"（《醒世恒言序》）冯梦龙从小说特有的审美教育功能着眼，明确指出小说具有通俗感人和"传之可久"的特点，更便于"触里耳而振恒心"，使读者直截了当地接受伦理教化。这种对"里耳"即平民大众的接受水平和审美需求的强调，正是世俗文化意识的理论表述。

再进一步看，明清时期审美趣味的变易，与当时文人主体的自觉也是互为表里的：审美趣味的变易既是文人主体自觉的结果，也成为文人主体自觉的表征。

明中后期以后文人主体的自觉，突出地表现为"好轻遽议论，放乎礼法之外，恣恃其私意"的生活态度（康海《对山文集》卷三十《送苏榆次序》）。他们往往不受封建礼教的束缚，质疑程朱理学的思想，"以放诞不羁，为世所指目。而才情轻艳，倾动流辈，传说增益而附丽之，往往出名教外。"（《明史》卷二八六）同时在文学创作上，明中后期的文人提倡"独抒性灵，不拘格套"的创作心态（《袁宏道集笺校》卷四《叙小修诗》）。如明万历间的公安派作家袁宏道等人，当他们受到黑暗政治的挤压时，当他们厌倦庸俗官场的应酬时，当他们洞悉文人群体的污浊时，他们便从日常生活、山水风光、俗人野趣中获得一种人生的慰藉、精神的滋养和心灵的解放，这种人生价值的重新建构引发了对"宁今宁俗"的新型文体语言风格的审美追求。

"好轻遽议论，放乎礼法之外，恣恃其私意"的生活态度和"独抒性灵，不拘格套"的创作心态，表现出明清时期的文人深刻反思并力图超轶传统社会、传统文化的努力和追求。这种努力和追求也充分地凝聚在小说创作中。例如曹雪芹一再强调："梦""幻"等字，是

《红楼梦》小说的本旨。这"梦""幻"从何而来呢？原来曹雪芹回顾一生，"锦衣纨裤之时，饫甘餍肥之日，背父兄教育之恩，负师友规训之德，"经历过一番家庭兴衰变迁的"梦幻"之后，他发愤著书，借"通灵"说"石头"故事，以表达自己对社会、人生和生命的感伤情怀，以及对中国悠久的历史文化的深刻思考。这真是"字字看来皆是血，十年辛苦不寻常"。

正是在世俗文化的兴盛、审美趣味的变易和文人主体的自觉等文化背景下，明清小说深刻地思考社会历史，生动地象征人生历程，鲜明地展示艺术风格，从而成为中华民族传统文化的精神宝库之一，永垂青史，遗泽后人。

（原载《高校理论战线》1999 年第 3 期）

※ 简 评 ※

确立论题后，如何寻找最佳切入点展开全文的论述，如何在自己积累的丰富材料中选准论据论证自己的观点，对撰写论文经验不足的论者来说，常在这两个方面感到束手无策。郭英德教授的这篇论文为大家作了示范。有几点经验可供学习借鉴。

第一，提纲挈领，成竹在胸。论述"明清小说的文化意蕴"可切入的角度很多，经验丰富的郭英德教授仅从"社会历史的深刻思考"、"人生历程的生动象征"和"艺术风格的形象展示"这三个重点切入展开论述。论者抓这三个切入点，可谓慧眼独具，因为论者提纲挈领地真正抓准了最佳切入点，通过这三个方面的论述，从本质上将明清小说文化意蕴的特点、审美价值全揭示出来了。"研究任何过程，如果是存在着两个以上矛盾的复杂过程的话，就要用全力找出它的主要矛盾。抓住了这个主要矛盾，一切问题就迎刃而解了。"这个研究社会问题的辩证唯物的思维方法也适用于研究学术论文（尤其适用于研究范围深广的课题）。当然能抓准这三个重点，全得力于论者深厚的古典文学的底蕴，得力于论者对明清两代文化全面深入的悉心研究。"与可画竹时，胸中有成竹"，同样，论者抓准重点从这三个角度切入，是成竹在胸的必然结果。

第二，以一当十，以质取胜。明清时期的小说创作"枝繁叶茂，硕果累累"，如何选择典型论据论证自己的观点？在这篇论文中，论者精选了几部名著（《三国演义》、《水浒传》、《红楼梦》、《西游记》、"三言"、"二拍"等），这几部名著作论据使用，足以起到"以一当十"的作用，在这几部名著的形象体系中，不但"披示了风云变幻的历史图景"，"描绘了绚丽多彩的现实生活"，还融注了各位作者对社会历史的深刻思考；不但"提供了人生历程的生动象征"，还深刻地"揭示出人生的深刻哲理"；不但鲜明地展示了中华民族传统的艺术风格，还鲜明地展示了明清小说艺术的独特风格。"以质取胜"，足以使评论者的观点稳固地确立起来。

第三，寻因探源，深化论述。初写学术论文者，往往在分析审美对象的特点后就戛然而止，不作进一步的分析评判。事实上，论文只研究对象的特点，不深入剖析形成特点的原因，那么论文只是做了一半，唯有"寻因探源，深化论述"才能使论文全面展示出学术价值。该论文独立设置了"小说繁荣的文化背景"这部分，深入揭示了明清小说文化意蕴产生、形成的经济、思想、文化等原因，这样，全文因果清晰，论证全面、严谨，说服力强，学术价值也得到充分展示。

上述三条经验值得初学者学习借鉴。

重评丰子恺散文

——从两篇名作的赏析说起

刘锡庆[1]

一、关于《给我的孩子们》

画儿童，写儿童，丰子恺一生乐此不疲。

他为什么会这样钟情于"儿童世界"？

一种颇为"流行"的说法是：这，成了他"寄托自己的不满、逃避病态社会的污染的港湾"[2]；"他干脆关闭住现实的大门，在自我心灵的共鸣之中寻找精神的寄托的场所，那就是儿童崇拜和佛教道义"[3]。

用传统的"社会学批评"尺度去衡量这位"从顶到踵，浑身都是个艺术家"（朱光潜语）的艺术创作，依我看，肯定不那么贴切、那么丝丝入扣。至少，会有较大"错位"。

且看丰子恺自己的看法：

"我企慕这种孩子们的生活的天真。艳羡这种孩子们的世界的广大。或者有人笑我故意向未练的孩子们的空想界中找求荒唐的乌托邦，以为逃避现实之所；但我也可笑他们的屈服于现实，忘却人类的本性。我想，假如人类没有这种孩子们的空想的欲望，世间一定不会有建筑、交通、医药、机械等种种抵抗自然的建设，恐怕人类到今日还在茹毛饮血呢。所以我当时的心，被儿童所占据了。我时时在儿童生活中获得感兴。玩味这种感兴，描写这种感兴，成了当时我的生活的习惯。"（《谈自己的画》，1935 年 2 月）。

请注意：这类"寄托"、"逃避"的讥评，丰子恺是听到过并思考过的；但他断然地予以拒绝，认为这种说法恰恰是"屈服于现实"（这就可见他写的这类文章不是"逃避"而正是对现实的一种"抗争"），是"忘却人类的本性"（这就又可见他写的这类文章不是消极的"寄托"而正是对人类"本性"的积极张扬）。

比这稍迟一点，他在《我的漫画》一文中又一次说起这个问题。他说：

"我初尝世味，看到当时社会里虚伪骄矜之状，觉得成人大都已失本性，只有儿童天真烂漫，人格完整，这才是真正的'人'。于是变成儿童的崇拜者，在随笔中漫画中处处赞扬儿童，现在回忆当时意识，这正是从反面诅咒成人社会的恶劣。"

这就讲得很清楚了：他之赞扬儿童，是基于对人的"真、善、美""本性"的向往。对葆有完整人格的真"人"的讴歌恰是对丧失"人类本性"的伪人的唾弃；对"美好"的"儿童世界"的亲近正是对"恶劣"的"成人世界"的诅咒！

---

① 刘锡庆系北京师范大学文学院资深教授、博士生导师。
② 王西彦：《赤裸裸的自己》，见《丰子恺散文选集·序言》，上海文艺出版社。
③ 汤哲声：《丰子恺散文论》，见《文学评论》1991 年第 2 期。

丰子恺的这些看法，显然有些天真、幼稚，并不高明。他单从"人类本性"出发，扬"儿童"而贬"成人"，企慕"儿童世界"而鄙弃"成人世界"，这自然使他很难得出正确的科学结论。但他这人的"习性"就是厌"科学"而喜"文艺"，从小就"欢喜读与人生根本问题有关的书，欢喜谈与人生根本问题有关的话。"正是这对"人生根本问题"的孜孜追寻，使他走向了"形而上"的艺术天地。他为人的热情、认真，使他未能真正屈从"神明"和"星辰"（说他皈依"佛教"也属皮相之见）；他为人的天真、好奇，却使他彻底臣服了"儿童"与"艺术"（其实"儿童"也是他眼中的一种"艺术"存在）。丰子恺确实是一个孩子般的艺术家，一个天真得可爱、真率得可惊的彻头彻尾、彻里彻外的毫不"设防"、毫不"遮掩"的艺术家！读他的文章，只有紧紧把握他是个"最像艺术家的艺术家"这一点，把他的作品视为艺术家的著作，才能够拨开迷雾，洞见他作品的真髓。

现在我们可以回到《给我的孩子们》之上了。

这篇"随笔"式散文，先后写了四层意思：首先，盛赞了瞻瞻（因为"瞻瞻在这三人之中势力最盛，好比罗马三头政治中的领袖"）的真率、自然与热情；接着，讴歌了孩子们强盛的"创作力"；嗣后，对身为父母却难为、摧残孩子的"野蛮"行为深表忏悔；最后，以痴心留"春"无可挽，只余"落花"蛛网中的伤感心情回应开头并点明作意，使文章首尾圆合，流荡着一股浓烈的悲凉之意。

文中有画，文画一体是这篇散文的特点之一。

唐代诗人王维，擅丹青，工诗作，被苏轼称为"诗中有画"。丰子恺很有几分像他：摩诘好"佛"谈"禅"，子恺亦信奉此道；摩诘精于"绘事"，子恺独步"漫画"；摩诘寄情山水，子恺属意儿童；摩诘写诗，子恺著文，俩人都有很强的艺术气质。特别是这篇散文，它因为是《子恺画集》的一个"代序"，实有笼括画集、演绎发挥的"点睛"作用，所以他是有意识地用精约、生动的语言"勾勒"一幅幅典型、传神的画面，以文释画，展吐情怀，既含"漫画"神韵于文字之中，又寓创作"意旨"于篇章之内，确实达到了"文中有画"的美妙境界。

比如"两把芭蕉扇做的脚踏车"，这就是一幅画；"麻雀牌堆成的火车、汽车，……'咕咕咕'"地开，这又是一幅画；阿宝给凳子穿"鞋"自己划袜而立，是一幅画；瞻瞻趁爸爸不在用刀裁开《楚辞》，又是一幅画……如对照《子恺画集》来读此文就会倍感亲切。丰子恺此类文章还有《谈自己的画》《我的漫画》等。它的写法"难度"较大，但作者有很高的"缀连"技巧，使读者但见"针紧线密"而不见"断裂、缝隙"，文气贯通，浑然一"体"，表现了作者"举重若轻"的高超腕力。

变换"人称"，对比成文是这篇散文的特点之二。

丰子恺善写儿童却并没有产生出严格意义上的"儿童文学"。这是因为，他是以成人的"视角"、成人的"心态"，居高临下地摹写孩子的"憨态"、孩子的"稚趣"，借此以礼赞"儿童世界"的纯真并反衬"成人世界"的龌龊的。本初既未存"为孩子写"之心，故至终亦不能达"给孩子看"之效。虽然如此，此篇类似"书信体"的写法却颇为别致：第二人称"你"（或"你们"）和第一人称"我"（或"我们"）交叉出现，变换使用，两者似水乳交融，使人难辨主从。"你"（或"你们"）的使用，使这篇散文显得无阻隔、少距离，长于直面表现孩子们烂漫天真的举止、情状和喜怒哀乐的心理（像是"你们一定想""一定感到""一定抱怨""想到"等多处孩子心理的"揣测"都是很精彩的）；"我"（或"我们"）的穿插，使这篇散文显得富哲理，有深度，便于直接抒写作为"成人"作者的艳羡、愧悔心情和由此感悟的人生"况味"——这就把"浅"和"深"、"儿童世界"和"成人世界"巧妙地对立统一起来了，很好地完成了情感及意旨传达的任务。

"对比"手法是显明的：儿童"真率、自然、热情"与成人"沉默的含蓄、深刻"的对比；儿童因不受大自然、人类社会支配、束缚故"创作力"旺盛与成人矫情地"呼号"、贫弱地表现（"依样"画几笔画，写几篇文章而已）、"创作力"衰微的对比；儿童任小性、纵意行事与成人无气性、蹈规矩（并粗暴对待儿童）的对比，都是读而即知的。

两难"痛苦"、清醒无奈是这篇散文的特点之三。

丰子恺的思想是十分清醒的：他知道孩子的"黄金时代"是有限的，他们终究要步入"成人世界"，想挽留也挽留不住；他知道"真率、自然与热情"的孩子，终究要走上"退缩、服从、妥协、屈服"的路，想阻止也阻止不住，他想把自己"憧憬"孩子生活的真正原因告诉他们，但他们现在不懂；而待到他们能够"懂"了，却又不复是他"憧憬"之所在了！这真是一个无可排解的"两难"困境！此文正是以此"起笔"（开篇即点明此意，奠定了全文"悲哀"的基调），以此终篇（结束又围绕此意淋漓发挥，收束全篇），使"悲剧意识"笼贯作品始终，表现了一种"含泪微笑"的美学格调。

和前面两种特点相比较，我以为这一点更凸出，更重要。由此可见：说他把短暂难留的"儿童世界"当作"寄托"精神的"场所"，"逃避"现实的"港湾"，是没有看到他认识的极度"清醒"。

那么，他既然知其虚妄、不可为，缘何还要写这等作品呢？这就又回到我前面不避冗繁所说的关于他的艺术观念、艺术气质之上了。对这等"艺术家的著作"，你说它幼稚、天真，不犀利深刻，我以为可以；但你说他寻求"寄托"、有意"逃避"，则言不中的——难怪子恺先生怎么都不肯承认了！

至于此文语言的明白晓畅，文风的朴素自然，一看即知，就不用着我再饶舌了。

二、关于《实行的悲哀》

子恺先生是大艺术家，他的散文是地道的"艺术家之文"——读罢《实行的悲哀》后，此一论断当知不谬也！

因为"风景只宜远看，不宜身入其中"，实际上讲的正是所谓"艺术"问题，即审美与生活的"距离"、艺术对生活的"超越"问题。或者说：这篇文章是以一个艺术家的"眼睛"对周遭世界所作的匠心"观照"，是一个艺术家对现实人生的"艺术"把握。

此文以议论说理为其基本"色调"，因之在结构布局上较为"规整"——我们正可以由此入手，先看看这篇文章的整体建构。

第一部分为头两个自然段。起笔即叙写在寒假生活中孩子们的一个"发现"：概而言之即"度假不若盼假之快乐"。落笔实已"入题"，但题旨在"现象"描画中隐含着，引而未发。接下来，由西人"胜利的悲哀"之说很自然地生发联想，仿它而造出新语："实行的悲哀"，正式揭明全篇论旨。

第二部分为三、四两个自然段。就"从学生生活着想"（接应开头），取其典型事例开展对论题的论述。事例之一为"星期日"：指出星期日之乐决不在星期日而在星期六；事例之二为"毕业"：说明毕业之乐亦不在毕业之上而在"将毕业而未毕业"之时。两层论述，紧抱"预想往往比实行快乐"的主旨，思路周严，笔触细密，很好地奠定了立论的基石。

第三部分为第五自然段。"进一步看"，标志论述的推进和深入。它由近而远（从学校生活跨入社会生活）、由小及大（由学生之"乐"推向人生之"乐"），把论题导向成立。这里也分两层阐述："爱的欢乐"为其一；"富贵之乐"为其二。两者都是预想时的欢喜"最为纯粹而十全"，及至"实行"则乐尽哀来了！

第四部分为"可以旁证一切"的"一件小事"。上述二、三部分都是某种较概括、普泛的精神"现象"的解析，现在作者欲返"虚"归"实"（开头一段即为"实像"），由"面"的概说而回到"点"的细写，故不能不精选这件"小事"加以具象展开，借此"总收一笔"，"旁证一切"。这件小事蕴含精彩，很能形象地旁证"风景只宜远看，不宜身入其中"的道理。

第五部分从"现在回想"至完篇。我以为它自应独立成段。这几句话实为"点睛"之笔，不仅演绎了这件小事，也很好地总括了全篇。"世间苦"的根本原因即在"身入"——这也就是作者所说的"实行的悲哀"！

值得再为细说的，是它说理的周严。

进一步看和退一步说：文章第三部分即"进一步看"，使论述在广度或深度上得以拓展。这是"进"，是论说能够向前延伸的基础手段；但只有"进"还不行，有时需要"退"："退一步"说即是。"进"，以求论述展开；"退"，则为求论述周严。如说到"星期日"乐尽哀来时，"即使天气好，人事巧"云云就是一"退"；说到"毕业"之时，"告辞良师，握别益友，离去母校"等一番"感伤"自不必说；出校后"有的升学未遂，有的就职无着"也不必说；"即使升了学，就了职"云云，又是一"退"。这种"退"是堵漏补隙，将道理说"圆"，实质上也是一种"以退为进"。

分割之"细"和包举之"全"：文章第二部分讲星期六之"乐"的一节最为典型。"时间"线索细切为三段："午膳后"；"课毕"散学；"晚上"。"氛围"特点亦细分为三层：充满"弛缓"空气；"欢乐"的空气更加浓重；空气达到了"弛缓的极度"。特别是"表现"情状的缕述包举很"全"：先是三个"有的人"相排；继之以三个"有的"相比；然后是两个"不必""不被"和三个"不妨"交错，把学生们喜悦、欢快的情状淋漓尽致地表现无遗。这种林林总总、一一说到、方方面面、点水不漏的说理技巧，使文章显得很"全"，成为了一个浑圆的"球体"。

虚实并举，层层"例证"：文章在论说论题时使用的论证方法都是"例证法"。一层层地"例证"，最后归纳收束。举例分为两种，一"虚"一"实"。"虚"例比较概括，有很强的说服力；"实"例则具体而微，有很强的典型性。这样虚、实相并举，就使得抽象事例和具象事例相交织，普泛事例和亲历事例相辉映，收到了极佳的表达效果。特别是"以实包虚"（头尾为"实"，包住中段之"虚"）手法的运用，使全文给人以立论"坚实"的总体印象。

总之，这篇文章看似娓娓而谈，从容不迫，实则严谨谋划，成竹在胸。可以这样认为：说理周严细密是此文的一个最显著的艺术特色。

另外，全篇处处以"预想"的快乐和"实行"的悲哀相对照，前后映衬，功效分明。比如星期六之快乐和星期日之悲哀；毕业在即的快乐和一旦毕业的悲哀；娶嫁之前爱的欢乐和成婚之后爱的消减；荣华富贵之前"兴味"之浓和既富既贵之后"悲哀"之深；看风景时景若"仙源"、人如"画中"和身入"景"中后幻影破灭、游兴全无等等，都是这样对比行文的。作者之所以要采取两相"对比"的手法，固然和"苦""乐"本身矛盾对立的本质属性有关，但主要目的还在于强化论述的力度。这样写还有一个好处，即全篇的表现获得了较为宽阔的活动余地：因为只说"实行的悲哀"比较局促难写，而增说"预想的快乐"就下笔裕如了。在这里，作者变"单向"论说为"双向"互证，言此证彼，言彼证此，相互映衬，游刃有余，把"苦"与"乐"一前一后、一正一反地参"透"并说"活"了，也使文章的整体色彩（一味悲哀则"冷"，一味快乐则"暖"）相对均衡。因此，对比成文是此文另一重要的艺术特色。

　　子恺先生作为一个漫画家、艺术教育家，他对艺术和审美是十分稔熟的。所谓"审美"，实际上是一种心理体验。这种"体验"是一种所谓"高峰体验"，以心理感官无障碍为其显著标志。也就是说主体在对客体进行艺术"审美"时，心灵是完全解放的，精神是完全自由的，它超越时间、空间的樊篱，"观古今于须臾，抚四海于一瞬"，心驰神往，与物谐游，在"心理"世界里是没有任何间隔或阻碍的。这篇文章里所说的"预想"，实际上就是这样一种"心理"状态，所谓的"预想的快乐"实际上就是一种审美的"高峰体验"。星期六在想象中安排星期日的"出游"；毕业前在憧憬中展开毕业后的"鹏程"；恋爱时在遐想中期望娶嫁后的欢乐；未富贵前在渴望中希冀富贵后的幸福；面对"风景"在远眺中痴想其景致的优美等等，就都是这种自由自在、无拘无束、任情想象、凭心驰骋的心理"体验"活动。正因为此，它可以达到一种"高峰"状态——"纯粹而十全"，其"审美"的愉悦是在现实生活中绝难企及的。

　　"预想往往比实行快乐"，道理正在于此。

　　"审美"由于有主体心理的介入，它本质上是人对自己"人生理想"的一种"精神实现"，所以它势必高于生活——二者之间恰有一段"审美距离"。

　　艺术是人类"心灵的家园"，"诗意的栖居地"。它源于生活又高于生活，其本质是"虚拟"一个理想化的"精神乐园"，以实现人对生活的审美"超越"。

　　《实行的悲哀》实际上讲的正是这个道理。

　　根据之一，是他在起笔一段即明确指出："由预想进于实行，由希望变为成功，原是人生事业展进的正道。"他是知道并承认这种人生"正道"的。他无意，也的确没有反对这种人生"正道"。

　　根据之二，是他一再表示他所谈的只是"在人的心理上"的一种感觉，"在人心的深处"的一种普遍经验。他把全部论述较严格地限定在"人的心情"或曰"心理体验"的范围之内，我认为是很明智的。

　　根据之三，是他在"富贵"之苦、乐的举例中引证了《红楼梦》中贾政拜相、元妃省亲的事例，说明了他所说的"苦""乐"和阶级剥削、社会压迫或阶级解放、翻身做主等社会生活概念并无直接关联。他所说的"乐"和"苦"均有其特定含义："乐"是预想时心理上那种"纯粹而十全"的欢快感；"苦"则是实行时心理上那种快感消减乃至失望、懊丧等悲哀感。结束一段"世间苦"的阐发，我想也理应由此去理解：以高峰体验的心理（预想）去求诸实际生活（实行），则不免乐尽"苦"来（如"生受苍蝇，毛虫，罗唣，与肉麻的不快"等）。

　　当时，社会上正大呼"生活的艺术化""劳动的艺术化"，子恺在《给我的孩子们》中对这种"呼号"即加以嘲谑，现在更著文予以辨析，说明生活与艺术的不宜混淆——这并非什么"超脱""冷观"态度，而恰恰表现了一个艺术家的睿智与清醒。

基于这种认识我们再来看此文就会觉得：作为一篇"哲理"散文，贵在表现"自得之见"——自己在生活中的"发现"。子恺的散文以"哲理"散文数量最多，写得最好，他坚持用自己的"眼睛"观察，用自己的"头脑"思索，用自己的"见闻"说理，用自己的"笔墨"表达——使文章"整个儿"都是"自己"的：从思想到语言，充溢着鲜明、独特的个性！

善于从生活中独具慧眼地"发现"，善于论证富于个性的"自得之见"，是此文又一显著特色。

子恺先生的一般文章皆纵意而谈，顺其自然，有"家常"之风，无"刻意"之病，是属于"随便"的一体，但我观这篇文章却惊叹其文字之美：特别是对那件"小事"的描写，非常富于"绘画美"与"音乐美"，讲究之极。如风清日丽，泛舟湖上，水天如镜，风景如画，这就是一幅"泛舟顾盼"图，动静相参，"境界"幽雅。又如杨柳摇曳，游人分列，"有相对言笑者，有凭栏共眺者，有矫首遐观者"，意甚自得，这又是一幅"仙源怡乐"图，自得其乐，最宜远观。总之，这篇文章在子恺的所有散文中最具色彩，它于"随便"中见"讲究"，在"娓谈"中寄"至味"，是一篇能代表他思想、风格的优秀之作。

文字富于绘画、声音之美，这是本文又一个艺术特色。

这篇散文过去受到批评较多：一是风景只宜"远看"，说是他"冷眼"观世；一是"世间苦"的解说，说是他离开"阶级分析"的观点。我想，如果真能循其"为文之用心"再去读它的话，尽管可能还会有不能赞同之处，不敢苟合之点，但"结论"恐怕就不至于那般严重了吧？

（原载刘锡庆著《散文新思维》，河北教育出版社1998年版）

＊简 评＊

刘锡庆先生的这篇《重评丰子恺散文》属"纠正偏说"的学术论文。一些论者总认为丰子恺的散文没有"阶级分析"观点，总认为他"冷眼看世界"，"只钟情于儿童，逃避病态社会"，而刘先生则认为，昔日的这些评判"肯定不那么贴切，那么丝丝入扣，至少，会有较大'错位'。"

对散文的范畴、概念和审美特征进行悉心研究的刘先生，很注重散文创作主体"我"的心灵世界的自由表现，他一向认为"散文即个性和心灵的赤裸"，"自我性"、"内向性"、"表现性"是散文有别于其他文学样式的一些很重要的文体特征，散文要反映时代，也有别于小说、戏剧的再现方法，散文往往通过作者的心灵坦露去折射斑驳的时代特点，因此，欣赏评论散文时，不能简单、刻板地用"社会批评"法去衡量散文，应顾及散文文体的审美特征。具体些说，应立足于创作主体"我"的心灵世界去欣赏散文。

基于这点，刘先生认为读丰子恺的散文"只有紧紧把握他是个'最像艺术家的艺术家'这一点，把他的作品视为艺术家的著作，才能拨开迷雾，洞见他作品的真髓。"他自己就是这样欣赏丰子恺散文的。通过仔细剖析以前评论中偏见最明显的两篇散文——《给我的孩子们》、《实行的悲哀》——重新给丰子恺的散文以真实、全面、公允的评价：丰子恺是一位"坚持用自己的'眼睛'观察、用自己的'头脑'思索，用自己的'见闻'说理，用自己的'笔墨'表达——使文章'整个儿'都是'自己'的"散文家，丰子恺的散文常常达到"文中有画"的美妙境界。

刘先生的这篇"纠偏"论文给读者的启迪是多方面的。撮其主要方面而言：

其一，论者要很好地掌握各类文体的审美特征，才能准确地把握作家作品的特色和风格。（刘先生一贯强调鲁迅先生提倡的"知人论世"的评论态度，看来，这还不全，他希望还要"懂体"，即懂得各类文体的审美特征，这是非常正确的）。

其二，论者要透过作品细心体验作者的审美体验，才能准确地捕捉到作家融注在字里行间的情思。不钻进作品去体验作者曾体验的生活，简单地用某种批评方法，站在作品外面指手画脚，很难捕捉到作家作品的精髓。

其三，论者要有扎实的写作功底，才能将自己对作家作品散乱的体验、感悟梳理清楚，撰写成像样的论文。

《呐喊》和《彷徨》的环境描写

王富仁①

鲁迅的《呐喊》和《彷徨》的基本主题是封建思想、封建伦理道德吃人，它在作品中具体表现为封建的社会思想环境吃人，因而环境描写在《呐喊》和《彷徨》中具有特别重要的地位，环境和人的对立构成了其中各个主要篇章的主要矛盾和主要情节基础。在这里，"环境"的意义有了巨大变化，它不再主要指人物活动、物质空间，不再主要指人物所处的政治、经济环境和自然环境；而是由人组成的特定思想关系。在这里，"环境"的面貌也有了显著变化，它不再是由彼此对立的思想势力组成的一种社会背景，而是一个具有高度统一性的思想环境，是由封建思想封建伦理道德支配着的社会思想力量。《狂人日记》中的"狂人"处在这样一个社会思想环境中，《阿Q正传》中的阿Q也处在这样一个社会思想环境中，《孔乙己》中的孔乙己是被这样一个思想势力吃掉的，《孤独者》中的魏连殳也是被这样一个思想势力吃掉的。《呐喊》、《彷徨》的环境描写，主要是对这样一个具有高度统一性的封建社会思想环境的描写。

假若我们把《呐喊》和《彷徨》的环境描写，按照它在作品中的实际意义，理解为对当时中国封建社会思想现状的表现，那么，环境描写便在《呐喊》和《彷徨》中获得了首要重要的意义。这我们可以从人物相互依存的程度来考察。在《呐喊》和《彷徨》里，环境描写可以离开个性性格的塑造而独立自存，可以脱离开对人物性格的具体理解而具有自身典型概括的明确性，然而其中的人物却没有这么大的独立性，他们必须从反映社会思想环境的职能来理解，必须结合这个环境的性质和状况来理解。例如，《示众》这篇小说的本身便是环境的描写，它没有任何一个具有个性性格的人物形象，而在《长明灯》这类作品里，着重刻画的仍然是周围的社会思想环境，即使我们不理解"疯子"等人物形象的典型意义，他们所处的那个愚昧、落后、保守、守旧的社会思想环境也是一目了然的。相反，在《呐喊》和《彷徨》里，没有一篇只有人物没有环境的小说。它们的多数人物形象，还必须紧密结合他们所处的具体思想环境来理解，否则他们便是毫无意义的，甚或会转化为另外一种色彩的人物形象。假若不从揭示封建思想环境的意义上观察、分析《狂人日记》中的"狂人"，鲁迅塑造一个病好后便去作官的精神病患者的人物形象便是毫无意义的，而假若脱离开涓生所处的具体环境，他便会被视作陈世美式的负心汉形象，便是坑害了子君的坏人。严格说来，鲁迅所选取的人物典型在很大程度上只是封建思想环境的试剂，谁能在更充分的意义上试出这个环境毒性，谁就可以进入《呐喊》和《彷徨》人物形象的画廊。

鲁迅是怎样揭示这个思想环境的呢？我认为，我们可以将《呐喊》和《彷徨》实际运用着的艺术方式归纳为下列四种：直陈式；单向测试式；双向测试式；倒转式。

---

① 王富仁系北京师范大学文学院教授、博士生导师。

所谓直陈式，是说把封建思想、封建伦理道德控制下的社会思想环境通过典型的生活画面做直接的陈列展览，其中没有悲剧主人公，没有人物的具体生活命运，甚至也没有居于显著地位的主要人物，只让这个环境本身表演它的愚昧和落后、保守和守旧、冷漠和歹毒、巧猾和麻木。其中最典型的是《示众》，《药》、《风波》、《长明灯》严格说来应当归于这一类；《故乡》则兼跨一、三两类，属于过渡形态。

在这类作品里，鲁迅的描写技巧得到了最充分的表现。刘大杰说："在日本有人称芥川龙之介氏，为技巧派作家，读过他的《鼻子》、《猴子》、《罗生门》的人，都会知道他描写的技巧。在中国可称为技巧派的作家的，只有鲁迅。《示众》一篇，可视为代表。"[①] 一些外国学者，如捷克的普实克、美国的威廉·莱尔和帕特里克·哈南等人，对这篇散文化的小说都极表赞赏。它之所以格外鲜明地表现出了鲁迅的描写技巧，就是因为它没有贯穿始终的公开矛盾、冲突，没有主要人物和人物的经历，没有故事性的情节，写的只是一个场面，一个环境，可以说除了描写的技巧之外，没有任何可资利用于吸引读者的东西。但它却写得不枝不蔓，错落有致，不滞不浮，深沉而又风趣盎然，并且描写的深刻，笔锋的锐利，可谓入木三分。它让我们看到了一片精神的大沙漠，在这个大沙漠里，充斥着一个个惘然感到焦渴的心灵，堆积着一堆堆干枯空虚的灵魂。

环境描写，没有故事情节的牵引，没有具体人物命运的推动，要想做到不滞腻、不呆板，也要像有故事情节和人物命运的描写那样，能够唤起读者某种隐秘的期待心情，只有让读者产生这种希望获得满足的期待心情，只有让他们在环境描写未结束之前一直维持着这种期待心情，他们才会兴趣盎然地读下去，直至终卷。《示众》的基本情节基础便建立在读者对街头人众之所以啧啧有味地观赏示众者的明确目的性进行了解的期待而这些人根本没有这种目的性的矛盾对立中。鲁迅时时注意挑起并维持读者的这种期待心情，从而将他所要展开的画面充分展开来，但直至最后，他也没有让读者的这种期待心情得到满足。在这不得满足的失落感中，在这莫名其妙的困惑心情中，鲁迅让人们深切地感到了街头人众的空虚和无聊、可悲和可笑，感到在封建思想意识的笼罩下整个社会思想的沉寂和荒凉、整个精神世界的干燥和枯焦。小说一开始，鲁迅着意渲染了夏日街头的寂寥和酷热，让读者感到在这沉默中可能要发生某种突然的事变，感到这种虚空需要有某种充实的东西来填充。事变似乎真的要发生了，卖包子的小孩子"像用力掷在墙上而反拨过来的皮球一般，他忽然飞在马路的那一边了"，接着出现了一个被警察押解着的示众者。这时，读者希望知道示众者的原委，他们静待着鲁迅对攒集而来的人众的描写，以为这将是有缘由的。秃头弯了腰细心研究示众者背心上的文字了，读者满以为他们希望知道的东西就会得到解答，然而想不到他却是一个不通文墨的家伙，只念出了"嗡，都，哼，八，而……"这样一些莫名其妙的单字。在这继续的期待中，鲁迅又展开了对围观人众的描写，可鲁迅又不想使过于冗长的描写懈怠了读者期待的心情，他又一次让一个工人似的粗人提出了示众者犯了什么事的疑问。他的问话仍没有得到正面回答，反而被人盯得局促不安、悄悄溜去了。至此，读者已经知道，他们之来看示众，并不因示众者的"犯罪"缘由，但还希望知道他们会看出什么真正有趣的事情。"巡警，突然间，将脚一提，大家又愕然，赶紧都看他的脚"，读者也以为真的会发生什么变故了，可是他重新放稳了脚，接着鲁迅又转入了围观群众本身的描写。直至散场，在示众

---

① 刘大杰：《寒鸦集》，启智印务公司 1934 年版，第 9 页。

者身上始终没有发生什么变故，始终让读者感到街头人众挤来拥去是毫无意义的、毫无缘由的。期待的落空转化为对街头人众行为的思考，《示众》也便以此结束了。唤起期待、维持期待，必要时转移期待，是长篇环境描写能够吸引读者的必要条件，《示众》的描写技巧首先表现在这里。

环境描写的对象是散乱的，纷杂的，它不像故事线索那么明确、集中，也不像一个人物的描写那样单纯、直接，但它仍然必须做到纵横交错而不陷入杂乱，头绪纷纷而有线索可寻。鲁迅在《示众》中写了一个街头人众熙熙攘攘看示众的杂乱场面，表面看来像乱麻一团，茫无头绪，而鲁迅却独能逶迤写来，从容不迫地完成了这个杂乱场面的描绘。鲁迅主要运用人物之间的蝉联，在完成了街头酷热沉默景象的描绘之后，便直接引出了卖包子的胖孩子这个人物，由这个人物引出另一个人物，又由另一个人物引出其他人物，这样七绕八缠，绕出了一个场景，缠出了一个画面，用自然绵延着的时间的长度开拓了场面的阔度。在人物之间的蝉联、传递中，它不是串珠形的直线前进，而是有回溯、有涡漩，它从一个人物转出，经过一个或数个人物，可能又回到这一个人物，继又由这个人物引出另一个新人物；在传递、蝉联的过程中，鲁迅也不长久地停留在一个人物上，而是迅速地引出，迅速地抛开，有时同时有数个人露面，但又一闪即逝。这种写法，避免了直线形发展给人带来的纵向性，使人感到的不是一个前有因、后有果、蜿蜒前进的线形过程，而是纵横交错、杂乱纷呈的一个复杂的场面。这种写法，既保持了描写对象本身的固有面貌，又做到了脉络清晰、线索鲜明，很好地组织起了这个场面的描写。

环境描写，不能仅仅像中国古典戏曲中的道具一样，只起到说明物质背景的作用，而且还要尽量造成一种生活的氛围，造成一种情绪性的感染力量，让读者不仅用理智、同时也用心灵感触到这个环境的性质和作用。为了这种目的，作者就不仅要能够再现描写对象的外在面貌，还要能够再现它的精神；不仅要能够准确、生动地描写具体事物，还要能够生动体现这个生活环境的整体精神面貌。这样，就要艺术地表现它特有的调子，它自身所具有的音乐性。只有在它的特有的音乐旋律中，在它独具的起伏波动中，在它的振幅的阔狭、波长的长短、频率的大小中，传达出这种生活思想环境的特有音乐曲调来，才能让读者的心弦发生相应的波动，发生更浓郁的情绪感受，这是决定读者对所描写的环境具有亲和力还是具有抵拒力的无形因素。《示众》描写的成功，在于它把自己的整个描写过程，有机地组成了一支具有特定音乐旋律的乐曲，有力地配合着曲词的内容，发生着对读者的独立的影响作用。人们分明地感到，它首先让人感到的是滑稽可笑，但在滑稽可笑的后面，却有着更加沉重的郁闷。这种复杂的艺术效果是怎样产生的呢？我认为，这不仅是读者理智思考的结果，更是作者艺术传达的效能。它其中有两种相互交错的音乐旋律，一种是由动态描写和静态描写组成的旋律，一种是由声态描写和非声态描写组成的旋律。在前一种旋律中，动态描写的迅速颤动着的速律，突兀变换的画面、长短不齐的振幅，造成的是一个滑稽的乐曲，它让人在这种生活的旋律中，目不暇接地看到了街头人众那杂沓和忙乱的动作，它们相继出现的意外性造成了喜剧的效果。但这种速律变化迅疾的动态描写，却是被鲁迅组织在缓慢变化着的非声态描写的背景之中。《示众》的整体，主要由作者无声的直接描绘组成，只有少量的人物语言的声态描写，为这整体的非声态描写打出了几个节拍。它的每一个音节都较长，每个音节与每个音节的波动都是相近的，其中没有大的变化，这就使读者深感到这种生活环境固有的沉闷和空虚、无聊和单调。可以说，《示众》便是这两种音乐旋律组成的变奏曲，从而发生着对读者复杂而又强烈的情绪影响。

在描写的技巧上，《风波》同样堪称超群拔俗之作，它较之《示众》，多了一点故事因，有了一点事件的线索，但同样组不成完整的故事情节，人物处于并列关系，主要是场面的描绘和当时社会思想环境的展示。《药》较之《风波》有了更集中的情节线索，但人物的关系仍难分主次，"华"、"夏"两家组成的是整个中国社会意识形态的现状，着眼的是暗线中夏瑜这个人物所处的社会思想环境。由于这个思想环境的性质和影响力量，致使他几乎是白白地捐弃了自己的性命。

如上所述，环境和人的对立是《呐喊》和《彷徨》中许多小说的主要矛盾和主要情节基础。在这时，环境描写和主要人物的描写成了交互为用的因素。一方面，在环境具体化的过程中，"揭开冲突和纠纷，成为一种机缘，使个别人物现出他们是怎样的人物，现为有定性的形象"①；另一方面，特定思想、特定地位、特定地位的人物的投入，使封建思想环境由静态转化为动态，转为具体的环境。由于这些小说环境和人物的直接的对立性质，使环境描写更加直接和深入地渗透进了人物的具体描写中去。这好像在其他以人与人的对立为基本情节基础的作品中，此人的作用直接表现在彼人的言语、行动和思想变化中一样，环境的性质和作用，在《呐喊》和《彷徨》的许多篇章中，常常不仅仅表现在环境描绘本身，而完成于在它压迫下的人物描绘中。就这个意义而言，人物的具体命运测试着它所处的社会思想环境的性质和作用。而在其中又可分为单向测试式和双向测试式两种。

所谓单向测试式，是说仅从一个方向对封建思想环境的破坏性作用进行测试，投入的人物自身是企图改变或抗拒这个环境的，但结果是环境的胜利、人物的失败，人物的悲惨命运显示了封建思想环境的巨大破坏力量。《狂人日记》《头发的故事》《在酒楼上》《幸福的家庭》《孤独者》《伤逝》等以觉醒知识分子为主人公的小说是一方面的例子，《明天》《祝福》《离婚》则是另一方面的例子。

实际上，这一类小说着重表现的是封建思想环境的高压力，这种高压力首先为人物心灵的深入开掘提供了有利的条件。因为封建思想的高压力主要体现在对人的思想愿望的毁灭性打击上，体现在对人的精神意志的无情摧折中。也就是说，在这些篇章里，环境的表现开始于对外部世界的直接描绘，开始于人物与外部思想环境的直接交接，但却完成于人物内心的开掘和展示，完成于人物性格的发展和变化。只有当环境的压力造成人物心灵的龟裂和破碎、人物性格的扭曲和变形的时候，这个环境的巨大压力才得到了最终的也是充分的表现。

《伤逝》这篇小说，对外部环境进行描写的文字很少，对封建思想势力的直接表现则更少，只是在涓生和子君的生活过程中简略提及，没有展开正面的铺排描绘。封建思想环境的险恶，是在涓生和子君两人关系的变化中、在涓生内心的善恶交战中被有力地突出出来的。较之《伤逝》，《祝福》中对外部思想环境的直接描绘较多，但它也更清楚地表现着这类作品的思想环境表现的特点：鲁迅对祥林嫂所处的思想环境的每一次直接描绘，继之便会到祥林嫂的内心世界中去寻找它所发生的影响。柳妈关于阴间两个丈夫分劈改嫁妻子的谈话，仅就其谈话本身，我们是很难感到它的扼杀力量的，恰恰是在祥林嫂绝望痛苦的内心变化上，我们才真正体会到了封建思想环境的吃人本质。

所谓双向测试式，是说主要人物在内外两面上都显示着封建思想环境的力量。他既是封

---

① 黑格尔：《美学》，商务印书馆1979年版，第一卷，第252页。

建思想环境压力的承受者，又是封建思想环境的表现者。属于这类情况的有《孔乙己》《白光》《阿Q正传》。《阿Q正传》为其杰出代表。

我们列入上一类中的《祝福》《明天》《离婚》中的悲剧主人公，本身也属于不觉悟的劳动群众，也有自己的精神弱点，但这并非鲁迅着意表现的内容。而在这类的《孔乙己》《白光》和《阿Q正传》中，悲剧主人公自身的精神弱点是被鲁迅作为一个重要的侧面表现出来的，他们不是像祥林嫂等人一样，试图抗拒于自己不利的社会思想环境的压力，而是试图适应这种环境，在这种环境中成为人上人，成为优选者和强者。他们虽然都没有获得成功，最后仍然被封建思想环境吃掉了，但他们这种思想愿望本身，便是封建思想环境的产物，便是这个环境自身的表现。而在他们所受的这种环境的压迫上，他们又同于上一类诸小说中的悲剧主人公，在他们悲剧的经历中，同样表现着封建社会环境和思想环境的残酷和险恶。所以，他们在两个方面都足以起到表现封建环境的作用。

假若我们考虑到鲁迅的主要创作目的便是深刻揭示封建思想环境的残酷性，假若我们考虑到正是在这类环境表现的方式中有可能容纳最大限量的表现封建思想环境的内容，那么，我们也就不难理解，《呐喊》、《彷徨》的思想艺术最高峰、也是中国现代小说的思想艺术最高峰的《阿Q正传》，为什么出现在这类艺术表现的方式里而不出现在他种表现方式中。《阿Q正传》获得了巨大成功，对它的思想内涵的丰富性，国内外学者几乎没有什么争议，但对它的艺术性，却有着一些非难，例如，夏志清先生就认为，"就它的艺术价值而论，这篇小说显然受到过誉：它的结构很机械，格调也近似插科打诨"[1]；司马长风先生也说，"其实就小说论小说，《阿Q正传》有很多重大缺陷"[2]。我们不能同意这种看法，至少，他们没有看到《阿Q正传》具有为其他现代小说（包括鲁迅的其他小说作品）所不具备的许多艺术优长。在这里，首先应当提到的是它的社会环境的设置，这种设置的精妙性，使《阿Q正传》以相对极为短小的篇幅、极少的背景人物，却构成了一个巨大无比的艺术框架，有了这个艺术框架，它才得以容纳得下它的极端丰富的思想内涵。首先，它构成了一个在封建中国具有普遍代表性和整体代表性的未庄封建等级结构。在这个结构图式中，有比阿Q更低等级上的小尼姑，有与阿Q处于同等级的王胡、小D，有反映着封建异性间关系的吴妈、邹七嫂，有处于较高等级的欺侮阿Q的众多未庄人众。在未庄等级结构的最上层，是赵太爷、钱太爷这些地主阶级统治者。由于鲁迅为阿Q设置了一个典型的封建等级关系的社会活动空间，一个典型的社会思想环境，在封建社会思想制约下的各种人与人的关系才被集中地表现了出来。在这种等级关系中的阿Q的各种表现也才能够得到充分的反映；与此同时，《阿Q正传》的环境设置还伸向了未庄社会的外层空间，在未庄与城里的关系上，当阿Q蔑视城里人时，便以未庄的标准衡量城里人，结果是盲目的未庄自大狂；当他要以城里人自居压倒未庄人时，他便又以城里人的标准衡量未庄人，结果是盲目的城市崇拜狂。不难看出，鲁迅在这里同时也描写了一个在封建思想的禁锢下，缺乏个性意识的人会怎样对待其他民族，暗示了盲目排外主义和崇洋媚外主义的社会思想根源。在这里，我们还应当特别注重"假洋鬼子"这个背景人物的设置。"假洋鬼子"是被人剪了辫子的，阿Q对此表示疾视，实际上表现了他对剪辫子的本身的疾视，表现了他对一切新鲜事物的排斥态度，但当"假

---

①　夏志清：《中国现代小说史》，香港传记文学出版社1979年版，第70页。

②　司马长风：《中国新文学史》（一），香港昭明出版社1978年版，第110页。

洋鬼子"举棍打他的时候，他又缩肩抱头，被动挨打，这暗示了在一个缺乏个性意识的人身上，排斥外国先进事物、先进思想与向帝国主义强权努力屈膝投降是怎样统一在一起的。再者，阿Q自身地位的游动性，例如自称姓赵之后的地位向上波动的趋势，向吴妈求爱之后地位向下跌落的情况，从城里回来的身价提高和暴露小偷身份后身价的下降，特别是革命初起时的威慑力的增加和被处死后的"身败名裂"，都使他所处的那个社会环境在波动中得到了更为充分的表现。环境的典型性带来了人物的典型性，人物的典型性同时也加强了环境的典型性，阿Q各种精神病态的表现同时也是这个思想环境的集中体现。这样，阿Q在内外两个方向上都起到了加强环境表现的作用。《孔乙己》中孔乙己也是如此。《白光》较少外部社会思想环境的描写，但陈士成有类于孔乙己，我们也可归于这一类。

在整个《呐喊》和《彷徨》中，封建思想和封建伦理道德的势力在根本的意义上和在大多数的实际表现上，都是作为环境出现的，但在《肥皂》、《高老夫子》和《弟兄》中，这种情况发生了倒转。在多数情况下属于环境人物的，现在转变成了小说中的主要人物。所以我们可以称之为"倒转式"。因为在这些篇章里，对封建社会思想环境的抨击是从人物塑造本身体现出来的，离我们平时所说的环境描写距离更远，所以我们就不详细阐述了。

❈ 简　评 ❈

鉴赏文学作品，传统的态度和方法都是将人物作为主角，环境作配角，但王富仁先生独树一帜，将环境作为主角，人物作配角来评析，打破了传统的鉴赏习惯和鉴赏定势。

创新是极可贵的，透彻的剖析，言之成理，以理服人更令读者叹服。细细品味论者的分析，很有启发。鲁迅的《呐喊》和《彷徨》主要表现封建思想、封建伦理道德吃人的主题，这样的主题主要由"封建的社会思想环境吃人"来表现的，这种"环境描写可以离开个性性格的塑造而独立自存，可以脱离开对人物性格的具体理解而具有自身典型概括的明确性"。"作品中的人物典型在很大程度上只是封建思想环境的试剂"。论者将"环境"为主，"人物"为辅的主次关系阐述得清晰透彻。论者又通过具体剖析表现环境这一主角的四种艺术方式，来加强确立他的创见。读者阅后，会欣然接受论者的这一创新见解。

研究要有创见，论者的视野必须开阔，"囊"中必须富有。王富仁先生虽然是"鲁迅研究"专家，但他研究的领域很广阔，中国古代诗词、中国现当代文学、比较文学及与文学相关的社会科学、哲学等等都钻研。博学才会有创见！难怪王先生在研究领域常常独树一帜。

文明与文明的野蛮

——《一个都不能少》中的文化装置形象

王一川①

　　张艺谋的新片《一个都不能少》有个引人注目的特点：全部起用业余演员或称非专业演员。令人惊奇的是，他们饰演的银幕角色竟与其日常生活身份完全一致，如村小学民办教师、小学生、村长、电视台长、车站服务员、小餐馆老板和司机等等，并且尽量带着自己的日常乡音、自家衣橱里的衣服、日常生活神情及即兴台词等。这些业余演员的出场确实强化了影片的真实或质朴气息，与通常影片（甚至包括张艺谋自己执导的大多数影片）中那种专业演员精心"表演"来的虚构性形象形成强烈反差，于是有理由读到传媒有关"现实主义"或"写实主义"的种种读解和评论。然而，在这样赞扬时却不能忽略如下事实：这种所谓现实主义式质朴并不来自日常生活的忠实的照相式记录，而同样是导演按自己的意图精心选择和营造的结果，这只要提提从上万人中选择演员（为什么不是照实拍摄呢？）和每个镜头拍数十遍（何以不一次就成？这又怎能做到？）的事实就足以说明问题了。其实，在我看来，这种质朴与日常生活实际本身是不同的，属于一种审美虚构，即是一种虚构性质朴。这种虚构性质朴同张艺谋在其他影片中创造的审美虚构并无实质的不同，即都属审美虚构而决不等于生活实际，例如，无论是表意性强的《红高粱》还是纪实性突出的《秋菊打官司》，都是审美虚构的产物。只不过，他在这里继《秋菊打官司》的有限的纪实性探索之后，更进一步地全面展示了另一种令人新奇而感动的美学风格，这与他自己一贯的求新求奇的电影美学追求是一致的。可以说，这里带给观众的是一种新的朴奇美学效果：质朴与奇异两种美学相糅合，质朴而奇异，奇异而质朴，质朴中有奇异，奇异中有质朴。这是奇异的质朴，质朴得叫人称奇叹异；同时，也是质朴的奇异，这奇异不是导向想象的幻境而是返指日常生活的质朴本相。就我的有限观影经历看，这种以业余演员的质朴表演强化出来的朴奇美学在当前中国大陆电影中是前所未有的，或独一无二的。这样做有两点显著效果：一是有助于使电影最大限度地贴近中国人的日常物质现实，揭示出其中常常被遗忘或遮盖的致命的真实；二是呈现出一种与通常专业演员"作秀"出来的虚假美学迥然不同的新的朴奇美学，带给观众以新的美学惊喜。假如这种感受确实（或许我孤陋寡闻了？），这无疑可以视为张艺谋为中国大陆电影美学做出的一份新贡献。不过，看完这部影片，我发现自己的兴趣却没有停留在朴奇美学上，而是由此被继续牵引到别处：对粉笔和电视等文化装置形象的再现，为我打开了一种新的读解空间，揭示出平常被忽略的致命的真实。

　　我所说的文化装置，是现代工业社会或后工业社会特有的现象，指我们现实生活中那些由工业文明创造出来的各种机械与电子装置，及相应的社会生活设施网络，如现代工厂、铁

---

① 王一川当时是北京师范大学文学院教授、博士生导师。

路、货币、电报、电话、医院、学校、报纸、出版社、摄影、广播、电影、电视、电脑、广告和商场等。它们不宜再简单地仅以物质与精神、社会与自然之类传统二分法去划分，而可以视为统合两者的社会文化机构，正是这种文化机构成为我们的"文化"或"文明"性格得以构成的基本模型。这样来看，这些文化装置就并不是日常生活中多余的外在装饰物，而是人们日常生活的组成要素本身，并在其中扮演着必不可少的、甚至是重要的角色。简单地说，它们正在构成和塑造我们的日常生活现实。在我看来，真正成功的朴奇美学，不能仅仅停留在业余演员的运用上，而是应让这种运用服务于剥露那隐藏在常识或常光"下面"或被它们无情地遮盖着的致命的真实。

粉笔作为一种教学用具，是影片里贯串首尾的一种文化装置。我们看到，这一本来极平常的写字用具竟成为小学师生们小心崇拜和爱护的"圣物"，俨然是神圣的文化或知识的表征性形象。高老师临走时的重托及魏敏芝和学生们的保护行动，都在向我们凸显一个事实：与粉笔相连的现代文化或知识已在人们生活中登上极其重要和神圣的地位。结尾的场面尤其感人肺腑：城里人捐来孩子们从未见过的好多五颜六色的粉笔，每个孩子被允许选一种最喜欢的颜色在黑板上庄严地写一个字，而且只能写一个字，因为"粉笔要留着给高老师"。当寄托着孩子们未来美好生活梦幻的色彩缤纷的汉字慢慢缀满黑板，他们为此瑰丽景象而欢呼雀跃时，我想，映现在他们眼里的应是一个崭新的现代文化乌托邦，似乎在那里，在那令人心醉神迷的瞬间，他们与"城里人"或富人之间的生存与文化鸿沟悄然填平，享受到同等人生价值和世界大同景象！但是，另一方面，当这种以粉笔描绘出来的黑板幻觉及其所表征的现代文化或知识形象，由于农民缺钱这一"现实，太现实"的事实而时时面临危机和处处需要保护时，我又不得不领略了它极其脆弱和虚幻的一面。这就使现代文化或知识由于钱的缘故而显出一种神圣与卑微、强大与脆弱并存的双重品格。我不禁想到，这种文化的双重品格难道不正是人的实际生存境遇的双重品格的一种影像性再现？

看影片过程中，特别让我牵肠挂肚的是，小小村姑如何能在茫茫都市人海寻得失踪的小学生？她如果能成功，除非两种可能：一是偶然机遇，二是"如有神助"。影片排除了前者而选了后者。在这里，落后与先进的文化装置——大众传播媒介发生了一种看来不显眼但却十分微妙的激烈较量，最终决出胜负高低。首先是车站广播找人无效，魏敏芝与张慧科身处同一城市竟如同远隔千山万水，这表明有线广播这种老牌大众传媒在当前已失势；继而是用毛笔书写寻人启事也无果，更说明传统文字媒介显得乏力；最后，当今最受宠爱的大众传播媒介——电视终于"千呼万唤始出来"，立时显出神奇的魔力，不仅轻而易举地帮助魏敏芝找到张慧科，而且引来城里公众对乡村教育的超乎寻常的关怀和救助。魏敏芝成为市民生活中的明星人物，偏僻又贫穷的无名山村一下子变得声名远播，前来援助或参观的人们蜂拥而至，于是，观众可以长出一口气：穷孩子们有救了。可以说，敏芝的"如有神助"之"神"，不是别的，正是电视及其连接千家万户的电视网络。这种大众媒介轻易而又深刻地改变和塑造人们的现实生活命运。整部影片的进程所要着力揭示的，恐怕正是这一事实。

电视网络确实在20世纪90年代中国人的生活中显出重要的支配性权力。但是，电视网络还不是那个真正的支配性"终极"。电视台先是拒绝后是乐意帮助魏敏芝，很大程度上都是出于同一考虑：钱。只不过考虑的具体方式有不同罢了（当然不排除电视台工作人员及其他市民的社会良知和道德等因素也起了作用）。起初拒绝帮助，是嫌她付不起电视广告费，所以竟冷漠或残忍地让她在大门口询问和等待了漫长时间。我想，那个女门卫肯定让观众对电视人的无情寡义和见钱眼开感到义愤填膺，必欲声讨之而后快，而其实，这种无情寡义和见钱眼开不正是当今大众传播媒介的必然的和基本的本性么？它怎么可能轻易改变这种本性而做见义勇为的"文化英雄"呢？而后来改为热烈帮助，则是基于一个如意算盘：魏敏芝的事情极有可能刺激收视率回升，而后者则直接与赚取高额广告费相关。这样，电视网背后那只看不见的手——金钱就终于显山露水了。我们不难发现如下事实：当今电视网的火爆恰恰是由于它与广告从而与金钱的本质性联系。显然，真正起最终支配作用的，还是那背后隐匿着的钱。当然，这样的"意义"不大可能是导演有意去表现的，而是存在于其无意识深处的；也不大可能是影片着力显示的，而是闪烁在镜头缝隙间的。但无意识的和镜头缝隙间的并不是不存在的或无关紧要的，而可能正是我们生存于其中的现实境遇的一种复杂显现，这对理解我们的日常生存境遇应具不容置疑的重要性。

确实，在整个故事进程中，金钱扮演着微妙而重要的支配性角色。我们清楚地记得，作为现代货币的钱，在张艺谋的《秋菊打官司》里曾经受到主人公秋菊的高度蔑视。她那宁要"说法"而不要200元钱的"固执"，显示出重礼义轻钱财的"高风亮节"，引人赞叹，透露出在20世纪80年代中国社会曾一度居主流的人生价值观——人的个体尊严远比金钱重要。即便是在前年的《有话好好说》里，主人公小帅也还在金钱面前一再表现出无所谓或漠视的态度。而在这部新片里，钱却一跃变得异乎寻常地至关重要了：13岁的农村少女魏敏芝到乡村小学代课，决不是出于诸如献身教育事业之类的高尚追求，而只是冲着那50元代课费，且直截了当、毫不羞涩、始终不渝。这与秋菊始终蔑视金钱的固执性格恰形成鲜明对照，甚至也与小帅的漠视态度判然有别。而与魏敏芝同样，小学师生们无一不在处处遭受缺钱的困窘，如吃饭、穿衣、上学、买文具和购教具等。张慧科正是为了得到一两元赏钱而向村长"泄密"的；同样，又由于无钱上学而进城打工，引出魏敏芝的寻找。而魏敏芝那么不顾一切地和执着地只身进城寻找，也仍然只是为了兑现高老师临走时的约定：学生"一个都不能少"，少了一个就得不到50元钱了。而为了筹备进城路费，她不得不带领全体学生去搬砖，目的是换钱作路费。即便如此路费仍不够，又采用逃票的办法进城。

这里需要看到，敏芝在数学课上让学生自己动手演算她进城需要多少钱，而搬砖又可以得到多少等，加减乘除全有，且是实际生活中正在遭遇的，确是活生生的不折不扣的实际生活"应用题"，充分调动起学生的演算积极性，课堂生动、活跃、效果好，让原本不放心的村长在外瞧见也赞不绝口。不是要求做到国家教育方针规定的"教学联系实际"吗？这不正是一个绝妙范例？可以说，在她所代过的课中，这堪称最具想象力和创造性从而值得职业教师们观摩的课！这也可说是整部影片中的精彩段落和美学上的神来之笔！不过，由于她是因为自己不会演算而让学生帮助算，于无意中做成这堂经典性"观摩课"，且主观意图是为自己算清路费，那么，这种精彩从教学艺术上讲就要大打折扣了，似乎只是一种单纯美学上的精彩而已。不过，你瞧她和他们一道那么投入和动情地算着钱，想着钱，念着如何进城寻找走失的张慧科，这幕景象不正是当前中国农民乃至市民的与钱不可须臾分离的日常生活境遇的活生生的和真实的再现么？如此看，这堂数学课又岂止数学课本身？它使我不禁感到，对于中国公众来讲，算钱正是他们日常生活中的最基本的数学——人生数学。所以，这堂在美学上精彩和富于魅力的数学课称得上当前中国人的与钱不可分离的日常生活境遇的一种活灵活现的凝缩模式。而出走城里的张慧科，也是因为没钱而沦落街头讨饭吃，更让人气愤而又正常的是，那位带他进城并与他走失的同村姑娘竟也要魏敏芝付两元钱才答应帮助带路找人。至此，观众可能禁不住问："义"到哪里去了？难道就被钱吞吃了？这些共同构成魏敏芝及农村小学生们的一个总体生活氛围：与《秋菊打官司》所再现的往昔年月相比，钱而今已成为中国农民生活中一个最为基本或致命的角色了。在张艺谋的影片里，主人公过去是宁要说法而不要钱，眼下却只为挣钱而代课，这一转变轨迹告诉人们，钱在中国人生活中的权力或魔力确实已极大地膨胀了。影片这样描写确实能准确地再现中国社会进入20世纪90年代以来的一种普遍性现实生存境遇。这似乎正是影片的朴奇美学所要达到的那"致命的真实"！

其实，金钱在整部影片中始终扮演着自己的基本角色：它与魏敏芝代课、保护粉笔、集体搬砖、乘车进城和电视找人等，无一不紧密关联着，而且，无一不根本上支配着。从这点上说，影片似乎在竭力陈述或证明一个平常被遗忘的"真实"：电视和金钱对于人们日常生活境遇起着支配性作用。我的感觉是，整部影片的故事结构可能包含着两个故事：在关于小学代课教师的故事下面，隐匿着另一个故事——关于电视或金钱的魔力的故事。表层故事让人为主人公的贫穷生存境遇、顽强生命意志及高尚品质而感动，而深层故事则使人领受到电视和金钱的无所不在的巨大力量。这两个故事哪一个更真实呢？这样的提问可能没有多大意义，还是不如承认各有其真实性吧。或者不如说，这两个故事其实是同一个故事的不同侧面而已。总之，影片让人更形象地接受一个曾由王朔作过表述的民间"真理"：钱不是万能的，但没有钱却是万万不能的。重要的是，这个民间真理如今已堂而皇之地深植于电影艺术作品中了，与"秋菊的时代"虽仅隔数载却恍若隔世。不妨照着说：电视不是万能的，但没有电视却是万万不能的。如此也可以说，这部影片不过是电视这种大众传播媒介及其背后的金钱在现实生活中的支配性魔力的一种"寓言"而已。

这种寓言性再现提醒我思考两个问题：一是现实主义的精神，二是电视等文化装置的文明性。我所理解的"现实主义"，应是19世纪欧洲文学的一个特产或传统。为马克思所盛赞的巴尔扎克式"现实主义"的基本精神之一，就是真实地再现现实生活中的金钱关系，并以此为中心而全面再现社会生活画面及其"本质"。随着资本主义的迅速发展，人与人之间的温情脉脉关系愈来愈被冷酷的金钱关系所取代，甚至被它所"异化"。人被金钱所"物化"，赤裸裸的金钱关系或"商品拜物教"置换了人与人之间的社会关系。这一经典现实主义美学概念一旦被移植到具有不同文化语境的中国，就出现变形。回顾20世纪文艺领域的现实主义问题演进可见，一个外国美学概念被移植后出现变形，是十分正常和合理的事，不值得大惊小怪，更不应轻易否定。值得注意的倒是，在这种移植和变形中，经典现实主义原有的对于金钱关系的再现精神被不无道理地遗忘或淡化了，以致那些被视为"中国现实主义"的文学、绘画和电影作品等，往往并没有着力再现金钱关系。这是为什么？全面回答这一问题不是本文的任务，但这里不妨简要地指出：这可能与现代中国知识分子的主流性文化价值结构有关，在这种文化价值结构中，金钱关系并没有被中国知识分子视为应当悉心追究的核心的或致命的问题（他们相信有更致命问题值得自己关注，这是必然的和应当历史地肯定的）。从这个意义上讲，中国的现实主义概念是与欧洲经典现实主义精神有所不同的（当然在别的方面也有着一致）。有意思的是，进入20世纪90年代以来，中国社会随着市场经济的发展，金钱在社会生活中的作用愈益突出了，扮演着新的活跃角色，并且已经和正在导演出一幕幕人生悲喜剧。这就向艺术家们提出了一个既时新而又经典的问题：如何直面中国社会中愈益膨胀的金钱关系？我一向主张当前在使用现实主义概念时应持审慎态度，不宜以它作标签去随便裁剪随便什么表面相似的文艺现象，但是，如果人们一定要用的话，是否也应当关注关注经典现实主义精神的呈现呢？也就是说，是否应当在现实主义概念框架中予以金钱关系的再现问题以一个适当的地位？在这个意义上，《一个都不能少》由于以其朴奇美学而令人印象深刻地揭示了中国社会正在增长着的金钱关系的重要性，不失为对于以金钱关系的再现为基本的经典现实主义精神的一种生动复现。当然，是否就此认定这部影片是一部成功的"现实主义"作品，我想，还是先收起"主义"标签而进入问题本身吧。一部文艺作品，如果能富有魅力地揭示中国社会生活中金钱关系的作用，即便不用"现实主义"而用其他框架去概括，也是不会因此而失去其魅力的。阐释框架应当多样化，正像优秀作品的路子应当多样化一样。

至于电视等文化装置的文明性问题可能更为微妙。"文明与野蛮"曾是 20 世纪 80 年代文艺评论中一个时髦语汇。人们把"文革"十年称作"野蛮"或"愚昧"，而相信或希望"新时期"能告别"野蛮"而走向新的"文明"时代。在这种表述中，文明与野蛮被看成一个二元对立词汇，它们的对立揭示了生活中一个二元对立问题。然而，现在应当重新追问的是，文明难道总是与野蛮对立吗？作为一种文化装置，电视的发明与运用当然是人类工业文明或后工业文明的一个显赫成果。不用我在这里细数电视对人类的种种好处了，需要讨论的是：电视被创造出来原是为了使人类更为"文明"，或拥有更高的"文化"性，但是，它却随处携带着一种特有的"符号的暴力"或"媒介的暴力"——营造种种幻觉性图画，使公众在不由自主或心满意足间倾心臣服、认同。我们看到，正是魏敏芝在电视荧屏前的质朴倾诉和呼唤，给予公众以巨大的向心力和认同愿望，迫使他们仿佛是出于本心地伸出援助之手。然而，不妨试想，当这些慷慨市民中的一位在大街上匆匆走过，陌生的乡下孩子魏敏芝或张慧科突然间向他伸出乞求之手时，他会像在电视机前那样感动流涕和立即爱心萌动吗？当然不一定。为什么？他的人生经验告诉他，应当有一万个理由不理不睬而没有一个理由慷慨解囊。但电视却轻易地办到了。当土里土气、手足无措的魏敏芝被带到电视荧屏前，成为女主持的谈话嘉宾而面对公众倾诉时，她的这身土气和质朴就不再是其本身，而成了电视网络的一个富于感染力和征服力的符号。她的倾诉显得那样真实可信和感人至深，以致处在同一"电视时空"中的公众不由得"万众一心"地和"步调一致"地油然而生认同之情。电视的统摄力、凝聚力或认同力何等强大！正是电视网络为公众建造起一个仿佛万众一心的"公共领域"，让他们在一瞬间就解除掉自私、自保和猜疑的武装而变得无私无畏和坚信不疑了。想想"电视台都播了"这句市民日常表述吧，它不正显露出电视在今日公众心目中的不容置疑的可信度吗？电视每日每时都在竭力制造新的明星（如魏敏芝），新的"媒体事件"或"新闻事件"，新的公众热点，新的使人不得不倾心跟从的同一性幻象！于是出现一个令人本应奇怪而却早已不怪的现象：公众宁愿相信摄像机而不愿意相信自己的肉眼，宁可信赖电视真实而不愿信赖实际真实。电视建造起一种比真实还真实的"超级真实"（hyper-reality），这种"超级真实"是如此逼真动人以致实际真实竟显得那么苍白和虚假，显得不再是真实而是错觉。这固然是一种不折不扣的电视文明，但又带着一种你不由不跟从的强制或野蛮。可以说，电视所代表的是一种文明与野蛮的杂糅，或者不如说文明的野蛮：文明有时就伴随或制造着野蛮，就意味着野蛮。这正是它能魔力无穷、几乎每攻必克的一个秘密。

其实，魏敏芝在电视荧屏前的不加修饰和毫无做作的质朴倾诉，与张艺谋在《一个都不能少》里精心营造的朴奇美学，有着惊人的内在一致。敏芝在电视中的质朴拨动了公众的心弦，而张艺谋在《一个都不能少》中同样想以其朴奇美学赢得观众的青睐。由此看，魏敏芝的电视倾诉不正可以视为张艺谋的电影倾诉的一种寓言么？而张艺谋不正是试图以魏敏芝的神奇的质朴倾诉而形象地演绎和阐释自己的朴奇美学么？电视与电影这两种大众传播媒介或文化装置有着同样的看家本领：精心制造美丽动人的虚构性质朴，以便以一种比真实更真实的"超级真实"最大限度地贴近公众，迫使他们误以为真而心悦诚服地接受。可见，无论是电视还是电影，现代大众传播媒介或文化装置都拥有其特有的超级功夫，无时不在制造文明，也无时不在制造文明的野蛮。这样，20 世纪 80 年代有关"文明与野蛮"的命题就可演化出一种新变体：文明与文明的野蛮。这使我不禁想起已故德国批评家本雅明（Walter Benjiamin）在《单行道》中留下的名言："没有任何一份文明的记录，不同时也是一份野蛮的记录。"文明固然在促进人类的发展，为人类生活打开新的可能性，但又总是伴随着野蛮，以野蛮的方式出场，成批造就野蛮。这就是文明辩证法。这难道不令人深思？当然，我这样说决不是要引出讨伐和否定现代大众传媒乃至现代文明的激进结论，而不过是想强调对待文明和野蛮的一种辩证态度：不必轻信更不必盲从文明或文化，正像不必否定甚至弃绝文明或文化一样；它们与野蛮之间不存在天然分野，而往往相互伴随、转化和共生。对此保持一种惯常的历史辩证态度是必要的。同理可说，影视等大众传媒是当代生活不可缺少的，但同时也是当代生活需要警觉的。这种现象太需要研究了，这里只是提出问题而已。或许如上读解不过是我个人对影片无意识结构的一种追寻，或是它所可能蕴含的多重意义之一而已？由于影片仅看一遍，且交稿时间紧迫，遗漏和误读在所难免，敬请指正。

（原载《当代电影》1999 年第 2 期）

☀ 简 评 ☀

　　王一川教授以其灵敏、博广的文艺视角，率直、诚挚的批评态度，睿智、犀利的剖析能力，潇洒、自如的撰写文笔，以及孜孜不倦的探索精神闻名于文艺理论及影视研究领域。

　　在影评界一致为张艺谋在电影《一个都不能少》中追求质朴生活气息大获成功而叫好的时候，论者在充分肯定张艺谋这种追求，肯定他"为中国大陆电影美学做出一份新贡献"的同时，又独具慧眼，从张艺谋对粉笔和电视等文化装置中，发现该影片"揭示出平常被忽略的致命的真实"的社会价值。无疑，论者的这种感悟既独到，又深刻，是一篇很有时代气息、高扬自我见解的评论。

　　纵观这篇影评，有两大特点。

　　第一，独具慧眼，抓住突出贡献。当众多的影评家们把赞美的目光注视在张艺谋"朴素"美的成功尝试中并给以宣扬时，论者却抓住影片通过粉笔、电视等文化装置形象中隐藏着的"金钱"这一"致命的真实"大做评论文章。至今为止，现代中国知识分子（包括创作者、评论者）仍在主流性文化价值结构中"转悠"，无视金钱在现实生活中越来越重要的作用，无视人被金钱异化的种种"致命真实"，而论者发现张艺谋最突出的贡献是在影片《一个都不能少》中，率先深刻地揭示出 20 世纪 90 年代以来，金钱在社会生活中导演出的人生悲剧。"粉笔"在城里的学生眼里是极平常的板书工具，然而在没有"钱"的贫困小学的师生眼里却是"小心崇拜和爱护的'圣物'"，论者从影片提供的有关"粉笔"文化装置的形象中感悟到"现代文化或知识由于钱的缘故，而显出一种神圣与卑微、强大与脆弱并存的双重品格",而且这种文化的双重品格,也"正是人的实际生存境遇的双重品格",张艺谋在影片中含蓄地揭示出来了。穷学生张慧科弃学进城是为了钱;那位答应帮魏敏芝找张慧科的小同乡也因为可以得两元钱;"电视台先是拒绝后是乐意帮助魏敏芝"也是为了钱(刺激收视率、赚取广告费);包括魏敏芝执着地寻找张慧科亦仍然是为了钱(少一个学生就得不到50元代课费)。论者看出,张艺谋的这种构思,是在陈述和证明一个被人们遗忘的"致命的真实"——人们的生活正在被日益膨胀着的金钱关系所支配、所异化的真实。正是这个陈述和证明,是影片中最能体现出时代意义的,是最有社会价值和美学价值的。从论者这方面的论述,可以看出,论者是导演张艺谋真正的知音,这样睿智的评论,对评论对象来说,"说到点子上"的评论才是最有水平、最有价值的评论,对读者来说,这种评论最富有启迪意义,可以提高读者的鉴赏水平。

第二,由此及彼,引发开去。论者由影片的"朴素"美入题,谈及张艺谋一贯追求的美学风格——虚构性质朴,由此谈及张艺谋的影片总是精心营造"超级真实"赢得观众青睐的"超级功夫",论者又由张艺谋的"超级功夫",谈及影片中"电视"文化装置的"超级真实"及这种"超级真实"带给现实的误导:观众"宁愿相信摄影机而不愿相信自己的肉眼,宁可信赖电视而不愿信赖实际真实"的怪现象。论者又从这种怪现象中发掘出深刻的见解:在金钱的支配下,电视、电影或说"现代大众传播媒介或文化装置","无时不在制造文明,也无时不在制造野蛮"。这种批判是非常犀利的,一针见血。由此,论者提醒大家对文明和野蛮要持辩证的态度:"不必轻信更不必盲从文明或文化,正像不必否定甚至弃绝文明和文化一样;它们与野蛮之间不存在天然分野,而往往相互伴随,转化和共生。"论者由文化装置形象产生的"超级真实"谈起,又谈到了观众、读者受误导而存在的盲区。一把双刃剑,既刺向现代大众传媒和文化装置带出的"文明和文明的野蛮",又刺向观众、读者"不相信自己的肉眼"、"不愿信赖实际真实"的盲目性。从论者的评论中可以看出论者发现问题的敏锐目光、论述问题的犀利笔锋,更可以看出论者强烈的社会责任感!"社会责任感"则是被一些作者、评论者遗忘了的大问题。论文这方面的价值是显而易见的。

论者时而评论影片,时而引发开去评论社会现实、评论文艺领域现状,思路开阔,文笔潇洒自如。这是一篇随笔色彩很鲜明的评论。

立足美术小课堂　弘扬孝道大文化

——小学美术教育中传承与创新孝道文化之初探

刘燕萍　江苏省江阴市桐岐中心小学

【摘　要】在小学美术教育教学过程中，应树立德育为首的教育理念，充分发挥美术教育直观性、形象性、情感性、潜移默化性的学科教育特点和优势，以创新科学合理的孝道教育内容、探索美术教学中传承与创新孝道教育的有效模式。帮助学生在美术教育活动中，在获得美术技能的同时，动手动脑，拿起画笔，大力弘扬（体验、感悟、内化、践行）道德基石——孝道文化，从而培养知恩感德、具有社会主义核心价值观的一代新人。

【关键词】美术课堂　教道文化"五四"模式

《孝经》中说："夫孝，德之本也，教之所由生也。"明确告诉我们"孝"是一切德行的根本，也是教化得以施行的根源。在全面贯彻"立德树人"教育理念的小学课堂之中，美术课堂教学以它特有的教育直观性、形象性、情感性、潜移默化性的学科教育特点和优势，辅以创新的孝道教育内容和教学模式，渗透孝道文化教育，对培育学生良好的德行将会起到事半功倍的效果。

文化艺术是文人墨客表情达意的有效载体，古今中外各个时期的优秀艺术作品，无疑为我们的美术教学提供了可选择的丰富资源。教师应该成为一个有心人，善于发现和选择赋予孝德的优秀艺术作品和生活中的美好艺术形象，立足美术小课堂，遵循渗透五步（感知、进入、渐进、入境、提升）规律，运用孝道"五四"模式（五大内容、四种模式）的课堂策略，建构孝道文化氛围，培养学生的感恩情感和行孝激情，寓孝道教育于美育之中，以达到"润物细无声"的育人境界。

一、欣赏·评述，推己及人爱父母

情境陶冶式教学模式是使学生处在创设的教学情境中，运用学生的无意识心理活动和情感，加强有意识的理性学习活动的方式。美术课上选取父爱、母爱为核心的作品，适当运用情境陶冶式教学法，创新"欣赏·评述"课的基本结构程序是：创设情境——引导感受——审美导引——综合评述，以教师讲述与启发相结合，引导学生欣赏、议论，引发问题，帮助解决问题等方式进行审美导向的教学。在欣赏活动中教师要重视对学生语言表达能力的培养，让学生准确地表达自己对美术作品中的孝道感受，培养学生善于从不同的角度提出问题，多角度欣赏作品，通过推己及人的感悟，使孝道文化潜移默化地进入学生心中，懂得感恩，学会尊敬和体贴关心父母长辈，并树立努力学习为父母争光的信心。

如在引导学生欣赏罗中立的油画《父亲》、中国当代画家佟金峰的木刻版画《母亲》的美术活动的创设情境环节，教师可以在出示欣赏作品后，播放歌曲背景音乐，让学生仔细地观察几分钟，然后再请学生说说对作品初步的感觉。老师充分鼓励学生说出自己的感受，不限制他们的思索，旨在创设人性化的、轻松的课堂氛围，引导学生体会父母的爱。

二、造型·表现，循循善诱敬师长

"造型·表现"领域是运用多种材料和手段，体验造型乐趣，表达情感和思想的学习领域。在教学中，利用教师节的契机，抓住尊师这个重点，可以进行良好的孝道教育。教师在备课的过程中，可以将美术知识的学习和尊师教育相渗透，做到深入钻研教材，挖掘尊师因素并进行引导。在教学环节设置上，要找准尊师渗透与知识传授的最佳结合点，有序推进。如"老师和同学"一课，最后让学生创作一个与自己朝夕相处的老师或同学的绘画作品，要突出每个人不同的兴趣爱好、相貌特点和行为习惯。教师可以引导学生通过回忆、观察，捕捉老师最具有表现力的一面，激发尊师情意，进行创意表现。通过人物肖像的大胆表现，在提高美术综合能力的同时，加深学生对老师的理解和尊敬，培养高尚的尊师情操，提高艺术修养。

三、设计·应用，创意缅怀学先烈

"设计·应用"学习领域是指运用一定的物质材料手段，围绕一定的目的和用途进行设计制作，传递信息，美化生活环境，培养设计意识和实践能力的学习领域。充分利用这一学习领域的教学特点和目标优势，结合四月份清明节，确定以缅怀先烈为重点，以孝道教育为核心，以创意制作为手段，组织学生思念、缅怀古今中外的能人贤士、革命前辈，激励学生以他们为榜样，努力学习，立志继承先烈遗志，发愤图强，成长为有用人才。此领域课堂教学模式可以由"目标确定——搜集信息——欣赏筛选——创作实践——展示评价——拓展延伸"六个环节组成。

模式中"目标确定和搜集信息"这前两项，是课前要做的准备，它是顺利进行课堂教学活动的基础保证。在了解学生情况、理解把握教材的基础上，确立教学目标，在把握重点、难点的基础上，有目的地布置学生查阅有关资料、搜集信息，师生齐心协力，充分做好课前准备。在《缅怀先烈》小报制作活动中，首先，组织学生分成小组，分工到图书馆、网络查阅先烈英雄们的资料。其次，进行小组内的交流分享，并做好阶段性小结。第三，学生展示自己收集的内容并对材料进行检视和评议：如资料是否丰富，归类是否清晰、合理；是否掌握必备的知识和技能，参与态度是否认真；能否做好相应的记录；能否与别人良好地交流和是否做好阶段性小结等，让学生在材料搜集中饮水思源，缅怀先烈的丰功伟绩。

四、综合·探索，润物无声谢他人

"综合·探索"领域是以问题解决为中心，注重学生活动，着眼于思维力和意志力的培养。在教学中教师可以以感恩他人为重点，灵活地选择教学内容和教学形式、教学手段，并进行有目的的筛选，加以综合运用。以制作贺卡为例，可以设计成观察欣赏激趣、发现探索研究、讲解示范点拨、自主练习辅导、评讲小结拓展五步进行，加强学习的综合性，提高学生的学习效率，并通过活动懂得感恩周围的人和事，培养感恩心，立志回报社会。

在观察欣赏激趣环节，教师先出示贺卡来引导学生观察，让学生从贺卡的观察中逐步发现制作方法、美化技巧等，并深入体会凝聚作者思想和阅历的精华，激发出学生的兴趣和强烈的创造美的欲望。此刻，教师及时小结，明确贺卡是在重大节日、纪念日互相赠送的具有纪念意义的精美艺术品，它能显示爱心，表达美好的祝愿，以感谢他人的帮助，给我们增添欢乐，友谊和节日气氛，增进人们之间的友谊，然后提出如果我们能够运用自己已掌握的美术知识和技能，满怀感恩、祝福等正能量的情感，自己动手制作，贺卡将会更有独特性、更有价值和意义。最后的拓展环节，意在鼓励学生在创造美的活动中继续探索，回归到生活中去认识美、发现美和创造美。这个过程时间虽短，让学生互动评议，不仅提升创作的技能，而且深刻理解孝道之重要，感恩之迫切，懂得人人要有一份爱，我们的世界将更加美好。教师画龙点睛式的小结，延伸送贺卡的活动，更加深学生对孝道的理解，提升其感恩显大爱。

新时代的孝道内容应包括心怀抱负、尊老爱幼及热爱祖国等新的道德要求，即要修身养性，实现自己的远大理想；在家里，子女尊重长辈，长辈爱护子女，共享天伦之乐；在社会上要尽职尽责，为国家做出自己应有的贡献。为此，充分发挥美术教育直观性、形象性、情感性、潜移默化性的学科教育特点和优势，选择适宜的艺术作品进行欣赏，让学生在艺术美的熏陶中，有感而发的情感中，快乐的动手体验中，激发践行孝道的欲望，感悟内化落实"行孝"行动，在充分挖掘美术教育特殊魅力的同时，追求德育、美育双赢的教育理想。

（选自《小学教学研究》2017 年第 5 期）

简 评

这是一篇既以经验为基础，行文又能符合"学术论文"规范要求的不可多得的优秀论文。

论文具有以下几个特点。

第一，行文符合"学术论文"写作的规范要求。

对仗式标题醒目揭示论文的总观点；副标题揭示论文的范围及文体特征；"初探"一词为自己论文的论证水平作谦虚的表达（三千字左右的论文标题若选用"论""研究"之类的是大忌）。

"摘要"言简意赅；"关键词"点用正确。

全文论述中，能够恰如其分地引述理据，加强论证。

第二，"引文"干净利索交代清楚撰文目的、范围、价值。铺垫极为自然。

引言部分开门见山地引用《孝经》中的名言即刻扣住论题——弘扬孝道。紧接着用自己的理解来解释："'孝'是一切德行的根本，也是教化得以施行的根源。"一句扣住副标题，并暗示论题的价值所在。至此，作者再引出：美术艺术应该运用孝道"五四"模式（五大内容、四种模式），"建构孝道文化氛围，培养学生的感恩情感和行孝激情，寓孝道教育于美育之中"。既将写作动机交代清楚，又为下文作好铺垫。

第三，论述布局清晰、合理。

论文主体从四个方面逐一进行论述：一、欣赏·评述，推己及人爱父母；二、造型·表现，循循善诱敬师长；三、设计·应用，创意缅怀学先烈；四、综合·探索，润物无声谢他人。

每个小标题传递三方面信息：教学方式、方法、孝敬对象。标题既展示了作者的教学实践，又概括出作者的理性思考和总结。在展开论述的过程中，能够恰如其分地引入理据加以运用，或字里行间蕴含理性分析，加强了论证的力度。

以"欣赏·评述，推己及人爱父母"为例：

"情境陶冶式教学模式是使学生处在创设的教学情境中，运用学生的无意识心理活动和情感，加强有意识的理性学习活动方式。"这句话，看似是作者的客观叙述，实质上透视出了作者的职业特点：熟知儿童的心理活动规律。确实，儿童的心理活动常常都处于"无意识"状态，只有经老师（包括家长）恰到好处的启蒙、点拨，才能转化为"有意识"的接受。字里行间传递出这位老师得体引导儿童的细心和责任感。

"美术课上选取父爱、母爱为核心的作品，适当运用情境陶冶式教学法，创新'欣赏·评述'课的基本结构程序是：创设情境——引导感受——审美导引——综合评述，以教师讲述与启发相结合，引导学生欣赏、议论，引发问题，帮助解决问题等方式进行审美导向的教学……通过推己及人的感悟，使孝道文化潜移默化地进入学生心中，懂得感恩，学会尊敬和体贴关心父母长辈，并树立努力学习为父母争光的信心。"这部分叙述表面看也只是在介绍上课的流程，但读者透过"流程"，仍然可以感受到作者的另一个特点：她平时储存的理论知识、实践经验以及她自己的大爱之心、责任感等都统统已经融会贯通地化为她实际操作的教学方式、方法了，化为她高超的教学、教育能力了。她不仅引导学生增强"审美能力"，还事事、时时不忘在审美教学中宣传"孝道"，使"孝道"深入孩子们心中，懂得感恩、尊敬、体贴，进而还不忘在提升学生的孝道的基础上，增强学生为父母争光的信心！

一位美术老师，通过她的美术课，"责无旁贷"地担负起许多班主任老师也不敢理直气壮担当的德育教育。在这篇论文中，处处都洋溢着作者对学生的挚爱，对教学、教育的责任感。

这篇论文不仅"选题难易适度，大小适中"，论述清楚，而且字句中蕴含内容丰富，发人深省，论文的借鉴价值已经超越"美术课"！

这篇论文，无论从内容上，还是写作上，都值得推荐。

关注幼小衔接　　促进思维发展

——如何让初入学儿童学会数学的思维策略探索

葛素儿　浙江省富阳市富春第二小学

一、现状点击

我们越来越关注教育的"衔接"问题，"幼小衔接""中小衔接"等词汇日益冲击着我们的视觉。但反观现实数学教学的"幼小衔接"，存在着下面的不良倾向。

1. 片面化衔接：幼儿大班的数学教学中，片面追求知识本位的学习，从而不自然地缩小了衔接的范围，把衔接定位于知识的准备与延伸。

2. 形式化衔接：小学一年级教师虽然知道要根据幼儿的身心特点做到教学的游戏化，但实际上却有一部分教师认为只要上课时间穿插点像"开火车"之类的"游戏"就算是做到教学游戏化了，却没有体会出教学游戏化的真实内涵是以儿童能够接受的、用儿童所喜欢的形式，把精选的课程内容与他们已有的知识结构和经验相结合，达到儿童自身发展的目的。

3. 单向化衔接：细小衔接中，更多的是幼儿园向小学的单向靠拢，在教育要求、教育内容、教学方法等方面尽量接近小学。但小学很少考虑初入学儿童的特点，不能主动与幼儿园对接，形成衔接上的一边倒。

二、透视分析

"夹生饭"难吃，如何让幼儿在初入学时"吃好"？我们应找准幼小的衔接点，并从这衔接点出发开展一系列教学活动。

1. 幼儿大班到底在学哪些数学知识

这是我校学生所在学区内幼儿大班的数学课程单元计划表（略），我们可以感受到幼儿数学是丰富的。幼儿数学教育已经为小学教育储存了必要的、丰富的数学知识，虽然这些衔接内容有别于完整的、系统的小学数学知识，而是模糊的、直觉的、零星的、粗浅的、基础化的知识点渗透。

【突出问题】从教材内容来看，幼、小教材存在着数学知识重复的问题，这在很大程度上造成了部分儿童对知识失去了新鲜感，使他们上课注意力不集中，为教师组织教学带来了一定的困难。

2. 初入学儿童的数学知识与数学能力水平如何

那么初入学儿童的数学知识与数学能力水平到底如何？下面我以我校今年秋季入学测试情况做一分析。

（1）测试题（略）。

（2）测验结果。从结果看，各类新生的知识能力情况大致相当，除极少部分儿童外，大多数儿童已经具有算算数数的必要知识储备。但由于这个年龄段的儿童还是以感性的具体思维为主，他们的抽象思维才开始发展，他们所具有的数学能力发展水平不像数学知识水平那样容我们乐观。比如最后一道量的排序，孩子们基本都能说出谁重谁轻，但为什么是这样孩子们很难用数学语言清楚地表达。

【突出问题】知识准备有余，智力（数学思维）准备不足。由于幼儿的逻辑思维能力并没有达到要求，看似掌握的知识实际上只是停留在表面。

3. 幼小数学教学的衔接，衔接点在哪里

通过上述分析，我们基本明确幼儿衔接中的两个问题：数学知识存在着重复；知识准备有余，智力准备不足。另外幼、小的教育方式上存在着巨大的差异也是引以我们思考的问题：在幼儿园，儿童以游戏的方式与四周的环境互动、学习，升入小学后则变成了以课堂学习为主的方式。学前儿童和小学生确有不同阶段的特点，但是发展的连续性规律又决定了在衔接时期，幼、小两阶段的特点同时并存，且相互交叉。我们不能一味地要求儿童适应小学生活，而要强调让教学适应儿童的发展，使儿童在轻松愉悦的氛围中顺利地实现过渡，凸显发展。

那么幼小数学教育的衔接点在哪里呢？我认为这个衔接点就是如何让初入学儿童学会数学地思维。数学是丰富的，不只是数数算算；关注幼小衔接，不是简单的多放几个动态画面，或多开几列小火车；数学教学是理性的，不是就事论事教知识点，我们理应在让初入学儿童学会数学地思维上下足功夫。

三、我们怎么办

如何在实际的教学中抓住这一衔接点，展开有效的教学呢？下面我将从"学习材料的优化与重组""学习活动的设计与实施""思维方法的指导与训练"三个维度粗线条地进行阐述。

1. 学习材料的优化与重组：基于童趣，充分挖掘教师蕴含的数学思想

不管课程改革怎样变化，数学知识的本质不会变化，蕴含在数学知识背后的数学思想方法不会变化。但相对于初入学儿童的年龄特征和思维特点来说，系统地学习是有困难的，因此在此阶段的学习中重要的是渗透。

（1）探寻本源，充分挖掘教材蕴含的数学思想。

数学思想与方法是数学学科一般原理的重要组织部分，我们要努力挖掘教材中所蕴含的思想方法，分析幼、小教材的联系之处，并融入备课。教材所蕴含的数学思想方法十分丰富，以人教版实验教材一年级上册为载体，试举几例如下：

数学基础知识	蕴含的数学思想方法（数量关系）
数一数	数形结合思想、顺序关系等
比一比（量的排序）	一一对应思想、可逆关系、传递关系、双重关系等
数的认识	符号化思想、守恒概念、进位概念、位值制、顺序关系、等差关系等

右上角：续表

数学基础知识	蕴含的数学思想方法（数量关系）
数的组成	符号化思想、等量关系、互补关系、互换关系等
认识物体与图形	运动思想、分类思想、对称关系等
分类	连续再分思想、分合可逆思想、逻辑排除思想、集合思想、配对关系等
加减法（连加连减等）	数形结合思想、函数思想、连锁思想、等量关系、可逆关系、互补关系、互换关系等。
实践活动：我们的校园	一一对应思想、概率统计思想等

数学教学内容总是贯穿着两条主线。数学基础知识是一条明线，直接用文字的形式写在教材里，反映着知识间的纵向联系。数学思想方法则是一条暗线，反映着知识间的横向联系，隐藏在基础知识的背后，需要教师加以分析、提炼才能使之显露出来。我们唯有洞察教材，抓住教学中的这两条主线，才能使儿童学会数学地思维成为可能。

（2）关注衔接，基于童趣，适当地优化与重组。

幼儿数学内容虽粗浅，但同样内蕴匹配、相等、顺序、传递、包含、互换、互补、互递、对称、守恒等数学关系。我们如果能在教学中重现这些知识，与现有教学内容进行重组，不仅可以使儿童感受到数学的亲切，更能激发他们有效的思维。

案例一："分类"教学的优化与重组

人教新课标教材是按单一标准的分类和不同标准的分类编排，在分类活动中，体验分类结果在单一标准下的一致性、不同标准下的多样性。而幼儿大班的教材关于分类已经出现了四次，其要求主要是让幼儿学会三重标准的分类，并计数出总数，渗透连续再分思想、分合可逆思想等。连续再分思想是一年级教学所没有的，分合可逆思想是我们在教学中容易忽视的，我们在教学中就补充类似这样的活动，使分类思想的学习更为完整。

另外，初入学儿童总是喜欢有趣的、好玩的学习材料，满足他们的好奇心。我们在用心挖掘教材蕴含的数学思想方法的同时，应该用心让课堂承载童趣之美。

2. 学习活动的设计与实施：立于童心，展现思维操作过程

真正适合初入学儿童的数学，应该是一种"活的数学"，一种能从内心深处唤醒儿童沉睡的想象力和激情的数学。但同时应重视对数学课的特质和数学内涵的关注，教学过程应注意提升孩子的思维水平，将数学模型和数学思想方法的获得作为学科教学的最高追求。

（1）以数学知识本源与数学思想方法为主线展开教学。

在目标的确定上我们要抓住数学知识本源和数学思想方法这条主线，以知识内容为载体，采用灵活多样的学习形式来凸显数学的本质，使创设的问题情境蕴含数学知识的本源，探索的过程中有思考知识本源的任务。例如，"11～20各数的认识"这部分知识的本质是数的顺序关系、位值制、进位法、符号化思想。计数单位是承载位值制、进位法的前提与根本，它是计数的一个标准，怎样让儿童体会计数单位的实质是教学的核心问题。在教学中，通过现实情境和摆小棒的实践活动，探索有什么好办法可以让自己和别人一眼看出是12。经过独立思考、合作交流，发现10根捆成1捆的必要性，帮助儿童建立十这个计数单位。

另外，通过操作 19 根再多一根是几根以及课件的动态演示，帮助儿童建立满十进一的进位概念。

（2）经历"感知操作——形象表征——符号表征"的数学化过程。

学习活动应让儿童先从外部形式的活动开始，在操作过程中促进儿童思维活动的发展，让儿童由直接感知转化为表象，进而构建初步抽象逻辑。我们应让儿童综合运用观察、操作、表述、游戏、小组讨论等多种活泼生动的活动形式，调动儿童的多种感官，在活动中引起儿童内部思维活动，在此基础上让儿童尝试用数学语言表征，经历基于动作的思维向基于形象的思维再向基于符号与逻辑的思维转换。

上例"11~20 各数的认识"在认识"十"这个计数单位时就是经历了这样一个数学化的过程。先借助儿童熟悉的货币单位初步感受计数单位"十"；再通过摆小棒的实践活动，探索有什么好办法可以让自己和别人一眼看出是 12，发现 10 根捆成 1 捆的必要性，帮助学生建立以一代十的表象；最后再通过写数、认识数位、说数的组成等序号表征的活动，实现生活语言向数学语言的转化。

（3）经历"提出问题——解决问题——应用与拓展"的数学化过程。

让儿童学会从数学的角度提出问题，并在解决问题的过程中具备数学化的思维，这是数学化能力的一个重要组成部分。而这种能力的习得养成都有赖于每一堂课上的引导、鼓励和呵护，是永不停歇的过程。

案例二："8 和 9 的加减法"教学流程

① 提出问题：根据湖里的恐龙想一想，你能提出什么数学问题？

② 解决问题。

a. 独立写算式，说算式，解释每个算式表示的意义。

b. 瞧，这幅图我们一共列出了几道算式？求什么的时候用加法算？求什么的时候用减法算？观察这四道算式，你发现了什么？

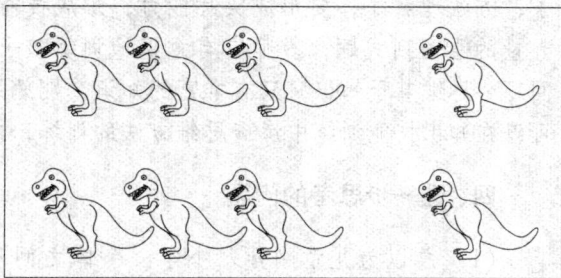

③ 应用与拓展。

a. 摆一摆（左边摆 7 个圆片，右边摆 2 个圆片），提出四个问题，列出四个算式，并算一算，说一说每个算式所表示的意义。

b. 给你 1、7、8 这三张数字卡，你能写出四道算式么？"5、6、4"可以写吗？

c. 根据"$1+7=8$，$7+1=8$，$8-1=7$，$8-7=1$"，运用生活中你熟悉的事情提出四个数学问题。

这节课的知识点主要是一图四式，在解决问题的过程中进一步理解总数与部分数之间的关系，以及加减法之间的可逆关系。这个过程事实上是儿童主动感知、建构初步模型的过程，是生活语言和数学语言相互转换的过程。

3. 思维方法的指导与训练：教师引领，走好良好的数学思维习惯形成第一步

对初入学儿童而言，数学思想重在渗透，但具体的思维方法应重在指导。同时应通过必要的知识技能训练、思维专项训练让他们掌握思维方法，形成良好的数学思维习惯。

（1）指导儿童掌握必要的思维方法。初入学的儿童逻辑思维能力的发展刚刚开始，在具体的教学活动应通过教师的有效指导来实现价值引导，以此促进自主建构。

①指导儿童运用数学符号直观表达思维。数学符号是内涵丰富的"信息组块"，是智力活动的理想载体。为了精确地实现数学化，在生活语言的基础上，利用图形直观、文形直观、创造符号语言或图像语言，反映出数学的本质。只有将具体的思维操作过程通过数学语言的加工表述出来，才能使感性认识上升到理性认识。例如，在解决"从前往后数，小明排在第4个，从后往前数，小明排在第5个，一共有多少人"这个问题时，教师可以引导学生用画图的方法解决问题，让儿童经历从具体的事物到学会个性化的符号表示再到学会数学地表示的过程，提高他们的符号意识。

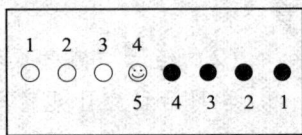

②指导儿童运用序列化方法思考问题。序列化思考是解决问题的一种重要策略，它可避免解决问题时答案的重复和遗漏。而且有序思考与解题的正确率有着密切的关系。因此，我们应重视渗透序列化思考的意识，培养儿童思维的条理性从儿童初入学时就做起。我相信，如果教师能坚持对初入学儿童进行这样的思维方法指导，他们学会数学地思维也就不难了。良好的数学思维习惯还包括：运用观察、实验、比较、分析、猜想、综合、抽象和概括等方法的习惯；运用归纳、演绎、类比等方法进行推理的习惯；运用数学语言合乎逻辑、准确阐述自己的思想和观点的习惯；运用数学思维方式解决日常生活中的问题的习惯等。这些习惯的养成都需要教师一步步的指导与引领。

（2）引导儿童在常规训练中掌握思维方法。训练，是完成内化的重要途径，是掌握思维方法、提升思维灵活性的必要手段。常规训练，是指常规的知识技能训练。一些知识掌握了，方法理解了，要形成实际能力，形成技能技巧，训练还是不可或缺的。例如，教材中有大量的看图列式题，教师应有意识地训练孩子利用三句话表达画面里的数学信息、提出数学问题。思维基于知识，只有丰富的知识、娴熟的技能，才使思维灵活成为可能。此外，我们还可以在知识技能训练中渗透思维方法的训练，或者以每日一题等形式进行思维的专项训练。

四、进一步思考的问题

（1）总以为儿童刚升入小学，个体之间没什么差异，事实上从入学这一天起，这些儿童之间的差异就相当明显，如何让孩子的数学思维有差异的发展永远值得我们思索。

（2）本文选择的只是一个幼小教学教育衔接中较小的切入口，幼小数学教学衔接的内涵很丰富，理想的"幼小衔接"应该是"三位一体"的，只有将三者的作用有机结合，才能使孩子迈好人生的第一步。

（选自《优秀论文集》中国教育学会小学教学专业委员会编　人民教育出版社 2012 年 11 月第一版）

❋简　评❋

这是一篇优秀的经验性论文。具有以下几个特点。

第一，选题具有科学的价值与创见性。

论文选题讲究是否具有科学性、创见性、通俗性。这篇论文的论题及其副标题都鲜明地展示出该论文的选题是为了解决当今"幼小衔接"中亟待解决的"数学的思维"问题。既体现了科学性——亟待解决的问题，也展现出创见性——"数学的思维"（不是常见的"形象思维""逻辑思维"提法)。

第二,论述思路清晰、完整。

大凡论文的思路布局常常是:提出问题——分析问题——解决问题,该论文采用了传统的论证思路来布局全文。

"现状点击"从三个方面提出当今数学教学在"幼小衔接"阶段存在的突出问题。其一,幼儿园老师片面追求知识本位的学习,结果是缩小了衔接的范围;其二,小学一年级数学老师未能根据学生"身心特点"、没有"体会游戏化教学的真实内涵"进行数学教学,效果不佳;其三,幼儿园老师与小学老师未能沟通,出现"单向化衔接"。

论文在摆出问题的基础上开始分析"衔接不好"的原因。此时论文也从三个方面切入。其一,幼小教学内容重复,幼小老师教学衔接有空缺。学区内的"幼儿园大班"数学教学内容丰富(有的甚至已经"小学化"),而小学老师则仍然按照传统教学计划进行教学,既造成学生不能集中注意力听课,又造成老师常规教学的困难。其二,数学知识与数学思维能力存在差异,衔接不力。作者通过对入学新生的数学测试,发现新生的算算数数的知识储备已经具备,即新生感性思维训练有成效,但智力(数学思维)训练不足,知识掌握只停留在肤浅的层面上。其三,幼小教师在教学、教育方式上存在巨大差异。幼儿教学以"游戏"方式为主,小学教学以"课堂"为主。小学老师未能充分把握"幼小衔接"的特殊期(入学初期应该幼小并存,然后逐步过渡,完全小学特色),造成衔接失当。

在分析问题的基础上,作者再提出解决问题的策略。

第三,解决问题的策略中充分展现作者的责任担当与丰富的教学经验。

1. 勇于担当责任。

论文的字里行间都透出该作者作为老师,关注学生、关注教学、关注教育改革的责任感。论文不仅仅是作者学术水平的展示平台,更是作者展露自己人品的载体。心中装着学生及自己职业责任感的老师和心中只装"钱"的老师,差异巨大。这位老师选择(或自己命题)这样的课题,本身已经透出她的职业道德。提出问题、分析问题、解决问题,满心都是学生。

例如:"一部分教师认为只要上课时间穿插点像'开火车'之类的'游戏'就算是做到教学游戏化了,却没有体会出教学游戏化的真实内涵是以儿童能够接受的、用儿童所喜欢的形式,把精选的课程内容与他们已有的知识结构和经验相结合,达到儿童自身发展的目的";"'夹生饭'难吃,如何让幼儿在初入学时'吃好'?我们应找准幼小衔接点,并从这衔接点出发开展一系列教学活动";"我们不能一味地要求儿童适应小学生活,而要强调让教学适应儿童的发展,使儿童在轻松愉悦的氛围中顺利地实现过渡,凸显发展";"相对于初入学儿童的年龄特征和思维特点来说,系统地学习是有困难的,因此在此阶段的学习重要的是渗透";"真正适合初入学儿童的数学,应该是一种'活的数学',一种能从内心深处唤醒儿童沉睡的想象力和激情的数学";……。老师心中装满了自己的学生,那么在教学实践中,老师的教学智慧随时都会喷发出来。

2. 教学经验丰富。

该论文还处处凸显出作者具有丰富的教学经验。从了解儿童生理特征、心理特征到儿童思维发展不同阶段有不同表现;从教学普遍规律、数学思维规律,到儿童数学思维规律如何通过数学课程予以激活、引导，都蕴含在论述中。

例如："学前儿童和小学生确有不同阶段的特点，但是发展的连续性规律又决定了在衔接时期，幼、小两阶段的特点同时并存，且相互交叉"；"不管课程改革怎样变化，数学知识的本质不会变化，蕴含在数学知识背后的数学思想方法不会变化"；"幼儿数学内容虽粗浅，但同样内蕴匹配、相等、顺序、传递、包含、互换、互补、互递、对称、守恒等数学关系"；"应重视对数学课的特质和数学内涵的关注，教学过程应注意提升孩子的思维水平，将数学模型和数学思想方法的获得作为学科教学的最高追求"；"让儿童学会从数学的角度提出问题，并在解决问题的过程中具备数学化的思维，这是数学化能力的一个重要组成部分。而这种能力的习得养成都有赖于每一堂课上的引导、鼓励和呵护，是永不停歇的过程"；……。另外，像论文中"'数学基础知识'与'蕴含的数学思想方法'设计表""'分类'教学的优化与重组案例""'8和9的加减法'教学流程案例"无不充满了作者的教学经验和科学的思辨能力。

"参考文献"作为论文的一个组成部分，不可或缺，它是考查学生知识积累、科学运用所学知识的重要窗口。但在文风大滑坡的相当一段时间内，高校对"参考文献"的重视度超越了论文本身。常常先看"参考文献"有多少（尤其是外国文献），文献多是优秀论文的一条重要的评判标准（投机学生只标书目，与论文无关）。眼下这篇论文，无"参考文献"为其论文"提神"，只以"进一步思考问题"作结。然而笔者非常看重这篇既接教学实践地气，又有作者诸多科学创见的论文，这是一篇不可多得的优秀论文，有不少作者自己的感悟和提炼。

例如："真正适合初入学儿童的数学，应该是一种'活的数学'，一种能从内心深处唤醒儿童沉睡的想象力和激情的数学。"

"我们在用心挖掘教材蕴含的数学思想方法的同时，应该用心让课堂承载童趣之美。"

如此定义"儿童数学"的内涵，如此简明地指出教师的教学真谛，这既是作者内心的呼唤，又是作者经验的科学创见，这些观点足以跨越时空，让所有的教育者醒脑开窍。笔者诚挚推荐这篇论文，希望一线的教师们像这位作者那样，用心实践自己的教学，用心总结自己（或团队）的教学经验。跟普通"经验总结"不同的是：该论文的经验中，已经融汇了作者独到的、富有哲理思考，这些哲理思考足以穿越时空，给他人以启迪、引导。

绘本游戏，绘本阅读的另类打开方式

——集体教学中绘本游戏的组织与实施

贾叶红　江苏省张家港市万红幼儿园

随着幼儿园课程游戏化改革的深入，"自由、自主、创造、愉悦"的游戏精神已经渗透到了幼儿园的一日活动中。绘本，这一深受教师和幼儿喜爱的读物，也在游戏精神的引领下，凸显出了无穷的魅力。优秀绘本的创作者，很大程度上都熟知幼儿的心理发育特点和心理特质，都会巧妙地运用"游戏"的语言或情节来展现主题和故事。因此，在绘本教学中结合多元化的游戏开展活动，寓游戏于绘本教学，有利于培养幼儿的阅读兴趣，提高幼儿的阅读能力，丰富他们的情感和阅读经验。不知不觉中，绘本游戏，已经变身为绘本阅读的另类打开方式，它以不可阻挡的游戏魅力，活跃在幼儿园的集体教学中。

纵观目前幼儿园的很多教学活动，绘本的身影随处可见，它已经延伸到了幼儿园的五大领域，这也充分显示了绘本的受欢迎程度。然而，在集体教学中，我们常常会看到教师将绘本与游戏硬凑到一起的痕迹，如绘本情节与律动音乐不搭、体育游戏中绘本的运用可有可无等诸多状况。那么，如何挖掘绘本中的游戏元素，选择幼儿感兴趣的游戏形式，让绘本游戏真正成为绘本阅读的正确打开方式呢？下面结合实例，与大家分享我们在实践中的一些探索。

打开方式一：以"美"创美

绘本是图画与文字的完美结合，当我们拿到一本绘本时，首先映入眼帘的大多是图画，而这些充满艺术感的画面常常给人以美的享受。因此，在开展绘本教学时，教师不妨从这些具有冲击力的画面入手，从幼儿的兴趣点出发，开展一些美术方面的绘本游戏活动，让幼儿通过欣赏与创作，进一步感受美、表现美和创造美。

如绘本《独一无二的你》，讲述了小鱼丹尼的自我发现之旅。在欣赏这绘本时，幼儿对绘本中色彩斑斓、美轮美奂的石头鱼非常感兴趣，纷纷表示要尝试制作一条属于自己的独一无二的石头鱼。都说兴趣是最好的老师，我们紧紧追随幼儿的意愿，发动家长一起收集各种各样的石头，于是，绘本美术游戏活动"独一无二的鱼"就诞生了。活动中，幼儿一起聆听丹尼的故事，在海浪声中给形态各异的石头涂上底色，勾勒出不同的花纹……一条条充满创意的石头鱼在幼儿的巧手中诞生。我们还一起将废旧的硬纸板制作成蓝色的大海，让"小鱼们"投入到"大海"温暖的怀抱。以美术为切入口的绘本游戏，让绘本《独一无二的你》呈现出了更大的魅力。以"美"创美。让绘本阅读独具匠心，幼儿进一步体验到了绘本阅读的乐趣，同时也有效提升了幼儿感受美、表现美和创造美的能力。

打开方式二：以"乐"激趣

音乐是绘本教学的好伙伴，教师们常常会在阅读绘本时加入适合绘本内容的音乐，让活动氛围更加温馨，让幼儿专注于绘本内容的理解，或者有的教师会根据音乐风格，配上合适的绘本内容，衍生出一个韵律活动等。前者音乐是一种辅助，后者更贴近于音乐游戏。但对于教师来说，在绘本游戏的组织中融入音乐是比较有难度的，倘若音乐与绘本情节不能很好地契合，难免会出现牵强之感。可是就绘本游戏而言，音乐的加入，可以有效帮助幼儿提高阅读兴趣，更加深入地理解绘本内容，教师在组织活动时一定要灵活把握。

如幼儿喜爱的小熊宝宝系列绘本之《洗澡》，该绘本贴近幼儿的生活，通过阅读，幼儿可以了解洗澡的过程，感受洗澡的快乐。在组织活动时，我们发现幼儿"洗澡"的热情非常高，他们将积木地当作肥皂，左搓搓右搓搓，玩得不亦乐乎。基于幼儿的学习热情，我们加入了《我爱洗澡》的音乐，幼儿在音乐中巩固洗澡的技能，擦肥皂、搓泡泡、洗脸蛋、洗脑袋、洗肚皮、洗屁股……然后冲水，身体洗得香喷喷的。音乐游戏不仅让绘本教学活动变得生动有趣，而且在游戏中，幼儿学会了洗澡，爱上了洗澡。又如绘本《不要再笑了，裘裘》，幼儿模仿小负鼠学习其装死的本领，教师加入了幼儿喜欢的音乐《熊和木头人》，让原本模式化的表演立马热闹起来，幼儿惟妙惟肖地扮演大熊、木头人、俨然在负鼠和木头人之间完成了完美的切换。用音乐激发了幼儿的阅读兴趣，让绘本阅读变得乐趣无穷，也提升了幼儿对音乐的感受力和表现力。

打开方式三：以"演"生情

表演游戏，是绘本教学中幼儿非常喜欢的一种游戏形式。游戏中，幼儿可以借助各种道具，用夸张的语言、动作、表情等，创造性地再现绘本内容或情节。表演性的绘本游戏，让绘本阅读跳出读物，变得立体生动起来，在表演过程中，教师可以指导幼儿一起为表演做准备，如剧本的创作、道具的制作、角色的分配、语言动作的设计等。当然，表演游戏的模式不是固定不变的，教师可以根据绘本的内容适当调整，以幼儿感兴趣的方式呈现。

如日本作家丰田一彦的美味的朋友系列之《饭团弟弟我爱你》，绘本讲述了捏饭团的整个过程，内容比较简单，可是画面中那些充满喜感的动作、表情和语言，却成了幼儿表演的极好素材。他们三三两两，有的做着"捏呀捏，使劲捏"的搞怪动作，表情或夸张或逗趣，有的动作表情步调统一，或扭或笑或吃，一举一动颇具幽默大师的味道。还有的几名幼儿被披上绿披风拉成一个圈，变身为大大的"海苔"，将"饭团们"一个个包裹住。最后，还有的一本正经地说一句"不用担心"，然后倒地蜷缩，表示饭团制作完毕装盘上桌。整个表演不需要复杂的道具、语言，幼儿用身体动作诠释着自己对绘本的理解，在快乐的表演中轻松地掌握了绘本内容。又如绘本《你别想让河马走开》，一只大大的河马躺在了桥中央，狮子、猴子、疣猪和小老鼠这四种动物分别来过桥，小动物们不同的表现以及旁观者小鹦鹉那一句"你别想让河马走开"成了本次表演的亮点。表演的形式让幼儿对于阅读产生了亲切感和胜任感，感受到了绘本阅读的快乐，加深了他们对绘本内容的理解，丰富了情感体验。

打开方式四：以"动"促学

以"动"促学，指在传统绘本阅读的基本上，通过体育游戏的形式来解读或延伸绘本阅读活动，活动中可以围绕绘本中的角色、内容及情节开展丰富多彩的体育活动，发展幼儿的身体各项机能，从而加深幼儿对绘本作品的理解。我们发现，这一类游戏颇受幼儿欢迎，某种程度上解放了他们的双手双脚，更贴近生活，更具创造性。

如幼儿耳熟能详的绘本《一根羽毛也不能动》，绘本以鸭子和天鹅的木头人游戏展开，不能说话不能动，连一根羽毛也不能抖一下。我们根据绘本的内容，从幼儿的兴趣点出发，开展了以木头人游戏为主线的体育游戏，幼儿带上活动中制作的头饰，化身为绘本中的角色鸭子、天鹅、小蜜蜂和小兔，在木头人游戏中，练习了走、跑、跳等技能，不知不觉中，对绘本内容又有了重新的认识。又如绘本《花格子大象》系列，大象角色深入人心，教师利用可爱的动物形象开展了大象运粮的游戏，在游戏情境中发展了幼儿身体的协调性、灵活性，也加深了其对绘本的理解。

绘本，不仅可以读，更可以玩。绘本游戏为绘本阅读活动注入了新的活力，美术、音乐、表演、体育等各领域的游戏，让看似枯燥的阅读活动变得形式多样，精彩纷呈，让幼儿在玩中学，学中玩。然而，在绘本教学中，绘本游戏的组织，并不是为了游戏而游戏，而应该是挖掘绘本本身的特点，以幼儿感兴趣的形式展开，这样才是绘本游戏正确的打开方式。随着绘本游戏的推进，如何将一本精选的绘本恰到好处地用到教学中，如何有效帮助师幼更好地把握绘本的精髓，让幼儿多元化地感受绘本，让绘本与游戏在教学中"完美结合"，让活动彰显魅力，还值得我们教师进一步深思。

（选自《山西教育》2017年第7期）

简 评

这是一篇很优秀的教育实验经验总结。有几个特点。

第一，懂得用"造势""对比"方法作铺垫。

引言部分先简明扼要地展示了作者所任职的幼儿园在绘本游戏实验中"绘本游戏——绘本阅读的另类打开方式"的常态状况："随着幼儿园课程游戏化改革的深入，'自由、自主、创造、愉悦'的游戏精神已经渗透到了幼儿园的一日活动中"，"寓游戏于绘本教学，……已经变身为绘本阅读的另类打开方式，它以不可阻挡的游戏魅力，活跃在幼儿园的集体教学中。"这种"造势"，使得"另类打开方式"给读者留下"悬念"的印象。紧接着，作者用对比法，简要地推出"游戏教学"中，目前普遍存在的问题："将绘本与游戏硬凑到一起的痕迹，如绘本情节与律动音乐不搭、体育游戏中绘本的运用可有可无"等。作者的"造势"和"对比"为自己的下文经验作了很巧妙地铺垫。

第二，经验既有个性特色，又有借鉴意义。

主题部分介绍四方面的经验：以"美"创"美"；以"乐"激趣；以"演"生情；以"动"促学。每条经验都产生于老师对本园孩子的深切了解，产生于幼儿园老师的集体智慧。

"老师教、学生听"的方法，可以说在当今已经过时了，真正能够受学生（包括幼儿）欢迎的老师则应该是：能够为学生的"学习行为设计出好的自主学习"的方法。该幼儿园的老师们确实在"设计"上下了功夫。每个经验标题也足以表现出她们"设计"的魅力。例如：她们抓住绘本《独一无二的你》中小鱼丹尼的自我发现的故事及幼儿对绘本中色彩斑斓的石头鱼充满兴趣，于是因势利导，设计出《独一无二的石头鱼》游戏，引导幼儿尝试制作"自己的鱼"。孩子们在阅读中享受"美"，阅读后又学会了自己创造"美"。

文章中的每条经验都建立在师生共同学习生活的基础上，帮助孩子们拓展、增长、提升，最终，让孩子们在崭新的学习氛围中，健康、快乐成长。经验具有无可替代的鲜明的独特性。"独特性"是评判优秀经验总结的标准之一。"人云亦云"的经验，则称不上"经验"。

评判"优秀经验"的另一个标准是：具有"可借鉴性元素"，即可以被推广，被同仁们学习借鉴，"可借鉴性经验"一旦被推广，经验具有了普的价值了。该文四条经验的共性是：当代教师应该成为学生课程学习的"优秀设计师"。

简　析

以上两篇文章都是优秀作品。

浙江省富阳市富春第二小学葛素儿老师撰写的《关注幼小衔接 促进思维发展——如何让初入学儿童会数学的思维策略探索》是一篇优秀的"经验总结型论文"。而江苏省张家港市万红幼儿园老师贾叶红老师执笔的《绘本游戏，绘本阅读的另类打开方式》则是一篇优秀的"经验总结"。

"经验总结型论文"和"经验总结"两者的共性是：她们都在总结自己工作中的经验——接本单位地气的、有自己独到体验的、有值得推广的经验。

两者的差异是：

"经验总结型论文"属于"学术论文文体"。在清晰地写出自己独到的经验时（即怎么做的——过程、效果如何），还要适当、适度地告诉读者："我为什么要这么做。""适当、适度"是指理论依据的选用，即"学术论文"写作要求中强调的——必须选用科学的概念或理念，或名家名言来加强论文"讲道理"的广度、力度、深度。

"经验总结"属于"应用文文体"（也可以称"实用文文体"）。作者认真写出自己独特的经验（实施经过和效果）即可。无须再解释"为什么"（简单讲些道理也挺好）。

"经验总结"离"经验总结型论文"有一步之遥。"遥"是指一线的老师们需要平时多学理论知识，提高自己的思辨能力。这需要"日积月累"！

让"学为中心"成为课堂教学的主旋律

商德远　山东省青岛嘉峪关学校

随着信息化、智能化和个性化时代的到来，"以人为本"的教育更加注重以人的成长发展为坐标原点，课堂应由"教师为中心"转变为"学生为中心"；教学方式也必须由"教为中心"转变为"学为中心"。"学为中心"应以培养学生的"学习力"、促进学生发展为主线。国外研究者认为，学习力应包含"主动学、学会学、自能学"三个层次，每一个学生在提升学习力的同时，发展核心素养和学科素养，既使学生具有社会性，又具有个性（如图1）。

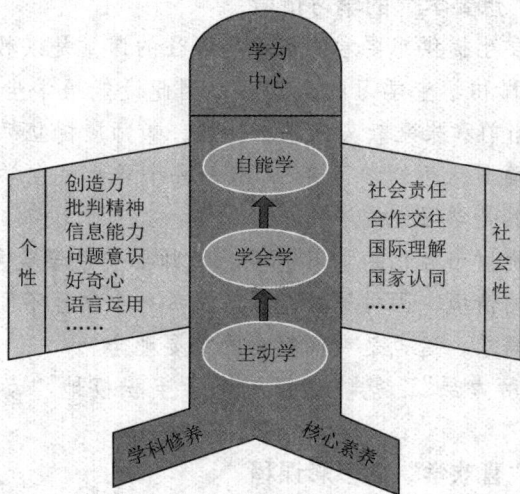

图1

一、谱写"学为中心"的课堂主旋律——着眼于"主动学"

建构主义认为，知识不是通过教师传授获得的，而是学习者在一定情境下通过意义建构的方式获得的。课堂上，学生才是认知的主体，是知识意义的主动建构者。学生学会任何东西，最终都要通过自己进行内化。这个最后的内化过程不是由教师的教来完成的，而是依靠学生的学完成的。关注学生学习的"动力层"（如图2），就能引发学生主动地学，这也是谱写学为中心的课堂主旋律的前提。要在语文课堂教学中引发学生"主动学"，教师必须先由只关注"操作层"，转变为同时兼顾"动力层""实施层"和"操作层"，这样才能符合认知规律，实现由动机到目的的目标。

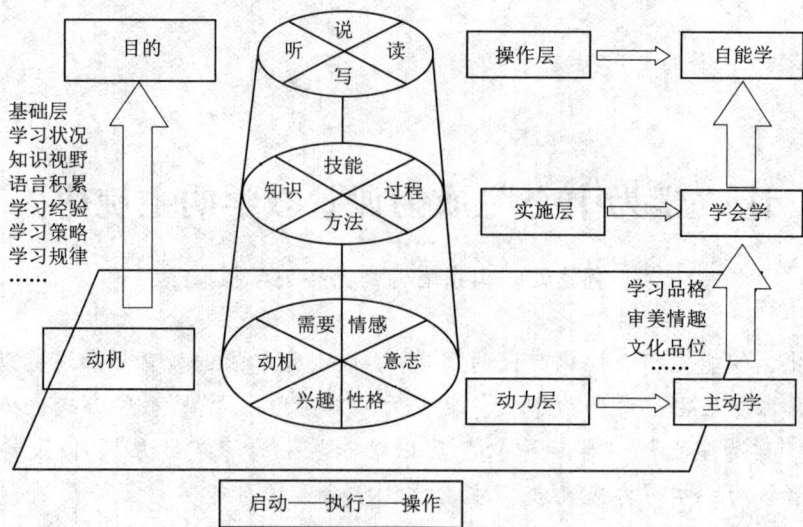

图2

（一）创设适合学生"想要学"的学习情境

首先，应在课堂上为学生提供想要学的情境。以往的课堂是以教师的教为中心的，教师控制着课堂教学的整个流程和学生学习的全过程，因此没能给学生创造主动学的情境。由"教"走向"学"已成为当前和未来教育的基本特点，教师应树立每一个学生在不同方面都能成才的理念，相信"儿童是天生的学习者"，把每一个学生放在学习中心，让学生真正成为学习主体，注重能力尤其是学习力的培养。

其次，要为每个学生提供个性化的学习情境。教师要关注学生差异，面向每一个学生，创设不同学生个性化学习的情境，因材施教，以满足每一个学生不同的学习兴趣、进程、速度、状态、能力和风格等需求，这也是现代教育的重要理念。

通过着眼于教学的"动力层"，就能让每一个学生积极地"动"起来，变"要我学"为"我要学"。

（二）设置适合学生"喜欢学"的多彩课程

美国当代著名教育家、心理学家布鲁姆认为，"最好的学习动因是学生对所学材料有内在的兴趣"。设置学生内心喜欢的多彩语文课程，是引发学生学习的内在动因和前提。就学习内容来说，"学为中心"的课程应打破过去统一的教师和固定化课程体系，每个学生除了完成国家的基本语文课程内容以外，还可以通过多种选择形式，依据不同的天赋、潜能、个性、喜好等，选择适合自己的个性化语文课程内容。如阅读课堂上教师不再拘泥于一本教材，而是进行教材整合并利用电子书包为学生提供多层次、多类型、差异化的阅读方式来阅读文章或整本书，可供学生自主选择，甚至可定制自己的语文课程学习规划和内容。

（三）提出引发学生"主动学"的深度问题

除了可供选择的课程内容和创设的情境以外，现代教学论研究者认为，产生学习的根本原因是问题，"学起于思，思源于疑"，问题是启动学生认识活动的启动器和动力源，是思维和创造活动的前提，也是主动学习的起点。教师和学生应在学中思考，不断提出有价值且有思维深度的问题，以点燃积极持续思考欲望的学习兴趣。

所以，引导学生逐渐由被外部动机吸引，转变为掌握学习内容和被学习内容吸引及满足兴趣需要的内部动机驱使，才能真正引发学生主动学。

二、唱响"学为中心"的课堂主旋律——致力于"学会学"

引发学的欲望后，再关注"实施层"：引导学生学会有目标、有方法、有深度地学，直至得法、得道，并融会贯通，学以致用，才算真正学会学。

（一）要学会有目标地学

学习目标是学生学习的导航仪，它决定学习行为的方向。有了明确的目标才能做到有的放矢地学。教师应引导学生懂得个人的学习目标是什么，语文学科的学习目标是什么，每节课上要学会什么，即每节课一定要清楚为什么学、学什么、学到何种程度等。

（二）要学会有方法地学

条条大道通罗马，引导学生有方法学的路径有很多，其中，构建有利于学的教学模式是重要路径之一。从学的角度出发，构建以"学为中心"和培养"自主学习能力、发展语文素养"为重点的多样化课堂教学模式，并形成模式群，是引导学生学会学习，唱响"学为中心"课堂教学主旋律的重要路径。目前，我们研究的以学为中心较为成熟的教学模式有"问题解决教学模式""五步导学模式""专题教学模式"等。

如何运用模式引导学生有方法的学？基于"问题解决教学模式"结合现代化教学手段"电子书包"，引导学生学会学习，能真正实现"学为中心"培养个性化的自主学习能力。其一般操作流程为（如图3）：

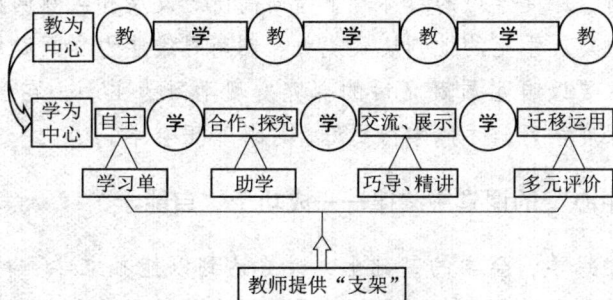

图3

1. 自主学习，发现问题。课前师生精心设计"自主学习单"，学生运用此单结合电子书包自主进行个性化学习，发现疑惑点和兴趣点等。小组通过电子书包交流自学内容，结合每个人的自主学习单，互相提醒需要关注的重难点、易错点和兴趣点等，提出学不懂的问题。

2. 筛选问题，合作探究。电子书包系统会自动呈现学生提出的疑难问题，及每一个问题提问次数多少的柱状图。对提问率高、多数学生普遍感到困惑的共性问题，结合文章重难点、文本体式特点、学生学情等，由小组和教师共同协商，从中筛选出最有价值、最值得共同深度探究的问题，进行个性化学习、探究理解、建构意义，然后再由学习共同体通过生生、师生、生本等多元对话，最终理解内容、体会情感、掌握方法、解决问题。

3. 交流分享，解决问题。全班合作交流，教师重点点拨引导学生关注那些他们关注不到或理解不到位的深层内容。"道而弗牵，强而弗抑，开而弗达"，学生关注不到的教师再引导，学习不深的再深度引领，学不会的再巧导精讲。在教师的点拨引导下学会内容，领悟方法；梳理解决问题的思路，总结有效策略，既得法又得道。

4. 领悟方法，迁移运用。领悟、总结出学法，并迁移用法，学会语言文字运用。课后，再运用所学方法，进一步进行方法迁移和拓展应用，直到学会并能学以致用，教师依据个性进行多元评价。

这种模式，从教学思想上看，凸显了"以生为本"；从整个学习过程看，体现了"学为主线"；"课前引发学——课中学会学——课后自能学"；从整个学习流程看，每一个学生都参与自主、合作和探究的学习体验，实现了学习过程的个性化。结合独特体验不仅真正实现了每个学生与文本、同学、教师、编者的互动对话，又产生了学习体验的个性化。通过合作探究等学习方式进行学习，也实现了学习方法的个性化。整个过程，既落实了学生的主体地位，又发挥了教师的主导作用。长期运用这样的模式，能引领学生学会知识、学会学习，得法、得道（道即规律）、学以致用，满足不同学生的学习需求，能培养学生持久的兴趣，提高每一个学生的自能学习水平，构建个性化课堂。

（三）要学会有深度的学

学习可以分为浅层次学习和深层次学习（即深度学习）。布卢姆在《教育目标分类学》中就认知领域学习目标分为了"记忆、理解、应用、分析、评价及创造"六个层次。这一认知维度层次划分中明显蕴含了"学习有深浅层次之分"，其中深层次学习应为深度学习。从认知层级来看，深度学习是对应着"应用、分析、评价、创造"四个较高级的认知层次学习；从教学目标来看，深度学习的目标着重指向高阶思发展和实际问题的解决；从关键能力来看，深度学习着力发展学生的批判质疑能力、创新思维能力和问题解决能力等；从教学策略来看，深度学习主要以自主质疑之后的探究发现学习为主……在学生初步会学的基础上，将学习不断引向深度学习，才能学得更好，才算真正会学。

三、回旋"学为中心"的课堂主旋律——成功于"自能学"

自能学是指学生在想学、会学的基础上，最终达到以能独立学、持久学和快乐学的目的。换句话说，就是学成了学生生命的自觉。学生已真正具备学会求知、学会做人、学会合作、学会生存、学会创新的能力，最终能实现每一个学生个性化的幸福成长。

随着人工智能的发展，人工智能时代将更有利于学生自能学习、个性化学习，更有利于开发潜能，发展个性，提升能力，培养习惯，培养创新精神和实践能力，唤醒每一个学生生命成长的觉悟，提升生命价值，实现每一个学生的全面发展与个性发展。在未来，学为中心将打破学校教育与社会教育、线上教育与线下教育的壁垒，为学生学会学习、终身学习、自能学习提供全方位的服务。

最后，需要说明的是，学生是主体，学为中心是课堂教学的主旋律，但绝不能忽视那些辅助旋律，即不能否认教师的教。教师要导在关键处、难点处、兴趣处、矛盾处、歧义处等，要顺学而导，巧导精教，以学定教。

（选自《小学语文教师》2017 年 7-8 期）

⊹ 简 评 ⊱

这是一篇"经验总结型"论文。论文的题目即是论文的"主论点"。醒目！

论文的短小"引言"，先交代论文撰写背景：我国国内"学为中心"的教改已成为良好的发展趋势。继而，论文又迅速引述国外研究成果："学习力应包含'主动学、学会学、自能学'三个层次，每一个学生在提升学习力的同时，发展核心素养和学科素养，既使学生具有社会性，又具有个性。"从中暗示自己研究方向。

该论文具有四大特点。

第一，选题具有时代性。

传统的教学模式，历来都是"教师为中心""教为中心"，学生被动地听、被动地记、被动地背。若用一百多年前美国哈佛大学心理学著名专家鲍里斯·塞德兹的评议来看：学校像"一个个兜售学问的零售店，而教员仅仅是其中的一个店员，尽管他们大多数都在尽职尽责地'销售'名为心理学、教育学、物理学等等的知识产品，但你从他们授课中丝毫也感受不到创造力，感受不到追求知识的乐趣。"（《俗物与天才》塞德兹著，柏桦译，京华出版社，2001 年 8 月第 1 版第 2 次印刷，第 21 页）经调查，塞德兹批评的现象是世界性问题，他的批评已有一百多年了，但都没有太理想的变化，包括当代中国的教育领域。

如今国外的教育改革大有进展，对许多在教育改革中一直孜孜不倦探索的中国老师有诸多启发，老师们放眼看世界，借鉴他人成功经验，结合本国教育现状，积极思考、探索、总结。该论文作者便是一位推动教育改革深入发展的有责任担当的优秀老师。选题的时代特色极为鲜明：一定要让新型的"学为中心"成为课堂教学的主旋律！论文的意义、价值非同一般。

第二，论文主体部分的论述清晰。

全文围绕"学为中心"主旋律，从三个层面切入，逐层论证。每个层面，又从不同侧面进行深入剖析。

从行为学的角度看，"主动学""学会学""自能学"呈现逐层进步、提高的过程，很科学。作者逐层加以论述。

"主动学"是将传统的"教师为中心""教为中心"转化成为"学生为中心""学为中心"的起点。要实现这个良好的开端，教师不再是向学生灌输知识，要求其被动听、记，而是要认真"创设适合学生'想要学'的学习情境"；设置适合学生'喜欢学'的多彩课程"；进而"提出引发学生'主动学'的深度问题"。

有了"主动学"的良好习惯后，再进一步引导学生做到"学会学"。所谓的"学会学"是指："要学会有目标地学""要学会有方法地学""要学会有深度地学"。这个阶段的"学会学"也形成良好习惯了，那么，教师的任务是引导学生们做到："自能学"。所谓"自能学"是指：学生自己能够"独立学、持久学和快乐学"。换言之，就是"学习成了学生生命的自觉。学生已真正具备学会求知、学会做人、学会合作、学会生存、学会创新的能力，最终能实现每一个学生个性化地幸福成长"。

这"三部曲"清晰论述了"学为中心主旋律"的演变过程。作者的大思路很清晰。

第三，论证观点以普遍共性经验为论据，具有特殊的说服力。

该论文没有像传统的学术论文那样"引经据典""旁征博引"地进行论证，突出"理据"的作用，展现"学术"的风采。该作者与广大的一线老师写论文一样：重用教学经验，以"共性经验"为"论据"，恰当的论述中也会不失时机地引用"名人名言"或"科学理念"。事实上，老师们在撰写论文时，常常运用那些经过实践考验的"共性经验"，效果更好，所产生的论证力度并不逊色于学术论文常常引用"名人名言"。这已经成为"经验总结型论文"的一大特色（这也是笔者在相关机构不断呼吁，评职称时应该认可的论文类型）。

例如：在论证"设置适合学生'喜欢学'的多彩课程"的时候，作者恰当地引用了布鲁姆的观点："最好的学习动因是学生对所学材料有内在的兴趣"。这"以一当百"的观点，有力地扣住了"喜欢学"的原因。论文接着又用自己的论述，加深读者对布鲁姆观点的理解："设置学生内心喜欢的多彩语文课程，是引发学生学的内在动因和前提。"上下呼应紧密，说理透彻。

又如：作者选用"学起于思，思源于疑"的引文，言简意赅地论证其提出的"主动学"的根本原因，因为"问题是启动学生认识活动的启动器和动力源，是思维和创造活动的前提，也是主动学习的起点"。

再如："建构主义认为，知识不是通过教师传授获得的，而是学习者在一定情境下通过意义建构的方式获得的。"这段话作者没有用引号，出现这种情况，有两种可能：作者记不起原文；或原文过长，不如自己概括。这种运用"权威言论"的方式是可取的。该文作者的这种做法是可以借鉴的。但必须注意，作者在概述完所提倡的观点后，应该有自己衔接性论述。该论文紧接着就加以补充性论述："课堂上，学生才是认知的主体，是知识意义的主动建构者。学生学会任何东西，最终都要通过自己进行内化。这个内化过程不是由教师的教来完成的，而是依靠学生的学完成的。"

第四，图文并茂，相得益彰。

"图表"是工科类论文撰写时常常选用的表达方法。该论文作者，大胆创新，将"图表"手段恰如其分地运用到概念解释或论证过程中。"图表"法的优势是：清晰、一目了然、节省文字。作者有效地运用了三幅"图表"，镶嵌在文字表述中，既加强了某段的论述功能，又改变了论文陈旧的论证方式。值得笔者推荐。

需要提醒作者两点：其一，既然称"论文"，那么论文写作必须遵循的原则还是要严格遵循。论文的学术性特征依靠充分的、经得起时空检验的理据把该论证的观点论证透彻，既"摆事实"，又"讲道理"要做到恰当、适度、透彻。其二，凡引文，不管长短，多少，一律要注明出处。这样做，既表明作者的学风修养，也表明对读者的尊重。

培养数学阅读能力　提高学生学习效率

田宇　天津市河北区育婴里小学

苏联数学教育家斯托利亚尔说："数学教学也就是数学语言的数学。"可见，阅读对数学的学习至关重要。由此，我们不得不先说一说数学阅读及数学阅读能力。

数学阅读是学生借助阅读数学材料，获取数学知识，构建认知结构，习得数学思想和方法的学习过程。由于数学语言本身具有符号化、逻辑化及严谨性、抽象性等特点，再加上数学阅读与语文阅读之间的诸多不同，所以数学阅读能力与语文阅读能力之间也有差别。概括说来，数学阅读能力共分6种：语言理解能力、语言转换能力、语言表达能力、概括联想能力、有效猜测能力、直觉创新能力。

一、培养学生数学阅读能力是提高学习效率的重要途径

数学阅读教学的背景是向学生提供教材、活动机会、活动空间；其原则是促进学生思维品质的提高，使他们逐步能养成独立思考、勇于探索、敢于创新、善于交流合作的良好习惯；目标是让学生构建新的数学认知结构，掌握学习方法、发展能力、内化品质，使学生的思维逐步走向准确、广阔、深刻，让学生体验到数学阅读的乐趣与自主学习的益处，自觉主动地进行数学学习，提高学习效率。

1. 培养学生数学阅读能力是学生自主学习的需要

"未来的文盲不再是不认字的人，而是不会学习的人。""基于这一点，今天的教是为了明天的不教"。必须把教师在课堂上滔滔不绝的讲解、学生被动地听，变为在教师的引导下，让学生自主动脑、动手、动口的学。

数学是人类的一种文化，它的语言、方法和理论是现代文明的重要组成部分。新的课程标准指出，由于学生所处的文化环境、家庭背景和自身思维方式的不同，学生的数学学习活动应当是一个生动活泼的、主动的和富有个性的过程。阅读作为人类社会生活的一项重要活动，是人类汲取知识的主要手段和认识世界的重要途径。数学阅读是学生个体根据已有的知识经验，通过阅读数学材料建构数学意义和方法的学习活动；是学生主动获取信息，汲取知识，发展数学思维，学习数学语言的重要途径。培养学生数学阅读能力是学生自主学习的需要，对学生今后的学习起到至关重要的作用。

2. 培养学生数学阅读能力是教材编排特点决定的

新课标理念指导下编排的教科书已不再是学生学习的终结点，而是学生从事数学学习活动的"出发点"。是学生从事数学学习的基本素材，它为学生的数学学习活动提供了基本线索、基本内容和主要的数学活动机会。一个个内容，为学生搭建了知识的阶梯，学生寻着这阶梯一阶阶攀登——在阅读中思考，在思考中理解与质疑。伴随着阅读文本，进行着复杂的思维活动。在这复杂的思维活动中，模糊的概念明晰了，不懂的方法清楚了，想不通的症结

也暴露出来，这就是数学阅读的价值。

二、如何培养学生数学阅读能力，提高学习效率

下面将从课前、课中、课后三个阶段入手，浅谈各阶段培养学生数学阅读能力、提高学习效率所用的不同方法。

1. 课前阅读——读中有疑，读中有获

这一阶段的工作重点可以概括为两个字——"疑"与"获"，其中又以"疑"为核心。"读书无疑者，须教有疑；有疑者却要无疑，到这里方是长进。"朱熹的这句话道出了读书的真谛，也道出了课前阅读的目的。课前阅读当有疑问，有收获。

这里所说的疑问，不是对欲学知识的一无所知，而必须是以自学为前提，以收获为基础，在经历了自我思考之后，整理出的核心性问题。它一方面是阻碍学生进一步理解的挡路石，另一方面也是深入理解、全面解析欲学知识的敲门砖。解决它，便能一通百通；抓住它，便能极大地提高学习效率。因此，课前的阅读是以生疑为核心，边读边思，边思边获，边获边疑，进而达到获中有惑、惑中有获的境界。

要想达到这一境界，课前阅读阶段应注意在学习最初阶段，给学生一定的课前阅读模式，使学生在阅读中有一定的针对性，有利于提高学生的学习效率。一般来说，教师可引导学生从四部进行课前阅读：明确读的内容——读什么；明确读的目的——明白什么；掌握读的方法——边读边思，圈画重点，标注疑点；读后尝试练习——有什么疑问与收获。

数学阅读看重学生与文本之间思维的碰撞。这碰撞是什么？这碰撞是同化、顺应、假设、猜测、比较、分析、综合、抽象和概括等一系列复杂的思维活动，这是学生与文本的对话。在课前与文本的对话中，学生产生了疑惑；那么课上的学习，教师就应抓住这可贵的疑惑，引导学生在生生交流、师生交流、生本交流中解惑。课前阅读方法的使用，使课堂教学更加有的放矢，节约了教学时间，提高了课堂效率。

2. 课中阅读——读中感悟，读中解惑

课中阅读，教师要适当安排阅读环节，指导学生阅读方法。原因有二：其一，小学生阅读课本往往急于求成，只看结论，不看过程，对文本内容的理解容易不求甚解、以偏概全。因此需要教师的提醒。其二，受学生年龄、思维水平和理解水平所限，阅读过程中往往遇阻，需要教师的点拨。

数学阅读更需要咬文嚼字。数学语言相当简洁、精练，每一个数学概念、符号、术语都有其精确的含义。当学生阅读、理解一篇数学材料、一个概念、定理或定理证明时，他必须了解其中出现的每个数学符号的精确含义，不能忽略任何一个不理解的词汇。如商不变的性质："在除法里，被除数和除数同时乘以或者除以相同的数（零除外），商不变。"其中"同时""相同的数""零除外"，都要着重仔细地阅读，稍不留神就会出错。

教师在引领学生与文本中的概念、性质、法则、公式以及解题方法、操作步骤等对话时，一定要引导学生抓住关键词，反复推敲，可借助"概念的关键词语是哪几个？能去掉或换成别的词语吗？怎样用自己的语言来叙述呢？……"来帮助理解，逐步弄清结论成立的条件，准确把握结论的内涵和外延。

数学的咬文嚼字和语文的要求一样，也需要反复阅读，反复思考。但从方式上，亦有其自己的独特方式。

（1）做中互通。数学中的一概念非常抽象，不易理解。可通过动手操作的方式，将抽象变形象，让概括变具体，从而排除思维中的阻碍，实现"通"的境界。

例如抽屉原理的精练表述，明显超出了一般人的抽象概括能力。对"总有一个抽屉里放入的物体数至少是多少"这样的表述，学生不易理解，教学中学生也很难用"总有""至少"这样的语言来陈述。教师要先让学生动手操作、画图，找出"把4支铅笔放进3个文具盒里"的所有分放方法，目的是让学生真正体会并得到所有的分放方法。接着，通过教师的追问："总有"是什么意思？"至少"有2支是什么意思？……引导学生体会、理解"不管怎么放""总有一个""至少"的含义，为自主探究解决问题扫清了障碍。

（2）语言互译。数学语言包括文字语言（或自然语言）、符号语言和图形语言，这三种语言进行互译的能力是衡量学生数学素质高低的主要特征之一，所以提高这三种语言阅读、互译能力，就有效地提高学生学习数学的能力。

案例一：计算平均身高。

学雷锋小队男女生身高统计表
2010 年 3 月

项　目　＼　性　别	人数	平均身高（cm）
男生	5	150
女生	3	148

解决这个问题，学生首先要把表格翻译成文字语言，帮助理解题意，再由文字语言抽象概括成符号语言，用数学方法求解。

学生出现两种做法：$(150 + 148) \div 2 = 149(cm)$ 和 $(150 \times 5 + 148 \times 3) \div (5 + 3) = 149.25(cm)$，发现两种做法结果不同，究竟哪种对？哪种错？问题出在哪儿？

此时教师提示学生，可以把表格翻译成图形语言来分析和判断。黑色代表男生，白色代表女生。生：我从一个男生那拿出1cm给一个女生；再从一个男生那拿出1cm给一个女生；再从一个男生那拿出1cm给一个女生（如图1）：

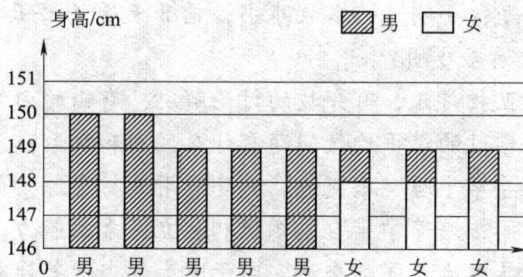

图1

可以发现全组的平均身高不可能是149cm，应该偏向于150cm，这样设计不仅培养了估算能力，而且渗透了加权平均数中"权"的概念。通过画图不难看出在男女人数相等时，用 $(150 + 148) \div 2$ 求全组平均数这样做也对。

实践证明，利用图形语言，可以直观地将事物之间数量关系呈现出来，简明、形象地表达复杂的数学问题，有助于探索解决问题的思路，验证结果，使模糊的概念不断明晰。但图形语言的表达未必全面，有时也需要翻译成文字语言或符号语言，帮助我们深入思考，解决问题。

案例二：已知一个正方形里面画一个最大的圆（如图2），阴影部分的面积是 86 cm^2，求圆形的面积。（π 取 3.14）

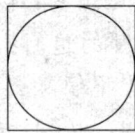

图2

为了透彻理解题意，首先要把图形语言翻译成文字语言：正方形和圆相切，圆在正方形内，则正方形边长等于圆的直径。为了揭示条件间的内在联系，使隐蔽的关系显现出来，接着要把文字语言翻译成符号语言。

设圆的半径为 r cm，则正方形边长 $2r$ cm。圆面积 $S = \pi r^2$，正方形面积 $S = 2r \times 2r = 4r^2$。$4r^2 - \pi r^2 = 86$ cm^2，$r^2 = 100$ cm^2。圆面积：$3.14 \times 100 = 314$ cm^2

文字语言需要用符号语言或图形语言将其抽象化或数学化；符号语言也需要文字语言或图形语言来将它具体化、形象化；图形语言如果没有文字语言或符号语言来表述，其数学含义根本无法表示。因此教学中要注意文字语言、图形语言和符号语言融合使用，培养学生三种语言的互译能力，使形象思维和抽象推理完美结合，生动有效地解决问题。

（3）论中互补。数学交流的载体是数学阅读和数学语言，无论从学习数学的角度还是使用数学的角度看，数学交流都有着极其重要的作用。在阅读学习后，学生带着阅读中的体会与疑问，主动与教师或同学交换看法，相互协作以解决问题，提高认识。有了疑问，提出疑问，就需要解答疑问。"疑"和"答"是多向性的，能激励学生积极思维，活跃课堂气氛，使学生充分享受到学习的乐趣。遇到难点问题，可通过讨论交流，形成共识。教师应鼓励学生多思多议，或教师提出参考问题供学生讨论，但教师提出的讨论问题要有发散性，使学生有话可说；提出讨论问题要有价值，有助于难点的突破。学生只有在"议"中才能真正实现思维的撞击和智慧的交锋，检查阅读效果。随时发现问题，解决问题。

案例三：求较复杂的平均数。

出示自学提纲

集体自学，合作探究。

①阅读教材后完成习题：小明看一本故事书，前3天平均每天看15页，后4天共看了88页，这一星期平均每天看多少页？

②完成后，组内同学互相订正，有分歧的讨论解决，有错的由组内同学互助学会。

③你发现例题与以前学过的求平均数问题有什么区别和联系？

第一题设计意图：引导学生与文本交流。充分利用教材资源，最大限度地为学生创造独立读书和思考的时间和空间，培养学生自主意识和独立探索的能力。

第二题设计意图：引导学生与同学交流。由于学生的个性差异必然对知识理解的深度和广度各有不同，他们思想的碰撞又会生成新的问题，这是最好的讨论材料。这时我充分利用学生资源，告诉他们怎样合作探究，达到互相补充、修正、强化的作用，使学生学会合作。上一环节中学生存在的疑问也可得到解决。如果小组内解决不了，我们还可以在班内进行集体交流。这两个环节结束后，学生已由最初时的有疑转为无疑，那么这代表他们已完全学会了吗？当然不，学习是一个逐步深入的过程；换句话说，应是一个"生疑——解疑——生疑"的循序渐进的过程，在这个过程中，"疑"是引导学生深入学习、理解的关键。如何让学生再次生疑呢？请看第三题设置。

第三题设计意图：设疑解惑。这里的疑已不再是学生预习时低层次的疑，而是学习新知后的一种深入思考。教师设疑，目的是引导学生将新知与旧知进行比较、分析，从而抓住加权平均数与算术平均数的本质区别，突破了教学重、难点。设疑的目的是让学生真正地明白与理解，对新知不再有疑。表面上教师是提问者，实际上教师是在与学生进行着一种特殊的对话：用自己的思想去点燃学生的思想；用自己的认识去提升学生的认识；用自己的"清醒"去点醒学生的"迷惘"。

带着这个疑问学生会再次走入文本。此时学生对文本的阅读，已经不是初读者的青涩，目的更明确了，理解也更深刻了。在这样的前提下，学生能从文本之中，收获更多属于自己的东西——自觉地进行了知识的同化；在将所学新知与旧知进行比较的过程中，也是对知识的一种梳理，从而将新知纳入到已有的知识结构中，更牢固地储存在记忆中。

3. 课后阅读——读中延伸，读中开拓

新教师包含丰富的阅读材料，但是一堂课的教学时间是有限的，在课堂上不可能全部涵盖，大量有趣并且有价值的材料教师不可能全部讲解。通过学生就新教材中的某一部分进行阅读并做相关的作业来练习不失为一种有效的方法。当然数学阅读不只包括对数学教材的阅读，还包括对与数学有关的科普知识及课外材料的阅读。因此，在教学过程中，教师应坚持数学课本为主的阅读教学。另外，教师可以结合教学内容，及时向学生推荐、介绍和补充一些课外科普读物、杂志、报刊，甚至网络上的一些数学发展的新动向、新成果的文章和内容，激发学生学习数学的兴趣，如《小学生数学报》《数学故事》《数学大世界》《梦游"零王国"》等。从而使学生学会数学阅读、学会查阅资料、学会归纳总结。这样有利于培养学生知识的全面性，拓宽了学生的眼界，提高学习数学的兴趣；让学生阅读各种区别于书本的题型，有利于培养学生思维的多面性、灵活性，大大地丰富了学生的知识，满足了学生的求知欲。此外，对于培养学生良好的品德也大有裨益。

语文阅读能力是每一个语文教师都不能也不敢忽视的重要培养目标。与之相比，数学阅读能力还未普及到此种程度。但是，我们也应看到，随着教育理念的不断更新、教学改革的不断深化，数学阅读能力已被越来越多的数学教师重视起来。这是由多种原因决定的，是教学发展的必然。注重学生数学阅读能力的培养会让学生在学好数学的同时，理解能力、逻辑思维能力等多种能力得到锻炼与提高，有助于提高学生的学习效率。

(选自《优秀论文集》中国教育学会小学教学专业委员会编 人民教育出版社2012年1月第1版)

❋简 评❋

这是一篇值得推广的"经验总结型"论文。

该篇论文有以下几个特点。

第一，对仗式标题，醒目地展示出丰富内涵。

论文论述主要对象是：数学阅读。数学阅读涉及的关系有：老师与学生、培养与提高、学习方式与能力效率。标题传递给评论者的信息是：有责任感、有个性化和创建性、有丰富的教学经验、有一定的教育理性知识积累、善于辩证思考问题。

第二，成竹在胸，布局清晰合理。

一线老师的论文选题，往往建立在对自己教学实践的思考、梳理的基础上。更确切地讲，有丰富教学经验、有责任感、又不断挑战自己、总想出彩的老师先有创新目标，然后大胆实践，最后梳理成章。这样的老师要写总结或论文，常常是胸有成竹，一气呵成，文气流畅。

全文三大部分：前言，直截了当地借用专家的观点："数学教学也就是数学语言的教学"，为引出自己的撰文价值巧妙地做了铺垫："可见，阅读对数学的学习至关重要"。顺势将数学阅读的概念、数学阅读与数学阅读能力等正文要展开的内容作简明的交代。

正文由两大部分组成，每个大部分，又由两个角度加以展开论述。

一、培养学生数学阅读能力是提高学习效率的重要途径：

1. 培养学生数学阅读能力是学生自主学习的需要；

2. 培养学生数学阅读能力是教材编排特点决定的。

二、如何培养学生数学阅读能力，提高学习效率。

1. 课前阅读——读中有疑，读中有获；

2. 课中阅读——读中感悟，读中解惑；

3. 课后阅读——读中延伸，读中开拓。

这篇论文布局上，从观点式标题拟制到经验式标题拟制，除了展现清晰合理的特点外，还蕴含了作者具有良好的读者意识——这种构思模式，极符合大批老师的心理诉求——你的这种新鲜观点和提高教学效率、质量有什么关系？工作疲惫不堪的老师非常反感空洞无物的"长篇大论"和"纸上谈兵"。老师们一看，对提高教学效率、质量有好处，那就愿意接受。紧接着的诉求就是：你有哪些"好招数可以提供给我们？"

起源于自己的经验能够为老师们提供借鉴、服务，落脚点完整地实现了自己的愿望：为同仁们提供借鉴和服务！一气呵成。

第三，宗旨明确，细节着力。

任何一种类型的论文，其价值的直接体现就是"解决问题"。该论文的论题（俗称"文章标题"）已经揭示出论文的宗旨——"培养数学阅读能力　提高学生学习效率"。在论文宗旨的指引下，每篇论文构成的要素（观点、论据、论证过程、论证方法等）都必须服从宗旨的统帅。不善撰写论文者，往往会忽略论文"细节"的关注和运用，从而影响论文质量。

"细节关注和运用"，宽泛地讲，主要指"典型材料的选用、典型材料的合理安排"。该论文运用引文并不多，但选用得体，安排也得当，都恰到好处地发挥了"细节"论述的关键作用。

如：论文开头："苏联数学教育家斯托利亚尔说：'数学教学也就是数学语言的教学。'"在论文的开头，恰如其分地引用、恰到好处地安排为论文的逐步展开铺平了道路。

"未来的文盲不再是不识字的人，而是不会学习的人"，"基于这一点，今天的教是为了明天的不教"这两段引文为其观点"培养学生数学阅读能力是学生自主学习是需要"的论述起到了"醍醐灌顶"的作用。

作者在论述"读中有疑，读中有获"时，又恰当地引用了朱熹的一句话："读书无疑者，须教有疑；有疑者却要无疑，到这里方是长进。"来加强他"课前阅读中……重点可以概括为两个字——'疑'与'获'，其中又以'疑'为核心"的论证效果。

引用名人名言加强论证是论文中常用的方法，但受不良文风的影响，一些作者为显示自己的知识渊博，经常会"叠床架屋"般地引用，于是论证效果适得其反，大打折扣。该论文作者的引文运用得体，从而使得细节论述很出彩。

第四，撰文"读者意识"清醒，提升论文现实性的价值。

写论文不仅仅是为了出席一次研讨会，将论文作为"入场券"，若是这样，论文的传播价值就会消失殆尽。"经验总结性论文"除具有科学价值、创建价值、补偿价值、纠偏价值等外，还有"传播价值"，即自己的论文写给哪类读者群看的？这点意识很重要，有了"读者意识"，论文谋篇的"详略"处置在动笔前就会给予合理安排。该论文作者的"读者群意识"很清醒。论文第三部分"如何培养"将近用了 1/2 的篇幅，多侧面地、丝丝入扣地写出"如何培养"，并且不忘论述"为什么必须这么做"。这一切都是为同仁们写的。

论文开篇的前言中，作者没有像其他作者那样先将"问题提出的现实背景"摆出来，但作者明白，数学教学中，很少有老师提及"数学阅读"，更不会懂得"数学阅读与提高学生学习效率"的辩证关系。所以，通过这篇论文要唤醒同仁们的关注，并切切实实让同仁们知道"为什么"，还有"怎么做"。

美中不足的是：引文均未注明出处，不合论文写作规范要求。

国际视野中的数学素养及其启示

康世刚　重庆市教育科学研究院

随着数学在现代科学技术和日常生活中的广泛应用，提高公民的数学素养越来越引起世界各国数学教育研究者的高度重视，关于数学素养的研究也就成为当前国际数学教育研究的热点。无论是发达国家还是发展中国家的数学课程目标、课程设置以及教材编写都越来越聚焦于数学素养。审视国际数学教育中数学素养的研究，对提高我国学生的数学素养具有重要的启示。

一、数学素养的内涵及其演变

从学前的文献中可以发现，在国际数学教育研究中，表达教学素养的词出现频率较高的有："Numeracy""Mathematical literacy""Quantitative literacy"。最早出现的是 Numeracy，来源于 Numerate，在 1959 年出版的《韦伯大词典》中，mumerate 是指有进行数学思考和数学表征的能力。在教育中，最早使用 Numerate 是在 Crowther Report（1959）中，该报告主要关注的是 15～18 年龄组的教育状况，其中 being numerate 意味着对数学有颇熟练的理解。后来，在 1982 年英国 *Cockroft Report*（1982）中明确指出"'Numerate'包含两层含义：第一，是指个人具有处理日常生活中所必需的运用数学技能的能力；第二，有能力理解和正确评价用数学专门术语表征的信息，如曲线图、图表、表格或者增长与减少的百分数图等。二者结合起来，其含义表明一个有数学素养的人能用一些数学进行交流"。Quantitative literacy 最早出现于 1974 年，定义为"一个公民为了处理影响他、他的国家和世界有关的事件和争论必须拥有的能力的集合，包括算术、数列、简单的测量、曲线图和地图、变化率、统计分类"。此后逐渐出现了"Mathematical literacy"，在界定三个词的含义时，通常是相互用来解释和定义[①]。一些研究机构如国际成人素养调查（International Adult Literacy Survey，简称 IALS）、国际学生评价项目（Programme for International Student Assessment，简称 PISA）和美国国家教育与科学委员会（the National Councilon Education and the Disciplines，简称 NCED），以及不同国家仍然使用这些不同的词，并分别给出了比较有影响的界定。

IALS 把数学素养（Numeracy）定义为：在有数学要求的各种情境中，能够意识到并能有效地应用数学知识与技能。由于在真实的情境中，人们处理和解决问题时，有数学素养行为（Numerate behavior）可以观察出来。数学素养行为主要包括：（1）目的与情境。如，为日常生活、社区、民主参与和理解社会与政治争端、工作和进一步学习的数学素养。（2）对情境和问题的反应。如，在任务与情境中辨认和确定相关的数学信息；对情境中的数学信息采取行动或反应（如通过计算、测量、估计和计算）；理解和解释信息，领会信息的含义（如，在给定的情境中是否适合）；数学交流。（3）数学思想。包括数与量、模式与关系，统计与概率、变化等。（4）数学信息与思想的表达。（5）激活可能的知识、行为和过程。（6）数学能力发展。数学内容包括数字与数量、维数与图形、式、函数与关系、数据与概率和变。[②]

PLSA 把数学素养（Mathematical Change literacy）界定为：指个人认识和理解数学在世界中的作用的能力，作为一个富于推理与思考的公民，在他们当前与未来的个人生活中，能够作出有根据的数学判断和从事数学活动的能力。数学素养包括：数学思维技能；数学证明技能；建模技能；问题提出和解决技能；表达技能；符号化、形式化、专业化技能；交流技能以及运用辅助工具技能。数学内容包括空间与图形、变化与关系、数量、不确定性。包括三个层次：知识复忆、知识关联和数学思维。问题情境主要包括个人、教育与职业、公众和科学研究。③

NCED 认为有数学素养（Quantitative literacy）的公民需要知识更多的公式和程式，能够用数学的眼光观察世界，定量地思考普通争论中的利益和危险，在仔细评估的基础上有信心处理复杂问题。数学素养能够使人们用数学工具思考自己，能机智地回答专家提出的问题、很自信地面对权威。数学素养包括十个方面：（1）对数学的自信；（2）数学文化欣赏；（3）解释数据；（4）逻辑思考；（5）决策；（6）情境中的数学；（7）数感；（8）实践技能；（9）必备的知识；（10）符号感。数学内容包括算术、数据、计算机、建模、统计、可能性、推理。问题情境涉及公民民主活动、文化、教育、职业、个人理财、个人健康、管理以及工作等。④

从上述数学素养的不同涵义中我们可以看到以下一些特点：（1）数学素养的内涵与外延逐渐扩大，已经从一维转向多维，数学素养的内涵不再仅仅是数学知识和技能，而是包括了数学意识、数学自信、数学观念、数学思想方法、数学经验事实以及数学问题解决、数学评价和欣赏等内容。（2）"真实的生活情境"成为数学素养概念界定和评价的核心。大多数数学素养的界定关注情境、目的或应用的结合。有数学素养不仅仅是拥有数学知识和技能，逐渐转变为在真实情境中如何有意识地用数学知识和技能、数学思想方法、数学活动经验以及数学事实来解决问题，通过解决问题显示数学素养。（3）数学素养与数学内容或纯粹数学有明显区别，但又有紧密的联系。"纯粹数学是抽象的、脱离情境的，而数学素养导向不是对抽象的追求，而是转向更为丰富的生活情境中的应用。数学素养表明数学的主题已经转移到工作、社会团体、个人生活等情境中。而且数学素养需要在情景中探究数学知识的能力和爱好，每个人的特点是不同的。与纯粹数学不同的是，数学素养有明显的个人特点"。⑤从课程的角度看，数学素养的基础是在陌生的情境中使用数学的思想，数学素养不是降低水准的数学课程，而是关于提高学生如何在与他有关的情境中使用数学水平的课程。⑥

二、国际数学课程改革中的数学素养

英国早在指导中小学数学课程改革的指导思想—*Cockroft Report*（1982）中提出了"Numeracy"。在 1998 年公布了《国家数学素养策略》（National Numeracy Strategy，NNS），1999 年 9 月起在黄格兰所有小学开始实行，2001 年 9 月开始拓展到第三学段，并出版了与 NNS 配套的教材，如《数学素养汇焦》（*Numeracy Focus*）等。在《国家数学素养策略》中，"Numeracy"指人们生活在现代社会所需的进行基本数学运算、定量思考、理解用数学术语（尤其包括各种图表）表达的信息等，含有基础性和实用性的意义。《国家数学素养策略》不同于国家课程，没有法定性，学校可以自由选择采纳。但是绝大多数学校执行了 NNS，从目前公布的有关调查结果可以看出，《国家数学素养策略》的实施受到多数学校的欢迎和支持，而根据学生在国家课程考试的表现，也已经取得了较好的成绩。⑦

1989 年，美国 NCTM 颁布的《学校数学的大纲及评价标准》认为，数学教育的核心目标是培养有数学素养的社会成员，"有数学素养"的标志是：（1）懂得数学的价值，即懂得数学在文化中的地位和社会生活中的作用；（2）对自己的数学能力有自信心；（3）有解决现实数学问题的能力；（4）学会数学交流，会读数学、写数学和讨论数学；（5）学会数学的思想方法。作为美国面向21世纪人才培养、致力于中小学课程改革的"2061"计划，将会引导未来美国基础教育课程改革的趋势。作为主要文件的《科学素养的基准》分四个学段提出了"数学素养"应该达到的要求。[8]

日本在1989年修订的《数学学习指导要领》的特点之一就是"指导对象的范围照顾到数学素养（mathematical literacy）和数学思维（mathematical thinking）"。在1998年，中央课程审议会提出小学、中学、高中数学教育课程改革的基本方针是："培养学生多方面的观察事物的能力、逻辑思维能力等创造性的基础，使学生认识到从数学的角度考察事物和处理事物现象的益处，进一步培养学生发展性地运用数学知识、数学思想方法的态度"。

在新西兰课程框架（The New Zealand Curriculum Framework）中，要求学生在七个学习领域中获得八种基本技能，数学素养就是其中重要的技能之一。认为数学素养是人们在个人生活、学校、工作以及团体中有效使用数学的能力，包括理解现实情境，合理使用数学，与别人交流数学以及对主张和结果进行数学地批判性评价的能力。具体的数学素养技能要求包括：（1）准确的计算；（2）熟练而有信心的估计；（3）有能力并能可靠地使用计算器和测量工具；（4）能够识别、理解、分析、回答用数学方法表示的信息。如曲线图、表格、图表和百分比图；（5）组织信息支持推理和逻辑；（6）识别和使用代数式和关系。并具体说明了这六种数学素养技能要求与数学内容的关系，以及数学素养技能要求与其他课程之间的紧密联系。[9]

作为一个经济落后的发展中国家，南非"2005课程"改革把"数学素养"设计为与"数学"并列的课程，并颁布了"数学素养"课程大纲，认为：数学素养有助于学习者认识和理解数学在当前世界中的重要作用，数学素养是一门倾向于数学与生活应用有关的学科，它能使学习者发展为了解释、分析和解决日常生活问题而具备的数学（数与空间的）地思维的信心和能力。并从学习结果、评价标准和内容与情境等角度提出了具体要求。学习结果分别从情境中的数与运算、函数关系、空间、图形与测量、数据处理四个学习领域来描述，在相应的学习领域给出了对应的评价标准和相应的知识点以及涉及的各种情境。评价标准集中性地描述了达到某个年级，学习者应该达到的数学素养的具体要求。[10]

三、国际视野中的数学素养的研究对我国提高学生数学素养的启示

1. 通过提高学生的数学素养在数学教育中实施素质教育

新一轮基础教育课程改革目标是全面推进素质教育，而"实施素质教育的根本目的是为了学生和社会更好地发展，落实素质教育的基本实践是培养学生的学科素养。"[11]国际数学素养的研究中，无论是一些研究组织对于数学素养的评价还是学校数学课程中对于数学素养的描述，其共同的目的在于引导学生更好的发展，成为有素养的公民。PISA把"素养"定义为"在课程中反映的，并在日常生活与任务中应用的知识与技能"，也就是说，素养倾向于"学生能否为未来的挑战做好准备？他们能否有效地分析、推理和交流他们的思想？他们是否有能力终身学习？"所以，测量"素养技能"在主要意义在于反映学生通过把学校学习的知识应用到校外环境中而继续终身学习的能力。IALS提出的公民素养包括写作素养、文献素养、数学素养和问题解决四个部分，特别强调"数学素养"是写作素养与文献素养

和问题解决的关键。南非"2005 课程"改革以"基于结果的教育"理论为基础设立的"关键性学习结果和发展性学习结果"成为"数学素养"课程大纲的指导思想，而数学素养又成为实现"关键性学习结果和发展性学习结果"的途径之一。所以，在我国数学课程改革中，数学作为基础教育阶段的一门主要学科，数学教育必须有素质教育的理念。也就是说，通过提高学生的数学素养成为数学学科中实施素质教育的必由途径，也是实施素质教育的必然要求。

2. 《数学课程标准》中应明确"数学素养"的目标要求

20 世纪 80 年代以来，我国中小学数学教学大纲中逐渐地提出了提高学生的数学素养。如"具有一定的数学素养，对于提高全民族素质、为培养社会主义建设人才奠定基础是十分必要的"（1992，2000）[12]；在新一轮数学课程改革中，在《全日制义务教育教学课程标准（实验稿）》中没有明确提出"数学素养"，在其《修订稿》公开的一些资料中，提出了"数学是人类文化的重要组织部分，数学素养是现代社会每一个公民应该具备的基本素养。"但是，无论是数学教学大纲还是数学课程标准，对数学素养的含义及其实施建议没有明确要求，给数学教育实践中"提高学生的数学素养"带来很多困难。正如张奠宙教授指出的"数学教育的目的，当然是培养青少年的数学素养，什么是'数学素养'？怎样培养？现在并没有统一的说法，真希望数学教育界在此问题上展开一场讨论。"[13]所以，在标准的修订稿中应该明确"数学素养"的内涵与实施建议，也就是说明"数学素养是什么？包括哪些内容？"，实施建议要有可操作性，包括数学素养的内容设计、教学、教材编写以及教学评价等要求。以下做法值得借鉴：新西兰课程框架中关于数学素养的界定以及数学素养包括的内容和数学素养与其他课程之间联系的说明等；英国编写的与数学素养配套的教材；特别是南非的"数学素养"课程大纲中关于数学素养的学科定位、学习结果、评价标准以及相应的情境设计等。

3. 数学素养的界定和要求需要"国际视野、本土行动"

他山之石可以攻玉，借鉴国际数学教育改革关于数学素养的优秀研究成果为我所用是促进我国数学素养研究的捷径之一。为此，数学素养相关研究中"国际视野"是必需的。同时，我们也应该看到国情不同也决定对数学素养的要求不同，无论是发达国家还是经济落后的发展中国家都提出了关于数学素养的要求，但是对于数学素养水平的要求有明显差别，各国国情对数学素养具体含义和水平要求的差别也说明照搬某个国家或者研究组织对于数学素养的研究结果是不可行的。也就是说，对我国数学课程标准中"数学素养"的研究中，必须"本土行动"，包括两个方面：一方面是对我国社会经济文化发展对公民数学素养要求的研究。英国提出"数学素养"和颁布国家数学素养策略的基础就是 *Cockroft Report*（1982）。我国曾经在 1987 年组织过全国初中数学教学调查与分析，此后一直没有进行过类似的调查研究。20 多年后的社会发展对公民数学的要求显然是不同的。另一方面是对我国数学教育的优势和不足研究。近年来，我国学生除了参加奥林匹克数学竞赛之外，很少参加国际性数学教育的测试比较，我国数学教育的优势与不足需要在比较中发现。目前，越来越多的国家通过参加大型的国际数学测试（如 TIMSS、PISA）研究本国学生的数学素养状况，进而寻找改进本国数学教育的方法，如德国在 PISA 中数学素养成绩的不理想直接导致德国国家统一数学课程标准的出台。所以，在我国数学课程标准中，关于数学素养含义和实施建议的确定应该关注国际数学教育中关于数学素养的研究进展，并结合我国数学教学的现状。

参考文献（略）

（选自《优秀论文集》中国教育学会小学教学专业委员会编 人民教育出版社 2012 年 11 月第 1 版）

⊹简　评⊱

一、"述"主，"论"辅的论文风格。

这篇论文在写作上最大的特色是："述"主，"论"辅。这也是"论文"的一种类型。以介绍情况、分析情况、引起重视见长。论文"类型"的选用，取决于论文的"宗旨"。

作者撰写该论文的宗旨是：对我国数学界的师生普及"数学素养"这方面的基本知识，进而使得大家对"数学素养"有全方位的认知，并在实践情景中培育"数学素养"，增长数学意识、数学自信、数学思想方法、数学技能等。因此，该论文从标题至全文，都以"述"为主，"论"作辅助。

该论文标题不以论证为主的"观点"式特征展示，而以"述"的特征展示。

论文的"引言"短小精悍，作者从国际上人们对"数学素养"日趋重视的背景切入，暗示撰写本论文的价值——弥补国内师生们在此领域认知上存在的空缺，进而引导数学界：要想将数学教学改革深入发展，就必须重视"数学素养"的认知和"数学素养"技能的培养。

二、由"远"及"近"，多角度地普及"数学素养"之含义。

以往，"数学素养"的概念很少在我国数学界提及（师生们只知道"政治素养""语文素养"），即使在20世纪90年代《数学教学大纲》中提及，但忙于日常管理的校领导们很少组织不堪重负的教师们学习相关的法律文件，吸纳与业务相关的文件或新知识。所以，这位作者用很大篇幅，通过"演变"过程，对"国际视野中的数学素养"作了多角度、全方位的介绍，目的就是通过自己普及这方面的知识，要唤醒国内数学界的领导、教师、学生明白"数学素养"的概念、特色、作用。通过介绍5个外国"数学素养"在课程改革中取得的经验，唤醒国内数学界的师生们懂得：外国的经验已经充分证明，提高数学素养，能够更好地实施学习者的素质教育！同时暗示这篇论文的价值所在。

三、找差距，明目标，提要求。

论文通过前面两部分的详细介绍，然后"水到渠成"地推出我国"数学素养"方面的种种滞后的现实状况："无论是数学教学大纲还是数学课程标准，对数学素养的含义及其实施建议没有明确要求，给数学教育实践中'通过学生的数学素养'带来很多困难。"该论文直率地将数学教改无法深入开展的原因展示给同仁们、读者们。论文语调平和，批评实质客观而又尖锐！教育部颁发的"纲领性文件"不能有权威地为自己的服务对象提供具有引领性的有效服务，而只有形式上的"红头文件"，这是教育改革没有实质性进展的"病根"所在。在此基础上，作者借"他山之石"攻我们的"顽疾"，诚恳地提出自己的观点和改进思路："数学素养的界定和要求'国际视野、本土行动'"："一方面是对我国社会经济文化发展对公民数学素养要求的研究"；"另一方面是对我国数学教育的优势和不足的研究"。论文结尾，诚挚地希望："在我国数学课程标准中，关于数学素养含义和实施建议的确定应该关注国际数学教育中关于数学素养的研究进展，并结合我国数学教学的现状。"

论文价值虽然含而不露，但读者还是能够通过作者的"国际视野"细心地谋篇布局，找到我国教育领域的差距与"病根"；找到"本土行动"的紧迫性和必要性。

"放眼世界找差距"，是引领"本土行动"——中国的教育改革不断深化的很好措施，期待国内各层级的"教育科学研究院""教师进修学院"之类的机构，能积极涌现出像康世刚这样有责任感的研究人员！

浅谈陶行知生活教育思想指导下的小学德育教育

徐宝新　江苏苏州市渭塘实验小学

【摘　要】陶行知生活教育思想强调：生活即教育、社会即学校、教学做合一。把教育与生活、社会、教与学、学与做等紧密联系在一起。德育教育更是一个生活化的过程，只有把德育渗透到学生生活的方方面面，从个体、学校、家庭、社会等方面关注并创造条件，促进德育的优化。

【关键词】小学德育　生活教育　生活化　对策

未成年人的思想道德教育一直以来都是国家十分重视的课题，如何培养出精神世界丰富、三观正确的未来接班人，是国家和社会各界时刻都在努力探索的课题。然而道德教育似乎是看不见、摸不着的，纯粹的说理教育，学生不喜欢听，还会产生厌烦心理，有时甚至产生逆反心理。

但细究一下，德育虽然看不见，摸不着，但也不是子虚乌有的。教育学理论也指出，德育是一个过程，因此它必定存在于人的生活当中，会通过人的言语行动表现出来，并通过言行展示着他的内心世界与精神健康状态。因此将陶行知的生活教育理论用以指导小学生的道德教育，以生活教育为中心，使学生在生活中感受知情意行的德育模式不失为一项行之有效的方法。

一、生活教育理念是小学德育生活化教学的理论支撑

道德教育始终存在于人的整个生活当中，没有脱离生活的德育。陶行知生活教育思想，可以说是小学德育生活化教学的有力支撑，他指出，教育的根本意义就是适应生活的变化，生活教育的中心是生活；强调生活即教育、社会即学校、教学做合一；把教育与生活、教育与社会、教与学、学与做等紧密联系在一起。教育的最终目的是生活，生活的变化决定着教育的模式和内容。生活即教育指导着德育生活化教学的主要方向。而学校这个充满各色人物的场所，可以说也是社会的缩影。生活教育的核心主张是要让社会的各个场所都担起学校的职责，让学校突破空间限制，把教学与社会生活紧密相连。教学做合一则体现了陶行知反对以往教学以"教"为中心的思想，倡导三者合一，让书本知识与实践融合在一起，师生双方在一个整体中共同促进。

二、目前德育生活化的一些新情况

学校德育一直注重的是单项的道德灌输，小学德育则以故事、寓言等讲述大道理，强调社会道德规范、思想政治理论的重要性，上课时让学生盯着德育教科书，背诵道德规范守则和一些制度理念，严重忽略了德育在生活中的体现和与学生自身的结合状况。对德育知识进

行学习固然重要，但是过度强调书本知识反而僵化了学生的思想理念，让学生陷入理念的怪圈。德育生活化教学的提出，就是为了改变这种情况，追求符合现时发展的教学理念，让学生在生活中实践道德、体会德育的真正含义，培养出品学兼优的高素质学生。

1. 学生个人生活中的德育生活化。学生个人生活需要德育教育的指引，因为世界观、人生观、价值观尚未成熟的小学生在成长过程中不能对一些事物和现象做出正确的判断。现阶段的小学德育教学缺乏对学生个体的了解和分析，无法制订出具有针对性的教学计划，与学生的实际生活脱节，反而给小学生戴上了枷锁，阻碍小学生的健康发展。

2. 学生家庭生活中的德育生活化。当今社会，家长们对知识教育的重视有时候甚至已经远远超过了学生自己，一些家长为了让自己的孩子成绩名列前茅，不惜牺牲自己的私人时间来陪孩子去补习班，辅导孩子预习、复习、做作业，一张成绩单在家长心目中的地位举足轻重。但是，任何的成绩都换不来孩子的德育素质。

3. 学校生活中的德育生活化。学校生活在新课程改革的推动下增加了课堂活动的内容，丰富了小学教学形式，也在一定程度上改变了以往沉闷尴尬的课堂氛围，师生双方在愉悦的课堂氛围中开展活动、了解自己和他人的特点。但是过多的课堂活动导致了活动的僵化和交流的缺乏，活动更多只注重活动本身的形式，而缺乏内容上的充实，课堂活动的时效性在渐渐降低甚至消失。且小学德育教学内容过于空洞，过度脱离实际，对于理解能力尚未成熟的小学生来说，消化起来十分吃力。

4. 社会生活中的德育生活化。社会对小学生的影响也是不可小觑的一点重要因素，随着科学技术的发展，网络可以给小学生带来各种各样的信息，社会上发生的事件也都会映入小学生的眼帘。那些好人好事当然无可非议，但是那些打砸抢烧、酗酒欺诈、封建迷信等充满负能量的事件以及拜金主义、享乐主义等思想观念对小学生来说无疑是精神污染。社会上对青少年教育的重视还是没有达到理想的状态，网络环境的复杂也给小学生德育教育带来了重重荆棘。

三、解决小学德育生活化教学问题的对策

1. 关注学生个性，于生活中开展德育教育。陶行知坚决反对不以生活为中心的教育模式，并称其为死教育，这就表明了生活在教育中的重要性。小学德育教育活动要求结合小学生的日常生活，对学生成长的环境和过程保持关注，引导学生面对周围的生活。其中师生之间的沟通是了解学生个人生活的最直接途径，因此要建立师生沟通平台，如可以通过网络开通师生聊天室，让师生做朋友，避免直面沟通的尴尬。此外，还可以从学生的个人生活、家庭生活、社会生活中找寻德育教育的立足点，让学生从生活中的实例感受德育的存在和意义；督促学生树立良好的读书习惯，带领学生体验社区公益活动的魅力。

2. 创建人文环境，在情境中开展小学生德育教学。环境对小学生德育教育的影响是潜移默化的，建设人文环境能帮助小学生吸收德育知识，树立正确的德育观念。要不断改善校园环境、教室环境，让学生对自己学习的地点产生感情，激发小学生对校园和教师的热爱之情。如建设学校"德育角"，宣传表扬学校内部的好人好事，渲染德育教育氛围，激发小学生的上进心；准时举办升旗活动，朗诵诗歌、文章，举办班级歌会，激发小学生的集体荣誉感和爱国之情。

3. 锻炼学生对生活进行评价反思的能力。根据陶行知生活教育"教学做合一"的理念，

教师要指导学生定期对自己的生活在进行评价和反思，达到让学生时刻能够正确审视自己、审视他人的目的。教师在教授了德育内容后，要关注学生是否能够全部将知识吸收并利用。对生活进行评价和反思就能够反映出学生受教育效果。可以推荐学生阅读名人事迹，对其进行评价，并学会思考自己的人生；开展自我评价班会，大胆说出自己的优缺点，来给大家审视借鉴。

4. 联结学校、家庭和社会，创设全方位德育教育模式。充分结合陶行知"社会即学校"的思想观念，将德育教育从学校内部扩展到学生的家庭与社会中去，创建开放化的小学德育教学模式，在学校生活中，教授学生待人处世之道，从中积累学生的德育素养；在家庭中鼓励学生充分表现德育教学效果，并从亲人身上汲取优秀的例子；呼吁社会各界为德育教育创建良好的环境，实现德育教育主体多方面的参与。

总之，小学德育教学贴近生活，回归生活，就是要求小学德育教学不能局限在学校课堂教学当中，要让学生了解家庭和社会，将道德融入真正的生活中去。小学德育教育的生活化体现在学校、家庭和社会生活的方方面面，结合陶行知生活教育理论，只有将教育融入生活，才能促进小学生对德育知识的真正掌握。德育教育要从小开展，用生动的授课形式和与实际贴合的授课内容来吸引学生的兴趣，培养出适应时代发展的高素质青年人。加强小学德育教育的生活化，是对学生成长的负责，更是对国家未来栋梁发展的支持的体现。

[参考文献]（略）

（选自《小学教学研究》）2017 年第 5 期

❋简　评❋

这是一篇尝试运用我国著名教育家陶行知的科学理念，重新探索小学生德育教育新方法的经验总结，文章中有理性思考。作者这篇文章的写作特点很能代表中小学老师们"探究性"文章的写作特点。

第一，文章标题拟制规范。重视论文写作"规定要求"。

"探究"意味着文章是注重"论述"的文体，不是"记叙性"的"经验总结"。文章标题的"浅谈"一词，为文体"定性"了；"谈"的指导思想、对象、范围均在标题中简明表达清楚，一个"浅"字，既表现出作者谦逊态度，也表现作者撰写这类文体已经积累了相当的经验（初写这类文章的作者常常用"论"或"研究"来揭示文体特色）。"摘要""关键词""参考文献"是"论文"必不可少的规定项目，作者运用娴熟。

第二，文章的"引言"简明揭示价值。

解决问题是撰写"论文"的宗旨之一。该"引言"简明扼要地提出需要"迫切解决的问题"，而且解决问题的方向也极为明确——"将陶行知的生活教育理论用以指导小学生的德育教育，以生活教育为中心，使学生在生活中感受知情意行的德育模式不失为一项行之有效的方法"。由问题的提出，至解决问题的指导思想的提出，将该文章的价值暗示给读者了。另一方面，方便自然地引出下文。

第三，找回"生活教育思想"意义重大！

教育分为："家庭教育""学校教育""社会教育""自我教育"四大部分。教育家陶行知提出"生活教育思想"曾经被那个时代的教育家们认可、被教育管理者们认可、被广大老师们认可，所以"生活教育思想"将四大领域的教育联结在一起，成为"大教育"，用现在时髦的话讲，是一个"系统工程"。虽然四个领域的教育，各有各的任务，各有各的特色，但"生活教育思想"强调的"德育教育"使得四个领域的目标是一致的。所以，那个时代还是培养出很多杰出的"民族脊梁"。如今，作者重新找回"生活教育思想"是"德育"教育最好的教育方法，并将其视为"理论支撑"，意义重大！作者这样分析"生活教育思想"的意义："道德教育始终存在于人的整个生活当中，没有脱离生活的德育""生活即教育、社会即学校、教学做合一""生活教育的核心主张是要让社会的各个场所都担起学校的职责，让学校突破空间限制，把教学与社会生活精密相连"。

第四，"纲举目张"抓"生活教育思想"，走出教育改革困境。

作者清醒地意识到，教育改革唯有抓住"德育生活化"才能"纲举目张"走出教育改革困境，才能带动教改的方方面面，从而才能真正培养出品学兼优的高素质的栋梁之才。

作者先从教育四大领域切入，指出"德育教育"存在的问题：

1. 现阶段小学德育教育缺乏对学生个体的了解、分析，没有针对性教育计划，阻碍小学生健康发展；

2. 家长重视"知识教育"，忽视"德育教育"；

3. 学校"德育教育"内容空洞，脱离实际；

4. 社会上拜金主义、享乐主义、网络里的精神污染对学生伤害极大，尚未得到相关部门重视。

作者针对以上存在的严重问题，提出相关对策。

例如：

关注学生个性——建立师生沟通平台；在家庭生活、社会生活、个人生活寻找德育教育立足点。

创建人文环境——激发学生集体荣誉感、爱国情怀。

锻炼学生反思能力——定期对自己生活进行评价、反思。

联结学校、家庭和社会，创设全方位德育教育模式，等等。

论文若能够运用陶行知的"生活教育思想"展开深入的解读（联系历史，对比现在），对存在问题的根源、危害性进行剖析，那么就能增强论证力度，增强说服力！有着丰富教学经验的老师们能多积累理论知识，多写、多练，论文质量就会迅速上升！

再 版 后 记

"优先发展教育，发展优质教育"已经成为中国关注教育的人士的共识。尤其是活跃在教育第一线的教育者们和期盼创新教育早日来临的家长们，都在各自的教育实践中不断进行着探索。

在这种新的形势下，在许多中小学语文老师以及众多家长们的咨询、催促和要求下，我决定将《阅读·鉴赏·评论》一书进行修改、再版。

这次写《再版后记》的心境与十多年前写《跋语》完全不同。这次我最想感谢的是使用过本书第一版的广大读者，以及新加坡管理学院的读者。他们打电话、写信告诉我阅读本书的切身体验和收获：对从事教学实践的读者来说，他们的课文分析能力、鉴赏能力和论文写作能力得到了提升，从而教学效果有了突破，学生的阅读鉴赏能力和评论写作能力也被激发出来；而对于非教师岗位的读者来说，写作能力的提升直接增强了他们的岗位竞争力。

每次收到这些反馈，我总是热泪盈眶：这本书的学术水平和实用价值被充分认可，这本书仍具有生命力。这使我坚信：写作课对每个人、对社会都是有价值的！我的写作教学也是有价值、有意义的！是这些读者的信任赋予了我修订再版的动力和责任。

除此之外，决定再版还有一个原因。

退休后，也会应邀请跟随一些"研学""巡教"的教师朋友去一些地区"观听"语文课（包括写作）。这些地区的"观听课"对我触动很大：各课程的教学质量均出现滑坡，语文教学质量排名靠后，许多地区语文老师的教学、科研能力均落后于数学老师，语文老师群体科研力量薄弱。

"研学""巡教"的教师朋友对我说："经济发达地区的语文老师照样也是既不会鉴赏作品，更不会写有独到见解的教案，千篇一律抄'教参'。教学过程实为介绍'教参'的过程。许多语文基础常识，常常一问三不知！"这种状况，我也是领教过的。

究其原因，很多，不便在后记中多言，有两点却必须说明一下。

其一，很多师范大学轻视教学法，甚至取消了教学法；忽视学生的教学实习，甚至取消了教学实习。

其二，"上有政策，下有对策"的陋习侵蚀到了学校，"家校共育"举措的提出，给一些老师提供了方便：但凡自己干不了或不想干的，都推给了家长。所以，咨询我的大部分是家长，认真学习的也是家长。语文教学出现这种状况，正如孟子所批评的："贤者以其昭昭，使人昭昭；今以其昏昏，使人昭昭。"原先很多人不懂孟子后面这句话的意思，如今的教育状况，让很多家长们明白了：昏昏者何以使人昭昭？有"家校共育"矣！

但，我们必须明白：教育是一项"系统工程"，它包括：学校教育、家庭教育、社会教育、自我教育。每个教育领域都有自己不可推卸的责任。所以，我还是希望"责任到位"，该是老师的责任仍然应该由老师去承担，老师责无旁贷地要不断提升自己的业务水平。只有学校教育、家庭教育、社会教育、自我教育都步入正常轨道，"教育系统工程"才能正常运转，无论哪个环节"出轨"，都会影响教育改革的顺利进行。

再版《阅读·鉴赏·评论》，也是希望能够对老师提高业务水平有所帮助，提升教学质量，使老师重视培养学生的阅读和写作能力，尤其是在小学阶段。

最后，再次感谢老师、家长和学生们激活了我的社会责任感，感谢中国铁道出版社对再版工作的支持。谢谢你们！

书中肯定有诸多纰漏，欢迎读者批评指正。

侯玉珍

2018.5.14 于北师大陋室